古典文獻研究輯刊

十 三 編
曾 永 義 主編

第 4 冊

南朝山水文學研究

胡 武 生 著

國家圖書館出版品預行編目資料

南朝山水文學研究／胡武生 著—初版—新北市：花木蘭文
化出版社，2016〔民105〕
目 4+308 面；19×26 公分
（古典文學研究輯刊 十三編：第 4 冊）
ISBN 978-986-404-580-8（精裝）
1. 南朝文學 2. 文學評論
820.8   105002161

ISBN-978-986-404-580-8

古典文學研究輯刊
十三編 第四冊   ISBN：978-986-404-580-8

南朝山水文學研究

作　　者　胡武生
主　　編　曾永義
總 編 輯　杜潔祥
副總編輯　楊嘉樂
編　　輯　許郁翎
出　　版　花木蘭文化出版社
社　　長　高小娟
聯絡地址　235 新北市中和區中安街七二號十三樓
　　　　　電話：02-2923-1455／傳眞：02-2923-1452
網　　址　http://www.huamulan.tw 信箱 hml 810518@gmail.com
印　　刷　普羅文化出版廣告事業
初　　版　2016 年 3 月
全書字數　262228 字
定　　價　十三編 20 冊（精裝）新台幣 38,000 元

南朝山水文學研究

胡武生　著

作者簡介

胡武生，男，1974年3月25日生，湖北省嘉魚縣人，現爲湖北省咸寧市委黨校教師，科研處主任。2010年9月～2013年6月畢業於湖北大學文學院中國古代文學專業，獲博士研究生學歷、文學博士學位，師從何新文教授，研究方向爲古代山水文學、地方歷史文化、城市發展和遺產保護。2014年，博士論文《南朝山水文學研究》被評爲「湖北省優秀博士學位論文」在《南京大學學報》《湖北大學學報》《光明日報》《學習時報》《南方周末》等刊物上發表理論文章20餘篇。

提　　要

　　南朝是古代山水文學獨立並興盛的最初階段，也是山水文學取得極高藝術成就的重要時期無論是題材內容、思想情感，還是藝術表現，南朝山水文學都有了自己獨特的價值特色，其中如謝靈運、謝朓的山水詩賦，袁山松、盛弘之地記中的山水描寫，吳均、陶弘景的山水小簡都堪稱文學史上的經典，對歷代山水文學產生了深遠的影響。

　　南朝山水文學，涉及的文體包括詩、賦、文等多種文類。目前學界關於南朝山水詩的研究比較多，而對南朝山水賦、山水文的關注則不足，尤其缺乏從總體上對南朝山水文學的全面總結研究。本書以南朝山水文學爲研究對象，既較深入地探討頗受關注的南朝山水詩，也從山水文賦的角度切入，以補充南朝山水文、賦研究不足的現狀；同時，著眼從山水詩、賦、文三者結合全面評述南朝山水文學的成就、價值和影響。

　　全書從南朝山水文學發生的背景、新變、地域性特點、美學特徵、對北朝及後世山水文學影響等五個方面展開論述。總的來看，從背景、新變到影響，構成了時間線索，將南朝山水文學作了一個縱向的勾劃；地域性則選取空間角度，對南朝山水文學作了一個橫向的展示；而美學特徵則從藝術的角度進行深度挖掘。五個部分在論述時相對獨立，但在總體安排上又縱橫交錯相互關聯，彼此構成一個有機的整體。

目

次

緒　論

　　以謝靈運山水詩的誕生為標誌，山水開始以獨立的姿態進入中國文學史，山水文學翻開了嶄新的一頁。南朝山水文學就此步入人們的視野。

　　在東晉山水文學初露端倪的背景下，南朝文人進一步發現、發揮，引領其登上了文學的主流，一切都需草創和獨立探索，可謂一空依傍，無可借鑒。南朝文人以巨大的熱情投入山水文學創作，向著多方面開拓：內容上，向宮苑、荒野、旅途、城郊等各種地域拓展；情感上，將自然、羈旅、閒適、隱逸等諸多情感投射其中；藝術上，追求情景交融、虛實相生，有著強烈的時空意識，創造了一系列經典山水意象。南朝不僅出現了謝靈運、謝朓這兩位在山水詩史上堪稱一流的大家，更有鮑照、謝惠連、謝莊、沈約、范雲、王融、任昉、江淹、孔稚珪、吳均、陶弘景、劉峻、庾肩吾、蕭綱、蕭繹、庾信、徐陵、何遜、陰鏗、陳叔寶、江總、張正見等一大批山水作家環繞在其周圍或與之遙相呼應。無論詩、賦，還是散文、駢文，都產生了經典的山水文學作品，構成了我國山水文學發展史上的第一個興盛期——南朝時期，唐代山水文學就是直接借鑒了南朝山水文學的成功經驗而成為山水文學史第一個高峰的。南朝文人以巨大的創造精神，為中國古代文學開拓了一片燦爛的領地，為其注入了無限的生機與活力。

一、關於「南朝山水文學」

　　南朝（420～589）是中國歷史上一個極為特殊的時期：它偏居江南一隅，卻是全國文化的重心；政權更迭頻繁，社會生活和士人心態卻相對穩定；帝王以軍功起家，卻大多偏好文學、善待文人。山水文學，就是在這樣一個時

代背景下興起的。南朝山水文學研究，就是以南朝 169 年間產生的山水文學作品爲研究對象，論述其產生的文學、文化及社會背景，發展、新變的特點，地域性，美學特徵，對後世的影響等。

山水文學，是指以自然山水爲主要審美對象與表現對象的文學作品。但山水文學並不限於描山畫水，它還描繪與山水密切相關的其它自然景觀和人文景觀。許多山水文學抒發了作家對山水自然美的驚奇、喜愛、沉醉、讚賞之情，這種審美型的山水文學，是典型的山水文學。但中國古代的山水文學，還往往和羈旅、懷古、送別、田園、隱逸、仙道等題材內容結合，抒寫並非單純審美的豐富複雜的思想感情。

山水文學包括詩、賦、文、詞、曲等多種文類，具體到南朝，則主要有山水詩、山水賦和山水文。本書以南朝山水文學爲研究對象，主要基於以下考慮：

首先，將山水詩、山水賦、山水文三者結合起來研究，可以全面瞭解南朝山水文學的成就，並且深刻認識或把握南朝文學中的山水主題。

就題材而言，南朝文學最重要的現象便是山水大量進入文學領域，山水文學獨立並興起。儘管山水文學的興起是以謝靈運的山水詩創作爲標誌，但在這之前及此後，山水賦和山水文的創作都是與山水詩同步而並進的。建安文人創作山水詩（如曹操《觀滄海》，曹丕《芙蓉池作詩》、《於玄武陂作》，曹植《公讌詩》，劉楨《公讌詩》）的同時，也創作了一些吟詠風景的小賦（如曹丕《登臺賦》、《登城賦》，曹植《臨觀賦》）；東晉中後期王羲之、謝安等蘭亭文人寫山水詩的時候，袁山松在地記裏精心描繪著三峽等地的山水，並提出了著名的「知己說」；當宋初謝靈運的山水詩被文士們競相傳寫的時候，盛弘之寫出了長江三峽的千古絕唱〔註1〕。尤其是建安時期山水詩的出現，與東漢以來抒情小賦描寫山水時的紀實性手法有較大關係。對於這樣一些現象，單獨研究詩、賦、文中的一種文體，都無法把握山水文學發展的全貌。而只

〔註 1〕 酈道元《水經注·江水》中關於長江三峽的描寫部分，據《太平御覽》卷五三出自盛弘之《荊州記》：「唯三峽七百里中，兩岸連山，略無闕處，重巖疊嶂，自非停午夜分，不見日月。至於夏水襄陵，沿溯阻絕，或王命急宣，有時云朝發白帝，暮至江陵，其間一千二百里，雖乘奔御風，不爲疾也。春冬之時，則素湍綠潭，回清到影。絕巘多生怪柏，懸泉瀑布飛漱其間。清容峻茂，良多雅趣。每晴初霜旦，林寒澗肅，常有高猿長嘯，屬引淒異，空岫傳響，哀轉久絕。故漁者歌曰：巴東三峽巫峽長，猿鳴三聲淚沾裳。」

有將詩、賦、文三者結合，才能將南朝文學中的山水主題論述得更全面，認識得更深刻。

其次，將山水詩賦與山水文一併考察，可以對某些代表性作家在山水文學史上的地位作出更加客觀的評價。

南朝山水作家許多都同時寫有詩、賦、文中的兩種或三種，如謝靈運、蕭繹、吳均創作有山水詩、賦、文，謝朓、蕭綱有山水詩、賦，陶弘景有山水詩、文，若只論一種文體，都無法對其在山水文學史上的地位作出客觀的評價。如吳均，若只論其詩，除了《山中雜詩》影響較大，其它詩作平平，故歷來論南朝山水詩者都不會將他列入重點作家。但若聯繫其《與朱元思書》、《與施從事書》、《與顧章書》三篇山水美文，情形便大不一樣，其在山水文學史上的地位一下子大增。

對於一些跨文體的山水作家而言，論述其此類文體，可以更好地認識另一種文體。如謝靈運被譽爲山水詩大家，其山水賦、文的成就一向被研究者忽視。但其《山居賦》是文學史上罕見的山水大賦，此賦與他同期創作的山水詩關係密切，其山水詩的鋪排寫法受《山居賦》的影響，一些描寫內容也與此賦相同，手法也類似，因此，筆者曾提出「《山居賦》是放大的山水詩，其山水詩則是濃縮的山水賦」的觀點，如果將二者參照對比，可以對彼此都認識得更深刻。

另外，將山水詩、山水賦、山水文三者結合，也是爲了平衡三者研究比例失調的現狀。目前學界關於南朝山水詩的研究較多，而對山水賦、文的關注則不足，本書以南朝山水文學爲研究對象，既是爲了避免南朝山水詩的重複研究之弊，也是爲了改變南朝山水賦、文研究不足的現狀。

最後，將詩、賦、文三者結合，也考慮到了這樣一種現象：在古人觀念裏，詩與賦，賦與文的分別不甚明晰，他們在創作中往往打破彼此的界限，論述時也常常詩、賦不分，賦、文混淆。

詩、賦的分別，最爲模糊。東漢班固曰：「賦者，古詩之流也。」（《兩都賦序》）清劉熙載稱：「詩爲賦心，賦爲詩體。」〔註2〕（《藝概‧賦概》）分別論述了詩、賦的源流關係及藝術上彼此交融的情形。明代胡應麟則認爲：「騷實歌行之祖，賦則比興一端，要皆屬詩。」〔註3〕（《詩藪‧內編卷一》）將騷、

〔註 2〕　王氣中《藝概箋注》，貴陽：貴州人民出版社 1986 年版，第 254 頁。
〔註 3〕　（明）胡應麟《詩藪》，北京：中華書局 1962 年版，第 4 頁。

賦都歸於詩。在創作上，詩人、賦家更是你中有我、我中有你。元代祝堯云：
「賦之源出於《詩》，則爲賦者固當以詩爲體。」〔註4〕（《古賦辨體》卷九「外
錄上」）梁蕭統道：「今之作者，異乎古昔，古詩之體，今則全取賦名。」〔註
5〕（《文選序》）論述了詩人以賦法入詩和賦家以詩法入賦的情形。如庾信《春
賦》，首、尾皆爲詩語：

> 宜春苑中春已歸，披香殿裏作春衣。
>
> 新年鳥聲千種囀，二月楊花滿路飛。
>
> 河陽一縣並是花，金谷從來滿園樹。
>
> 一叢香草足礙人，數尺遊絲即橫路。（首）
>
> 三日曲水向河津，日晚河邊多解神。
>
> 樹下流杯客，沙頭渡水人。
>
> 鏤薄窄衫袖，穿珠帖領巾。
>
> 百丈山頭日欲斜，三晡未醉莫還家。
>
> 池中水影懸勝境，屋裏衣香不如花。〔註6〕（尾）

首爲七言詩句式，尾爲五、七言轉換句式，單獨看，可視作兩首古詩。故明
代謝榛說：「庾信《春賦》，間多詩語。」〔註7〕（《四溟詩話·卷二》）從整篇
賦來看，詩、賦合流的趨向極爲明顯。

賦和文的分別，也不甚明晰。如祝堯稱：「宋之古賦，往往以文爲體」，「四
六，對屬之文也」〔註8〕（《古賦辨體·卷八「宋體」》）。宋人往往以文的手法
入賦，甚至以「文賦」爲賦之一大類。歐陽修《秋聲賦》、蘇軾前後《赤壁賦》
都是以文爲賦，雖冠以賦名，但其內容和手法與一般的文並無多大區別。

另外，選家編詩、賦、文總集時，往往有別類文體竄入的情形，這也反
映了古人對詩、賦、文三者的分別不甚明晰。如明張溥所輯《全上古兩漢三

〔註4〕 轉引自何新文、蘇瑞隆、彭安湘《中國賦論史》，北京：人民出版社 2012 年
版，第 229 頁。（元）祝堯《古賦辨體》10 卷，《四庫全書》「總集類」所收明
嘉靖本。

〔註5〕 （梁）蕭統《文選》，上海：上海古籍出版社 1986 年版，序第 1 頁。

〔註6〕 本書所引文、賦未作特別說明者，均據嚴可均《全上古三代秦漢三國六朝文》
中華書局 1958 年版。

〔註7〕 （明）謝榛、（清）王夫之《四溟詩話 薑齋詩話》，北京：人民文學出版社 1961
年版，第 44 頁。

〔註8〕 轉引自何新文、蘇瑞隆、彭安湘《中國賦論史》，北京：人民出版社 2012 年
版，第 230 頁。

國六朝文》，將同期的賦悉數錄入；清姚鼐《古文辭類纂》原是一部散文選，而屈原、宋玉、司馬相如、揚雄等人的辭賦卻占重要位置，被選入的漢武帝《秋風辭》，又被清沈德潛、近人逯欽立先生視作詩，分別輯入《古詩源》、《先秦漢魏晉南北朝詩》；程千帆先生則將《秋風辭》視作辭賦推薦給讀者，一同以辭賦被推薦的，還有源自《戰國策》的《莊辛說襄王》、劉伶《酒德頌》、魯褒《錢神論》、孔稚珪《北山移文》、韓愈《進學解》，而它們一般被視作「文」〔註9〕。這種現象，正如郭紹虞先生所說：「文的總集中可有賦，詩的總集中也可有賦。賦之為體，非詩非文，亦詩亦文。」〔註10〕劉大杰先生亦稱，賦「是一種半詩半文的混合體」〔註11〕。朱光潛先生也表示：「賦是介於詩和散文之間的。它有詩的綿密而無詩的含蓄，有散文的流暢而無散文的直截。」〔註12〕要嚴格區分詩、賦、文，確實存在諸多難度。

　　當然，儘管將詩、賦、文三者結合論述南朝山水文學，會形成一些新的角度，得出一些新的結論，但也會產生這樣一個問題：如何平衡詩、賦、文三者的比例？

　　對此，筆者在論述中擬立足於作家、作品本身，從詩、賦、文三者的質量、數量、影響等方面權衡，並不在主觀上先期限定比例。而在論述某一段、某一位作家具體成就時，也是結合其作品，或以詩為主，或以賦為主，或以文為主，力求較為準確地論述其山水文學成就。

二、南朝山水文學研究現狀與展望

　　在中國古代文學發展的鏈條上，南朝是一個重要的轉折時期。隨著山水詩（賦、文）、詠物詩（賦）、宮體詩等的興起，南朝文學在題材上取得了較大突破；而隨著聲律論的提出與實踐，駢文、駢賦的湧現，南朝文學在形式上不斷向著格律化與音韻和諧邁進。這一切都為唐代文學的繁榮作著準備，歷代研究者對南朝文學投入了較大的關注，而山水，又成了其重中之重。

〔註9〕　見曹虹、程章燦注釋《程千帆推薦古代辭賦》一書，揚州：廣陵書社2004年版。
〔註10〕　陶秋英《漢賦研究》，杭州：浙江古籍出版社1986年版，第1頁。
〔註11〕　劉大杰《中國文學發展史》，上海：復旦大學出版社2006年版，第84頁。
〔註12〕　朱光潛《詩論》，北京：三聯書店1984年版，第204頁。

（一）研究現狀

　　關於南朝山水文學的研究，既有山水作家、作品的專門論文、論著，更有大量的觀點和論述散見於各類文學史專著、作家專論以及其它論文中。綜合諸多資料，研究者在南朝山水詩產生的背景、南朝山水詩的發展和新變、南朝山水文學的藝術特色等方面形成了研究熱點並呈現出各自特色。

1、南朝山水詩產生背景的研究全面而深入

　　劉勰稱：「宋初文詠，體有因革，莊老告退，而山水方滋。」（《文心雕龍·明詩》）山水詩在宋初以一種獨立的姿態登上詩歌史，成為山水題材興起的標誌。人們研究南朝山水文學的背景，也多從南朝山水詩的產生入手。

　　關於山水詩的產生，上世紀六十年代學術界曾展開過討論，但主要是從詩歌內部題材之因革與滲透方面來討論的，如朱光潛《山水詩與自然美》〔註13〕，曹道衡《也談山水詩的形成與發展》〔註14〕，林庚《山水詩是怎樣產生的》〔註15〕。日本學者小尾郊一認為，山水詩是由招隱詩蛻變而成，山水詩的源頭濫觴於招隱詩〔註16〕。後來，袁行霈先生主編的《中國文學史》綜合各家觀點，認為山水詩的興起，是諸多因素共同作用的結果，《詩經》、《楚辭》、招隱詩、遊仙詩、玄學和玄言詩、五言詩的成熟、江南民歌中的景物描寫等對山水詩的產生都有一定的影響。

　　而山水詩的產生，還有著更為複雜的社會政治、經濟及地理環境的影響。如羅宗強先生認為，江南山水的獨特風貌影響了東晉士人的審美趣味，並促進了山水風格的形成，他指出，當時的士人大多活動於從首都建康南到會稽、永嘉，西南至潯陽一帶，這一地域內，有中國最秀麗的山川，特別是會稽境內，峰巒疊翠，碧水澄潭，雲遮霧繞，明秀中蘊含靈氣，引人遐思，而正是江南的明秀山水造就了東晉士人的山水審美趣味，並奠定了中國士人審美趣味的基本格調〔註17〕。陶文鵬、韋鳳娟主編《靈境詩心——中國古代山水詩史》〔註18〕從魏晉社會經濟結構變遷、朝隱之風、玄學三個方面，較為全面

〔註13〕　《文學評論》1960 年第 6 期。

〔註14〕　《文學評論》1961 年第 2 期。

〔註15〕　《文學評論》1961 年第 3 期。

〔註16〕　小尾郊一《中國文學中所表現的自然與自然觀》，上海：上海古籍出版社 1982 年版。

〔註17〕　羅宗強《魏晉南北朝文學思想史》，北京：中華書局 1996 年版。

〔註18〕　陶文鵬、韋鳳娟《靈境詩心——中國古代山水詩史》，南京：鳳凰出版社 2004 年版。

地論述了山水詩產生的社會歷史原因。指出，隨著東晉時期莊園經濟的興起，社會經濟生活的重心由城市轉向農村，使得士大夫們的生活環境及生活情趣發生了相應的變化，對文學作品的內容及格調產生了微妙影響，促使山水進入文學作品中；魏晉社會的一個顯著特點是隱逸之風盛行，大批的文人學士紛紛投身於大自然，嘯傲林泉，徜徉山水，直接推動了山水詩的興起；魏晉玄學「得意忘象」、「寄言出意」的思辯方式，魏晉人獨特的帶著鮮明哲理色彩的山水觀，正是帶著玄言尾巴的山水詩出現在文學史上的哲學依據。

　　王國瓔先生認爲：中國山水詩的產生與魏晉時代老、莊玄風的盛行息息相關，在老、莊思想的浸濡中，魏晉知識分子嚮往神仙，企慕隱逸和遊覽山水的風氣和生活方式，即是促使詩人走向自然、歌詠山水的重要背景〔註19〕。王偉萍《藥與魏晉南北朝山水詩之關係》〔註20〕一文認爲：藥與魏晉南北朝時期山水詩的興起與日漸成熟有密切關係，在魏晉南北朝時期，出於養生和消疾的需要，服藥之舉與採藥之行成爲時人追奉的風尚，成爲他們重要的生活內容；爲滿足服藥之需，人們「不遠千里」、「窮諸名山，泛滄海」以採藥石，山水在滿足時人藥石之需的同時亦培養和提高了他們的山水之趣，因此，採藥與服藥就與山水及山水詩有了直接的聯繫。趙嬋媛《劉宋一代滋生山水情節的佛教淵源》〔註21〕一文通過分析謝靈運面對山水的態度，看出其徜徉山水、體道適性、捨棄世俗的佛家理想，從其山水詩中窺探出《淨土三經》所描述的無比莊嚴、清靜、美妙的極樂世界的蛛絲馬蹟。劉強《曲水緣何能賦詩──兼及山水詩的形成》〔註22〕一文通過分析古代上巳節傳統至「三月三日曲水賦詩」現象的發展過程，指出，由於題材的規定性，曲水詩對自然環境和歲時景物的細緻描摹，較早地展現出後來的山水詩的某些品質，從而影響並促進了山水詩的形成。

　　隱逸是古人較爲普遍的一種生活方式。而隱逸之風對山水詩的產生的影響，也成爲各家論述的重點，吳功正《六朝隱逸情調與美學風貌》〔註23〕、

〔註19〕　王國瓔《中國山水詩研究》，臺北：聯經出版事業公司 1986 年版。

〔註20〕　王偉萍《藥與魏晉南北朝山水詩之關係》，《上海師範大學學報‧哲社版》2007年第 1 期。

〔註21〕　趙嬋媛《劉宋一代滋生山水情節的佛教淵源》，《文藝評論》2011 年第 8 期。

〔註22〕　劉強《曲水緣何能賦詩──兼及山水詩的形成》，《古典文學知識》2006 年第 4 期。

〔註23〕　吳功正《六朝隱逸情調與美學風貌》，《江漢論壇》1994 年第 8 期。

袁行霈先生主編的《中國文學史》和劉長雪碩士論文《隱逸與南朝山水詩》〔註
24〕都有論述，而尤以劉長雪《隱逸與南朝山水詩》論述得最爲詳切，該文在
描述南朝隱逸之風盛行一時現象的基礎上，闡述了隱逸對山水審美意識的促
進作用，認爲山水審美意識的發展是山水詩在南朝成型的必要前提，隱逸作
爲一個重要因素，促使南朝山水詩呈現出獨特的風貌，既爲唐代山水與田園
合流之後形成的山水田園詩提供了寶貴的藝術經驗，又以自身獨有的藝術特
色在詩史上佔據了一個不可替代的地位。

　　總之，關於山水詩的產生，從上世紀六十年代至今，一直是學界討論的
熱點問題。學者們從政治、經濟、地理、文化等各個方面展開了全面論述，
但凡與山水有關的因素，幾乎全面涉及，爲我們做系統而深入的背景論研究
打下了良好的基礎。

2、南朝山水詩發展與新變的研究有較大突破

　　就山水詩而言，南朝稱得上一流的大家，除了「大小謝」，便很難找出第
三人來。而「大小謝」相距年代較近，在謝朓以後近百年的時間裏，再沒有
特別有影響的山水詩人，這令學界在研究南朝山水詩史時，常常到謝朓即結
束，如王凱《自然的神韻——道家精神與山水田園詩》〔註 25〕一書站在道家
精神對山水田園詩影響的角度，粗線條地勾勒了先秦至晚唐山水田園詩的輪
廓，論及南朝時，以「謝靈運山水詩的寫作模式」始，「鮑照、謝朓的推波助
瀾」止，僅涉及到南朝前期山水詩的發展狀況。

　　從謝靈運到謝朓，山水詩風的變化極爲明顯，論述其間的新變成爲學界
研究的重點。張伯良《魏晉南北朝山水詩的醞釀、形成和發展》〔註 26〕將魏
晉南北朝山水詩發展分爲醞釀階段、形成階段（謝靈運）、完善並趨向成熟階
段（謝朓），重點在謝靈運和謝朓；李豔敏《「重道」與「重情」——從謝靈
運到謝朓看南朝文學批評意識的嬗變》〔註 27〕更是以「大小謝」詩風變化爲
主要研究對象，分析了南朝文學批評意識從逐步淡化社會功能到追求美學價

〔註24〕 劉長雪《隱逸與南朝山水詩》，華東師範大學 2005 年碩士論文。

〔註25〕 王凱《自然的神韻——道家精神與山水田園詩》，北京：人民出版社 2006 年
　　　　 版。

〔註26〕 張伯良《魏晉南北朝山水詩的醞釀、形成和發展》，《江南大學學報・人文
　　　　 科版》2002 年第 4 期。

〔註27〕 李豔敏《「重道」與「重情」——從謝靈運到謝朓看南朝文學批評意識的嬗變》，
　　　　 《南京理工大學學報・社科版》2008 年第 3 期。

值的軌跡，指出：謝靈運的山水詩以追求玄理爲審美旨歸，其山水形象多客觀性，缺乏完美的意境；而謝朓則超越了單純的悟道，追求人情美與自然美的契合，其山水形象主觀情意較濃，重視意境的創造，以審美創造爲旨歸。

　　對於南朝山水詩的新變，曹旭先生《論宮體詩的審美意識新變》〔註 28〕一文論述的雖是宮體詩，卻對我們認識和瞭解這些宮體詩人筆下的山水詩有啓發，該文認爲：欣賞山水美在南朝是一種時髦的風尚和士人的共同愛好，「而事實上又不可能每天去光顧名山大川，作爲權宜之計，人們便在自己的住宅邊鑿池引流，植木種卉，以玲瓏別致、巧奪天工的假山和流觴曲水代替和模仿大自然的眞山眞水，以達到朝夕相見之目的。於是，各種風格的庭園建築美學便在南朝宋、齊、梁之際迅速發展起來──從山野走向庭宇，一步步向生活靠近」，其實已經提示我們關注蕭綱、蕭繹等人以描寫宮苑山水爲對象的山水詩。

　　對南朝山水詩的新變論述得最爲詳切的，是王國瓔《中國山水詩研究》一書，該書以較多的筆墨，詳細論述了山水詩從謝靈運（「山水與莊老名理並存」），到謝朓（「山水與宦遊生涯共詠」），再到梁代蕭氏父子（「山水與宮廷遊宴同調」）的發展新變過程，對每個階段詩歌風格特點的描述也極爲精準，如對蕭氏父子宮廷遊宴山水詩的描述：「這期間的山水詩，和詠物詩、宮體詩一樣，多爲君臣遊宴之餘，酬酢唱和之作，具有強烈的『遊戲性』」，「其普遍特色就是『巧言切狀』與『酷不入情』」〔註 29〕。

　　而另幾部研究中國山水詩的專著《中國山水詩史》〔註 30〕、《靈境詩心──中國古代山水田園詩史》等，在論述南朝山水詩時雖不失詳盡，但從「史」的角度展示的多，分析其內在新變的卻顯不足，如李文初《中國山水詩史》論述南朝山水詩發展，分爲「謝靈運──開創山水詩新局面的劃時代詩人」、「鮑照和謝朓」、「梁陳時期的山水詩」三個部分，基本是按朝代先後順序劃分的，未能分析出南朝山水詩新變的內部規律。《靈境詩心──中國古代山水田園詩史》論述南朝山水詩創作時，分「山水詩派的開創者：謝靈運」，「鮑

〔註 28〕　曹旭《論宮體詩的審美意識新變》，《文學遺產》1988 年第 6 期。
〔註 29〕　王國瓔《中國山水詩研究》，臺北：聯經出版事業公司 1986 年版，第 221～222頁。
〔註 30〕　《中國山水詩史》有兩部，分別爲丁成泉《中國山水詩史》，武漢：華中師範大學出版社 1990 年版。李文初《中國山水詩史》，廣州：廣東高等教育出版社 1991 年版。

照：開雄奇之境」，「永明體詩人的山水詩創作」，「謝脁：靈心秀口寫山水」，「梁陳時期的詩歌創作」幾個部分，只是按照大致的時間先後順序，將重點山水詩人作了散點介紹，並沒有探討詩人之間的前後關聯，更沒有發掘出南朝山水詩發展和新變的內部規律。

總之，學界對南朝山水詩發展和新變的研究，雖然更多地側重於前期，對「史」的展示的偏多，但以王國瓔《中國山水詩研究》為代表，深入發現並發掘其新變規律，已經取得了較大成績。

3、南朝山水文學藝術風格的研究向賦的拓展

魏晉南北朝是中國歷史上人的覺醒和文學自覺的時代，南朝更是一個唯美主義時代。南朝文人自覺地融美學思想於文學中，表達自己的審美感受和審美追求。對於南朝山水文學藝術風格的研究，也是學界關注的一個熱點。

其中，王力堅《性靈、佛教、山水——南朝文學的新考察》〔註 31〕、趙沛霖《南朝山水詩的美學特徵及其貢獻》〔註 32〕、納秀豔《論南朝山水詩的形態特徵》〔註 33〕和蘭宇冬的碩士論文《中古詩歌的時空表達》〔註 34〕著眼於南朝，從總的時代審美趨向的角度展開了論述。王力堅《性靈、佛教、山水——南朝文學的新考察》認為，由於佛教心性學說的影響，南朝「性靈說」超越對世間常態情感的執著，而走向對心靈及精神世界的探索。「性靈說」在整個南朝已初具規模並漸成思潮，南朝的山水詩集中體現了這一理論的新發展，並開拓了以追求神韻靈趣為特徵的新的詩歌美學境界。趙沛霖《南朝山水詩的美學特徵及其貢獻》一文認為，南朝山水詩的重要美學特徵表現為：一是賦予自然山水以濃重的主觀色彩，抒寫對於自然山水的獨特感受，達到情與景的統一；一是不但精心刻畫自然山水的外在美，更著力於把握其內在意蘊和神韻，達到形與神的統一。蘭宇冬《中古詩歌的時空表達》論述了南朝山水詩的時空藝術，指出：謝靈運山水詩在繼承前代詩歌行旅方式的基礎上，在詩作中第一次大量表現了「山水」空間存在的「共時並存、方位佈局、相對關係、色彩」等特徵，開拓了中國詩歌的空間表達；謝脁、江淹等詩人

〔註 31〕 王力堅《性靈、佛教、山水——南朝文學的新考察》，《海南師範學院學報・哲社版》2000 年第 1 期。
〔註 32〕 趙沛霖《南朝山水詩的美學特徵及其貢獻》，《文學遺產》2009 年第 5 期。
〔註 33〕 納秀豔《論南朝山水詩的形態特徵》，《青海師範大學學報・哲社版》2010 年第 4 期。
〔註 34〕 蘭宇冬《中古詩歌的時空表達》，山東大學 2003 年碩士論文。

在山水詩中進一步採取了「定點透視」的取景方式，詩歌逐漸實現了流動的情與空間的景的融合。納秀豔《論南朝山水詩的形態特徵》指出，南朝山水詩以五言爲基本的詩歌形式，其與當時的文學思想、美學追求的融合，構成了山水詩清麗、明秀的藝術境界。五言詩以其靈動活潑的形式美、精美婉轉的音韻美，最終推動了南朝山水詩清麗明秀、雋永純美詩風的形成。

　　而對一些山水作家藝術風格的論述，也成爲學界關注的重點，特別是謝靈運和謝朓。

　　關於謝靈運山水詩藝術風格的論述，有余大平《謝靈運山水詩的旅遊美學意境》〔註35〕，程淑彩《謝靈運山水詩語言形態分析》〔註36〕，姜劍雲、王巖峻《「巧似」抑或「自然」？——謝靈運山水詩藝術特徵辨說》〔註37〕，郭福平《「人的覺醒」語境下的謝靈運山水詩創作》〔註38〕，渠曉雲《謝康樂體論析——以謝詩中對「水」的描畫爲例》〔註39〕、時國強《玄學在謝靈運山水詩中的作用》〔註40〕，劉育霞、孫力平《論謝靈運山水詩用典的特色及意義》〔註41〕等論文。時國強《玄學在謝靈運山水詩中的作用》指出：謝靈運山水詩中的玄學語句，在結構上構成了起承轉合的重要環節，在情感內容上使所要表達的主旨意趣進一步具體明朗化，深化了詩歌的主題；玄學得意忘言的思維方式有助於理解謝詩寫景繁蕪的特點；玄學的高遠追求提升了山水詩的脫俗品格。郭福平《「人的覺醒」語境下的謝靈運山水詩創作》從魏晉時期社會背景的角度，探討了謝靈運山水詩創作的思想根源和創作成就，認爲謝靈運以其顯赫家世的驕傲，以特立獨行的性格，目空一切而放蕩不羈，成了時代黑暗的犧牲品；而他的山水詩正體現了其追求獨立不羈的個性，嚮

〔註35〕余大平《謝靈運山水詩的旅遊美學意境》，《東南大學學報‧哲社版》2001年第2期。

〔註36〕程淑彩《謝靈運山水詩語言形態分析》，《河北師範大學學報‧哲社版》2008年第1期。

〔註37〕姜劍雲、王巖峻《「巧似」抑或「自然」？——謝靈運山水詩藝術特徵辨說》，《山西大學學報‧哲社版》2009年第2期。

〔註38〕郭福平《「人的覺醒」語境下的謝靈運山水詩創作》，《貴州大學學報‧社科版》2009年第3期。

〔註39〕渠曉雲《謝康樂體論析——以謝詩中對「水」的描畫爲例》，《江西社會科學》2009年第6期。

〔註40〕時國強《玄學在謝靈運山水詩中的作用》，《船山學刊》2010年第3期。

〔註41〕劉育霞、孫力平《論謝靈運山水詩用典的特色及意義》，《南昌大學學報‧人文社科版》2010年第4期。

往自由的境界。余大平《謝靈運山水詩的旅遊美學意境》認爲，謝靈運在遊覽山水時，往往選擇那些高峻、奇險山峰、懸崖作爲目標，以極大的探險勇氣和征服困難的熱情在崎嶇的山道上攀登，從中獲得無窮的樂趣，謝靈運在旅遊中對山水景物的光亮和色彩的感受十分靈敏，「他的山水詩通過對陽光、月色、晴空、陰晦以及山水林木繽紛色彩的精心描繪，將大自然的迷人景色藝術地再現出來」，形成了冷靜觀察、細心體味和細緻描寫的特點。

關於謝朓，魏耕原《謝朓山水詩審美時空的拓展》〔註 42〕一文指出，謝朓繼踵謝靈運，在登高臨遠和黃昏眺望兩個系列題材上對山水詩進行了拓展。高淑平的碩士論文《論謝朓五言詩的審美個性》〔註 43〕將謝朓的山水詩風格概括爲「一切景語皆爲情語」。陶春林的碩士論文《略論謝朓詩歌的「清麗」風格》〔註 44〕認爲，謝朓詩的「清麗」，不僅表現在審美客體的純淨芳潔上，而且表現爲主體內心世界的高華，謝朓在審美客體的選擇上存在著一致性，主要傾向於清新明麗的意象。

值得一提的是，學界對藝術風格的研究已不局限於山水詩，而是拓展到了山水賦。周勳初《論謝靈運山水文學的創作經驗》〔註 45〕一文將謝靈運《山居賦》和他的山水詩進行對比後指出，《山居賦》「在形式結構上，在字句編排上，和山水詩的技法有許多相通之處，都表現出他的詩文中常見的那種形式美」，他在開闢山水文學這一新領域時，多方探索，將詩賦中有關形式美的技法靈活運用。《山居賦》中就時時出現這方面的嘗試，而這種嘗試，也就在山水詩的創作中結成了果實。崔向榮、魏中林《元嘉詩歌新變背景下山水詩的賦法意識與實踐》〔註 46〕一文認爲，在「文體宜兼，以成其美」（《山居賦序》）的文學觀指導下，謝靈運以賦法施於詩，將「窮物之變」的鋪敘手法嫺熟地運用於山水詩的摹寫，大量使用俳偶，很好地適應了山水題材體物圖貌這一新的藝術追求，最終使其山水詩叛古開新，獲得巨大成功。雖然這兩篇論文針對的都是謝靈運《山居賦》，但關於山水賦的藝術性的探討顯然開始受到學界重視。

〔註 42〕 魏耕原《謝朓山水詩審美時空的拓展》，《文學遺產》2001 年第 4 期。
〔註 43〕 高淑平《論謝朓五言詩的審美個性》，東北師範大學 2004 年碩士論文。
〔註 44〕 陶春林《略論謝朓詩歌的「清麗」風格》，廣西師範大學 2005 年碩士論文。
〔註 45〕 周勳初《論謝靈運山水文學的創作經驗》，《文學遺產》1989 年第 5 期。
〔註 46〕 崔向榮、魏中林《元嘉詩歌新變背景下山水詩的賦法意識與實踐》，《暨南學報‧哲社版》2010 年第 2 期。

　　總之，南朝山水文學藝術性的研究既有總體藝術風格的探討，又有重點作家的論述，「大小謝」依然是研究的重點；就文學類型而言，關於藝術性的論述已拓展到山水賦。

　　學界關於南朝山水文學的研究，除了在以上三個方面形成了熱點外，在文學史地位、文體的突破方面也有一些論述，能夠給我們諸多借鑒和啓示。

　　關於南朝山水文學的地位和影響，朱金城、朱易安《〈昭明文選〉與唐代文學》〔註47〕一文從唐代文人對《昭明文選》的態度，論述了六朝文學對其所產生的巨大影響，特別其中分析了李白、杜甫對謝朓、庾信等人的推崇和學習。裴斐《李白與魏晉南北朝時期詩人》〔註48〕一文詳細論述了「大小謝」對李白詩歌創作的影響，認爲李白所取法大謝者在於其詩「興多才高，故藻飾中每有新奇鮮活之趣」，而他更偏愛謝朓的原因，在於「大謝多工麗，小謝趨於清新」，「其所激賞者，要皆清新之句」。高小康《永嘉東渡與中國文藝傳統的蛻變》〔註49〕一文指出：「謝靈運一代的山水詩與建安文學不能比氣象、比風骨，沒有那種闊大的視野和深沉的情思；它所具有的是真切、細微的直觀感受。」唐人「『羚羊掛角，無跡可求』的意境不會直接從漢魏慷慨任氣的抒情意向中產生，而是從晉宋山水詩開拓出的精微感覺發展而來」。趙沛霖《南朝山水詩的美學特徵及其貢獻》〔註50〕一文表示：「如果考慮到東晉時期山水詩剛剛出現，南朝詩人的山水詩創作一空依傍，無可借鑒，一切都需草創和獨立探索，就足以看出南朝詩人的巨大創造精神。就這樣，山水詩通過南朝詩人卓有成效的努力，終於走向成熟，其影響所及也遠遠地超出了南朝而惠及歷代。我國山水文學發展史上的第一個高峰──唐代山水詩──就是直接借鑒了南朝山水詩的成功創作經驗而出現的，這足以說明南朝山水詩在我國山水文學發展史上的重要地位和承上啓下作用。」

　　在文體上，除了前面所述周勛初《論謝靈運山水文學的創作經驗》、崔向榮、魏中林《元嘉詩歌新變背景下山水詩的賦法意識與實踐》向論山水賦方向拓展，於浴賢在《六朝賦述論》〔註51〕一書中設「山水賦」專章，對「山水賦」進行界定並溯源，認爲山水賦濫觴於東漢，興起於魏晉，至東晉而繁

〔註47〕　朱金城、朱易安《〈昭明文選〉與唐代文學》，《文學評論》1985 年第 6 期。
〔註48〕　裴斐《李白與魏晉南北朝時期詩人》，《文學遺產》1986 年第 1 期。
〔註49〕　高小康《永嘉東渡與中國文藝傳統的蛻變》，《文學評論》1996 年第 4 期。
〔註50〕　趙沛霖《南朝山水詩的美學特徵及其貢獻》，《文學遺產》2009 年第 5 期。
〔註51〕　於浴賢《六朝賦述論》，保定：河北大學出版社 1999 年版。

榮，山水賦的興起和繁榮，爲南朝山水詩的興起、齊梁山水駢文的繁榮起了導夫先路的作用。

另外，學界還向山水文方面滲透。特別是王立群先生，他不僅發表《晉宋地記與山水散文》〔註52〕專文，更撰寫《中國古代山水遊記研究》〔註53〕專著：前者由袁山松的山水描寫特別是「山水有靈，亦當驚知己於千古矣」句，提出「知己」說，認爲「袁山松的『知己』說明顯地撇開了魏晉玄學思想的影響，它不把自然山水作爲『道』的體現而徑直作爲審美主體的審美對象去把握」；後者專設「晉宋地記與山水描寫」章，展示了袁山松、盛弘之等晉宋地記作家的山水文學成就，並將袁山松、盛弘之等地記作者爲代表的山水散文與以謝靈運爲代表的山水詩歌並舉，認爲他們「當之無愧的是以文學形象體現新的山水意識的代表」，將自然山水作爲一種獨立的審美對象，又例舉了酈道元直接或間接引用袁山松《宜都山川記》、盛弘之《荊州記》、無名氏《湘中記》、范汪《荊州記》、無名氏《荊州圖記》入《水經注》的情形，得出晉宋地記對酈道元《水經注》有著巨大影響的結論。王娟俠、楊遇春《略論南北朝地志的山水化和文學化》〔註54〕則針對酈道元對晉宋地記的借鑒和吸收，認爲《水經注》融合南北文風，記敘千山萬水，以多樣化的筆法融情入景，形成了「空漾蕭瑟」和「遒勁蒼老」等多元藝術風格，是晉宋地記文學的集大成者。

（二）展望

從以上分析可知，學界對南朝山水文學的研究在諸多方面取得了成績，爲後人進行系統整理與研究提供了較大方便。如論述山水詩的產生，可謂周詳備至；展示南朝山水詩的發展和新變，從謝靈運到謝朓，再到蕭綱，已取得重大突破；探討南朝山水文學的藝術特色，已兼及詩、賦，並將同一作家的詩、賦進行對比研究；關於南朝山水文學的地位及影響，已約略涉及謝靈運、謝朓對李白的影響；以晉、宋地記爲突破口，對南朝山水文的研究也取得了一定進展，對酈道元借鑒和吸收晉、宋地記有了認識。所有這些，都是筆者論述「南朝山水文學」時必須借鑒和吸收的。

〔註52〕 王立群《晉宋地記與山水散文》，《文學遺產》1991 年第 1 期。
〔註53〕 王立群《中國古代山水遊記研究》，北京：中國社會科學出版社 2008 年版。
〔註54〕 王娟俠、楊遇春《略論南北朝地志的山水化和文學化》，《樂山師範學院學報》2007 年第 6 期。

　　但同時，我們也要看到，學界對南朝山水文學的研究有些方面尚有不足，如對山水詩的研究較多，山水賦、山水文則明顯不足；對重點作家的研究較多，其它山水作家則被忽視。

　　而需要深入和開拓的方面還有許多，如南朝山水詩的新變，謝靈運、謝朓、蕭綱山水詩特點，需要準確概括，其新變的原因、背後的詩人群體，也需要論述；南朝山水文學對北朝及歷代作家的影響究竟是怎樣的，是否有個案可作詳細對比，也是可以突破的；山水詩、山水賦、山水文可否結合，如何結合，結合以後能否帶來新的觀點，這也是需要探究的。

　　總之，從南朝山水文學的研究現狀看，學界在諸多方面取得了成果，為我們的研究提供了便利，也留下了一些學術空白點和需要進一步深入的部分，對這後一部分的研究，正是本書欲突破的地方。

三、研究思路、方法和突破

　　南朝山水文學涉及的作家、作品眾多，時間跨度較大，對材料如此豐富、頭緒如此紛雜的對象進行論述，自然不可能面面俱到。因此，本書從眾多的角度中，選取背景、新變、地域性、美學特徵、影響五點集中展開論述。總的來看，從背景、新變到影響，構成了時間線索，將南朝山水文學作了一個縱向的勾劃；地域性則選取空間角度，對南朝山水文學作了一個橫向的展示；而美學特徵則從藝術的角度進行深度挖掘。五個部分在論述時相對獨立，但在總體安排上又縱橫交錯，相互關聯，彼此構成一個有機的整體。

　　本書立足作家、作品，注重文本分析，在論述作家藝術風格和藝術成就時，緊緊圍繞其作品展開，力爭做到全面而真實地反映一個作家的藝術風格。如對南朝山水文學大致分為自然情趣、羈旅情懷、閒適情趣、隱逸情趣四類，但分析具體作家時常有一個作家兼有兩種或兩種以上風格作品的情形。對此，本書在反映其主要藝術風格時，將其它風格的作品也如實展示。如謝朓、沈約既是羈旅類山水文學的代表作家，但也有一些隱逸情趣的作品，如謝朓《治宅》、沈約《宿東園》等。

　　在具體論述時，本書採用了文史互證、以史帶論的方法，力爭做到有理有據，所引用的材料能證明觀點，所得出的結論能由材料推出。如第一章第三節論述「隱逸文化對山水文學的影響」時，為論證隱逸將更多的山水帶入人們的生活，帶進人們的視野，即從《後漢書》、《魏志》、《世說新語》中列

舉了大量隱士走進深山、令這些深山大澤名滿天下的事實。第一章論述山水文學的新變時，充分展示其複雜性，既分析山水文學自身發展的必然性，也與不同時期的政治、經濟以及文化背景相結合，論述永明文人羈旅類山水文學的發展及羈旅文學思潮的形成時，即結合了南齊一朝皇室多關心文學與政治上極為動盪、充滿著殺戮的特殊政治背景。

本書較多地運用了對比的方法。如論述謝朓等人以羈旅入山水時，即將其與謝靈運等人表現自然情趣的山水文學相比，論述蕭綱等人以閒適情趣入山水時，又將其與謝靈運、謝朓等人相比；將吳均等人表現隱逸情趣的山水文學與謝靈運等人表現自然情趣的山水文學相比等。論述《水經注》對南朝地記的繼承時，即將南朝地記中的山水描寫與《水經注》中的相同內容進行對比，論述南朝山水文學對北朝和盛唐的影響時，也多次對不同時代作家人生經歷、作品進行比較，進而分析相互之間的聯繫。

在收集了大量第一手資料並充分吸收此前研究成果的基礎上，本書在以下幾方面有所突破：

1、提出了「南朝山水文學」概念：學界在論述南朝文學時，多將研究視野局限於山水詩，而忽視了山水文、山水賦，本書提出山水文學的概念，突出了南朝文學中的山水主題，客觀展示了南朝文學在山水題材方面取得的成績，同時，對南朝以後山水文學研究也提供了新的視角。

2、「玄言山水詩」概念的補充和論述：「玄言山水詩」的概念最早由陳貽焮先生 1993 年在《評葛曉音的〈山水田園詩派研究〉》〔註55〕一文中提及，但並沒有展開並作具體的論述。筆者重提「玄言山水詩」的概念，是基於東晉時期玄言詩盛行之際，在玄言詩、山水詩之間存在著一種過渡的詩歌形態，即「玄言山水詩」。通過分析蘭亭雅集時王羲之、謝安、孫綽等人創作的 41 首蘭亭詩，可以清楚地看到由玄言向山水過渡的現象以及「玄言山水詩」的存在。這可以更好地幫助我們認識玄言詩與山水詩的關係。

3、南朝山水文學新變性的論述：對於新變的把握，可以更加全面而深刻地瞭解南朝山水文學。筆者在前人已取得成果的基礎上，通過分析南朝作家的大量山水作品，提出「四段」論，分別為謝靈運等人以自然情趣入山水、謝朓等人以羈旅情懷入山水、蕭綱等人以閒情入山水、吳均等人以隱逸情趣入山水，對每一段的代表性作家、作品，作品藝術風格，圍繞在代表性作家

〔註55〕陳貽焮《評葛曉音的〈山水田園詩派研究〉》，《文學評論》1993 年第 4 期。

周圍的文人群體都作了詳細論述，盡可能地接近南朝山水文學發展的眞實狀貌。

　　4、南朝山水文學地域性的論述：根據文學地理學的有關理論，筆者在對作品進行具體分析的基礎上，將南朝文人筆下的山水作了一番概括，提煉出「江南山水」、「荊山楚水」、「湖湘山水」、「匡廬山水」四大詩歌意象，描述各自特點，分析其形成原因，這對文學的地域性研究是一個有益的探索，對當前較熱的地域文化研究也有積極意義。

　　5、《水經注》對南朝地記繼承的論述：南朝地記今多佚，但《藝文類聚》、《初學記》、《太平御覽》等唐、宋類書中保存有大量南朝地記的片段，其中多涉山水描寫。筆者在充分搜集這些資料的基礎上，將《水經注》與之進行對比、分析，總結出相互之間的關係，對南朝地記研究亦作一些探索。

第一章　南朝山水文學發生的背景

　　本章論述南朝山水文學發生的背景，從三個方面展開：山水文學自身發展的背景；隱逸文化背景下的山水審美；玄言與山水。

　　山水文學的興起，以劉宋初謝靈運山水詩、山水賦、山水文的大量創作爲主要標誌。從此，山水一躍而成爲中國古代文學、特別是詩歌最主要的題材之一。

　　而在此前，山水文學已歷近千年的孕育和成長過程。

　　《詩經》中即有較爲簡單的山水景物描寫，且多用於比興；《楚辭》中的山水描寫更複雜、更細膩，時空意象也逐漸明晰，且大量地融入了詩人的情緒；漢大賦中的山水描寫手法更豐富，常常將比喻、誇張、排比、擬人、對偶等綜合運用，鋪陳誇飾，但漢大賦中的山水多爲想像的山水，山水的藝術形象被簡單化、概念化。它們對山水文學的孕育都有一定的積極作用。

　　東漢初年，馬第伯《封禪儀記》以記實的手法對泰山進行描寫，在山水文上有所突破。東漢後期，隨著班彪《北征賦》、班昭《東征賦》、張衡《歸田賦》、蔡邕《述行賦》等抒情小賦的興起，賦在描寫山水時出現了寫實性傾向，一改漢大賦的「籠統而大」爲「具體而微」，促進了魏晉時期山水賦的興起。與賦中的山水描寫相比，魏晉文人詩中的山水景物描寫更多、更普遍，且有大量山水描寫佳句，曹操、曹丕、曹植、王粲、劉楨、嵇康、李顒、庾闡、湛方生、宗炳等人都有完整的山水詩。此外，魏晉文人書信、詩賦序、地志、山水遊記、山水銘文中也有大量的山水描寫。

　　隨著文學作品中大量山水描寫的出現和獨立山水文學作品的不斷湧現，魏晉文人的山水審美逐漸由不自覺到自覺、無意識到有意識，只待第一個山水大家謝靈運的出現了。

　　山水文學的興起，還受中國隱逸文化、東晉文人談玄之風的影響，它們賦予了山水文學獨特的內在品質。

　　隱逸文化從本質上說，是以自然爲宗的文化，表現爲走進自然、親近自然，與自然和諧相處，與天地融爲一體。隱逸文化對山水文學的影響，一是將眾多不爲人知的山水引入了文人的視野；二是影響了文人對於自然山水的態度，令其親近自然，熱愛山水；三是促進了文人的山水審美。

　　東晉以後，隨著偏安政局的形成、士人苟安心態的滋生，文人們很自然地向著身心兩個方向拓展著自己的世界：一方面走進自己的內心，爲尋找精神的慰藉而談玄，寫玄言詩；一方面走向隱逸，走向自然山水。江南明秀的山水照亮了文人的眼睛。

　　隱逸文化的一個重要特徵，是怡情，是借隱逸以表達隱逸者遠離塵世、高潔脫俗的志趣。這就令文人在走進山水，進行山水審美時，不是僅僅欣賞山水本身的美，而是借山水以怡情，表達其內心的志趣。因此，東晉文人的山水審美不是僅停留在山水的表面，而往往對山水投入主觀的情緒，不僅眼觀山水，而且用心去感受山水。吟詠山水成爲其表達志趣的一種方式。東晉人的山水描寫往往極爲簡潔、明瞭，卻又能深深觸動人心、給人以高遠之想。

　　與隱逸之風同時的，是東晉文人的談玄之風。談玄之風對於山水文學的影響，表現在兩個方面：

　　一是促進了文人的山水遊賞之風，進而影響到其山水審美。東晉文人的「玄對山水」，是以一種談玄、探理的方式面對山水。在玄對山水的過程中，他們發現了山水之美包括兩個層面，即內美和外美，而內美更爲本質。所謂「玄對山水」，就是要探尋這內美，借山水以領悟玄理，發現山水中蘊含的哲思。在此過程中，東晉文人對山水的認識更加深刻了。在隱逸之風和談玄之風的共同作用下，東晉文人在面對山水時表現出「雅」的審美情趣，對山水文學有著極大影響。

　　二是玄言詩孕育了山水詩。玄言詩有著清虛、恬淡之美，具體表現爲篇幅不長，感情清淡，語言平實。這些特點，對當時的山水詩有較大的影響。王羲之等人的蘭亭詩，表現出由玄言向山水的過渡態勢，證明玄言詩本身即含有山水的因子，即玄言詩中的山水描寫，在一定的時機下，可以改變其「玄言詩背景或點綴」的地位而發展爲山水詩。

第一節　山水文學自身的發展背景

「山林皋壤，實文思之奧府」〔註1〕（《文心雕龍・物色》），人們面對美麗的自然山水，心賞目悅，目有所觸、心有所感是很自然的事情。如《韓詩外傳・卷十》載：「齊景公遊於牛山之上，而北望齊，曰：『美哉國乎，鬱鬱蓁蓁！』」〔註2〕劉向《說苑》曰：「齊景公遊海上，樂之，六月不歸」〔註3〕（歐陽詢《藝文類聚》卷二十八引），「楚昭王欲之荊臺遊，司馬子期進諫曰：『荊臺之遊，左洞庭之波，右彭蠡之水，南望獵山，下臨方淮，其樂使人遺老而忘死』」〔註4〕（《《文選》李善注引》）《新序》又稱：「晉平公遊西河，中流而歎曰：『嗟乎，安得賢士與共此樂乎！』」（歐陽詢《藝文類聚》卷二十八引）而莊子、惠施也有濠上之遊，司馬遷更是登會稽探禹穴登姑蘇望五湖。待文人們以審美的眼光審視山水時，山水文學也就出現了。

一、山水文學的孕育

自中華民族發祥之日起，山水自然就與先民保持著天然的聯繫。然而，遠古時期，它一直作爲異己的神秘力量與人類對峙著，在人們心中是神聖而神秘的，先民對其頂禮膜拜，懷著敬畏之心——因爲自然有著某種神奇的力量，「山林川谷丘陵，能出雲爲風雨，見怪物，皆曰神」〔註5〕（《禮記・祭法》），遠古的神話因此產生。在這種情勢下，人們自然不可能以眞正審美的眼光來審視山水。直到《詩經》時代，隨著人們對自然的認識逐漸深入，山水開始表現出親近、可愛的一面。

（一）《詩經》中的山水描寫

《詩經》是中國文學的源頭，其中已經產生了許多類型的詩歌，如愛情詩、農事詩、行役詩等，但並沒有出現山水詩，「《三百篇》有『物色』而無

〔註1〕　注：本書所引《文心雕龍》，均據（梁）劉勰撰、范文瀾注《文心雕龍注》人民文學出版社 1958 年版。

〔註2〕　（漢）韓嬰《韓詩外傳集釋》，中華書局 1980 年版，第 350 頁。

〔註3〕　注：本書所引《藝文類聚》，均據（唐）歐陽詢撰《藝文類聚》中華書局 1982 年版。

〔註4〕　（梁）蕭統編、（唐）李善注《文選》，上海：上海古籍出版社 1986 年版，第 1257 頁。

〔註5〕　陳澔注《禮記》，上海：上海古籍出版社 1987 年版，第 253 頁。

景色，涉筆所及，止乎一草、一木、一水、一石」〔註6〕。這與人們對自然山水的認識有關。但《詩經》中也有一些山水景物的描寫，「呈露了中國人欣賞自然的最早萌芽」〔註7〕，這些山水景物描寫表現出三個方面的特點，並對山水文學分別產生了一定的影響：

一是簡單。《詩經》作者對山水景物的描寫，比較簡略，都不過隻言片語。如「泰山巖巖」〔註8〕（《魯頌・閟宮》），「嵩高維嶽，峻極于天」（《大雅・嵩高》），「節彼南山，惟石巖巖」（《小雅・節南山》），「薈兮蔚兮，南山朝隮」（《曹風・候人》），「溱與洧，方渙渙兮」，「溱與洧，瀏其清矣」（《鄭風・溱洧》），「揚之水，白石鑿鑿」（《唐風・揚之水》），「南山烈烈，飄風發發」（《小雅・蓼莪》），它們只是在總體上對山水作了一個印象式的提示，並不深入其中，作更具體的描繪，「並以少總多，情貌無遺」（劉勰《文心雕龍・物色》）。這對後來的山水詩全景式、概念化地把握山水特點產生了影響。

二是用於起興。「興」是《詩經》一種很重要的修辭手法，「興者，先言他物以引起所詠之詞也」〔註9〕（宋朱熹《詩集傳》），為了引出此物先以彼物起興，而用來起興的多為自然景物，如「江漢浮浮，武夫滔滔」（《大雅・江漢》），「汶水湯湯，行人彭彭」（《齊風・載驅》），「關關雎鳩，在河之洲。窈窕淑女，君子好逑」（《周南・關雎》），「河水洋洋，北流活活。施罛濊濊，鱣鮪發發。葭菼揭揭，庶姜孽孽，庶士有朅」（《衛風・碩人》），「蒹葭蒼蒼，白露為霜。所謂伊人，在水一方」（《秦風・蒹葭》）等，這種作為起興的景物描寫，不一定是客觀所見，帶有主觀和臆想的意味。中國山水詩有著較多的主觀色彩，當以此為發端。

三是出現了觀賞者。如果僅僅是山水描寫，只是一幅靜態的畫，但若多了一個觀賞者，便不僅僅是多了一個意象，且是多了一個觀賞的維度：畫中人也在觀賞山水！這樣，就有兩個視角在觀賞山水，山水便成立體的了，且有了動感。如「瞻彼淇奧，綠竹猗猗」（《衛風・淇奧》），詩中的主人公在觀賞山水，作者也在觀賞山水，兩個角度有時會重疊，有時又會分離。中國山

〔註6〕 錢鍾書《管錐編》，北京：中華書局 1979 年版，第 613 頁。

〔註7〕 薛富興《山水精神——中國美學史文集》，天津：南開大學出版社 2009 年版，第 267 頁。

〔註8〕 注：本書所引《詩經》，均據（宋）朱熹《詩經集傳》上海古籍出版社 1987 年版。

〔註9〕 （宋）朱熹集注《詩集注》，上海：上海古籍出版社 1980 年版，第 1 頁。

水詩最重要的一種模式便是「詩人遊蹤＋山水描寫」模式，在這裏可以尋見其影子。山水描寫中出現了觀賞者，則山水又自然會融入詩人的感情色彩，如「泌之洋洋，可以樂饑」（《陳風・衡門》），「淇水悠悠，檜楫松舟。駕言出遊，以寫我憂」（《衛風・竹竿》），泌水洋洋，可以治療相思之饑，駕車出遊，可以排解人的憂愁，這是一種樂山樂水的態度，面對山水時的喜悅之情不言而喻。從以主觀的眼光看山水，到在山水裏投入情感，詩人對山水的體驗更深了一層。

　　從總體上說，《詩經》表現出較爲突出的現實主義色彩，呈現出寫實、記實的特色。後來的山水詩雖強調主觀山水與客觀山水的融合，但基本是以客觀山水描寫爲主，表現出較強的寫實性，不能不說是從《詩經》開始便定下了基調。

（二）《楚辭》中的山水描寫

　　《楚辭》中的山水描寫，既對《詩經》有所繼承，又有了較大發展。《楚辭》中的山水描寫更複雜、更細膩。如「深林杳以冥冥兮，猿狖之所居。山峻高而蔽日兮，下幽晦以多雨。霰雪紛其無垠兮，雲霏霏而承宇」〔註10〕（《九章・涉江》），再不是《詩經》中對一山一水的概括式的簡單描寫，而是具體描繪了深林、山、雪、雲的形象，意象豐富了，場景增多了，描寫也複雜了。其它如「秋蘭兮麋蕪，羅生兮堂下。綠葉兮素枝，芳菲菲兮襲予」（《九歌・少司命》）、「浩浩沅湘分流汨兮，修路幽蔽道遠忽兮」（《九章・懷沙》），都可見描寫的複雜和細膩。《楚辭》中的山水多是詩人在行走中觀看到的山水，是移步換景，景物便隨著詩人視線和行蹤的變化而變化，這也促使其描寫變得更複雜，而時空意象也逐漸明晰，如「朝搴阰之木蘭兮，夕攬洲之宿莽」、「步余馬於蘭皋兮，馳椒丘且焉止息」、「朝發軔於蒼梧兮，夕余至乎縣圃」（《離騷》）、「桂棹兮蘭枻，斲冰兮積雪。採薜荔兮水中，搴芙蓉兮木末」（《九歌・湘君》）、「登白蘋兮騁望，與佳期兮夕張。鳥萃兮蘋中，罾何爲兮木上？沅有芷兮澧有蘭，思公子兮未敢言」（《九歌・湘夫人》）、「登石巒以遠望兮，路眇眇之默默」、「馮崑崙以瞰霧兮，隱岐山以清江。憚湧湍之磕磕兮，聽波聲之洶洶」（《九章・悲回風》）、「覽大薄之芳茝兮，搴長洲之宿莽」（《九章・思美人》）、「乘鄂渚而反顧兮，欸秋冬之緒風。步余馬兮山皋，邸余車兮方林」（《九

〔註10〕　注：本書所引《楚辭》，均據董楚平《楚辭譯注》上海古籍出版社 1986 年版。

章‧涉江》），「浩浩沅湘分流汨兮，修路幽蔽道遠忽兮」（《九章‧懷沙》），這其中有「朝……夕」而感受到的時間變化，更有因「登白蘋」、「乘鄂渚」、「遠望」而透露出的空間意識，既有眼中所見的草木雨雪，更有耳中所聽到的風聲濤浪。《楚辭》中的山水已經變得有聲有色了，劉勰稱，屈宋「論山水，則循聲而得貌」（《文心雕龍‧辨騷》），即指此而言，而詩人在描寫山水時也已經有了較強的時空意識。

與《詩經》較少以情入詩不同，《楚辭》中的山水描寫大量地融入了詩人的情緒，而這種情緒又多爲悲愁別緒。如「帝子降兮北渚，目眇眇兮愁予。嫋嫋兮秋風，洞庭波兮木葉下」（《九歌‧湘夫人》），嫋嫋秋風、木葉洞庭的意象，是詩人此刻愁緒的流露，似乎草木也在與詩人同悲。再如「悲哉，秋之爲氣也！蕭瑟兮，草木搖落而變衰。憭栗兮若在遠行，登山臨水兮送將歸。沆寥兮天高而氣清，寂寥兮收潦而水清」（宋玉《九辯》），被譽爲「千古悲秋之祖」〔註11〕，更是將悲傷的情緒傾瀉到了一片秋景之中。其它如「皋蘭被徑兮斯路漸，湛湛江水兮上有楓。目極千里兮傷春心，魂兮歸來哀江南」（《招魂》），「雷填填兮雨冥冥，猿啾啾兮又夜鳴。風颯颯兮木蕭蕭，思公子兮徒離憂」（《九歌‧山鬼》），「燕翩翩其辭歸兮，蟬寂寞而無聲。雁嚷嚷而南遊兮，鵾雞啁哳而悲鳴」（宋玉《九辯》），都是如此。可以說，《楚辭》中大量的山水景物，都是這種「以我觀物，故物皆著我之色彩」〔註12〕（王國維《人間詞話》）的主觀描寫。

《楚辭》中的山水描寫還有一個重大的變化，即誇張藝術手法的運用和景物的虛構性。就藝術風格而言，《詩經》屬於現實主義，寫實色彩濃烈；《楚辭》則屬於浪漫主義，充滿了想像力。《楚辭》的浪漫主義，表現在山水描寫上便是誇張藝術手法的運用和景物的虛構性。如其形容山之高，「山峻高而蔽日兮，下幽晦以多雨」（《九章‧涉江》），林之深，「余處幽篁兮終不見天，路險難兮獨後來」（《九歌‧山鬼》），特別是宋玉對巫山的描述，「高矣顯矣，臨望遠矣！廣矣普矣，萬物祖矣！上屬於天，下見於淵，珍怪奇偉，不可稱論」（宋玉《高唐賦》），用的都是誇張的藝術手法。《楚辭》中有許多虛構的山水，甚至是神話中的山水，並非作者親眼所見，而純爲想像，如「馮崑崙以瞰霧

〔註11〕 徐少舟《宋玉：獨絕千古的悲秋之祖》，《江漢論壇》2003 年第 11 期。
〔註12〕 （清）況周頤、王國維《蕙風詞話 人間詞話》，北京：人民文學出版社 1982 年版，第 191 頁。

兮，隱岐山以清江。憚湧湍之磕磕兮，聽波聲之洶洶」（《九章・悲回風》），「遭
吾道夫崑崙兮，路脩遠以周流。揚雲霓之晻藹兮，鳴玉鸞之啾啾。朝發軔於
天津兮，夕余至乎西極」，「路曼曼其脩遠兮，吾將上下而求索。飲余馬於咸
池兮，總余轡乎扶桑。折若木以拂日兮，聊須臾以相羊」（《離騷》），其中的
崑崙山，詩人並沒有去過，而天津、西極、咸池、扶桑等地，只在神話中才
有，對這些山水景物的描寫，顯然都出於虛構和想像。

（三）漢大賦中的山水描寫

漢賦與《楚辭》有著千絲萬縷的聯繫，《楚辭》本身即漢賦的重要源頭之
一，故辭、賦歷來並稱。漢大賦中的山水描寫，主要是繼承了《楚辭》的傳
統，描寫更豐富了，手法也更多，常常將比喻、誇張、排比、擬人、對偶等
綜合運用，鋪陳誇飾，其結果便是「詩人麗則而約言，辭人麗淫而繁句」（《文
心雕龍・物色》）。且看漢賦作品中的幾段描寫：

> 其始起也，洪淋淋焉，若白鷺之下翔。其少進也，浩浩澄澄，
> 如素車白馬帷蓋之張。其波湧而雲亂，擾擾焉如三軍之騰裝。其旁
> 作而奔起也，飄飄焉如輕車之勒兵。六駕蛟龍，附從太白。純馳浩
> 蜺，前後駱驛。顒顒卬卬，椐椐彊彊，莘莘將將。壁壘重堅，沓雜
> 似軍行。訇隱匈磕，軋盤湧裔，原不可當。觀其兩傍，則滂渤怫鬱，
> 闇漠感突，上擊下律。有似勇壯之卒，突怒而無畏。蹈壁衝津，窮
> 曲隨隈，逾岸出追。（枚乘《七發》）

> 雲夢者，方九百里，其中有山焉。其山則盤紆岪鬱，隆崇聿崒。
> 岑崟參差，日月蔽虧。交錯糾紛，上干青雲。罷池陂陀，下屬江河。
> （司馬相如《子虛賦》）

> 左蒼梧，右西極。丹水更其南，紫淵徑其北。終始灞滻，出入
> 涇渭。酆鎬潦潏，紆餘委蛇，經營乎其內。蕩蕩乎八川分流，相背
> 而異態。東西南北，馳騖往來。出乎椒丘之闕，行乎洲淤之浦。
> （司馬相如《上林賦》）

這三段文字，分別是對廣陵波濤、雲夢澤、長安上林苑的描寫，且只是其全
部文字中的一部分。但從這部分裏，亦可見出漢大賦描寫景物之多與雜、藝
術手法之豐富多樣，都是《楚辭》所不能比的。其中充滿了誇飾之辭，想像、
誇張、比喻的手法運用得極多，景物被極大地虛擬化了，「莫不因誇以成狀，

沿飾而得奇」（《文心雕龍・誇飾》）。就藝術表現而言，漢大賦中的山水描寫豐富了人們的想像力，能夠幫助人們用更豐富的手段描山繪水，從更多的角度觀賞山水；而從內容言，這些山水基本是空想中的山水，缺乏作者個人的情緒和關懷，作者並沒有用心靈去觀照山水，賦予山水以情感形式，蘇軾稱以這種方式創作的詩為「脫空」〔註13〕詩，王立群先生稱其為「理想化傾向」〔註14〕，這樣便導致「大賦中的山水景物描寫，往往是高峻、幽深、莊偉、浩瀚……這一類特點的一般概括，給人一種篇篇似曾相識而又模糊的感覺」〔註15〕，山水的藝術形象被簡單化、概念化，山水成了千篇一律的意象，這就令漢大賦中的山水離讀者較遠，作者和自然山水彷彿相對而立，甚至保持一段遙遠的距離，山水描寫既不形象也不生動，缺少感染力。前者對山水文學的發展有利，而後者則對山水文學的發展有著消極的影響。

從《詩經》、《楚辭》、漢大賦中的山水描寫看，中國山水文學的發展是極其緩慢的。魏晉以前，文學史上並無完整的山水文學作品，而只在詩、賦、文中殘留有山水描寫，「自然山水在詩人筆下只是一種背景，一種襯托」〔註16〕。但就是這些山水描寫，卻促使文人的山水意識逐漸增強。另外，後世山水文學中的許多表現手法，都是由其發展而來的，如客觀描寫、主觀描寫、時空意識、誇張的手法、記遊與山水描寫結合的模式等，同時，《詩經》、《楚辭》、漢大賦中有一些經典的山水意象，也豐富了後世的山水文學。

二、山水描寫的寫實性傾向

寫實，對山水文學的意義重大；因為過多的虛構、誇飾、華而不實，就會變成一味追求技巧、炫耀辭藻，而不是面對山水、對山水進行真正的審美。漢大賦中的山水描寫，多是為達到某種炫耀目的而構撰的誇飾之辭，往往是「下筆千言，離題萬里」，山水的美反而為其華麗的辭藻所掩蓋。這就是為什

〔註13〕 見南宋曾季貍《艇齋詩話》：「東坡論作詩，喜對景能賦，必有是景，然後有是句。若無是景而作，即謂之『脫空』詩，不足貴也。」丁福保《歷代詩話續編》，中華書局1983年版，第284頁。

〔註14〕 王立群《中國古代山水遊記研究》，北京：中國社會科學出版社2008年版，第64頁。

〔註15〕 陶文鵬、韋鳳娟《靈境詩心——中國古代山水詩史》，南京：鳳凰出版社2004年版，第35頁。

〔註16〕 羅時進《揮毫當得江山助——古代山水詩的演進及其體格再議》，《古典文學知識》2011年第5期。

麼漢大賦有那麼多的山水描寫，卻只留下極少經典山水意象的原因。儘管這些大賦中的山水描寫極多，卻不能被稱作山水文學，因為它們缺少構成山水文學的一個基本要素——山水審美，這些純粹誇飾性的文字，是文匠的工作，並非作者審美所得，「辭如川流，溢則泛濫」（《文心雕龍·神思》），讀者也在鋪天蓋地的描寫文字裏讀不到美。這正如錢鍾書先生所言：「詩文之及山水者，始則陳其形勢產品，如《京》、《都》之《賦》，或喻諸心性德行，如《山》、《川》之《頌》，未嘗玩物審美。」〔註17〕（《管錐編·卷八九》）它們並不能被稱作山水文學作品。

（一）第一篇遊記——馬第伯《封禪儀記》

在漢大賦成為一代之文學的背景下，漢代賦家筆下的山水多為寫虛，但山水遊記中的狀況則不同。馬第伯《封禪儀記》是「現今所能見到的最早的遊記」〔註18〕，其對泰山的描寫已經向寫實的路上邁出了堅實的一步：

> 去平地二十里，南向極望無不睹，仰望天關，如從谷底仰觀抗峰。其為高也，如視浮雲，其峻也，石壁窅窊，如無道徑。遙望其人，端如行朽兀，或為白廠，久之，白者移過樹乃知是人也。殊不可上，四布僵臥石上，有頃復蘇。亦賴齎酒脯。處處有朱水，目輒為之明。復勉強相將行，到天關，自以已至也。問道中人，言尚十餘里。其道旁山脅，大者廣八九尺，狹者五六尺，仰視巖石松樹，鬱鬱蒼蒼，若在雲中。俯視溪谷，碌碌不可見丈尺。遂至天門之下。仰視天門窔遼，如從穴中視天。直上七里，賴其羊腸透迤，名曰環道，往往有更索，可得而登也。兩從者扶牽，後人見前人履底，前人見後人頂，如畫重累人矣。所謂磨胸舁石，捫天之難也。初上此道行十餘步一休，稍疲，咽唇焦，五六步一休，蹀蹀據頓，地不避濕暗，前有燥地，目視而兩腳不隨。

這段文字，按照作者的行蹤，移步換景，觀賞的角度也不斷變化，有時「從谷底仰觀抗峰」，有時在山巔「俯視溪谷」，歷述泰山的高險、雄奇，給人以身臨其境之感，「其敘山勢峭險、登陟勞困之狀極工」〔註19〕（南宋洪邁《榮

〔註17〕 錢鍾書《管錐編》，北京：中華書局 1979 年版，第 1037 頁。

〔註18〕 袁行霈《中國文學史》（第一卷），北京：高等教育出版社 1999 年版，第 263 頁。

〔註19〕 （宋）洪邁撰《容齋隨筆五集》，北京：商務印書館 1959 年版，第 103 頁。

齋隨筆・卷十一》)。其中也運用了誇張、比喻的手法和一些誇飾之辭，如「其
爲高也，如視浮雲」，「仰視巖石松樹，鬱鬱蒼蒼，若在雲中」，「仰視天門窈
遼，如從穴中視天」，但它們被很好地穿插進記實的遊蹤和寫實的景物描寫中
間，故而不覺其虛，反覺其眞切、可感，且更形象，更生動，更有感染力，
這就是山水描寫虛實結合的妙處。其中，「後人見前人履底，前人見後人頂，
如畫重累人」的意象給人印象尤其深刻，成爲描寫山之險峻的經典意象。

馬第伯是東漢初年人，其《封禪儀記》爲記錄漢光武帝封禪泰山的儀式
而寫，並非有意識的記遊山水之作，記遊山水的文字也只是其中的一段。但
正是因爲記錄儀式，故需寫實，反而使《封禪儀記》的山水描寫擺脫了漢大
賦的影響，而走上了寫實的道路。可惜的是，《封禪儀記》在當時並沒有引起
文人的注意，僅僅作爲祭祀的文獻而被輯入《後漢書・祭祀志》中，爲應劭
所引，遠不足以撼動漢大賦的影響。

（二）抒情小賦的寫實性傾向

隨著東漢以後抒情小賦的出現，山水描寫風格才有了較大改變。抒情小
賦不似漢大賦那樣爲達到「勸百而諷一」的目的而大肆渲染、逞才緯文，一
味地「以大爲美」〔註20〕，而是抒寫性情，表達眞感情，當然，描寫自然山
水時也寫實，且看東漢張衡（78～139）《歸田賦》中的山水景物描寫：

> 於是仲春令月，時和氣清：原隰鬱茂，百草滋榮。王雎鼓翼，
>
> 倉庚哀鳴：交頸頡頏，關關嚶嚶。於焉逍遙，聊以娛情。

這一段文字極爲省淨、平實，無鋪陳、誇飾，卻清新、生動，很好地襯托了
歸田時的逍遙之狀與愉悅之情。

張衡是《二京賦》的作者，而《歸田賦》卻與《二京賦》形成了鮮明的
對照。在漢末、魏晉的混亂局勢下，隱逸之風興起，其吟詠歸隱之趣的《歸
田賦》的影響，自然不可小視。張衡是一身而兼作漢大賦和抒情小賦的作家，
其《二京賦》和《歸田賦》分別爲兩類賦作的代表，從張衡身上，可以看出
漢大賦和抒情小賦的分野：漢大賦代表了過去，彷彿那個有些理想化但已經
衰落了的大漢王朝；而抒情小賦則代表著將來，一個因長時間動蕩而不得不
走向內心和山野的另一個時代。

〔註20〕何新文《賦家之心 苞括宇宙——論漢賦以「大」爲美》，《文學遺產》1986
年第 1 期。

　　漢大賦的影響依然存在，其鋪陳山水的描寫方式依然被後來的賦家採用，如西晉左思《三都賦》、卞蘭《許昌宮賦》、潘岳《滄海賦》、陸雲《登臺賦》、木華《海賦》，東晉郭璞《江賦》，庾闡《海賦》、《揚都賦》等，但已非賦家賦山水的主流。其中也有欲將漢大賦描寫山水的方式作改革者，如左思《三都賦序》中，即提出：「其山川城邑則稽之地圖，其鳥獸草木則驗之方志。風謠歌舞，各附其俗；魁梧怵長者，莫非其舊。」皇甫謐也在《三都賦序》中對左思的觀點表示認同：「其物土所出，可得披圖而校；體國經制，可得案記而驗，豈誣也哉！」欲以完全寫實的方式摹寫都邑的風貌，《三都賦》並不成功，未脫《二京賦》窠臼。真正採用漢大賦體例、而以寫實手法描寫山水的成功之作是後來謝靈運的山水大賦《山居賦》。

　　而抒情小賦以寫實手法描寫自然山水的觀念則成為主流，成為魏晉南北朝文人們爭相追逐的時代潮流。更多的賦家、賦作以寫實的手法描寫山水，僅魏晉時期，即有魏王粲《登樓賦》，曹丕《臨渦賦》、《登臺賦》、《登城賦》、《濟川賦》，曹植《節遊賦》、《登臺賦》、《臨觀賦》，晉傅玄《陽春賦》，楊泉《五湖賦》，棗據《大河賦》、《洛禊賦》，夏侯湛《春可樂》，張華《歸田賦》，潘岳《登虎牢山賦》、《閑居賦》，石崇《思歸歎》，孫楚《登樓賦》，陸機《行思賦》，殷仲堪《遊園賦》，張載《濛汜池賦》，張協《洛禊賦》，束晳《近遊賦》，曹毗《秋興賦》，李充《悲四時賦》，阮瞻《上巳會賦》，庾闡《閑居賦》，孫綽《遊天台山賦》、《遂初賦》，謝萬《春遊賦》，支曇諦《廬山賦》等，蔚為大觀。

　　這裏不得不說到曹丕。曹丕是建安時期的代表作家之一，但他的許多作品又與「慷慨悲涼」〔註21〕（清馮班《鈍詠雜錄》）、「梗概多氣」（《文心雕龍‧時序》）的建安文學頗為不同，特別是其代表作《燕歌行》二首。在曹操、曹植壯懷激烈地抒寫時代悲歌時，曹丕走向了另一條路：以「便娟婉約」〔註22〕（沈德潛《古詩源‧卷五》）的筆調，抒寫委婉細膩的內心情感。他的《燕歌行》文辭清綺，語淺情長，纏綿動人；他的書信敘寫友誼，追懷往事，感人至深；他的遊宴詩寫景述懷，暢敘幽情，清新流麗。曹丕向外拓展的同時，更注重內心的開拓，他流露真性情，表達真實的內心感受。與此一致，他賦中的自然山水以寫實為尚：

〔註21〕　丁福保《清詩話》，上海：上海古籍出版社 1978 年版，第 43 頁。
〔註22〕　（清）沈德潛《古詩源》，北京：中華書局 1963 年版，第 107 頁。

蔭高樹兮臨曲渦，微風起兮水增波。

魚頡頏兮鳥逶迤，雌雄鳴兮聲相和。

萍藻生兮散莖柯，春水繁兮發丹華。（《臨渦賦》）

登高臺以騁望，好靈雀之麗嫻。飛閣崛其特起，層樓儼以承天。

步逍遙以容與，聊遊目於西山。溪谷紆以交錯，草木郁其相連。

風飄飄而吹衣，鳥飛鳴而過前。申躊躇以周覽，臨城隅之通川。

（《登臺賦》）

孟春之月，唯歲權輿。和風初暢，有穆其舒。

駕言東道，陟彼城樓，逍遙遠望，乃欣以娛。

平原博敞，中田闢除。嘉麥被壟，緣路帶衢。

流莖散葉，列綺相扶。

水幡幡其長流，魚裔裔而東馳。

風飄颻而既臻，日掩薆而鹵移。

望舊館而言旋，永優遊而無為。（《登城賦》）

這三篇賦在敘述遊蹤、節候，抒發真情實感的同時，景物描寫都真實可感、真切動人，《臨渦賦》中的高樹、曲水、微風、魚鳥、萍藻，《登臺賦》中的飛閣、層樓、溪谷、草木、飄風、鳴鳥，《登城賦》中的和風、壟畝、流水、馳魚，都歷歷如在目前，具體實在。作者只有真實地面對山水，真誠地感悟山水，真情地描寫山水，才能將山水寫得生動、感人。

且看不同時期抒情小賦中的山水描寫：

幽蟄蠢動，萬物樂生。依依楊柳，翩翩浮萍；桃之夭夭，灼灼其榮。繁華燁而燿野，煒芬葩而揚英。鵲營巢於高樹，燕銜泥於廣庭。睹戴勝之止桑，聆布穀之晨鳴。習習谷風，洋洋綠泉，丹霞橫景，文虹竟天。（傅玄《陽春賦》）

考吉日，簡良辰。祓除解禊，同會洛濱。妖童媛女，嬉遊河曲，或盥纖手，或濯素足。臨清流，坐沙場。列罍樽，飛羽觴。（束晳《洛禊賦》）

爰定我居，築室穿池。長楊映沼，芳枳樹籬。

游鱗瀺灂，菡萏敷披。竹木蓊藹，靈果參差。（潘岳《閒居賦》）

夫何三春之令月，嘉天氣之氤氳。和風穆以布暢兮，百卉曄而

敷芬。川流清泠以汪濊，原隰蔥翠以龍鱗。游魚灑灒於淥波，玄鳥
鼓翼於高雲。美節慶之動物，悅群生之樂欣。顧新服之初成兮，將
禊除於水濱。（張協《洛禊賦》）

　　爾乃碧巘增遠，灌木結陰。輕雲醃曖以冪岫，和風清泠而啓妗。
（謝萬《春遊賦》）

這些文字，是以寫實手法創作的，寫的是眼前景，抒發的是當下情，而不是
玩弄鋪陳景物的文字遊戲。讀者可以透過文字，真切地感受到一個個具體的
自然意象。

　　在「勸百而諷一」〔註23〕（司馬遷《史記・司馬相如列傳》）、崇尚功利
觀念的指導下，漢大賦作者描寫山水時「以大為美」、「籠統而大」，而抒情小
賦則重視情感的抒發，以情緯文，將一些「具體而微」的自然景物描寫得情
趣盎然，「對山水景物的描寫由漢大賦的『籠統而大』到抒情小賦的『具體而
微』，這一變化標誌著人們對自然山水的體認有了明顯的進步。」〔註24〕抒情
小賦中，作者與山水的距離近了，山水與讀者的距離也就近了，讀者與作者
才會穿越千載，相視而笑。

（三）詩、文中的山水景物描寫

　　抒情小賦以實為尚的寫景理念，顯然已經超出了賦的範圍，而影響到了
詩和文。與抒情小賦相比，魏晉人詩中的山水景物描寫更多、更普遍：

細柳夾道生，方塘含清源。

輕葉隨風轉，飛鳥何翩翩。〔註25〕（劉楨《贈徐幹》）

梗枏千餘尺，眾草之盛茂。華葉耀人目，五色難可紀。（曹丕《十五》）

芙蓉增敷，曄若星羅。綠葉映長波，迴風容與動纖柯。（傅玄《蓮歌》）

春木載榮，布葉垂陰。習習谷風，吹我素琴。交交黃鳥，顧儔弄音。

（嵇康《贈秀才入軍》其十二）

〔註23〕　注：本書所引《史記》，均據（漢）司馬遷《史記》中華書局標點本 1982 年
　　　　版。

〔註24〕　陶文鵬、韋鳳娟《靈境詩心——中國古代山水詩史》，南京：鳳凰出版社 2004
　　　　年版，第 43 頁。

〔註25〕　注：本書所引唐前詩未作特殊說明者，均據逯欽立輯《先秦漢魏晉南北朝詩》
　　　　中華書局 1983 年版。

洋洋熊耳流，巍巍伊闕山。高岡碣崔嵬，雙阜夾長川。

素石何磷磷，水禽浮翩翩。（成公綏《途中作》）

白雲停陰岡，丹葩曜陽林。石泉漱瓊瑤，纖鱗或浮沉。

非必絲與竹，山水有清音。（左思《招隱詩》其一）

白蘋齊素葉，朱草茂丹華。微風搖茝若，增波動芰荷。

榮彩曜中林，流馨入綺羅。（張華《雜詩三首》其二）

曠野驅兮遼落，崇嶽兮嵬崿。丘陵兮連離，卉木兮交錯。

淥水兮長流，驚濤兮拂石。（夏侯湛《山路吟》）

靜居懷所歡，登城望四澤。春草郁青青，桑柘何奕奕。

芳林振朱榮，淥水激素石。（潘岳《内顧詩二首》其一）

清露墜素輝，明月一何朗。（陸機《赴洛道中作詩二首》其二）

騰雲似湧煙，密雨如散絲。寒華發黃采，秋草含綠滋。

（張協《雜詩》其二）

零雨淹中路，玄雲蔽高岑。（陸沖《雜詩二首》）

孤柏亭亭，迴山峨峨。水卉發藻，陵木揚葩。

白芷舒華，綠英垂柯。游鱗交躍，翔鳥相和。（曹攄《答趙景猷詩》）

野暄卉以揮綠，山蒽蒨以發蒼。（王廙《春可樂》）

息足回阿，圓坐長林。披榛即澗，藉草依陰。（袁宏《採菊詩》）

崇巖吐清氣，幽岫棲神跡。希聲奏群籟，響出山溜滴。

（慧遠《廬山東林雜詩》）

眾阜平寥廓，一岫獨淩空。霄景憑巖落，清氣與時雍。

（王喬之《奉和慧遠遊廬山詩》）

連峰數千里，修林帶平津。雲過遠山翳，風至梗荒榛。

（帛道猷《陵峰採藥觸興爲詩》）

不同季節的風景，不同地域的山水，草、木、魚、鳥、泉、石、風、雲，更
多的山水意象被收入詩中。詩人們已經習慣於在不同類型的詩中，很自然地
加入一些景物描寫。這些山水描寫佳句對豐富詩歌的形象，增強詩歌的感染
力，有一定的積極意義。而山水描寫本身，即是山水審美的結果，大量的山
水描寫佳句，必然伴隨著大量的山水審美，最初，人們的山水審美也許是無

意識的，待這種無意識累積到一定數量，便會發生質的變化，獨立的山水文學作品也就產生了。

詩賦之外，魏晉人的文中也有大量的山水景物描寫。這主要集中於文人書信、詩賦序、地志、山水遊記、山水銘文中，晉人的地志今多佚，只在唐、宋人的類書中略有輯錄，因其對謝靈運的山水文學觀念有較大影響，這裏姑且不引，置於下章專門討論。魏晉文人書信、詩賦序、山水遊記、山水銘文中的自然山水描寫略舉如下：

> 頭首無錫，足號松江。負鳥程於背上，懷太吳以當胸。岝嶺崔嵬，穹窿紆曲，大雷、小雷湍波相逐。（楊泉《五湖賦序》）

> 蜀中山水，如峨眉山，夏含霜雹，碑板之所聞，崑崙之伯仲也。（王羲之《與謝安書》）

> 永寧縣界河中有松門，西岸及嶼上皆生松，故名松門。（王羲之《遊四郡記》）

> 廬山，彭澤之山也。雖非五嶽之數，穹隆嵯峨，實峻極之名山也。（王彪之《廬山賦序》）

> 隗瓀太平，峻逾華霍。秀嶺樊縕，奇峰挺崿。上干翠霞，下籠丹壑。（孫綽《太平山銘》）

> 昔如來遊王舍城，憩靈鳥山。舊云，其山峰似鳥而威靈，故以爲名焉。眾美咸歸，壯麗畢備。（支曇諦《靈鳥山銘序》）

> 巖巖靈秀，積岨幽重。傍嶺關岫，乘標挺峰。
> 桂柏參干，芝菊亂叢。翠雲久映，爽氣晨蒙。
> （湛方生《靈秀山銘》）

此外，還有石崇《思歸歎序》、孫放《廬山賦序》、嵇蕃《答趙景眞書》、張載《劍閣銘》、伏滔《遊廬山序》、湛方生《靈秀山銘》、朱超石《與兄書》等。這些山水描寫文字，或隻言片語，或長篇大段，形制不一，形式多樣。與詩、賦中的山水描寫相比，它們更自由、更靈活、更隨意。描寫簡單的，如「廬山，彭澤之山也。雖非五嶽之數，穹隆嵯峨，實峻極之名山也」（王彪之《廬山賦序》），「其山峰似鳥而威靈，故以爲名焉。眾美咸歸，壯麗畢備」（支曇諦《靈鳥山銘序》），「蜀中山水，如峨眉山，夏含霜雹」（王羲之《與謝安書》），「永寧縣界河中有松門，西岸及嶼上皆生松，故名松門」（王羲之《遊四郡

記》），只是對一山一水作總體上的勾勒，將山水整體輪廓或最有特色部分描出即可，卻能給人留下深刻印象，如「似鳥而威靈」的靈鳥山，「夏含霜雹」的峨眉山。

相對於吟詩作賦，人們作文的態度要隨意得多，而文本身也範圍極廣，可以是專門的記遊文字，可以是銘文，可以是詩賦序，甚至連書信也可列入其中。這樣人們作文時「用功」便少，無需精心構思、細敲慢琢，不在藝術上下更多工夫，卻可令文在寫真、寫實上勝出，自然地流露真感情，如實地記錄眼中的山水，這對於山水文學的發展是有利的。

就審美而言，作文時的山水審美也更直接。不似寫賦，漢大賦「誇飾」、「鋪排」、「以大爲美」的觀念在文人的意識裏已經根深蒂固，很容易便對創作產生影響，這種無形的思維定勢會阻礙人們以完全審美的眼光去審視山水。也不似寫詩，詩對思想性的要求較高，「詩言志」，詩對藝術性的要求也高，加之魏晉時期玄言思潮的影響，人們對山水進行審美時又同時「玄對山水」，這些都干擾了人們以完全審美的眼光欣賞山水。而人們作文時，因其隨意性和不經意性，更能夠排除外界因素的干擾，一心只在欣賞山水上，更能夠發現山水的特點和山水之美。

從以上分析可知，魏晉時期，自然山水的描寫已經大量進入詩、賦、文各類體裁的文學作品中，這是《詩經》、《楚辭》、漢大賦的時代所不可比擬的。而更重要的是，這些山水描寫已經克服了漢大賦的影響，向著寫實的道路大大地前進了一步。山水大量地進入人們的生活和視野，「山水能夠造就山水欣賞者，山水的美能夠培養出山水審美情趣」。〔註26〕由大量面對山水至吟詠山水，從吟詠山水至山水審美，是很自然的事情，隨著這種山水審美的累積，山水描寫的大量湧現，獨立的山水文學作品出現了。

三、獨立山水文學作品的出現

魏晉時期，與文學作品中零零散散的山水描寫相輝映的，是斷斷續續地出現了一些獨立的山水文學作品。

這些山水文學作品，包括山水詩、山水賦和山水美文。其中，山水賦、山水文的情形要複雜一些，因爲它們中的絕大多數都見之於後世的類書，如

〔註26〕 羅宗強《魏晉南北朝文學思想史》，北京：中華書局 1996 年版，第 134 頁。

《藝文類聚》、《初學記》、《太平御覽》等，而類書引用多不全，遠非山水賦、
山水文原貌，識別其是否爲獨立的山水文學作品，本身便很困難。但山水詩
則不存在這種情形，故論述魏晉獨立的山水文學作品時，專以山水詩爲對象。

　　現存較早的完整的山水詩是曹操的《步出夏門行‧觀滄海》，寫出了大海
吞吐日月的壯觀景象：

　　　　東臨碣石，以觀滄海。水何澹澹，山島竦峙。樹木叢生，百草豐茂。

　　　　秋風蕭瑟，洪波湧起。日月之行，若出其中；星漢燦爛，若出其裏。

　　　　幸甚至哉，歌以詠志。

這首詩，我們今天認爲是山水詩，而從形式和內容看，曹操的本意並非吟詠
山水。此詩其實只是曹操所作《步出夏門行》四章中的第一章，《觀滄海》的
題目，實乃後人所加，《晉書‧樂志》最早引用時，並無此題。而《步出夏門
行》題下有「豔」，類似於「序」，它是這樣說的：「雲行雨步，超越九江之皋。
臨觀異同，心意懷遊豫，不知當復何從。經過至我碣石，心惆悵我東海。」
表達的也非吟詠山水之情，正如丁成泉先生所說：「其一，它不是一篇獨立的
作品，而只是一首詩中的一部分，全詩的前面，作者寫有類似詩序的『豔』，
說明寫此詩的背景與心情。因此，離開了這個『豔』，將第一章割裂出來，當
做歌詠大海高山的山水詩，這是斷章取義；其二，《步出夏門行》這首樂府詩，
反映曹操南征北戰，心憂天下的胸襟與氣概，言志與抒情的氣氛濃烈，四解
中的每一解都圍繞一個中心，即抒發內心的『猶豫』和『悲慨』，其主旨根本
不是歌詠大自然景物。」〔註27〕

　　這就在主觀意願與客觀效果之間，產生了分歧。主觀上，曹操並非詠山
水，而客觀上，儘管只是詩中的一章，卻達到了山水詩的效果，以至於今人
大多以此爲第一首眞正的山水詩。

　　其實，建安時期符合今天山水詩標準的，至少還有這樣幾首：

　　　　乘輦夜行遊，逍遙步西園。雙渠相灌溉，嘉木繞通川。

　　　　卑枝拂羽蓋，脩條摩蒼天。丹霞夾明月，華星出雲間。

　　　　遨遊快心意，保己終百年。（曹丕《芙蓉池作》）

　　　　兄弟共行遊，驅車出西城。野田廣開闢，川渠互相經。

　　　　黍稷何鬱鬱，流波激悲聲。菱芡覆綠水，芙蓉發丹榮。

〔註27〕　丁成泉《中國山水詩史》，武漢：華中師範大學出版社 1990 年版，緒論第 4
　　　　～5 頁。

柳垂重蔭綠，向我池邊生。乘渚望長洲，群鳥歡譁鳴。
萍藻泛濫浮，澹澹隨風傾。忘憂共容與，暢此千秋情。
（曹丕《於玄武陂作詩》）

公子敬愛客，終宴不知疲。清夜遊西園，飛蓋相追隨。
明月澄清景，列宿正參差。秋蘭被長阪，朱華冒綠池。
潛魚躍清波，好鳥鳴高枝。神飈接丹谷，輕輦隨風移。
（曹植《公讌詩》）

列車息眾駕，相伴綠水湄。幽蘭吐芳烈，芙蓉發紅暉。
百鳥何繽翻，振翼群相追。投網引潛鯉，強弩下高飛。
白日已西邁，歡樂忽忘歸。（王粲《雜詩》其二）

永日行遊戲，歡樂猶未央。遺思在玄夜，相與復翱翔。
輦車飛素蓋，從者盈路傍。月出照園中，珍木鬱蒼蒼。
清川過石渠，流波為魚防。芙蓉散其華，菡萏溢金塘。
靈鳥宿水裔，仁獸游飛梁。華館寄流波，豁達來風涼。
生平未始聞，歌之安能詳？投翰長歎息，綺麗不可忘。

（劉楨《公讌詩》）

與曹操《觀滄海》不同，這幾首詩都已獨立成篇，而不是詩中的一部分了。詩中有遊蹤的敘述，有山水景物的描寫，且這些描寫所佔比例較大，可以認定其為山水詩。但我們細悟這些詩的主旨，與曹操《觀滄海》一樣，詩人主觀上並非為吟詠山水而作。曹植、劉楨都以《公讌詩》作為詩題，顯然本意是寫宴遊之樂的；王粲詩名《雜詩》，而《雜詩》一般是抒發人生感懷的，他在詩中確實也抒發了「白日已西邁，歡樂忽忘歸」的人生感懷；只有曹丕的《芙蓉池作》、《於玄武陂作詩》，從詩題到內容，已經與後來謝靈運的山水詩較為接近，因而蕭統編《文選》時即將《芙蓉池作》列入「遊覽詩」類中，與謝靈運的許多山水詩編在一起，但兩詩末句「遨遊快心意，保己終百年」、「忘憂共容與，暢此千秋情」，還是透露了詩人欲借詩以表達人生感懷的主觀意圖。因此，羅宗強先生說，建安詩人「寫景的特點，是摹神以寫心，對景物往往不作細緻的真切的摹寫，而是寫一種感覺情思，一種在主觀情思浸染下的景物的神態」〔註28〕，在這種情勢下，是不可能對山水進行自覺的審美的。

〔註28〕 羅宗強《魏晉南北朝文學思想史》，北京：中華書局 1996 年版，第 24 頁。

正始詩人嵇康《贈秀才入軍》其十三，也是這種情形：

> 浩浩洪流，帶我邦畿。萋萋綠林，奮榮揚暉。魚龍瀺灂，山鳥群飛。
>
> 駕言出遊，日夕忘歸。思我良朋，如渴如饑。願言不獲，愴矣其悲。

這首詩的主旨有二：遊賞之趣和對朋友的思念。但由於其中對山水描寫的精彩和精緻，也可視作山水詩。

山水詩在其最初階段，是在「無意插柳柳成蔭」的狀態下誕生的，即詩人並不曾意識到其所作爲山水詩。這表明：一方面，詩人寫山水詩是自發的，而非自覺；另一方面，從本質上看，這其實是詩人的山水審美意識不夠自覺的表現，詩人也意識到了山水之美，但這種感覺不甚強烈，極淡，他們意識到了山水之美可以愉悅身心，但對山水美本身，並未作過多的關注。

這種情況，到了東晉以後，有了較大改變。東晉初，出現了重要詩人庾闡，他對山水詩的影響較大。

庾闡（？～347？）字仲初，潁川鄢陵人，《晉書・文苑傳》載：「闡好學，九歲能屬文。」又稱：「元帝爲晉王，辟之，皆不行。後爲太宰、西陽王羕掾，累遷尚書郎。蘇峻之難，闡出奔郗鑒，爲司空參軍。峻平，以功賜爵吉陽縣男，拜彭城內史。鑒復請爲從事中郎。尋召爲散騎侍郎，領大著作。頃之，出補零陵太守，入湘川，弔賈誼。」他的主要活動時間爲東晉元帝永昌至成帝咸和年間，做零陵太守的時間在咸康五年（339）以後，其時，東晉已立國23年，從今存山水詩來看，寫的多爲湖湘的山水，可以肯定，即其爲零陵太守期間，且看其詩：

> 命駕觀奇逸，徑騖造靈山。朝濟清溪岸，夕憩五龍泉。
>
> 鳴石含潛響，雷駭震九天。妙化非不有，莫知神自然。
>
> 翔霄拂翠嶺，綠澗漱巖間。手澡春泉潔，目翫陽葩鮮。（《觀石鼓》）
>
> 拂駕升西嶺，寓目臨濬波。想望七德耀，詠此九功歌。
>
> 龍駟釋陽林，朝服集三河。回首盼宇宙，一無濟邦家。（《登楚山》）
>
> 北眺衡山首，南睨五嶺末。寂坐挹虛恬，運目情四豁。
>
> 翔虯凌九霄，陸鱗困濡沫。未體江湖悠，安識南溟闊。（《衡山》）
>
> 暮春濯清氾，游鱗泳一壑。高泉吐東岑，洄瀾自淨澡。
>
> 臨川疊曲流，豐林映綠薄。輕舟沉飛觴，鼓枻觀魚躍。
>
> （《三月三日臨曲水》）

　　心結湘川渚，目散沖霄外。清泉吐翠流，淥醽漂素瀬。

　　悠想盼長川，輕瀾渺如帶。（《三月三日》）

這組詩，比蘭亭詩要早十多年。前面三首，從題目即可看出，詩人是要吟詠山水的。這一點，不可忽視。對比曹丕諸人山水詩的題目，即可發現，庾闡已經由無意識的寫山水詩轉爲有意識的寫山水詩了。只是當時受玄言詩風的影響，詩人的山水審美受到限制，未能將山水刻畫得更爲細膩、更加深刻，沒有將衡山、湘水的生動形象表現出來。而後兩首詩從題目看，似蘭亭詩，從吟詠山水的實際效果看，卻比前面三首形象一些。

　　庾闡的意義在於主觀上向山水詩的邁進，山水審美意識也比建安諸人更加強烈。只是當時受玄言詩風的影響，他的山水審美意識受到了限制，沒能走得更遠，將山水詩帶上獨立發展的道路。

　　庾闡之後，與其山水詩風格相似的，有李顒、湛方生、王叔之、宗炳、謝混等：

　　高嶽萬丈峻，長湖千里清。白沙窮年潔，林松冬夏青。

　　水無暫停流，木有千載貞。寤言賦新詩，忽忘羈客情。

　　（湛方生《還都帆》）

　　庵藹靈嶽，開景神封。綿界盤址，中天舉峰。

　　孤樓側挺，層岫回重。風雲秀體，卉木媚容。

　　（王叔之《遊羅浮山》）

　　清晨陟阻崖，氣志洞蕭灑。巇谷崩地幽，窮石凌天委。

　　長松列竦肅，萬樹巉巖詭。上施神農蘿，下凝堯時髓。

　　（宗炳《登半石山》）

這些詩，從詩人的主觀和詩歌的客觀效果來看，與庾闡一樣，都在逐漸向著獨立的山水詩邁進。但它們要麼山水審美的意識不夠強烈，要麼受當時玄言詩風的影響，山水描寫還比較簡單，粗線條多，精刻畫少，所詠意象不能震懾人心，給人留下極深印象，自然也就不足以撼動風行一時的玄言詩的地位了。

　　但這畢竟體現了一部分詩人掙脫玄言束縛、邁向山水的努力，更重要的是他們已經不經意間形成了一股小小的潮流，在玄言詩之外，汩汩地流淌。謝靈運的山水詩其實是直接承續了這股潮流的，特別是宗炳、謝混與他差不多是同時代人，且宗炳對山水的摯愛與謝靈運的山水癖極其相似，對其影響當更大。從這個意義上說，庾闡等人可謂謝靈運山水詩的開路先鋒。

由此可見，山水詩的發展經歷了詩人主觀上由無意識到有意識的轉變，山水審美由不自覺到自覺的轉變，其間又受到玄言詩的影響，從曹操《觀滄海》中的山水描寫，到謝靈運大量創作山水詩、賦、文，經歷了兩百年多一點的時間，其間有一些斷續。總體而言，建安時期是山水詩的無意識創作階段，詩人的審美是不自覺的，東晉是山水詩的有意識創作階段，詩人的審美逐漸進入了自覺階段，這種自覺，直接影響了謝靈運的山水意識，最終促使了山水詩的興起。

第二節　隱逸文化背景下的山水審美

為什麼西方的自然詩、寫景詩、寫景文、風景畫等，在中國卻被稱作「山水詩」、「山水文」、「山水賦」、「山水畫」呢？這不是簡單的名稱的不同，而是中國傳統文化特別是隱逸文化影響的結果。中國人的所謂山水，不僅指文人眼中所見的自然山水，更是指數千年傳統文化澆溉之下的文化山水，正如胡曉明先生所說：「中國山水詩的世界，不僅僅表達某某詩人的心境，更是表達著兩千年中國詩人代代相承的共通的心境、集體的意欲。」〔註 29〕山水從日月星辰、花鳥蟲魚、樹木泉石等大自然的眾多風景意象中被提煉出來了，部分代替了整體，且有著更加豐富的文化內涵，山水裏有高情逸趣、文人雅致、詩酒風流。西方文學中的風景文字，多以客觀描寫為主，而絕少主觀融入；而中國的山水文學多融入主觀情緒，主客一體。西方的風景畫似照片，重寫實；而中國的山水畫求神似，重寫意。

在中國山水文學的形成過程中，隱逸文化的影響至為關鍵。隱逸文化對山水文學的影響，一是將眾多不為人知的山水引入了人們的視野，盧山等一大批名山便是這樣被世人熟知的；二是改變了文人對於自然山水的態度，親近自然，熱愛山水；三是促進了文人的山水審美。前兩點是隨著隱逸文化的不斷發展而逐漸強化的，後一點則要到東晉時，促使了地理志散文、山水詩等的產生。當然，這是東晉偏安的政局、文人苟安的心態、談玄之風、江南山水等諸多因素風雲際會的結果。

〔註 29〕胡曉明《萬川之月——中國山水詩的心靈境界》，北京：北京大學出版社 2005 年版，作者序第 3 頁。

一、以自然爲宗的隱逸文化

中國的隱逸文化由來已久，與堯同一時代的許由、巢父可謂最早的隱士：

> 許由字武仲，堯聞，致天下而讓焉，乃退而遁於中嶽潁水之陽、箕山之下隱。堯又召爲九州長，由不欲聞之，洗耳於潁水濱。時有巢父牽犢欲飲之，見由洗耳，問其故，對曰：「堯欲召我爲九州長，惡聞其聲，是故洗耳。」巢父曰：「子若處高岸深谷，人道不通，誰能見子？子故浮遊，欲聞求其名譽，污吾犢口！」牽犢上流飲之。〔註30〕（《〈史記‧伯夷列傳〉正義》引皇甫謐《高士傳》）

在這個傳說裏，許由、巢父與堯這樣的聖君平起平坐，毫不遜色，且以其潔身自好的志趣、卻世絕塵的舉止，而被後人津津樂道，視作隱士的楷模。

從潁水之濱出發，中國的隱逸文化如涓涓細流，在華夏大地上流淌數千年，蔚爲大觀。南朝以前，著名的隱士有伯夷、叔齊、荷蓧丈人、楚狂接輿、榮啓期、俞伯牙、鍾子期、莊子、漁父、商山四皓、田疇、管寧、郭泰、龐德公、孫登、羊仲、求仲、陶淵明等，他們「或隱居以求其志，或迴避以全其道，或靜己以鎮其躁，或去危以圖其安，或垢俗以動其概，或疵物以激其清」〔註31〕（《後漢書‧逸民傳序》），在不同的時代不同的境遇下，以各種不同的方式，發展和豐富了中國隱逸文化。

隱逸文化對山水文學的影響，最爲顯而易見的，是將更多的山水帶入人們的生活，帶進人們的視野。莊子曰：「賢者伏處大山堪巖之下。」〔註32〕（《莊子‧在宥》）嵇康道：「巖穴多隱逸。」（《述志詩》）張華稱：「隱士託山林。」（《招隱詩》）既爲避世，則必然是往人跡罕至的地方爲最佳，即巢父所說的「高岸深谷，人道不通」之處，如中國第一個隱士許由即隱於「潁水之陽、箕山之下」，殷周之際恥食周粟的伯夷、叔齊逃隱於首陽山，秦末「商山四皓」隱於商山，《後漢書‧逸民傳》載：東漢向子平「與同好北海禽慶俱遊五嶽名山，竟不知所終」，「少好《老子》」的高恢「隱於華陰山中」，龐德公則「攜其妻子登鹿門山，因採藥不反」，嚴光「耕於富春山」，臺孝威「隱於武安山，鑿穴爲居，採藥自業」，韓伯休「遁入霸陵山中」，矯仲彥「少好黃、老，隱遁山谷，因穴爲室」，戴叔鸞「逃入江夏山中，優遊不仕」。《三國志‧卷十一》

〔註30〕 司馬遷《史記》，北京：中華書局標點本 1982 年版，第 2122 頁。
〔註31〕 本書所引《後漢書》內容，均據《後漢書》中華書局標點本 1965 年版。
〔註32〕 （清）郭慶藩《莊子集釋》，北京：中華書局 2004 年版，第 373 頁。

稱：邴原「將家屬入海，住郁洲山中」〔註33〕，管寧「廬於山谷」〔註34〕。《南史·王鎮之傳附弘之傳》載，宋孔淳之「隱約窮岫」〔註35〕。隨著隱者遠赴高山深壑、湖泊淵藪，一些罕有人至的山水也自然進入了他們的生活。而更重要的是，由於這些人原本即有著一定的知名度，這時更以其特立獨行的隱逸之舉引得世人關注，其所隱之山、所處之水自然也引發人們的好奇，甚至有好事者前往參觀、尋覓。據《世說新語·棲逸》注引《文士傳》載：「嘉平中，汲縣民共入山中，見一人，所居懸巖百仞，叢林鬱茂，而神明甚察。自云『孫姓，登名，字公和』。」〔註36〕這麼多的人，因好奇而共入山中尋覓一介隱士，估計此山不久也將變得熱鬧起來。

「山不在高，有仙則名；水不在深，有龍則靈。」（劉禹錫《陋室銘》）文化史上，因隱者而知名的山水不在少數，如前面所說的潁水、箕山、首陽山、鹿門山，還有因嚴光垂釣而得名的嚴陵瀨，因茅盈、茅固、茅衷兄弟得道成仙而出名的茅山，甚至連廬山也相傳是因周朝時匡俗兄弟三人隱居其中而得名。

隱逸文化對山水文學的影響，還在於影響了文人對於自然山水的態度。最初的隱逸者主要爲避世。因爲遭逢亂世，爲保全生命，便退避江湖或鄉村遠郊。正如王羲之所稱：「古之辭世者，或被髮佯狂，或污身穢跡，可謂艱矣。」（《與謝萬書》）這在土地廣袤、農業文明爲主的古代中國，也不算難事。如春秋時期「以杖荷蓧」的丈人，對孔子進行規勸的楚狂接輿，「耦而耕」的長沮、桀溺，戰國時期勸屈原「淈其泥而揚其波」的漁父，西漢末避王莽之亂而「將家屬浮海，客於遼東」的逢子康，「隱居守志，茅屋蓬戶」的王儒仲，東漢末年「避地上黨，耕種山阿」的常林，「舉千餘家俱避難於魯之嶧山」的郗鑒等，因此，針對因世亂時危而避地存身的隱士，范曄感慨道：「觀其甘心畎畝之中，憔悴江海之上，豈必親魚鳥、樂林草哉！亦云性分所至而已。」（《後漢書·逸民傳序》）許多人並非因「親魚鳥、樂林草」而隱逸的，實在是現實社會太混亂、黑暗所致。

〔註33〕（晉）陳壽《三國志》，上海：上海古籍出版社 2002 年版，第 314 頁。

〔註34〕（晉）陳壽《三國志》，上海：上海古籍出版社 2002 年版，第 318 頁。

〔註35〕注：本書所引《南史》，均據（唐）李延壽《南史》中華書局標點本 1975 年版。

〔註36〕注：本書所引《世說新語》，均據（南朝宋）劉義慶撰、（梁）劉孝標注、余嘉錫箋疏《世說新語箋疏》中華書局 1983 年版。

　　與避世隱士差不多同時的，是一批因「不遇」而遠走江湖的隱士。受主積極入世的儒家思想的支配與影響，古代的文人普遍形成了做官才是唯一出路的理想和價值觀，而其結果往往不如人意，因為「遇」者畢竟是少數，「不遇」倒成為常態，其結果是「不論他們有多麼美好的願望，也不論他們付出了多麼沉重、辛酸的代價，『不遇』的命運總是要不可避免的降臨到絕大多數古代文士的頭上」〔註37〕。他們中的一部分很自然地也走上了歸耕退隱之路。

　　謝朓稱：「煙霞泉石，惟隱遁者得之。」〔註38〕（《宣城郡志》萬曆初重修）隨著隱逸文化的發展，隱逸者面對自然山水怡情的一面逐漸發展起來，成為隱逸文化更具魅力的部分。隱逸，既為避世，更是超世，苦中有樂，怡然自樂，逐漸化作一種理想，一種境界，一種完善自我人格的自覺追求。這才是隱逸文化打動士人、影響士人的原因之所在。如東晉隱士戴逵即認為，隱居並非「逃人患，避爭鬥」，而是為了「翼順資和，滌除機心，容養淳淑，而自適者耳」（《閒遊賦》）。這時，隱士們對待自然的態度可以說發生了根本的改變。

　　隱逸文化從本質上說，是以自然為宗的文化，表現為走進自然、親近自然，與自然和諧相處，與天地融為一體。在這點上，許多觀念絕然相對的儒家和道家竟達到了驚人的一致。如《周易・坤卦》曰：「天地閉，賢人隱。」〔註39〕孔子曾喟歎「道不行，乘桴浮於海」〔註40〕（《論語・公冶長》），孟子也提出「窮則獨善其身，達則兼善天下」〔註41〕（《孟子・盡心上》）的主張，而孔子最羨慕的生活方式居然是「莫春者，春服既成，冠者五六人，童子六七人，浴乎沂，風乎舞雩，詠而歸」〔註42〕（《論語・先進》）。孔子還提出著名的「樂山樂水說」：「知者樂水，仁者樂山。」〔註43〕（《論語・雍也》）

　　儘管許多人以為孔子這是在說教，因為他後面又說「知者動，仁者靜。知者樂，仁者壽」，但我更相信，孔子在面對自然山水時，就是抱這種「樂山樂水」態度的。他在面對社會時，自然是主張積極入世、奮發有為的，而在

〔註37〕何新文《文士的不遇與文學中的士不遇主題》，《湖北大學學報・哲社版》1988年第4期。
〔註38〕曹融南《謝宣城集校注》，上海：上海古籍出版社2009年版，第446頁。
〔註39〕黃壽祺、張善文《周易譯注》，上海：上海古籍出版社1989年版，第35頁。
〔註40〕楊伯峻譯注《論語》，北京：中華書局1980年版，第43頁。
〔註41〕金良年《孟子譯注》，上海：上海古籍出版社2004年版，第274頁。
〔註42〕楊伯峻譯注《論語》，北京：中華書局1980年版，第119頁。
〔註43〕楊伯峻譯注《論語》，北京：中華書局1980年版，第62頁。

對待自然時，他與道家並無二致。但不管怎樣，「樂山樂水說」是被提出來了，而且是被儒家的創始人——孔聖人提出來的，其影響自不待論。「樂山樂水說」對中國山水文化的形成影響極其深遠，後來的「山水」意象逐漸鮮明、突出於其它自然意象之外，實以此爲發端。

「樂山樂水」到了道家的眼裏，便再沒有任何說教的意味了，而純是一種對待自然山水的態度。這點，莊子貢獻甚大。莊子以一個眞正隱士的身份，表達了其對自然的態度，其親密無間讓人感動，如：

> 就藪澤，處閒曠，釣魚閒處，無爲而已矣；此江海之士，避世之人，閒暇者之所好也。〔註44〕（《莊子·刻意》）

> 山林與！皋壤與！使我欣然而樂與！〔註45〕（《莊子·知北遊》）

> 大林丘山之善於人也！〔註46〕（《莊子·外物》）

在莊子看來，自然山水與人爲伴、與人爲善，可愛、可親、可玩、可樂，足以使人「欣然而樂」。莊子是在看到了當時社會的黑暗、混亂以後，轉而將目光投向自然，進而發現自然之和諧、美好的。後人面對自然時，接受的是莊子快樂的態度，但「樂山樂水說」偏偏又是孔子提出來的，這實在是很有意思的事情。

這種樂自然、樂山水的態度，顯然已經被後來的隱士們普遍接受，且更加直接地表達出來，如荀爽「知以直道不容於時，悅山樂水，家於陽城」（《後漢書·黨錮列傳》），郭泰於「巖岫頤神，娛心彭老，憂哉遊哉，聊以卒歲」（《後漢書·郭泰傳》），阮籍「或登臨山水，經日亡歸」〔註47〕（《晉書·阮籍傳》），嵇康「抱琴行吟，弋釣草野」（《與山巨源絕交書》），「采薇山阿，散髮巖岫，詠嘯長吟，頤性養壽」（《憂憤詩》）。而東漢末年哲學家、政論家仲長統在《樂志論》中，則表現得尤爲具體、生動，也更生活化、情趣化了：

> 使居有良田廣宅，背山臨流，溝池環匝，竹木周布，場圃築前，果園樹後。舟車足以代步涉之艱，使令足以息四體之役。養親有兼珍之膳，妻孥無苦身之勞。良朋萃止，則陳酒肴以娛之；嘉時吉日，

〔註44〕　（清）郭慶藩《莊子集釋》，北京：中華書局2004年版，第535頁。

〔註45〕　（清）郭慶藩《莊子集釋》，北京：中華書局2004年版，第765頁。

〔註46〕　（清）郭慶藩《莊子集釋》，北京：中華書局2004年版，第939頁。

〔註47〕　註：本書所引《晉書》，均據（唐）房玄齡等撰《晉書》中華書局標點本1974年版。

　　則烹羔豚以奉之。躕躇畦苑，遊戲平林，濯清水，追涼風，釣游鯉，
　　弋高鴻。諷於舞雩之下，詠歸高堂之上。

　　　　（《後漢書》卷四十九《仲長統傳》引）

這自然有點理想化。所謂「樂志」，其實就是樂隱逸，樂山水，而《樂志論》
也可以說是一篇隱士怡情自然山水的宣言，從居住環境到衣食住行、論道講
書，對自己的生活和人生作了一個十分逍遙的規劃。

　　這種因隱逸文化而發端的樂自然、樂山水的意識，自然不會僅在隱士間
流行，而會似一陣風一般在更多的士人間流轉，逐漸形成一個全社會流行的
文化自覺。這種流轉，自東漢後期便越來越強烈地影響著士人階層。張衡一
生並不曾棄官歸隱，但看他在《歸田賦》中對自然的描寫是何等美好：「於是
仲春令月，時和氣清；原隰鬱茂，百草滋榮。王雎鼓翼，倉庚哀鳴；交頸頡
頏，關關嚶嚶。於焉逍遙，聊以娛情。」《歸田賦》開了後世山水田園文學的
先河。左思也在《詠史》其五中寫道：「披褐出閶闔，高步追許由。振衣千仞
崗，濯足萬里流。」《招隱詩》中寫道：「非必絲與竹，山水有清音。」

　　張衡、左思並非真正的隱士，他們也從來沒有隱居過。但他們在一邊走
進自然山水、表達山水之樂時，卻一邊不停地強調「感老氏之遺誡，將回駕
乎蓬廬」，「披褐出閶闔，高步追許由」，以歷史上的著名隱士自許，表達企羨
之情。隱逸文化的影響顯而易見。當然，這是在詩中，其對山水的感情，不
免有情緒化、理想化、虛擬化的成分。而這樣兩則史書上的記載，則完全可
以進一步證實：

　　　　祜樂山水，每風景，必造峴山，置酒言詠，終日不倦。

　　（《晉書·羊祜傳》）

　　　　簡優遊卒歲，唯酒是耽。諸習氏，荊土豪族，有佳園池，簡每
　　出嬉遊，多之池上，置酒輒醉，名之曰高陽池。（《晉書·山簡傳》）

羊祜時任荊州諸軍都督，又是西晉的開國功臣，且在晉滅吳、統一全國的過
程中立功巨偉，山簡是「竹林七賢」之一山濤的幼子，時任征南將軍，都督
荊、湘、交、廣四州諸軍事，洛陽遭匈奴人圍攻，他頗以「社稷傾覆，不能
國救」為恨，可見他們都是積極入世的，並不是想借山水以表達隱逸之情，
以示其超塵脫俗的高趣，而純是因為「樂山水」，這已經直指東晉文人的山水
審美了。

隨著黃巾起義、董卓亂政、諸侯混戰，隱逸文化發展到東漢以後，逐漸變得強勁起來。當時的著名隱士司馬徽、龐德公、徐庶、崔州平齊聚襄陽，諸葛亮出山前即同他們一道隱居於隆中臥龍崗的。但後來的局勢變得越來越複雜，三國鼎立、西晉之亂、五胡亂華，隱逸文化越來越潛滋暗長。「竹林七賢」一時傳爲佳話，何晏、夏侯玄、王弼、王衍等人則開啓了談玄之風，人們開始熱烈的討論《周易》、《老子》、《莊子》，隱士和士人，於是有了許多共同語言，隱逸文化開始在更多的士人間流傳，一些人還津津樂道。隱逸者，自可高標自許，以隱爲高；而一般士人呢，卻是高山仰止，雖不能至而心嚮往之。即便是張華這樣的人，官至侍中、中書監、司空、公、廣武侯，無論官位還是聲望，可謂一時顯赫，但他居然也感慨「吏道何其迫，窘然坐自拘」，而期望過著「散髮重陰下，抱杖臨清渠。屬耳聽鶯鳴，流目玩儵魚。從容養餘日，取樂於桑榆」（《答何邵詩三首》其一）的逍遙生活。只可惜，西晉的歷史實在太過短暫，且政局是如此地不堪，士人和隱士的手，相握還沒有多久，西晉便滅亡了。

二、東晉文人的隱逸之風

東晉建立以後，隨著幾次北伐的失敗，南北對峙局面形成，東晉朝廷偏安江南一隅。文人普遍產生了苟安心態，進而興起了隱逸之風。

（一）東晉的偏安政局和文人的苟安心態

永嘉南渡，京洛世家大族集體南遷，輾轉江南，他們雖經歷長達十餘年的「八王之亂」，後來又被異族入侵，但這一次畢竟是大不一樣了。前途既一片茫茫，後方又焉有退路？他們是帶著一種惘然悽愴的心緒渡過長江的。永嘉四年（310），劉曜、石勒進逼京師洛陽，西晉之敗亡已不可避免，衛玠攜家渡江，據《世說新語·言語》記載：

> 衛洗馬初欲渡江，形神慘悴，語左右云：「見此茫茫，不覺百端
> 交集。苟未免有情，亦復誰能遣此。」

這代表了當時渡江士族的共同心緒，國破家亡，棄家別土，倉皇南顧，其悲痛、傷感可以想像，余嘉錫評得好：「家國之憂，身世之感，千頭萬緒，紛至沓來。」〔註48〕再看這樣兩則記載：

〔註48〕余嘉錫《世說新語箋疏》，北京：中華書局 1983 年版，第 95 頁。

> 溫嶠初爲劉琨使來過江，於時，江左營建始爾，綱紀未舉。溫新至，深有諸慮。(《世說新語・言語》)

> 桓彝初過江，見朝廷微弱，謂周顗曰：「我以中州多故，來此欲求全活，而寡弱如此，將何以濟！」憂懼不樂。(《晉書・王導傳》)

這反映了又一個事實，即西晉滅亡後，司馬睿雖然在建康稱號，但江南仍處於動蕩之中，政局危如累卵，北有強大外族的軍事進逼，內又立足未穩，江東士族亦需安撫。面對這樣一種未卜的前途，士人們自然是一片悲觀情緒了。《晉書・王導傳》還有這樣一則記載：

> 過江諸人每至美日，輒相邀新亭，藉卉飲宴。周侯中坐而歎曰：「風景不殊，正自有山河之異。」皆相視流涕。惟導愀然變色曰：「當共戮力王室，克復神州，何至作楚囚相對泣邪！」

這當是東晉初立之際，政局已稍稍穩定，士人們收拾好心情，重又在異地他鄉開始了他們曾在西晉時的享樂生活，由此亦可見他們的苟安。周侯即前面已提到的周顗，是聲望甚高的人物。其物是人非的悲歡，是先前渡江人士心情的延續，而王導的一番慷慨之辭，則反映了士人的另一種心情：克復神州！

僅僅用「偏安」二字形容東晉政局，實在是抹去了許多歷史眞實，終東晉一朝，即有庾亮、殷浩、桓溫、謝玄等的屢次北伐，雖都以失敗告終，卻也證明東晉士人積極、進取、有爲的一面。

就以桓溫爲例。桓溫是東晉近百年最有作爲的一位，也是北伐最有成效的一位。他爽有風概，姿貌甚偉，面有七星，被劉惔譽爲「孫仲謀、晉宣王之流亞也」(《晉書・桓溫傳》)。永和二年，他率眾西伐，滅掉盤踞在西蜀的李勢，停蜀三旬，舉用一批賢良，百姓咸悅，致使長江上游的局勢穩定。之後，他又乘北方互相攻伐之際，屢次北伐，多次攻佔洛陽，逼近長安。且看《晉書・桓溫傳》的一則記載：

> 溫進至霸上，健以五千人深溝自固，居人皆安堵復業，持牛酒迎溫於路者十八九，耆老感泣曰：「不圖今日復見官軍！」

江山的收復就在眼前，中原百姓望穿秋眼，盼望著東晉的軍隊，不禁令人想起了陸游「遺民淚盡胡塵裏，南望王師又一年」的悲慨，想起了岳武穆。但這樣一位雄武人物的爲國爲民之舉，居然沒有一次得到過東晉王朝的支持。於是，他便以「八州士眾資調，殆不爲國家用」，以一己之力繼續北伐。他收復了洛陽，上表請求朝廷遷往舊都，上了十多道表疏，終被拒絕。他知道所

有人都會反對，沉痛表示：「夫人情昧安，難與圖始；非常之事，眾人所疑。伏願陛下決玄照之明，斷常均之外，責臣以興復之效，委臣以終濟之功。」而下面這兩段文字尤爲悲壯：

> 桓公入峽，絕壁天懸，騰波迅急，乃歎曰：「既爲忠臣，不得爲孝子，如何？」（《世說新語·言語》）

> 溫自江陵北伐，行經金城，見少爲琅邪時所種柳皆已十圍，慨然曰：「木猶如此，人何以堪！」攀枝執條，泫然流淚。
> （《世說新語·言語》）

這是一個末路英雄的悲慨，面對一個無能的朝廷，無望的結局，桓溫知道，儘管他棄生命而不顧，與將士們流血犧牲，但他畢竟無力迴天，而有一天，他終將老去。

　　其實，所謂的北伐失敗，所謂的偏安江南，原因並不在北方，不在外族，關鍵在東晉內部。任何一個時代，英雄畢竟是少數。整個東晉，眞正有軍事才幹的，只有桓溫、謝玄，其它多徒有虛名而已。庾亮的北伐只是喊喊口號，還惹惱了蘇峻，內部先反了，建康被攻佔的時候，庾亮逃之夭夭。殷浩倒是一個玄談的高手，因而名聲便大，但他實在不是一個會打仗的人，他也想學桓溫「進屯洛陽，修復園陵」（《晉書·殷浩傳》），卻幾至全軍覆沒。東晉後期，謝玄一枝獨秀，在取得淝水之戰的勝利後，趁勝追擊，所向披靡，很快奪取了河南、河北、山東一帶，但同樣的事情又發生了，「朝議以征役既久，宜置戍而還，使玄還鎮淮陰，序鎮壽陽」（《晉書·謝玄傳》），東晉失去了最後一次收復中原、統一全國的機會。

　　而北朝呢，北方其實一直處於軍閥割據、互相攻伐的混亂狀態。其實，劉曜、石勒攻克洛陽後，已成強弩之末，根本就無力繼續南攻。直到苻堅統一北方，建立統一的前秦政權，但他又在淝水之戰中被謝玄打得大敗，乃至草木皆兵，倉皇北顧，並由此一蹶不振。這樣的結果是北方既無力統一南方，南方也無力統一北方，雖政局始終動蕩不安，但南北割據已成定局。

　　這就是所謂的「偏安」了。與這種偏安政局相適應的，便是與桓溫、謝玄諸人極力北伐、收復中原思想相對的另一股潮流，那就是「苟安」，這是一個占壓倒性多數的群體，是士族中的主流。如王敦一度掌控朝政，但他除了發動叛亂，從沒想過北伐；王導左右東晉局勢多年，採取的是維持現狀的政

策；庾亮北伐時，蔡謨上疏反對，且得到多數人的附和；殷浩北伐，王羲之致書阻止；桓溫北伐，孫綽上疏反對。

（二）東晉文人的隱逸風尚

在這種苟安的心態之下，士人們很自然地向著身、心兩個方向拓展著自己的世界：一方面走進自己的內心，為尋找精神的慰藉而談玄，或寫玄言詩；一方面是走向隱逸，走向自然山水。而這兩個方面的拓展又是統一的，諧和的，同步而並進。而這個時候，中國隱逸文化一下子被他們發現，江南明淨的山水照亮了他們的眼睛，在物質生活如此優裕的情況下，他們幾乎不假思索地走向了隱逸、走向了山水。

在任何一個時代，隱逸都是反常之舉，是一個社會中少數人的過激行為，多少帶一點憤世嫉俗的味道。而在東晉，特別是中期以後，這一切發生了翻天覆地的變化。隱逸成為絕大多數士人的一種生活方式了，隱逸行為成了士人高標自許，顯示崇高懷道、心神超越的手段。終東晉一朝，隱逸者樂此不疲、前赴後繼，隱逸的人數之多、分佈之廣、品類之雜，實屬罕見。略列數例如次：

> 安先居會稽，與支道林、王羲之、許詢共遊處。出則漁弋山水，入則談說屬文，未嘗有處世意也。
>
> （《世說新語・雅量》注引《中興書》）

> 孫綽賦《遂初》，築室畖川，自言見止足之分。
>
> （《世說新語・言語》）

> 郭文，字文舉，河內軹人也。少愛山水，尚嘉遁。……洛陽陷，乃步擔入吳興餘杭大辟山中窮谷無人之地，倚木於樹，苫覆其上而居焉，亦無壁障。（《晉書・隱逸傳》）

> 孟陋，字少孤，武昌人也。……口不及世事，未曾交遊，時或弋釣，孤興獨往，雖家人亦不知其所之也。（《晉書・隱逸傳》）

> （戴）逵不樂當世，以琴書自娛，隱會稽剡山。
>
> （《世說新語・棲逸》注引《續晉陽秋》）

這個名單列下去會很長，僅《晉書・隱逸傳》所記載的，除上面所列郭文、孟陋外，尚有龔壯、韓績、譙秀、翟湯、郭翻、辛謐、劉驎之、索襲、楊軻、公孫鳳、公孫永、張忠、石垣、宋纖、郭荷、郭瑀、祈嘉、瞿硎先生、謝敷、

龔玄之、陶淡、陶潛等。東晉的隱逸之士，位高者如謝安，名顯者如王羲之、孫綽、許詢、支遁，位卑者如「潯陽三隱」陶淵明、劉遺民、周續之，都有著長時間的隱逸經歷，謝安是在「安石不肯出，將如蒼生何」（《晉書·謝安傳》）之眾望所歸的情勢下才由隱而仕的，他出仕以後建立了淝水之戰的不世奇功，卻每每對其出世生活念念不忘，據《世說新語·言語》載：「王右軍與謝太傅共登冶城，謝悠然遠想，有高世之志。」王、謝乃東晉首屈一指的勢家大族，是東晉士族的代表，而王羲之、謝安又是王謝家族的代表人物，可以想像，當時該有多少王公貴族隱逸於山水間啊！

面對東晉偏安一隅的局勢，王羲之曾經感慨：「以區區吳越經緯天下十分之九，不亡何待？」（《晉書·王羲之傳》）在這種思想的感染之下，一度頗有功業心的他也悠然過起了隱逸生活，他在《與謝萬書》中描述道：「頃東遊還，修植桑果，今盛敷榮，率諸子，抱弱孫，遊觀其間，有一味之甘，割而分之，以娛目前。」

那麼，作為最高統治者的皇帝，又是如何看待這種隱逸行為的呢？且看這樣一則記載：

> 簡文入華林園，顧謂左右曰：「會心處不必在遠，翳然林水，便自有濠、濮間想也，不覺鳥獸禽魚自來親人。」（《世說新語·言語》）

簡文帝處宮苑中而作濠、濮間想，處魏闕之下而思江湖之上，想必他對隱逸生活也是十分嚮往的了，難怪劉勰亦稱：「簡文勃興，淵乎清峻，微言精理，函滿玄席。」（《文心雕龍·時序》）

東晉諸人中，尤為出格的是郗超。他自幼即「卓犖不羈，有曠世之度，交遊士林，每存勝拔，善談論，義理精微」（《晉書·郗超傳》），後來依附桓溫，權傾一時。郗超的神奇舉動是熱心為隱居者提供資助，據《晉書·郗超傳》載：

> 性好聞人棲遁，有能辭容拂衣者，超為之起屋宇，作器服，蓄僕豎，費百金而不吝。

自己不能擺脫世情，卻願別人如此，慷慨地給隱逸者提供資金支持！郗超此舉，既可見社會名流對隱逸的歡迎和嘉許、企羨與嚮往，亦可見當時隱士的地位之高。這也難怪為什麼東晉的隱士總是以一種高傲的眼光平視諸侯的了。

孫綽、許詢、戴逵等知名隱士，更是對隱逸生活作了形象的描述。孫綽稱：「乃經始東山，建五畝之宅，帶長阜，倚茂林，孰與坐華幕擊鐘鼓者同年

而語其樂哉！」(《世說新語·言語》汪引)，戴逵撰《閒遊贊》：「然如山林之客，非徒逃人患，避爭鬥，諒所以翼順資和，滌除機心，容養淳淑，而且適者爾。」仲長統《樂志論》所述遠不是現實的生活，而孫綽、戴逵所詠實是自己的生活，是自己的隱居筆記。

在東晉，隱逸是這般令人神往，隱逸如此廣泛地進入文人的生活，如此深刻地滲入人們的思想，以至於隱逸文化一躍而成爲社會上的流行文化，這在中國歷史上，實在是絕無僅有的事。東晉，在當時五胡亂華、十六國互相攻伐、混戰的局勢下，眞似一個隱逸的朝廷，一個隱逸的時代。

三、隱逸之風下的山水審美

由隱逸而山水，因山水而隱逸，中國隱逸文化經歷數千年的發展，到東晉，隱逸與山水變得密不可分了。有隱逸的地方，一定有山水；有山水的地方，必有人去隱逸。

（一）山水美的發現

羅宗強先生經考證後指出，當時的著名士人，大多活動於從首都建康南到會稽、永嘉，西南至潯陽一帶，相當於現在的南京南至紹興、溫州，西南至九江〔註49〕。這一地域，有中國最秀麗的山川。他們聚會最多的地方會稽，尤爲山水絕美之地。這一帶的山川，峰巒疊翠，碧水澄澈，雲遮霧繞，明秀中蘊含靈氣，引人遐想。東晉人發現了一片與他們的隱逸心態如此吻合的自然山水，他們的心靈與會稽山水一拍即合。

這樣的結果是，東晉又同時是一個鍾情於山水的時代！山水，早已經隨著隱逸者身份的變化，走出隱士們的狹窄視野，走進全社會人們的廣闊生活，上至皇帝、王公貴族、士族文人，下至普通百姓、隱士、僧人、閨閣女子，人們都無一例外地走進山水、投入山水、欣賞山水、談論山水，乃至吟詠山水。東晉人對山水懷有如此濃烈的感情，以至於讀他們的文字，似乎遍地都是山水。後世論者，談及中國文化時，無一不在這裏停住，並把深情的目光投向東晉，因爲東晉這一片明淨的山水。宗白華先生稱：「這是中國歷史上最有生氣，活潑愛美，美的成就極高的一個時代。」〔註50〕

〔註49〕 羅宗強《魏晉南北朝文學思想史》，北京：中華書局1996年版，第135頁。
〔註50〕 宗白華《美議》，北京：北京大學出版社2010年版，第129～130頁。

（《論〈世說新語〉和晉人的美》）王瑤先生指出，山水美的發現是「東晉這個時代對於中國藝術和文學的絕大貢獻」〔註51〕（《玄言·山水·田園——論東晉詩》）。羅宗強先生說：「中國士人山水審美趣味的基本格調，應該說是在東晉奠定了的。」〔註52〕

之前，沒有任何一個時代的文人如此熱情、如此大規模地走進山水、投入山水、優遊於山水。庾亮、王羲之、謝安、謝萬、孫綽、李充、許詢、戴逵、殷融、郗超、桓伊、支遁、帛道猷、慧遠、宗炳都曾作山水之遊。會稽成為文人的聚居中心，據《晉書·王羲之傳》載：「會稽有佳山水，名士多居之，謝安未仕時亦居焉。孫綽、李充、許詢、支遁等皆以文義冠世，並築室東土，與羲之同好。」著名的蘭亭之遊，參與者就達41人之多〔註53〕。晉安帝隆安四年（400），慧遠在廬山主持的龍門之遊，參加者亦達30餘人，至於其它文人優遊山水的記載，難以盡述，略錄數條如次：

> 鎮西謝尚，時鎮牛渚，乘秋佳風月，率爾與左右微服泛江。

（《世說新語·文學》注引《續晉陽秋》）

> 孫承公狂士，每至一處，賞玩累日，或回至半路卻返。

（《世說新語·任誕》）

> 羲之既去官，與東土人士盡山水之遊，弋釣為娛。又與道士許邁共修服食，採藥石不遠千里，遍遊東中諸郡，窮諸名山，泛滄海，歎曰：「我卒當以樂死。」（《晉書·王羲之傳》）

> 粲負才尚氣，愛好虛遠，雖位任隆重，不以事務經懷。獨步園林，詩酒自適。家居負郭，每杖策逍遙，當其意得，悠然忘返。

（《南史·袁粲傳》）

（二）山水審美

如果說，東晉以前自然山水還沒有大規模地進入文人的視野，因而還難以形成山水審美的話，那麼，到了東晉，隨著如此多的山水進入人們的視野，融入人們的生活，那麼，由山水遊覽而至山水審美，便是很自然的事情了。

〔註51〕 王瑤《中古文學史論集》，上海：上海古籍出版社1982年版，第119頁。

〔註52〕 羅宗強《魏晉南北朝文學思想史》，北京：中華書局1996年版，第134頁。

〔註53〕 據王羲之《臨河敘》：「右將軍司馬太原孫丞公等二十六人賦詩如左，前餘姚令會稽謝勝等十五人不能賦詩，罰酒各三斗。」

　　隱逸文化的一個重要特徵，是怡情，即借隱逸以表達隱逸者遠離塵世、高潔脫俗的志趣。這就令他們在投入山水、進行山水審美時，不是僅僅欣賞山水本身的美，而是借山水以怡情，表達其內心的志趣。因此，東晉文人的山水審美不是僅停留在山水的表面，而往往對山水投入主觀的情緒，即所謂「登山則情滿於山，觀海則意溢於海」（《文心雕龍・神思》），他們不僅眼觀山水，而且用心去感受山水。請看《世說新語・言語》中記載的東晉人對於山水的審美感受：

　　　　顧長康從會稽還，人問山川之美。顧云：「千巖競秀，萬壑爭流，草木蒙籠其上，若雲興霞蔚。」

　　　　王子敬云：「從山陰道上行，山川自相映發，使人應接不暇。若秋冬之際，尤難為懷。」

　　　　道壹道人好整飭音辭，從都下還東山。已而會雪下，未甚寒，諸道人問在道所經。壹公曰：「風霜固所不論，乃先集其慘澹：郊邑正自飄瞥，林岫便自浩然。」

　　　　王司州至吳興印渚中看，歎曰：「非唯使人情開滌，亦覺日月清朗。」

　　　　簡文入華林園，顧謂左右曰：「會心處不必在遠，翳然林水，便自有濠、濮間想也，不覺鳥獸禽魚自來親人。」

其實，這幾段文字對於自然山水的直接描寫並不多，除了顧愷之外，其它人對山水並未直接形容。但它們為什麼那麼地觸動人心、給人留下極深的印象？因為山水裏有情緒，有欣賞者極其濃烈的熱愛之情，更有欣賞者忘情於山水時的高趣，作者將感情投射給了山水，而山水便也帶上了人的感情，山水開始彼此呼應，相親相愛了，「千巖競秀，萬壑爭流，草木蒙籠其上，若雲興霞蔚」，山與山之間，水與水之間，山與水之間，草與樹之間，山水與草樹之間，因為投射了作者的情緒，而山水共舞了，自然萬象一片和諧。這既是客觀的山水，更是主觀的山水，山水美景，已經與作者的心靈融為了一體。我們不能不承認，與客觀的山水審美相比，這種主觀的山水審美更進了一個層次。後面三例，除「山川自相映發」、「林岫便自浩然」、「翳然林水」等含主觀化的山水描寫外，其餘便是純情緒的宣洩了，「若秋冬之際，尤難為懷」，秋冬的時候，山水是如此之美，以至使人尤其難以抒懷，竟至於無法用語言來表

達。道壹道人從飄雪的山水之間一路走過,感受到的不是風霜之慘凄,而是林岫浩然,這完全就是作者情緒流露的結果,他已經化「惡」的山水爲美的山水了。王司州遊吳興印渚,應該是許多人欣賞了印渚的山水之後,而前往滌除心中的塵滓的,結果如何呢?「非唯使人情開滌,亦覺日月清朗」,美的山水反過來又能影響人的情緒,寧靜人的心靈了。不可否認,東晉人將欣賞的眼光投向江南山水時,明淨的江南山水也提升了東晉人的山水審美;而山水審美意識的提升,又能促使東晉人以更藝術的眼光欣賞山水。簡文帝入華林園,「不覺鳥獸禽魚自來親人」,這裏的「親」字確實令人賞心悅目,不過這其實還是人在親近鳥獸禽魚,是人的情緒的一種映像。而簡文帝尤爲可貴之處是「會心處不必在遠,翳然林水,便自有濠、濮間想也」,將一般人在自然山水之間才會有的高逸情緒拉回到了人工的園苑,在如此幽雅、別致的園林中也可有隱逸情趣。這幾段文字被人引用極多,且被示爲東晉人山水審美意識進入一個全新境界的標誌。

　　由以上分析可知,東晉文人的山水審美,已經進入對山水進行主觀欣賞的境界,這裏面既投入了欣賞者的感情,又融入了欣賞者的情趣。而後者顯然是主要的,而且其情趣也主要是指植根於中國士人心裏的隱逸高趣。這就是東晉人的山水描寫往往極爲簡潔、明瞭,卻又能深深觸動人心、給人以高遠之想的原因。

第三節　玄言與山水

　　一般人在論及東晉文人的談玄之風與山水文學的關係時,往往過分突出其消極意義,認定這股談玄之風阻礙了山水文學的發展。這主要是受了劉勰的影響,其《文心雕龍·明詩》稱:「江左篇製,溺乎玄風,嗤笑徇務之志,崇盛忘機之談。」劉勰並沒有看到東晉文人談玄之風對山水文學積極的一面,這種積極的一面表現在兩個方面:一是促進了文人的山水遊賞之風,進而影響了山水審美,他們的「玄對山水」,就是要探尋這內美,即借山水以領悟玄理,發現山水中蘊含的哲思;二是玄言詩孕育了山水詩,東晉文人的玄言詩本身即含有山水的因子,玄言詩的清虛、恬淡之美,對山水文學有極大影響,玄言詩中的山水描寫,在一定的時機下,是可以發展爲山水詩的。

一、東晉文人的談玄之風與山水審美

東晉文人的談玄之風,更多的是一種積習,渡江時即由京洛一路帶來。當時的朝廷重臣王導、庾亮,都是談玄的領袖人物。據《世說新語·文學》載:「王丞相過江左,止道《聲無哀樂》、《養生》、《言盡意》三理而已。然宛轉關生,無所不入。」《晉書·庾亮傳》亦稱,庾亮「善談論,性好莊、老,風格峻整,動由禮節」。就連飛揚跋扈的王敦也「口不言財利,尤好清談」(《晉書·王敦傳》),而當時的皇帝,晉元帝、明帝也對談玄之事情有獨鍾,據《世說新語·方正》注引《高逸沙門傳》稱:「晉元、明二帝,遊心玄虛,託情味道,以賓友禮待法師。王公、庾公傾心側席,好同臭味也。」王公、庾公即指王導和庾亮。在他們周圍,聚集了一批清談名士,如殷浩、王濛、王述、謝尚、溫嶠、康僧淵等。到東晉中期以後,謝安、王羲之又成爲談玄的領袖人物,聚集在他們周圍的有支遁、孫綽、許詢等人。可以說,東晉一朝,其談玄之風是貫穿始終的,正如劉勰《文心雕龍·論說》中所稱:「逮江左群談,惟玄是務。」

這種談玄之風如此熾烈,故應詹云:「元康以來,賤經尚道,以玄虛宏放爲夷達,以儒術清儉爲鄙俗。」(《晉書·應詹傳》)以至於到咸康三年時,東晉立國已近三十年,晉成帝立學校,崇儒術,但未見成效,「而士大夫習尚老、莊,儒術終不振」〔註54〕。

東晉人談玄時,內心嚮往著玄的境界,「霏霏靡靡,若有若無,理玄旨邈,辭簡心虛」(謝尚《談賦》),但這種玄談又與西晉士人不同,不再執著於哲理上的探究,似何晏、王弼等人一樣摸索出一套精深的玄學理論。東晉文人將玄學引入了生活,成爲調劑心情、追求高情逸趣的一種方式,作爲其貴族身份的一種象徵而已。東晉人於玄,不求高深,但求高雅、閒逸,融入生活即可。這時,談玄便具有了審美的意味,談玄者常常因談論之玄妙而竟日忘歸,而欣賞者或陶醉於其語言之抑揚,或留連於其辭藻的華美,或醉心於其神態之瀟灑。如有一次支道林、許掾等人共聚於會稽王家中談玄,兩人互相辯論,結束時眾人「但共嗟詠二家之美,不辯其理之所在」(《世說新語·文學》),對二人語言之美感興趣;再如一次支道林與王羲之談莊子《逍遙遊》,「支作數千言,才藻新奇,花爛映發。王遂披襟解帶,留連不能已」(《世說新語·

〔註54〕 司馬光《資治通鑒》,北京:中國文史出版社 2005 年版,第 2516 頁。

文學》），王羲之欣賞的是支道林的辭藻；謝安、王羲之、孫綽、許詢諸人聚談，謝安解《漁父》，「作萬餘語，才峰秀逸，既自難干，加意氣凝託，蕭然自得」，致「四坐莫不厭心」（《世說新語・文學》），眾人陶醉的是謝安談話的氣勢與自得的神態。

東晉文人談玄之風對山水審美的影響表現在以下三個方面：

1、以玄對山水，將山水哲理化、抽象化

談玄從玄理的深究轉入風度的展示，由內心世界的拓展轉入外部世界的審視。它與士人們由隱逸而走入山水的步伐不期而遇，在以隱逸的心態欣賞山水時，同時以另一種心態欣賞山水，那就是「玄對山水」。「玄對山水」的提法最早來自《世說新語・容止》劉注引孫綽《庾亮碑》：

> 公雅好所託，常在塵垢之外。雖柔心應世，屈其跡，而方寸湛
>
> 然，固以玄對山水。

這裏的「玄」，指玄心、道心，也就是常在塵垢之外的湛然之心。而所謂「玄對山水」，就是以一種談玄、探理的方式面對山水、看待山水、欣賞山水、領悟山水。「山水以形媚道」（宗炳《畫山水序》），在玄對山水的過程中，東晉人發現了山水之美其實包括兩個層面，即內美和外美，而內美更為本質〔註55〕，因為「山水，質有而靈趣」（宗炳《畫山水序》）。換言之，他們的玄對山水，就是要探尋這內美，即借山水以領悟玄理，發現山水中蘊含的哲思，宗白華先生稱「晉宋人欣賞山水，由實入虛，即突即虛，超入玄境」〔註56〕（《論〈世說新語〉和晉人的美》），即指此。

這種「哲理化的山水觀」〔註57〕，將哲思引入了山水。如郭璞的兩句詩「林無靜樹，川無停流」，即將心中所感受到的樹之恒動、水之長流這一現象，以詩歌的形式表現出來，既有哲思，亦有理趣，故時人阮孚感歎道：「泓崢蕭瑟，實不可言。每讀此文，輒覺神超形越。」（《世說新語・文學》）孔甯子《水贊》中的四句：「澄鑒無虛，積之成川。湍飛瑩谷，激石泠然。」雖然也有水

〔註55〕此處内美和外美的概念，參考了陳順智先生的觀點：「正始之玄學又本『無』為貴，這樣的觀念，導致人們比以往更加清晰地認識到事物之美包括兩個層面，即内美和外美，而內美更為本質。」陳順智《東晉玄言詩派研究》，武漢：武漢大學出版社 2003 年版，第 172 頁。

〔註56〕宗白華《美議》，北京：北京大學出版社 2010 年版，第 119 頁。

〔註57〕陶文鵬、韋鳳娟《靈境詩心——中國古代山水詩史》，南京：鳳凰出版社 2004 年版，第 87 頁。

的形象，但極淡，且作者的主旨也僅是表達水的一些特點而已，水是抽象的，而不是具體要描述哪一處水的特點。

這樣的結果是，將山水哲理化、抽象化，山水變得玄妙、深奧了，但山水意象卻也被簡單化、概念化了。人們一旦從山水中領悟了自然之道，便得意而忘象，得象而忘形，於是，即便吟詠山水，也只是用幾個簡單化、概念化的山水意象來詮釋一下玄理即可。讀東晉人的山水詩，總覺其山水意象不豐富、不生動、不夠打動人心，總有千篇一律的感覺，就是因爲其山水意象被抽象的結果。當然，也與其對感情的淡化有關。因爲尋求哲理的過程，本身即排斥情感的干擾，而追求一種盡心竭慮、排除雜念、寂然枯槁的狀態，是要將感情丟到一邊的。而詩歌的魅力，就在於感情，沒有感情的詩歌，便是「淡乎寡味」了，是很難眞正打動人的。且看這樣幾首詩：

> 庵藹靈嶽，開景神封。綿界盤址，中天舉峰。
>
> 孤樓側挺，層岫回重。風雲秀體，卉木媚容。
>
> （王叔之《遊羅浮山》）

> 峩峩東嶽高，秀極沖青天。巖中間虛宇，寂寞幽以玄。
>
> 非工非復匠，雲構發自然。氣象爾何物，遂令我屢遷。
>
> 逝將宅斯宇，可以盡天年。（謝道韞《泰山吟》）

> 隆山嵯峨，崇巒岧嶢。傍覿滄洲，仰拂玄霄。
>
> 文命遠會，風淳道邈。秦皇遐巡，邁北英豪。
>
> 宅靈基阿，銘跡峻嶠。青陽曜景，時和氣淳。
>
> 修領增鮮，長松挺新。飛鴻振羽，騰龍躍鱗。
>
> （王彪之《登會稽刻石山》）

這些詩裏並不缺少山水的描寫，有些還很精彩，如「孤樓側挺，層岫回重。風雲秀體，卉木媚容」，「峩峩東嶽高，秀極沖青天」，「修領增鮮，長松挺新。飛鴻振羽，騰龍躍鱗」，但它們並不能深深地打動我們，並在我們的記憶裏留下深刻印象。因爲它們總歸於玄理，缺少感情的投入，而所使用的山水意象又大抵雷同，或相似，並沒有將羅浮山、泰山、刻石山最有特色的形象展示出來，我們完全可以將四首詩的山名換成其它的山，而不影響對詩的欣賞和對山的體會。這正是詩歌裏缺少獨特、感人意象的緣故。而且山水中融入的情感又極淡，雖然也有怡然於山水的情懷，但被玄意給沖淡了，詩味自然就少了。

東晉文人對山水的認識更加深刻了，但形象化也隨之消失。

2、促進了文人的山水遊賞

東晉文人的談玄之風，還促進了文人之間的山水遊賞。宗白華先生說：「魏晉的玄學使晉人得到空前絕後的精神解放。」〔註58〕（《論〈世說新語〉和晉人的美》）這種解放，發展到東晉時便是文人以前所未有的熱情走進了自然山水。東晉文人的山水遊賞之盛，前所未有，史書中多有謝安、王羲之、孫綽、許詢、支道林共相遊賞的記載。白居易《沃洲山禪院記》又記載了一個更大圈子的文人遊賞的例子：

> 夫有非常之境，然後有非常之人棲焉。晉宋以來，因山洞開。厥初有羅漢僧西天竺人白道猷居焉。次有高僧竺法潛、支遁林居焉。次又有乾、興、淵、支、遁、開、威、蘊、崇、實、光、識、斐、藏、濟、度、逞、印凡十八僧居焉。高士名人有戴逵、王洽、劉恢、許玄度、殷融、郗超、孫綽、桓彥表、王敬仁、何次道、王文度、謝長霞、袁彥伯、王蒙、衛玠、謝萬石、蔡叔子、王羲之凡十八人，或遊焉，或止焉。〔註59〕

這麼多的人，有僧，有道，有仕，有隱，身份、地位各各不同；他們成群結隊，或遊焉，或止焉。他們為什麼有這麼大的熱情，且趨之若鶩、絡繹不絕呢？自然因為沃洲山有美的山水，但似乎還不夠，如果單純為欣賞山水之美，一次、兩次尚可，多次便少了新鮮感和吸引力。他們主要的還是在這裏談玄，在美的山水之間談玄論道，那種眼中所及、胸中所悟的感覺是極其美好的，就像陶淵明所描述的「採菊東籬下，悠然見南山」的境界。此外，他們是成群結隊而至，且多為高僧、高士、名流，這樣正可一道「玄對山水」，在山水之間談玄，詠山水，領略山水與玄思結合之妙。這樣的結果是，「伴隨著『山水質有而趣靈』、『山水以形媚道』（宗炳《畫山水序》）的審美認識和『會心』、『暢神』的審美感受，逐漸在人們心中形成了一種山水情結」〔註60〕（王兆鵬、孟修祥《論李白山水詩的生命情調》）。

3、確立「雅」的審美情趣

東晉文人同時受著隱逸之風與談玄之風的影響，這樣，他們在走進自然

〔註58〕 宗白華《美議》，北京：北京大學出版社 2010 年版，第 121 頁。
〔註59〕 （唐）白居易《白居易集》，北京：中華書局 1979 年版，第 1440 頁。
〔註60〕 莭家培、李子龍《謝朓與李白研究》，北京：人民文學出版社 1995 年版，第 220 頁。

山水時，便有了兩種不同的審美視角。隱逸賦予他們「高」的境界、「廣」的胸懷，談玄賦予他們「深」的眼光；他們在欣賞山水時，一方面絕世獨立，卓然有高趣，一方面又充滿睿智，顯得思想深刻。羅宗強先生在論東晉文學思想時，獨獨拈出一個「雅」字，「就人生境界言，他們爲後來的士人指示了一個安寧卻又狹小的生活天地；就藝術而言，他們卻是爲後來的士人創造了一種文化模式」〔註61〕。這種雅的審美情趣，正是隱逸之風與談玄之風共同作用的結果。

中國士文化中的「雅」，是指淡雅、高雅，即追求寧靜、閒逸，追求一種脫俗的瀟灑風神。後來的山水詩、田園詩、山水畫，之所以那麼充滿了詩情畫意、富有情趣，都是受了這種雅的審美趨尚的影響。特別是田園詩，在陶淵明之前並不叫田園詩，而被喚作農事詩，反映的多是壓迫、剝削、苦難等內容，待陶淵明以審美的眼光審視之後，枯槁的農村變成了美麗的田園，飽含著血與淚的農事詩變成了寫滿安寧與祥和的田園詩。雅文化的魅力就在這裏，它能以俗爲雅，或化俗爲雅。而中國的山水詩之不同於西方的寫景詩，正是由於山水詩裏隱藏著這種雅的審美趣味，它讓山水也變得高雅了，具有了文化的氣息，而西方的寫景詩則沒有。

在這種雅的審美趨尚的影響下，原先並不全然雅致的文人山水遊賞，變成充滿雅趣的文人遊樂活動了。而其最爲集中的體現，便是蘭亭雅集：

> 永和九年，歲在癸丑，暮春之初，會於會稽山陰之蘭亭，修禊事也。群賢畢至，少長咸集。此地有崇山峻嶺，茂林修竹，又有清流激湍，映帶左右。引以爲流觴曲水，列坐其次。是日也，天朗氣清，惠風和暢，娛目騁懷，信可樂也。雖無絲竹管絃之盛，一觴一詠，亦足以暢敘幽情矣。故列序時人，錄其所述。右將軍司馬太原孫丞公等二十六人賦詩如左，前餘姚令會稽謝勝等十五人不能賦詩，罰酒各三斗。（王羲之《臨河敘》）

> 以暮春之始，禊於南澗之濱，高嶺千尋，長湖萬頃，隆屈澄汪之勢，可爲壯矣。乃席芳草，鏡清流，覽卉木，觀魚鳥，具物同榮，資生咸暢。於是和以醇醪，齊以達觀，決然兀矣，焉復覺鵬鷃之二物哉！耀靈縱轡，急景西邁，樂與時去，悲亦係之。往復推移，新

故相換，今日之跡，明復陳矣。原詩人之致興，諒歌詠之有由。

（孫綽《三月三日蘭亭詩序》）

晉穆帝永和九年（353）三月三日，時任會稽內史的王羲之，邀請謝安、謝萬、孫綽、孫統、孫嗣、郗曇、庾友、庾蘊、曹茂之、華茂、桓偉、袁嶠之、王玄之、王凝之、王肅之、王徽之、王渙之、王彬之、王蘊之、王豐之、魏滂、虞說、謝繹、徐豐之、曹華等一批文人雅士，聚集於會稽山陰之蘭亭，既行修禊之事，又做曲水流觴的遊戲，飲酒賦詩，暢敘幽情。這是一次真正意義上的文人雅集！大家聚集於青山綠水間，「席芳草，鏡清流，覽卉木，觀魚鳥」，一邊欣賞風景，一邊談玄論道；同時進行的，是曲水流觴的遊戲，隨著置於水上的酒杯沿水面飄蕩，大家一一拿起酒杯，同時賦詩一首，不能者罰酒三斗。這一天，天朗氣清，惠風和暢，無絲竹管絃，除了風聲、水流聲，大自然一片寂靜。在這種環境下，才能滌除雜念，澄懷味道，體味宇宙、自然和人生的妙諦，並以文人們所熟悉的玄言詩的形式，發之於胸，詠之於懷。這是一批當時最為知名的文人，以集體的方式，用心對自然和人生進行了一次體悟。他們體悟到，宇宙空間廣渺無垠，自然生命生生不息，人的生命無比美好。他們觸摸到了自然生命的玄機，感覺無比暢快，但又陷入了迷惘：為什麼人的生命是如此地短暫呢？他們感受到了「痛」。「後之視今，亦猶今之視昔」，他們又感受到了「悲」。

蘭亭雅集是魏晉風流最風流的雅事；是中國雅文化的起點和源頭，影響士人近兩千年的雅文化從此滲入中國文人的血液；它是中國書法史上的標誌性事件；它影響了中國人的山水審美意識，促進了山水文學的發展。

蘭亭雅集，共產生詩歌 41 首，文 3 篇，流傳下來的書法作品 1 幅。這也可見其在中國人心中的份量。而這 41 首詩歌，有玄言詩，有山水詩，有介於二者之間的玄言山水詩，是研究玄言詩向山水詩轉化的重要資料。

二、玄言詩與山水詩

由談玄而寫玄言詩，應該是自然的事，因為玄言家多兼而為詩人，特別是東晉以後。玄言詩其實是以詩的形式談玄，「是東晉玄學清談在文學領域內的一種擴大形式。」〔註62〕

〔註62〕陳順智《東晉玄言詩派研究》，武漢：武漢大學出版社 2003 年版，第 29 頁。

（一）玄言詩與山水審美

　　玄言詩與山水的關係，首先是促進了山水審美。受偏安政局的影響，東晉文人普遍走向隱逸、走向山水。他們談玄、詠詩的一個主要場所，便是在山水之間。著名的蘭亭詩，即吟詠於山陰的山水之間，「屢借山水，以化其鬱結，永一日之足，當百年之溢」（孫綽《三月三日蘭亭詩序》）。文人吟詩，既是以詩的形式談玄悟道，也是在欣賞山水自身的美，是一個審美的過程。而寫詩，又不同於玄談，對藝術的要求更高，對審美的要求也更高。這就是為什麼參加蘭亭集會的 41 人，卻有 15 人未能寫詩而被罰酒的原因了，其中包括玄學修養和藝術修養都極高的王獻之。因此，寫詩對於文人山水審美水平的提升，其實是要遠大於單純談玄的。

　　我們也不能狹隘地理解玄言詩對山水審美的作用，以為只有在山水之間寫詩時，才會對山水審美有影響。其實，山水賞美不是一次性的，不是說這一次欣賞完山水，便就此過去了，因為記憶還在，美的回味還在。中國大量的山水文學作品並非遊玩的過程中所作，而是許多時日以後，因記憶被某種靈感突然觸動方才寫出，即是明證。經歷多次山水賞美，對山水的理解逐漸深刻，頭腦中便有了許多山水意象，進而形成固定的審美理念。這時，人們在吟詩作賦時，即便沒有面對自然山水，也會受固有的審美理念的影響，將頭腦中已經存在的山水意象植入文學作品裏。有一些玄言詩中的山水描寫，便是這樣產生的。且看這樣幾首詩：

　　　　取歡仁智樂，寄暢山水陰。清泠澗下瀨，歷落松竹松。

　　　　爭先非吾事，靜照在忘求。（王羲之《答許詢詩》）

　　　　朝樂朗日，嘯歌丘林。夕玩望舒，入室鳴琴。

　　　　五弦清激，南風披襟。醇醪淬慮，微言洗心。

　　　　幽暢得誰？在我賞音。（謝安《與王胡之詩》第六章）

　　　　卓哉先師，修德就閒。散以玄風，滌以清川。

　　　　或步崇基，或恬蒙園。道足胸懷，神棲浩然。（孫綽《答許詢詩》）

這幾首詩都是贈答詩，當然也是玄言詩，面對的是人，非山水，但裏面都有一些美的山水意象，如「清泠澗下瀨，歷落松竹松」，「朝樂朗日，嘯歌丘林」，「散以玄風，滌以清川」等，顯然是詩人從記憶裏搜尋所得。這種搜尋，其實是一個山水回憶的過程，是山水審美被再一次激活的過程，也是一個山水審美重複、重新發掘的過程。

（二）玄言詩的清虛、恬淡之美

玄言詩藝術上的一大特點，便是有著清虛、恬淡之美，對同期山水詩有著較大影響。《莊子・天道》稱：「夫虛靜、恬淡、寂寞、無爲者，天地之平而道德之至也。」〔註 63〕以清虛、恬淡爲人生修養的一種極高境界，東晉文人引之入詩，建立起一種「最高的晶瑩的美的意境」〔註 64〕。清虛是詩人創作時內心的一種清空、虛無的狀態，「疏瀹五臟，澡雪精神」（《文心雕龍・神思》），而恬淡則指作品表現出來的一種恬靜、平淡之美。二者相互關聯、不可分割，在清虛狀態下創作的作品，往往呈現出恬淡的特點；藝術上恬淡的作品，往往在清虛的狀態下才能完成。

1、清虛、恬淡的具體表現

清虛、恬淡的第一個表現，便是玄言詩的篇幅大多不長。東晉人用詩歌表達哲思、玄意，多簡明扼要、用辭省淨，不用多餘的字，不摻入多餘的情感，辭達而已矣。這是他們與《詩經》、《楚辭》、兩漢、魏、西晉文人詩歌大爲不同的地方，有一些甚至是四言四句、五言四句，精省到了極點。41 首蘭亭詩中，四言四句的有 7 首，五言四句的有 15 首，居然占到半數以上，且還有 3 首六句的。最爲省淨者如：

> 馳心域表，寥寥遠邁。理感則一，冥然玄會。（庾友）
>
> 林榮其鬱，浪激其隈。泛泛輕觴，載欣載懷。（華茂）
>
> 肆盼巖岫，臨泉濯趾。感興魚鳥，安居幽峙。（王豐之）
>
> 莊浪濠津，巢步潁湄。冥心眞寄，千載同歸。（王凝之）
>
> 在昔暇日，味存林嶺。今我斯遊，神怡心靜。（王肅之）
>
> 丹崖竦立，葩藻暎林。淥水揚波，載浮載沉。（王彬之）
>
> 俯揮素波，仰掇芳蘭。尚想嘉客，希風永歎。（徐豐之）

這 7 首詩，都是四言四句，或表達一種心與理會的情懷，或表達一種陶然於山水的得意，或表達某一刻的感悟，意思表達了，詩也就結束了，絕不拖泥帶水。

清虛、恬淡的另一個表現，是情感的清淡。玄言詩往往將感情藏得很深，喜怒哀樂，不露痕跡。即便在某一刻心與神會、神與道合，而表現出一種悟道後的喜悅之情，也只是拈花微笑，乃至含而不露。像謝靈運面對山水時的

〔註 63〕　（清）郭慶藩《莊子集釋》，北京：中華書局 2004 年版，第 457 頁。
〔註 64〕　宗白華《美議》，北京：北京大學出版社 2010 年版，第 120 頁。

激賞之情、謝朓旅途中的羈旅愁思、李白的醉舞狂歌，在東晉人的玄言詩裏是看不到的。

　　在玄的光照下，東晉人變得太理性了，他們將詩中的情感壓縮到了極致。讀東晉人的詩，是品一杯極清極淡的綠茶，雖少了詩味，卻優雅至極。且看王羲之的蘭亭詩：

> 代謝鱗次，忽焉以周。欣此暮春，和氣載柔。
>
> 詠彼舞雩，異世同流。迢攜齊契，散懷一丘。
>
> 三春啓群品，寄暢在所因。仰望碧天際，俯瞰淥水濱。
>
> 寥闐無厓觀，寓目理自陳。大矣造化功，萬殊莫不均。
>
> 群籟雖參差，適我無非新。

這是作者散懷山水時的感悟，直接表露感情的字是「欣」和「暢」，另有一些暗含情感的詞句，如「散懷」、「大矣」、「適我無非新」，但沒有表達強烈感情的字眼。且這些情感被平均分配到了全詩，更是被沖淡了。聞一多先生形容孟浩然的詩時，說：「淡到看不見詩了，才是眞正孟浩然的詩。」〔註65〕其實，就感情言，東晉文人的玄言詩比孟浩然的詩更清、更淡。

　　清虛、恬淡的第三個表現，是語言的平實。東晉人的玄言詩，沒有濃墨重彩，拒絕華美的藻飾，也極少誇張、比喻、排比等修辭手法。他們只是用最爲簡潔、恰當的語言，將感悟到的玄理表達出來。

　　即使是面對那「適我無非新」的參差萬物，玄言詩人也不願意用一些生動而形象化的詞語。他們顯然也感受到了自然萬物的豐富多樣，卻淡然處之，因爲他們關心的是事物的內部，是內美。且看謝安的蘭亭詩：

> 伊昔先子，有懷春遊。契茲言執，寄傲林丘。
>
> 森森連領，茫茫原疇。回霄垂霧，凝泉散流。
>
> 相與欣佳節，率爾同褰裳。薄雲羅陽景，微風翼輕航。
>
> 醇醪陶丹府，兀若遊羲唐。萬殊混一理，安復覺彭殤？

這兩首詩表達的是在山水之間領悟玄理的情形，雖然有「森森」、「茫茫」對於山野的描繪，但都是極平常的詞語，除了對偶，並無其它修辭。詩人顯然沒有刻意琢字鍊句，只是隨手拈來一些常用的字句，表情達意而已，絕不在文字上下更多功夫。

〔註65〕 聞一多《唐詩雜論 詩與批評》，北京：中華書局1996年版，第39頁。

篇幅短小、感情清淡、語言平實，是東晉玄言詩清虛、恬淡特徵的具體表現。玄言詩人並不在詩歌的感情和字句是下功夫，卻在詩歌的哲思上下功夫，在詩歌的意蘊上下功夫。這樣，他們的詩歌更顯得自然、流暢，有一種涵詠不盡的意蘊之美。

在經歷了建安詩人的慷慨悲歌、阮籍的蘊藉低回、嵇康的逍遙適意、陸機的藻飾綺靡、劉琨的壯懷激越之後，中國文學史突然迎來了以清虛、恬淡爲主要特徵的東晉詩歌。這是一種與以往大爲不同的詩歌類型，不僅在內容上，在審美標準、藝術追求上也是前所未有的。它對山水文學特別是詩歌的影響有積極的一面，如它重視哲思、理趣，去雕飾，尚自然、平淡，這都是後世文人嚮往和追求的境界；但它又有極大的消極性，因爲它壓抑情感，甚至排斥情感的宣洩，容易導致「淡乎寡味」，令詩歌的藝術性大大削弱。

2、陶淵明詩中的清虛、恬淡之美

如何來評價玄言詩的這種清虛、恬淡風格？我們不妨分析一下陶淵明的詩歌。因爲他是晉末人，受東晉玄言詩的影響極大，他的一些詩即有玄言的色彩，也表現出清虛、恬淡的特徵。但他的詩卻遠遠超越了東晉諸人，而成爲後世詩人眼中的一座標杆。且看他的《飲酒》其五：

> 結廬在人境，而無車馬喧。問君何能爾？心遠地自偏。
> 採菊東籬下，悠然見南山。山氣日夕佳，飛鳥相與還。
> 此中有眞意，欲辨已忘言。

這首詩寫的其實是一種心境，是採菊那一瞬間的體悟和感動。爲什麼而感動？是「山氣日夕佳，飛鳥相與還」嗎？是，又不全是；體悟到了什麼？是「心遠地自偏」嗎？是「悠然見南山」嗎？是，也不全是。詩人不說透，也說不透，說不清，他把這一喜悅和困惑既給了自己，又留給了讀者，便將讀者的思維也調動起來了。統領全篇的是末聯「此中有眞意，欲辨已忘言」，前面的答問、說理、寫景、抒情，都是爲它服務的；而這一聯就是在談玄，講言、意之辨，陶淵明用那一瞬間的感動，將其參破了。這正是玄言詩的最高境界。

由此，我們對玄言詩大概要持另一種眼光了。以玄入詩可以使詩歌達到極高境界，但要達此境界，不太容易，既要有極高的玄學修養，還必須與生活有機結合。蘭亭詩人的不足，就在於他們的詩裏沒有生活，沒有現實世界，對他們「足當樂死」的山水，他們其實是隔膜的，視而不見其表，而專注於其內美；他們又太冷淡了，對生活。

陶淵明《遊斜川》是公認的一首山水詩，但詩中屢露玄意：

開歲俟五日，吾生行歸休。念之動中懷，及辰爲茲遊。

氣和天惟澄，班坐依遠流；弱湍馳文魴，閒谷矯鳴鷗。

迴澤散遊目，緬然睇曾丘；雖微九重秀，顧瞻無匹儔。

提壺接賓侶，引滿更獻酬；未知從今去，當復如此不？

中觴縱遙情，忘彼千載憂。且極今朝樂，明日非所求。

全詩充滿了對於生命的體味，這正是玄言詩的主題之一。詩的開頭，「開歲俟五日，吾生行歸休」即是這種感慨；中間是記遊、寫景，不過充滿了生活氣息；末尾的「未知從今去，當復如此不？中觴縱遙情，忘彼千載憂。且極今朝樂，明日非所求」，又回到了對生命的體悟。這首詩雖非玄言詩，但受玄言的影響極明顯。與蘭亭文人的玄言山水詩相比，這首詩給人留下的印象較深，這主要是因爲詩中有生活氣息，有鄰里之間的親情、友情，有人與自然的親近、和諧，「弱湍馳文魴，閒谷矯鳴鷗」，「山氣日夕佳，飛鳥相與還」，魚與水、鳥與山谷、鳥與鳥之間，都有著人的感情，相互親近、親熱。蘭亭文人筆下的山水雖然深刻，但沒有溫度，缺少溫情，他們的詩歌雖然高深，但不足以打動人。

陶詩成功的原因當然很多，如向田園的拓展，語言的自然，情感的眞摯等，但我們必須得承認他對自然和人生體味之深刻，也是其重要原因之一。「淵明不爲詩，寫其胸中之妙爾」〔註66〕（宋陳師道《後山詩話》），陶淵明比蘭亭文人高明的地方在於，他對於自然和人生的體味更深刻，因而他走向了生活，走向了自然，走向了隱逸，走向了田園，做到「任眞肆志又固窮守節，灑落悠然又盡性至命」〔註67〕。

我們看陶淵明筆下的生活，「春秋多佳日，登高賦新詩」（《移居二首》其二），「命室攜童弱，良日登遠遊」（《酬劉柴桑》），「今日天氣佳，清歌與鳴彈」（《諸人共遊周家墓柏下》），「目倦川途異，心念山澤居」（《始作鎭軍參軍經曲阿》），「鄰曲時時來，抗言談在昔。奇文共欣賞，疑義相與析」（《移居二首》其一），「登東皋以舒嘯，臨清流而賦詩」（《歸去來兮辭》），「種豆南山下，草盛豆苗稀。晨興理荒穢，帶月荷鋤歸。道狹草木長，夕露沾我衣。衣沾不足

〔註66〕 （清）何文煥輯《歷代詩話》，北京：中華書局1981年版，第304頁。

〔註67〕 戴建業《澄明之境──陶淵明新論》，武漢：華中師範大學出版社1999年版，第61頁。

惜，但使願無違」（《歸園田居五首》其三），「悵恨獨策還，崎嶇歷榛曲。山澗清且淺，遇以濯吾足」（《歸園田居五首》其五），「天氣澄和，風物閒美。與二三鄰曲，同遊斜川」（《遊斜川序》），他對親人、朋友、鄰里，懷著眞摯的感情，與他們同遊共樂，讀書、飲酒、賦詩，一起勞動，其情也眞，其樂也融融。再看他筆下的自然，「山滌餘靄，宇曖微霄。有風自南，翼彼新苗」（《時運》），「眾蜇各潛駭，草木縱橫舒。翩翩新來燕，雙雙入我廬」（《擬古九首》其三），「日暮天無雲，春風扇微和」（《擬古九首》其七），「孟夏草木長，繞屋樹扶疏。眾鳥欣有託，吾亦愛吾廬」、「微雨從東來，好風與之俱」（《讀〈山海經〉十三首》其一），「鳥哢歡新節，泠風送餘善」（《癸卯歲始春懷古田舍二首》其一），「平疇交遠風，良苗亦懷新」（《癸卯歲始春懷古田舍二首》其二），「晨夕看山川，事事悉如昔。微雨洗高林，清飆矯雲翮」（《乙巳歲三月爲建威參軍使都經錢溪》），「魴鯉躍鱗於將夕，水鷗乘和以翻飛」（《遊斜川序》），「雲無心以出岫，鳥倦飛而知還」、「木欣欣以向榮，泉涓涓而始流」（《歸去來兮辭》），自然萬物，日、月、風、雨、山、川、草、樹、花、鳥、雲都是這般美好，有著人的情感和善良，人與自然之間，自然萬物之間，是一片大和諧。

陶詩的特點，歷來論者極多，宋蘇東坡稱「質而實綺，癯而實腴」（《與蘇轍書》），南宋朱熹曰「平淡出於自然」〔註68〕（《朱子語類・論文下》），嚴羽云「質而自然」〔註69〕（《滄浪詩話》），明胡應麟言「開千古平淡之宗」〔註70〕（《詩藪》內編卷二），徐駿稱「淡泊淵永」〔註71〕（《詩文軌範》），許學夷曰「眞率自然，傾倒所有」〔註72〕（《詩源辯體・卷六》），清朱庭珍云「獨絕千古，在『自然』二字」〔註73〕（《筱園詩話》），自然、平淡、眞率似成共識，故羅宗強先生將其歸爲「情味極濃的沖淡之美」〔註74〕。這與蘭亭文人玄言詩清虛、恬淡有著異曲同工之妙。正如玄言詩對陶詩產生了較大影響一樣，玄言詩清虛、恬淡的創作風尚，對陶淵明也產生了較大影響。

〔註68〕 （宋）黎靖德《朱子語類》，北京：中華書局1986年版，第3324頁。

〔註69〕 （清）何文煥《歷代詩話》，北京：中華書局1981年版，第696頁。

〔註70〕 （明）胡應麟《詩藪》，北京：中華書局1962年版，第34頁。

〔註71〕 轉引自北京大學中國文學史教研室《魏晉南北朝文學史參考資料》，北京：中華書局1962年版，第461頁。

〔註72〕 （明）許學夷《詩源辯體》，北京：人民文學出版社2001年版，第101頁。

〔註73〕 郭紹虞《清詩話續編》，上海：上海古籍出版社1983年版，第2340頁。

〔註74〕 羅宗強《魏晉南北朝文學思想史》，北京：中華書局1996年版，第168頁。

從陶淵明的以玄入詩的成功，可以說，東晉玄言詩清虛、恬淡的創作風尚，只要能很好地與生活、情感、自然山水等結合，是能夠有效地促進詩歌創作的。它其實是一種比較高明的境界，只可惜在南朝、隋唐時期，它被詩人們徹底地批判、摒棄，直至晚唐以後，特別到宋代，人們才終於認識到詩歌清虛、恬淡境界之高妙。

3、由蘭亭詩中的玄言山水詩看玄言詩向山水詩的過渡

論玄言詩與山水的關係，不能不談到這樣一類詩：玄言山水詩。所謂玄言山水詩，是由玄言而入山水的詩，本質上屬於山水詩，但有較多玄的內容。蘭亭詩中即有玄言詩、玄言山水詩、山水詩三種形態，表現出由玄言向山水過渡的痕跡。

蘭亭詩 41 首，都是文人們玄對山水時所作，大致可以分爲三類：一類是只談玄理，不涉山水，如庾蘊《蘭亭詩》：「仰想虛舟說，俯歎世上賓。朝榮雖云樂，夕弊理自因。」這類詩有 12 首，是較爲典型的玄言詩；一類既談玄，亦涉山水，可稱爲玄言山水詩，這類詩有 17 首，如：

> 流風拂枉渚，停雲蔭九皋。鶯語吟修竹，游鱗戲瀾濤。
>
> 攜筆落雲藻，微言剖纖毫。時珍豈不甘？忘味在聞韶。（孫綽）
>
> 散懷山水，蕭然忘羈。秀薄粲穎，疏鬆籠崖。
>
> 遊羽扇霄，鱗躍清池。肆目寄歡，心冥二奇。（王徽之）
>
> 鮮葩映林薄，游鱗戲清渠。臨川欣投釣，得意豈在魚。（王彬之）

還有一類則完全不涉玄理，而僅爲記遊、寫景、吟詠「散懷山水」的情懷，屬於純的山水詩，有 12 首，如：

> 春詠登臺，亦有臨流。懷彼伐木，宿此良儔。
>
> 修竹蔭沼，旋瀨縈丘。穿池激湍，連濫觴舟。（孫綽）
>
> 伊昔先子，有懷春遊。契茲言執，寄傲林丘。
>
> 森森連領，茫茫原疇。回宵垂霧，凝泉散流。（謝安）
>
> 肆眺崇阿，寓目高林。青蘿翳岫，修竹冠岑。
>
> 谷流清響，條鼓鳴音。玄崿吐潤，霏霧成陰。（謝萬）

由以上分析可知，蘭亭詩中玄言詩、玄言山水詩、山水詩三者的比例爲 12：17：12，玄言詩與山水詩居然一樣多，這實在是一種巧合，而玄言山水詩又略多一點。可見，蘭亭詩本身即表現出由玄言向山水的過渡態勢。

　　在玄風正熾的東晉中期，這個結論實在有點出乎意外。但仔細分析，卻又極爲正常。其實，玄言詩內部是蘊含著山水詩的因子的。因爲「山水以形媚道」（宗炳《畫山水序》），人們在玄對山水時，本身便可以山水悟道，借山水表達玄思，山水本身就是玄言詩的題材之一。當山水大量進入文人視野後，他們一方面固然要玄對山水，以玄的眼光審視山水，但他們在面對美麗山水時，也會情不自禁地以審美的情趣欣賞山水，進而創作出不涉玄理的山水詩，即所謂「凝想幽巖，朗詠長川」（孫綽《遊天台山賦》）。因爲玄對山水畢竟是隔了一層，不如以審美的眼光看山水來得直接。蘭亭集會固然是一次文人談玄論道的盛會，但也是一次遊賞山水的雅集。玄言詩人們集體面對美麗、明淨的自然山水時，「以玄對山水，與以審美的眼光對山水，這兩者態度之間也沒有一個截然的標誌，只不過側重點的變化而已」〔註 75〕，因此，像蘭亭詩這樣玄言詩、玄言山水詩、山水詩並存的現象，其實是極正常不過的了。

　　這樣，我們對玄言詩與山水詩的關係可以認識得更深刻，也更客觀一些。在東晉玄言詩風統治當時整個詩壇的情勢下，玄言詩本身即含有山水的因子，這主要是玄言詩中的山水描寫，在一定的時機下，它是可以改變其「玄言詩背景或點綴」〔註 76〕的地位而發展爲山水詩的，這正如王瑤先生所言：「說山水詩是玄言詩的改變，毋寧說是玄言詩的繼續。」〔註 77〕曹道衡先生也認爲：「山水詩是玄言詩的發展和演化。」〔註 78〕從某種程度上說，玄言詩是孕育山水詩的土壤，「山水詩是玄學溫床上誕生的寧馨兒」〔註 79〕，山水詩長得枝繁葉茂了，玄言詩也就默默地老去；但山水詩已經具有了玄言詩的品格，雅的眼光，玄對山水的審美方式，清虛、恬淡之美，中國山水詩其實一直都有玄言詩的影子。

　　山水詩，原來與玄言詩有著這麼親近的血源關係！

〔註 75〕羅宗強《魏晉南北朝文學思想史》，北京：中華書局 1996 年版，第 186 頁。
〔註 76〕陳順智《東晉玄言詩派研究》，武漢：武漢大學出版社 2003 年版，第 251 頁。
〔註 77〕王瑤《中古文學史論集》，上海：上海古籍出版社 1982 年版，第 124 頁。
〔註 78〕曹道衡《南朝文學與北朝文學研究》，南京：江蘇古籍出版社 1998 年版，第 175 頁。
〔註 79〕陶文鵬、韋鳳娟《靈境詩心——中國古代山水詩史》，南京：鳳凰出版社 2004 年版，第 91 頁。

第二章　南朝山水文學的新變

　　南朝是中國歷史上朝代更迭最爲頻繁的時期之一，在 170 年左右的時間裏，宋、齊、梁、陳依次更替，宋 60 年，齊 24 年，梁 56 年，陳 33 年，彷彿走馬燈。與政權更迭對應的，是文學觀念與文學思潮之代興，元嘉時期山水詩的興起，永明時期詩歌的格律化趨勢，梁陳宮體詩的勃興，都可謂一時之盛，南朝文學呈現出盡態極妍、爭新競異的局面。

　　在這種文學思潮代興的背景下，南朝山水文學也表現出較明顯的新變態勢。具體表現爲：以宋初謝靈運爲代表，包括袁山松、盛弘之等，以自然情趣入山水，創作了審美類山水文學；以齊代謝朓爲代表，包括范雲、沈約、江淹、何遜、陰鏗等，以羈旅情懷入山水，將山水由塵世之外引入行旅，創作了羈旅類山水文學；以梁代蕭綱爲代表，包括蕭繹、庾肩吾、庾信、徐陵、陳叔寶等，以閒適情趣入山水，將山水由自然野外引入宮苑，創作了宮苑類山水文學；以梁代吳均爲代表，包括陶弘景、劉峻、江總、張正見等，以隱逸情趣入山水，創作了隱逸類山水文學。

　　山水文學的這種新變，既與山水文學自身的發展關係密切，也與不同時期的政治、經濟以及文化背景等有關，還與南朝文人力求新變的文學心態有著較大關係。

　　南朝，是人們對文學的認識取得突破的時期。文學開始真正地獨立於學術之外，成爲一個獨立的門類：宋文帝時，於儒學、玄學、史學三館外，別立文學館，使司徒參軍謝元掌之；明帝立總明觀，分儒、道、文、史、陰陽五部。而文學內部的分類也逐漸明晰：晉荀勗的《文章志》將書目別爲四部，其丁部之中，詩、賦、圖贊仍與汲冢書並列；而齊王儉撰《七志》時，開始

立「文翰」之名；梁阮孝緒撰《七錄》，易稱「文集」，其「文集錄」中，又區分《楚辭》、別集、總集、雜文爲四部；特別是昭明太子蕭統主持編纂的《文選》，在編選時明確注意到文學與非文學的區別，所以除了詩、賦兩大類，對於文章，主要選能獨立成篇而又富於文采的，而儒家的經書、諸子書，以及歷史著作，均被排除。鍾嶸《詩品》、劉勰《文心雕龍》更在曹丕《典論·論文》、陸機《文賦》單篇論文的基礎上，以專著的形式，對文學的發展、當時文學的繁榮及文學創作進行了理論的總結。可以說，南朝是中國文學眞正走向自覺的階段。在這種情勢下，文人們以前所未有的熱情投入文學創作，促使文學創作興起一個又一個思潮。南朝人普遍有一種文學革新的觀念，如劉勰認爲：「時運交移，質文代變」，「文變染乎世情，興廢繫乎時序」（《文心雕龍·時序》），又稱「文辭氣力，通變則久」（《文心雕龍·通變》），蕭子顯稱：「習玩爲理，事久則瀆，在乎文章，彌患凡舊，若無新變，不能代雄。」〔註1〕（《南齊書·文學傳論》）作家們也有意識地追求新變，《南齊書·陸厥傳》記載：「厥少有風概，好屬文，五言詩體甚新變。」《南齊書·張融傳》記載：「融文辭詭激，獨與眾異。」張融還戒其子曰：「吾文體英絕，變而屢奇，既不能遠至漢魏，故無取晉宋。」《梁書·庾肩吾傳》記載：「齊永明中，王融、謝脁、沈約文章始用四聲，以爲新變。」〔註2〕《梁書·徐摛傳》載，徐摛「屬文好爲新變，不拘舊體」。《陳書·徐陵傳》載，「其文頗變舊體，緝裁日密，多出新意」〔註3〕。不論是文學家，還是理論批評家，普遍樹立了求新、求變的觀念。因此，劉勰感歎道：「漢世迄今，辭務日新，爭光鬻彩，慮亦竭矣。」（《文心雕龍·養氣》）這也引得山水文學作家們在吟詠山水時，總是懷抱著革新的思想，引得山水文學呈現出新變的態勢。

第一節　宋謝靈運等人以自然情趣入山水

羅時進先生稱：「中國古代山水詩大體上具有野情逸致抒發和託物感興寄

〔註1〕　注：本書所引《南齊書》，均據（梁）蕭子顯《南齊書》中華書局標點本 1972 年版。

〔註2〕　注：本書所引《梁書》，皆據（唐）姚思廉《梁書》中華書局標點本 1973 年版。

〔註3〕　注：本書所引《陳書》，皆據（唐）姚思廉撰《陳書》，北京：中華書局標點本 1972 年版。

託兩種不同的藝術表現。」〔註4〕所謂野情，是指人們面對山水時表現出的自然熱愛之情，而不同於羈旅、閒適、隱逸、懷古等社會情感。羅先生其實從藝術表現的角度將山水詩分爲以自然情趣入詩與以社會情趣入詩兩大類。自然情趣入山水，即指人們在面對自然山水時，以一種純自然審美的態度面對山水，並在文學作品中，表達一種對自然山水激賞的情懷。

　　這種以自然情趣入山水之作，自東晉後期即在地記中逐漸形成了一股潮流。這主要表現爲袁山松、盛弘之等人地記中的山水描寫，不過，由於地記在當時並未引起主流文人的重視，故其影響較爲有限。直到謝靈運的山水詩出現，打破了玄言詩的統治地位之後，這種以自然情趣吟詠山水的文學，才眞正形成一股潮流，對當時及後世都產生了深遠的影響。

一、晉、宋地記中的山水描寫

　　當王羲之、謝安、孫綽、許詢等主流文人在玄言與山水之間徘徊、猶豫的時候，另一群文人則不受玄言的牽絆，以自然審美的眼光投入山水、描繪山水，創作了比玄言詩人精美得多的山水佳作，那就是一批並不知名的文人寫的山水地記。

　　這些山水地記數量龐大，僅從《世說新語》注，《水經注》，唐、宋人類書等輯錄來看，即有晉袁山松《宜都山川記》、黃閔《武陵記》，宋盛弘之《荊州記》、范汪《荊州記》、郭仲產《南雍州記》等。

　　地記，是有關地理的記載，即專門記載地方的山川風土、物產、人物等情況的著作，是中國方志早期的主要編纂形式，「州郡及縣分野封略事業，國邑山陵水泉，鄉亭城道里土田，民物風俗，先賢舊好，靡不具悉」〔註5〕（《隋書·經籍志》）。地記分爲述地和記人兩大系列，對山水文學有重要影響的是述地類地記中的山水描寫。

　　袁山松，又名袁松，據《晉書》本傳載：「山松少有才名，博學有文章，著《後漢書》百篇。衿情秀遠，善音樂。」又稱，「山松歷顯位，爲吳郡太守。孫恩作亂，山松守滬瀆，城陷被害」。孫恩攻陷滬瀆在隆安五年（401），則袁

〔註4〕　羅時進《揮毫當得江山助——古代山水詩的演進及其體格再議》，《古典文學
　　　　知識》2011年第5期。
〔註5〕　注：本書所引《隋書》，均據（唐）魏徵《隋書》中華書局標點本1973年版。

山松當爲東晉中後期人。從《宜都山川記》的記載看,他曾經做過宜都地區的地方長官。

《宜都山川記》繼承了山水描寫的寫實性傳統,對自然山水的描寫豐富、形象、生動,其中最有名的一段爲:

> 山松言:常聞峽中水疾,書記及口傳,悉以臨懼相戒,曾無有稱山水之美也。及余來踐躋此境,既至欣然,始信之耳聞不如親見矣。其疊崿秀峰,奇構異形,固難以辭敍。林木蕭森,離離蔚蔚,乃在霞氣之表。仰矚俯映,彌習彌佳,流連信宿,不覺忘返,目所履歷,未嘗有也。既自欣得此奇觀,山水有靈,亦當驚知己於千古矣。〔註6〕(《水經注‧江水》引)

他人「書記及口傳」的惡山惡水,到了袁山松的眼中便成了好山好水、秀山麗水、奇山異水了,以至於「流連信宿,不覺忘返」,這眞正應了一句話:「有審美的眼睛才能見到美。」〔註7〕這一段對山水的描寫也極精彩,對峰、崿、林木、雲霞的描摹也很逼眞,這是他在「耳聞不如親見」觀念的指引下直接面對山水、欣賞山水的結果,而不是「脫空」,因而他能發掘山水的奇絕,寫出山水的特點;美,在於實景中的發現。

「山水有靈,亦當驚知己於千古矣」一句提出了著名的「知己說」,即將人擺在了與山水完全對等的位置,似朋友般晤對,視彼此爲知己。這與孔子的「智者樂水,仁者樂山」、魏晉諸人的「玄對山水」都不同,他們都還是以人爲中心,人在山水之外,凌駕於山水之上。而在這裏,人與自然互爲知己,山水擬人化了,因爲山水有了人的情懷;而人也同時擬物化了,因爲人成了自然的一部分。這是以一種自然的眼光欣賞山水,以自然的情懷對山水進行審美。在這種理念的指導下,人們往往會走向荒野,走向人跡罕至的自然深處,將自己視爲自然的一部分,與自然作知己式的交流。

袁山松開啓了山水文學的第一股潮流,以自然情趣審美的山水文學潮流,其中包括黃閔、盛弘之、范汪、郭仲產、山謙之、賀循等人的地記山水美文,謝靈運的山水詩、山水賦、山水文。除了上面所引,袁山松還有更多精彩的山水描寫,略舉如下:

〔註6〕 注:本書所引《水經注》,均據(清)王國維《水經注校》上海人民出版社 1984年版。

〔註7〕 朱光潛《朱光潛美學文集》(第一卷),上海:上海文藝出版社 1982 年版,第449頁。

　　　自西陵溯江西北行三十里，入峽口，其山周回隱映，如絕復通。
高山重嶂，非日中夜半，不見日月也。
（《藝文類聚》卷六「地部」「峽」條引）

　　　西陵南岸有山，其峰孤秀，人自山南上至頂，俯臨大江如縈帶，
視舟船如鳧雁。〔註8〕（《初學記》卷六「江第四」引）

　　　大江清濁分流，其水十丈見底，視魚游如乘空，淺處多五色石。
〔註9〕（《太平御覽》卷六□「地部」二十五「江條」引）

這裏面有諸多經典的山水意象，「高山重嶂，非日中夜半，不見日月」，「俯臨
大江如縈帶，視舟船如鳧雁」，「其水十丈見底，視魚游如乘空，淺處多五色
石」，形象、生動，多被後人徵引或借用。譚家健先生稱，袁山松「是三峽的
風光的第一位發現者」〔註10〕，其實，他又何嘗不是以完全審美的眼光發現
山水之美的第一人呢？

　　袁山松之後，地記山水美文呈勃興之勢，其中最爲後世稱道者，當屬南
朝宋盛弘之《荊州記》。

　　盛弘之，《宋書》無傳，惟《隋書·經籍志》著錄：「《荊州記》三卷，宋
臨川王侍郎盛弘之撰。」元嘉九年至十六年，宋臨川王劉義慶鎮荊州，盛弘
之《荊州記》當成於此期間。

　　《荊州記》最著名的文字是關於三峽的那一段經典描寫：

　　　唯三峽七百里中，兩岸連山，略無闕處，重巖疊嶂，自非停午
夜分，不見日月。至於夏水襄陵，沿溯阻絕，或王命急宣，有時云
朝發白帝，暮至江陵，其間一千二百里，雖乘奔御風，不爲疾也。
春冬之時，則素湍綠潭，回清到影。絕巘多生怪柏，懸泉瀑布飛其
間。清容峻茂，良多雅趣。每晴初霜旦，林寒澗肅，常有高猿長嘯，
屬引淒異，空岫傳響，哀轉久絕。故漁者歌曰：巴東三峽巫峽長，
猿鳴三聲淚沾裳。（《太平御覽》卷五三「地部」「峽」門引）

這段文字，對長江三峽的特徵作了最爲經典的概括和描寫，其山之高峻，水
之迅疾，不同季節自然風光的變化，哀轉久絕的猿聲，給人留下了深刻印象。

〔註8〕　注：本書所引《初學記》，均據（唐）徐堅撰《初學記》中華書局1962年版。
〔註9〕　注：本書所引《太平御覽》，均據（宋）李昉撰《太平御覽》中華書局 1960
　　　年版。
〔註10〕　譚家健《中國古代散文史稿》，重慶：重慶出版社2006年版，第256頁。

這段屢屢爲人誦讀和稱頌的文字，人們多從酈道元《水經注》中讀到，因酈道元不曾注明作者和出處，後人便已習慣將其歸入酈氏名下，這是多麼地不公平！

除了這段精彩的文字，盛弘之還描述了衡山、九疑山等地的山水風光：

> 衡山有三峰極秀。一峰名芙蓉峰，最爲竦桀，自非清霽素朝，不可望見。峰上有泉飛派，如一幅絹，分映青林，直注山下。
>
> （《藝文類聚》卷七「山部上」「衡山條」引）

> 九疑山盤基數郡之界，連峰接岫，競遠爭高，含霞卷霧，分天隔日。（《太平御覽》卷四一「地部」「九疑山」條引）

這些山水描寫，繼承了袁山松的傳統，在實寫自然山水的基礎上，通過形象的描寫，精彩的比喻、誇張，虛實結合，虛實相生，有著極高的藝術性。特別是「峰上有泉飛派，如一幅絹」的比喻，尤其形象。

除了「雙峰並峙」的袁山松、盛弘之二人外，晉黃閔，宋范汪、郭仲產等人的地記中都有精彩的山水描寫：

> 有綠蘿山，側巖垂水，懸蘿百里許。得明月池，碧潭鏡澈，百尺見底，素巖若雪，松如插翠，流風叩阿，有絲桐之韻。
>
> （無名氏《武陵人歌序》引黃閔《武陵記》）

> 湘水至清，雖深五六丈，見底了了。然石子如摴蒲矣，五色鮮明，白沙如雪，赤岸如朝霞。綠竹生焉，上葉甚密，下踈遼，常如有風氣。（《太平御覽》卷六五「地部」「湘水」條引《湘中記》）

> 武當山廣三四百里，山高巃峻，若博山香爐，苕亭峻極，干霄出霧。（《太平御覽》卷四三「地部」八引郭仲產《南雍州記》）

> 瓜步山東五里，江有赤岸山，南臨江中。羅君章云：赤岸若朝霞。即此類也。濤水自海入江，沖激六七百里，至此岸側，其勢始衰。（《太平御覽》卷四三「地部」八引無名氏《南兗州記》）

可以看到，這些地記作家的山水描寫，完全不受當時「玄對山水」觀念的影響，而是直接對自然山水進行審美。面對山水時，他們雖然沒有像袁山松一樣感慨「山水有靈，亦當驚知己於千古矣」，也沒有像盛弘之一樣將「目不周玩，情不給賞」的情態透露給我們，但透過他們的文字，透過他們對山水之美的精彩描述，其自然情趣已經清楚表露。

　　地記作家的山水描寫之所以不受先秦兩漢時流行的山水「比德」說、漢大賦描寫山水時的「脫空」之風、魏晉「玄對山水」等觀念的影響，與地記這種特殊的文體有關。地記既是記載地方的山川風土、物產、人物等的文字，自然將記實放在第一位，這樣就消除了籠罩在自然山水之上的各種光環，而能夠與山水作直接的審美對話。同時，也與晉宋時期文人山水審美意識的發展和強化有關。晉宋時期，在隱逸文化、玄學思潮等的影響下，文人以前所未有的熱情走進山水，山水審美意識不斷強化，審美自覺性不斷提升，在這種背景下，當地記文人以記實的目的走進山水時，自然不會僅僅停留於寫實了，而是對山水作藝術性的描述。

　　地記作家多是一些底層文人，身份、地位不高，有一些連名字也被歷史的風塵所湮沒。加之在主流文人的心目中，地記並沒有被納入文學之列，未登文學的大雅之堂，遠不能與當時流行的詩、賦等相提並論。故其對當時文人的影響也就可想而知了。

　　但地記中的山水描寫畢竟有著極高的文學性和藝術性，有時，它又會對某些主流文人產生影響，如謝靈運、酈道元等。謝靈運本身即寫有《遊名山志》、《居名山志》兩部地記，其《山居賦》自注亦時時可見地記的影子，晉、宋地記顯然對謝靈運的山水文學創作產生了一定的影響。

　　晉、宋地記中的山水描寫，早在晉末即開啓了山水文學發展的第一股潮流，即以自然情趣入山水的文學潮流。這股潮流分為兩支：謝靈運等主流文人為一支，是明流，以山水詩、山水賦為特色；袁山松、盛弘之等底層文人為另一支，是潛流，以地記山水美文為特色。它們相互輝映，齊驅並進，共同引領著山水文學向前發展。

二、謝靈運的山水詩、山水賦、山水文

　　以自然情趣入山水的文學潮流，其開啓者雖是袁山松，但真正促使其興起、對當時及後世產生巨大影響的，還是謝靈運。闡述謝靈運山水文學成就之前，有必要對晉宋之際文人的山水意識作一簡單論述。

（一）晉宋之際文人的山水意識

　　晉宋之際，是文學史上一個重要的轉折期。沈約稱：「仲文始革孫、許之

風，叔源大變太元之氣。爰隸宋氏，顏、謝騰聲。」﹝註11﹞（《宋書・謝靈運傳論》）蕭子顯表示：「仲文玄氣，猶不盡除，謝混情新，得名未盛。顏、謝並起，乃各擅奇。」（《南齊書・文學傳論》）都認爲晉宋之際殷仲文、謝混（字叔源）開始變革玄風。劉勰說：「宋初訛而新」（《文心雕龍・通變》），「宋初文詠，體有因革，莊老告退，而山水方滋」（《文心雕龍・明詩》）。明陸時雍道：「詩至於宋，古之終而律之始也。體制一變，便覺聲色俱開。」﹝註12﹞（《詩鏡總論》）清王士禎言：「迨元嘉間，謝康樂出，始創爲刻畫山水之詞，務窮幽極渺，抉山谷水泉之情狀。」﹝註13﹞（《帶經堂詩話・序論類》）清沈德潛亦認爲：「詩至於宋，性情漸隱，聲色大開，詩運一轉關也。」﹝註14﹞（《說詩晬語》）談的大抵是山水詩代替玄言詩，進而在文學題材、藝術風格諸方面改變了詩歌發展的走向。

但以上論述，只是將詩運轉關的觀點拋給了我們，並沒有揭示其原因。筆者以爲，山水取代玄言，表面看是玄言思潮消退後的必然現象，其實質則是文人山水意識發生重大變化的結果，這種變化集中表現爲兩個方面：山水詩、山水畫的興起及相互作用，山水審美由「玄對山水」向「情對山水」的變化。

葉笑雪先生說：「山水詩不是孤另另地出現的，是有山水畫等伴隨著而興起的。」﹝註15﹞山水詩與山水畫的關係，很大程度上是相互影響、相互作用、共同發展的。在玄言思潮籠罩整個社會的時候，孫綽、許詢等人寫有大量玄言詩，但其中又不乏山水之詠。顧愷之是當時人物畫的代表畫家，但他畫人物時也會以山水爲背景，甚至已有了創作山水畫的構思，他寫有《畫雲臺山記》，在這幅山水畫的構思圖裏，山水已成爲主體，而人物居次要地位。他在《魏晉勝流畫贊》中道：「凡畫，人最難，次山水，次狗馬，臺榭一定器耳，難成而易好，不待遷想妙得也。」由這句話可以看出：山水已開始大量進入人們的視野，僅次於人物；畫山水的難處在於「遷想妙得」，畫家需畫出山水的神韻，而不是「模山範水」。顧愷之在《論畫》中又稱：「譬如畫山，跡利則想動，傷其所以嶷。」畫山時運筆不可太快，否則便會傷到山「嶷」的神

﹝註11﹞　注：本書所引《宋書》，均據（梁）沈約《宋書》中華書局標點本 1974 年版。
﹝註12﹞　丁福保《歷代詩話續編》，北京：中華書局 1983 年版，第 1406 頁。
﹝註13﹞　（清）王士禎《帶經堂詩話》，北京：人民文學出版社 1982 年版，第 115 頁。
﹝註14﹞　丁福保《清詩話》，上海：上海古籍出版社 1978 年版，第 532 頁。
﹝註15﹞　葉笑雪《謝靈運詩選》，上海：古典文學出版社 1958 年版，前言第 9 頁。

韻。這與玄言詩人筆下的山水較為類似：玄言詩人受「玄對山水」的影響，總是力圖揭示山水的「內美」，而不是外在的形態，故他們筆下的山水就不會是千姿百態、形象動人的。在這裏，「神韻」與「內美」有著相似的含義。

東晉詩人與畫家在對待山水的態度上是一致的，他們會有意識地以玄的眼光看待山水，置豐富多姿的山水形象於不顧。山水詩與山水畫便是在這種觀念的影響下，緩慢地發展著。

但玄言家們在吟詩作畫以外，又會以審美的眼光欣賞山水，即「情對山水」。王羲之與東土人士盡山水之遊，感歎「卒當以樂死」，顧愷之、王獻之描繪會稽的「山川之美」，顯然是以審美的眼光直接面對山水的。

可以說，東晉時期，文人一直以兩種眼光看待山水：「玄對山水」和「情對山水」。但占主導的、文人主動接受的卻是「玄對山水」，以玄的眼光看待山水，「散以玄風，滌以清川」（孫綽《答許詢詩》），「凝想幽巖，朗詠長川」（孫綽《遊天台山賦》）。

晉宋之際，這種情形顯然已經悄悄發生了變化。宗炳和謝靈運集中體現了這種變化。

宗炳（375～443）字少文，南陽涅陽（今河南鎮平）人。東晉末義熙中，做過劉裕主簿、太尉參軍等，宋受禪後，征為太子舍人，後去職不就。有集十六卷。

宗炳酷愛山水，是著名的山水畫家和詩人，據《宋書·宗炳傳》載：

> （宗炳）好山水，愛遠遊，西陟荊巫，南登衡嶽，因而結宇衡山，欲懷尚平之志。有疾還江陵，歎曰：「老疾俱至，名山恐難遍睹，唯當澄懷觀道，臥以遊之。」凡所遊履，皆圖之於室，謂人曰：「撫琴動操，欲令眾山皆響。」

一方面「澄懷觀道」，一方面卻又要「臥以遊之」，「撫琴動操，欲令眾山皆響」，前者表達的是借山水以悟道，後者表達的卻是激賞山水之情。他在《畫山水序》中，也是將「玄對山水」、「情對山水」並舉：一方面表示「聖人含道暎物，賢者澄懷味像。至於山水，質有而靈趣」，「山水以形媚道，而仁者樂」，持「玄對山水」的態度，一方面又表示「聖賢暎於絕代，萬趣融其神思。余復何為哉，暢神而已」，明確提出山水的作用在於「暢神」，即愉悅精神，突出山水的審美價值。

而從他的詩歌創作來看，其《登半石山》、《登白鳥山》詩完全不帶玄的

成分。可見，到宗炳時，以直接審美的態度面對山水已經逐漸占主動，而「玄對山水」已居下風；或者說，宗炳在理論上還會「玄對山水」、「情對山水」並舉，但在創作實踐中卻已是「情對山水」了。

謝靈運是宗炳同時代人而稍晚，他的山水觀集中體現於其山水詩中，「頤阿竟何端，寂寂寄抱一」（《登永嘉綠嶂山》），「慮澹物自輕，意愜理無違」（《石壁精舍還湖中作》），「感往慮有復，理來情無存」（《石門新營所住四面高山回溪石瀨茂林修竹》），顯然是「玄對山水」或「理對山水」；「將窮山海跡，永絕賞心悟」（《永初三年七月十六日之郡初發都》），「含情尚勞愛，如何離賞心」（《晚出西射堂》），「妙物莫爲賞，芳醑誰與伐」（《石門巖上宿》），則是「情對山水」；而「孤遊非情歎，賞廢理誰通」（《於南山往北山經湖中瞻眺》），「情用賞爲美，事昧竟誰辨」（《從斤竹澗越嶺溪行》），「表靈物莫賞，蘊眞誰爲傳」（《登江中孤嶼》），「賞心不可忘，妙善冀能同」（《田南樹園激流植援》），則兼有「玄對山水」和「情對山水」。

山水意識的改變，帶來的是山水表現手法的變化。宗炳畫山水，與顧愷之畫雲臺山的「遷想妙得」已完全不同，強調「以形寫形，以色貌色」，「患類之不巧，不以制小而累其似」，在此基礎上，求得神似，即「以應目會心爲理者，類之成巧，則目亦同應，心亦俱會」，「應會感神，神超理得」（宗炳《畫山水序》）。南齊謝赫說宗炳的畫「跡非準的，意足師放」（謝赫《古畫品錄》），肯定其寫意而否定其寫實，恰好說明了宗炳力求「形神兼備」的努力，當然，從謝赫的評論來看，宗炳並未做到「形與神俱」、「形神兼備」。但他在山水畫史上的地位，不可抹殺。

謝靈運的山水詩也表現出明顯的「兩段論」痕跡，前一部分詠山水，後一部分談玄。這其實正是他以「玄」和「情」兩種眼光看待山水的結果，他無法將二者調和，就乾脆將二者分開。好在他的詩中「玄」的部分所佔比例不大，僅是「尾巴」，而這條「尾巴」又對前面的山水部分未產生多大的影響，故我們欣賞時完全可以置這條玄言的「尾巴」於不顧。

通過將宗炳、謝靈運的山水意識與前人比較，我們對宗炳、謝靈運在山水畫和山水詩史上的地位可以理解得更透徹、更清楚，也就更能夠理解謝靈運那有些「怪異」的山水詩了。

（二）謝靈運的山水文學成就

謝靈運（385～433），陳郡陽夏（今河南太康縣）人，謝玄之孫，幼時寄

養於外，族人因呼「客兒」，世稱「謝客」。晉時襲封康樂公，故又稱「謝康樂」。入宋，降公爵爲侯，歷永嘉太守、侍中、臨川內史等職，後因謀反被棄市於廣州。

　　謝靈運是一個一生都與山水深深結緣的人。他出生於山環水繞、風景秀麗的會稽始寧墅；一生酷愛山水，有著異於常人的「山水癖」，無論是貶謫永嘉、歸隱會稽，還是建康出仕、臨川爲官期間，他都以遊山玩水爲第一要務，卻將政事棄置一邊；臨刑前，他感慨的是「恨我君子志，不獲巖上泯」(《宋書‧謝靈運傳》)，爲不能歿於山水之間而遺憾。他以前所未有的熱情投入山水文學創作，今存山水詩 26 首（另有 3 首殘篇），山水賦 4 篇，其中包括以漢大賦體例創作的山水大賦——《山居賦》，另寫有地記《遊名山志》等。

1、謝靈運的山水詩

　　談到謝靈運的山水文學成就，人們更多的還是關注其山水詩，他被譽爲「山水詩大師」〔註16〕、「第一個山水詩大師」〔註17〕、「山水詩的奠基人」〔註18〕、「山水詩派的開創者」〔註19〕、「山水詩鼻祖」〔註20〕、「山水詩派的開山鼻祖」〔註21〕、「『古典』的楷模」〔註22〕，他的詩在當時即受到人們熱烈歡迎，據《宋書》本傳載：謝靈運隱居會稽期間，「每有一詩至都邑，貴賤莫不競寫，宿昔之間，士庶皆遍，遠近欽慕，名動京師。」

　　爲什麼他的山水詩在當時及後世受到人們如此的推崇？他的山水詩最大的特點和魅力是什麼？

　　爲此，必須弄清楚這樣幾個問題：會稽時期的山水詩和永嘉時期山水詩的區別；如何評價其詩中殘留的「玄的尾巴」；如何評價其山水描寫「寓目輒書」和「繁富」的特點。

〔註16〕 葉笑雪《謝靈運詩選》，上海：古典文學出版社 1958 年版，第 15 頁。

〔註17〕 陶文鵬、韋鳳娟《靈境詩心——中國古代山水詩史》，南京：鳳凰出版社 2004 年版，第 108 頁。

〔註18〕 丁成泉《中國山水詩史》，武漢：華中師範大學出版社 1990 年版，緒論第 12 頁。

〔註19〕 韋鳳娟、陶文鵬、石昌渝《新編中國文學史》（上卷），北京：人民教育出版社 1989 年版，第 195 頁。

〔註20〕 胡曉明《萬川之月——中國山水詩的心靈境界》，北京：北京大學出版社 2005 年版，第 12 頁。

〔註21〕 羅時進《揮毫當得江山助——古代山水詩的演進及其體格再議》，《古典文學知識》2011 年第 5 期。

〔註22〕 王國瓔《中國山水詩研究》，臺北：聯經出版事業公司 1986 年版，第 178 頁。

　　謝靈運會稽時期的山水詩和永嘉時期山水詩的區別，很少有人論及。其實，將他這兩段時期所寫山水詩比較後會發現：謝靈運永嘉時期的山水詩更多的是在「排憂」，而會稽時期的山水詩則整個地在「寫樂」。

　　且看他永嘉時期的山水詩：「羈心積秋晨，晨積展遊眺。孤客傷逝湍，徒旅苦奔峭」（《七里瀨》），「節往戚不淺，感來念已深。羈雌戀舊侶，迷鳥懷故林。含情尚勞愛，如何離賞心」（《晚出西射堂》），「旅人心長久，憂憂自相接。故鄉路遙遠，川陸不可涉」（《登上戍石鼓山》），「開春獻初歲，白日出悠悠。蕩志將愉樂，瞰海庶忘憂」（《郡東山望溟海》），「久痗昏墊苦，旅館眺郊歧。澤蘭漸被徑，芙蓉始發池。未厭青春好，已睹朱明移。戚戚感物歎，星星白髮垂」（《遊南亭》），「祁祁傷豳歌，萋萋感楚吟。索居易永久，離群難處心」（《登池上樓》），「羈苦孰云慰，觀海藉朝風。莫辨洪波極，誰知大壑東」（《行田登海口盤嶼山》），這些詩句透出一股濃烈的羈旅愁思，一種心靈得不到安頓的飄泊之感，因而他的詩裏不時地流露出思想的掙扎、掙扎的痛苦。據分析，除了《登江中孤嶼》、《遊赤石，進帆海》等少數詩沒有流露這種情緒外，其餘絕大多數詩都籠罩在這種情緒之下。這當然與謝靈運的處境和心境有關，因為他畢竟是遭排擠而被貶謫到永嘉這偏僻之地的，此番遭遇與他「自謂才能宜參權要」（《宋書・謝靈運傳》）的想法相去甚遠，史書亦稱其「出守既不得志，遂肆意遊遨」（《宋書・謝靈運傳》），是為排解胸中的抑鬱而遊山玩水的。這就令他的詩中往往含有強烈的不平之感，不得志也好，思鄉也罷，總之不是純的自然情感，不是以一種自然情趣面對山水，欣賞山水，詩中的山水多被染上了愁緒：「荒林紛沃若，哀禽相叫嘯」（《七里瀨》），「曉霜楓葉丹，夕曛嵐氣陰」（《晚出西射堂》），「澹瀲結寒姿，團欒潤霜質」（《登永嘉綠嶂山》），「交交止栩黃，呦呦食萍鹿」（《過白岸亭》），即便一些看不出情緒的山水描寫，也因為全篇為哀的基調所籠罩，而呈現出「以樂景寫哀，以哀景寫樂，一倍增其哀樂」〔註23〕（王夫之《薑齋詩話・卷上》）的效果。

　　在這種情緒的干擾下，謝靈運的寫景天賦被壓制了。除了有名句，如「白雲抱幽石，綠篠媚清漣」（《過始寧墅》），「池塘生春草，園柳變鳴禽」（《登池上樓》），「密林含餘清，遠峰隱半規」（《遊南亭》）、「雲日相輝映，空水共澄鮮」（《登江中孤嶼》）等，鮮有佳篇。

　　而會稽時期的山水詩則呈現出另外一種基調：樂，快樂、愉悅。這種快

─────────────────────────────

〔註23〕丁福保《清詩話》，上海：上海古籍出版社 1978 年版，第 4 頁。

樂是人對自然的親近和擁抱，詩人本身是快樂的，又去山水中尋找快樂，山水再回應以快樂。這時便會出現一種極為美妙的境界，「當詩人將自己完全委託於山水的本性時，詩人的性靈溶入其間，因而與宇宙構成一個深切的同情交流，物我之間同跳著一個脈搏，同擊著一個節奏，兩個相同的生命，在那一剎那間，互相點頭、默契和微笑」〔註 24〕。謝靈運此期的詩歌呈現的就是這樣一種特點，而他又極擅長用山水詩的形式表達這種物我相得的境界。且看其《田南樹園激流植援》一詩：

　　樵隱俱在山，由來事不同。不同非一事，養痾亦園中。
　　中園屏氛雜，清曠招遠風。卜室倚北阜，啟扉面南江。
　　激澗代汲井，插槿當列墉。群木既羅戶，眾山亦對窗。
　　靡迤趨下田，迢遞瞰高峰。寡欲不期勞，即事罕人功。
　　唯開蔣生徑，永懷求羊蹤。賞心不可忘，妙善冀能同。

這是詩人在始寧墅開闢園林、激水植樹的經歷，勞動本是苦的、累的，但經了詩人快樂心情的投射，竟化苦為樂、以苦為樂了。這有點像陶淵明在南山卜種豆的經歷，不同的是，陶淵明在詩中不停地表達著勞動之樂，對風景則輕描淡寫，而謝靈運則著力描繪周圍的山水之美，對勞動倒是一筆帶過。但其中自然與人的親近卻是一致的，陶淵明的「帶月荷鋤歸」、「夕露沾我衣」與謝靈運的「群木既羅戶，眾山亦對窗」有著異曲同工之妙。

　　這首詩其實還含著一個奧秘，那就是「獨賞」的境界。以謝靈運的身份、地位，「父祖之資，生業甚厚，奴僮既眾，義故門生數百」（《宋書・謝靈運傳》），他又怎會親自參加勞動、獨自「激流植援」呢？顯然，他有意將那些奴僕、門生在詩裏給「抹」掉了。在詩裏，詩人要獨自與自然山水對話，而不容許任何人來干擾，包括他的家人、朋友。在詩裏，謝靈運都是獨自面對山水的，再如：

　　朝旦發陽崖，景落憩陰峰。捨舟眺迴渚，停策倚茂松。
　　側徑既窈窕，環洲亦玲瓏。俛視喬木杪，仰聆大壑灇。
　　石橫水分流，林密蹊絕蹤。解作竟何感，升長皆豐容。
　　初篁苞綠籜，新蒲含紫茸。海鷗戲春岸，天雞弄和風。
　　撫化心無厭，覽物眷彌重。不惜去人遠，但恨莫與同。

〔註 24〕胡曉明《萬川之月——中國山水詩的心靈境界》，北京：北京大學出版社 2005年版，第 66 頁。

孤遊非情歎，賞廢理誰通？（《於南山往北山經湖中瞻眺》）

這首詩裏又只有謝靈運的影子，但從「捨舟眺迴渚，停策倚茂松」一聯看，顯然應該有舟子、牽馬的奴僕跟著，但詩人又將他們「抹」去了，「抹」得令人毫無察覺。謝靈運已經意識到，他必須脫離塵世，擺脫繁華，獨自面對山水，如此方能與山水相晤，領悟山水的妙處。金元好問《論詩三十首》稱：「謝客風容映古今，發源誰似柳州深？朱弦一拂遺音在，卻是當年寂寞心。」〔註25〕拈出「寂寞」二字。陳祚明也稱，謝詩「勝景以清幽爲最，佳致以獨賞爲遙」，「徑則趨其窈窕，洲則玩其玲瓏，水則察其礙石，林則尋其絕蹊。置心險遠，探勝孤遐，非眾所領矣」〔註26〕（清陳祚明《采菽堂古詩選·卷十七》），都可謂悟透了謝靈運孤遊的眞諦。謝靈運的山水詩對自然山水的體悟頗深，山水景物在他的筆下多姿多彩、美麗動人，於此可找到答案。

比較謝靈運永嘉和會稽前後兩期的山水詩，我們大致可以更深刻地領會時人狂熱地追逐謝靈運的原因了。據《宋書》本傳載，謝靈運居會稽期間，「每有一詩至都邑，貴賤莫不競寫，宿昔之間，士庶皆遍，遠近欽慕，名動京師」，試想想，長期面對枯燥無味的玄言詩，那「玄對山水」之下千篇一律的山水意象，突然讀到謝靈運這「芙蓉出水」〔註27〕、「如初發芙蓉，自然可愛」〔註28〕的山水詩，那生機勃勃、千奇百怪、千姿百態的自然山水，人們怎能不強烈地震撼呢？謝靈運爲當時的人們打開了一扇窗，讓他們看到了一個全新的世界——別樣的山水詩世界。它是謝靈運以一種極純的自然情懷面對山水的結果，並與袁山松、盛弘之等人的山水美文遙相呼應，但可惜的是，當時的人們似乎只看到了謝靈運的山水詩，而袁山松、盛弘之等人的山水美文被忽視了。

再來談談謝靈運詩中「玄的尾巴」的問題。謝靈運的絕大多數山水詩裏殘存有玄的成分，拖著一個「玄的尾巴」，這是客觀事實，甚至也是謝靈運山水詩的「硬傷」。且看這樣一首詩：

江南倦歷覽，江北曠周旋。懷新道轉迥，尋異景不延。

〔註25〕 閻鳳梧、康金聲《全遼金詩》，太原：山西古籍出版社1999年版，第2643頁。

〔註26〕 （清）陳祚明《采菽堂古詩選》，上海：上海古籍出版社2008年版，第540頁。

〔註27〕 湯惠休：「謝詩如芙蓉出水，顏如錯彩鏤金。」（據鍾嶸《詩品》）

〔註28〕 《南史·顏延之傳》載：「延之嘗問鮑照己與靈運優劣，照曰：『謝五言如初發芙蓉，自然可愛；君詩若鋪錦列繡，亦雕繢滿眼。』」

亂流趨正絕，孤嶼媚中川。雲日相輝映，空水共澄鮮。

表靈物莫賞，蘊眞誰爲傳。想像崑山姿，緬邈區中緣。

始信安期術，得盡養生年。(《登江中孤嶼》)

前面四聯，敘述遊蹤、描寫山水景物，極爲精彩，忽然來了三聯談玄的句子，頓時令讀者的閱讀積極性打消，說是狗尾續貂也好，畫蛇添足也罷，總之對全詩的藝術性沒一點幫助。甚至可以說，沒有後面這幾句會更好。

謝靈運的山水詩大抵如此，給人以「兩截子」的感覺。但聯繫當時的實際，謝靈運其實是做了一個極無奈卻又聰明的選擇。因爲在當時，人們欣賞山水時，很自然地持有兩種眼光：「玄對山水」和「情對山水」，這是擺脫不了的，特別是像謝氏這樣的談玄世家。而在晉宋之際，「情對山水」已經逐漸佔了優勢，但「玄對山水」並未就此退去，二者還在鬥爭著、交織著。謝靈運的高明之處在於，他在詩裏將二者截然分開了：前半部分以審美的眼光，描繪山水之美；後半部分借山水談玄。這樣的好處是，他在對山水進行審美時，可以忘情地融入其中，不受玄的干擾，而他在吟詠山水時，也可以盡情地描繪其千姿百態的面貌，將玄的因素置於一邊。

這樣，我們大概可以理解謝靈運的苦衷了。這裏還必須提到一個事實，那就是謝靈運也有一些不帶玄言的山水詩，如《石門巖上宿》一詩：

朝搴苑中蘭，畏彼霜下歇；暝還雲際宿，弄此石上月。

鳥鳴識夜棲，木落知風發。異音同至聽，殊響俱清越。

妙物莫爲賞，芳醑誰與伐？美人竟不來，陽阿徒晞髮。

清黃子雲稱：「康樂於漢、魏外別開蹊徑，舒情綴景，暢達理旨，三者兼長，洵堪睥睨一世。」〔註 29〕(《野鴻詩的》)未免太過。但用來評這首詩倒是合適的。這首詩最妙的是「鳥鳴識夜棲，木落知風發」一聯，極有理趣，或者說禪意，已經擺脫了玄的虛無縹緲的境界，這首詩喜悅中帶有淡淡的憂傷，那是對朋友的思念。全詩確實達到了「舒情綴景，暢達理旨，三者兼長」的境界。

因此，站在歷史發展的角度，我們應該客觀地評價謝詩中殘存的「玄的尾巴」，既否認它，又承認它不得不存在的客觀事實。這樣，我們才能更加感覺到謝詩山水描寫部分的難得，更加珍惜其價值，認識也會更深刻一些。

謝靈運詩歌的山水描寫問題，一直以來爲人們論述得極多。南朝人是這

〔註 29〕 丁福保《清詩話》，上海：上海古籍出版社 1978 年版，第 862 頁。

樣評論他的：「康樂放蕩，作體不辨首尾。」(《南齊書・卷三十五》齊高帝語)，「儷採百字之偶，爭價一句之奇，情必極貌以寫物，辭必窮力而追新」(《文心雕龍・明詩》)，「其人興多才高，寓目輒書，內無乏思，外無遺物，其繁富宜哉。然名章迥句，處處間起；麗典新聲，絡繹奔發。譬猶青松之拔灌木，白玉之映塵沙，未足貶其高潔也」〔註30〕(鍾嶸《詩品》)，「謝客吐語天拔，出於自然，時有不拘，是其糟粕」(蕭綱《與湘東王書》)。

概括起來，說的主要是兩個問題：一是篇幅繁富，「不辨首尾」，「時有不拘」；二是描寫繁瑣，「寓目輒書」，「情必極貌以寫物，辭必窮力而追新」。二者又往往是連在一起的，描寫得繁瑣了，篇幅自然就顯得繁富、冗長；而篇幅的繁富、冗長，多半是因爲描寫的繁瑣。

我們看謝靈運的山水詩，多數篇幅都很長：謝靈運 26 首完整的山水詩，其中三聯的 1 首，四聯的 1 首，六聯的 1 首，七聯的 2 首，八聯的 6 首，九聯的 5 首，十聯的 5 首，十一聯的 3 首，十二聯的 1 首，十三聯的 1 首（即《石門新營所住四面高山回溪石瀨茂林修竹》），只有 2 首與律詩相當，其它 24 首都長於或遠遠長於律詩。謝詩篇幅的繁富，不言而喻。

但篇幅的繁富，是否即「不辨首尾」，「時有不拘」，頗值得懷疑。謝靈運的山水詩，多爲「山水＋談玄」的模式，可以說是很有秩序和條理性的，從上面所引諸詩，也不見此種情形發生。丁成泉先生認爲，謝靈運「鋪陳景物，是經過篩選，能夠組成完整畫面的景物，不是雜亂無章的景物堆砌」〔註31〕，可謂精準，齊高帝和蕭綱的論述有些偏頗，若說「偶有不拘」，倒是可以的。

再看謝詩的山水描寫。鍾嶸對謝靈運評價總體客觀，特別是其「名章迥句，處處間起；麗典新聲，絡繹奔發」的評價，看到了謝詩中山水佳句的價值，並給予了肯定。但「寓目輒書」的評價未免太過，謝詩最大的價值就在於那些散落在詩中的山水佳句，它們似一顆顆晶瑩的鑽石，讓謝詩散發出奇異的光彩。而這些山水佳句，顯然是謝靈運審美以後，有所感、有所悟並精心選擇的結果，絕非「寓目輒書」，其實也不可能「寓目輒書」。劉勰說謝詩「情必極貌以寫物，辭必窮力而追新」，這是恰當的，也正是謝靈運鼎革玄言詩風的手段，是他的詩在當時即引得人們激賞的原因。但劉勰似含貶意。其

〔註30〕 注：本書所引《詩品》，均據曹旭《詩品箋注》上海古籍出版社 2009 年版。
〔註31〕 丁成泉《中國山水詩史》，武漢：華中師範大學出版社 1990 年版，第 11 頁。

實，謝詩描繪山水時極貌寫物、窮力追新的做法，對山水詩最終衝出玄言詩的牢籠、走上獨立發展的道路，意義重大，甚至是關鍵作用，否則便與蘭亭詩人筆下的山水詩無甚區別了。故清王士禎稱：「迨元嘉間，謝康樂出，始創爲刻畫山水之詞，務窮幽極渺，抉山谷水泉之情狀。」〔註32〕（《帶經堂詩話‧序論類》），這點，他比劉勰認識得深刻。

通過以上分析，我們可以對謝靈運在山水詩史上的地位給予恰當的評價了：在玄言思潮衰退之際，「情對山水」已居「玄對山水」之上，謝靈運以一種特殊的手段，即情、玄分離的方式，創作了獨特的詩歌形式——拖著「玄言尾巴」的山水詩。這種分離，雖然給詩歌造成了割裂的毛病，即山水與玄言成了不相干的「兩截子」，卻讓謝靈運在模山範水時得到了空前的解放，他可以用他的生花妙筆，將自然山水千姿百態的風姿描繪出來。謝靈運在面對自然山水時，是以自然的眼光進行審美的，即將自己視作自然的一部分，以完全平等的姿態面對山水、融入山水，而不帶社會情緒，羅宗強先生稱：「後來這種山水情懷使中國士人對山水的美產生了如醉如癡的嚮往，不是以玄對山水，而是以情對山水了。」〔註33〕從謝靈運開始，中國的山水詩才真正形成一條滔滔的江流，汩汩流淌，奔湧不絕。謝靈運是山水詩的奠基人，山水詩派的開創者，當之無愧的山水詩第一大家。

2、謝靈運的山水賦和山水文

談謝靈運的山水文學成就，不可忽視其山水賦及山水美文。

謝靈運今存山水賦 4 篇，即《歸途賦》、《山居賦》、《長谿賦》、《嶺表賦》，其中《長谿賦》、《嶺表賦》爲殘篇，分別存於《藝文類聚》、《北堂書鈔》中，《山居賦》被沈約收入《宋書》本傳。

謝靈運賦中的山水描寫繼承了漢末抒情小賦的傳統，以寫實爲尚。且看其《歸途賦》：

> 時旻秋之杪節，天既高而物衰，雲上騰而雁翔，霜下淪而草腓。
> 捨陰漢之舊浦，去陽景之芳蕪，林承風而飄落，水鑒月而含輝。
> 發青田之枉渚，逗白岸之空亭。路威夷而詭狀，山側背而易形。
> 停余舟而淹留，搜縉雲之遺跡。漾百里之清潭，見千仞之孤石。
> 歷古今而長在，經盛衰而不易。

〔註32〕　（清）王士禎《帶經堂詩話》，北京：人民文學出版社 1982 年版，第 115 頁。
〔註33〕　羅宗強《魏晉南北朝文學思想史》，北京：中華書局 1996 年版，第 7 頁。

《歸途賦》是謝靈運辭去永嘉太守後，在回歸會稽始寧的途中所作，是謝靈運的歸隱宣言，頗類於陶淵明的《歸去來兮辭》。在賦中，謝靈運以記實的手法，敘述行蹤，描寫沿途的風景，「漾百里之清潭，見千仞之孤石。歷古今而長在，經盛衰而不易」兩句，尤其精彩，前句敘行寫景，真切、形象，如在目前，後句說理，但已非玄理，前後又能巧妙結合，渾然一體。

再看他的《長谿賦》和《嶺表賦》：

> 潭結綠而澄清，瀨揚白而戴華。飛急聲之瑟汨，散輕文之漣羅。
> 始鏡底以如玉，終積岸而成沙。（《長谿賦》）

> 　　若乃長山款跨，外內乖隔，下無伏流，上無夷跡，麕兔望岡而旋歸，鴻雁睹峰而反翮。既陟麓而踐阪，遂陞降於山畔。顧後路之傾巘，顧前磴之絕岸。看朝雲之抱岫，聽夕流之注澗。羅石棋布，怪譎橫越。非山非阜，如樓如闕。斑彩類繡，明白若月。蘿蔓絕攀，苔衣流滑。（《嶺表賦》）

二賦皆為殘篇，好在對自然山水的描寫給保留了下來。《長谿賦》的三句描寫都很精彩，特別是「瀨揚白而戴華」，將水流激起的浪花，擬為戴上了鮮花，一個「戴」字，何其生動、傳神！《嶺表賦》將作者的行蹤和神態刻畫得極生動，陟、踐、陞降、顧、看、聽，這一連串的動作，可以看出作者在山水之間留連的情景，簡直難以相信，作者這是在流放廣州的途中。而「羅石棋布，怪譎橫越。非山非阜，如樓如闕。斑彩類繡，明白若月。蘿蔓絕攀，苔衣流滑」的描寫，想像奇特，比喻貼切，歷歷如在目前；而這又與作者細心觀察、體悟山水分不開。

而代表謝靈運賦的最高成就的，還是其山水大賦──《山居賦》。

《山居賦》作於宋元嘉二年（425）春至次年三月之間〔註34〕，正是其山水詩在藝術上走向成熟之際。《山居賦》是以漢大賦的宏大體例，抒情小賦寫實的手法創作出來的山水大賦。賦的正文有近 5000 字，另有自注 6000 餘字，二者相加超過萬言，如此鴻篇巨製，在古代賦史上實屬罕見。在賦裏，謝靈運「頗取漢賦的骨架」〔註35〕，有時為了極力鋪陳而「極聲貌以窮文」、「寫物圖貌，蔚似雕畫」（《文心雕龍‧詮賦》）的情形是有的，但總體風格卻是寫

〔註34〕 趙逵夫、湯斌《歷代賦評注‧南北朝卷》，成都：巴蜀書社 2010 年版，第 84 頁。

〔註35〕 馬積高《賦史》，上海：上海古籍出版社 1987 年版，第 201 頁。

實的,「是作者經過實地考察,並傾注了自己全部情感寫出來的」〔註36〕,作者在自注中也強調:「今所賦既非京都宮觀遊獵聲色之盛,而敘山野草木水石穀稼之事,才乏昔人,心放俗外,詠於文則可勉而就之,求麗邈以遠矣。覽者廢張、左之豔辭,尋臺、皓之深意,去飾取素,儻值其心耳。」明確表示,是要寫實、抒情、寫意。正如鍾憂民先生所說,《山居賦》序反映了謝靈運「新的美學觀點」,即「表現方法上,追求平淡自然,『去飾取素』,與當時文壇上講究『瑰辭麗說』的風氣迥異其趣」〔註37〕。

　　《山居賦》的寫實性,表現在兩個方面:一是寫實地、實景,二是景中含情。

　　且看他對始寧墅內山水的描寫:

　　　　爾其舊居,襄宅今園,枌檟尚接,基井具存。曲術周乎前後,直陌矗其東西。豈伊臨溪而傍沼,乃抱阜而帶山。考封域之靈異,實茲境之最然。葺駢梁於巖麓,棲孤棟於江源。敞南戶以對遠嶺,闢東窗以矚近田。田連岡而盈疇,嶺枕水而通阡。

　　　　若乃南北兩居,水通陸阻。觀風瞻雲,方知厥所。南山則夾渠二田,周嶺三苑。九泉別澗,五谷異巘。群峰參差出其間,連岫復陸成其阪。眾流溉灌以環近,諸堤擁抑以接遠。遠堤兼陌,近流開濆。凌阜泛波,水往步還。還回往匝,枉渚員巒。呈美表趣,胡可勝單。抗北頂以葺館,殷南峰以啓軒。羅曾崖於戶裏,列鏡瀾於窗前。

　　　　自園之田,自田之湖,泛濫川上,緬邈水區。濬潭洞而窈窕,除菰洲之紆餘。毖溫泉於春流,馳寒波而秋徂。風生浪於蘭渚,日倒景於椒途。飛漸榭於中沚,取水月之歡娛。旦延陰而物清,夕棲芬而氣歊。顧情交之永絕,覿雲客之暫如。

這幾段文字,作者首先將描寫對象交待清楚了,或者是舊居,或者是舊居與新居之間,或者是始寧墅的湖田,因此,後面的描寫,讀者便會覺得很實,是對實地的描寫。而後面的描寫,景非虛景,景中含情,飽含著作者的激賞之情,特別是「考封域之靈異,實茲境之最然」、「呈美表趣,胡可勝單」、「顧情交之永絕,覿雲客之暫如」,算是直接表達情感了。

〔註36〕　顧紹伯《謝靈運集校注》,鄭州:中州古籍出版社 1987 年版,第 16～17 頁。
〔註37〕　鍾憂民《謝靈運論稿》,濟南:齊魯書社 1985 年版,第 214 頁。

　　由以上幾段文字，同時可以發現，謝靈運的文字都很平實，並無多少麗靡之辭，且經常將敘述與描寫的手法穿插進行，虛實相間，這顯然與作者的刻意追求有關。

　　謝靈運之所以能將《山居賦》寫得這般具體、實在、眞切，也與他對描寫對象的熟悉有關。在《山居賦》裏，謝靈運以居住的始寧墅爲中心，狀山水之美，寫山居之樂，這都是他非常熟悉的山水，親身經歷的生活，而不似漢大賦作家，寫的都是虛景，故而寫來如數家珍、如在目前，且飽含深情。

　　從以上分析可知，謝靈運是以自然的情趣、記實的手法來寫山水賦的，是「如實鋪陳」〔註38〕，其遊蹤具體可感，山水描寫形象生動、神態畢現，且飽含深情。敘述、描寫、抒情三者結合得如此渾融，足見謝靈運山水賦的造詣之高。在賦裏，他甚至已經擯棄了玄，而只是單純地寫景、抒情，完完全全地「情對山水」，以對自然進行直接審美的態度面對山水。從這一點說，已經超越了其山水詩。

　　謝靈運的山水文散見於《遊名山志》、《居名山志》、《山居賦》自注中。《遊名山志》、《居名山志》今佚，《隋書·經籍志》著錄謝靈運有《遊名山志》、《居名山志》各1卷，後人從唐、宋類書中輯得《遊名山志》文字若干，如：

> 破石溪南二百餘里，又有石帆，修廣與破石等度，質色亦同。
>
> 傳云：古有人以破石之半爲石帆，故名彼爲石帆，此名破石。
>
> 永寧、安固二縣中路東南，便是赤石。又，枕海巫湖三面悉高山枕水。渚山溪澗，凡有五處，南第一谷，今在所謂石壁精舍。
>
> 石門澗，六處石門，溯水上入兩山口，兩邊石壁，右邊石巖，下臨澗水。

這三段文字，都是實寫山水，注重的是交待山水的名稱、方位、來歷及傳說等，山水描寫並不豐富。這與《遊名山志》屬於地記的性質有關。

　　而謝靈運《山居賦》自注中的山水文字，與地記性質接近，顯然深受《遊名山志》、《居名山志》的影響，且略舉數例：

> 三洲在二水之口，排沙積岸，成此洲漲。表裏離合，是其貌狀也。崿者，謂回江岑，在其山居之南界，有石跳出，將崩江中，行者莫不駭栗。

〔註38〕 周勳初《論謝靈運山水文學的創作經驗》，《文學遺產》1989 年第 5 期。

　　　　南北兩處，各有居止。峰崿阻絕，水道通耳。觀風瞻雲，然後
　　方知其處所。

　　　　北倚近峰，南眺遠嶺，四山周回，溪澗交過，水石林竹之美，
　　巖岫隈曲之好，備盡之矣。刊翦開築，此焉居處，細趣密玩，非可
　　具記，故較言大勢耳。

從某種意義上來說，賦注也帶有地記的性質，這幾段文字也是寫實，也交待
山水的名稱、方位、來歷及傳說等，但較《遊名山志》、《居名山志》中的描
寫已經豐富得多，手法也複雜了，比喻、誇張、排比都有，尤爲關鍵的是景
中含情，「水石林竹之美，巖岫隈曲之好，備盡之矣」，這是對山水之美油然
的讚歎，與袁山松《宜都山川記》、盛弘之《荊州記》等晉宋地記中的山水描
寫倒十分接近。

　　從謝靈運寫有《遊名山志》、《居名山志》兩部地記，結合他在《山居賦》
自注中的山水文字，我們可以大膽地設想：謝靈運的山水意識是受了晉宋地
記的影響的，他在山水詩裏以極大的熱情、用大量的文字模山範水，也是受
了晉宋地記之啓發的。這一點，研究山水詩史的人並沒有意識到。

　　可見，謝靈運在山水詩、山水賦、山水文三個方面都作出了極大貢獻，
他不僅僅是山水詩大家，也是山水文學大家，是一個全面的山水作家。而其
詩、賦、文又是相互影響的，在表現謝靈運以自然情趣欣賞山水這一點上，
三者完全一致。論謝靈運在山水文學史上的地位，也必須將三者結合起來，
才更加全面。

3、謝靈運取得山水文學成就的原因

　　中國山水文學的醞釀已久，隨著玄言思潮的退卻，到晉宋之際，以山水
詩爲代表的山水文學已現勃興之勢。晉宋之際的詩人不少，像陶淵明、謝混、
宗炳、顏延之、鮑照、謝惠連等人，都有著極高的詩歌才華，但爲什麼帶著
山水詩衝破玄言詩牢籠的，是謝靈運而不是其他人呢？

　　這不能不說到謝靈運獨特的個人魅力了。

　　首先，謝靈運有著極高的文學天賦。據《宋書》本傳載：「靈運少好學，
博覽群書，文章之美，江左莫逮。」可見，他少年時即有很好的文學修養了。
又稱：「靈運詩書皆兼獨絕，每文竟，手自寫之，文帝稱爲二寶」，「文帝唯以
文義見接，每侍上宴，談賞而已」，宋文帝也有很高的文學修養，其對謝靈運
如此欣賞，可見謝靈運的文學才華絕非虛傳。鍾嶸也稱，謝靈運「興多才高，

寓目輒書，內無乏思，外無遺物」（《詩品》上），「才高詞盛，富豔難蹤，固以含跨劉、郭，淩轢潘、左」（《詩品序》），亦可見鍾嶸對謝靈運的推崇。而謝靈運也極自負，他曾自詡道：「天下才共一石，曹子建獨得八斗，我得一斗，自古及今共用一斗。」〔註39〕（宋無名氏《釋常談》卷中引），絕非妄自尊大。而更爲重要的是，謝靈運很懂得文友賞會的好處，時時與人切磋詩文。他一方面與族人作「烏衣之遊」，是其中的積極分子，「混風格高峻，少所交納，唯與族子靈運、瞻、曜、弘微並以文義賞會」（《宋書‧謝弘微傳》），一方面又與其它文人雅士作山澤之遊，《宋書》本傳載：「靈運既東還，與族弟惠連、東海何長瑜、潁川荀雍、泰山羊璿之，以文章賞會，共爲山澤之遊，時人謂之四友。」正是在這種詩酒風流、文章晤對中，謝靈運的寫作技藝得到了砥礪，文學修養不斷提升。而極高的文學才華與詩歌天賦，是引領文學之風、進行詩文革新的前提條件。

其次，謝靈運鍾情於山水，以極大的熱情投入到山水遊賞中。

在歷史上，很少有似謝靈運這般鍾情於山水的，他的一生都對山水「心嚮往之」。在被貶往永嘉之前，他就對山水情有獨鍾、「素所愛好」（《宋書》本傳），且認爲，「夫衣食，人生之所資；山水，性分之所適」（《遊名山志》），將山水置於與衣食同等的地位。在前往永嘉的途中，即表示「將窮山海跡，永絕賞心悟」（《永初三年七月十六日之郡初發都》），又稱「久露干祿請，始果遠遊諾」（《富春渚》），可見，他久有作山水之遊的人生計劃。

謝靈運的山水之遊，絕非一時一地，而是常常作長時間、長距離的旅行。因此，他常常「裹糧杖輕策」（《登永嘉綠嶂山》），「隨山逾千里，浮溪將十夕」（《夜發石關亭詩》），且「山行窮登頓，水涉盡洄沿」（《過始寧墅》），在永嘉任太守期間，他即「肆意遊遨，遍歷諸縣，動逾旬朔」，以至於「江南倦歷覽，江北曠周旋」（《登江中孤嶼》），後來被招到建康後，他一方面「穿池植援，種竹樹菫，驅課公役，無復期度」，一方面「出郭遊行或一日百六七十里，經旬不歸」（《宋書‧謝靈運傳》）。

退居會稽時期，是謝靈運一生中最爲快樂的時期，也是他與山水最爲親近的時期。他「與隱士王弘之、孔淳之等縱放爲娛」，又「與族弟惠連、東海何長瑜、潁川荀雍、泰山羊璿之，以文章賞會，共爲山澤之遊」，「尋山陟嶺，必造幽峻，巖嶂千重，莫不備盡」，他還發明了一種專用於登山的工具——「謝

〔註39〕袁行霈《中國文學史》第二卷，北京：高等教育出版社 1999 年版，第 35 頁。

公屐」，「登躡常著木履，上山則去前齒，下山去其後齒」(《宋書‧謝靈運傳》)。
謝靈運眞可算得中國歷史上第一位專業旅行家。

　　謝靈運是如此地熱愛山水，愛好遠遊，便總是覺得「山遠行不近」(《登
臨海嶠初發強中作與從弟惠連見羊何共和之》)，似乎山永遠都在前方，永遠
都遊不盡。因此，他對眼下的山水極珍惜，「弄波不輟手，玩景豈停目」(《初
入南城》)，山水一路走來，他也應接不暇，不讓自己有一刻停閒。在山水裏，
他「採蕙遵大薄，搴若履長洲」(《郡東山望溟海》)，「傾耳聆波瀾，舉目眺嶇
嶔」(《登池上樓》)，「眷西謂初月，顧東疑落日」(《登永嘉綠嶂山》)，「援蘿
臨青崖，春心自相屬」(《過白岸亭》)，「憩石挹飛泉，攀林搴落英」(《初去郡》)，
「俯濯石下潭，仰看條上猿」(《石門新營所住四面高山回溪石瀨茂林修竹》)，
「企石挹飛泉，攀林摘葉卷」(《從斤竹澗越嶺溪行》)，「乘月聽哀狖，浥露馥
芳蓀」(《入彭蠡湖口》)，或顧，或盼，或聞，或聽，或與泉水追逐，或與落
花相戲，將自己整個地融入到山水裏了。謝靈運對山水有著孩童般的天眞感
情！

　　謝靈運有著「山水癖」，還是「山水癡」，因此，他對山水便有著獨特的
體驗。清陳祚明稱：「康樂情深於山水，故山遊之作彌佳。」〔註40〕(《采菽
堂古詩選‧卷十七》)宗白華先生也稱：「陶淵明、謝靈運這般人的山水詩那
樣的好，是由於他們對於自然有那一股新鮮發現時身入化境濃酣忘我的趣
味；他們隨手寫來，都成妙諦，境與神會，眞氣撲人。」〔註41〕(《論〈世說
新語〉和晉人的美》)就是看到了陶淵明、謝靈運以全部的熱情投入山水時，
體驗到了比別人深刻得多的自然山水的妙諦。

　　最後，謝靈運以地記的創作手法寫山水詩。謝靈運受地記的影響較深，
他撰有《遊名山志》、《居名山志》兩部地記，其《山居賦》自注許多地方都
留有明顯的地記痕跡。地記寫實的態度、模山範水的創作手法，自然會對謝
靈運產生影響，他以地記的創作手法寫山水詩，應該是順理成章的事情。與
蘭亭文人的山水詩相比，地記中的山水描寫往往具體而微，複雜得多，多有
詩人遊蹤的敘述，二者總是自然地結合在一起。謝靈運在地記中即使用了這
種手法，我們看謝靈運《遊名山志》：「石門澗，六處石門，溯水上入兩山口，

〔註40〕　(清)陳祚明《采菽堂古詩選》，上海：上海古籍出版社 2008 年版，第 519
　　　　頁。
〔註41〕　宗白華《美議》，北京：北京大學出版社 2010 年版，第 124 頁。

兩邊石壁，右邊石巖，下臨澗水」，「從臨汀樓步路南上一里餘，左望湖中，右傍長江」，都有遊蹤的敘述，對具體景物的介紹也是具體的，描述「兩山口」時，稱「兩邊石壁，右邊石巖，下臨澗水」，較爲細緻。在謝靈運以前，山水詩中極少有詩人遊蹤的敘述，山水描寫也極簡單，而謝靈運受地記影響，對山水景物的描寫要細緻得多、複雜得多，且多與遊蹤結合，移步換景。

以上三點，晉宋之際的其它文人都只略有一二，而不全備，故都不能負起帶領山水詩衝破玄言詩牢籠的歷史重任。而唯有謝靈運，既應運而生，順應了當時山水詩發展的潮流，又以其獨特的個性創作出了一種獨特類型的山水詩。與前人相比，謝靈運的山水詩有著諸多創造：純自然審美的態度，寫實的手法，移步換景式的山水描寫，山水描寫的精細化與複雜化。便是標題，也極有特色。後人對謝靈運山水詩的特點及在山水詩史上的地位，多有評述，鄭賓予先生稱謝靈運的山水詩爲「遊山詩」，又說：「這『遊山詩』是從他經驗體貼中來，並不是幻想；是前此詩界不曾有過的，是他的新途徑，是他對於文學革命的成績。」〔註42〕王瑤先生稱：「山水詩的醞釀已久，只是到謝詩才達到高峰。」〔註43〕葉笑雪先生稱：「在他的詩裏，『山水』已佔了統治的地位」〔註44〕，「靈運不但把詩寫得更像詩，就是一向不爲人注意的詩的題目，也被他寫得富有詩意」〔註45〕。羅宗強先生稱：「謝靈運改變了山水在詩中的地位。」〔註46〕韋鳳娟先生稱，謝靈運詩「多半採用『敘事——寫景——說理』這種章法結構，宛如一篇文字簡淨的山水遊記」〔註47〕。對謝靈運山水詩的特點及在山水詩史上的地位給予了恰當的評價。

謝靈運的山水詩在當時即產生了巨大的影響，據《宋書》本傳載，謝靈運居會稽時，「每有一詩至都邑，貴賤莫不競寫，宿昔之間，士庶皆遍，遠近欽慕，名動京師」。在整個南朝，學習謝靈運的詩人可謂絡繹不絕，如《南齊書·武陵昭王曄傳》載：「曄剛穎俊出，工弈棋，與諸王共作短句，詩學謝靈運體。」《南史·王籍傳》載：「籍好學，有才氣，爲詩慕謝靈運。至其合也，

〔註42〕 鄭賓予《中國文學新變史》，鄭州：中州古籍出版社 1991 年版，第 122 頁。
〔註43〕 王瑤《中古文學史論集》，上海：上海古籍出版社 1982 年版，第 126 頁。
〔註44〕 葉笑雪《謝靈運詩選》，上海：古典文學出版社 1958 年版，第 10 頁。
〔註45〕 葉笑雪《謝靈運詩選》，上海：古典文學出版社 1958 年版，第 16 頁。
〔註46〕 羅宗強《魏晉南北朝文學思想史》，北京：中華書局 1996 年版，第 189 頁。
〔註47〕 韋鳳娟、陶文鵬、石昌渝《新編中國文學史》（上卷），北京：人民教育出版社 1989 年版，第 195 頁。

殆無愧色。時人咸謂康樂之有王籍，如仲尼之有丘明，老聃之有嚴周。」《梁書‧伏挺傳》載，伏挺「有才思，好屬文，爲五言詩，善效謝康樂體」。蕭子顯《南齊書‧文學傳論》稱：「今之文章，作者雖眾，總而爲論，略有三體：一則啓心閒繹，託辭華曠，雖存巧綺，終致迂迴，宜登公宴，本非準的，而疏慢闡緩，膏肓之病，典正可采，酷不入情，此體之源，出靈運而成也。」對謝詩的評價欠公允，但對謝詩在當時的影響卻作了較爲客觀的描述。

（三）南朝其他文人以自然情趣入詩

謝靈運以後，以自然情趣吟詠山水並未形成一股浩蕩的潮流，詩人們更多地以羈旅情懷、閒適情趣、隱逸情趣等社會情感入山水，山水詩風呈現出新變態勢，但謝詩的影子卻是無時不在的：一方面，詩人們在以羈旅情懷、閒適情趣、隱逸情趣等社會情感入詩時，總是以自然情趣爲前提，以自然審美的態度爲基礎；另一方面，詩人們總是自覺不自覺地模仿謝靈運，多有以純自然情趣入山水者。

較謝靈運稍晚，鮑照主要以羈旅情懷入山水，但也有以純自然情趣吟詠山水的詩歌，如：

懸裝亂水區，薄旅次山楹。千巖盛阻積，萬壑勢回縈。
巃嵸高昔貌，紛亂襲前名。洞澗窺地脈，聳樹隱天經。
松磴上迷密，雲竇下縱橫。陰冰實夏結，炎樹信冬榮。
嘈囋晨鵾思，叫嘯夜猿清。深崖伏化跡，穹岫閟長靈。
乘此樂山性，重以遠遊情。方躋羽人途，永與煙霧並。
（《登廬山》）

與謝詩相比，鮑詩向著雄奇、險峻的方向發展，且多融入羈旅愁緒與行役悲歡。但這首詩頗不同，詩人筆下的廬山雖也雄奇、險峻，但詩人卻是以自然賞美的態度面對的，「乘此樂山性，重以遠遊情」，這樣便是樂山水了，與謝詩風格一致。

此後，南朝歷代詩人如劉駿、沈約、孔稚珪、劉瑱、任昉、謝朓、丘遲、虞騫、王籍、王筠等，都有這類山水詩。特別是沈約，其山水詩不多，卻是最早將謝詩往平易自然方向革新的詩人，且看他的兩首山水詩：

眷言訪舟客，茲川信可珍。洞徹隨清淺，皎鏡無冬春。
千仞寫喬樹，百丈見游鱗。滄浪有時濁，清濟涸無津。

豈若乘斯去，俯映石磷磷。紛吾隔囂滓，寧侃濯亓中。

願以澦澴水，沾君纓上塵。(《新安江至清淺深見底貽京邑遊好》)

這首詩表達的是對自然的熱愛之情，「洞徹隨清淺，皎鏡無冬春。千仞寫高樹，百丈見游鱗」，以「皎鏡」的比喻、「游鱗」的意象生動地展示了新安江的清澈，相對於謝詩，可明顯感覺這首詩的描寫要平易得多，比喻也更加親切，幾無生僻字和生硬的意象，顯示出語言樸素、自然而清新的特點。陳祚明云：「休文詩體，全宗康樂。」〔註48〕(《采菽堂古詩選‧卷二十三》)沈德潛稱沈約詩「邊幅尚闊，詞氣尚厚，能存古詩一脈也」〔註49〕(《古詩源》卷十二)，指的便是這類山水之作。

尤為可貴的是，沈約將聲律的理論用之於山水詩，使山水詩的篇幅變小，且讀來朗朗上口，且看：

嗷嗷夜猿鳴，溶溶晨霧合。不知聲遠近，惟見山重沓。

既歡東嶺唱，復佇西巖答。(《石塘瀨聽猿》)

這首詩集中描寫石塘瀨聽猿的場景，既看又聽，表達了詩人的喜悅心情，「畫面含蘊了靈氣」〔註50〕，特別是一個「佇」字，尤為傳神，這一點與謝靈運面對山水時忘我的情形極為相似。但這首詩只有三聯，較絕大多數的謝詩要短得多，且讀來音韻和諧、朗朗上口，開始向著盛唐山水田園詩派的風格邁進。而沈約似乎也引領了一個這樣一個潮流：南朝許多詩人學習謝靈運，但他們都已經將山水詩寫得很短了，如：

石險天貌分，林交日容缺。陰澗落春榮，寒巖留夏雪。

(孔稚珪《遊太平山》)

昧旦乘輕風，江湖忽來往。或與歸波送，乍逐翻流上。

近岸無暇目，遠峰更興想。綠樹懸宿根，丹崖頹久壤。

(任昉《濟浙江》)

揚枻橫大江，乘流任蕩蕩。輕橈暮不息，復逐夜潮上。

時見湘水仙，恒聞解佩響。(王籍《櫂歌行》)

水霧雜山煙，冥冥見曉天。聽猿方忖岫，聞瀨始知川。

〔註48〕 (清)陳祚明《采菽堂古詩選》，上海：上海古籍出版社2008年版，第720頁。

〔註49〕 (清)沈德潛《古詩源》，北京：中華書局1963年版，第294頁。

〔註50〕 王國瓔《中國山水詩研究》，臺北：聯經出版事業公司1986年版，第226頁。

漁人惑澳浦，行舟迷溯沿。日中氛靄盡，空水共澄鮮。

（伏挺《行舟值早霧》）

這些詩短者四句，長者八句，但其達到的藝術效果並不比謝靈運精雕細刻式的長篇差。這樣的好處是，詩人必須在極短的篇幅裏將山水最為傳神的部分展現出來，詩歌意象就會更為凝煉、集中，藝術性會更強。特別是王籍、伏挺二人，都是「效謝康樂體」的人，但他們能學習謝詩而棄其冗長，尤為難得。這也算得以自然情趣入詩的潮流裏面革新的一面。

在南朝詩人中，學習謝詩最為虔誠且逼真的是謝朓。且看這樣兩首詩：

茲山互百里，合沓與雲齊。隱淪既已託，靈異居然棲。

上干蔽白日，下屬帶回溪。交藤荒且蔓，樛枝聳復低。

獨鶴方朝唳，饑鼯此夜啼。渫雲已漫漫，夕雨亦淒淒。

我行雖紆組，兼得尋幽蹊。緣源殊未極，歸徑窅如迷。

要欲追奇趣，即此凌丹梯。皇恩竟已矣，茲理庶無暌。

（《遊敬亭山》）

既從陵陽釣，掛鱗驂赤螭。方尋桂水源，謁帝蒼山垂。

辰哉且未會，乘景弄清漪。瑟汩瀉長淜，潺湲赴兩歧。

輕蘋上靡靡，雜石下離離。寒草分花映，戲鮪乘空移。

興以暮秋月，清霜落素枝。魚鳥余方玩，纓緌君自縻。

及茲暢懷抱，山川長若斯。（《將遊湘水尋句溪》）

「遊蹤＋描寫」的模式，移步換景式的山水描寫，對一山一水的精心刻畫，詩人在山水之間或看或聽的神態，就連詩歌所拖著的一條尾巴也極為相似，「要欲追奇趣，即此凌丹梯。皇恩竟已矣，茲理庶無暌」，「及茲暢懷抱，山川長若斯」，語氣亦相似，不同的是，謝朓的尾巴摒棄了玄言，而只是保留了謝靈運詩「獨賞山水」的感喟。胡應麟正是看到了這一點，才表示道：「世目玄暉為唐調之始，以精工流麗故。然此君實多大篇，如遊敬亭山、和伏武昌劉中丞之類，雖篇中綺繪間作，而體裁鴻碩，詞氣沖澹，往往靈運、顏之逐鹿。」〔註51〕（《詩藪‧外編卷二》）

「時運交移，質文代變」（《文心雕龍‧時序》），創新總是建立在繼承的基礎上的，勇於創新的人往往善於繼承。謝朓的高明就在這裏：一方面，他

〔註51〕　（明）胡應麟《詩藪》，北京：中華書局1962年版，第152頁。

對謝靈運山水詩的學習、模仿可謂逼眞，得其精髓；一方面，他又以一種全新的山水詩取代謝靈運開創的審美類山水詩，而引領了一股羈旅情懷的山水文學思潮，最終與謝靈運並駕齊驅，被後人稱爲「大小謝」。

第二節　齊梁謝朓等人以羈旅情懷入山水

謝朓與謝靈運並稱，由來已久，李白「蓬萊文章建安骨，中間小謝又清發」〔註52〕（《宣州謝朓樓餞別校書叔雲》）將謝朓稱作「小謝」，杜甫「熟知二謝將能事」〔註53〕（《解悶十二首》其七）將謝靈運、謝朓並稱「二謝」，宋唐庚稱謝靈運、謝惠連、謝朓爲「三謝」，道：「三謝詩，靈運爲勝。」〔註54〕（《唐子西文錄》）明王世貞云：「靈運語俳而氣古，玄暉調俳而氣今。」〔註55〕（《藝苑卮言·卷三》）清王士禎謂「說山水之勝，自是『二謝』」〔註56〕（何士璂《然鐙記聞》引），清洪亮吉道：「詩人所遊覽之地，與詩境相肖者，惟『大小謝』。」〔註57〕（《北江詩話·卷四》）可見，以「二謝」、「大小謝」稱呼謝靈運與謝朓，已成共識。

在山水文學史上，謝朓緊隨謝靈運以自然情趣入山水的文學潮流，而引領了以羈旅情懷入山水的文學潮流。與謝靈運的獨樹一幟不同，謝朓引領的是一個作家眾多、名家輩出的山水文學潮流，這一潮流中的代表作家有沈約、江淹、孔稚珪、范雲、何遜、陰鏗等名家，更有劉繪、王僧孺、劉顯、劉孝綽、劉孝威、劉孝儀、劉刪等詩人，時間上跨齊、梁、陳三朝，一時之盛，蔚爲大觀。

中國文學久有表現羈旅情懷的傳統，《詩經·豳風·東山》即有「我徂東山，慆慆不歸。我來自東，零雨其濛」之歎，屈原的《離騷》、《涉江》更是一路行走，一路回顧，「回朕車以復路兮，及行迷之未遠。步余馬於蘭皋兮，馳椒丘且焉止息」，「乘鄂渚而反顧兮，欸秋冬之緒風。步余馬兮山皋，邸余

〔註52〕 注：本書所引李白詩、文，均據（唐）李白撰、（清）王琦注《李太白全集》中華書局 1977 年版。

〔註53〕 注：本書所引杜甫詩，均據（唐）杜甫撰、（清）仇兆鰲注《杜詩詳注》中華書局 1979 年版。

〔註54〕 （清）何文煥《歷代詩話》，北京：中華書局 1981 年版，第 443 頁。

〔註55〕 丁福保《歷代詩話續編》，北京：中華書局 1983 年版，第 996 頁。

〔註56〕 丁福保《清詩話》，上海：上海古籍出版社 1978 年版，第 119 頁。

〔註57〕 （清）洪亮吉《北江詩話》，北京：人民文學出版社 1983 年版，第 77 頁。

車兮方林」，以深情的筆調表達出對故國的留戀和不捨。班彪《北征賦》、曹大家《東征賦》所含情感與屈騷相似。《古詩十九首》有「行行重行行，與君生別離。相去萬餘里，各在天一涯」，「還顧望舊鄉，長路漫浩浩」，「回車駕言邁，悠悠涉長道。四顧何茫茫，東風搖百草」的悲歡，表達遊子之思，感人至深。魏晉以後，隨著世亂時離，這類作品更多，如曹操《苦寒行》，王粲《七哀詩》、《登樓賦》，曹丕《十五》、《善哉行》、《濟川賦》，曹植《送應氏》、《贈白馬王彪》，夏侯湛《山路吟》、《江上泛歌》，潘岳《內顧詩》、《河陽縣作》、《西征賦》，陸機《赴洛道中作》、《行思賦》，張載《敘行賦》，陸沖《雜詩二首》，李顒《涉湖》，陶淵明《始作鎮軍參軍經曲阿》、《庚子歲五月中從都還阻風於規林》、《辛丑歲七月赴假還江陵夜行途口》，何承天《巫山高篇》等，作家作品眾多，體裁兼及詩、賦、文。

　　晉宋之際，山水詩逐漸興起，不過，這一時期的山水詩潮是以自然情趣入詩，即詩人在面對山水時，投入的是單純的自然情感，只是表達對自然山水的熱愛之情，而沒有融入羈旅、閒適、隱逸、懷古等社會情感。但詩人們畢竟生活於社會中，總是會自覺不自覺地將上述各種社會情感投注於山水之上，因而創作出融入了各類複雜社會情感的山水詩。從山水詩的發展看，真正以純的自然情感寫作山水詩的人畢竟只占少數，這種純審美型的山水詩也只占山水詩的極少部分。山水詩中很早便明白地標示出羈旅情懷的，是東晉湛方生的《還都帆詩》：

　　　　高岳萬丈峻，長湖千里清。白沙窮年潔，林松冬夏青。

　　　　水無暫停流，木有千載貞。寤言賦新詩，忽忘羈客情。

此詩雖有「羈客情」的直接表述，而羈旅之情卻被眼前的山水之美給沖淡了，似有實無，故作者稱「寤言賦新詩，忽忘羈客情」，所以這首詩其實還是以自然情趣為主的審美類山水詩。

　　「元嘉三大家」顏延之、謝靈運、鮑照其實都有羈旅類山水詩，王國瓔先生稱其為「與宦遊生涯共詠的山水詩」〔註58〕。顏延之《始安郡還都與張湘州登巴陵城作》詩以「淒矣自遠風，傷哉千里目」一聯著稱，謝靈運在永嘉時期多以羈旅情懷入詩，如《七里瀨》「羈心積秋晨，晨積展遊眺。孤客傷逝湍，徒旅苦奔峭」，《登上戍石鼓山》「旅人心長久，憂憂自相接。故鄉路遙遠，川陸不可涉」等，但藝術上尚不成熟，基本屬於有名句少名篇階段，藝

〔註58〕　王國瓔《中國山水詩研究》，臺北：聯經出版事業公司1986年版，第179頁。

術上不及後來退居會稽時所寫山水詩。鮑照有大量的羈旅類山水詩，但藝術成就不高，遠遜其擬樂府詩，在當時及後世影響都不大，試舉一例：

> 高柯危且竦，鋒石橫復仄。復澗隱松聲，重崖伏雲色。
>
> 冰閉寒方壯，風動鳥傾翼。斯志逢凋嚴，孤遊值曛逼。
>
> 兼途無憩鞍，半菽不遑食。君子樹令名，細人效命力。
>
> 不見長河水，清濁俱不息。（《行京口至竹里》）

全詩對一路上的山水描寫融入了作者的行旅之悲，故詩中的景物有著明顯的主觀色彩，如「危且竦」、「橫復仄」、「冰」、「寒」等，顯得險峻、峭拔，卻過於粗放、生硬，山水自然美的一面沒有得到充分表現。

　　這種羈旅類山水詩，只有到謝朓時，才取得了極高的藝術成就，達到既見山水之貌，又得詩人之情的境界，進而取代謝靈運的審美類山水文學，興起了又一股山水文學潮流。

一、謝朓的山水詩、山水賦

　　謝朓（464～499）字玄暉，與謝靈運同族，出生於京城建康，「少好學，有美名，文章清麗」，「善草隸，長五言詩」（《南齊書・謝朓傳》）。大約 19 歲時入仕，為齊武帝弟豫章王嶷太尉行參軍。永明四年，任隨郡王子隆屬官。武帝次子蕭子良為護軍將軍，兼司徒，在雞籠山下開西邸，招接文士，一時作者麕集，謝朓與沈約、王融等相與唱和，並稱「竟陵八友」。後又任隨王蕭子隆功曹，轉文學。返京後，官中書郎，出為宣城太守，終尚書吏部郎。謝朓今存山水詩約 35 首，另有山水賦 2 篇。

　　謝朓早期的山水詩，多為應制、唱和之作，融入的感情較單純，即自然的審美、熱愛之情，藝術成就不高，下面算是較好的一首：

> 江南佳麗地，金陵帝王州。逶迤帶渌水，迢遞起朱樓。
>
> 飛甍夾馳道，垂楊蔭御溝。凝笳翼高蓋，疊鼓送華輈。
>
> 獻納雲臺表，功名良可收。（《入朝曲》）

此詩下有注：「奉隨王教，作古《入朝曲》。」則此詩當為謝朓 23 歲左右為隨郡王蕭子隆屬官時所作，其時謝朓出仕不久。詩歌描寫的是京城建康春天的景致，充滿了一種欣喜之情與豪邁之氣，「江南佳麗地，金陵帝王州」將建康的地理、形勝概括殆盡，精準、形象。後面兩聯的景物描寫，選取京城特有的幾處景致，渌水、朱樓、馳道、御溝，寫得生動、活潑，充滿朝氣。明鍾

惺稱：「玄暉以山水作都邑詩，非唯不墮清寒，愈見曠逸。」〔註 59〕（《古詩歸‧卷十三》）是對謝朓此類詩的恰當評價，這也顯示了謝朓的詩才。

此期，謝朓在與沈約、王融諸人的酬答唱和中，詩藝不斷提升，特別是對於山水景物的體驗與描摹：

> 天明開秀崿，瀾光媚碧堤。風蕩飄鶯亂，雲行芳樹低。
> 暮春春服美，遊駕淩丹梯。升嶠既小魯，登巒且悵齊。
> 王孫尚遊衍，蕙草正萋萋。（《登山曲》）

> 玉露沾翠葉，金風鳴素枝。罷遊平樂苑，泛鷁昆明池。
> 旌旗散容裔，簫管吹參差。日晚厭遵渚，採菱贈清漪。
> 百年如流水，寸心寧共知。（《泛水曲》）

這兩首詩雖沒有《入朝曲》的氣勢，但對於景物的描摹極為精細，「秀崿」、「碧堤」、「瀾光」、「清漪」等清新的意象，「風蕩飄鶯亂，雲行芳樹低」的精心刻畫，「罷遊平樂苑，泛鷁昆明池」的暢遊神態，都是好的山水詩所必需的，因為山水詩首先要寫出山水之美，必得以一種美的眼光審視山水景物；而羈旅、閒適、隱逸、懷古等其它社會情感，都必須建立在此基礎上，這樣才能算作山水詩。鮑照山水詩與謝朓山水詩的區別正在這裏，鮑照投入的羈旅愁思太過強勢了，以至於遮住了詩人欣賞山水的美的眼睛，人們很難在他的山水詩裏感受到山水之美，因而便缺少打動人的力量；而謝朓則不同，他的山水詩裏也有羈旅愁思，也是濃得化不開，但他能在羈旅愁思之外，寫出山水之美，一美一愁，即產生了強烈的藝術感染力，故而能在謝靈運之外，另闢蹊徑。

謝朓是一個多愁善感之人，感情豐富而細膩，這對他的山水詩創作產生了較大影響。他在此後行旅途中所寫詩歌投入了濃烈的羈旅愁思，情真意切，感人至深，即與其此種性格關係甚密。清方東樹稱他「締情纏綿似公幹」〔註60〕（《昭昧詹言‧卷七》），劉熙載稱其詩「以情韻勝。雖才力不及明遠，而語皆自然流出」〔註 61〕（《藝概‧詩概》），即指此。永明九年，謝朓 28 歲，將隨蕭子隆赴荊州，離別之際，他寫下《將發石頭上烽火樓》一詩：

> 徘徊戀京邑，躑躅躔曾阿。陵高遲關近，眺迥風雲多。
> 荊吳阻山岫，江海含瀾波。歸飛無羽翼，其如離別何。

〔註 59〕 （明）鍾惺、譚元春《詩歸》，武漢：湖北人民出版社 1985 年版，第 247 頁。
〔註 60〕 （清）方東樹《昭昧詹言》，北京：人民文學出版社 1961 年版，第 187 頁。
〔註 61〕 王氣中《藝概箋注》，貴陽：貴州人民出版社 1986 年版，第 171～172 頁。

詩人登高望遠，身後是對建康的依戀，前方是對旅途的迷惘，「徘徊」「躑躅」的神態，「陵高」、「眺迥」的舉動，充滿了依依惜別之情，情眞意切，感人至深。此詩已下啓其名篇《晚登三山還望京邑》。

謝朓的多愁善感還表現在與朋友離別時的殷殷之情上：

> 首夏實清和，餘春滿郊甸。花樹雜爲錦，月池皎如練。
>
> 如何當此時，別離言與宴。留雜已鬱紆，行舟亦遙衍。
>
> 非君不見思，所悲思不見。（《別王僧孺》）

> 高館臨荒途，清川帶長陌。上有流思人，懷舊望歸客。
>
> 塘邊草雜紅，樹際花猶白。日暮有重城，何由盡離席。
>
> （《送江水曹還遠館》）

這些送別詩，其實是另一種形式的羈旅類山水詩。一爲思鄉，一爲思念朋友，二者表達的情感其實相似。從列舉的這些詩，大致可以看出謝朓的多愁善感性格。

永明十一年秋，謝朓 30 歲，因爲遭人譏讒，被迫離開荊州返回建康，途中即寫下了著名的《暫使下都夜發新林至京邑贈西府同僚》一詩：

> 大江流日夜，客心悲未央。徒念關山近，終知返路長。
>
> 秋河曙耿耿，寒渚夜蒼蒼。引領見京室，宮雉正相望。
>
> 金波麗支鵲，玉繩低建章。驅車鼎門外，思見昭丘陽。
>
> 馳暉不可接，何況隔兩鄉？風雲有鳥道，江漢限無梁。
>
> 常恐鷹隼擊，時菊委嚴霜。寄言尉羅者，寥廓已高翔。

此詩出語不凡，不僅氣勢宏大，且無端的愁緒紛至沓來，「滔滔莽莽，其來無端」〔註62〕（沈德潛《古詩源》卷十二），給人以極大的感染力。這種先聲奪人的手法，在此前的山水詩中較少。中間的景色描寫，穿插進人的遊蹤裏，頗類大謝。與大謝對山水的激賞不同，謝朓的景物描寫塗上了濃濃的愁緒，尤其「秋河曙耿耿，寒渚夜蒼蒼」一聯，彷彿罩上了一陣寒意。「常恐鷹隼擊，時菊委嚴霜」一聯，將詩人處境的危險和憂讒畏譏的心態表露無遺，卻成了他此後人生的讖語。

謝朓一生短暫，只活了 36 歲，卻不幸陷入南齊最高權力的爭鬥中，不能自拔，恰似「身世浮沉雨打萍」（文天祥《過零丁洋》）：謝朓此番還都，正遇

〔註62〕 （清）沈德潛《古詩源》，北京：中華書局 1963 年版，第 276 頁。

上齊武帝病歿、皇孫鬱林王昭業即位，此時，武帝的堂弟蕭鸞受遺命輔政，而蕭鸞卻於次年先後廢黜了昭業、昭文兄弟，自登帝位，是爲明帝，改元建武。謝朓受明帝信任，轉官中書郎。蕭鸞篡位後，對一些開國大臣深懷猜忌，其中就包括謝朓的岳父王敬則。爲圖自保，在王敬則欲發難之際，謝朓只得嚮明帝舉報，一時爲人深加砭刺。明帝死後，太子寶卷即位，明帝侄蕭遙光陰謀篡位，謝朓又陷入其中，最終因不願與蕭遙光同謀而慘遭殺害。

在這樣的政治環境之下，謝朓內心的震動、精神的創痛可想而知，由此也可以明白他在離開京城赴宣城任太守時的矛盾心態。謝朓的山水詩，主要寫於其赴宣城太守任期間，此期的山水詩，奠定了他在山水文學史上的地位：

> 江路西南永，歸流東北鶩。天際識歸舟，雲中辨江樹。
>
> 旅思倦搖搖，孤遊昔已屢。既歡懷祿情，復協滄州趣。
>
> 囂塵自茲隔，賞心於此遇。雖無玄豹姿，終隱南山霧。
>
> （《之宣城郡出新林浦向板橋》）

隨著家鄉的漸行漸遠，詩人的愁緒越積越重，以至於「天際識歸舟，雲中辨江樹」，似乎在搜尋最後一點故鄉的信息，「水雲萬里，一副煙江送別圖」〔註63〕（明鍾惺、譚元春《古詩歸·卷十三》），「隱然一含情凝眺之人，呼之欲出」〔註64〕（清王夫之《古詩評選·卷五》），後人道出了這一聯的妙處。更爲甚者，詩人這一刻的凝眺，還將許多年來孤遊的情形一下子推到眼前，「旅思倦搖搖，孤遊昔已屢」一聯所包含的信息，不少於前一聯。「既歡懷祿情，復協滄州趣」，是詩人此次赴宣城心態的眞實表露，逃離權力爭鬥的漩渦，全身遠禍。「囂塵自茲隔，賞心於此遇」，這一句由大謝詩而來，詩人似乎在這一刻的山水裏暫且忘卻了煩憂，但前面濃得化不開的愁緒早已籠罩全篇，詩人其實是陷入了「舉杯銷愁愁更愁」的情緒裏了。

在這首詩裏，謝朓點出了他對於山水的「孤遊」情態，正可與大謝的「孤遊」情態對比。謝靈運每每自詡「孤遊」，那是一種將自己視作自然的一部分、與自然山水相親相近的境界，依常人的眼光來看，一個人尋山覓水、遊山玩水，自然是孤獨的，但依謝靈運自然的眼光來看，他卻是最不孤獨的，因爲他是自然的一部分，他就是山水，山水也是他，山水就是他的目的地，進入了山水就好像進入了心靈的家園一樣，「山川物我，同遊化機，勝領和酬。去

〔註63〕　（明）鍾惺、譚元春《詩歸》，武漢：湖北人民出版社1985年版，第247頁。

〔註64〕　（清）王夫之《古詩評選》，上海：上海古籍出版社2011年版，第230頁。

塵萬里，人遠何傷」〔註65〕（清陳祚明《采菽堂古詩抄·卷十七》）；而謝朓的屢屢「孤遊」，卻是一個人被拋向了家鄉、親人之外，前往一個完全陌生的地方，那裏充滿著迷茫、未可知，儘管途中也有美的山水，也能欣賞到美的風光，但這些山水不是最終的目的地，而只是過程，欣賞山水不過是「暫解去鄉憂」而已，濃濃的鄉愁總是揮之不去。「謝朓對山水詩的最大變革，是把謝靈運拉到塵世之外的山水詩，再拉回到塵世中來」〔註66〕，這是「大小謝」山水詩最大的不同，也是審美類山水詩與羈旅類山水詩情感上的最大不同。

與晉、宋文人相比，南齊文人在詩歌形式上有了更多講究，開始自覺追求音韻的和諧與用詞的平易。據《南史·陸厥傳》載：「時盛爲文章，吳興沈約、陳郡謝朓、琅邪王融以氣類相推轂，汝南周顒善識聲韻，約等文皆用宮商，將平上去入四聲，以此制韻，有平頭、上尾、蜂腰、鶴膝。五字之中，音韻悉異；兩句之內，角徵不同，不可增減，世呼爲『永明體』。」《梁書·沈約傳》稱：「撰《四聲譜》，以爲在昔詞人，累千載而不寤，而獨得胸衿，窮其妙旨，自謂入神之作。」《南史·王筠傳》道：「謝朓常見語云：好詩圓美流轉如彈丸。」可見，沈約、謝朓、王融、周顒等人已經發現漢字音調的頓挫、音節的和諧，且在寫詩時自覺地運用。在格律的基礎上，沈約又提出「三易說」：「文章當從三易：易見事，一也；易識字，二也；易讀誦，三也。」〔註67〕（顏之推《顏氏家訓·文章》引）

「音律說」從字的音律上對詩歌提出了要求，因爲要追求音律的和諧，故在詩歌平仄、對偶、押韻等方面都需講究，以便讀來朗朗上口，「圓美流轉如彈丸」，且詩歌會變得短小，逐漸向五言八句的形式靠攏。而「三易說」則是從字句的意義上與「音律說」相呼應，讓詩歌變得更平實、自然。

謝朓的山水詩在形式上顯然是受了「音律說」和「三易說」的影響。前面所引詩歌中，《入朝曲》、《登山曲》、《泛水曲》、《新亭渚別范零陵雲》、《別王僧孺》是五聯十句，結構上接近律詩，而《臨高臺》、《望三湖》、《將發石頭上烽火樓》、《送江水曹還遠館》、《臨溪送別》爲四聯八句，已完全是律詩的形制。從這些詩對偶的運用、平仄的安排、偶句的押韻情況來看，與嚴格

〔註65〕（清）陳祚明《采菽堂古詩選》，上海：上海古籍出版社2008年版，第540頁。
〔註66〕詹福瑞《南朝詩歌思潮》，保定：河北大學出版社2005年版，第124頁。
〔註67〕註：本書所引《顏氏家訓》，均據王利器《顏氏家訓集解》上海古籍出版社1980年版。

意義上的律詩極爲接近。前人已見出謝朓在古律變化過程中的地位，宋唐庚云：「詩至玄暉，語亦工，然蕭散自得之趣，亦復少減，漸有唐風矣。」〔註68〕（宋胡仔《苕溪漁隱叢話‧前集》卷二引《子西語錄》）南宋嚴羽稱：「謝朓之詩，已有全篇似唐人者。」〔註69〕（《滄浪詩話‧詩評》）趙師秀道：「玄暉詩變有唐風。」（《秋夜偶成》）清陳祚明表示：「玄暉去晉漸遙，啓唐欲近。天才既雋，宏響斯臻。」〔註70〕（《采菽堂古詩選‧卷二十》）將謝朓在詩歌由古向律發展過程中的意義作了恰如其分的評價。

　　此外，從詞語的運用來看，謝詩中有大量的雙聲、疊韻和疊字，如「惆悵清管，徘徊輕俷」（《侍宴華光殿曲水奉勅爲皇太子作詩九首》其七），「逶迤帶淥水，迢遞起朱樓」（《入朝曲》），「白日麗飛甍，參差皆可見」（《晚登三山還望京邑》），「葳蕤向春秀，芸黃共秋色。薄暮傷哉人，嬋媛復何極」（《望三湖詩》），「徘徊戀京邑，躑躅躔曾阿」（《將發石頭上烽火樓》），「瑟汩瀉長澥，潺湲赴兩歧」（《將遊湘水尋句溪》），「蒼翠望寒山，崢嶸瞰平陸」（《冬日晚郡事隙》），「玲瓏結綺錢，深沉映朱網」（《直中書省》），「朔風吹飛雨，蕭條江上來」（《觀朝雨》），「徘徊發紅萼，葳蕤動綠荑」（《詠風詩》），「嬋娟影池竹，疏蕪散風林」（《奉和隨王殿下詩十六首》其一），「秋河曙耿耿，寒渚夜蒼蒼」（《暫使下都夜發新林至京邑贈西府同僚》），「遠樹曖阡阡，生煙紛漠漠」（《遊東田》），「擾擾整夜裝，肅肅戒徂兩」（《京路夜發》），「旅思倦搖搖，孤遊昔已屢」（《之宣城郡出新林浦向板橋》），「颯颯滿池荷，翛翛蔭窗竹」（《冬日晚郡事隙》），「曖曖江村見，離離海樹出」（《高齋視事》），「杳杳雲竇深，淵淵石溜淺」（《遊山詩》），「輕蘋上靡靡，雜石下離離」（《將遊湘水尋句溪》），「眇眇蒼山色，沉沉寒水波」（《出藩曲》），「王孫尚遊衍，蕙草正萋萋」（《登山曲》），「從風既嫋嫋，映日頗離離」（《秋竹曲》），「行行未千里，山川已間之」（《懷故人》），「招招漾輕楫，行行趨巖趾」（《始之宣城郡》），「汀葭稍靡靡，江茭復依依」（《休沐重還丹陽道中》），「登山騁歸望，原雨晦茫茫」（《賽敬亭山廟喜雨》），「泱泱日照溪，團團雲去嶺」（《新治北窗和何從事》），「澄澄明浦媚，衍衍清風爛」（《和劉中書繪入琵琶峽望積布磯》），「漠漠輕雲晚，

〔註68〕　（宋）胡仔《苕溪漁隱叢話》，北京：人民文學出版社 1984 年版，第 8 頁。
〔註69〕　（清）何文煥《歷代詩話》，北京：中華書局 1981 年版，第 696 頁。
〔註70〕　（清）陳祚明《采菽堂古詩選》，上海：上海古籍出版社 2008 年版，第 635頁。

颯颯高樹秋」(《侍筵西堂落日望鄉》)，「春岸望沉沉，清流見彌彌」(《往敬亭
路中》) 等，大量雙聲、疊韻、疊字入詩，就會使得詩歌讀起來抑揚頓挫、音
韻和諧。

　　謝詩語言的平易，可從他少用典故和生僻字看出，特別是他多以口語入
詩，許多地方都是出口成詩，如「望山白雲裏，望水平原外」(《後齋回望》)，
「借問此何時，涼風懷朔馬」(《落日悵望》)，「四面動清風，朝夜起寒色」(《臨
高臺》)，「大江流日夜，客心悲未央」(《暫使下都夜發新林至京邑贈西府同
僚》)，「我行雖紆組，兼得尋幽蹊」(《遊敬亭山》)，「借問下車日，匪直望舒
圓」(《宣城郡內登望》)，「風草不留霜，冰池共如月」、「一聽春鶯喧，再視秋
虹沒」(《冬緒羈懷示蕭諮議虞田曹劉江二常侍》)，「葉低知露密，崖斷識雲重」
(《移病還園示親屬》)，「蘭色望已同，萍際轉如一」(《春思》)，「窗前一叢竹，
青翠獨言奇」(《詠竹》)，「塘邊草雜紅，樹際花猶白」(《送江水曹還遠館》)，
「香風蕊上發，好鳥葉間鳴」(《送江兵曹檀主簿朱孝廉還上國》)，「紫葵窗外
舒，青荷池上出」(《閒坐聯句》) 等，讀來令人頗覺親切、自然。謝詩喜用比
喻，這些比喻都爲尋常事物，如「花枝聚如雪，蕪絲散猶網」(《與江水曹至
濱戲》)，「夏木轉成帷，秋荷漸如蓋」(《後齋回望》)，「花樹雜爲錦，月池
皎如練」(《別王丞僧孺》)，「空蒙如薄霧，散漫似輕埃」(《觀朝雨》)，「池北
樹如浮，竹外山猶影」(《新治北窗和何從事》)，「方池含積水，明月流皎鏡」
(《奉和隨王殿下詩十六首》其十一)，「行雲故鄉色，贈此一離聲」(《奉和隨
王殿下詩十六首》其十四) 等，大多生動、形象，也增加了謝詩語言的平實、
自然。陳祚明稱謝詩「造情述景，莫不取穩善調，理在人之意中，詞亦眾所
共喻。而寓目之際，林木山川，能役字模形，稍增雋致。大抵運思使事，狀
物選詞，亦雅亦安，無放無累，篇篇可誦，蔚爲大家」〔註71〕(《采菽堂古詩
選・卷二十》)，即道出了其語言平易的特點。

　　除了山水詩外，謝朓還寫有兩篇山水賦，即《遊後園賦》和《臨楚江賦》。
《遊後園賦》下注「奉隨王教作」，當寫於早期，爲應令之作，藝術性不高。
《臨楚江賦》是他客宦荊州時所作，與《臨高臺》、《望三湖》二詩作於同時：

　　　　爰自山南，薄暮江潭，滔滔積水，嫋嫋霜嵐。憂與憂兮竟無際，

　　客之行兮歲已嚴。爾乃雲沉西岫，風動中川，馳波鬱素，駭浪浮天，

〔註71〕　（清）陳祚明《采菽堂古詩選》，上海：上海古籍出版社 2008 年版，第 635
　　　　頁。

明沙宿莽，石路相懸。於是霧隱行雁，霜眇虛林，迢迢落景，萬里
生陰，列攢菰兮極浦，弭蘭鷁兮江潯。奉王轙之未暮，飡勝賞之芳
音。顧希光兮秋月，承永照於遺簪。(《臨楚江賦》)

賦中的景物描寫，鍍上了一層思鄉之情，「憂與憂兮竟無際，客之行兮歲已
嚴」，徑直以覉旅愁思入山水，與他的詩歌風格頗類似，「滔滔積水，嫋嫋霜
嵐」從大處著眼，後面的描寫則從細處刻畫，沉雲、江風、濤浪、行雁、霜
林、落日的形象，依次展開。

不論在數量還是質量上，謝朓的山水文學成就都居南齊之冠，他有山水
詩 35 首，山水賦 2 篇，有《入朝曲》、《暫使下都夜發新林至京邑贈西府同僚》、
《晚登三山還望京邑》、《之宣城郡出新林浦向板橋》、《遊敬亭山》、《遊東田》
等經典名篇，齊梁罕有其匹。當時的人們便對謝朓評價極高，《梁書·到洽傳》
載：「謝朓文章盛於一時。」沈約稱：「二百年來，無此詩也。」(《南齊書·
謝朓傳》)鍾嶸《詩品》稱「謝朓今古獨步」，又言其詩「奇章秀句，往往警
遒，足使叔源失步，明遠變色」。顏之推《顏氏家訓·文章》載：劉孝綽「常
以謝詩置几案間，動靜輒諷味」。蕭綱在《與湘東王書》中，將他與沈約之詩，
任昉、陸倕之筆，稱作「文章之冠冕，述作之楷模」。明王世貞道：「玄暉不
唯工發端，撰造精麗，風華映人，一時之傑。」〔註72〕(《藝苑卮言·卷三》)
鍾惺云：「謝玄暉靈妙之心，英秀之骨，幽恬之氣，俊慧之舌，一時無對。」
〔註73〕(《古詩歸·卷十三》)清葉燮道：「六朝詩家，惟陶潛、謝靈運、謝朓
三人最傑出，可以鼎立。」〔註74〕(《原詩·外篇下》)王士禎云：「齊有玄暉，
獨步一代。」〔註75〕(《古詩箋·凡例》)田雯稱：「玄暉含英咀華，一字百鍊
乃出。如秋山清曉，霏藍翁黛之中，時有爽氣。齊之作者，公居其冠。」〔註
76〕(《古歡堂雜著·卷二》)黃子雲說：「玄暉句多清麗，韻亦悠揚，得於性情
獨深；雖去古漸遠，而擺脫前人習弊，永元中誠冠冕也。」〔註77〕(《野鴻詩
的》)李調元言：「齊則以謝朓玄暉為第一，名句絡繹，俱清俊秀逸。」〔註78〕

〔註72〕丁福保《歷代詩話續編》，北京：中華書局 1983 年版，第 996 頁。
〔註73〕(明)鍾惺、譚元春《詩歸》，武漢：湖北人民出版社 1985 年版，第 245 頁。
〔註74〕丁福保《清詩話》，上海：上海古籍出版社 1978 年版，第 602 頁。
〔註75〕(清)王士禎《古詩箋》，上海：上海古籍出版社 1980 年版，凡例第 3 頁。
〔註76〕郭紹虞《清詩話續編》，上海：上海古籍出版社 1983 年版，第 697 頁。
〔註77〕丁福保《清詩話》，上海：上海古籍出版社 1978 年版，第 862 頁。
〔註78〕郭紹虞《清詩話續編》，上海：上海古籍出版社 1983 年版，第 1523 頁。

（《雨村詩話·卷上》）而清方東樹對其評價尤高，稱「玄暉別具一副筆墨，開齊梁而冠乎齊梁，不第獨步齊梁，直是獨步千古」〔註79〕（《昭昧詹言·卷七》）。後人視謝朓爲山水大家，其地位堪與謝靈運比肩。正因爲謝朓在山水文學方面的成就，他才在名家輩出的南齊文壇脫穎而出，引領了一時之風，沈約、江淹、孔稚珪、范雲、何遜、陰鏗、劉繪、王僧孺、劉顯、劉孝綽、劉孝威、劉孝儀、劉刪等都創作有羈旅類山水文學作品，且名家迭起，名篇佳作不斷。

二、其他永明詩人的山水文學

「永明」是齊武帝的年號，介乎 483 至 493 年之間。在文學史和文學批評史上，所謂「永明文學」，主要是指以聲律說爲標誌的文學活動，是古典詩歌從比較自由的古體逐漸走向格律嚴整的近體的一個重要過渡階段。而「永明詩人」，則是指參與到這一活動中的所有詩人，當然，他們的詩歌創作活動不會僅僅限於永明時期，而要遠遠超出這個範圍，像沈約、江淹、任昉、范雲、劉僧孺等，都是身歷兩朝乃至三朝，但他們最重要的創作活動卻是在南齊時期，故論永明詩人的山水文學成就，就不限於永明時期，時間跨度要略長一些。

在中國歷史上，南齊是一個既有利於文學創作卻又令文人們擔驚受怕、心靈遭受巨大震顫的時代，是一個文學環境寬鬆而政治環境險惡的時代。

一方面，南齊一朝，皇室多關心文學〔註80〕：高帝蕭道成善屬文，武帝蕭賾亦頗好文學，常與臣下談論詩文，文惠太子蕭長懋好與文學之士來往，「文惠太子在東宮，沈約之徒以文才見引」（《梁書·范岫傳》），「會稽虞炎、濟陽范岫、汝南周顒、陳郡袁廓，並以學行才能，應對左右」（《南史·齊武帝諸子傳》），隨王蕭子隆有文才，「子隆在荊州，好辭賦，數集僚友，朓以文才，尤被賞愛，流連晤對，不捨日夕」（《南齊書·謝朓傳》），而最著名者還是蕭子良，「竟陵王子良開西邸，招文學，高祖與沈約、謝朓、王融、蕭琛、范雲、任昉、陸倕等並遊焉，號曰『八友』」（《梁書·武帝本紀》），「永明末，都下

〔註79〕　（清）方東樹《昭昧詹言》，北京：人民文學出版社 1961 年版，第 186 頁。

〔註80〕　有關南齊皇室關心文學的論述，詳見羅宗強先生《魏晉南北朝文學思想史》一書「元嘉與永明的文學思想演變」一節。羅宗強《魏晉南北朝文學思想史》，北京：中華書局 1996 年版，第 214～215 頁。

人士，盛爲文章談義，皆湊竟陵西邸」(《南史‧劉繪傳》)，「司徒竟陵王子良開西邸，招文學，僧孺與太學生虞羲、丘國賓、蕭文琰、丘令楷、江洪、劉孝孫並以善辭藻遊焉」(《南史‧王僧孺傳》)，遊於蕭子良門下的還有張融、周顒、孔休源、江革、謝璟、陸惠曉、謝顥、柳惲、王亮、宗夬、何昌寓等人，可以說，蕭子良周圍聚集的文人團體的創作活動，成了永明文學的中心。因此，劉勰稱：「暨皇齊馭寶，運集休明：太祖以聖武膺籙，世祖以睿文纂業，文帝以貳離含章，高宗以上哲興運，並文明自天，緝熙累祚。」(《文心雕龍‧時序》) 皇室的愛護與提倡，爲文學的發展創造了一個極好的氛圍。

但另一方面，南齊又是一個政治上極爲動蕩、充滿著殺戮的時代〔註81〕：南齊 24 年間六易其主，且多非正常。齊明帝蕭鸞盡誅高、武二帝子孫。高帝蕭道成有 19 子，7 子卒於明帝前，4 子早觴，餘 8 子皆死於明帝刀下。武帝蕭賾有 23 子，早觴 4 人，文惠太子、竟陵王蕭子良以病卒，魚腹侯蕭子響以擅殺長史、拒臺兵被殺，餘 16 子皆爲明帝所殺。又文惠太子之子、竟陵王蕭子良之子也罹難於明帝之手。在這種險惡的政治背景之下，王融、謝朓先後死於非命，「逢昏屬亂，先蹈禍機」(《南齊書‧王融謝朓傳贊》)，可以想見永明文人心靈的震顫。

而這樣的文學與政治背景，卻有利於羈旅類山水文學的發展及羈旅文學思潮的形成。山水文學由自然審美進入社會審美，固然是山水文學自身發展的必然結果，因爲山水必然要由塵世之外的荒野轉入塵世中來，山水審美也遲早會融進各種社會情感。但最早以何種情感入山水，是否會形成一股思潮，卻與作家的思想、生活以及社會背景關係密切。在南齊這種極爲險惡的政治背景之下，文人們普遍有生存之憂，生活充滿了不安定感，許多人爲生活計而行役於各地，而在京城的人爲求自保，又被迫請求外任，如謝朓之往宣城、沈約之往東陽，范雲之往零陵、始興，江淹之往宣城等。南齊的山水之間，活動著行色匆匆奔走著的文人們。這種遊宦之風與山水文學的興起交匯，自然會促使羈旅類山水文學的興起，加之山水大家謝朓的引領與推動，以羈旅情懷入山水的思潮自然興起。

永明詩人，謝朓之外，以沈約的文學成就最大。沈約（441～513）字休文，吳興武康人，「好墳籍，聚書至二萬卷，京師莫比」，「謝玄暉善爲詩，任

〔註81〕 有關南齊皇室的動蕩與殺戮，詳見詹福瑞先生《南朝詩歌思潮》一書「永明詩歌思潮」一章。

彥升工於文章，約兼而有之，然不能過也」(《梁書·沈約傳》)，梁元帝稱他是「詩多而能者」(《梁書·何遜傳》)，爲「竟陵八友」之一，歷仕宋、齊、梁三代。他提倡「四聲八病」說，對律詩的形成與發展具有重要貢獻。沈約寫有數首以羈旅情懷入山水的作品，如：

> 危峰帶北阜，高頂出南岑。中有陵風榭，回望川之陰。
>
> 岸險每增減，湍平互淺深。水流本三派，臺高乃四臨。
>
> 上有離群客，客有慕歸心。落暉映長浦，煥景燭中潯。
>
> 雲生嶺乍黑，日下溪半陰。信美非吾土，何事不抽簪。
>
> (《登玄暢樓》)

> 分空臨澥霧，披遠望滄流。
>
> 八桂曖如畫，三桑眇若浮。
>
> 煙極希丹水，月遠望青丘。(《秋晨羈怨望海思歸》)

這兩首詩是詩人出守東陽時的懷歸之作，「上有離群客，客有慕歸心」，「羈怨望海思歸」，都可見作者的羈旅之情。但這兩首詩的寫景與抒情是明顯分開的，單純看寫景的句子，「危峰帶北阜，高頂出南岑」，「岸險每增減，湍平互淺深」，「落暉映長浦，煥景燭中潯。雲生嶺乍黑，日下溪半陰」，「八桂曖如畫，三桑眇若浮」，是單純的審美，並不見羈旅之情，但因了標題或前後文，才能見出其「樂景之哀」。沈約這類詩的缺點是情感不甚濃烈，未能強烈觸動人心。這也是他不及謝朓的地方。

沈約是由謝靈運的審美類山水文學向謝朓的羈旅類山水文學過渡的重要作家，他兼寫有這兩類山水詩，且數量上相當，形式上也是有仿謝靈運的古體和講究格律的近體，體現出較明顯的過渡性質。

江淹也是羈旅山水詩風的重要作家。江淹（444～505）字文通，濟陽考城人，「少孤貧好學，沉靜少交遊」(《梁書·江淹傳》)，留情於文學，歷仕宋、齊、梁三代。江淹的山水詩不多，詩風與沈約迥異：

> 奉義至江漢，始知楚塞長。南關繞桐柏，西嶽出魯陽。
>
> 寒郊無留影，秋日懸清光。悲風橈重林，雲霞肅川漲。
>
> 歲宴君如何，零淚沾衣裳。玉柱空掩露，金樽坐含霜。
>
> 一聞苦寒奏，再使豔歌傷。(《望荊山》)

> 吳江泛丘墟，饒桂復多楓。水夕潮波黑，日暮精氣紅。
>
> 路長寒光盡，鳥鳴秋草窮。瑤水雖未合，珠霜竊過中。

　　坐識物序晏，臥視歲陰空。一傷千里極，獨望淮海風。

　　遠心何所類，雲邊有征鴻。(《赤亭渚》)

劉熙載《藝概‧詩概》稱：「江文通詩，有淒涼日暮，不可如何之意。」〔註82〕這兩首詩最大的特點是，詩人將濃濃的羈旅之情深深地植入了景物描寫中，情中有景，景中含情，情景結合緊密。景中含情的，如「寒郊無留影，秋日懸清光。悲風橈重林，雲霞肅川漲」，「路長寒光盡，鳥鳴秋草窮」，景物自身即含悲；而「一傷千里極，獨望淮海風」，可謂情中有景。江淹的缺陷是情感濃烈，而山水的美感不足，雖「詩風於流麗中帶峭拔之氣」〔註83〕，對自然景物的刻畫遜「大小謝」一籌。

　　與其它作家相比，江淹山水賦的成就較大，他寫有《去故鄉賦》、《哀千里賦》、《江上之山賦》三篇山水賦，且看其中的山水描寫：

　　　　日色暮兮，隱吳山之丘墟。北風析兮絳花落，流水散兮翠節疏。
　　愛桂枝而不見，悵浮雲而離醨。乃淩大壑，越滄淵。茫茫積水，陵
　　陵斷山；窮陰幣海，平蕪蒂天。(《去故鄉賦》)

　　　　淵潾潰溶兮，楚水而吳江。刻畫酋卒兮，山雲而丘峰。掛青蘿
　　兮萬仞，豎丹石兮百重。百重兮巖崿，如斷兮如削。嵬嶷兮尖出，
　　巖岸兮穴鑿。波潮兮吐納，甚崖兮積沓。鮰鱋兮赤尾，黿鼉兮合幣。
　　見紅草之交生，眺碧樹之四合。草自然而千華，樹無情而百色。嗟
　　世道之異茲，牽憂患而來逼。(《江上之山賦》)

從這些景物描寫來看，江淹在賦中表現山水的方式較為多樣。《去故鄉賦》起首即大處著眼，「日色暮兮，隱吳山之丘墟」句既總起後面的山水描寫，又為後面的描寫奠定悲愁的基調，而後面的描寫則順勢展開，精雕細刻，但都融入了一縷淡淡的愁緒，為主觀之景。而《江上之山賦》的山水描寫又不同，乍一看，前面似乎是純客觀寫景，只是描繪山水之奇絕，但到最後卻突然轉入抒情，「草自然而千華，樹無情而百色。嗟世道之異茲，牽憂患而來逼」，而前面的描寫也自然帶上了離愁別緒。江淹的名句「春草碧色，春水淥波，送君南浦，傷如之何」(《別賦》)，其實也是採用了這種描寫方法。

〔註82〕 王氣中《藝概箋注》，貴陽：貴州人民出版社 1986 年版，第 172 頁。
〔註83〕 尚永亮、劉尊明《中國古代文學作品選》(魏晉南北朝隋唐五代卷)，武漢：
　　　　 武漢出版社 2003 年版，第 125 頁。

　　永明文人中，孔稚珪、范雲、王僧孺等都曾以羈旅情懷入山水，雖然作品不多，但不乏名篇。

　　孔稚珪（447～501）字德璋，會稽山陰人，風韻清疏，好文詠、飲酒，「不樂世務，居宅盛營山水，憑几獨酌，傍無雜事。門庭之內，草萊不剪，中有蛙鳴」（《南齊書·孔稚珪傳》），其《遊太平山》「石險天貌分，林交日容缺。陰澗落春榮，寒巖留夏雪」，想像奇特，僅用寥寥數筆，即將太平山之高險刻畫殆盡，成爲山水名篇。而他的《旦發青林》也毫不遜色：

　　　孤征越清江，遊子悲路長。二旬倏已滿，三千眇未央。

　　　草雜今古色，巖留冬夏霜。寄懷中山舊，舉酒莫相忘。

這首詩開篇即敘行、述懷，中間二聯亦景中含情，「二旬倏已滿，三千眇未央」一聯融入了強烈的感情色彩，「倏」、「眇」二字，一寫時光之速，一寫距離之遠，似乎不經意之筆，其實大有深意，融入了詩人的行旅之悲。「草雜今古色，巖留冬夏霜」，從側面和細節著筆，而山之高、路途之險已盡在目前。這首詩在結構上已完全合律，惟個別地方平仄不合，亦可見聲律論對山水詩的影響。

　　范雲（451～503）字彥龍，南鄉舞陰人，「少機警有識，且善屬文，便尺牘，下筆輒成，未嘗定藁，時人每疑其宿構」（《梁書·范雲傳》），「竟陵八友」之一，其詩今存40餘首，《送別詩》頗有名：「洛陽城東西，長作經時別。昔去雪如花，今來花似雪。」此詩流麗自然，化用「昔我往矣，楊柳依依；今我來思，雨雪霏霏」（《詩經·小雅·采薇》）一句而不覺，足見其高妙。他的山水詩《之零陵郡次新亭》亦堪稱名篇：

　　　江干遠樹浮，天末孤煙起。江天自如合，煙樹還相似。

　　　滄流未可源，高帆去何已？

這首小詩的景色描寫極佳，詩中景物不外江、天、煙、樹，但經過詩人的巧妙組合，前一聯是江與樹、天與煙分別組合，後一聯是江與天、煙與樹分別組合，卻將景物在詩人眼中的變化細密地刻畫出來了，而詩人心境的變化也隱含其中。鍾嶸《詩品》稱：「范詩清便宛轉，如流風回雪。」范雲對景物的觀察入微和刻畫之細，確實已達到較高境界。

　　王僧孺（463？～521？），六歲能屬文，好學。竟陵王蕭子良開西邸，同虞羲、江洪等太學生皆爲遊賞文士，與謝朓、任昉等善。與友人書，有「嚴秋殺氣，具物多悲，長夜展轉，百憂俱至，況復霜銷草色，風搖樹影」（《梁書·王僧孺傳》）諸語，詞義甚美，且看其《中川長望》詩：

長川杳難即，四望四無極。安流寧可值，奔風方未息。

岸際樹難辨，雲中鳥易識。故鄉相思者，當春愛顏色。

獨瀉千行淚，誰同萬里憶？

這首詩融入的羈愁極為濃烈，第一聯頗有氣勢，又蘊含感情，將船行江心四顧無極、歸途緬邈的情狀敘寫得較為逼真。「岸際樹難辨，雲中鳥易識」從謝朓「天際識歸舟，雲中辨江樹」聯得來，但不論從寫景的自然，還是從情感的融入上，都要遜謝詩一籌。而「獨瀉千行淚，誰同萬里憶」的結語，卻感人至深，給人以欲罷不能之歎。讀這首詩，總能感覺到謝朓的影子，亦可見謝朓山水詩在永明詩人中的地位和影響。

王籍（480～550？）字文海，琅邪臨沂人。七歲能屬文，主要活動於齊梁之際，為任昉、沈約賞識。梁武帝天監年間（502～519），曾任湘東王蕭繹諮議參軍，隨府會稽，「郡境有雲門、天柱山，籍嘗遊之，或累月不反」（《梁書·王籍傳》），寫下了著名的《入若耶溪》詩：

耶溪何泛泛，空水共悠悠。陰霞生遠岫，陽景逐回流。

蟬噪林愈靜，鳥鳴山更幽。此地動歸念，長年悲倦遊。

這首詩前兩聯寫泛舟若耶溪的悠然神態以及若耶溪的優美風光，隨著峰回路轉，自然景物不斷變化，詩人或遠眺，或仰觀，生怕錯過每一處風景，一個「逐」字，將詩人急切地想欣賞到美的山水的神態刻畫畢現。此詩最為人稱道的是「蟬噪林愈靜，鳥鳴山更幽」一聯，以「蟬噪」、「鳥鳴」反襯林之靜、山之幽，這既是詩人的真實感受，也是「以我觀物」的結果，因為詩人是懷著一種快樂的心情來欣賞山水的，心境澄澈，「蟬噪」、「鳥鳴」反襯的既是林之靜、山之幽，也是心之幽靜，難怪時人以為「文外獨絕」（《梁書·王籍傳》）的呢。最後一聯情緒急轉，卻又是前面三聯情緒的延續，此處的「倦遊」非倦山水之遊，而是指倦宦遊，詩人要回歸的其實是正欣賞著的山水。王籍以大謝為師，此詩雖是以羈旅情懷入詩，又可見其自然意趣，時有大謝的影子。

除了以上文人，齊、梁兩朝文人受以羈旅入山水的文學潮流影響的尚有任昉、王融、張融、江洪、劉繪、劉顯、劉孝綽、劉孝威、劉孝儀等，不過他們作品不多，成就亦不高。而謝朓之後，屬於這一思潮的重要作家還有何遜、陰鏗，二人皆為底層文人，山水詩的成就卻要高出沈約、江淹諸人。

三、何遜、陰鏗的山水詩

何遜、陰鏗並稱，最早源自「詩聖」杜甫，他在《解悶十二首》其七中稱：「頗學陰何苦用心。」又在《秋日夔州詠懷奉寄鄭監李賓客一百韻》詩中說：「陰何尚清省。」認爲二人的詩歌都有「清省」的特點。此後，陰、何並稱似成共識。明都穆道：「陰常侍、何水部以詩並稱，時謂之『陰何』。」〔註 84〕（《南濠詩話》）胡應麟《詩藪・外編卷二》也說：「陰、何並稱舊矣，何擅寫情素，沖淡處往往顏、謝遺韻。陰惟解作麗語，當時以並仲言。」〔註 85〕新編陰何詩敘曰：「陰鏗、何遜，以詩並稱，當時翕然尚之。」（至正九年豫章姜晉叔）〔註 86〕許學夷《詩源辯體・卷九》稱：「陰鏗與何遜齊名，亦號『陰何』。」〔註 87〕清沈德潛道：「陰、何並稱，然何自遠勝。」〔註 88〕（《古詩源・卷十三》）劉國珺先生在《何遜集注 陰鏗集注》後記中表示：「何遜與陰鏗，作詩均長於鍊字修辭，風格亦有相近處，後世並稱陰何。」〔註 89〕

何遜、陰鏗並稱，主要因爲二人的詩歌風格相似，如「清省」、「清麗」、「鍊字修辭」等，這些與謝朓的詩歌風格較爲接近。二人的相似點表現在三個方面：內容上，以羈旅情懷入山水；風格上，宛轉清幽，不尚雕飾；創作手法上，以白描手法狀貌山水，琢句鍊字而不事用典。從二人所處的時代來看，何遜活動於齊、梁，陰鏗活動於梁、陳，正是詩歌向著講究格律的方向發展、宮體等綺靡詩風大熾的時期，但二人受詩歌格律化的影響較大，卻未走向綺靡一路。清人陳祚明對此看得極爲精準，其《采菽堂古詩選・卷二十六》論何遜詩「經營匠心，惟取神會。生乎駢麗之時，擺脫填綴之習。清機自引，天懷獨流。狀景必幽，吐情能盡」〔註 90〕，而論陰鏗詩「聲調既亮，無齊、梁晦澀之習，而琢句抽思，務極新雋。尋常景物，

〔註 84〕 丁福保《歷代詩話續編》，北京：中華書局 1983 年版，第 1354 頁。

〔註 85〕 （明）胡應麟《詩藪》，北京：中華書局 1962 年版，第 153 頁。

〔註 86〕 劉暢、劉國珺《何遜集注 陰鏗集注》，天津：天津古籍出版社 1988 年版，第254 頁。

〔註 87〕 （明）許學夷《詩源辯體》，北京：人民文學出版社 2001 年版，第 129 頁。

〔註 88〕 （清）沈德潛《古詩源》，北京：中華書局 1963 年版，第 314 頁。

〔註 89〕 劉暢、劉國珺《何遜集注 陰鏗集注》，天津：天津古籍出版社 1988 年版，第268 頁。

〔註 90〕 （清）陳祚明《采菽堂古詩選》，上海：上海古籍出版社 2008 年版，第 830頁。

亦必搖曳出之，務使窮態極妍，不肯直率」〔註91〕，可以說，陰、何二人
都超越了他們所生活的時代，詩歌風格清新、婉轉。這與他們的人生經歷
有關：二人都出身寒微，雖少有天才，且長大後爲當時名流所識，卻一生
沉淪下僚、仕途坎坷，大部分時間輾轉於諸王藩邸之間，這就使得他們沿
著謝朓引領的以羈旅情懷入山水的路數走，而不是蕭綱、蕭繹、陳叔寶等
梁、陳主流文人的以閒情入山水。

　　下面，分別論述二人的山水文學成就：

　　何遜（472？～519？）字仲言，東海郯人，八歲能賦詩，較早即爲范雲、
沈約賞識，范雲稱其詩「含清濁，中今古」，沈約謂吟詠其詩「一日三復，猶
不能已」，後來梁元帝蕭繹也稱：「詩多而能者沈約，少而能者謝朓、何遜。」
（《梁書・何遜傳》）何遜與劉孝綽並稱「何劉」，與陰鏗並稱「陰何」，與族
兄弟思澄、子朗並稱「東海三何」。一生仕途多舛，沉淪下僚，官至水部員外
郎，卒於廬陵王蕭續記室，故世稱「何水部」或「何記室」。

　　何遜今存詩120餘首，其中山水詩16首，多爲客行途中吟詠羈旅情懷之
作。且看其《慈姥磯》一詩：

　　　暮煙起遙岸，斜日照安流。一同心賞夕，暫解去鄉憂。

　　　野岸平沙合，連山遠霧浮。客悲不自已，江上望歸舟。

這首詩的特點是情感低回纏綿、一唱三歎，「己不能歸，而望他舟之歸，情事
黯然」〔註92〕（沈德潛《古詩源・卷十三》），在短短的四聯詩裏，詩人的情
緒時起時落，或喜或悲，眞實地寫出了人物情感的瞬息變化。詩人的情緒有
三次起伏，先是「鄉憂」纏繞於心，於是便「一同心賞夕」，「暮煙起遙岸，
斜日照安流」的暮江夕照圖，令詩人的情感暫時平息了，而隨著天色漸暗，「野
岸平沙合，連山遠霧浮」忽然又勾起了詩人的鄉思，「客悲不自已，江上望歸
舟」，鄉愁不僅沒有得到排解，反而比先前更加濃烈了。這首詩在形式上，除
了首聯的聲律不合外，其它各聯及表現方法上儼然已是一首成功的五言律詩。

　　如果說，這首詩中的景物描寫與情感有一定分離、但離而不分的話，下
面這首詩情景就完全交織在一起了：

　　　寒鳥樹間響，落星川際浮。繁霜白曉岸，苦霧黑晨流。

〔註91〕　（清）陳祚明《采菽堂古詩選》，上海：上海古籍出版社2008年版，第949
　　　　頁。

〔註92〕　（清）沈德潛《古詩源》，北京：中華書局1963年版，第319頁。

鱗鱗逆去水，彌彌急還舟。望鄉行復立，瞻途近更修。

誰能百里地，縈繞千端愁？（《下方山》）

這首詩依次寫景、敘述、抒情，層次分明，卻又互相呼應、渾然一體。前面
三聯寫景，但已經帶上了強烈的感情色彩，「寒」、「苦」二字既是景物的寒苦，
又何嘗不是詩人內心的寒苦呢？「彌彌」狀還舟之速，卻又是寫歸心之切。
這是以景寫心，以心照景。「望鄉行復立，瞻途近更修」一聯，敘述詩人急切
盼望回家的神態，形象生動，真實感人。「誰能百里地，縈繞千端愁」，是自
問，也是設問，抒發歸途中的遊子的心情，警醒人心。

駱玉明先生認為，何詩「所抒發的感情大多是客遊的孤獨和憂愁，所寫
的景物大多是暮色、夜景，兩者巧妙地相互映襯」〔註93〕，此語極有見地。
而何遜以羈愁入山水的手法又極為靈活、多變，或情景分而不離，或情隨景
生，景因情發，「語語實際，了無滯色。其探景每入幽微，語氣悠柔，讀之殊
不盡纏綿之致」〔註94〕（明陸時雍《詩鏡總論》），「不費雕飾，如庖丁解牛，
風成於騞然」〔註95〕（清田文《古歡堂雜著・卷二》）。確實，何遜的山水詩
搖曳多姿，感情真摯，讀來倍感親切。

何遜的山水詩能取得極高藝術成就，有賴於詩中大量的寫景佳句，清葉
矯然稱：「何仲言體物寫景，造微入妙，佳句開唐人三昧。」〔註96〕（《龍性
堂詩話・初集》），不妨將這些「開唐人三昧」的佳句略舉一些：「早霞麗初日，
清風消薄霧。水底見行雲，天邊看遠樹」（《曉發》），「魚游若擁劍，猿掛似懸
瓜」（《渡連圻詩二首》其二），「薄雲巖際出，初月波中上」（《入西塞示南府
同僚》），「遠天去浮雲，長墟斜落景」（《望廨前水竹答崔錄事》），「游魚亂水
葉，輕燕逐風花。長墟上寒靄，曉樹沒歸霞」（《贈王左丞》），「歸飛天際沒，
雲霧江邊起」（《入東經諸暨縣下浙江作》），「霜洲渡旅雁，朔飆吹宿莽」（《宿
南洲浦》），「蕭散煙霧晚，淒清江漢秋。沙汀暮寂寂，蘆岸晚修修」（《還渡五
洲》），「今夕千餘里，雙蛾映水生。的的與沙靜，灩灩逐波輕」（《望新月示同
羈》），「草光天際合，霞影水中浮」（《春夕早泊和劉諮議落日望水》），「蒼蒼
極浦潮，杳杳長洲夕」（《和劉諮議守風》），如此多的寫景佳句，難怪何融稱：

〔註93〕 章培恒、駱玉明《中國文學史》，上海：復旦大學出版社 2004 年版，第 408
～409 頁。

〔註94〕 丁福保《歷代詩話續編》，北京：中華書局 1983 年版，第 1409 頁。

〔註95〕 郭紹虞《清詩話續編》，上海：上海古籍出版社 1983 年版，第 697 頁。

〔註96〕 郭紹虞《清詩話續編》，上海：上海古籍出版社 1983 年版，第 960 頁。

「宋齊以還，詞人墨客莫不刻意物色，爭長五字。然求如『池塘生春草』、『澄江靜如練』之句，終不多得。水部於此體會尤深，探得亦獨。」〔註97〕（《何水部詩注序》）鄭振鐸言其「清新之氣逼人」〔註98〕，胡國瑞先生甚至說何遜「在自然景物的描繪上尤為精妙，直可媲美二謝而無遜色」〔註99〕。

　　陰鏗（513～581）字子堅，梁陳間詩人，祖籍武威姑臧，幼聰慧，五歲能賦詩，日千言，及長，博涉史傳，尤善五言詩，為當時所重。梁武帝大同（535～545）時，曾為湘東王蕭繹法曹參軍，陳文帝天嘉中（560～565），為始興王陳伯茂錄事參軍，受徐陵、張正見接賞。今存詩30餘首，其中山水詩12首，多以送別、羈旅之情入詩。

　　陰鏗大多數詩歌以羈旅情懷入山水，表達行旅中的羈旅愁緒，如：

　　　洞庭春溜滿，平湖錦帆張。沅水桃花色，湘流杜若香。

　　　穴去茅山近，江連巫峽長。帶天澄迴碧，映日動浮光。

　　　行舟逗遠樹，渡鳥息危檣。滔滔不可測，一葦詎能航。

　　　（《渡青草湖》）

這首詩從情感的抒發和變化來看，頗類王籍《泛若耶溪》詩，前面數聯都在描寫洞庭湖的美麗景致，「洞庭春溜滿，平湖錦帆張。沅水桃花色，湘流杜若香」，「帶天澄迴碧，映日動浮光。行舟逗遠樹，渡鳥息危檣」皆為寫景佳句，時見詩人的浪漫之氣與豪邁之風，而到最後一聯時情緒卻突然一轉，詩歌基調頓時由明轉暗，讀者的情緒也不禁與詩人一道由明朗轉為沉悶，羈旅之愁淡淡升起。

　　陰鏗的詩歌不多，山水詩的數量也遠不及何遜，但佳作卻不少，試舉數例：

　　　大江一浩蕩，離悲足幾重。潮落猶如蓋，雲昏不作峰。

　　　遠戍唯聞鼓，寒山但見松。九十方稱半，歸途詎有蹤。

　　　（《晚出新亭》）

　　　蒼茫歲欲晚，辛苦客方行。大江靜猶浪，扁舟獨且征。

　　　棠枯絳葉盡，蘆凍白花輕。戍人寒不望，沙禽迴未驚。

　　　湘波各深淺，空軫念歸情。（《和傅郎歲暮還湘州》）

〔註97〕轉引自劉暢、劉國珺《何遜集注 陰鏗集注》，天津：天津古籍出版社1988年版，第5頁。

〔註98〕鄭振鐸《插圖本中國文學史》，北京：人民文學出版社1957年版，第212頁。

〔註99〕胡國瑞《魏晉南北朝文學史》，上海：上海文藝出版社2004年版，第142頁。

　　與謝朓一樣，陰鏗對大景的把握能力極強，如《渡青草湖》中的「洞庭春溜滿」、「沅水桃花色，湘流杜若香」，在三五字的描述裏即將洞庭湖、沅水、湘江的特點粗線條地勾勒出來，且形象、生動，極富感染力。這些大景，往往能與人物的情感很好地結合，給人以不盡之思，像「大江一浩蕩，離悲足幾重」、「大江靜猶浪，扁舟獨且征」，將悲情貫注到浩蕩的江水中，人的孤影與江之浩蕩猝然相對，愁緒自是無邊無際無來由地湧來。陰鏗又善於將大景與小景結合起來描寫，將人物的行蹤穿插進景物描寫中，手法多變，不拘一格。

　　陰鏗的一些詩已近律體，絕大多數作品為四聯、五聯的形式，句中失黏的現象也在逐漸減少。《晚出新亭》一詩在結構上已近唐律。

　　從何遜、陰鏗山水詩的特色來看，二人主要是繼承了謝朓的山水詩風，以羈旅情懷入詩，在狀貌山水的同時融入濃濃的思鄉之情。不論是山水詩的數量和藝術水準上，二人都要超過沈約、江淹諸人，成為羈旅山水詩風中成就較高的詩人。而與謝朓、沈約等相比，何遜、陰鏗的詩更講究聲律，某些作品已接近成熟的近體詩。明胡應麟《詩藪・外編卷二》云：「六朝絕句近唐，無若仲言者。」〔註100〕明許學夷《詩源辯體・卷九》稱：「何遜五言四句，聲盡入律」〔註101〕，「鏗五言聲盡入律，語盡綺靡」〔註102〕。清喬億《劍溪說詩・卷上》道：「仲言音韻似律。」〔註103〕都可見何遜與陰鏗在詩歌形式上對謝朓、沈約等人的繼承與發展。

第三節　梁陳蕭綱等人以閒情入山水

　　繼永明之後，文學沿著唯美主義的道路繼續邁進，文人們更加傾心於辭藻聲律與形式的美麗，乃至出現了一味講求聲律、對偶與詞采華美的駢文、駢賦和宮體詩〔註104〕。

　　與元嘉、永明時期的文壇格局不同，梁、陳「領袖群倫，主持風雅」〔註

〔註100〕（明）胡應麟《詩藪》，北京：中華書局1962年版，第155頁。
〔註101〕（明）許學夷《詩源辯體》，北京：人民文學出版社2001年版，第126頁。
〔註102〕（明）許學夷《詩源辯體》，北京：人民文學出版社2001年版，第129頁。
〔註103〕郭紹虞《清詩話續編》，上海：上海古籍出版社1983年版，第1079頁。
〔註104〕劉大杰先生指出，南朝是唯美文學的極盛時期，四六駢文、抒情的辭賦、美麗的小品文、豔綺的情詩是這時代獨有的產品。劉大杰《中國文學發展史》，天津：百花文藝出版社2007年版，第143頁。
〔註105〕鄭振鐸《插圖本中國文學史》，北京：人民文學出版社1957年版，第243頁。

105〕的文壇盟主已經不是謝靈運、謝朓、沈約等主流文人，而是梁武帝蕭衍、昭明太子蕭統、簡文帝蕭綱、梁元帝蕭繹、陳後主陳叔寶等帝王。以今天的眼光看，這幾人都可謂文學天才：梁武帝是「竟陵八友」之一，與謝朓、沈約、范雲等人遊賞，「博學多通，好籌略，有文武才幹」，「文思欽明，能事畢究，少而篤學，洞達儒玄。雖萬機多務，猶卷不輟手，燃燭側光，常至戊夜」，「天情睿敏，下筆成章，千賦百詩，直疏便就，皆文質彬彬，超邁今古」（《梁書・武帝本紀》），昭明太子蕭統也是「讀書數行並下，過目皆憶。每遊宴祖道，賦詩至十數韻。或命作劇韻賦之，皆屬思便成，無所點易」（《梁書・昭明太子傳》），簡文帝蕭綱更是「幼而敏睿，識悟過人，六歲便屬文」，「讀書十行俱下。九流百氏，經目必記；篇章辭賦，操筆立成。博綜儒書，善言玄理」（《梁書・簡文帝本紀》），梁元帝蕭繹亦「好學，博綜群書，下筆成章，出言為論，才辯敏速，冠絕一時」（《梁書・元帝本紀》），而陳後主的文學才華也決不在蕭綱、蕭繹之下。從幾位帝王的文學成就來看，他們也確實無愧於盟主之稱，特別是蕭綱、蕭繹、陳叔寶三人。

　　這樣的文壇格局對文學發展帶來了兩個方面的影響：一是文人的地位大大提升，文學創作熱情空前高漲，文學出現繁榮景象；二是文學走進了宮廷，即「詩壇入宮」〔註106〕。

　　文人地位的提升，從這些帝王對文人的態度裏即可看出。他們以帝王之尊，引納賞接文士，當時的著名文人，幾乎都和他們有過文學活動上的關係。如梁武帝蕭衍，據《梁書・文學傳序》載：「高祖聰明文思，光宅區宇，旁求儒雅，詔采異人，文章之盛，煥乎俱集。每所御幸，輒命群臣賦詩，其文善者，賜以金帛，詣闕庭而獻賦頌者，或引見焉。其在位者，則沈約、江淹、任昉，並以文采妙絕當時。至若彭城到沆、吳興丘遲、東海王僧孺、吳郡張率等，或入直文德，通宴壽光，皆後來之選也。」《梁書・劉苞傳》云：「自高祖即位，引後進文學之士，苞及從兄孝綽、從弟孺、同郡到溉、溉弟洽、從弟沆、吳郡陸倕、張率並以文藻見知，多預宴坐，雖仕進有前後，其賞賜不殊。」《梁書・到洽傳》又載：梁武帝「御華光殿，詔洽及沆、蕭琛、任昉侍宴，賦二十韻詩，以洽辭為工，賜絹二十匹」。再如昭明太子蕭統，《梁書・昭明太子傳》稱他「引納才學之士，賞愛無倦。恒自討論篇籍，或與學士商榷古今；閒則繼以文章著述，率以為常」。梁簡文帝蕭綱，據《梁書・庾肩吾

―――――――――――――――――――――――――――――

〔註106〕　王國瓔《中國山水詩研究》，臺北：聯經出版事業公司 1986 年版，第 219 頁。

傳》載：「太宗在藩，雅好文章士，時肩吾與東海徐摛、吳郡陸杲、彭城劉遵、劉孝儀、儀弟孝威，同被賞接。及居東宮，又開文德省，置學士，肩吾子信、摛子陵、吳郡張長公、北地傅弘、東海鮑至等充其選。」梁元帝的太子，據《陳書·姚察傳》載：「於時濟陽江總、吳國顧野王、陸瓊、從弟瑜、河南褚玠、北地傅緯等，皆以才學之美，晨夕娛侍。察每言論制述，咸爲諸人宗重。儲君深加禮異，情越群僚，宮內所須方幅手筆，皆付察立草。又數令共野王遞相策問，恒蒙賞激。」還有陳後主，據《陳書·文學傳序》載：「後主嗣業，雅尚文詞，傍求學藝，煥乎俱集。每臣下表疏及獻上賦頌者，躬自省覽，其有辭工，則神筆賞激，加其爵位，是以搢紳之徒，咸知自勵矣。」《陳書·後主本紀》稱，至德四年「秋九月甲午，輿駕幸玄武湖，肆艫艦閱武，宴群臣賦詩」。帝王的獎勵、提倡，自然會極大地提升文人的創作熱情，梁武帝時，出現「高祖雅好辭賦，時獻文於南闕者相望焉」（《梁書·袁峻傳》），「四方郡國，趨學向風，雲集於京師矣」（《梁書·武帝本紀》），「縉紳之士，咸知自勵」（《南史·文學傳序》）的現象，甚至還導致「閭閻年少，貴遊總角，罔不擯落六藝，吟詠情性」（裴子野《雕蟲論》），「裁能勝衣，甫就小學，必甘心而馳騖焉」（鍾嶸《詩品》）的全民參與文學創作的熱潮，以至於陳隋之際的姚察感歎道：「群士值文明之運，摛豔藻之辭，無鬱抑之虞，不遭向時之患，美矣。」（《梁書·文學傳論》）在這樣的風氣之下，梁代的文學與文化之盛，前所未有，據《隋書·經籍志一》載：「梁武敦悅詩書，下化其上，四境之內，家有文史。」《南史·梁武帝本紀》稱：「自江左以來，年踰二百，文物之盛，獨美於茲。」《梁書·昭明太子傳》云：「於時東宮有書幾三萬卷，名才並集，文學之盛，晉、宋以來未之有也。」蕭繹《金樓子·立言上》說：「至家家有制，人人有集。」就連北齊大臣高歡也不得不承認：「吳兒老翁蕭衍，專事禮樂，中原士大夫望之以爲正朔所在。」（《北齊書·杜弼傳》）可以說，梁、陳時期，在文學史上是一個環境極爲寬鬆、文人創作熱情高漲、文學異常繁榮的大好時期，「是一個花團錦簇的詩人的大時代」〔註107〕。

而與情緒的高漲、文學的繁榮形成對照的是，梁、陳文人爲宮廷所囿，視野被大大地限制了，「連篇累牘，不出月露之形，積案盈箱，唯是風雲之狀」（隋李諤《上隋文帝書》），跳不出宮苑的狹小天地，在陪侍、應令、應教的聲氣中，一味追求文章的形式之美，「競一韻之奇，爭一字之巧」（隋李諤《上隋文帝

〔註107〕鄭振鐸《插圖本中國文學史》，北京：人民文學出版社1957年版，第207頁。

書》），情感蒼白，風骨全無，詩歌領域出現了詠物、宮體的狂潮，宮體詩、宮體賦大量湧現，成爲一時之主流，羅宗強先生目之爲「重娛樂、尚輕豔的文學思潮」〔註108〕。對於這種創作風尚，史籍多有記載和論述，《隋書·文學傳》道：「梁自大同之後，雅道淪缺，漸乖典則，爭馳新巧。簡文、湘東，啓其淫放，徐陵、庾信，分路揚鑣。其意淺而繁，其文匿而彩，詞尚輕險，情多哀思。」《周書·庾信傳》載：「時肩吾爲梁太子中庶子，掌管記。東海徐摛爲左衛率。摛子陵及信，並爲抄撰學士。父子在東宮，出入禁闥，恩禮莫與比隆。既有盛才，文並綺豔，故世號爲徐、庾體焉。當時後進，競相模範。」〔註109〕《周書·庾信傳論》稱：「然則子山之文，發源於宋末，盛行於梁季。其體以淫放爲本，其詞以輕險爲宗。故能誇目侈於紅紫，蕩心逾於鄭、衛。」〔註110〕《陳書·江總傳》說江總「好學，能屬文，於五言七言尤善；然傷於浮豔，故爲後主所愛幸。多有側篇，好事者相傳諷玩，於今不絕」。多含貶意。

　　這時的文學題材，主要是婦女與男女之情、詠物、遊宴登臨、遊戲等幾類，進入詩中的意象，不外乎宮苑里的美人、鏡、花、鳥、樹、溪、萍、荷、舟、橋、風、雨、霧、雪、露、霜、星、月等，視野極爲狹隘。其創作方式，主要是陪侍帝王應令、應教而作，大多是命題分詠，爭奇鬥巧，逞才露文，「莫不因方以借巧，即勢以會奇」（《文心雕龍·物色》），而不是有感而發，因詩名題。如蕭綱寫有《後園作迴文詩》，蕭繹亦爲之唱和，作《和湘東王後園迴文詩》，只在文字技巧上著力；蕭綱有《山池詩》，庾肩吾即寫《山池應令》，徐陵寫《奉和山池》、《山池應令》各一首，庾信寫《奉和山池》兩首、《山池應令》一首，王臺卿寫《山池應令》一首。在形式和技巧上，這時的詩歌繼續永明以來講格律、重聲韻的方向繼續發展，正如《梁書·庾肩吾傳》所說：「齊永明中，文士王融、謝朓、沈約文章始用四聲，以爲新變，至是轉拘聲韻，彌尚麗靡，復逾於往時。」許多詩的對偶、平仄與定型的五律、五絕相距不遠，語言亦平易明快，描寫細密精巧，呈現出「辭采穠麗、描寫細巧、音樂性強」〔註111〕的特點。詩人們「憐風月，狎池苑」（《文心雕龍·明詩》），寫作態度大抵是娛樂性、遊戲式的，並不投入多少社會情感和人生感慨，正

〔註108〕　羅宗強《魏晉南北朝文學思想史》，北京：中華書局1996年版，第406頁。

〔註109〕　（唐）令狐德棻等《周書》，北京：中華書局標點本1971年版，第733頁。

〔註110〕　（唐）令狐德棻等《周書》，北京：中華書局標點本1971年版，第744頁。

〔註111〕　章培恒、駱玉明《中國文學史》（上），上海：復旦大學出版社，第395頁。

如蕭綱所言：「立身先須謹慎，文章且須放蕩」（《誡當陽公大心書》），「沉吟短翰，補綴庸音，寓目寫心，因事而作」（《答張纘謝示集書》）。蕭繹也表示：「至於文者，惟須綺縠紛披，宮徵靡曼，唇吻遒會，情靈搖蕩。」（《金樓子·立言篇》）而陳後主《玉樹後庭花》、《臨春樂》等詩，是以這種方式創作出來的：「以宮人有文學者袁大舍等爲女學士。後主每引賓客對貴妃等遊宴，則使諸貴人及女學士與狎客共賦新詩，互相贈答，采其尤豔麗者以爲曲詞，被以新聲。」（《陳書·張貴妃傳》）風靡一時的宮體詩，更是「以男性的品賞眼光來描繪女性」〔註112〕，著眼處在貌和態，而不是情，穠麗下掩蓋著蒼白，缺乏眞正的生命熱情，因而顯得柔靡無力。

南朝的山水文學，沿著謝靈運以自然情趣入山水、謝朓以羈旅情懷入山水，至梁、陳，與以宮體詩爲代表的重娛樂、尚輕豔的文學思潮相遇，而呈現出新的變化：內容上，以描寫帝王的宮苑山水爲主；情趣上，以閒逸情趣入山水，「山水與宮廷遊宴同調」〔註113〕，這一潮流的引領者是蕭綱，代表人物有蕭繹、陳叔寶以及庾肩吾、徐陵、庾信、張正見、江總等，其中，蕭綱、蕭繹、庾肩吾、徐陵、庾信等主要活動於梁，以蕭綱爲中心，陳叔寶、張正見、江總等主要活動於陳，以陳叔寶爲中心。

一、蕭綱、蕭繹等人的山水文學

宮苑中的山水多爲人工，是按照人的審美趣味布置和搭建的，其中有泉石、溪澗、草木、魚鳥，也會有日月星辰、風雨雷電等自然景觀，當然更有亭臺樓閣、假山、小池、廊橋等人工景觀。在這種精緻的人工爲主的山水中，人在潛意識裏更容易產生一種閒逸的情趣。

最早對宮苑中的自然景物進行描寫的詩歌，當是西漢昭帝《淋池歌》，據《拾遺記》載：

> 時穿淋池，中植芰荷，帝時命水嬉，畢景忘歸，使宮人歌曰：
>
> 秋素景兮泛洪波，揮纖手兮折芰荷。
>
> 涼風淒淒揚棹歌，雲光開曙月低河，萬歲爲樂豈云多？

這首詩融入了人生短暫、歡樂不再的愁緒，給全詩罩上了一縷淡淡的悲愁，

〔註112〕章培恒、駱玉明《中國文學史》（上），上海：復旦大學出版社，第397頁。
〔註113〕王國瓔《中國山水詩研究》，臺北：聯經出版事業公司1986年版，第218頁。

這與蕭綱諸人的宮苑山水詩略有不同，但格調卻是一脈相承的。正如沈德潛《古詩源・卷二》所言：「『月低河』句，已開六朝風氣。」〔註114〕

建安時期，曹丕、曹植、王粲、劉楨等都有這類詩歌，不過多喚作《公讌詩》，是他們宴集、遊園時所作，已經有了較多的景物描寫，融入的情感多為遊賞之情，如「白日已西邁，歡樂忽忘歸」（王粲《雜詩》其二），「忘憂共容與，暢此千秋情」（曹丕《於玄武陂作》），「遨遊快心意，保己終百年」（曹丕《芙蓉池作》）等。

晉宋之際，謝瞻《遊西池》也是描寫苑囿的一首好詩：

逍遙越郊肆，願言屢經過。回阡被陵闕，高臺眺飛霞。

惠風蕩繁囿，白雲騰曾阿。褰裳順蘭沚，徒倚引芳柯。

美人怨歲月，遲暮獨如何。

這首詩以蕭疏的筆調，將西池的景致作了簡單的勾勒，讀來頗覺清新、爽口。「美人怨歲月，遲暮獨如何」一聯，較《淋池歌》更近六朝了，但情趣上卻要高遠一些，情感也較為真摯。

進入南朝，隨著人們對山水的普遍熱愛，加之山水文學的推動，帝王開始大規模地建造宮苑，將大量的自然山水圈入園中，作為遊賞、娛樂之需。據《南史・宋本紀中》載，元嘉二十三年，宋文帝「築北堤，立玄武湖於樂遊苑北，興景陽山於華林園」，《宋書・何尚之傳》也記載了宋文帝在玄武湖中「立方丈、蓬萊、瀛洲三神山」之事。《南齊書・文惠太子傳》載，文惠太子「開拓玄圃園與臺城北塹等，其中樓觀塔宇，多聚奇石，妙極山水，慮上宮望見，乃傍門列修竹，內施高鄣，造遊牆數百間」，又「以晉明帝為太子時立西池，乃啟世祖引前例，求東田起小苑」。《梁書・武帝本紀》載，天監四年二月，梁武帝「立建興苑於秣陵建興里」，「九年春正月，庚寅，新作緣淮塘，北岸起石頭迄東冶，南岸起後渚籬門迄三橋」。《梁書・昭明太子傳》稱，昭明太子「性愛山水，於玄圃穿築，更立亭館，與朝士名素者遊其中」。《梁書・南平元襄王偉傳》載：「齊世，青溪宮改為芳林苑。天監初，賜偉為第，偉又加穿築，增植嘉樹珍果，窮極雕麗，每與賓客遊其中，命從事中郎蕭子範為之記。梁世藩邸之盛，無以過焉。」陳後主亦不甘落後，據《陳書・張貴妃傳》稱：「至德二年，乃於光照殿前起臨春、結綺、望仙三閣。閣高數丈，

〔註114〕　（清）沈德潛《古詩源》，北京：中華書局 1963 年版，第 51 頁。

並數十間，其窗牖、壁帶、縣楣、欄檻之類，並以沈檀香木爲之，又飾以金玉，間以珠翠，外施珠廉，內有寶床、寶帳，其服玩之屬，瑰奇珍麗，近古所未有。每微風暫至，香聞數里，朝日初照，光映後庭。其下積石爲山，引水爲池，植以奇樹，雜以花藥。」此外，鎮守一方的諸侯王們也在各地大造藩邸、建園苑，如齊竟陵王子良立雞籠山西邸、隨郡王子隆鎮荊州，梁晉安王蕭綱鎮襄陽、湘東王蕭繹鎮荊州時，都建有規模不小的府邸。帝王們與嬪妃宮女、文人墨客在這些宮殿、苑囿裏，遊賞娛樂，宴飲唱和，他們的山水詩大多即誕生於此間。

宮苑山水文學在宋、齊兩代其實已有大規模發展態勢，如宋文帝劉義隆《登景陽樓》，宋孝武帝劉駿《登作樂山》，謝莊《侍宴蒜山》，范曄《樂遊應詔》，齊竟陵王蕭子良《遊後園》，王融《淥水曲》，蕭鈞《晚景遊泛懷友》，任昉《奉和登景陽山》，丘遲《玉階春草》，王僧孺《侍宴》，陸罩《採菱曲》等，但由於謝靈運、謝朓等人的審美、羈旅類山水文學成就太大，詩名太盛，影響太深，遠非那些帝王所能比，故宮苑山水文學尚不占主流。而隨著蕭綱、蕭繹兩人登上文壇領袖位置，以宮體詩爲代表的重娛樂、尚輕豔的文學思潮的興起，表達閒情逸趣的宮苑山水文學也一躍而成爲山水文學的主流。

（一）蕭綱的山水詩、山水賦

蕭綱（503～551）字世纘，梁武帝第三子，「七歲有詩癖，長而不倦」（《梁書·簡文帝本紀》）。天監五年（506），封晉安王，先後出爲荊州、江州、南徐州、雍州、揚州刺史。中大通三年（531），昭明太子卒，他繼立爲皇太子，在東宮前後19年。梁武帝死，他被侯景立爲傀儡皇帝，稱簡文帝，不到兩年即被害。蕭綱有山水詩約40首，另有8篇山水賦、3篇山水銘文。

蕭綱自小即在徐摛、庾肩吾的教育影響下，醉心於詩體的新變且力爲提倡。在他的周圍，逐漸形成一個以他爲中心，徐摛、庾肩吾、徐陵、庾信爲骨幹，包括劉遵、劉孝儀、劉孝威、陸杲、張長公、傅弘、鮑至、王規、王褒、張率、蕭子雲、蕭子顯、徐悱、陸倕、劉潛、紀少瑜等成員的文人集團和詩歌流派——宮體詩派。史書對蕭綱詩文的評價是「輕豔」、「輕華」，《隋書·經籍志》稱：「梁簡文之在東宮，亦好篇什，清辭巧製，止乎衽席之間，雕琢蔓藻，思極閨闈之內。後生好事，遞相放習，朝野紛紛，號爲『宮體』。

流宕不已，訖於喪亡。」後人甚至將其叫作「妖體」〔註115〕，貶損之意，自不待言。

　　據羅宗強先生統計，蕭綱今存294首詩中，有112首寫婦女或男女情懷〔註116〕，所佔比例確實不小，也可見其專意於宮體的態度。蕭綱的許多情詩，對婦女的容貌、服飾、體態、風韻的描寫纖毫不失，給讀者帶來的自然也只是輕薄，如「夢笑開嬌靨，眠鬢壓落花。簟文生玉腕，香汗浸紅紗」（《詠內人畫眠》），「同安鬟裏撥，異作額間黃。羅裙宜細簡，畫屧重高牆」（《戲贈麗人》）等，由這些詩的標題也可看出他在題材處理上的娛樂性質，其內容也大抵寫女性令人悅目的美豔姿色，這是以男性的品賞眼光來描繪女性，將婦女看作了行樂的對象，「『宮體』詩人們所寫的，只是一種觀賞」〔註117〕。

　　宮體詩將女性當作物，將其體與態寫得細緻入微，他們在吟詠山水時，也像描摹女性一樣描摹山水，精心描繪山水的狀貌形態，請看蕭綱是如何描摹山水的：

　　　枝雲間石峰，脈水浸山岸。池清戲鵲聚，樹秋飛葉散。

　　（《和湘東王後園迴文詩》）

　　　虹飛互林際，星度斷山隅。斜梁懸水跡，畫柱脫輕朱。（《詠壞橋》）

　　　水底眾恩出，萍間反宇浮。風生色不壞，浪去影恒留。（《水中樓影》）

這些詩裏看不到詩人情緒的流動，只是對山水作客觀的描寫，沒有悲喜，不含褒貶，詩人彷彿置身於風景之外。這種詩的缺點正如王夫之所說：「詩文俱有主賓。無主之賓，謂之烏合。」〔註118〕（《薑齋詩話·卷下》）景物雖聚而實散。每一首詩僅是一幅由一些山水意象組合成的風景照片，是一件「從人情世故、社會現實中孤立出來的純藝術品」〔註119〕。詩人是以一種很隨意的、遊戲式的態度來寫詩的。

　　但蕭綱畢竟有著極高的文學修養，他的宮體詩中有一些也寫得極為清新可愛：

〔註115〕（唐）杜確《岑嘉州集序》稱：「梁簡文帝及庾肩吾之屬，始為輕浮綺靡之辭，名曰宮體，自後沿襲，務為妖體。」
〔註116〕羅宗強《魏晉南北朝文學思想史》，北京：中華書局1996年版，第408頁。
〔註117〕羅宗強《魏晉南北朝文學思想史》，北京：中華書局1996年版，第419頁。
〔註118〕丁福保《清詩話》，上海：上海古籍出版社1978年版，第9頁。
〔註119〕王國瓔《中國山水詩研究》，臺北：聯經出版事業公司1986年版，第228頁。

　　　晚日照空磯，採蓮承晚暉。風起湖難度，蓮多摘未稀。

　　　棹動芙蓉落，船移白鷺飛。荷絲傍繞腕，菱角遠牽衣。

　　（《採蓮曲》）

這首詩一改其宮體的綺靡卑弱，以極為靈動的筆調，將女子採蓮的神態描寫得細緻入微，生動風趣，頗有六朝民歌的風味，宛然一幅活潑潑的江南採蓮圖。

　　可見，即便是以一些極淺的感情創作出來的山水詩，也可能會有較為出色的作品。再看這樣幾首詩：

　　　斜日晚駸駸，池塘生半陰。避暑高梧側，輕風時入襟。

　　　落花還就影，寄此託微吟。（《納涼》）

　　　日暮芙蓉水，聊登鳴鶴舟。飛艫飾羽旄，長幔覆緹紬。

　　　停輿依柳息，住蓋影空留。古樹橫臨沼，新藤上掛樓。

　　　魚游向暗集，戲鳥逗楂流。（《山池》）

這兩首詩，《納涼》、《山池》二詩已經加入了詩人的形象，人行山水間，山水與人親近、嬉戲，山水與人已有了一些情感的交流。當然，這種交流，情感還不甚濃烈，雖增加了一些意趣，但並不能改變全詩格調上的平淡。這些作品可算佳作，卻不是一流的詩歌。

　　蕭綱的一些詩歌也融入了思念、羈旅之情，如：

　　　高臺半行雲，望望高不極。草樹無參差，山河同一色。

　　　彷彿洛陽道，道遠難別識。玉階故情人，情來共相憶。

　　（《臨高臺》）

　　　滄波白日暉，遊子出王畿。旁望重山轉，前觀遠帆稀。

　　　廣水浮雲吹，江風引夜衣。旅雁同洲宿，寒梟夾浦飛。

　　　行客誰多病，當念早旋歸。（《泛舟橫大江》）

表面看，這兩首詩的情感已非蕭綱山水詩中慣常的閒情逸趣，一為登樓的思念，一為行者的羈愁，但細讀，「玉階故情人，情來共相憶」立即將《臨高臺》一詩拉入閨怨的主題上來，《泛舟橫大江》一詩的客子之思也很淡很淡，甚至有些軟弱無力。蕭綱並不曾真正體會過思婦的閨怨和客子的愁思，所以他的這類詩寫不出《古詩十九首》和謝朓、何遜、陰鏗詩那般真切的感情。

　　羅宗強先生說：「所謂『宮體』，它是一種講求聲律、對偶與詞采華美的輕豔麗靡的文風。」〔註120〕此說頗有見地。我們論蕭綱的宮苑類山水詩，內容並不局限於宮苑里的山水，而是指他用宮苑的手法、閒逸的情趣創作的山水詩。且看這樣三首詩：

　　　　泛水入回塘，空枝度日光。竹垂懸掃浪，凫疑遠避檣。（《入漵浦》）

　　　　星芒侵嶺樹，月暈隱城樓。暗花舒不覺，明波動見流。（《夜遊北園》）

　　　　雜色崑崙水，泓澄龍首渠。豈若茲川麗，清流疾且徐。

　　　　離離細磧淨，藹藹樹陰疏。石衣隨溜卷，水芝扶浪舒。

　　　　連翩瀉去楫，鏡澈倒遙墟。聊持點纓上，於是察川魚。

　　　（《玩漢水》）

《入漵浦》一詩，並非描寫宮苑里的山水，但是透過這些景物描寫，我們讀到的卻是一種閒情，因而對景物的刻畫很細，是一種很平淡的筆調，不見情感的波瀾。這首詩可以與寫宮苑山水的《夜遊北園》一詩參看，它們的妙處在於詩人的觀察入微與體驗精細。《玩漢水》有一些情感色彩較鮮明的詞語，如「雜色」、「麗」、「卷」、「舒」、「瀉」等，詩人對山水的情感便濃烈了許多，故雖題目曰「玩」，其實是對漢水的欣賞，而不是觀賞。這三首詩都是蕭綱詩中的上乘之作。

　　這裏可以比較一下蕭綱的宮苑山水詩與謝靈運的審美型山水詩的區別：內容上，謝詩中的山水是野外的山水，是純自然乃至人跡罕至處的山水，而蕭詩中的山水絕大多數為宮苑中的山水，多為人工布置的景物；對待山水的態度上，謝詩將人視作山水的一部分，人與山水息息相通，融為了一個整體，而蕭詩中的人與山水是面對著的，人是主人，山水是被觀賞的對象，甚至是「狎」的對象；情感上，謝詩的情感極為濃烈，是一種走進山水時特有的驚喜、狂熱與激賞之情，而蕭詩的情感卻要平淡得多；表現手法上，謝詩重在寫情，寫景物的內在之美，自然界的一草一木、一花一鳥都帶有人的感情，謝詩中的山水是一片大和諧，而蕭詩重在寫景，描摹景物的外在形態之美。

　　這其實也是審美型山水詩與宮苑山水詩的區別，一個以自然情趣入詩，一個以閒逸情趣入詩，二者在格調上其實已分出了高下。

　　蕭綱還寫有一些山水小賦，內容和情趣與其山水詩差不多，且看：

> 待餘春於北閣，藉高宴於南陂。水篩空而照底，風入樹而香枝。
> 嗟時序之回斡，歎物候之推移。望初蕈之傍嶺，愛新荷之發池。
> 石憑波而倒植，林隱日而橫垂。見游魚之戲藻，聽驚鳥之鳴雌。
> 樹臨流而影動，巖薄暮而雲披。既浪激而沙游，亦苔生而徑危。
> （《晚春賦》）

> 紛吾間居有怡，優遊多暇。乃息書幌之勞，以命北園之駕。爾
> 乃從玩池曲，遷坐林間。淹留而陰丹岫，徘徊而塞木蘭。爲興未已，
> 升彼懸崖。臨風長想，憑高俯窺。察游魚之息澗，憐驚禽之換枝。
> 聽夜簽之響殿，聞懸魚之扣扉。將據梧於芳杜，欲留連而不歸。
> （《秋興賦》）

《晚春賦》對山水景物的描寫細膩入微，「水篩空而照底，風入樹而香枝」、「樹
臨流而影動，巖薄暮而雲披」尤爲形象、生動，全篇透出了春的氣息，給人
以清新、活潑之感。蕭綱不愧是寫景高手，梁代文學潮流，由他來引領，當
之無愧。

（二）蕭繹的山水詩、山水賦和山水文

蕭繹（508～554）字世誠，梁武帝第七子，天監十三年（514），封湘東
王，先後任會稽太守、丹陽尹、荊州刺史、江州刺史等，公元 552 年於江陵
稱帝，即梁元帝，兩年後爲西魏所破，被殺。蕭綱入主東宮以後，蕭繹在荊
州遙相呼應，蕭繹的周圍也聚集著一批文人，如劉緩、周弘直、宗懍、劉轂、
鮑泉、到溉、王籍、劉杳、顏協、劉之遴、蕭介、劉孺、陰鏗等。蕭繹的人
生經歷與蕭綱相似，詩歌風格與文學主張也較爲接近。

蕭繹今存山水詩 20 首左右，另有山水賦 2 篇，山水文 12 篇，成就不在
蕭綱之下，且看：

> 斜峰繞徑曲，聳石帶山連。花餘拂戲鳥，樹密隱鳴蟬。
> （《後園作迴文詩》）

> 暮春多淑氣，斜景落高春。日照池光淺，雲歸山望濃。
> 入林迷曲徑，渡渚隔危峰。（《遊後園》）

> 高軒聊騁望，煥景入川梁。波橫山渡影，雨罷葉生光。
> 日移花色異，風散水紋長。（《晚景遊後園》）

這幾首詩吟詠的都是宮苑中的山水，是典型的宮苑山水詩。與蕭綱不同的是，蕭繹的詩寫得更有風趣，能夠寫出景物之間的關聯，像「日照池光淺，雲歸山望濃」，「入林迷曲徑，渡渚隔危峰」，「波橫山渡影，雨罷葉生光」，「日移花色異，風散水紋長」，日與池、雲與山、林與徑、渚與峰、波與山、雨與葉、日與花、風與水，都能通過一些微妙的景色變化而有機地聯繫起來，景物之間彼此呼應，景物也就有了靈氣，這其實已開王維的輞川之詠。

蕭繹有一些描寫宮苑以外風景的詩歌，也寫得頗有逸趣：

> 征人喜放溜，曉發晨陽隈。初言前浦合，定覺近洲開。
>
> 不疑行舫動，唯看遠樹來。還瞻起漲岸，稍隱陽雲臺。
>
> （《早發龍巢》）

這首小詩中蘊涵的情感，雖為遊賞，其實已與蕭綱、庾肩吾諸人的閒適情趣拉開距離，接近謝靈運山水詩中的自然情趣。不過，蕭繹的用功之處似乎還是在「趣」字上，重在寫出景物之間的因依，而不是景物的內在生命。人與景，其實還是相對而立的。這是他不如謝靈運的地方。

蕭繹並無嚴格意義上的山水賦，但若採蓮女也算作自然山水中的一道風景的話，《採蓮賦》也可視作山水賦：

> 紫莖分文波，紅蓮分芰荷；綠房分翠蓋，素實分黃螺。於時妖童媛女，蕩舟心許；鷁首徐回，兼傳羽杯。棹將移而藻掛，船欲動而萍開。爾其纖腰束素，遷延顧步。夏始春餘，葉嫩花初，恐沾裳而淺笑，畏傾船而斂裾。故以水濺蘭橈，蘆侵羅袴，菊澤未反，梧臺迴見。菏濕沾衫，菱長繞釧。泛柏舟而容與，歌採蓮於枉渚。歌曰：碧玉小家女，來嫁汝南王。蓮花亂臉色，荷葉雜衣香。因持薦君子，願襲芙蓉裳。

沒有山，卻有水，有湖，有蓮、荷、藻、萍、菊、梧、菏、菱，還有小舟與採蓮女，這是一幅美麗的採蓮圖，歡歌笑語，熱鬧非凡，賦中的景物都是活的，動的，隨著採蓮女的一舉手一投足，它們也隨之活躍起來。這篇賦可算作重娛樂、尚輕豔文學中的上乘之作，滌除了文人賦的酸氣與綺靡，卻有著民歌的清新與活潑。

蕭繹還有一個特殊的貢獻，即他以駢文的手法，在碑記、銘文中詠山水，寫得極美：

> 澄月夜虧，清氣旦春。曾巒遠岸，蒼江僑緬。
>
> （《光宅寺大僧正法師碑銘》）
>
> 雲聚峰高，清風鐘徹。月如秋扇，花疑春雪。
>
> 極目千里，平原苕帶。
>
> （《鍾山飛流寺碑銘》）
>
> 苔依翠屋，樹隱丹楹。澗浮山影，山傳澗聲。
>
> 風來露歇，日度霞輕。三災不毀，得一而貞。
>
> （《攝山棲霞寺碑銘》）

這幾篇碑記、銘文都極簡短，四言駢體，講究韻律、對偶，卻不曾影響其刻畫山水的靈動，將其置於歷代經典的山水小簡中，毫不遜色。從其內容看，除了《攝山棲霞寺碑銘》最後一聯涉佛外，主要是寫山水。這些山水，當是作者在碑前所見山水。雖難見作者的情感表達，「月如秋扇，花疑春雪」也殘留著宮體的氣息，但對山水描摹之精妙，確實令人驚歎。

蕭繹碑記、銘文中有不少的寫景佳句，如「花飛拂袖，荷香入衣」（《玄圃牛渚磯碑》），「雖林石異勢，而雲霞共色；長風夜作，則萬流俱響。晨鼯曉吟，則百嶺齊應」（《廬山碑》），「千尋危簪，憑牖以望奔星；百拱高懸，倚櫳而觀朝日。飛流界道，似天漢之橫波；觸石起雲，若奇峰之出岫」（《隱居先生陶弘景碑》），「碧嶂千嶺，清流萬谷。景落重崖，煙生岫復」（《隱居先生陶弘景碑銘》），「瞰連甍而如綺，雜卉木而成帷」（《鍾山飛流寺碑》），「落霞將暮，鮮雲夕布」（《郢州晉安寺碑銘》），「水因斷而流還，雲欲墜而霞輕」（《山水松竹格》），蕭繹曾在《內典碑銘集林序》一文中談及他對碑文的認識：「能使艷而不華，質而不野，博而不繁，省而不率，文而有質，約而能潤。」從以上山水描寫來看，他的碑記銘文確實達到了這種境界。

可見，蕭繹是一個山水詩、山水賦、山水文都頗有成就的全能型作家。難怪蕭綱頗為感慨地說：「文章未墜，必有英絕；領袖之者，非弟而誰！」（《與湘東王書》）蕭綱與蕭繹，就好像建安時期的曹丕、曹植兄弟，引領一時之風，文學水平卻又難分伯仲。

（三）梁代其它文人的宮苑山水詩

蕭綱、蕭繹之外，圍繞在他們身邊的大批文人，於詩酒風流、接賞晤對中，創作了數量不少的應令、應教、奉和詩，其中不乏吟詠山水之作。沈德

潛《說詩晬語·卷上》稱：「蕭梁之代，君臣贈答，亦工豔情，風格日卑矣。」
〔註121〕由於寫作者是在一種競才逞能、圖名爭寵的娛樂心態下完成的，專注
的只是山水形狀聲色的刻畫與捕捉，因而宮體氣息甚濃。如果說，蕭綱、蕭
繹因身份和地位的關係，還有一些「吟詠情性」、「吟詠風謠，流連哀思」之
作的話，這些人的筆下大多就只剩下思想的蒼白和語言的穠豔了。且略選數
篇：

> 岸煙起暮色，岸水帶斜暉。徑狹橫枝度，簾搖驚燕飛。
> 落花承步履，流澗寫行衣。何殊九枝蓋，薄暮洞庭歸。
>
> （徐陵《春日》）
>
> 侵霞去日近，鎮水激流分。對影疑雙闕，孤生若斷雲。
> 過風靜華浪，騰煙起薄曛。雖言近七嶺，獨高成不群。
>
> （朱超《詠孤石》）
>
> 逍遙遊桂苑，寂絕到桃源。狹石分花遶，長橋映水門。
> 管聲驚百鳥，人衣香一園。定知歡未足，橫琴坐石根。
>
> （庾信《詠畫屏詩二十五首》其四）

這些詩，多以華麗的辭藻，對眼前美景（也可能是想像中的景物）作精密細
緻的刻畫。除了詩人對山水細緻入微的觀察和審美經驗之外，詩中不見因景
所興的一己之情，詩人的個性也不透露。由於詩人專注於刻畫景物的形貌之
美，每一首詩就彷彿一幅由美麗景物組合而成的圖畫，缺少一種內在的生命。

　　當然，也不能排除其中有一些將景物刻畫得較為生動有靈氣的，如：

> 竹館掩荊扉，池光晦晚暉。孤舟隱荷出，輕棹染苔歸。
> 浴禽時侶竄，驚羽忽單飛。（王褒《山池落照》）
>
> 澗流急易轉，溪竹闇難開。近樓俄已失，前州忽復回。
> 石岸生寒癬，沉根漬水苔。菱舟失道去，歸鳧迷遶來。
>
> （劉孝威《賦得曲澗》）
>
> 望園光景暮，林觀歇氛埃。荷疏不礙楫，石淺好縈苔。
> 風花逐榜轉，山路向橋開。樹交樓影沒，岸暗水光來。
>
> （鮑至《山池》）

這三首詩的好處全在「動」、「活」二字上，要麼人的視角在不停地變動，要

〔註121〕丁福保《清詩話》，上海：上海古籍出版社1978年版，第533頁。

麼景物本身即在動，如《山池落照》中的「出」、「歸」、「忽」，《賦得曲澗》中的「急」、「俄」、「忽」，《山池》中的「轉」、「開」、「來」，將各個景物連起來了，此景與彼景並非獨立，而是相互呼應、彼此顧盼著的，這樣，這些景物便由「動」而變「活」，宛若具有了生命一般。由景物的「活」，自然也將全詩帶動起來，每一句都不再孤立，而是全篇一貫、形成氣勢。

劉孝威還有一首小詩，影響較大：

隔牆花半隱，猶見動花枝。當由美人摘，詎止春風吹。(《望隔牆花》)

使人聯想到《鶯鶯傳》中「隔牆花影動，疑是玉人來」的名句。這首詩的妙處在第一聯，寫花，卻又不直寫，而是寫隔牆花，寫花枝若隱若現地在風中顫動，宛若「猶抱琵琶半遮面」，又恰似「月光底下看山水」〔註122〕，產生了朦朧之美。這一方面是詩人刻意追求的結果，一方面也是因為詩人的觀察之細與體察之深。

這其實是宮體詩人描寫山水時慣用的方式，他們不曾面對高山深壑、大江大河，沒有闊大的境界，沒有對於山水的深刻體驗，但他們不乏細微的觀察力，有著極高的描寫技巧，「宮體詩人由於刻意求新，對一些景色的描摹有時能妙手偶得」〔註123〕，於是他們雖然缺少渾然一體的經典名篇，卻不乏玉石般的精彩名句，如「舟楫互容與，藻蘋相推移」(蕭衍《首夏泛天池》)，「水鳥銜魚上，蓮舟拂芰歸」(蕭子範《東亭極望》)，「新禽爭弄響，落蕊亂從風」(蕭子顯《春日》)，「夕雲向山合，水鳥望田飛」(蕭子雲《落日郡西齋望海山》)，「遙天如接岸，遠帆似凌空」(庾肩吾《和晉安王薄晚逐涼北樓回望應教》)，「石紋如濯錦，雲飛似散珪」(蕭繹《泛蕪湖》)，「竹密山齋冷，荷開水殿香」(徐陵《奉和簡文帝山齋詩》)，「巖風生竹樹，池香出芰荷」(王臺卿《山池應令》)，「柳色浮新翠，蘭心帶淺紅」(朱超《登百花亭懷荊楚》)，「荷風驚浴鳥，橋影聚行魚」(庾信《奉和山池》)，「澗底百重花，山根一片雨」(庾信《遊山》)，「小橋飛斷岸，高花出迴樓」(庾信《詠畫屏詩二十五首》其六)，「懸巖泉溜響，深谷鳥聲春」(庾信《詠畫屏詩二十五首》其十九)，「石壁如明鏡，飛橋類飲虹」(王褒《玄圃睿池臨泛奉和》)等，每一句就是一景，每一景又往往是一個特寫鏡頭，宮體詩人們就是善於捕捉這一個個特寫鏡頭，

〔註122〕聞一多《唐詩雜論 詩與批評》，北京：三聯書店1999年版，第70頁。

〔註123〕曹道衡、沈玉成《南北朝文學史》，北京：人民文學出版社1998年版，第255頁。

將它們裁剪入詩。劉勰稱：「自近代以來，文貴形似，窺情風景之上，鑽貌草木之中。吟詠所發，志惟深遠，體物爲妙，功在密附。故巧言切狀，如印之印泥，不加雕削，而曲寫毫芥。」（《文心雕龍・物色》）說的就是梁代詩人描摹山水的情態。

二、陳叔寶等人的山水文學

陳代文壇陳叔寶爲盟主，周圍聚集著張正見、江總、劉刪、陳暄、孔範、王瑳、李爽、賀徹、阮卓、蕭詮、王由禮、馬樞、祖孫登、賀循、蔡凝、劉助、徐伯陽等人，其中以陳叔寶、江總、張正見三人文學成就最高。

（一）陳叔寶的山水詩

陳叔寶（553～604）字元秀，吳興長城（今浙江省長興縣）人，公元 582 年即位，589 年被俘，後病死於洛陽，世稱陳後主。其詩今存 96 首，絕大部分爲樂府詩，山水詩約 16 首。

南朝三位最有文學天賦的皇帝蕭綱、蕭繹、陳叔寶，其經歷和命運相似。蕭綱爲太子時，「養德東朝，聲被夷夏，洎乎繼統，實有人君之懿矣」（《梁書・簡文帝本紀》），蕭繹爲湘東王時，也是「不好聲色，頗有高名」（《梁書・元帝本紀》），而陳叔寶呢，「昔在儲宮，早標令德，及南面繼業，實允天人之望矣」（《陳書・後主本紀》），他們都不似寄情聲色的昏庸之主；但歷史卻偏偏將他們載入了愛好聲色、寄情犬馬的君主之列。與蕭綱、蕭繹不同，歷史給了陳後主更好的機會，讓他能順利地接掌大位，有足夠的時間去治理國家，展示自己的才能，而不似蕭綱、蕭繹，奉命於危難之際，雖登帝祚，或作傀儡，或被威逼，在極短的時間內即遭覆滅。

但「生於深宮之中，長於婦人之手」的陳後主顯然沒有多少治國才能，他將多數精力投入到文學裏面了，特別是由蕭綱、蕭繹一路發展而來的宮體文學。陳代的宮體文學，只要看看陳叔寶在後宮裏的所作所爲便可知道：

> 以宮人有文學者袁大舍等爲女學士。後主每引賓客對貴妃等遊宴，則使諸貴人及女學士與狎客共賦新詩，互相贈答，采其尤豔麗者以爲曲詞，被以新聲，選宮女有容色者以千百數，令習而歌之，分部迭進，持以相樂。其曲有《玉樹後庭花》、《臨春樂》等，大指所歸，皆美張貴妃、孔貴嬪之容色也。其略曰：「璧月夜夜滿，瓊樹朝朝新。」（《陳書・張貴妃傳》）

這不似蕭綱、蕭繹時帝王臣子、卜宮陳娥在宮苑的碧水間採蓮、嬉戲、吟唱的場景,那裏還有自然,有春色,甚至也有民歌的情調,這裏只剩下荒於酒色、留連歌舞的頹廢與綺靡了,表面上文雅,實際上庸俗之極。在這樣的環境下,宮體詩寫得更柔媚且精緻了:

> 麗宇芳林對高閣,新妝豔質本傾城。
>
> 映戶凝嬌乍不進,出帷含態笑相迎。
>
> 妖姬臉似花含露,玉樹流光照後庭。(陳叔寶《玉樹後庭花》)

從這首詩裏可以看出,陳代詩人對女性的描寫已經從專力於外表的刻畫轉至表現她們的嬌姿與媚態了,較梁代詩人要內斂、含蓄些,特別是以「花含露」喻其嬌,詩歌在手法上更有技巧,更具藝術性。陳代詩人在詩歌技巧上又進了一步。

與蕭綱、蕭繹相比,陳叔寶山水詩的題材更爲局促、狹隘,幾乎不出宮苑,且多爲酬唱之作〔註124〕。參與唱和的人,少則三兩個,多至十餘人。他的許多詩題下都特別注下了參與者的名單,如《立春日泛舟玄圃各賦一字六韻成篇》題下注:「座有張式、陸瓊、顧野王、謝伸、褚玠、王緩、傅縡、陸瑜,姚察等九人上。」據統計,他以這種方式創作的詩歌達 16 首之多,占到全部詩歌的近四分之一,其中多是山水詩,從創作視域和創作態度上大致可以預計出其詩歌的藝術性,且看:

> 春光反禁苑,暖日曖源桃。霄煙近漠漠,暗浪遠滔滔。
>
> 石苔侵綠蘚,岸草發青袍。回歌逐轉楫,浮水隨度刀。
>
> 遙看柳色嫩,回望鳥飛高。自得欣爲樂,忘意若臨濠。
>
> (《立春日泛舟玄圃各賦一字六韻成篇》)
>
> 寒輕條已翠,春初未轉禽。野雪明巖曲,山花照迴林。
>
> 苔色隨水溜,樹影帶風沉。沙長見水落,歌遙覺浦深。
>
> 餘輝斜四戶,流風颺八音。既此留連席,道欣放曠心。
>
> (《獻歲立春光風具美泛舟玄圃各賦六韻詩》)

雖然詩人自詡「自得欣爲樂,忘意若臨濠」、「既此留連席,道欣放曠心」,但從這些詩的敘述和描寫來看,不過是宴遊賞樂、留連光景而已,表達的是一種典型的閒情逸致。這些詩爲人稱道的,只是寫景佳句,如「霄煙近漠漠,

---

〔註124〕如《陳書·後主本紀》記載,至德四年「秋九月甲午,輿駕幸玄武湖,肆艫艦閱武,宴群臣賦詩」。

暗浪遠滔滔」、「石苔侵綠蘚，岸草發青袍」、「野雪明巖曲，山花照迥林」、「苔色隨水溜，樹影帶風沉」等，還是可以見出陳叔寶的才華的。

　　不過，陳叔寶也有一些山水詩呈現的是另外一種風致：

　　　禁闈九重中，宴賞三春日。雲收山樹隱，葉長宮槐密。

　　　水綠已浮苔，花舒正含實。（《宴詹事陸繕省》）

　　　晚日落餘暉，宵園翠蓋飛。荷影侵池浪，雲色入山扉。

　　　螢光息復起，暗鳥去翻歸。樂極未言醉，杯深猶恨稀。

　　　（《晚宴文思殿》）

　　　殿深炎氣少，日落夜風清。月小看針暗，雲開見縷明。

　　　絲調聽魚出，吹響間蟬聲。度更銀燭盡，陶暑玉卮盈。

　　　星津雖可望，詎得似人情。（《七夕宴玄圃各賦五韻》）

從詩題可看出，三首詩都是在宮苑中宴賞遊玩時所作，一寫春景，一寫夏景，一寫秋景。其妙處皆在描寫之細微，浮苔、花舒、荷影、螢光、游魚、鳴蟬，這些微小的事物一一進入詩人的筆下，足見後主對自然物候變化的敏感。從這幾首詩表現出來的情感基調看，儘管境界不夠闊大，卻不含脂粉氣，詩中的環境都很清幽、雅靜，他似乎有意要將山水詩與宮體區別開來。詩中的閒情逸致，有隱士的風度，這是他高妙的地方。這三首詩為陳叔寶的上乘之作。

　　陳叔寶的詩中有較多的寫景佳句，如：「澗曲多巖樹，逶迤復斷續」（《朱鷺》），「春江聊一望，細草遍長洲。沙汀時起伏，畫舸屢淹留」（《三洲歌》），「天迥浮雲細，山空明月深」（《同江僕射遊攝山棲霞寺》），「浮雲斷更續，輕花落復香」（《同平南弟元日思歸》），「藤交近浦暗，花照遠林明」（《上巳玄圃宣猷堂禊飲同共八韻詩》），「日裏絲光動，水中花色沉」（《泛舟春日玄圃各賦七韻詩》），「鶯度遊絲斷，風駛落花多」（《上巳玄圃宣猷嘉辰禊酌各賦六韻以次成篇詩》），「樓高看雁下，葉散覺山涼」（《五言同管記陸瑜九日觀馬射詩》），更有《夜亭度雁賦》中的「春望山像，石暖苔生。雲隨竹動，月共水明。暫逍遙於夕徑，聽霜鴻之度聲」，都可見其寫景之功。

（二）張正見、江總等人的山水詩

　　陳叔寶周圍的文人雖不少，但寫山水詩的卻不多。江總、張正見是其中的佼佼者，此外，劉刪、祖孫登、蕭詮、賀循、阮卓也有山水詩。

　　此期在齊、梁文人應令、應教、侍宴詩的基礎上，又興起了一種「賦得」

體，即以「賦得……」或「賦……得……」爲題的詩，這是唐以後「試帖詩」的起源。最早源於齊永明間，如蕭綱《賦得橋》、《賦得薔薇》，蕭繹《賦得竹》、《賦得涉江採芙蓉》、《賦得蘭澤多芳草》，庾肩吾《賦得山》、《賦得嵇叔夜》等，不過當時詩人用得較少，到了陳代則較多且普遍起來，如張正見有 19 首，江總 7 首，劉刪 4 首，蕭詮、阮卓各 3 首，祖孫登、賀徹、賀循各 2 首，這當是文人集會時所作。陳代文人，除了如上面記載在宮苑中以狎客身份賦詩外，還在宮苑之外開展文友之會，如《陳書・徐伯陽傳》載：「太建初，中記室李爽、記室張正見、左民郎賀徹、學士阮卓、黃門郎蕭詮、三公郎王由禮、處士馬樞、記室祖孫登、比部賀循、長史劉刪等爲文會之友，後有蔡凝、劉助、陳暄、孔範亦預焉。皆一時之士也。遊宴賦詩，勒成卷軸，伯陽爲其集序，盛傳於世。」這說明當時文人作詩，命題賦詩的情況較之梁代更甚，相當一部分詩不是有感而發，因詩名題。

　　在這種出題作文而又要爭強鬥勝的風氣中，自然就出現了許多「爲文而造情」（《文心雕龍・情采》）的作品。影響到山水詩，詩人們吟詠的往往並非眼前景，而將主要精力用於鍊字琢句以及聲韻格律方面。

　　張正見（527～575）字見賾，清河東武城人（今山東武城縣），梁元帝時爲彭澤令，後避亂匡俗山，陳初回建康，官至散騎常侍，卒於陳宣帝太建中期（576、577 年前後），年四十九。今存賦 3 篇，文 1 篇，詩 80 餘首，其中山水詩約 20 首。

　　張正見的山水詩主要有兩類，一類直接吟詠宮苑的山水，如：

> 同雲遙映嶺，瑞雪近浮空。拂鶴伊川上，飄花桂苑中。
> 影麗重輪月，飛隨團扇風。還取長歌處，帶曲舞春風。
> （《玄圃觀春雪》）

> 遙天收密雨，高閣映奔曦。雪盡青山路，冰銷綠水池。
> 春光落雲葉，花影發晴枝。琴樽奉終宴，風月豈去疲。
> （《初春賦得池應教》）

> 上苑奢行樂，滄池聊薄遊。泛荷分蘭棹，沉槎觸桂舟。
> 殘虹收度雨，缺岸上新流。欲知有高趣，長楊送齎秋。
> （《後湖泛舟》）

這些詩基本是對眼前景的描寫，因而讀來還比較眞切，「同雲遙映嶺，瑞雪近浮空」、「雪盡青山路，冰銷綠水池」、「殘虹收度雨，缺岸上新流」都是寫景

佳句。這三首詩宮體的氣息還是較濃的，像「還取長歌處，帶曲舞春風」、「琴樽奉終宴，風月豈去疲」的詠歎，「桂苑」、「蘭棹」、「桂舟」的意象，都是較爲典型的宮體語言。就韻律言，三首詩都近於完整的唐五律。

另一類多以「賦得」爲題，所詠山水不可確指，如：

千仞清溪險，三陽弱柳垂。葉細臨湍合，根空帶石危。
風翻夾浦絮，雨濯倚流枝。不分梅花落，還同橫笛吹。
（《賦得垂柳映斜谿》）

奇樹滿春洲，落蘂映江浮。影間蓮花石，光涵濯錦流。
漾色隨桃水，飄香入桂舟。別有仙潭菊，含芳獨向秋。
（《賦得岸花臨水發》）

漾色桃花水，相望濯錦流。躍浦疑珠出，依池似鏡浮。
凌波銜落蘂，觸餌避沉鉤。方游蓮葉外，詎入武王舟。
（《賦得魚躍水花生》）

所寫山水，並不局限於宮苑中的山水，但由於是遊戲之作，投入的感情僅僅是閒情逸致而已，是典型的「爲文而造情」（《文心雕龍·情采》），境界自然狹窄。而寫景時又採用漢賦的「寫空」手法，沒有切身體會，極易陷入類型化的死胡同，是很難產生佳句的。張正見詩的不足，正如陳祚明所言：「多無爲而作，中少性情也。」〔註 125〕（《采菽堂古詩抄·卷二十九》）這其實也是梁、陳宮體詩人共同的特點。

江總（519～594）字總持，濟陽考城人，早年依舅家蕭氏，侯景攻陷臺城，他避難至廣州，陳文帝天嘉四年（563）回建康，任中書侍郎，陳叔寶即位後歷任吏部尚書、尚書僕射、尚書令等要職，但他不理朝政，「日與後主遊宴後庭，共陳暄、孔範、王瑳等十餘人，當時謂之狎客」（《陳書·江總傳》），隋滅陳，入長安，後卒於江都。江總今存詩 110 首左右，其中山水詩約 30 首。《陳書·江總傳》稱其「好學，能屬文，於五言七言尤善；然傷於浮豔，故爲後主所愛幸。多有側篇，好事者相傳諷玩，於今不絕」，且看其山水詩：

水苔宜溜色，山櫻助落暉。浴鳥沉還戲，飄花度不歸。（《春日》）

〔註125〕 （清）陳祚明《采菽堂古詩選》，上海：上海古籍出版社 2008 年版，第 970 頁。

> 鍾箭自徘徊，皇堂薦羽杯。橋平疑水落，石迥見山開。
> 林前暝色靜，花處近香來。西嶺傷撫夕，北閣濫遊陪。
> （《侍宴臨芳殿》）

> 悒然想泉石，驅駕出城臺。玩竹春前筍，驚花雪後梅。
> 青山殊可對，黃卷復時開。長繩豈繫日，濁酒傾一杯。
> （《歲暮還宅》）

前面兩詩所寫爲宮苑中的山水，《春日》詩宮體氣息淡一些，但「水苔」、「浴鳥」、「飄花」的意象和溜、戲、度等字卻留下了宮體的影子，《侍宴臨芳殿》詩中間兩聯寫景極妙，時見諧趣，見出詩人的寫景功力。後兩首詩吟詠的對象，是詩人建於城郊的別墅，從其山水描寫看，頗有一些野趣，較爲接近謝靈運，但「玩竹春前筍，驚花雪後梅」句又有宮苑味，「人生復能幾，夜燭非長遊」、「長繩豈繫日，濁酒傾一杯」更是留連光景的人生之歎，依然離不開閒情的底色。

江總最爲人稱道的作品是一首小詩：

> 心逐南雲逝，形隨北雁來。故鄉籬下菊，今日幾花開？
> （《於長安歸還揚州九月九日行薇山亭賦韻詩》）

寥寥數筆，即道盡了離家之悲、還家之切，感人至深。後面一聯直啓王維《雜詩三首》其二：「君自故鄉來，應知故鄉事。來日綺窗前，寒梅著花未？」〔註126〕不過江總的這首小詩是入隋以後所作。

沈德潛《古詩源·卷十四》云：「詩至於陳，專工琢句，古詩一線絕矣。」〔註127〕陸時雍《詩鏡·總論》道：「詩至陳餘，非華之盛，乃實之衰耳。」〔註128〕在《玉樹後庭花》的輕歌曼舞中，在宮女陳娥、狎客文人的筆下，詩歌確實是花委實亦衰了，哪怕其所詠爲本可以洗滌靈魂的山水，也無法改變其江河日下的頹然之勢。

梁、陳是一個缺少眞情的時代，對女性如此，對自然山水如此，對文學也是如此。儘管文人們以生花妙筆描盡了女性的千姿百態，儘管他們也一字一句、有板有眼地吟詠著山水，儘管帝王們有著如此高的文學天賦，對文學

〔註126〕 注：本書所引王維詩，均據（唐）王維撰、陳鐵民校注《王維集校注》中華書局 1997 年版。
〔註127〕 （清）沈德潛《古詩源》，北京：中華書局 1963 年版，第 330 頁。
〔註128〕 丁福保《歷代詩話續編》，北京：中華書局 1983 年版，第 1410 頁。

是如此地鍾情與執著，而文人們也以無比的熱情投入到文學創作中。他們給文學創造了一個溫情脈脈的環境，美麗的伊甸園，溫柔富貴鄉，但他們對文學其實是隔膜的。思想的蒼白，感情的淡漠，令他們的作品是如此的貧弱。劉勰說：「繁采寡情，味之必厭。」（《文心雕龍·情采》）梁、陳人丟掉了文學中最可寶貴的東西，卻在形式和技巧上絞盡腦汁，挖空了心思。劉勰又說：「近代詞人，務華棄實。」（《文心雕龍·程器》）陳祚明也認為：「梁陳之弊，在舍意問辭，因辭覓態。闕深造之旨，漓穆如之風。」〔註129〕（《采菽堂古詩抄·卷二十二》）梁、陳人花了很大的氣力，為自己營造了一個無比豪華的文學陣容，裝扮了一個繁花似錦的文學百花園，他們以為可以收穫得許多，但事與願違，他們留給後人詠歎、低回的東西實在是太少。陳子昂一語成定論：「采麗競繁，而興寄都絕。」（《修竹篇序》）以今人的眼光來看，此語未免太過，但畢竟值得深思，令人警醒。好在就山水文學而言，除了蕭綱、蕭繹、陳叔寶等文壇主流將山水引入了宮苑，令山水因沾惹了富貴氣而變得平淡外，還有一批底層文人、隱逸之士，依然在奇山異水間行走著、吟唱著，洗滌著自己的靈魂，他們以隱逸情趣入山水，寫出了堪與「大小謝」比肩的奇絕篇章，他們似乎在告訴我們：「興寄未絕。」

第四節　梁陳吳均等人以隱逸情趣入山水

　　當蕭綱、蕭繹、陳叔寶等帝王帶著一批文人在宮苑里熱鬧地詩酒風流、吟風弄月之際，一些失意文人、孤獨隱士卻在自然的荒山野水間吟賞煙霞、留連風景，寫出了更為奇絕的山水篇章。這是一個默默的文學群體，他們不需要聚集、酬唱，大多數人只是體驗了山水，感悟到了自然之樂，連一個寫風景的文字也不願意留下。但他們的心靈其實是相通的，自然是共通的信仰，山水是最美的文字，他們「相忘於江湖」〔註130〕（《莊子·大宗師》），卻是聚得最為緊密的一群人。

　　沒有文字，終是可惜的，因為後人要瞭解他們，靠的還是文字。好在有三兩個文人，吳均、陶弘景、劉峻等，終按捺不住留下了不多的山水文字，

〔註129〕　（清）陳祚明《采菽堂古詩選》，上海：上海古籍出版社 2008 年版，第 695
　　　　　頁。
〔註130〕　（清）郭慶藩《莊子集釋》，北京：中華書局 2004 年版，第 242 頁。

這樣一些隱逸高趣下的山水羣文，吳均的《山中雜詩》、《與朱元思書》，陶弘景的《詔問山中何所有賦詩以答》、《答謝中書書》等，宛若天籟之音，讓我們一下子觸摸到了他們明淨得透明的心。「此曲只因天上有，人間難得幾回聞」（杜甫《贈花卿》），讀這些出世的文字，人心變得高遠。

如果說，吳均、陶弘景、劉峻等人以隱士的身份吟詠山水，這些山水深藏野外，多在人跡罕至處的話，另一群文人，謝朓、沈約、江總、張正見等，差不多都是朝廷高官，疲倦了文學侍從的身份，厭煩了宮廷唱和的綺靡、蒼白，在山環水繞的城郊別墅裏，構築了自己的心靈家園，這是人間化的山水，有著田園的風味。他們的境界終不如吳均諸人，感情不夠濃烈，體驗不夠深刻，山水不夠奇絕，但他們畢竟是一種補充，一種嘗試，甚至也啓發了王維的輞川之詠。

這是一股潛藏的山水文學潮流，在謝靈運以自然情趣、謝朓以羈旅情懷、蕭綱以閒適情懷入山水的潮流之外，輕輕悄悄地汨動著，宛如一條幽幽的小溪。

一、梁陳以前隱逸山水文學

自東漢後期開始，因外戚、宦官專權，黨錮之禍大興，文人中興起了一股隱逸之風，隱逸主題開始進入文學，且有了隱逸情趣下的山水描寫，如仲長統《樂志論》、張衡《歸田賦》。不過，這時尚無獨立的隱逸山水文學作品出現。

西晉時期，隨著當時政局的混亂，各個官僚集團爭鬥的加劇，更多的文人身在魏闕而心存江湖，反映隱逸思想的文學作品大量增加，如何邵《贈張華》詩，張華《答何邵》詩、《歸田賦》，潘岳《秋興賦》、《閑居賦》，石崇《思歸賦》，棗據《逸民賦》，陸雲《逸民賦》，左思《招隱詩》等。山水描寫成爲其中最重要的內容之一，如：

> 藉纖草以爲茵，援垂陰以爲蓋。瞻高鳥之陵風，臨儵魚於清瀨。
> （張華《歸田賦》）

> 爰定我居，築室穿池。長楊映沼，芳枳樹籬。
> 游鱗瀺灂，菡萏敷披。竹木蓊藹，靈果參差。（潘岳《閑居賦》）

> 其制宅也，卻阻長堤，前臨清渠。柏木幾於萬株，江水周於舍下。有觀閣池沼，多養魚鳥。（石崇《思歸賦序》）

最值得一提的是左思《招隱詩二首》其一：

　　杖策招隱士，荒塗橫古今。巖穴無結構，丘中有鳴琴。

　　白雲停陰岡，丹葩曜陽林。石泉漱瓊瑤，纖鱗或浮沉。

　　非必絲與竹，山水有清音。何事待嘯歌，灌木自悲吟。

　　秋菊兼餱糧，幽蘭間重襟。躊躇足力煩，聊欲投吾簪。

這首詩在隱逸山水文學史上有著重要意義：一方面，這是一首完整的隱逸山水作品，而之前隱逸文學中雖有山水描寫，但所佔比例極小，並不能構成一篇獨立的山水文學作品；另一方面，這首詩中的山水與張華、潘岳、石崇等的不同，屬於高山深壑，已經眞正地遠離了塵世，而之前隱逸文學中的山水尚迷戀於人間，屬塵世的山水。

　　東晉時期，受玄言思潮的影響，出現了數量不少的玄言山水詩。但獨立的隱逸山水文學作品依然在不斷湧現，如庾闡《採藥詩》、慧遠《廬山記》、支曇諦《廬山賦》、廬山諸道人《遊石門詩序》、帛道猷《陵峰採藥觸興爲詩》、湛方生《後齋》、謝道韞《泰山吟》等，而湛方生《後齋》、帛道猷《陵峰採藥觸興爲詩》分別直啓了南朝隱逸山水文學發展的兩個方向：

　　連峰數千里，修林帶平津。雲過遠山翳，風至梗荒榛。

　　茅茨隱不見，雞鳴知有人。閒步踐其徑，處處見遺薪。

　　始知百代下，故有上皇民。（帛道猷《陵峰採藥觸興爲詩》）

帛道猷是東晉詩僧，山陰人，居若耶山，少以篇籍著稱，「性率素，好丘壑，一吟一詠，有濠上之風」[註131]，《陵峰採藥觸興爲詩》據釋氏《古詩題》云：寄道壹，有相招之意。則這首詩一方面是吟詠採藥、遊山時所見之山水，一方面也是表達隱逸情懷，與「招隱士」同調。這首詩描寫的是野外的山水，「遠山」、「荒榛」、「遺薪」的意象，表現出人跡之罕至，「茅茨隱不見，雞鳴知有人」一聯，暗示著離塵世之遠。

　　再看湛方生《後齋》詩：

　　解纓復褐，辭朝歸藪。門不容軒，宅不盈畝。

　　茂草籠庭，滋蘭拂牖。撫我子侄，攜我親友。

　　茹彼園疏，飲此春酒。開櫺悠瞻，坐對川阜。

　　心焉孰託，託心非有。素構易抱，玄根難杇。

　　即之匪遠，可以長久。

〔註131〕逯欽立《先秦漢魏晉南北朝詩》，北京：中華書局1983年版，第1088頁。

湛方生是東晉詩人、辭賦家，詩歌長於寫景，風格平淡，《隋書‧經籍志》錄「晉衛軍諮議《湛方生集》十卷」，置於桓玄、殷仲文之後。他的這首《後齋》詩，吟詠的是他「辭朝歸藪」以後的生活及後齋所見之景，這種「撫我子姪，攜我親友」背景下的景致，與帛道猷的荒山野水不同，較爲人間化，頗有田園風味。

可見，南朝以前的隱逸山水文學已經呈現出兩個發展趨勢：一是描寫塵世以外的山水，如左思《招隱士》、廬山諸道人《遊石門詩序》、帛道猷《陵峰採藥觸興爲詩》等，多爲遠離塵世的僧人、隱士所作；一是吟詠較爲人間化的山水，如張華《歸田賦》、潘岳《閑居賦》、石崇《思歸賦》、湛方生《後齋》等，多爲亦官亦隱、半官半隱的文人所作。前者表達隱逸情趣較爲純淨、徹底，對山水的描寫往往尤爲形象、生動，也更加眞切、深刻，山水意識較強；而後者表達的隱逸情趣要淡一些，山水離人世較近，有田園風味。南朝的隱逸山水文學就是沿著這兩個方向發展的，吳均、陶弘景、劉峻等人吟詠的是野外的山水，而謝朓、沈約、江總、張正見等吟詠的是人間的山水。

二、吳均、陶弘景、劉峻的山水文學

南朝的隱逸之風，延續了東晉的傳統，用前赴後繼形容，並不爲過。僅《宋書‧隱逸傳》、《南齊書‧高逸傳》、《梁書‧處士傳》記載的隱士就有 33 人，陶弘景即其中之一。這些隱士多居深山大壑之間，遠離塵世，過著與山水爲伴、以泉石爲樂的生活，有的還從事文學創作，吟詠山水，如陶淵明是田園詩派的開創者，「古今隱逸詩人之宗」（鍾嶸《詩品》），宗炳寫有山水詩，宗測「嘗遊衡山七嶺，著衡山、廬山記」〔註132〕（《南齊書‧高逸傳》），陶弘景的山水小品文爲歷代的人們所傳誦。

吳均、陶弘景、劉峻就是在這樣的隱逸之風大盛的背景下，將南朝的隱逸山水文學引至一個全新境界的。

（一）吳均的山水詩、山水文

吳均（469～520）字叔庠，吳興故鄣（今浙江安吉）人，家世寒賤。好學，有俊才，曾被沈約稱賞，「文體清拔有古氣，好事者或學之，謂爲『吳均體』」（《梁書‧吳均傳》）。做過吳興太守柳惲主簿、梁建安王蕭偉記室、國侍

〔註132〕宗測的《衡山記》、《廬山記》今不存，從本傳記載看，當是山水遊記之類。

郎、奉朝請等，抑鬱不得志，沉淪下僚，與何遜、王筠、王僧孺、蕭子雲等
遊處。吳均今存詩 140 餘首，賦 5 篇，文 8 篇，其中山水詩約 25 首，山水賦
2 篇，山水文 3 篇。

　　史書上不曾有吳均隱逸的記載，但他寫有《採藥大布山》詩：「我本北山
北，緣澗採山麻。九莖日反照，三葉長生花。可用蠲憂疾，聊持駐景斜。景
斜不可駐，年來果如驅。安得崑崙山，偃蹇三珠樹。三珠始結荄，絳葉淩朱
臺。玉壺白鳳肺，金鼎青龍胎。韓眾及王子，何世無仙才。安期倘欲顧，相
見在蓬萊。」一般只有道士、僧人、隱士才會有採藥的經歷。另從他與人書
信往來、詩歌唱和的內容來看，都可見他有過很長時間的隱逸生活，且遠離
塵世，獨居深山。

　　吳均寫有大量的樂府詩、吟物詩，許多都受宮體詩的影響。但他的文章
在當時卻被譽為「清拔有古氣」，當與其隱逸經歷有關。所謂「清拔」，即指
清峻、超拔，無綺麗、柔媚之氣，他的山水詩、山水文正有這個特點。吳均
與何遜並稱，何遜在行旅之間吟詠山水，發展了謝朓引領的羈旅山水文學，
而吳均則走進了荒山野水，長期做著山中隱士，卻引領了隱逸山水文學。他
在山水詩、山水文方面都取得了極高成就。

　　且看他的山水詩：

　　　　河陽一悵望，南浦送將歸。雲山離晻曖，花霧共依霏。

　　　　流連百舌唪，下上陽禽飛。桂舟無淹枻，玉軫有離徽。

　　　　願君嗣蘭杜，時採東臯薇。（《同柳吳興烏亭集送柳舍人》）

這是一首臨別之際吟詠送別之情的山水詩，卻不似何遜、陰鏗等人的送別詩
那般充滿了離情別緒，雖然也有「悵望」、「離徽」等表達傷感的詞，但從「雲
山離晻曖，花霧共依霏。流連百舌唪，下上陽禽飛」的寫景來看，心情卻是
明朗的，興致也是高遠的。這大致是因為尾聯「願君嗣蘭杜，時採東臯薇」，
因為送別的柳舍人是前往山水之間，做摘蘭杜、採山薇的隱士，是友人和詩
人都嚮往的生活。詩人的隱逸情趣，從這首詩裏略可窺見。

　　吳均在隱居期間，與柳惲、周興嗣、周承等有酬唱，且看其詩：

　　　　平原不可望，波瀾千里直。夕魚汀下戲，暮羽簷中息。

　　　　白雲時去來，青峰復負側。躑躅牛羊下，晦昧崦嵫色。

　　　　王孫猶未歸，且聽西光匿。（《送柳吳興竹亭集》）

這是柳惲在吳興太守任上，拜訪吳均後，吳均的贈別之作。所寫景為山中景，

「夕魚汀下戲，暮羽簷中息」、「白雲時去來」，寫魚、鳥的自在，白雲的自由，這正是隱士眼中的山中之景。所抒情爲隱逸之情，「王孫猶未歸，且聽西光匿」用淮南小山《招隱士》「王孫遊兮不歸，春草生兮萋萋」之典，隱逸之義不言自明。

再看吳均另一首詩：

> 巨石亂天崖，雜樹鬱參差。伯魚留蜀郡，長房還葛陂。
>
> 練練波中月，亭亭雲上枝。高岑蔽人者，無處得相知。
>
> （《遙贈周承》）

吳均寫給周承的詩共三首，從其內容分析，周承當在京城爲官，且是揚雄一類的人物，故吳均有「聞君入綺疏，聊寄錦中書」（《詣周承不值因贈此詩》）、「石渠闃無人，子雲今何在」（《周承未還重贈》）之語，而吳均《遙贈周承》一詩則是吳均回到山中以後遙贈周承所作，「伯魚留蜀郡，長房還葛陂」一聯，以周承比伯魚，而自擬長房。「高岑蔽人者，無處得相知」是對隔絕人世之隱逸生活的喟歎，「巨石亂天崖，雜樹鬱參差」、「練練波中月，亭亭雲上枝」寫出了山之高險、巖樹之奇絕，是山中特有的景象，唯有眞正的隱居者才能體悟到這樣的山水野趣。

吳均最知名的山水詩是《山中雜詩三首》：

> 山際見來煙，竹中窺落日。鳥向簷上飛，雲從窗裏出。
>
> 綠竹可充食，女蘿可代裙。山中自有宅，桂樹籠青雲。
>
> 具區窮地險，嵇山萬里餘。奈何梁隱士，一去無還書。

這三首詩的詩題，《廣文選‧卷十五》作《還山》，無論是「山中」，還是「回到山中」，都可見作者曾經長時間隱逸。而從三首詩所寫內容看，既有對隱逸生活的描述，也有對山中風景的描寫，更有對隱逸情趣的詠歎。第一首是對詩人所處山水風光、居室環境的描寫，展示出一片山居的晚暮景象，恍若仙境，「四句寫景，自成一格」〔註133〕（沈德潛《古詩源‧卷十三》），每一句都極精彩。在山水描寫的背後，其實隱含著詩人的足跡和身影，詩人或俯或仰、時望時窺，最後也許是從萬千鏡頭中才拾取了這四個經典畫面，凝成了一首小詩。「山際見來煙，竹中窺落日」寫出了詩人的悠然閒適；「鳥向簷上飛，雲從窗裏出」寫出了詩人對自然的深情。後面兩首主要敘述詩人的隱逸生活，

〔註133〕（清）沈德潛《古詩源》，北京：中華書局1963年版，第314頁。

時時可見其自得、自樂，可與第一首參照比較，「山中自有宅，桂樹籠青雲」，
語氣何等豪邁；「奈何梁隱士，一去無還書」，態度何其瀟灑。胡國瑞先生稱：
「王維《輞川集》中許多單純寫景的小詩，當以此為先導。」〔註134〕可謂卓
見。

　　吳均還有《王侍中夜集》一詩：「抽蘭開石路，剪竹製山扉。文渝見綠水，
參差隱翠微。西山採藥至，東都謝病歸。紡毛織野服，縫芰作山衣。欲知三
青鳥，簷上素雲飛。」敘述隱士生活，與《山中雜詩》有著異曲同工之妙。

　　林庚先生說：「齊梁人的書簡也是最富於詩情的。」〔註135〕與吳均《山
中雜詩》相輝映的，是其充滿著詩意的山水小品文《與朱元思書》：

> 風煙俱淨，天山共色，從流飄蕩，任意東西。自富陽至桐廬，
> 一百許里，奇山異水，天下獨絕。水皆漂碧，千丈見底，游魚細石，
> 直視無礙。急湍甚箭，猛浪若奔，夾岸高山，皆生寒樹。負勢競上，
> 互相軒邈，爭高直指，千百成峰。泉水激石，泠泠作響；好鳥相鳴，
> 嚶嚶成韻。蟬則千轉不窮，猿則百叫無絕。鳶飛戾天者望峰息心，
> 經綸世務者窺谷忘反。橫柯上蔽，在晝猶昏；疏條交映，有時見日。

清淨、純潔，透明、澄澈，這分明是美麗山水的詩意表達，是一種非人間的
奇絕，纖塵不染，渣滓全無，心寧境靜。天、地，山、水，泉、石，魚、鳥，
草、木，無一不充盈著活力與生意，生命如此美麗，自然這般和諧，詩人已
經將自己整個地浸了山水裏。在這每一絲風動、每一滴泉湧、每一聲鳥啼
裏，我們能觸碰到作者的心，感覺到作者的陶醉與滿足。面對這樣的文字，
我們無言以對，唯有錯愕；因為一切讚美都是徒勞，都顯得無力，都是典型
的多餘。但我還是要強調，這些山水描寫中蘊含的隱逸情趣。作者忘情地描
寫山水，似乎無暇顧及敘述和抒情了，全篇直接抒情的惟「鳶飛戾天者望峰
息心，經綸世務者窺谷忘反」一句，算是明白地表達了其隱逸情懷。鄭振鐸
先生稱：「狀風光至此，直似不吃人間煙火者」〔註136〕，也是看到了這一點。

　　以書信體狀山水，始於鮑照，其《登大雷岸與妹書》即是一篇書信體的山
水遊記，但鮑照此文對山水的描寫太過奇險，對山水自身的刻畫欠缺。只有到
了陶弘景、吳均筆下，這類文字才稱得上是真正的山水美文。大概是《與朱元

〔註134〕 胡國瑞《魏晉南北朝文學史》，上海：上海文藝出版社2004年版，第145頁。
〔註135〕 林庚《中國文學簡史》，北京：北京大學出版社2007年版，第149頁。
〔註136〕 鄭振鐸《插圖本中國文學史》，北京：人民文學出版社1957年版，第154頁。

思書》太過有名了吧，吳均的另外兩篇山水美文一直沒有引起足夠的重視：

> 故鄣縣東三十五里有青山，絕壁干天，孤峰入漢，綠嶂百重，青川萬轉。歸飛之鳥，千翼競來；企水之猿，百臂相接。秋露爲霜，春夢被遷，風雨如晦，雞鳴不已。信足蕩累頤物，悟裏散賞。
>
> （《與施從事書》）

> 僕去月謝病，還覓薜蘿。梅溪之西，有石門山者。森壁爭霞，孤峰限日；幽岫含雲，深溪蓄翠；蟬吟鶴唳，水響猿啼；英英相雜，綿綿成韻。既素重幽居，遂葺宇其上，幸富菊華，偏饒竹實，山谷所資，於斯已辦。仁智所樂，豈徒語哉！（《與顧章書》）

這兩篇山水小品文的寫景、抒情手法，同《與朱元思書》如出一轍，只是寫景要簡略一些而已。「蕩累頤物，悟裏散賞」的抒情，「葺宇其上」的敘述，「仁智所樂，豈徒語哉」的感慨，都可見作者的隱逸情趣，「清迴中間以傲岸之氣」〔註137〕。

吳均還有其它類型的山水詩，如《壽陽還與親故別》、《至湘洲望南嶽》、《發湘州贈親故別詩三首》在山水描寫裏融入了羈旅之愁，但其成就不及隱逸山水詩、山水美文。可見，吳均是一位山水文學大家，隱逸山水文學的引領者，堪與「大小謝」比肩。

（二）陶弘景的山水詩、山水文

在以隱逸情趣入山水的作家裏，陶弘景是唯一可與吳均媲美的。

陶弘景（456～536）字通明，丹陽秣陵（今江蘇南京）人，年輕時「讀書萬餘卷，善琴棋，工草隸」（《梁書·陶弘景傳》），後隱於句容茅山，自號華陽隱居，是一個地地道道的道士。但他又似乎並未棄絕人事，梁武帝每有大事，輒加咨詢，人稱「山中宰相」。隱居後，他一方面修道授徒，怡情養性，一方面遊山玩水，吟詩作賦，《梁書·陶弘景傳》稱其「特愛松風，每聞其響，欣然爲樂。有時獨遊泉石，望見者以爲僊人」。

陶弘景的主要文學成就是一詩、一文，即：

> 山中何所有？嶺上多白雲。只可自怡悦，不堪持贈君。
>
> （《詔問山中何所有賦詩以答》）

〔註137〕 曹道衡、沈玉成《中國文學家辭典·先秦漢魏晉南北朝卷》，北京：中華書局1996年版，第201頁。

　　山川之美，古來共談。高峰入雲，清流見底。

　　兩岸石壁，五色交輝；青林翠竹，四時俱備。

　　曉霧將歇，猿鳥亂鳴；夕日欲頹，沉鱗競躍。

　　實是欲界之仙都，自康樂以來，未復有能與其奇者。（《答謝中書書》）

陶弘景寫山水時，並非模山範水、極力刻畫，而是善於調動讀者的想像。《詔問山中何所有賦詩以答》一詩，雖只有「嶺上多白雲」一句及景，卻有著以少總多、「含不盡之意見於言外」（宋歐陽修《六一詩話》引梅堯臣語）的效果，讀時彷彿有許多景致紛至沓來，令人應接不暇。這是陶弘景寫山水的過人之處。《答謝中書書》向來與吳均《與朱元思書》並舉，寫山水林木，晨昏景象，卻更加精鍊、簡潔，作者並不著力於刻畫，只是淡淡地勾出幾個富有特徵的片段，卻有聲有色，形神兼備，讀者通過聯想即可得出一幅完整的圖畫。另外，這一詩一文於字句間時見隱逸之情、高遠之趣，讀來令人神清氣爽，倍覺清新、愉悅。

　　除了這一詩一文，陶弘景《尋山志》一文也有許多山水描寫：

　　　　爾乃荊門晝掩，蓬戶夜開，室迷夏草，徑惑春苔。庭廬月映，琴響風哀。夕鳥依簷，暮獸爭來。

　　　　時復歷近壟，尋遠巒，坐磐石，望平原。日負嶂以共隱，月披雲而出山。風下松而含曲，泉漱石而生文。草葺葺以拂露，鹿飆飆而來群。捫盧蘿以入谷，傍洪潭而比清。照石壁以端色，攀桂枝而齊貞。亟扈蘭而佩蕙，及春鳩之未鳴。

　　　　遂乃凌巖峭，至松門，背通林，面長源。右聯山而無際，左憑海而齊天。竹泛泛以垂露，柳依依而迎蟬，鷗雙雙以赴水，鷺軒軒而歸田。赴水兮泛濫，歸田兮翱翔。此泛濫之足樂，意斯齡之不長。

史書稱陶弘景「遍歷名山，尋訪仙藥。每經澗谷，必坐臥其間，吟詠盤桓，不能已已」（《梁書・處士傳》），《尋山志》即是其「吟詠盤桓，不能已已」的山水之作。這是另一種風格的山水美文，敘述具體，描寫細微，至不勝其繁的地步。不過，由於作者融入了高逸之趣，語言平實、清新，抒寫灑脫、流暢，故不覺其煩，反而給人以愉悅、暢快的感覺。第一段是對幽居生活的描寫，居處為山水環繞，而山水也不時地來窺探居室，頗類於吳均的《山中雜詩》之意。第二段敘述作者在山水之間遊賞的情形，「歷近壟，尋遠巒，坐磐石，望平原」，活現出一介自由、蕭散的山中隱士形象，「日負嶂以共隱，月

披雲而出山。風下松而含曲，泉漱石而生文。草蕓蕓以拂露，鹿飆飆而來群」，對山水的描寫親切、可人，真可謂「鳥獸禽魚自來親人」（《世說新語・言語》），而作者的動作也極為可愛，「捫虛蘿」、「傍洪潭」、「照石壁」、「攀桂枝」，此舉惟大謝有過，寫出了作者發自內心對山水的熱愛。第三段盡力描繪了山水萬物陳陳相依的情態，竹垂露、柳迎蟬、鷗赴水、鷺歸田，一幅何等和諧的自然山水圖畫啊。

正如《與朱元思書》和《答謝中書書》是南朝山水小品文中的雙璧一樣，吳均與陶弘景也是南朝隱逸山水文學最為耀眼的兩顆明星。

（三）劉峻等人的山水文學

除了吳均、陶弘景外，有過隱逸經歷且寫有隱逸山水作品的還有劉峻。劉峻（462～521）字孝標，平原（今屬山東）人，家貧，少時被北魏所擄，後逃還江南，好讀書，有「書淫」之譽。做過齊豫州府刑獄、梁荊州戶曹參軍，不得志，後隱居東陽金華山，卒後諡「玄靖先生」。劉峻在文學史上以標注《世說新語》而知名，而其山水文學成就也較高。

隱逸期間，劉峻寫有《始居山營室》一詩，表達其志：

> 自昔厭諠囂，執志好棲息。嘯歌棄城市，歸來事耕織。
> 鑿戶窺嶕嶢，開軒望巉崱。激水簷前溜，修竹堂陰植。
> 香風鳴紫鶯，高梧巢綠翼。泉脈洞杳杳，流波下不極。
> 彷彿玉山隈，想像瑤池側。夜誦神仙記，旦吸雲霞色。
> 將馭六友輿，行從三鳥食。誰與金門士，撫心論胸臆。

劉峻早在《自江州還入石頭》詩中即表示：「我思江海遊，曾無朝市玩。」以他貧寒的地位和耿介的性格，遲早是要走上歸隱之路的。《始居山營室》當是他歸隱之初為營建居室而作，既是記實之作，也是述懷之篇。中間的寫景，「鑿戶窺嶕嶢，開軒望巉崱。激水簷前溜，修竹堂陰植。香風鳴紫鶯，高梧巢綠翼。泉脈洞杳杳，流波下不極」數語將居室的環境寫得極富情致，隱逸之情盡含其中，雖不如吳均《山中雜詩》那般凝煉、含蓄，而表情達意卻是一致的。

劉峻另有一篇《東陽金華山棲志》，歎曰：「每思濯清瀨，息椒丘，寤寐永懷，其來尚矣。」而其山水描寫亦極為精彩，且看中間的兩段：

> 東陽實會稽西部，是生竹箭。山川秀麗，泉澤坱鬱。若其群峰

迭起，則接漢連霞；喬林布濩，則春青冬綠；迴溪映流，則十仞洞
底；膚寸雲谷，必千里雨散。信卓犖爽塏，神居奧宅。

　　金華之首，有紫巖山，山色紅紫，因此為稱。靡迤坡陀，下屬
深渚；巑屼隱嶙，上虧日月。登自山麓，漸高漸峻；壘路迫隘，魚
貫而升。路側有絕澗，閜閜磨豀。俯窺木杪，焦原石邑，匪獨危懸。
至山將半，便有廣澤大川，臯陸隱賑。予之葺宇，實在斯焉。所居
三面，皆迴山周繞，有象郭郭。前則平野蕭條，目極通望。東西帶
二澗，四時飛流泉。清瀾微靈，滴瀝生響，白波跳沫，洶湧成音，
尊漕潰引流，交渠綺錯。懸溜瀉於軒甍，激湍回於階砌。

這兩段文字，寫法上，類於漢大賦，極為細緻，不過由於是實寫，且融入了
高逸之趣和愉悅之情，因而讀來倍感真切，不覺其累。語言上，雖有駢偶，
卻不甚嚴，因而顯得較為靈動。這篇山水美文雖不及吳均《與朱元思書》、陶
弘景《答謝中書書》，卻也可算作南朝小品文中的佳篇。

　　古代士人，對隱逸有著一種特殊的情感。即便居高位，享尊貴，也依
然將隱逸掛在嘴邊，這一方面是偶爾不得志時的泄憤之辭，一方面也是藉
以抬高身價、高標自許。南朝時，後一種心態在身居高位者中普遍流行，
連梁武帝也不例外，他在《淨業賦序》中說：「少愛山水，有懷丘壑。身羈
俗羅，不獲遂志。」又在《答陶弘景解官詔》中嘉許陶弘景道：「卿遣累卻
粒，尚想清虛。山中閒靜，得性所樂，當善遂嘉志也。」這並非全是矯情，
因為當時社會的風尚如此，士人們普遍以隱逸為宗，哪怕身居高位。如宋
南平王劉鑠在《過歷山湛長史草堂》中表示：「願逐安期生，於焉愜高枕。」
謝靈運在《歸途賦》中說：「今量分告退，反身草澤，經途履運，用感其心。」
沈約在《答沈麟士書》中自許道：「與尊賢弋約泉臯，以慰閒暮，則平生之
心，於此遂矣。」謝朓在《之宣城郡出新林浦向板橋》中表示：「雖無玄豹
姿，終隱南山霧。」丘遲更在《還林賦》中慨歎：「依俙子陵之釣，彷彿滄
浪之歌。出入風霞，遊息雲露。階伺禽飛，窗高月度。踟躕七教，徘徊五
禮，永翥帶於關上，長緝巾乎林底。」儘管他們並非真正的隱士，甚至也
不曾有過真正的隱逸之舉，但他們一旦走進深山大壑，特別是為某高士的
隱逸之舉所觸動時，偶爾也會流露真情，寫出一些有著隱逸情趣的山水佳
篇。如：

試逐赤松遊，披林對一丘。梨紅大谷晚，桂白小山秋。

> 石鏡菱花發，桐門琴曲愁。泉飛疑度雨，雲積似重樓。
> 王孫若不去，山中定可留。（庾肩吾《尋周處士弘讓》）
> 桃源驚往客，鶴嶠斷來賓。復有風雲處，蕭條無俗人。
> 山寒微有雪，石路本無塵。竹徑蒙籠巧，茅齋結構新。
> 燒香披道記，懸鏡厭山神。砌水何年溜，簷桐幾度春。
> 雲霞一已絕，寧辨漢將秦。（徐陵《山齋》）
> 飛鏡點青天，橫照滿樓前。深林生夜冷，復閣上宵煙。
> 葉動花中露，湍鳴闇裏泉。竹風聲若雨，山蟲聽似蟬。
> 摘果仍荷藉，酌水用花傳。一卮聊自飲，萬事且蕭然。
> （劉孝先《草堂寺尋無名法師》）

這些詩基本是他們因尋訪隱逸之士、寺僧而前往深山有感而作，受被尋訪者隱逸高趣的感染，詩人們此刻也表現出強烈的出世情懷，在吟詩作賦時便很自然地將這種情感投射到山水中。從這點說，這些詩與吳均、陶弘景、劉峻的作品區別不大。但由於這些人並非眞正的隱士，吟詠山水也不過一時之興，情感上不及吳均等強烈，加之對野外山水原本生疏，故寫來仍欠眞切。

這類以隱逸情趣入山水的文學，與謝靈運、袁山松、盛弘之等人以自然情趣入山水的文學極爲相似，都是人與山水合而爲一、融爲了一個整體，作者將一片激賞之情投入到山水之上，且吟詠的都是野外山水。不過，二者投入的情感略有差別，謝靈運、袁山松、盛弘之等人以純自然情感入山水，只是對山水的熱愛，不帶社會情感，而吳均、陶弘景、劉峻等人是以隱逸之情入山水的，隱逸，本質上還是一種社會情感，只不過是一種最爲接近自然的社會情感而已。因此，隱逸山水文學的作者主要是隱士，而以自然情趣入山水的文人多不是隱士。

三、江總、張正見等人的山水文學

南朝文人，在心靈深處總藏著隱逸情結。他們中的絕大多數人並沒有勇氣眞正地去做隱士，卻爲自己規劃了一個亦官亦隱、半官半隱的美好藍圖——恰如帝王家有宮苑一樣，他們營造了一個怡情養性的「後花園」。這些「後花園」，多爲山環水繞的別墅，建於城郊風景佳麗處。平時，他們居住在官邸裏，待休沐或養病時，便隱身於這些「都市桃花源」中。

在南朝,這是一個極爲普遍的現象。王謝家族的烏衣巷自不待言,其它如宋張茂度「經始本縣之華山以爲居止,優遊野澤,如此者七年」(《宋書·張茂度傳》),齊孔稚珪「不樂世務,居宅盛營山水,憑几獨酌,傍無雜事。門庭之內,草萊不剪,中有蛙鳴」(《南齊書·孔稚珪傳》),梁沈約「立宅東田,矚望郊皋」(《梁書·沈約傳》),到洽「築室巖阿,幽居者積歲」(《梁書·到洽傳》),而謝莊、謝朓、蕭子雲、朱異、徐陵、庾信、王褒、江總、張正見等都在都城建康近郊建有別墅。

這些別墅,成了這些人安頓心靈的處所。於是,他們一方面在帝王宮苑、朝廷官邸裏,盡力地迎合著帝王的趣味,寫一些純娛樂、遊戲性的文字,乃至不惜充當「狎客」,參與並推動著宮體之風,一方面卻又在自己的城郊別墅裏高標自許,以一種隱逸情趣來吟詠山水。而這種吟詠城郊山水別墅的文字,便是吳均、陶弘景、劉峻之外,隱逸山水文學的另外一種形式。

宋代謝莊《北宅秘園》即是這類作品:

> 夕天霽晚氣,輕霞澄暮陰。微風清幽幌,餘日照青林。
> 收光漸窗歇,窮園自荒深。綠池翻素景,秋槐響寒音。
> 伊人儻同愛,弦酒共棲尋。

這首詩極似晉代湛方生的《後齋詩》。「伊人儻同愛,弦酒共棲尋」一聯已經直接表達了其隱逸情趣。對園中景物的描寫,雖有「荒」、「寒」等字眼,但讀來並無荒寒之感,倒覺頗有幾分溫情脈脈。這種感受顯然與吳均等人的作品不同。謝朓也不乏這類作品:

> 結宇夕陰街,荒幽橫九曲。迢遞南川陽,迤邐西山足。
> 闢館臨秋風,敞窗望寒旭。風碎池中荷,霜翦江南菜。
> 既無東都金,且稅東皋粟。(《治宅》)

此詩略敘了其「治宅」的情形,而重點卻在描繪別墅的風景及周邊山水,「既無東都金,且稅東皋粟」一聯表達了其隱逸之情,「闢館臨秋風,敞窗望寒旭」一聯寫得頗有情致。

歷宋、齊、梁三代的沈約曾表示:「生平愛嗜,不在人中,林壑之歡,多與事奪。日暮塗殫,此心往矣;猶獲少存閒遠,征懷清曠。結宇東郊,菲雲止息,政復頗寄夙心,時得休偃。仲長遊居之地,休璉所述之美,望慕空深,何可彷彿。」(《報劉杳書》)又羨慕他人的隱逸生活,稱:「名山既鄉內所豐,清川又坐臥可對。不出戶庭,而與禽尚齊美哉!」(《答沈麟士書》)其別墅在

建康東郊,他時常前往遊歷,作為寄託「林壑之歡」的所在,且看他是如何陶然於其中的:

> 陳王鬥雞道,安仁採樵路。東郊豈異昔,聊可閒餘步。
> 野徑既盤紆,荒阡亦交互。槿籬疏復密,荊扉新且故。
> 樹頂鳴風飆,草根積霜露。驚麏去不息,征鳥時相顧。
> 茅棟嘯愁鴟,平岡走寒兔。夕陰帶層阜,長煙引輕素。
> 飛光忽我遒,豈止歲云暮?若蒙西山藥,頹齡儻能度。
>
> (《宿東園》)

這首詩,一敘離別城市、留宿東園的情形,一抒休沐之際在東園陶然的情懷。「槿籬疏復密,荊扉新且故」一聯充滿了田園氣息,其中的景物描寫都充滿了隱逸情趣。

除了謝朓、沈約外,蕭子雲、朱異、庾信都有這類山水之作。這些人的別墅多位於建康東郊,周圍村落環繞,田疇交錯,山明水秀,風景秀麗。結合前面提到的南齊文惠太子在東田建園苑,謝朓、沈約建別墅於東郊,則南朝時,都城建康東郊外當有一個很大的官員別墅群,許多官員都在那裏建居室、起別苑,作為生活與遊賞之地。

江總和張正見是陳代宮苑山水文學的代表作家,但他們的隱逸山水詩卻展示了另外的一面。先看江總的幾首詩:

> 洗沐惟五日,棲遲在一丘。古楂橫近澗,危石聳前洲。
> 岸綠開河柳,池紅照海榴。野花寧待晦,山蟲詎識秋。
> 人生復能幾,夜燭非長遊。(《山庭春日》)
>
> 春夜芳時晚,幽庭野氣深。山疑刻削意,樹接縱橫陰。
> 戶對忘憂草,池驚旅浴禽。樽中良得性,物外知余心。
>
> (《春夜山庭》)
>
> 獨於幽棲地,山庭暗女蘿。澗漬長低筱,池開半卷荷。
> 野花朝暝落,盤根歲月多。停樽無賞慰,狎鳥自經過。
>
> (《夏日還山庭》)

詩人差不多將「山庭」的四季都寫到了,讀來別有風味,與他的宮苑山水詩迥異其趣。每一首詩都萃取幾個經典鏡頭,勾勒出「山庭」不同季節、不同時間的風景,將其作為組詩,未嘗不可。「棲遲在一丘」、「物外知余心」、「獨於幽棲地」數語可見詩人的隱逸情懷,「古楂橫近澗,危石聳前洲」、「山疑刻

削意，樹接縱橫陰」兩聯已脫宮體氣息，「澗漬長低筱，池開半卷荷」是不錯的寫景佳句。

　　張正見也有這類作品，且看：

　　　　搖落山中曙，秋氣滿林隈。螢光映草頭，鳥影出枝來。

　　　　殘暑避日盡，斷霞逐風開。空返陶潛縣，終無宋玉才。

　　　　《還彭澤山中早發》

　　　　遊人及丘壑，秋氣滿平臯。路積康成帶，門疎仲蔚蒿。

　　　　山明雲氣盡，天靜鳥飛高。自有東籬菊，還持泛濁醪。

　　　　《秋晚還彭澤》

張正見的這兩首詩，吟詠的並非別墅中的風景，而其中蘊含的隱逸情趣卻與江總相似，不同的是，張正見描繪出了一派田園風光，「秋氣滿林隈」、「斷霞逐風開」、「秋氣滿平臯」、「山明雲氣盡，天靜鳥飛高」展示了一幅幅美妙的畫卷，給人留下極深印象。江總、張正見向被視作宮體詩人，但其山水詩成就並不小。這種反映人間風景的隱逸山水詩與陶淵明的田園詩較爲接近，它們都是寫隱逸生活，抒發隱逸情趣，也都涉及農村和田園。其區別是：田園詩主要寫農村狀況、農民生活，雖也有田園風光的描寫，但往往著墨不多；而這種隱逸山水詩雖涉及農村，但很少、很淡，即便是田園風光也不多，只是略加點綴，而主要是以詩人的別墅爲中心，描寫周邊的山水風光，藉以表達隱逸高趣。

第三章　南朝山水文學的地域性

　　上世紀九十年代以後，國內興起了一股以文學地理學理論研究中國古代文學的風氣。《文學評論》1990 年第 2 期發表吳承學先生《江山之助——中國古代文學地域風格論初探》一文，較早地提及文學具有不同的地域性特徵的觀點，作者將古代批評家對地域風格的論述加以整理並予以述評後指出，作為人類的社會活動，文學創作自然而然地受到地理環境的制約和影響，某一地域的文學創作，往往具有這一地域所特有的色彩。各地域不同的自然景觀會塑造出不同的審美心理，早期的文學藝術地域色彩尤為顯著。1995 年，曾大興先生《中國歷代文學家之地理分佈》一書由湖北教育出版社出版，該書作為「1990 年度國家社會科學基金項目」，自出版以來，在歷史地理學界和古代文學研究界產生重要反響，被公認為是我國第一部文學地理學研究方面的專著。而文學地理學的真正興起則是在新世紀以後：2005 年，楊義先生在劍橋大學、北京大學、蘇州大學、河南大學、南開大學講演稿的基礎上，在《文學評論》第 3 期發表《重繪中國文學地圖與中國文學的民族學、地理學問題》一文，正式提出文學地理學的概念，作者將文學的地理學與文學的民族學、重繪中國文學地圖三者結合起來，認為文學的地理學要關注地域文化，關涉到作家的出生地、宦遊地、流放地，大家族的遷移，文化中心的轉移。2007 年，劉躍進先生在《文學遺產》第 3 期發表《江南的開發及其文學的發軔》一文，運用自然地理學與歷史地理學的理論，首先辨析了先秦到兩漢時期有關「江南」的含義，並探討了江南經濟文化發展的歷史背景及其特點，在此基礎上，分別就秦漢時期江左、江右及嶺南三個地區的學術文化發展作了比較全面深入的探討，為探尋中古時期江南文學高度繁榮的原因提供了一個新

的視角。2012 年，曾大興先生《文學地理學研究》一書由商務印書館出版，這是中國第一部以「文學地理學」命名的學術著作，該書探討了文學地理學研究的歷史與現狀、對象與任務、意義與目標，文學地理學的學科定位與主要理論問題，文學家的地理分佈問題，文學與氣候的關係問題，以及文學景觀的定義、類型與價值問題，是作者多年來從事文學地理學研究的一個小結。

筆者以為，所謂文學地理學，就是借助地理學的理論，對作家作品的地域性特徵進行考察，研究其地域性分佈特點，並分析其形成的自然、歷史原因。如果說，文學史學是立足時間對文學進行研究的話，文學地理學便是立足空間對文學進行展開，二者結合，縱橫交錯，可以讓人們對文學認識得更清晰、透徹。

本章論述南朝山水的地域性，即是借鑒文學地理學理論，對南朝山水文學作一個空間的展示，分析南朝山水文學的地域分佈特點。南朝宋、齊、梁、陳四個朝代，偏安江南一隅，致使其山水文學有著明顯的南方特色。就地域性而言，南朝山水文學中較為突出的內容是江南、荊楚、湖湘、匡廬四地，分別形成了「江南山水」、「荊山楚水」、「湖湘山水」、「匡廬山水」四大意象。

這四大山水意象，因各自山水特徵不同、文化的差異，政治狀況、經濟開發程度、文人活動不同等諸多原因，而呈現出各自的特徵。大致來說，「江南山水」以會稽、永嘉、宣城、建康為中心，景點密度大，呈網狀分佈，且以明媚秀逸的自然山水為主要特徵，又加入了羈旅情緒和「江南採蓮女」的文化意蘊；「荊山楚水」因融入長江、漢水交匯這一獨特的自然風貌，漢女、巫山神女的神話傳說，楚、三國吳舊址等歷史掌故，而呈現出神奇、美麗、歷史底蘊深厚的特點；「湖湘山水」融奇絕的自然風景、浪漫的神話傳說於一體，具體表現為：以洞庭湖為中心，以湘水、沅水為主線，以衡山、九疑山為重點，既有湖湘山水美麗的自然風光，又融入了虞舜、湘妃等浪漫的神話傳說；「匡廬山水」在贛地呈一山獨秀之勢，人們以巨大的熱情吟詠廬山奇絕的自然風光、神異的仙道傳說，匡廬以吟詠的頻率與密度別具一格。

第一節　江南山水

歷代詠江南的文學作品頗多，屈原《招魂》曰：「魂兮歸來哀江南！」漢樂府《江南》詠道：「江南可採蓮，蓮葉何田田。魚戲蓮葉間：魚戲蓮葉東，

魚戲蓮葉西，魚戲蓮葉南，魚戲蓮葉北。」丘遲《與陳伯之書》寫道：「暮春三月，江南草長，雜花生樹，群鶯亂飛。」庾信《哀江南賦》歎曰：「惜天下之一家，遭江南之反氣。以鶉首而賜秦，天何為而此醉！」白居易《憶江南》以深情的筆調描繪道：「江南好，風景舊曾諳。日出江花紅勝火，春來江水綠如藍。能不憶江南？」韋莊《菩薩蠻》也說：「人人盡說江南好，遊人只合江南老。春水碧於天，畫船聽雨眠。爐邊人似月，皓腕凝霜雪。未老莫還鄉，還鄉須斷腸。」〔註1〕聞一多先生呼江南曰：「山明水秀的江南，風流儒雅的江南。」〔註2〕既贊其山水之美，又歎其文化之雅致。而江南山水之發現、江南文化的奠基，卻是在六朝，尤其是南朝。

那麼，江南是指哪一片地域呢？不同的時代所指自然不同。即便現代人，各人站在不同的立場上，見仁見智，很難統一。正如《走遍中國・江蘇》一書所說：「對於絕大部分中國人來說，江南是一個含混不清的指代，它泛指那片水光瀲灩、煙柳繁華之地。」〔註3〕本節所論的江南，是指今江蘇中南部揚州、南京、鎮江、蘇州、常州、無錫地區，浙江省全境以及皖南徽州、宣城、蕪湖地區，這主要考慮到：一、南朝建都建康，以這些地區作為統治核心區；二、這些地方山水特徵相似，在地理上基本構成一個完整的區域；三、這些地區在文化上較為接近。

南朝統治者，以建康為中心，精心開拓著江南這一片山明水秀的土地，使這一帶不但在經濟上，而且在文化上居於全國領先地位，從而奠定了今天江南文化的基礎。山明水秀本是江南的自然資源，但隨著南朝山水文學的興起，經過「大小謝」、吳均、陶弘景、蕭綱、蕭繹、陳後主諸人的開拓，江南山水以藝術的形式呈現在人們面前，這些數量極為可觀的詩文歌賦，留給後人一個「山水江南」的深刻印象，成為江南文化的重要組成部分。

「江南本是六朝文學總匯的中樞」〔註4〕，因政治原因，南朝文人的主要足跡都在江南，特別是主要的山水大家謝靈運、謝朓、吳均、蕭綱等，江南山水被大量地發現，並被吟詠於筆下。南朝文人筆下的「江南山水」是如此地豐富，如此地密集，如此地一致，以至很難區別、歸類，甚至也很難取捨。

〔註1〕 李誼《韋莊集校注》，成都：四川省社會科學院出版社1986年版，第525頁。
〔註2〕 聞一多《唐詩雜論 詩與批評》，北京：中華書局1996年版，第55頁。
〔註3〕 《走遍中國・江蘇》，北京：中國旅遊出版社2007年版，第3頁。
〔註4〕 聞一多《唐詩雜論 詩與批評》，北京：中華書局1996年版，第55頁。

但我們還是根據山水作品的數量多少、對當時及後世的影響等，而提煉山四個重點的地方：會稽，永嘉，宣城，建康。

一、會稽：「山水詩的搖籃」

說會稽是「山水詩的搖籃」，大概不會有人懷疑。

東晉、南朝宋時期的會稽郡，士族門閥盤踞，豪貴奢華、敷衣天下，是國之倚重地區。以此為基礎，文人雅士多居其中，《晉書·王羲之傳》載：「會稽有佳山水，名士多居之，謝安未仕時亦居焉。孫綽、李充、許詢、支遁等皆以文義冠世，並築室東土，與羲之同好。」《南史·王鎮之傳附弘之傳》稱：「會稽既豐山水，是以江左嘉遁，並多居之。至若王弘之拂衣歸耕，逾歷三紀；孔淳之隱約窮岫，自始迄今。阮萬齡辭事就閒，纂戎先業，既遠同義、唐，亦激貪歷競。」謝靈運《山居賦》中也記載了當時士族、雅士占居會稽土地的情形：「五奧者，曇濟道人、蔡氏、郗氏、謝氏、陳氏各有一奧，皆相掎角，並是奇地。」

東晉中後期，文人的山水遊賞之風大興，一批有著極高文化修養的文人——王羲之、謝安、孫綽、許詢、支遁、王獻之、王徽之等結伴在會稽遊山玩水、談玄論道，「釋域中之常戀，暢超然之高情」（孫綽《遊天台山賦》），在這種澄懷味道、與道冥一的心境下，他們對自然山水之美有了較深的認識：

> 顧長康從會稽還，人問山川之美。顧云：「千巖競秀，萬壑爭流，草木蒙籠其上，若雲興霞蔚。」（《世說新語·言語》）

> 王子敬云：「從山陰道上行，山川自相映發，使人應接不暇。若秋冬之際，尤難為懷。」（《世說新語·言語》）

> 道壹道人好整飭音辭，從都下還東山。已而會雪下，未甚寒，諸道人問在道所經。壹公曰：「風霜固所不論，乃先集其慘澹：郊邑正自飄瞥，林岫便自浩然。」（《世說新語·言語》）

從這三篇文字看，顧愷之、王獻之、道壹道人眼中的山水已是典型的情之山水，「千巖競秀，萬壑爭流」中，「競」、「爭」二字簡直將山水寫活了，王獻之偏愛秋冬的景致，道壹道人逢雪，不論風霜之「慘澹」，卻感受到「郊邑正自飄瞥，林岫便自浩然」，這是主觀情緒對外部自然的投射，即「以我觀物，

故物皆著我之色彩」〔註5〕（王國維《人間詞話》），因爲顧愷之等人已經突破「玄對山水」的束縛，而開始以情對山水了，即以欣賞的態度面對山水。

一方面，「一切美的光來自心靈的源泉：沒有心靈的映像，是無所謂美的」〔註6〕（《中國藝術意境之誕生》），但另一方面，「山水能夠造就山水欣賞者，山水的美能夠培養出山水審美情趣」〔註7〕，會稽山水的獨特風貌對於造就東晉文人山水審美趣味的影響，是我們不能忽視的。

東晉會稽郡轄十縣，即山陰、上虞、餘姚、句章、鄞、鄮、始寧、剡、永興、諸暨，境內會稽山、四明山、天台山、龍門山等連綿不絕，浦陽江、曹娥江蜿蜒曲折，江河縱橫，湖泊密佈，爲山水絕美之地。其山水體現出明秀的特點，《會稽郡記》稱：「會稽境特多名山水，峰崿隆峻，吐納雲霧。松栝楓柏，擢乾疏條，潭壑鏡徹，清流瀉注。」（《世說新語·言語》劉孝標注引）《輿地志》載：「山陰南湖，縈帶郊郭，白水翠巖，互相映發，若鏡若圖。故王逸少云：山陰路上行，如在鏡中遊。」（《初學記》卷八引）《水經注·浙江水》描述了謝玄始寧墅所在的風景：「浦陽江自嶀山東北徑太康湖，車騎將軍謝玄出居所住。右濱長江，左傍連山，平陵修通，澄湖遠鏡。於江曲起樓，樓側悉是桐梓，森聳可愛，居民號爲桐亭樓，樓兩面臨江，盡升眺之趣。蘆人漁子，泛濫滿焉。湖中築路，東出趨山，路甚平直。山中有三精舍，高薨凌虛、垂簷帶空，俯眺平林，煙杳在下，水陸寧晏，足爲避地之鄉矣。」李白詠會稽山水曰：「遙聞會稽美，且度耶溪水。萬壑與千巖，崢嶸鏡湖裏。秀色不可名，清輝滿江城。人遊月邊去，舟在空中行」（《送王屋山人魏萬還王屋》），「借問剡中道，東南指越鄉。舟從廣陵去，水入會稽長。竹色溪下綠，荷花鏡裏香。辭君向天姥，拂石臥秋霜」（《別儲邕之剡中》）。白居易眼中的會稽山水：「東南山水，越爲首，剡爲面，沃洲天姥爲眉目。」〔註8〕（《沃州山禪院記》）

可見，會稽山水呈現出來的總的特徵是山明水秀：山則蒼翠深蔚、雲遮霧繞，水則澄碧明淨、紆徐潺緩。長期生活在這樣的山川秀色中，一次一次接受明秀的美的境界的薰陶，自會在人們的意識裏留下深深的印記，進而形

〔註5〕 （清）況周頤、王國維《蕙風詞話 人間詞話》，北京：人民文學出版社1982年版，第191頁。

〔註6〕 宗白華《美議》，北京：北京大學出版社2010年版，第71頁。

〔註7〕 羅宗強《魏晉南北朝文學思想史》，北京：中華書局1996年版，第134頁。

〔註8〕 （唐）白居易《白居易集》，北京：中華書局1979年版，第1440頁。

成一種獨特的審美趨尚。可以這樣說，東晉文人崇尚明秀的審美趣味，很大
程度上是他們長期接受會稽山水美的薰陶的結果。

這種審美趣味，很自然地進入了他們的詩中，促進了山水詩發展——這
突出地體現於蘭亭詩中。

王羲之等人的蘭亭詩有 41 首，其中嚴格意義上山水詩有 12 首，且看其
中的三首：

> 肆眺崇阿，寓目高林。青蘿翳岫，修竹冠岑。
> 谷流清響，條鼓鳴音。玄崿吐潤，霏霧成陰。（謝萬）
> 丹崖竦立，葩藻暎林。淥水揚波，載浮載沉。（王彬之）
> 肆盼巖岫，臨泉濯趾。感興魚鳥，安居幽峙。（王豐之）

蘭亭，位於今紹興城西南 12 公里處，「此地有崇山峻嶺，茂林修竹，又有清
流激湍，映帶左右」（王羲之《蘭亭集序》），是一處極爲清幽的山水勝地。上
引這三首《蘭亭詩》，或寫遊賞山水的情形，「肆眺崇阿，寓目高林」，「肆盼
巖岫，臨泉濯趾」，怡然自得；或吟詠山水情態，「青蘿翳岫，修竹冠岑。谷
流清響，條鼓鳴音」，「丹崖竦立，葩藻暎林。淥水揚波，載浮載沉」，宛若一
幅幅優美的山水圖畫。

正是在蘭亭文人的「一觴一詠」之中，「遊目騁懷」之下，山水詩終於以
一種極爲雅淡的特質誕生，似一縷汨汨的清泉，彙入中國古典文學的長河。

會稽對於江南山水的意義，不僅僅在於其明瑟的山水影響了東晉文人的
審美情趣，也不僅僅在於蘭亭文人在這種雅淡的審美趣味下創作出了一批優
美的山水詩，更在於他孕育了第一個山水大家謝靈運。

謝靈運生長於會稽始寧，會稽的山水養育了他、陶冶了他，令他染上了
「山水癖」，一生與山水結緣：他自稱「山水，性分之所適」（《遊名山志》），
將山水置於和衣食同等的地位；早年出仕時，即「未嘗廢丘壑」（《齋中讀書》），
遭貶謫赴永嘉之際，他表示「久露干祿情，始果遠遊諾」（《富春渚》），「將窮
山海跡，永絕賞心悟」（《永初三年七月十六日之郡初發都》）；在永嘉，「郡有
名山水，靈運素所愛好，出守既不得志，遂肆意遊遨，遍歷諸縣，動逾旬朔，
民間聽訟，不復關懷」（《宋書·謝靈運傳》），他感覺唯一愜意的事便是「㝹
乃歸山川，心跡雙寂寞」（《齋中讀書》），以遊山玩水爲業；做太守不到一年，
即掛冠歸隱，「移籍會稽，修營別業，傍山帶江，盡幽居之美」（《宋書·謝靈
運傳》）；被宋文帝招至京師後，他「穿池植援，種竹樹菫，驅課公役，無復

期度。出郭遊行或一日百六七十里，經旬不歸，既無表聞，又不請急」（《宋書·謝靈運傳》）；因而被放還，但他依然如故，「既東還，與族弟惠連、東海何長瑜、潁川荀雍、泰山羊璿之，以文章賞會，共爲山澤之遊，時人謂之四友」（《宋書·謝靈運傳》）；後又赴臨川任內史，「在郡遊放，不異永嘉」（《宋書·謝靈運傳》）；在發往廣州的路上，他還寫下《嶺表賦》，「既陟麓而踐阪，遂陟降於山畔。顧後路之傾巇，眺前磴之絕岸。看朝雲之抱岫，聽夕流之注澗」，感歎於異域山水的奇絕，全然不顧死亡的威脅；臨刑前，他寫下絕筆詩：「恨我君子志，不獲巖上泯」（《宋書·謝靈運傳》），依然以不能長眠於山水之間爲憾。

可見，謝靈運一生的宦海沉浮、出處窮達，乃至其最後的悲劇結局，都與山水有著莫大的關係。有人說，謝靈運屢遭迫害，乃政治上劉宋皇族打擊王謝世家大族的必然結果，但不可否認謝靈運沉湎於山水、不務朝政在其中所起的激化作用；有人將謝靈運的死亡歸於其性格的狂傲，其實，這種狂傲性格的形成正與其醉心於山水的舉動暗合，眞正有「山水癖」的人，往往是棄絕人事、高蹈不羈的。

謝靈運是這樣一個人：他唯有置身於山水之中，才能眞正地樂而忘憂、樂而忘返，進而獲得精神上的大愉悅、身心上的大自由，他的藝術心靈才能被極大地激活，進而產生活潑潑的藝術靈感，創作出令人歎絕的山水佳篇。山水詩能夠在謝靈運的手上被激活，固然與山水文學整體發展的大背景關係密切，但尤不可否認謝靈運無與倫比的山水激情的催化作用。

會稽不僅孕育了謝靈運，而且是一個給予了他靈感的山水佳地，且不說其《山居賦》、《遊名山志》是他退居始寧時所作，所寫內容爲會稽山水，就是其最爲人稱道的山水詩，也是到會稽以後才臻於藝術上的成熟境界的，這一點與他在永嘉時期的山水詩作對比後自可發現。謝靈運在永嘉時期的山水詩絕大多數顯得生硬，玄言的痕跡明顯，許多詩甚至算不得眞正的山水詩，而會稽期間的山水詩則有了較大改變，除了一小部分山水詩有一些弊病外，大多數山水詩已經達到了情、景、事、理渾融的境界。這一點在前面已有了較爲詳細的論述，這裏再舉兩例：

晨策尋絕壁，夕息在山棲。疏峰抗高館，對嶺臨迴溪。
長林羅戶穴，積石擁階基。連巖覺路塞，密竹使徑迷。
來人忘新術，去子惑故蹊。活活夕流駛，噭噭夜猿啼。

沈冥豈別理，守道自不攜。心契九秋幹，月玩三春黃。
居常以待終，處順故安排。惜無同懷客，共登青雲梯。
（《登石門最高頂》）

躋險築幽居，披雲臥石門。苔滑誰能步，葛弱豈可捫。
嫋嫋秋風過，萋萋春草繁。美人遊不還，佳期何由敦。
芳塵凝瑤席，清醑滿金罇。洞庭空波瀾，桂枝徒攀翻。
結念屬霄漢，孤景莫與諼。俯濯石下潭，仰看條上猿。
早聞夕飆急，晚見朝日暾。崖傾光難留，林深響易奔。
感往慮有復，理來情無存。庶持乘日車，得以慰營魂。
匪爲眾人說，冀與智者論。
（《石門新營所住四面高山回溪石瀨茂林修竹》）

這兩首詩都是詩人居石門時，對周邊自然山水的吟詠，敘述遊蹤、描寫山水，乃至抒情、說理，已經能夠很好地結合起來，特別是「長林羅戶穴，積石擁階基。連巖覺路塞，密竹使徑迷」、「崖傾光難留，林深響易奔」數語，以禪意入山水，以山水寫禪意，形象、生動而富有趣味，已非空泛地說理。結尾處雖都有數聯說理，但由於是從前面的敘述、寫景等順勢帶出，故也不覺其空，除「庶持乘日車，得以慰營魂」一聯顯得生澀外，其它說理都極易懂。

除了謝靈運，南朝許多文人也以巨大的熱情吟詠著會稽的山水：

被毛褐之森森，振金策之鈴鈴。披荒榛之蒙籠，陟峭崿之崢嶸。
濟棲溪而直進，落五界而迅征。跨穹窿之懸磴，臨萬丈之絕冥。
踐莓苔之滑石，搏壁立之翠屏。（孫綽《遊天台山賦》）

會稽山南，有宛委山，其上有石，俗呼石匱，
壁立干雲，有懸度之險，升者累梯，然後至焉。
（《藝文類聚》卷八山部下引孔靈符《會稽山記》）

　（若耶）溪水上承嶕峴麻溪。溪之下，孤潭周數畝，甚清深。有孤石臨潭，乘崖俯視，猿狄驚心，寒木被潭，森沉駭觀。上有一櫟樹，謝靈運與從弟惠連常遊之，作連句，題刻樹側。麻潭下注若耶溪，水至清，照眾山倒影，窺之如畫。（《水經注・浙江》）

群峰此峻極，參差百重嶂。清淺既漣漪，激石復奔壯。
神物徒有造，終然莫能狀。（任昉《嚴陵瀨》）

以上只是其中的一小部分，但已經涉及山水賦、山水文、山水詩各體，且不乏各個時期作家的經典之作。它們與謝靈運的《山居賦》、《遊名山志》、山水詩一道，令會稽山水以熠熠光彩閃爍於山水文學史上，極大地豐富了江南山水的內涵。

論及會稽對於江南山水的意義，不可忽視一個可愛的女子——西施。

西施，春秋末年苧蘿（今紹興諸暨）人，古代「四大美女」之一。越王句踐被吳王夫差打敗，做了夫差的階下囚。句踐忍辱負重，臥薪嘗膽，三年後得以歸國。後來，他聽從大臣范蠡和文種的計謀，一面十年生聚、十年教訓，富國強兵，一面使美人計麻痺吳王，將西施選送吳國。夫差從此沉醉歌舞，終爲句踐所滅。

在今諸暨縣城南苧蘿山下，有西施故里。山僅數丈，臨江而立。江邊有一大石，名浣紗石，相傳是西施當年浣紗之處。石上有「浣紗」兩個大字，筆勢飛騰，字跡能辨，傳爲王羲之所書。孔曄《會稽記》稱：「縣東北六十里，有土城山，句踐索美女以獻吳王，得諸暨羅山賣薪女西施、鄭旦，先教習於土城山，山邊有石，云是西施瀚沙石。」（《藝文類聚》卷八・山部下・會稽山引）

西施的意義在於，她成爲了江南千千萬萬採蓮女的代表，以活潑可愛、美麗多情、善解人意的形象出現於文學作品中，成爲江南山水意象極爲重要的組成部分。

二、永嘉：「永嘉山水主靈秀」

會稽是「山水詩的搖籃」，但山水詩的始發地卻是永嘉。

東晉明帝太寧元年設永嘉郡，先後出任永嘉郡守的有王羲之、裴松之、孫綽、顏延之、謝靈運、丘遲，都可謂文化、歷史、文學史上的大家。而最終令永嘉聲名鵲起的人，還是謝靈運。

永初三年（422）七月十六日，謝靈運離開建康，赴永嘉太守任。離別之際，他激憤而又欣慰地表示：「將窮山海跡，永絕賞心悟！」（《永初三年七月十六日之郡初發都》）這一次被貶，他離一直苦苦糾纏的權力中心雖是遠了，卻向著眷戀了許久的山水邁進了。

一路上，他經故鄉始寧，緣浦陽江而下，夜渡魚浦潭，溯錢塘江西上，經富春渚、七里瀨，至蘭溪，轉婺江而達金華，捨舟登岸，由金華、麗水、

青田陸行，循甌江而下，在八、九月份之間方抵達永嘉。沿途，他即寫有一些寫景佳句，如「析析就衰林，皎皎明秋月」（《鄰里相送至方山》），「山行窮登頓，水涉盡洄沿」、「白雲抱幽石，綠筱媚清漣」（《過始寧墅》），「石淺水潺湲，日落山照曜」（《七里瀨》）等，已經呈現出一派「東海揚帆，風日流麗」〔註9〕（敖器之《敖陶孫詩評》）的氣象，與之前文人創作的山水詩大爲不同。

永嘉，大致相當於今溫州境，位於浙東南，東瀕東海，境內名山秀水眾多，風光旖旎，素有「東南山水甲天下」之美譽，綿亙有洞宮、括蒼、雁蕩諸山脈，流淌有甌江、飛雲江、螯江等大小河流。沈德潛將謝靈運山水詩的風格與永嘉山水的特點對比以後，發現二者暗合，謂「遊山詩，永嘉山水主靈秀，謝康樂稱之」〔註10〕（《說詩晬語・卷下》），此語頗有見地。

謝靈運在永嘉只呆了一年左右時間即掛靴歸隱，但這一年時間卻是他山水詩的爆發期，《宋書・謝靈運傳》稱：「郡有名山水，靈運素所愛好，出守既不得志，遂肆意遊遨，遍歷諸縣，動逾旬朔，民間聽訟，不復關懷」，在「肆意遊遨，遍歷諸縣」的過程中，謝靈運寫下了大概 15 首左右的詩歌，其中有大量的山水描寫佳句，也有名篇。

謝靈運吟詠最爲集中的，有三處山水：

一是郡治所在處山水。從謝靈運的詩裏大致可以看出，永嘉郡治爲山水環繞，其中點綴有亭臺、樓閣、堂蕪、池苑等，池中植有芙蓉、青草，不同季節呈現出不同的景致。如他的《晚出西射堂》：「步出西城門，遙望城西岑。連鄣疊巘崿，青翠杳深沉。曉霜楓葉丹，夕曛嵐氣陰。」從全詩來看，謝靈運本是懷著一種羈旅之愁、歲月易逝的悲愁來眺望山水的，但他的筆下卻不見蕭殺氣氛，而是描繪出一幅美麗的深秋山嵐圖畫，這迥異於宋玉的「悲哉，秋之爲氣」（《九辯》），也不同於曹操的「秋風蕭瑟，洪波湧起」（《觀滄海》），第一次將秋天寫得如此地充滿了詩情畫意。

而他更有名的兩首詩則是吟詠春景的。到永嘉後，謝靈運一直抱病在身，直到次年春天才痊癒，於是有了遊玩的興致，「時竟夕澄霽，雲歸日西馳。密林含餘清，遠峰隱半規。久痗昏墊苦，旅館眺郊歧。澤蘭漸被徑，芙蓉始發池」（《遊南亭》），「初景革緒風，新陽改故陰。池塘生春草，園柳

〔註9〕 北京大學中國文學史教研室《魏晉南北朝文學史參考資料》，北京：中華書局1962 年版，第 483 頁。
〔註10〕 丁福保《清詩話》，上海：上海古籍出版社 1978 年版，第 550 頁。

變鳴禽」(《登池上樓》)，春天竟是如此地充滿了新意和活力，恰似晉宋之際正逐漸擺脫玄言束縛的山水詩。而詩中所詠的小池也一舉成名，後來被人喚作「謝公池」〔註11〕。

　　二是永嘉郡治以東沿海一帶。據載，今天的溫州境內陸地海岸線長達 355 公里，有島嶼 436 個，它們似閃光的翡翠散落在浩瀚的東海上，成爲一道獨特的風景。謝靈運病癒後，即行使太守職責，前往轄區「行田」，同時遊覽山水，吟詠獨特的海濱風貌。如「千頃帶遠堤，萬里瀉長汀。洲流涓澮合，連統塍埒並」(《白石巖下經行田》)，「遨遊碧沙渚，遊衍丹山峰」(《行田登海口盤嶼山》)，「採蕙遵大薄，搴若履長洲。白花皜陽林，紫蘤曄春流」(《郡東山望溟海》)，「千圻邈不同，萬嶺狀皆異。威摧三山峭，瀄汩兩江駛」(《遊嶺門山》)，他甚至泛海暢遊，「首夏猶清和，芳草亦未歇。水宿淹晨暮，陰霞屢興沒。周覽倦瀛壖，況乃陵窮髮。川後時安流，天吳靜不發。揚帆採石華，掛席拾海月」(《遊赤石，進帆海》)，據謝靈運《遊名山志》：「永寧、安固二縣中路東南，便是赤石，又枕海。」帆海，即今帆遊山，在瑞安縣北五十里，東接大羅山，與永嘉縣分界。劉宋鄭緝之《永嘉郡記》載：「帆遊山，地昔爲海，多過舟，故山以帆名。」可知帆遊山在晉宋之際，或猶是海。

　　特別是有著「海上名山，寰中絕勝」之稱的雁蕩山，謝靈運曾寫下《從斤竹澗越嶺溪行》一詩，記錄其從天濛濛亮即前往雁蕩山斤竹澗一帶遊賞的情形：

> 猿鳴誠知曙，谷幽光未顯。巖下雲方合，花上露猶泫。
>
> 逶迤傍隈隩，迢遞陟陘峴。過澗既厲急，登棧亦陵緬。
>
> 川渚屢徑復，乘流玩回轉。蘋萍泛沉深，菰蒲冒清淺。
>
> 企石挹飛泉，攀林摘葉卷。想見山阿人，薜蘿若在眼。
>
> 握蘭勤徒結，折麻心莫展。情用賞爲美，事昧竟誰辨。
>
> 觀此遺物慮，一悟得所遣。

雁蕩山「萬條流泉千條瀑」，最奇的是大龍湫，它終年奔騰不息，四季呈現著迥異的風光。大龍湫注入錦溪，又與多處細流匯合，在東南峽形成筋竹澗。筋竹澗以水景爲主，全澗有眾多碧潭、飛瀑等，澗兩岸山巖交錯，嵐影山光，別有幽趣。因爲謝靈運的這首詩和關於他的一些傳說，這裏今有「謝公嶺」、「落齒亭」等景致。

〔註11〕　《太平寰宇記》載：「謝公池，在溫州西北三里，積穀山東，『池塘生春草』即此處。」

　　三是永嘉郡治西部一帶的楠溪江、甌江等地。這些地方溪流蜿蜒流淌，秀美的山川側立兩岸，以水秀、巖奇、瀑多、灘林美而名。

　　楠溪江位於永嘉郡治西北，兩大支流小楠溪和珍溪分佈於東西兩側，東臨雁蕩山，西接括蒼山，南緣有甌江汨汨流過。楠溪江流域青山層疊，碧水縈繞，兩岸倒影，水清見底，游魚碎石，歷歷在目。謝靈運在《登永嘉綠嶂山》中詠道：「裹糧杖輕策，懷遲上幽室。行源徑轉遠，距陸情未畢。澹瀲結寒姿，團欒潤霜質。澗委水屢迷，林迥巖逾密。眷西謂初月，顧東疑落日。踐夕奄昏曙，蔽翳皆周悉。」寫出了詩人為秀美的山水所誘惑，以至於晨昏不辨、流連不忍歸去的情形。所詠綠嶂山，據《讀史方輿紀要·卷九十四》稱，在永嘉「西北二十里有青嶂山，上有大湖，澄波浩渺，一名七峰山」〔註12〕。

　　值得一提的是，在謝靈運之後，「山中宰相」陶弘景也曾在小楠溪上游的大箬巖隱居，故大箬巖有陶公洞，附近有白雲嶺，不遠的水雲村還建有白雲亭。清康熙《溫州府志》載：「陶弘景棲茅山，一日夢人告曰，欲求還丹，三永之間。知是永嘉、永寧、永康，遂入楠溪青嶂山修道。」他那篇著名的山水小品文《答謝中書書》描繪的即是楠溪江一帶的山水：「山川之美，古來共談。高峰入雲，清流見底。兩岸石壁，五色交輝。青林翠竹，四時俱備。曉霧將歇，猿鳥亂鳴。夕日欲頹，沉鱗競躍。實是欲界之仙都。自康樂以來，未復有能與其奇者。」〔註13〕

　　甌江是永嘉境內最大的河流，沿江兩岸山上巖奇、洞幽、瀑雄，自然風光秀美，名山勝水眾多，謝靈運在此寫下著名的《登江中孤嶼》一詩：

> 江南倦歷覽，江北曠周旋。懷新道轉迥，尋異景不延。
> 亂流趨正絕，孤嶼媚中川。雲日相輝映，空水共澄鮮。
> 表靈物莫賞，蘊真誰為傳。想像崑山姿，緬邈區中緣。
> 始信安期術，得盡養生年。

這首詩是謝靈運永嘉時期較為成熟的一首山水詩，真正達到了情、景、事、理渾融的境界，葉笑雪先生評此詩道：「詩人在孤嶼山頭，眼前平鋪一片秀媚

〔註12〕　（清）顧祖禹《讀史方輿紀要》，北京：中華書局2005年版，第4340頁。
〔註13〕　關於《答謝中書書》所詠為何處山水，王京州先生《〈答謝中書書〉為描寫永嘉山水考》一文有較為詳細的論述，見《陶弘景集校注》，上海古籍出版社2009年版，第295～297頁。

的山川，胸中卻縹緲著遊仙奇趣，便有飄然遺世之情！」〔註14〕孤嶼，即孤嶼山，又稱江心嶼，在溫州甌江中流，是一座東西闊、南北狹的孤島，景色秀麗宜人。因謝靈運此詩，島上今建有「謝公亭」和「澄鮮閣」。

此外，謝靈運還寫了其它一些地方的風景，其中不乏寫景佳句，如「曠流始毖泉，涸塗猶跰跡」（《種桑》），「苺苺蘭渚急，藐藐苔嶺高。石室冠林陬，飛泉發山椒」（《石室山》），「千圻邈不同，萬嶺狀皆異。威摧三山峭，澗泊兩江駛」（《遊嶺門山》），「日沒澗增波，雲生嶺逾疊。白芷競新苕，綠蘋齊初葉」（《登上戍石鼓山》），「近澗涓密石，遠山映疏木」（《過白岸亭》），這裏涉及到永嘉更多地方的山水，謝靈運自稱「江南倦歷覽，江北曠周旋」，誠不虛也。

將謝靈運這些詩中的山水描寫，與永嘉境內雁蕩山、楠溪江、百丈漈——飛雲湖、仙巖、瑤溪、澤雅、濱海玉蒼山、洞頭、寨僚溪、百丈漈等景區呈現出來的山水風貌比較，沈德潛「遊山詩，永嘉山水主靈秀，謝康樂稱之」確實爲的評。

「主靈秀」的永嘉山水，隨著謝靈運的靈秀之筆，給南朝的江南山水意象注入了一股清新的靈秀氣息。

三、宣城：「幸蒞山水都，復值清冬緬」

宣城位於皖東南，與江、浙兩省接壤，地處皖南山區和長江下游平原的結合部，東連天目，南倚黃山，西靠九華，域內襟山帶水，敬亭、柏視、水西、龍須四山峰巒疊翠，青弋江、水陽江二水相依，風景絕佳，被謝朓譽爲「山水都」（《遊山詩》）。

宣城於西晉太康二年始置，治宛陵，南朝宋、齊因之，齊屬南豫州。大詩人謝朓可謂「開發宣城自然美的第一人」〔註15〕。齊明帝建武二年（495）夏，他以吏部郎出任宣城太守，在郡近兩年，「高閣常晝掩，荒階少諍辭」（《在郡臥病呈沈尙書》）、「每視事高齋，吟嘯自若，而郡亦告治」〔註16〕（明萬曆初《宣城郡志·良吏列傳》），得以暢遊宣城山水，「及領宣城，境中多佳山水，

〔註14〕 葉笑雪《謝靈運詩選》，上海：古典文獻出版社 1957 年版，第 55 頁。
〔註15〕 余恕誠、周嘯天、丁放《詩情畫意的安徽》，合肥：安徽大學出版社 2005 年版，第 58 頁。
〔註16〕 轉引自曹融南《謝宣城集校注》，上海：上海古籍出版社 1991 年版，第 446 頁。

雙旌五馬，遊歷殆遍，風流文采，觸炳一時」﹝註17﹞（明萬曆初《宣城郡志‧
良吏列傳》），進而創作了大量山水詩篇。

　　謝朓是南朝以羈旅之情入山水的代表作家，在前往宣城途中，即表達出
「旅思倦搖搖，孤遊昔已屢」和「既歡懷祿情，復協滄州趣」（《之宣城郡出
新林浦向板橋》）兩種矛盾的心態。在宣城，這兩種情緒即同時縈繞著他。

　　宣城郡衙位於宣州府山頭，居全城最高處，謝朓故宅在郡衙後面，可以
北眺敬亭山，「高軒瞰四野，臨牖眺襟帶」（《後齋迴望》），實爲一賞風景的絕
佳去處。謝朓自名其曰「高齋」，他在兩年的太守任上，起居、理事、吟詠、
寫作，多在此齋。

　　謝朓在這裏創作了大量的寫景佳句，其中多以羈旅之愁入詩：

　　　　結構何迢遞，曠望極高深。窗中列遠岫，庭際俯喬林。

　　　　日出眾鳥散，山暝孤猿吟。（《郡內高齋閒望答呂法曹》）

　　　　颯颯滿池荷，脩脩蔭窗竹。簷隙自周流，房櫳閒且肅。

　　　　蒼翠望寒山，崢嶸瞰平陸。（《冬日晚郡事隙》）

　　　　望山白雲裏，望水平原外。夏木轉成帷，秋荷漸如蓋。（《後齋迴望》）

　　　　寒城一以眺，平楚正蒼然。山積陵陽阻，溪流春谷泉。

　　　　威紆距遙甸，巉巖帶遠天。切切陰風暮，桑柘起寒煙。

　　　　（《宣城郡內登望》）

　　　　餘雪映青山，寒霧開白日。曖曖江村見，離離海樹出。（《高齋視事》）

　　　　落日餘清陰，高枕東窗下。寒槐漸如束，秋菊行當把。（《落日悵望》）

其中多帶一「寒」字，如「寒山」、「寒城」、「寒霧」、「寒槐」，顯然多爲秋冬
景致。謝朓或許是有意識地以秋冬山水入詩，正如他在《遊山詩》中所說：「幸
蒞山水都，復值清冬緬。」這些景物描寫，本身已經含著一縷揮之不去的愁
緒了，加之他在詩中直接表露的感情：「已惕慕歸心，復傷千里目」（《冬日晚
郡事隙》），「鞏洛常睠然，搖心片懸旆」（《後齋迴望》），「悵望心已極，惝怳
魂屢遷」（《宣城郡內登望》），「昧旦多紛喧，日晏未遑捨」、「已傷歸暮客，復
思離居者」（《落日悵望》），更是增加了投射到景物上的愁緒，令這些景物呈
現出「清寒」的特點。

────────────────

﹝註17﹞　轉引自曹融南《謝宣城集校注》，上海：上海古籍出版社 1991 年版，第 446
　　　　頁。

　　這種愁緒，在謝朓遊歷敬亭山的過程中被自然山水沖淡了，而呈現出一片純對於自然的熱愛之情。敬亭山位於宣州北郊 3 公里處，水陽江畔，屬黃山支脈，山勢平緩，亦不甚高，東西綿亙百餘里。

　　且看謝朓吟詠敬亭山最著名的作品：

　　　兹山亙百里，合沓與雲齊。隱淪既已託，靈異居然棲。

　　　上干蔽白日，下屬帶回溪。交藤荒且蔓，樛枝聳復低。

　　　獨鶴方朝唳，饑鼯此夜啼。漠雲已漫漫，夕雨亦淒淒。

　　　我行雖紆組，兼得尋幽蹊。緣源殊未極，歸徑窅如迷。

　　　要欲追奇趣，即此淩丹梯。皇恩竟已矣，兹理庶無暌。

　　（《遊敬亭山》）

雖然也有「荒」、「朝唳」、「夜啼」、「淒淒」等字眼，但詩中蘊含的感情卻是愉悅的，讀來頗爲輕鬆、快樂。詩人似乎是在有意識地「以哀景寫樂」，因爲他的目的是要「追奇趣」，以追求山水的奇絕爲樂。這顯然是在有意識地模仿大謝的遊山詩，不是單純從結構和形式上模仿，而是從內容和內涵上學習。

　　謝朓此詩影響甚大，劉禹錫稱：「宣城謝守一首詩，遂使名聲齊五嶽。」（《九華山歌》）雖未免太過，但李白先後 7 次登臨此地，卻多半是因爲謝朓和他的這首詩。李白後來寫下《獨坐敬亭山》一詩：「眾鳥高飛盡，孤雲獨去閒。相看兩不厭，只有敬亭山。」更是令敬亭山聲名鵲起。其後，白居易、韓愈、劉禹錫、杜牧、梅堯臣、湯顯祖、施閏章、梅清、梅庚等慕名登臨，吟詩作賦，繪畫寫記，歷代吟頌敬亭山的詩、文、畫達千數，敬亭山遂被稱爲「江南詩山」，而宣城也被譽爲「自古詩人地」。

　　謝朓曾以太守身份祀敬亭山廟，又多次攜侶往遊，並在山上築樓覽勝。奇怪的是，謝朓一踏入敬亭山中，他在「高齋」裏的思鄉愁緒總能被沖淡，他那猶疑的心情立即變得明淨：

　　　山中芳杜綠，江南蓮葉紫。芳年不共遊，淹留空若是。

　　　水府眾靈出，石室寶圖開。白雲帝鄉下，行雨巫山來。

　　（《祀敬亭山春雨聯句》）

　　　白水田外明，孤嶺松上出。即趣佳可淹，淹留非下秩。

　　（《還塗臨渚聯句》）

這些聯句，是謝朓與當時宣城一些文人遊山時所作的遊戲之筆，每一個聯句，

其實都是一首精美的小詩，其中對山水的描寫較為清新，不似《遊敬亭山》那般奇峭。

而與謝朓一道作聯句的宣城文人，也寫出了一些較好的寫景佳句或佳篇：「綠水豐漣漪，青山多繡綺。新條日向抽，落花紛已委」（何從事《往敬亭路中聯句》），「春岸望沉沉，清流見彌彌。幸藉人外遊，盤桓未能徙」（陳郎《往敬亭路中聯句》），「綠水纈清波，青山繡芳質。落景皎晚陰，殘花綺餘日」（何從事《還塗臨渚聯句》），「白沙澹無際，青山眇如一。傷此物運移，惆悵望還律」（吳郎《還塗臨渚聯句》），「雨洗花葉鮮，泉漫芳塘溢。藉此閒賦詩，聊用蕩羈疾」（陳郎《閒坐聯句》），「蘭亭仰遠風，芳林接雲崿。傾葉順清飆，修莖佇高鶴」（何從事《紀功曹中園聯句》），「青鳥飛層隙，赤鯉泳瀾限」（齊舉郎《祀敬亭山春雨聯句》），他們詩中展現出來的宣城山水，是一片春日的流麗景象，清新明淨。

謝朓還有一首《遊山詩》，也是吟詠敬亭山的，其中有「幸蒞山水都，復值清冬緬」聯，似乎向我們透露了一些信息：謝朓在宣城所詠，多為「清冬」的山水，「清」是指這裏的山水原本清新、秀逸，「冬」則意味著清寒。從上面所引謝詩看，其中的山水確實呈現出清寒的特點，這大致與他視宣城為遠離政治漩渦的避難處有關，他的心情一直在猶疑中，不曾真的平靜。

清洪亮吉稱：「詩人所遊覽之地，與詩境相肖者，惟大、小謝：溫、臺諸山，雄奇深厚，大謝詩境似之。宣、歙諸山，清遠綿渺，小謝詩境似之。」[註18]（《北江詩話》）確實，謝朓筆下的宣城山水，與大謝的會稽、永嘉山水略為不同，而呈現出「清寒」的特點。它豐富了「江南山水」的內涵，令「江南山水」意象變得更豐滿，更有層次。

四、建康：「江南佳麗地，金陵帝王州」

建康，即今南京，是南朝宋、齊、梁、陳四個朝代的都城，加上之前的東吳、東晉，號稱「六朝古都」。

建康襟江帶河，依山傍水，鍾山龍蟠，石頭虎踞，山川秀美。孫權所建石頭城，東憑鍾山和燕雀湖，北依雞籠山、覆舟山和玄武湖，南迎秦淮河，西近五臺山，諸葛亮出使東吳，途經此地時騎馬上石頭城觀賞山水，歎道：「鍾

〔註18〕　（清）洪亮吉《北江詩話》，北京：人民文學出版社 1983 年版，第 77～78 頁。

阜龍蟠，石頭虎踞，眞乃帝王之宅也！」後經東晉、南朝歷代經營，建康空前繁榮，東吳築的土牆全部改爲磚砌，皇宮範圍擴大，至梁朝宮城已有內外三道城牆，稱「臺城」，北面的雞籠山、覆舟山有皇家花園，東面的青溪和南面的朱雀橋、烏衣巷爲貴族聚居區，城郊範圍東西南北各四十里，手工業和商業都很興盛。

　　建康既是南朝的帝王之都，又是名副其實的山水之都，更是南朝的文化中心，文人活動最爲頻繁和集中的地方。謝朓《入朝曲》對此作了形象的刻畫：

> 江南佳麗地，金陵帝王州。逶迤帶淥水，迢遞起朱樓。
> 飛甍夾馳道，垂楊蔭御溝。凝笳翼高蓋，疊鼓送華輈。
> 獻納雲臺表，功名良可收。

一邊是綠水逶迤、山環水繞，一邊是朱樓迢遞、宮闕林立，這就是南朝時期建康呈給人們的印象。謝朓此詩乃初出仕時所作，其中處處洋溢著青年人特有的朝氣、活力和對功名的追求，給人以欣喜之感，而滲透著這種感情的「江南佳麗地，金陵帝王州」一語，從此成爲南京的口號和宣傳語。

　　這種印象式的「佳麗地」和「帝王州」形象，廣泛地出現於南朝文人筆下。如宋文帝劉義隆（407～453）《登景陽樓詩》：

> 崇堂臨萬雉，層樓跨九成。瑤軒籠翠幌，組幕翳雲屛。
> 階上曉露潔，林下夕風清。蔓藻媛綠葉，芳蘭媚紫莖。
> 極望周天險，留察浹神京。交渠紛綺錯，列植發華英。
> 士女眩街里，軒冕曜都城。萬軫楊金鑣，千軸樹蘭旌。

相比於謝朓《入朝曲》，這首詩的描寫更具體、更形象，處處流露出帝王的自豪感和滿足感，不無炫耀之意。南朝文人的這類作品不少，多爲帝王遊宴時君臣的應景之作，如：「層峰互天維，曠渚綿地絡。逢皋列神苑，遭壇樹仙閣」（劉駿《遊覆舟山》），「臨炎出蕙樓，望辰躋菌閣。上征切雲漢，俛眺周京洛。城寺鬱參差，街衢紛漠漠。禁林寒氣晚，方秋未搖落」（劉孝綽《侍宴詩》），「春光起麗譙，屣步陟山椒。閣影臨飛蓋，鶯鳴入洞簫」（庾肩吾《從皇太子出玄圃應令詩》），「紫川通太液，丹岑連少華。堂皇更隱映，松灌雜交加」（劉孝威《登覆舟山望湖北》），幾成千篇一律之勢，並無多少藝術性。

　　同時，另有一批文人帶著欣喜、惆悵、猶疑等情緒詠歎「帝王州」的風景，倒是另有一番情調，如前引謝朓《入朝曲》，再如：

大江流日夜，客心悲未央。徒念關山近，終知返路長。
秋河曙耿耿，寒渚夜蒼蒼。引領見京室，宮雉正相望。
金波麗鳷鵲，玉繩低建章。驅車鼎門外，思見昭丘陽。
馳暉不可接，何況隔兩鄉？風雲有鳥道，江漢限無梁。
常恐鷹隼擊，時菊委嚴霜。寄言蔚羅者，寥廓已高翔。
（謝朓《暫使下都夜發新林至京邑贈西府同僚》）

鼓枻浮大川，延睇洛城觀。洛城何鬱鬱，杳與雲霄半。
前望蒼龍門，斜瞻白鶴館。槐垂御溝道，柳綴金堤岸。
迅馬晨風趨，輕與流水散。高歌梁塵下，絙瑟荊禽亂。
我思江海遊，曾無朝市玩。忽寄靈臺宿，空軫及關歎。
仲子入南楚，伯鸞出東漢。何敢棲樹枝，取斃王孫彈。
（劉峻《自江州還入石頭》）

這兩首詩對建康的描寫並不多，但「引領見京室，宮雉正相望。金波麗鳷鵲，玉繩低建章。驅車鼎門外，思見昭丘陽」、「鼓枻浮大川，延睇洛城觀。洛城何鬱鬱，杳與雲霄半。前望蒼龍門，斜瞻白鶴館。槐垂御溝道，柳綴金堤岸」數語，卻飽含深情，故而感人較深，遠非那些遊戲之筆所能比。

南朝帝王大多喜好遊賞山水，吟風弄月，他們在皇宮周圍大造園囿，作爲遊樂之所。如宋文帝即在玄武湖中築三山——「蓬萊」、「方丈」、「瀛洲」，象徵傳說中的三座神山，又於北岸建上林苑，南岸建樂遊苑、華林苑；齊武帝經常到鍾山、幕府山、玄武湖一帶遊玩；昭明太子蕭統在玄武湖中洲上廣建亭臺樓閣，開闢果園，經常同文人學士蕩舟遊玩，飲酒賦詩；而梁湘東王蕭綱、元帝蕭繹、陳後主叔寶更是引領著一大批御用文人，在宮苑里遊賞、吟詠，這些深入帝王生活的宮苑山水，是「六朝之都」的另一個重要內容，較之印象式的「佳麗地」和「帝王州」形象尤深了一層。

且看這些帝王對自己宮苑的描寫：

託性本禽魚，棲情閒物外。蘿徑轉連綿，松軒方杳藹。
丘壑每淹留，風雲多賞會。（蕭子良《遊後園》）

平衢望如掌，曾雉曖相連。斷雲留去日，長山減半天。
戲鳧乘泆下，漁舟冒浪前。（蕭綱《薄晚逐涼北樓迴望》）

禁闈九重中，宴賞三春日。雲收山樹隱，葉長宮槐密。
水綠已浮苔，花舒正含實。（陳叔寶《宴詹事陸繕省詩》）

這些宮苑的主人，以閒逸之筆敘述著他們在後花園裏的遊樂生活，描述著這些
經過人工精心布置的山水：和風煦煦，暖日高照，山巒遠浮，湖水倒映，城樓
宮牆不時在綠蔭間隱翳，隨著數隻彩舟在蓮荷間穿梭，鳧鳥驚飛，萍藻推移，
身著彩衣的宮女揚舟蕩楫，時而攀摘青蓮，時而輕拾紫菱，而這些帝王則與御
用文人一道，飲酒賦詩，欣賞春光……雖然季節、時辰、人物、心境會有不同，
但場景大致相同，格調基本類似。除了南朝，再沒有一個時代的帝王，會如此
慷慨地將他們的「私生活」公之於眾，而且是以文學的形式，詩意而浪漫。

　　除了帝王自身，圍繞在他們身邊的文人也以奉和、應令的形式吟詠宮苑
里的山水：「築室華池上，開軒臨芰荷。方塘交密筱，對溜接繁柯。景移林改
色，風去水餘波。洛城雖半掩，愛客待驪歌」（劉孝綽《陪徐僕射晚宴詩》），
「閬苑秋光暮，金塘牧潦清。荷低芝蓋出，浪湧燕舟輕。逆湍留棹唱，帶谷
聚笳聲。岸竹交臨浦，山桐迴出城。水逐雲峰闇，寒隨殿影生」（庾肩吾《山
池應令》），「架嶺承金闕，飛橋對石梁。竹密山齋冷，荷開水殿香。山花臨舞
席，冰影照歌床」（徐陵《奉和簡文帝山齋詩》），「不覺因風雨，何時入後池。
樓臺非一勢，臨玩自多奇。雲生對戶石，猿掛入櫩枝」（庾信《奉和山池》），
「長洲春水滿，臨泛廣川中。石壁如明鏡，飛橋類飲虹。垂楊夾浦綠，新桃
緣遶紅」（王褒《玄圃睿池臨泛奉和》），「歷覽周仁智，登臨歡豫多。穿渠引
金谷，闢道出銅駝。長橋時跨水，曲閣乍臨波。巖風生竹樹，池香出芰荷。
石幽銜細草，林末度橫柯」（王臺卿《山池應令詩》），「遙天收密雨，高閣映
奔曦。雪盡青山路，冰銷綠水池。春光落雲葉，花影發晴枝。琴樽奉終宴，
風月豈去疲」（張正見《初春賦得池應教》），除了因身份而在態度上有一些卑
格，內容、格調基本不出宮苑的主人。

　　這些宮苑中的山水本應深藏於威嚴、高跱的宮牆背後的，但南朝的帝王
臣子們實在是太過浪漫、太具文人氣息了，他們毫不掩飾地描述著這些山水，
以詩文歌賦的形式發佈著這些山水。「江南佳麗地，金陵帝王州」的南京總是
比其它的古都多一縷纏綿、多一絲情調、多一些浪漫、多一份可愛，大概與
這些穿透歷史、至今依然可以令人觸摸的宮苑山水有許多關係吧。

　　而在「江南佳麗地，金陵帝王州」的繁華景致背後，更藏著另外一番景
象：建康城外，一批落寞、失意的文人，在權力的傾軋之下，歷經一陣挫折
之後，悄悄收拾行裝，睠戀不捨地踏波遠去，他們眼中的「帝王州」，卻是別
一樣的黯然景象：

江干遠樹浮，天末孤煙起。江天自如合，煙樹還相似。

滄流未可源，高帆去何已？（范雲《之零陵郡次新亭》）

寒鳥樹間響，落星川際浮。繁霜白曉岸，苦霧黑晨流。

鱗鱗逆去水，彌彌急還舟。望鄉行復立，瞻途近更修。

誰能百里地，縈繞千端愁？（何遜《下方山》）

回首望歸途，山川邈離異。落日懸秋浦，歸鳥飛相次。

感物傷我情，惆悵懷親懿。（劉顯《發新林浦》）

芒山眠洛邑，函谷望秦京。遙分承露掌，遠見長安城。

故鄉已可識，遊子必勞情。霧罷前林見，風息湧川平。

坐觀暮潮落，漸見夕煙生。無由一羽化，徒想御風輕。

（劉孝威《出新林》）

翹首回望，京城比任何時候都顯得美好，都令人眷戀不已，而遠望前方呢，「坐觀暮潮落，漸見夕煙生」、「江干遠樹浮，天末孤煙起」、「落日懸秋浦，歸鳥飛相次」、「霧罷前林見，風息湧川平」，濤浪相接，前路茫茫，令人不能不頓生悲情，「望鄉行復立，瞻途近更修。誰能百里地，縈繞千端愁」、「感物傷我情，惆悵懷親懿」、「故鄉已可識，遊子必勞情」，是此時的景讓人更生悲感，還是心中的悲給這一片景染上了深深的愁緒？

新亭、三山、新林、方山都是建康城附近的幾處景點。新亭，建康城南十五里，俯近江渚。東晉建立初，南渡諸人常在此「藉卉飲宴」，周凱曾歎「風景不殊，正自有山河之異」，引得眾人相視流涕。三山，亦名三石磯，「三峰排列，下臨大江」，「山周回四里。大江從西來，勢如建瓴，而此山突出當其衝。有三峰，南北相接，積石森鬱，濱於大江」〔註19〕。新林，即新林浦，在建康城西二十里處，長二十里。方山，在秦淮河東岸，《讀史方輿紀要·卷二十》稱，方山在江寧府「東南四十五里。志云：山高百六十丈，周二十七里，形如方印，一名天印山，秦鑿金陵山疏淮水為瀆處也」〔註20〕。謝靈運赴永嘉別建康時即在此登船，當時的景象是：「析析就衰林，皎皎明秋月。」（《鄰里相送至方山》）

這幾處被來往行人吟唱了千百回的山水，以其中蘊含著的深深的羈旅愁

〔註19〕　（清）顧祖禹《讀史方輿紀要》，北京：中華書局 2005 年版，第 947 頁。

〔註20〕　（清）顧祖禹《讀史方輿紀要》，北京：中華書局 2005 年版，第 946 頁。

緒感染著我們，徹底衝破了「江南佳麗地，金陵帝王州」的繁華表面，而爲這裏的山水平添了一縷悲情，增加了一份厚重感。

胡曉明先生說：「六朝人多半期望在明媚的風景中，點綴一個明媚的女子。」〔註21〕這個明媚的女子，便是「江南採蓮女」意象。確實，談南朝山水中的江南意象，若少了這「江南採蓮女」，江南山水大概要少去一半的魅力吧。

最早的採蓮女意象，見之於漢樂府《江南》一詩：

> 江南可採蓮，蓮葉何田田，魚戲蓮葉間：魚戲蓮葉東，
>
> 魚戲蓮葉西，魚戲蓮葉南，魚戲蓮葉北。

郭茂倩《樂府解題》稱：「江南，古辭，蓋美芳晨麗景，嬉遊得時。若梁簡文『桂楫晚應旋』，唯歌遊戲也。」〔註22〕詩中雖然沒有直接點出採蓮女，一般人讀這首詩，都會在心中升起一群嫋嫋娜娜的採蓮女形象，她們與江南、蓮葉、戲魚一道，構成了一幅「生動活脫的水墨畫」〔註23〕。尤爲難得的是，這「採蓮女」自一開始就與「江南」聯繫在了一起，儘管這裏的「江南」並非我們今天的所謂「江南」。魏晉間詩人傅玄也有一首《蓮歌》：「渡江南，採蓮花，芙蓉增敷，曄若星羅。綠葉映長波，迴風容與動纖柯。」依然將「採蓮女」和「江南」緊緊地聯繫在一起。

東晉、南朝時期，採蓮女自己唱起了採蓮歌，「乘月採芙蓉，夜夜得蓮子」、「芙蓉始結葉，花豔未成蓮」、「青荷蓋淥水，芙蓉葩紅鮮。郎見欲採我，我心欲懷蓮」、「四周芙蓉池，朱堂敞無壁」、「泛舟芙蓉湖，散思蓮子間」（《子夜四時歌·夏歌》），「青荷蓋綠水，芙蓉披紅鮮。下有並根藕，上生並目蓮」（《西曲歌·青陽度》），「借問湖中採菱婦，蓮子青荷可得否」（《西曲歌·青驄白馬》），「芙蓉始懷蓮，何處覓同心」（《西曲歌·月節折楊柳歌四月歌》），《子夜四時歌》屬「吳聲歌曲」，產生於建康及周圍地區，《西曲歌》屬「西曲」，產生於江漢流域的荊襄一帶。可見，「江南採蓮女」中的「江南」，當是包括長江中下游的廣大區域。

這種現象在文人的筆下也有反映，文人筆下的採蓮女包括荊湘、吳越兩

〔註21〕　胡曉明《萬川之月——中國山水詩的心靈境界》，北京：北京大學出版社 2005年版，第 184 頁。

〔註22〕　（宋）郭茂靖《樂府詩集》，上海：上海古籍出版社 1998 年版，第 315 頁。

〔註23〕　韓兆琦《中國文學史》，北京：北京師範大學出版社 1996 年版，第 305 頁。

地：「江上可採菱，清歌共南楚」（謝朓《江上曲》）、「漁舟暮出浦，漢女採蓮歸。夕雲向山合，水鳥望田飛」（蕭子雲《落日郡西齋望海山》）當指荊襄，「汀洲採白蘋，日落江南春。洞庭有歸客，瀟湘逢故人」（柳惲《江南曲》），「棹歌發江潭，採蓮渡湘南」（沈約《江南曲》）當指湖湘，「遊戲五湖採蓮歸，發花田葉芳襲衣」（蕭衍《採蓮曲》），「妾家五湖口，採菱五湖側」（費昶《採菱曲》）指吳越一帶，而「荊姬採菱曲，越女江南謳」（王融《採菱曲》）則兼指荊湘和吳越。

但南朝的都城畢竟是在建康，而文人的活動也主要是以建康為中心的吳越一帶，「江南」所指自然便逐漸向吳越一帶移動，特別是南朝中後期，梁代蕭衍父子、陳後主等成為文壇盟主，圍繞在其身邊的一批文人長期在建康的宮苑中，與宮女們一道泛舟於蓮荷之間，在這樣的背景下，他們筆下的「江南採蓮女」顯然多指今人意識中的吳越一帶了。另外，荊、湘一帶受楚文化影響較深，帶著較為濃烈的神話氣息，文人們詠及兩地的女性，往往將精力和情感傾注於漢女、湘女、巫山神女身上，自然沖淡了「採蓮女」形象；而吳越兩地盛傳的女性則多為現實中的人物，如西施、蘇小小、莫愁女等，都是「鄰家女」形象，她們更親切可感，更能夠引起人們關於「採蓮女」的聯想，如蕭繹《烏棲曲六首》其三即詠道：「沙棠作船桂為楫，夜渡江南採蓮葉。復值西施新浣紗，共向江干眺月華。」

覆滿荷葉的湖池，本身就是一道別致的風景，加上泛舟蕩楫的採蓮女，令這道風景更為優雅、浪漫而富有詩意。且看這樣幾首詩：

春初北岸涸，夏月南湖通。卷荷舒欲倚，芙蓉生即紅。
楫小宜回徑，船輕好入叢。釵光逐影亂，衣香隨逆風。
江南少許地，年年情不窮。（劉緩《江南可採蓮》）

晚日照空磯，採蓮承晚暉。風起湖難度，蓮多摘未稀。
棹動芙蓉落，船移白鷺飛。荷絲傍繞腕，菱角遠牽衣。
（蕭綱《採蓮曲二首》其一）

江南當夏清，桂楫逐流縈。初疑京兆劍，復似漢冠名。
荷香帶風遠，蓮影向根生。葉卷珠難溜，花舒紅易傾。
日暮鳧舟滿，歸來渡錦城。（吳均《採蓮曲二首》）

採蓮的湖面就是一個風景絕佳處，採蓮的場景就是一幅美麗的圖畫，《採蓮曲》就是自然清新、晶瑩剔透的山水詩。劉士林先生說：「還有什麼比採蓮的細節

更能使人作江南地際眞人之想呢。」〔註24〕其實，採蓮女本身就是一道風景，一道有著江南氣息的明媚風景。這道風景是江南山水養育出來的，又令這一片山水更富江南氣息。

「江南採蓮女」形象，在文人筆下遠不止前面這些，「桂楫蘭橈浮碧水，江花玉面兩相似」（蕭綱《採蓮曲》），「蓮花亂臉色，荷葉雜衣香」（蕭繹《採蓮曲》），「金槳木蘭船，戲採江南蓮。蓮香隔蒲渡，荷香滿江鮮。房垂易入手，柄曲自臨盤。露花時濕釧，風莖乍拂鈿」（劉孝威《採蓮曲》），「豔色前後發，緩楫去來遲。看妝礙荷影，洗手畏菱滋。摘除蓮上葉，挖出藕中絲。湖裏人無限，何日滿船時」（朱超《採蓮曲》），「平川映曉霞，蓮舟泛浪花。衣香隨岸遠，荷影向流斜。度手牽長柄，轉楫避疏花」（沈君攸《採蓮曲》），「風住疑衫密，船小畏裾長。波文散動楫，菱花拂度航。低荷亂翠影，彩袖新蓮香」（陳叔寶《採蓮曲》），將一片江南水色中的「江南採蓮女」意象演繹得何等熱鬧！

「江南採蓮女」〔註25〕與江南明媚、清麗的自然山水一道，成爲「江南山水」意象不可缺少的部分。

其實，「江南山水」集中地除了會稽、永嘉、宣城、建康外，還有一些地方，如吳城（今蘇州），即有王珣《虎丘記》、顧愷之《虎丘山序》、吳均《吳城賦》、張正見《從永陽王遊虎丘山》、顧野王《虎丘山序》等詩、文、賦，張種《與沈炯書》、沈炯《答張種書》也描述了吳城虎丘山的山水，限於篇幅，茲不詳論。

今天意義上的江南地區，毫無疑問是一個全國自然山水最爲密集的地方，長江、新安江、富春江、甌江、楠溪江等大小江流縱橫交錯，會稽山、天台山、太平山、雁蕩山、鍾山、虎丘山、敬亭山等群山萬壑橫亙逶迤，太湖、玄武湖、太康湖、鏡水等眾多湖泊似珍珠般點綴其間，更有蜿蜒曲折的海島風情。與江南山水相應，南朝文人筆下的「江南山水」意象呈密集的網狀分佈，南朝文人的足跡幾乎遍佈了江南全境，他們的山水佳篇，奠定了江南山水文化的基石，吸引著後世的人們傾慕不已、紛至沓來，這

〔註24〕　劉士林《江南文化的詩性闡釋》，上海：上海音樂學院出版社 2003 年版，第 3 頁。

〔註25〕　南朝文人筆下，除了採蓮女形象之外，還有較多的採菱女形象，二者的內涵其實相同，完全可以重合。

種心情，正如晚唐文人韋莊《菩薩蠻》所說：「人人盡說江南好，遊人只合江南老。春水碧於天，畫船聽雨眠。壚邊人似月，皓腕凝霜雪。未老莫還鄉，還鄉需斷腸。」

第二節　荊山楚水

長江是中國最大的河流，漢水是長江最大的支流，荊楚即是以長江、漢水交匯處為中心的廣大區域。由於南朝詩人行役或遊宦荊楚時，多以船為交通工具，故他們描繪荊楚境內山水時，主要是沿長江一線，呈現出明顯的點狀分佈特徵：從七百里三峽的「重巖疊嶂，隱天蔽日」（盛弘之《荊州記》）、巫山神女的浪漫傳說，到「楚之西塞」荊門，楚國故城江陵，江漢交匯處的夏口、黃鵠磯，漢水，孫權故城武昌，再到與潯陽（今江西九江）交界處的積布磯，都被文人們寫入作品中。

在表現不同地區山水時，文人們有著一定的審美選擇，如對武當山、荊門、積布磯，只是描繪其神奇的自然山水；對武昌、夏口，在寫景時會表達懷古之幽情；而對巫山、漢水，則在描寫自然山水的基礎上，融入美麗的神話傳說。南朝時期的「荊山楚水」意象因融入長江、漢水交匯這一獨特的自然風貌，漢女、巫山神女的神話傳說，楚、三國吳舊址等歷史掌故，而呈現出意象內涵豐富、文化底蘊深厚的特徵。

一、融羈旅愁思於水鄉澤國、奇山異水的描寫之中

《周官》曰：「荊州，其山鎮曰衡山，其澤藪曰雲夢，其川江漢，其浸潁湛。」荊楚所在區域，地理位置特殊，表現在：中部的大部分地區，江河縱橫，湖泊眾多，是典型的水鄉澤國風貌，而在其東、西、西北、北四面，則有積布磯、巫山、武當山、荊山環繞，呈現出水鄉澤國與奇山異水並存的格局。南朝文人準確地把握住荊楚山水的這種特點，將這兩方面的自然地貌表現得淋漓盡致。

齊永明九年前後，謝朓任鎮西將軍、荊州刺史蕭子隆的鎮西功曹，後又轉文學。在此期間，他創作詩賦各一篇，即《望三湖》詩、《臨楚江賦》，描繪江陵附近的深秋晚景，染上了一層羈旅情懷：

積水照頹霞，高臺望歸翼。平原周遠近，連汀見紆直。

葳蕤向春秀，芸黃共秋色。薄暮傷哉人，嬋媛復何極。

（《望三湖》）

> 爰自山南，薄暮江潭，滔滔積水，嬝嬝霜嵐。憂與憂兮竟無際，
> 客之行兮歲已嚴。爾乃雲沉西岫，風動中川，馳波鬱素，駭浪浮天，
> 明沙宿莽，石路相懸。於是霧隱行雁，霜眇虛林，迢迢落景，萬里
> 生陰，列欑筱兮極浦，羿蘭鷁兮江潯。奉王罇之未暮，飡勝賞之芳
> 音。願希光兮秋月，承永照於遺簪。（《臨楚江賦》）

所詠「三湖」是指江陵城東的倚北湖、倚南湖、廖臺湖，而江陵係春秋戰國時期楚國郢都所在地，地處江漢平原腹部，瀕臨長江。詩人所詠，為站立江陵城樓遠望所見，「積水照頹霞」，狀湖水與雲霞相輝映的景象，「平原周遠近，連汀見紆直」，寫一片平川沃野不盡地向遠方延展開去，溝壑縱橫，河網密佈，長江似一條飄動的緞帶，或紆或直。詩中所寫，一望無際的平原、散落的湖泊、彎彎曲曲的長江，正是江漢平原典型的水鄉風貌。《臨楚江賦》則是近臨長江，「爰自山南，薄暮江潭，滔滔積水，嬝嬝霜嵐」，浩瀚的長江滔滔滾滾，江邊山巒層林盡染，「雲沉西岫，風動中川；馳波鬱素，駭浪浮天；明沙宿莽，石路相懸」，「霧隱行雁，霜眇虛林，迢迢落景，萬里生陰」，竟是一派蕭瑟、蕭殺景象，令人頓生「憂與憂兮竟無際，客之行兮歲已嚴」的感慨。這一詩一賦寫景風格、抒情方式相似，彼此交相輝映。

蕭繹屢以藩王身份任鎮西將軍、荊州刺史，坐鎮江陵十多年，其間留下了不少吟詠江陵山水的詩歌。《別荊州吏民詩二首》是某次離任之際登江陵城樓所作：

> 玉節居分陝，金貂總上流。麾軍時舉扇，作賦且登樓。
> 年光徧原隰，春色滿汀洲。日華三翼舸，風轉七星斿。
> 向解青絲纜，將移丹桂舟。
>
> 莫言江漢遠，煙霞隔數千。何必黃丞相，重應臨潁川。
>
> （《別荊州吏民二首》）

「年光徧原隰，春色滿汀洲」、「莫言江漢遠，煙霞隔數千」兩聯，寫放眼望去，原野、汀洲、煙霞籠罩於春色中的景象，形象逼真。而「日華三翼舸，風轉七星斿。向解青絲纜，將移丹桂舟」兩聯則敘述解纜登船的情形，反映了荊楚水鄉以船為車的風貌，從一個側面描寫了水鄉特色。再看其另外兩首詩：

> 游魚迎浪上，雛雉向林飛。遠村雲裏出，遙船天際歸。
>
> 朝出屠羊縣，夕返仲宣樓。水滿還侵岸，沙盡稍開流。
>
> （蕭繹《出江陵縣還詩二首》）

敘述船行江中溯洄時所見，「游魚」、「雛雉」、「遠村」、「遙船」構成了一幅和諧、淡雅的水鄉漁村圖，「水滿還侵岸，沙盡稍開流」描寫江水暴漲、水漫沙洲的情形，是長江汛期的特有風貌。蕭繹不愧是寫景高手，將寫宮體詩的細膩筆法用之於描寫自然山水，別有風味。

武當山位於荊楚西北部，被譽爲「亙古無雙勝境，天下第一仙山」，境內群峰鏃立，絕壁深懸，激湍飛流，雲騰霧蒸，南朝文人在地記中對武當山作了描述：

> 武當山廣三四百里，山高巃嵸，若博山香爐，苕亭峻極，干霄出霧。學道者常百數，相繼不絕。
>
> （《太平御覽》卷四三「地部」八注引郭仲產《南雍州記》）

> 武當山區域周回四五百里，中有一峰，名曰參嶺。高二十餘里，望之秀絕，出於雲表。清朗之日，然後見峰。一月之間，不見四五。輕霄蓋於上，白雲帶其前。旦必西行，夕而東返。常謂之朝山，蓋以眾朝揖之主也。
>
> （《太平御覽》卷四三「地部」八注引無名氏《山記》）

這兩段文字寫出了武當山的廣大、高峻，又敘述了「學道者常百數，相繼不絕」的史實。特別是被譽爲「朝揖之主」的參嶺、朝山，更是高出雲表，風景奇絕。這當是最早描寫武當山風景的文字。

巫山位於長江荊楚段的最西端，是荊楚大地上最雄奇的山水。南朝詩人在描繪巫山風景時，多承襲宋玉《高唐神女賦》的描寫，極力強化巫山神女意象，而袁山松、盛弘之等地記作者對巫山自然山水的描寫，風格卻不同，以寫實爲主：

> 其疊崿秀峰，奇構異形，固難以辭敘，林木蕭森，離離蔚蔚，乃在霞氣之表。仰矚俯映，彌習彌佳，流連信宿，不覺忘返，目所履歷，未嘗有也。（《水經注・江水》引袁山松《宜都山川記》）

> 自西陵溯江西北行三十里，入峽口，其山周回隱映，如絕復通。高山重嶂，非日中夜半，不見日月也。
>
> （《藝文類聚》卷六「地部」「峽」條引《宜都山川記》）

峽中猿鳴至清，諸山谷傳其響，泠泠不絕。行者歌之曰：巴東
三峽巫峽長，猿鳴三聲淚沾裳。

（《藝文類聚》卷九「獸部」「猿」條引《宜都山川記》）

對西陵南岸有山，其峰孤秀，人自山南上至頂，俯臨大江如縈
帶，視舟船如鳧雁。（《初學記》卷六「江第四」引《宜都山川記》）

江北多連山，登之望江南諸山，數十百里，莫識其名。高者千
仞，多奇形異勢。自非迴巖雨霽，不辨見此遠山矣。余嘗往返十許
過，正可再見遠峰耳。（《水經注·江水注》引《宜都山川記》）

大江清濁分流，其水十丈見底，視魚游如乘空，淺處多五色石。

（《太平御覽》卷六〇「地部」二十五「江條」引《宜都山川記》）

唯三峽七百里中，兩岸連山，略無闕處，重巖疊嶂，自非停午
夜分，不見日月。至於夏水襄陵，沿溯阻絕，或王命急宣，有時云
朝發白帝，暮至江陵，其間一千二百里，雖乘奔御風，不爲疾也。
春冬之時，則素湍綠潭，回清倒影。絕巘多生怪柏，懸泉瀑布飛其
間。清容峻茂，良多雅趣。每晴初霜旦，林寒澗肅，常有高猿長嘯，
屬引淒異，空岫傳響，哀轉久絕。故漁者歌曰：巴東三峽巫峽長，
猿鳴三聲淚沾裳。

（《太平御覽》卷五三「地部」「峽」門注引盛弘之《荊州記》）

這些山水描寫，主要以寫實之筆，將長江三峽不同季節、不同時間的風景一
一展現在讀者面前，或雄奇，或險峻，或清麗，或高寒，生動、形象、逼眞。
這是南朝文人筆下少有的風景。其中猿的描寫尤爲感人，「峽中猿鳴至清，諸
山谷傳其響，泠泠不絕。行者歌之曰：巴東三峽巫峽長，猿鳴三聲淚沾裳」，
「每晴初霜旦，林寒澗肅，常有高猿長嘯，屬引淒異，空岫傳響，哀轉久絕」，
從此成爲猿鳴淒清的經典意象。

長江出峽，將入江漢平原之際，有一道「虎牙之門」的荊門，似門戶一
般鎖住滔滔江水，景極奇絕，正如袁山松《白鹿詩序》所言：「荊門山臨江，
皆絕壁峭崿，壁立百餘丈，亙帶激流，禽獸所不能履。」《水經注·江水》也
稱：「荊門在南，上合下開，闇徹山南，有門像虎牙，在此，石壁色紅，間有
白文，類牙形，並以物象受名，此三山，楚之西塞也。」此處山水也受到南
朝詩人的關注，如湛方生《遊園詠》：「對荊門之孤阜，傍魚陽之秀嶽。」無

名氏《通荊門》:「荊門限巫山,高峻與雲連。」蕭繹《遺武陵工》:「回首望荊門,驚浪且雷奔。四鳥嗟長別,三聲悲夜猿。」《巫山高》:「巫山高不窮,迥出荊門中。」儘管描寫都極簡單,缺少對荊門山水精心、細緻的刻畫,但荊門之浪急山險的特點已然勾出。

積布磯又名積布山,在今湖北蘄春縣南長江北岸,附近有琵琶峽、琵琶磯等景觀。《元和志》曰:「積布磯,南臨大江,疊石壁立,行如積布,故名。」〔註26〕《水經注・江水》云:「江水又東經積布山南,俗謂之積布磯,又曰積布坼,庾仲雍所謂高山也,此即西陽、尋陽二郡界也」,「江水東經琵琶山南,山下有琵琶灣也」。南朝文人對這一段山水多有描繪:

> 江山信多美,此地最爲神。以茲峰石麗,重在芳樹春。
> 照爛虹霓雜,交錯錦繡陳。差池若燕羽,嶊岢似龍鱗。
> 卻瞻了非向,前觀已復新。翠微上虧景,青莎下拂津。
> 巉巖如刻削,可望不可親。昔途首迤路,未獲究清塵。
> 誓將返初服,歲暮請爲鄰。(劉繪《入琵琶峽望積布磯呈玄暉》)

> 茲山挺異萼,孤起秀雲中。陂池激楚浪,紛糾絕宛風。
> 煙峰晦如畫,寒水清若空。頡頏鷗舞白,流亂葉飛紅。
> (劉瑱《上湘度琵琶磯》)

> 由來歷山川,此地獨回邅。百嶺相紆蔽,千崖共隱天。
> 橫峰時礙水,斷岸或通川。還瞻已迷向,直去復疑前。
> 夕波照孤月,山枝斂夜煙。此時愁緒密,□□魂九遷。
> (蕭綱《經琵琶峽》)

這三首詩,分別寫出了琵琶峽山水的神、秀、峻。劉繪「照爛虹霓雜,交錯錦繡陳」、「翠微上虧景,青莎下拂津」狀其神,劉瑱「茲山挺異萼,孤起秀雲中」、「煙峰晦如畫,寒水清若空」寫其秀,蕭綱「百嶺相紆蔽,千崖共隱天」、「橫峰時礙水,斷岸或通川」驚其峻,各具特色。

荊山,地處沮、漳水發源處,《水經注・江水》云:「《禹貢》荊及衡陽惟荊州,蓋即荊山之稱,而製州名矣,故楚也。」漢末建安時期,王粲登上當陽城樓時,詠道:「平原遠而極目兮,蔽荊山之高岑。」(《登樓賦》)南朝宋

〔註26〕 轉引自丁成泉《中國山水田園詩集成》,武漢:湖北教育出版社 2003 年版,
第 40 頁。

鮑照《代陽春登荊山行》感歎荊山之難行，稱：「且登荊山頭，崎嶇道難遊。
早行犯霜露，苔滑不可留。極眺入雲表，窮目盡帝州。」江淹《望荊山》為
詩人遠望荊山的所見所思所感：

　　　奉義至江漢，始知楚塞長。南關繞桐柏，西嶽出魯陽。
　　　寒郊無留影，秋日懸清光。悲風橈重林，雲霞肅川漲。
　　　歲宴君如何，零淚沾衣裳。玉柱空掩露，金樽坐含霜。
　　　一聞苦寒奏，再使豔歌傷。

詩中提到的桐柏山，據無名氏《荊州圖副》稱：「桐柏山，《禹貢》所謂導淮
自桐柏者也。其山則云峰秀嶂，林惟椅柏，潛潤吐霤，伏流千里。」（《太平
御覽》卷四三「地部」八引）詩人第一次行役到江河交錯、湖泊縱橫的荊楚，
恰逢蕭瑟秋日，而江漢路遠，楚塞道長，前路渺茫，去國懷鄉的離愁別恨頓
時襲來。全詩籠罩在一片悲涼的羈旅愁思之中，幾乎每一句都含苦字，每一
景都在寫愁。

　　這些吟詠荊楚山水的詩、賦，往往將羈旅情懷凝於山水描寫之中，從而
創造出奇絕山水與羈旅情懷並存的詩歌意象。這一方面與荊楚山高水長、難
於跋涉的地形有關，正如宋孝武帝劉駿《登魯山詩》所感歎：「杳哉漢陰永，
浩焉江界修。」一方面又與詩人的身份有關，因為他們都是行役、隨藩之人，
這些詩歌又為其羈旅途中或客宦期間所作，故而不似純遊賞類的山水詩、賦，
而加入了一道或濃或淡的羈旅情懷。

　　這種情形與當時的歷史背景和荊州的戰略地位有關。南朝偏安江南一
隅，而荊州居長江中上游，「北據漢沔，利盡南海，東連吳會，西通巴蜀」（陳
壽《隆中對》），地理位置十分險要，故東晉、南朝歷代皇帝都視荊州為僅次
於建康的重鎮，往往派藩王駐重兵把守，宋臨川王劉義慶、齊竟陵王蕭子隆、
梁簡文帝蕭綱、梁元帝蕭繹等都曾兼任荊州刺史，梁元帝甚至即位建都於此，
而這些藩王中偏偏又有許多愛好文學，故而像鮑照、謝朓、沈約、范雲、王
融、江淹等當時著名的文人都得以至荊州。這也是吟詠「荊山楚水」的詩歌
極多、其中又多含羈旅情懷的原因。而羈愁與「荊山楚水」結緣，卻又是自
屈原以來的傳統，且看其《涉江》：「乘鄂渚而反顧兮，欸秋冬之緒風。步余
馬兮山皋，邸余車兮方林。」《哀郢》：「惟郢路之遼遠兮，江與夏之不可涉。」
還有王粲的《七哀詩》其二：「荊蠻非我鄉，何為久滯淫？方舟溯大江，日暮
愁我心。」南朝除蕭綱、蕭繹的部分詩作外，基本都含羈愁，如鮑照《代陽

春登荊山行》:「遇物雖成趣,念者不解憂。且共傾春酒‧長歌登山丘。」謝
朓《望三湖詩》:「薄暮傷哉人,嬋媛復何極。」沈約《餞謝文學》:「漢池水
如帶,巫山雲似蓋。一望沮漳水,寧思江海會。以我經寸心,從君千里外。」
蕭琛《餞謝文學》:「荊吳眇何際,煙波千里通。」王融《餞謝文學離夜》:「翻
情結遠旆,灑淚與行波。」虞炎《餞謝文學離夜》:「離人悵東顧,遊子愴西
歸。」江淹《望荊山》:「一聞苦寒奏,再使豔歌傷。」蕭綱《龍丘引》:「龍
丘一回首,楚路蒼無極。」庾肩吾《侍宴餞湘州刺史張纘》:「郢路方遼遠,
湘山轉蔽虧。」蕭繹《玄覽賦》:「臨章華而流眄,見舊楚之淒涼。試極目乎
千里,何春心之可傷。其舊渚宮也!」莫不如是。

　　水鄉澤國、奇山異水、羈旅情懷三者的結合,是南朝詩人描寫荊楚山水
時創造的獨特詩歌意象。

二、漢女與巫山神女的浪漫傳說

　　在荊楚這片美麗的土地上,不僅有水鄉澤國與奇山異水並存的特殊地
貌,更有漢女與巫山神女的浪漫傳說。南朝文人將這兩個神奇的故事,吟詠
於荊楚山水中,賦予了「荊山楚水」神奇而靈異的色彩。

　　漢女的故事最早來源於《詩經‧周南‧漢廣》:「南有喬木,不可休思。
漢有遊女,不可求思。漢之廣矣,不可泳思。江之永矣,不可方思。」後來
被漢代解經家解作周朝鄭交甫遇漢女的故事,《初學記》卷第七‧漢水第二注
引《韓詩》稱:「鄭交甫過漢皋,遇二女,妖服佩兩珠,交甫與之言曰:『願
請子之佩。』二女解佩與交甫而懷之,去十步,探之,則亡矣。回顧二女,
亦不見。」劉向《列仙傳》也稱:「江妃二女者,不知何所人也,逢鄭交甫者。」
〔註27〕後來被漢晉文人大量引入文學作品中,如揚雄《羽獵賦》:「漢女水潛。」
張衡《南都賦》:「漢女弄珠於漢皋之曲。」王逸《楚辭‧九思》:「周徘徊兮
漢渚,求水神兮靈女。」曹植《七啓》:「諷漢廣之所求,觀遊女於水濱。」《洛
神賦》:「感交甫之棄言兮,悵猶豫而狐疑。」陳琳《神女賦》:「贊皇師以南
假,濟漢川之清流。感詩人之攸歎,想神女之所遊。」《萍江賦》:「感交甫之
喪佩。」阮籍《詠懷詩》:「二妃遊江濱,逍遙順風翔。交甫懷環佩,婉孌有
芬芳。」嵇康《琴賦》:「遊女飄焉而來。」晉郭元祖《列仙傳贊‧江妃二女》:

〔註27〕　《五朝小說大觀》,上海:上海文藝出版社 1991 年影印版,第 114 頁。

「靈妃豔逸，時見江濱。麗服微步，流盼生姿。交甫遇之，憑情言私。鳴佩虛擲，絕影焉追。」漢女的故事浪漫而迷離。

　　南朝山水文學興起，文人們吟詠漢水時，一方面寫其自然風景，如：

　　漢水深難渡，深潭見底清。錦笮繫鳧舸，珠竿懸翠旌。

　　鳴笳芳樹曲，流唱採蓮聲。神遊不停駕，日暮返連營。

　　寧顧空房晨？階下綠苔生。（劉遵《從頓還城》）

　　桂棹桼棠船，飄揚橫大川。映巖沉水底，激浪起雲邊。

　　迴岸高花發，春塘細柳懸。陪歌承睿賞，接醴侍恩筵。

　　誰云李與郭，獨得似神仙。（庾肩吾《奉和泛舟漢水往萬山應教》）

　　雜色崑崙水，泓澄龍首渠。豈若茲川麗，清流疾且徐。

　　離離細磧淨，藹藹樹陰疏。石衣隨溜卷，水芝扶浪舒。

　　連翩瀉去檝，鏡澈倒遙墟。聊持點纓上，於是察川魚。

　　（蕭綱《玩漢水》）

這三首詩，寫出了漢水沿岸水之清澈，樹之嫋嫋，人之旖旎，尤以蕭綱《玩漢水》爲佳，將漢水的美麗風景寫得極有情趣。

　　另一方面引漢女意象入詩，如鮑照《登黃鶴磯》：「淚竹感湘別，弄珠懷漢遊。」謝朓《齊敬皇后哀策文》：「清漢表靈。」劉繪《詠博山香爐》：「復有漢遊女，拾羽弄余妍。」蕭子雲《落日郡西齋望海山》：「漁舟暮出浦，漢女採蓮歸。」蕭子顯《烏棲曲》：「莫憚褰裳不相求，漢皋遊女習風流。」徐勉《採菱曲》：「采采不能歸，望望方延佇。倘逢遺佩人，預以心相許。」王金珠《歡聞變歌》：「南有相思木，合影復同心。遊女不可求，誰能識得音。」但與漢魏相比，漢女意象在詩歌中已少了許多，也簡單了許多，僅僅在詩歌中略作點綴，且其意象除「漢女」外，傳說中的其它意象，如鄭交甫、漢皋臺、漢廣等都沒有了。

　　相對於漢女故事，南朝詩人似乎更加青睞於巫山神女。巫山神女最早見於宋玉《高唐神女賦》，其中對神女的敘述和描寫，「巫山之陽，高丘之阻，且爲朝雲，暮爲行雨。朝朝暮暮，陽臺之下」，「穠不短，纖不長，步裔裔兮曜殿堂。忽兮改容，婉若遊龍乘雲翔」等，給後代文人以強烈震撼，故巫山神女意象被南朝文人大量吟詠入詩，僅以《巫山高》爲題的，就有虞羲、王融、劉繪、范雲、蕭繹、費昶、王泰、陳叔寶等人，都是借巫山神女形象寫愛情，如虞羲：「雲雨麗以佳，陽臺千里思」，「高唐一斷絕，光陰不可遲」。

王融：「想像巫山高，薄暮陽臺曲」，「憮然坐相思，秋風下庭綠」。劉繪：「高唐與巫山，參差鬱相望」，「散雨收夕臺，行雲卷晨障。出沒不易期，嬋娟以恨惘」。范雲：「巫山高不極，白日隱光輝。靄靄朝雲去，溟溟暮雨歸」，「枕席竟誰薦？相望空依依」。蕭繹：「無因謝神女，一爲出房櫳。」費昶：「巫山光欲晚，陽臺色依依」，「朝雲觸石起，暮雨潤羅衣。願解千金佩，請逐大王歸」。王泰：「迢遞巫山竦，遠天新霽時」，「只言雲雨狀，自有神仙期」。陳叔寶：「雲來足薦枕，雨過非感琴。仙姬將夜月，度影自浮沉。」此外，還有蕭繹《登江州百花亭懷荊楚》：「試酌新春酒，遙勸陽臺人。」朱超道《奉和登百花亭懷荊楚》：「莫恨荊臺隱，雲行不礙空。」陰鏗《和登百花亭懷荊楚》：「陽臺可憶處，唯有暮將朝。」這些詩歌，無一例外都是情詩，多爲對巫山神女的想像之辭，其意象不外乎「巫山」、「神女」、「陽臺」、「朝雲」、「暮雨」等，不出宋玉《高唐神女賦》。

當然，與巫山神女意象一同入詩的，還有對巫山奇絕山水的描繪，如虞義《巫山高》：「南國多奇山，荊巫獨靈異。」王融《巫山高》：「煙霞乍舒卷，猿鳥時斷續。」劉繪《巫山高》：「高唐與巫山，參差鬱相望。灼爍在雲間，氛氳出霞上。」范雲《巫山高》：「巫山高不極，白日隱光輝。」蕭綱《蜀道難二首》其二：「巫峽七百里，巴水三回曲。笛聲下復高，猿啼斷還續。」蕭繹《巫山高》：「巫山高不窮，迥出荊門中。灘聲下濺石，猿鳴上逐風。樹雜山如畫，林暗澗疑空。」《折楊柳》：「山似蓮花豔，流如明月光。寒夜猿聲徹，遊子淚沾裳。」費昶《巫山高》：「巫山光欲晚，陽臺色依依。」庾信《奉和泛江》：「春江下白帝，畫舸向黃牛。錦纜回沙磧，蘭橈避荻洲。濕花隨水泛，空巢逐樹流。」王泰《巫山高》：「迢遞巫山竦，遠天新霽時。樹交涼去遠，草合影開遲。谷深流響咽，峽近猿聲悲。」陳叔寶《巫山高》：「巫山巫峽深，峭壁聳春林。風巖朝蕊落，霧嶺晚猿吟。」何承天《巫山高篇》：「巫山高，三峽峻，青壁千尋，深谷萬仞。崇巖冠靈林冥冥，山禽夜響，晨猿相和鳴。」對巫山山水的描繪，多爲想像之辭，頗有點像人們眼中的巫山神女形象。這與袁山松、盛弘之對三峽和巫山的描寫迥異。

巫山神女意象在南朝的勃興，與南朝民歌的發展和變化、宮體詩的興起有關。與漢魏樂府相比，南朝樂府詩數量大增，而題材卻變得單一，主要是描寫愛情。宮體詩盛行於梁、陳文人之間，以豔情綺靡爲宗，是對南朝樂府民歌的改造與發展。巫山神女的傳說與南朝樂府詩和宮體詩的愛情主題可謂

一拍即合，產生了共鳴，以至於南朝詩人將漢鐃歌的《巫山高》古詞加以改造，而融入宋玉巫山神女之事，正如郭茂倩所言：「古詞言，江淮水深，無梁可度，臨水遠望，思歸而已。若齊王融『想像巫山高』，梁范雲『巫山高不極』，雜以陽臺神女之事，無復遠望思歸之意也。」〔註28〕

漢女、巫山神女是南朝詩人吟詠漢水、巫山時創造的詩歌意象，賦予了「荊山楚水」神奇而靈異的色彩。

三、琴臺與孫權故城的歷史遺蹟

荊楚歷史文化悠久，春秋時期即有「篳路藍縷，以處草莽；跋涉山林，以事天子」(《左傳·昭公二十年》) 的楚國，後又發展爲戰國七雄之一。三國時期，荊州又成爲各家必爭之地。古人的活動，爲荊楚大地留下了眾多歷史遺蹟，特別是江陵、襄陽、夏口 (今武漢)、武昌 (今鄂州) 等地，有楚郢都、古隆中、琴臺、孫權故城等遺址。

南朝文人遊賞山水之風大盛，而在詩歌中憑弔歷史遺蹟者極少。在荊楚眾多歷史遺蹟中，僅有伯牙琴臺、孫權故城被有幸吟詠於文人筆下。

琴臺，位於今武漢市漢陽區龜山西麓，傳春秋時期俞伯牙與鍾子期在此結爲知音。據《列子·湯問》載：「伯牙善鼓琴，鍾子期善聽。伯牙鼓琴，志在登高山。鍾子期曰：『善哉，峨峨兮若泰山！』志在流水，鍾子期曰：『善哉，洋洋兮若江河！』」〔註29〕蕭綱寫有《登琴臺詩》：

蕪階踐昔徑，復想鳴琴遊。音容萬春罷，高名千載留。

弱枝生古樹，舊石染新流。由來遞相歡，逝川終不收。

此詩一改其宮體詩風格，既有對琴臺自然景物的描寫，「弱枝生古樹，舊石染新流」，更有對伯牙、鍾子期千古覓知音傳說的追憶與感慨，「蕪階踐昔徑，復想鳴琴遊」，最後一聯「由來遞相歡，逝川終不收」抒發不盡的惆悵。這是一首懷古、詠懷之作，其吟詠的「音容萬春罷，高名千載留」的琴臺意象，豐富了荊楚文化的意涵。

孫權故城，位於今鄂州市區西山，孫權曾在此建都，據《水經注·江水》載：「江之右岸，有鄂縣故城。舊樊楚也，《世本》稱熊渠封其子之名某者爲鄂王，《晉太康地記》以爲東鄂矣，《九州記》曰：鄂，今武昌也，孫權以魏

〔註28〕郭茂倩《樂府詩集》，上海：上海古籍出版社1998年版，第199頁。

〔註29〕楊伯峻《列子集釋》，北京：中華書局1979年版，第178頁。

黃初元年中自公安徙此,改曰武昌縣。鄂縣徙治於袁山東,又以其年立爲江
夏郡,分建業之民千家以益之。至黃龍元年,權遷建業,以陸遜輔太子鎮武
昌。」謝朓的《和伏武昌登孫權故城詩》,既有對孫權故城地理位置的描繪,
「衿帶窮巖險,帷帟盡謀選。北拒溺驂鑣,西瀸收組練。江海既無波,俯仰
流英眄」,又有對孫權往事的回顧,「袞冕類禋郊,卜揆崇離殿。釣臺臨講閱,
樊山開廣宴」,還有對舊址風景的描寫,「舞館識餘基,歌梁想遺囀。故林衰
木平,芳池秋草遍」,又將羈旅之情融入詩中,「幽客滯江皋,從賞乖纓弁」,
略顯龐雜。而梁代詩人陰鏗的《登武昌岸望》則更有名:

> 遊人試歷覽,舊跡已丘墟。巴水縈非字,楚山斷類書。
>
> 荒城高仞落,古柳細條疎。煙蕪遂若此,當不爲能居。

詩人棄船登岸,遠遠望去,但見川流縈繞,山巒隔斷,而孫權故城已化作丘
墟,荒城遺址周圍,古柳細條依舊,令人不由得生出歷史興亡之歎。這時,
一陣煙霧突然襲來,眼前的一切籠罩在一片迷蒙之中,令人頓起歸意。全詩
依次融入行蹤、山水、古蹟、羈愁,敘寫結合、情景交融,是一首成熟的詠
懷古蹟類山水詩。尤其是詩中的「巴山楚水」、「荒城古柳」意象,影響深遠。
「巴水縈非字,楚山斷類書」一聯比喻極形象、奇特,「荒城高仞落,古柳細
條疎」一聯將荒城與古柳對舉,一者爲歷史遺蹟,一者爲自然界的新鮮生命,
對比強烈,晚唐詩人韋莊《臺城》一詩之「柳」的意象當得之於此。

　　南朝詩人筆下的琴臺遺蹟與孫權故城,豐富了荆楚山水的歷史文化內
涵,爲「荆山楚水」意象注入了深重的歷史感。

　　由以上分析可知,南朝詩人筆下的「荆山楚水」意象較爲豐富,既有水
鄉澤國、奇山異水的自然景觀,又有漢女、巫山神女的神話傳說,更有琴臺、
孫權故城的歷史遺蹟,其間又衍生出羈旅愁思的情感意象,「荆門」、「積布
磯」、「猿」的意象,「巴山楚水」、「荒城古柳」意象等。這些大大小小的意象,
使得荆楚山水在古代山水文學發展的第一個階段即呈現出神奇、美麗、歷史
底蘊深厚的特點,以獨特的面貌出現在古代山水文學史上。

第三節　湖湘山水

　　湖南位於長江中游江南地帶,省境絕大部分在洞庭湖以南,故稱湖南。
湖南依江畔湖,風景秀麗,東、南、西三面爲衡山、九疑山等群山環繞,中

部、北部低平，形成向北開口的馬蹄形盆地。主要水面有洞庭湖及湘水、資水、沅水、澧水，四水由西南向北彙聚洞庭湖，經岳陽城陵磯注入長江。

屈原是最早將湖湘山水引入文學的大詩人，其《離騷》、《九歌》、《九章》中有大量洞庭湖、湘水、沅水、九疑山、衡山等地自然風貌的描寫以及湘君、湘夫人、祝融等的神話傳說，如「濟沅、湘以南征兮，就重華而陳詞」(《離騷》)，「朝發軔於蒼梧兮，夕余至乎縣圃」(《離騷》)，「令沅湘兮無波，使江水兮安流」(《九歌·湘君》)，「駕飛龍兮北征，邅吾道兮洞庭。薜荔柏兮蕙綢，蓀橈兮蘭旌。望涔陽兮極浦，橫大江兮揚靈」(《九歌·湘君》)，「沅有芷兮澧有蘭，思公子兮未敢言。荒忽兮遠望，觀流水兮潺湲」(《九歌·湘夫人》)，「朝發枉陼兮，夕宿辰陽」(《九章·涉江》)，「浩浩沅湘，分流汩兮。修路幽蔽，道遠忽兮」(《九章·懷沙》)，「臨江湘之玄淵兮，遂自忍而沉流」(《九章·惜往日》)，「指炎神而直馳兮，吾將往乎南疑。方外之荒忽兮，沛罔象而自浮。祝融戒而還衡兮，騰告鸞鳥迎宓妃。張咸池奏承雲兮，二女御九韶歌。使湘靈鼓瑟兮，令海若舞馮夷」(《遠遊》)，特別是「嫋嫋兮秋風，洞庭波兮木葉下」(《九歌·湘夫人》)的意象，「有情景相生、意中會得、口中說不得之妙」，「開後人無數奇句」〔註30〕(林雲銘《楚辭燈》)，謝莊、蕭繹、王褒、杜甫都曾化用此句入詩〔註31〕。

南朝文人筆下的湖湘山水，延續屈原的傳統，基本是以洞庭湖為中心，以湘水、沅水為主線，以衡山、九疑山為重點，既描述了湖湘山水美麗的自然風光，又融入了虞舜、湘妃等浪漫的神話傳說。

一、洞庭湖的吞吐日月與湘妃斑竹

洞庭湖，位於湖南省北部，南納湘、資、沅、澧四水，北注長江，號稱「八百里洞庭」。據《水經注·湘水》載，湘水「又東至長沙下雋縣北，澧水、沅水、資水，合東流注之。凡此諸水，皆注於洞庭之陂，是乃湘水，非江川也。湘水從南來注之。江水右會湘水，所謂江水會者也」。洞庭湖浩瀚迂迴，山巒突兀，其最大的特點便是湖外有湖，湖中有山，煙波浩渺，漁帆點點。

〔註30〕轉引自王兆鵬《中國古代文學作品選》(先秦兩漢卷)，武漢：武漢出版社2003年版，第109頁。

〔註31〕謝莊《月賦》：「洞庭始波，木葉微脫。」蕭繹《秋興賦》：「登山望別，臨水送歸，洞庭之葉初下，塞外之草前衰。」王褒《渡河北》：「秋風吹木葉，還似洞庭波。」杜甫《登高》：「無邊落木蕭蕭下，不盡長江滾滾來。」

　　洞庭湖邊，有一座重要的軍事重鎮巴陵，東晉陶侃都督七州軍事時，曾在此駐重兵，南朝宋置巴陵郡，屬湘州，治所均在今湖南省岳陽市。登巴陵，望洞庭，便成爲一道風景，如東晉郭璞《江賦》：「包山洞庭，巴陵地道。潛逕傍通，幽岫窈窕。」梁張纘《南征賦》：「望巴丘以邅回，遵洞庭而敞恍。」宋文帝元嘉三年（426），「元嘉三大家」之一的顏延之離始安任返都途中，與時任湘州刺史的張劭登臨巴陵城，一覽洞庭湖的壯闊景象：

　　　江漢分楚望，衡巫奠南服。三湘淪洞庭，七澤藹荊牧。

　　　經途延舊軌，登闉訪川陸。水國周地險，河山信重複。

　　　卻倚雲夢林，前瞻京臺囿。清氛霽岳陽，曾暉薄瀾澳。

　　　淒矣自遠風，傷哉千里目。萬古陳往還，百代勞起伏。

　　　存沒竟何人？炯介在明淑。請從上世人，歸來藝桑竹。

　　（顏延之《始安郡還都與張湘州登巴陵城作》）

前面兩聯將洞庭湖的地理位置作了交待，「三湘淪洞庭」一句道出了洞庭湖地勢之低，「淪」字極形象。「水國周地險，河山信重複」寫出了洞庭湖周圍江湖環繞、路隔水阻的特點，爲寫景佳句。「卻倚雲夢林，前瞻京臺囿。清氛霽岳陽，曾暉薄瀾澳」分別寫遠瞻、近矚的風景，「淒矣自遠風，傷哉千里目」承前而來，將一片感傷之情投射到山水中，尤爲警策人心。這是正面描寫洞庭湖風光的第一篇山水佳作，陳祚明稱此詩「清亮可誦」〔註32〕（《采菽堂古詩選‧卷十六》），誠不虛評！

　　洞庭湖爲四水環繞，又與長江聯通，其中有個重要景點「三江口」，「巴陵縣有洞庭陂，江、湘、沅水皆共會巴陵，故號『三江口』也」〔註33〕（《〈文選〉李善注引郭璞《山海經注》）。南朝時長江水路繁忙，來往於京城建康與西部重鎮荊州之間的船隻，常常在此歇息，梁代蕭繹、朱超曾分別流連於此：

　　　涉江望行旅，金鉦間彩斿。水際含天色，虹光入浪浮。

　　　柳條恒拂岸，花氣盡薰舟。業林多故社，單戍有危樓。

　　　迭鼓隨朱鷺，長蕭應紫騮。蓮舟夾羽鷩，畫舸覆緹油。

　　　榜歌殊未息，於此泛安流。（蕭繹《赴荊州泊三江口》）

〔註32〕　（清）陳祚明《采菽堂古詩選》，上海：上海古籍出版社 2008 年版，第 511頁。

〔註33〕　（梁）蕭統《文選》，上海：上海古籍出版社 1986 年版，第 1256 頁。

月夜三江靜，雲霧四邊收。淤泥不通挽，寒浦略容舟。

回風折長草，輕冰斷細流。古村空列樹，荒戍久無樓。

（朱超《夜泊巴陵》）

兩首詩分寫洞庭湖的春、冬兩季景色。蕭繹以藩王眼光，所見為一派繁花似錦的景象。「水際含天色，虹光入浪浮」描繪了洞庭湖上下天光、一碧萬頃的美麗景致，「柳條恒拂岸，花氣盡薰舟」寫岸邊的柳色與花香，可聞可見。而在花、柳、朱鷺、紫騮、蓮舟的映襯之下，故社、危樓也充滿了詩情與畫意。朱超為底層文人，《夜泊巴陵》所寫為冬夜景致，其寒冷荒遠、蕭殺淒清，與蕭繹眼中的洞庭湖迥然不同，「淤泥不通挽，寒浦略容舟」寫出了冬季洞庭湖水乾涸、軟泥淤積之景，展示了洞庭湖的另一面。

洞庭湖有一個姊妹湖——青草湖，在今湖南省岳陽市西南，北有沙洲與洞庭湖相隔，水漲時則北通洞庭，南連湘水，詩文中多與洞庭並稱，人們詠青草湖，其實也是詠洞庭湖。青草湖煙波浩渺，氣勢磅礴，南朝宋盛弘之最早以讚歎之筆描述了它的這一特點：

巴陵南有青草湖，周回數百里，日月出沒其中，湖南有青草山，

因以為名。（《初學記》卷第七「湖第一」注引《荊州記》）

「周回數百里，日月出沒其中」，前一句言青草湖之大，後一句狀其吞吐日月的壯觀景象，極為形象、生動，青草湖的浩瀚壯闊已然畫出。如果說盛弘之對青草湖的描寫顯得太過簡單的話，陰鏗的《渡青草湖》就要具體、細緻得多，且融入了更多的感情：

洞庭春溜滿，平湖錦帆張。沅水桃花色，湘流杜若香。

穴去茅山近，江連巫峽長。帶天澄迥碧，映日動浮光。

行舟逗遠樹，渡鳥息危檣。滔滔不可測，一葦詎能航。

春天的青草湖，水漲波闊，與洞庭湖連成一片。湖水暴漲，作者的想像也彷彿插上了翅膀一般，飛到了洞庭湖之外，想到了沅水、湘水、聯通茅山的洞穴、連接巫峽的長江。「沅水桃花色，湘流杜若香」表面寫沅水、湘水之美，實則是側面描寫洞庭湖之美，因為這泛著桃花色、飄著杜若香的江水，最終是要流入洞庭湖的，此聯與「帶天澄迥碧，映日動浮光」遙相呼應。「穴去茅山近」用洞庭湖與茅山有穴相通的傳說，「江連巫峽長」有以巫山神女引出湘妃的寓意，兩句道出了洞庭湖的靈異神奇。「行舟逗遠樹，渡鳥息危檣」，以靜襯動，以小寫大，以特殊視角狀洞庭之闊，可謂神來之筆。「滔滔不可測，

一葦詎能航」，一葉孤帆，出沒沉浮於滾滾濤浪之間，頓生天地孤獨之感，給人留下無限感傷。

洞庭湖的魅力，一半因爲其碧波萬頃、吞吐日月的自然風光，一半也是因爲湘妃的凄美故事。據《史記・五帝本紀》、《博物志》、《水經注・湘水》載，堯之二女娥皇、女英爲舜之二妃，舜南巡死於蒼梧之野，二妃追至洞庭君山，以涕揮竹，竹盡斑，遂投江而死，成爲湘水之神。屈原《九歌》中有《湘君》、《湘夫人》兩篇，將湘君、湘夫人的愛情表現得縹緲迷離、纏綿悱惻，其中多有沅、湘、洞庭風景的描寫。晉、宋以來，湘妃意象逐漸進入文學作品，如張華《遊仙詩》：「湘妃詠涉江，漢女奏陽阿。」陸機《前緩聲歌》：「北征瑤臺女，南要湘川娥。」郭璞《江賦》：「協靈爽於湘娥。」鮑照《登黃鶴磯》：「淚竹感湘別，弄珠懷漢遊。」沈約《郊居賦》：「降紫皇於天關，延二妃於湘渚。」王籍《棹歌行》：「時見湘水仙，恒聞解佩響。」尤爲難得的是出現了專以湘妃爲題的作品：

> 神之二女，爰宅洞庭。遊化五江，惚恍窈冥。
>
> 號曰夫人，是維湘靈。（郭璞《山海經圖贊・神二女》）
>
> 瀟湘風已急，沅澧復安流。揚娥一含睇，便娟好且修。
>
> 捐玦置澧浦，解珮寄中洲。（沈約《湘夫人》）
>
> 朝雲亂入目，帝女湘川宿。折茘巫山下，採荇洞庭腹。
>
> 故以輕薄好，千里命舻舳。何事非相思，江上葳蕤竹。
>
> （吳均《登二妃廟》）

這三則文字以寫湘妃的神話傳說爲主，她們神遊於瀟湘、沅澧、巫山、洞庭之間，曼妙多姿，美麗多情，令這一帶山水也沾染了靈異的色彩，給人以無限的聯想。

洞庭湖，有「神仙洞府」寓意，即神仙們遊賞的洞天福地，足見其風光之美。而南朝文人筆下的洞庭湖，一半屬實寫，即「八百里洞庭」的奇絕自然風光，一半屬想像，即關於湘妃的神奇傳說。波光搖蕩間，一虛一實，一遠一近。

二、衡山、九疑山的峻美秀逸與神仙故事

與洞庭湖、青草湖的相互聯通不同，衡山、九疑山卻是雙峰對峙、遙相呼應，呈現出另外一種風致。

南嶽衡山，在湖南衡陽縣北，爲湘、資二水的分水嶺，層巒疊嶂，氣勢磅礴，茂林修竹，終年翠綠，自然景色秀麗，有「南嶽獨秀」的美稱。嶽爲「山高而尊者」，傳說爲群神所居，衡山既爲五嶽之一，則文人們寄託在它身上的意象必定是自然風貌與神話傳說並舉了。

西晉陸雲贊衡山曰：「南衡惟嶽，峻極昊蒼，瞻彼江湘，惟水泱泱。」（《南衡》）粗線條地描繪了衡山的高峻。東晉庾闡以「玄對山水」的態度靜觀衡山體悟玄理：「北眺衡山首，南睨五嶺末。寂坐挹虛恬，運目情四豁。翔虯凌九霄，陸鱗困濡沫。未體江湖悠，安識南溟闊。」（《衡山詩》）桓玄則對衡山風景作了較爲細緻的描寫：

> 歲次降婁夾鍾之初，理楫將遊於衡嶺。涉湘千里，林阜相屬。清川窮澄映之流，涯涘無纖埃之穢。修途逾邁，未見其極。窮日所經，莫非奇趣。姑洗之旬，始暨於衡嶽。於是假足輕輿，宵言載馳，軒塗三百，山徑徹通。或垂柯跨谷，俠巘交蔭；或曲溪如塞，已絕復楷；或乘步長嶺，邈眺遙曠；或憩輿素石，映濯水湄。所以欣然奔悅，求路忘疲者，觸事而至也。仰瞻翠標，逸爾天際；身凌太清，獨交霞景；周覽既畢，頓策巖阿；管絃並奏，清徵再響；思古永神，遊氣未言。（桓玄《南遊衡山詩序》）

此序將在衡山登涉遊歷的過程細細道來，饒有趣味，而伴隨著遊蹤的，便是那令人「欣然奔悅，求路忘疲」的一路風景，「或垂柯跨谷，俠巘交蔭；或曲溪如塞，已絕復楷；或乘步長嶺，邈眺遙曠；或憩輿素石，映濯水湄」，衡山的山水林泉之美，歷歷如在目前。

南嶽衡山周回八百里，回雁爲首，嶽麓爲足，氣勢可想而知。嶽麓山在長沙、湘江北岸，梁代文人吳均曾在此遠眺南嶽：

> 重波淪且直，連山糾復紛。鳥飛不復見，風聲猶可聞。
> 朧朧樹裏月，飄飄水上雲。長安遠如此，無緣得報君。
> （吳均《至湘洲望南嶽》）

吳均曾於齊東昏侯永元間，以功名不遂，至湘州依太守王峻，此詩當爲作者初到湘州時所作。當時已值夜晚，詩人沿著嶽麓山望過去，朦朧月色透過樹梢照過來，但見群山絡繹、連綿不絕，夜色中的衡山山脈，恰如湘水的「重波淪且直」一般，給人留下幾許神秘。

而吟詠南嶽最爲形象的，還是南朝文人在地記中的描寫：

遙望衡山，如陣雲。沿湘千里，九向九背，乃不復見。

（《藝文類聚》卷七「山部上」「衡山條」注引羅含《湘中記》）

前一句是遠望衡山所見，「如陣雲」的比喻極爲形象，將衡山的氣勢一筆勾出。後一句爲登臨山頂所見，俯瞰湘江，或隱或現，九向九背，眞可謂神奇不已。再看：

衡山有三峰極秀。一峰名芙蓉峰，最爲竦桀，自非清霽素朝，不可望見。峰上有泉飛派，如一幅絹，分映青林，直注山下。

（《藝文類聚》卷七「山部上」「衡山條」注引盛弘之《荊州記》）

衡山有三峰極秀。其一名紫蓋，每見有雙白鶴徊翔其上。一峰名石囷，下有石室，尋山徑聞室中有諷誦聲。一曰芙蓉，上有泉水飛流，如舒一幅白練。

（《太平御覽》卷三九「地部」「衡山」條注引盛弘之《荊州記》）

衡山有懸泉，滴瀝巖間，聲泠泠如絃音，有鶴迴翔其上如舞。

（《初學記》卷第五「衡山第四」注引羅含《湘中記》）

衡山三峰，作者極力描寫的，其實是芙蓉峰，「自非清霽素朝，不可望見」，則此峰之高，可以想見。對泉水的描寫，盛弘之從視覺入手，「有泉飛派，如一幅絹，分映青林，直注山下」、「泉水飛流，如舒一幅白練」，以「絹」、「白練」喻泉水，極爲形象；羅含從聽覺入手，「滴瀝巖間，聲泠泠如絃音」，山水清音，宛若天籟。衡山的這一泓飛泉，瑩人心目，令人神往。而對另外兩峰的刻畫，作者則專寫其神：紫蓋峰上，「每見有雙白鶴徊翔其上」、「有鶴迴翔其上如舞」，僊人總是與仙鶴爲伴的；石囷峰下，「有石室，尋山徑聞室中有諷誦聲」，石室中藏著一個尤爲神秘的世界。這其實已經隱含著神仙傳說了，只是不曾明說。其實，之前「建安七子」之一的劉楨已經詠到了衡山的靈異：「鳳凰集南嶽，徘徊孤竹根。」（《贈從弟三首》其三）而下面這幾則文字，則直寫衡山的神仙傳說：

初有採藥衡山，見一老翁，四五年少，對坐執書。

（《太平御覽》卷三九「地部」「衡山」條注引盛弘之《荊州記》）

南陽劉道人，嘗遊衡山，行數十里，有絕谷，不得前，遙望見三石囷，二囷閉，一囷開。

（《藝文類聚》卷七「山部上」「衡山條」注引羅含《湘中記》）

湘東姚祖，太元中爲郡吏，經衡山，望巖下數少年並執筆作書。

祖謂行旅休息，乃過之，未至百步，少年相與飛颺，遺一紙書在坐處，前數句古時字，自後皆鳥篆。

（《太平御覽》卷三九「地部」「衡山」條注引劉敬叔《異苑》）

巖下一老翁，四五年少者。衡山採藥人，路迷糧亦絕。

遇息巖下坐，正見相對說。一老四五少，仙隱不可別。

其書非世教，其人必賢哲。（謝靈運《衡山詩》）

前面三則爲筆記實錄，作者的態度是眞誠的，南陽劉道人、湘東姚祖，有名有姓，特別是「遺一紙書在坐處，前數句古時字，自後皆鳥篆」的敘述，更是活靈活現。謝靈運以詩歌的形式寫傳說，含有抒懷意味，「一老四五少，仙隱不可別。其書非世教，其人必賢哲」，道出了作者的感慨。

南朝文人筆下的衡山，既美麗，又神秘，既風光旖旎，又奇幻迷離。

九疑山，又名蒼梧山，位於湖南南部，峰巒疊嶂，深邃幽奇，登臨舜源峰，極目遠眺，莽莽群山，綿延起伏，如千帆競發，奔騰而來。九疑山之得名，據羅含《湘中記》載：「九疑山，在營道縣，九山相似，行者疑惑，故名九疑。」（《藝文類聚》卷七「山部上」「九疑山條」引）而九疑山之名垂天下，則是因爲虞舜，據《山海經》載：「南方蒼梧之丘，蒼梧之淵，其中有九嶷山，舜之所葬，在長沙零陵界中。」〔註34〕《史記・五帝本紀》也稱：「舜南巡崩於蒼梧之野，葬於江南九嶷。」

早在漢代，已有直接描寫九疑山的詩文：

遊湘有餘怨，豈是聖人心。竹路猿啼古，祠宮蔓草深。

素風傳舊俗，異跡閉荒林。巡狩去不返，煙雲愁至今。

九疑天一畔，山盡海沉沉。〔註35〕（漢舂陵戴侯熊渠《舜廟懷古》）

巖巖九疑，峻極於天。觸石膚合，興播建雲。

時風嘉雨，浸潤下民。芒芒南土，實賴厥勳。

逮於虞舜，聖德光明。克諧頑傲，以孝烝烝。

師錫帝世，堯而授征。受終文祖，璿璣是承。

太階以平，人以有終。遂葬九疑，解體而升。

登此崔嵬，託靈神仙。（蔡邕《九疑山碑》）

〔註34〕　袁珂《山海經校注》，上海：上海古籍出版社 1980 年版，第 459 頁。

〔註35〕　（明）蔣鍠《九疑山志兩種・炎陵志》，長沙：嶽麓書社 2008 年版，第 177 頁。

這一詩一文，主要是抒情，都算不得真正的山水文學作品。但其中有對九疑山的山水描寫，如「竹路猿啼古，祠宮蔓草深」、「九疑天一畔，山盡海沉沉」，寫出了九疑山的荒遠、飄渺，「巖巖九疑，峻極於天」，則寫出了九疑山的高峻。

南朝文人筆下的九疑山，主要是吟詠自然風景、虞舜的傳說，也加入了凡人修煉成仙的故事，如：

> 採藥靈山嵾，結駕登九嶷。懸巖溜石髓，芳谷挺丹芝。
> 泠泠雲珠落，漼漼石蜜滋。鮮景染冰顏，妙氣翼冥期。
> 霞光煥萑靡，虹景照參差。椿壽自有極，槿花何用疑。
> （庾闡《採藥詩》）

> 　　九疑山盤基數郡之界，連峰接岫，競遠爭高，含霞卷霧，分天隔日。
> （《太平御覽》卷四一「地部」「九疑山」條注引盛弘之《荊州記》）

> 振棹出江湄，依依望九嶷。欲謁蒼梧帝，過問沅湘姬。
> 折荷縫作蓋，落羽紡成絲。吾行別有意，不爲君道之。
> （吳均《江上酬鮑幾》）

> 　　九疑山，漢末有張禮正，魏時有治明期，南遊九疑，禮正服黃精，明期服澤寫柏實，後俱適西城君，受虹景方，兼以守一，內外洞澈，東華迎而乘雲昇天。
> （《藝文類聚》卷七「山部上」「九疑山條」注引《名山略記》）

前兩段文字主要是描寫九疑山的風景之美：庾闡《採藥詩》重在描寫具體的景物，隨著作者的遊蹤，懸巖飛瀑、錦繡山谷、泠泠雨滴、潺潺流水、燦爛霞光、參差虹景的山水意象依次進入讀者視野；盛弘之《荊州記》粗線條地勾畫了九疑山水，「盤基數郡之界」實寫其大，「連峰接岫，競遠爭高，含霞卷霧，分天隔日」狀其千峰競秀、雲蒸霞蔚、高跨天外的特點。後兩段文字寫九疑山的神話傳說：吳均《江上酬鮑幾》表達作者尋仙訪道的志趣，「欲謁蒼梧帝，過問沅湘姬」引出虞舜、湘妃的典故和傳說，「折荷縫作蓋，落羽紡成絲」則是想像的山中生活，充滿仙趣；《名山略記》則敘述了漢末張禮正、曹魏治明期二人在九疑山修煉成仙的故事，增加了九疑山的傳奇色彩。

可見，南朝文人筆下的九疑山與衡山較爲相似，也是描寫其自然風景和神話傳說，不同之處在於增加了虞舜的意象。

三、湘水、沅水的旖旎自然風光

　　湘水、沅水是湖南境內最大的兩條河流，它們自然地將衡山、九疑山和洞庭湖連接在了一起。與衡山、九疑兩山並跱的景象相彷彿，在南朝文人筆下，湘水、沅水也是爭奇鬥豔，各競風流，難分伯仲。

　　酈道元《水經注・湘水》載：「湘水出零陵始安縣陽海山。」湘水流域大都為起伏不平的丘陵、河谷平原和盆地，下游則為廣袤的沖積平原。湘水支流極多，屈原投水的汨羅江即為其中之一。

　　庾闡是東晉初年山水詩人，曾於咸康五年（339）為零陵太守，「鼓枻三江，路次巴陵，望君山而過洞庭，涉湘川而觀汨水，臨賈生投書之川，慨以永懷矣」（《晉書・庾闡傳》），他的 7 首山水詩中至少有 4 首是詠湖湘山水的，其中寫湘江的即有 2 首：

> 心結湘川渚，目散衝霄外。清泉吐翠流，淥醽漂素瀨。
>
> 悠想眄長川，輕瀾渺如帶。（《三月三日詩》）
>
> 命駕觀奇逸，徑騖造靈山。朝濟清溪岸，夕憩五龍泉。
>
> 鳴石含潛響，雷駭震九天。妙化非不有，莫知神自然。
>
> 翔霄拂翠岑，綠澗漱巖間。手澡春泉潔，目玩陽葩鮮。
>
> （《觀石鼓》）

兩首詩所寫為湘水流域的春天景致，《三月三日詩》正面寫湘水，清泉、翠流、淥水、素瀨為近觀風景，「輕瀾渺如帶」為遠看景色，一條清綠可愛的江流躍然紙上。《觀石鼓》專寫湘水流經的一座小山——石鼓山的風景〔註36〕，「朝濟清溪岸，夕憩五龍泉」紀遊蹤，「鳴石含潛響，雷駭震九天」寫山的神奇，「翔霄拂翠岑，綠澗漱巖間」則寫風景的美麗，「手澡春泉潔，目玩陽葩鮮」敘述作者遊賞的情景，形象鮮明，如在目前。

　　梁、陳山水詩人陰鏗，一生輾轉於江湖，沉淪下僚，他曾於某一年歲末流落到湘州，想到離家千里而不得歸，禁不住喟然長歎：

> 蒼落歲欲晚，辛苦客方行。大江靜猶浪，扁舟獨且征。
>
> 棠枯絳葉盡，蘆凍白花輕。戍人寒不望，沙禽迥未驚。
>
> 湘波各深淺，空軫念歸情。（陰鏗《和傅郎歲暮還湘洲》）

這是一幅淒冷的《歲暮夜歸圖》，靜靜的江面上，唯有一葉扁舟還在飄泊，天

〔註36〕　石鼓山在衡陽縣北，據《水經注・湘水》：「臨烝縣有石鼓，高六尺，湘水所徑，鼓鳴則主有兵革之事。」

色漸晚，望湘水兩岸，「棠枯絳葉盡，蘆凍白花輕。戍人寒不望，沙禽迥未驚」，何其寒冷、蒼涼。陰鏗此詩融主觀情緒於山水，給冬天的湘水投射了一派肅殺氣象。

地記作家筆下的山水往往不似詩人那般抒情言志，他們只是以欣賞的眼光描寫自然山水之美，卻往往更加形象、生動。且看羅含筆下的湘水：

> 湘水之出於陽朔，則觴為之舟，至洞庭，日月若出入於其中也。
> （《水經注·湘水》引羅君章《湘中記》）

> 湘水至清，雖深五六丈，見底了了。然石子如摴蒲矣，五色鮮
> 明。白沙如雪，赤岸如朝霞。綠竹生焉，上葉甚密，下踈遼，常如
> 有風氣。（《太平御覽》卷六五「地部」「湘水」條注引《湘中記》）

前一則文字描寫湘水源頭處與入洞庭湖口處截然不同的景致，一小一大、一窄一闊，在對比中讓人感受到湘水的魅力。後一則文字描寫江水之清以及兩岸風景，「見底了了」、「石子如摴蒲矣，五色鮮明」，則江水之清，自然可見，「白沙如雪，赤岸如朝霞」的比喻極為形象，「常如有風氣」的細節描寫也給人留下較深印象。

南朝文人筆下的湘江，是一條水流澄澈、風光旖旎而不乏神奇色彩的「湖湘第一江」。

沅水，流經貴州、湖南，流域內多為崎嶇山地，峰高谷深，灘多水急，風景奇特。東漢大將軍馬援南征時，作《武溪深行》，描述沅水一帶山水之險道：「滔滔武溪一何深，鳥飛不度，獸不敢臨。嗟哉武溪多毒淫！」酈道元也稱：「夷山東接壺頭山，山高一百里，廣圓三百里。山下水際，有新息侯馬援征武溪蠻停軍處。壺頭徑曲多險，其中紆折千灘。援就壺頭，希效早成，道遇瘴毒，終沒於此。」（《水經注·沅水》）

隨著晉、宋山水文學的興起，文人以審美的眼光面對山水，被馬援歎為「鳥飛不度，獸不敢臨」的沅水，開始呈現出另外一種面貌：

> 有綠蘿山，側巖垂水，懸蘿百里許。得明月池，碧潭鏡澈，百
> 尺見底，素巖若雪，松如插翠，流風叩阿，有絲桐之韻。
> （黃閔《武陵記》）

> 仰茲山兮迢迢，層石構兮嵯峨。朝日麗兮陽巖，落景梁兮陰阿。
> 郭嶅兮生音，吟籟兮相和。敷芳兮綠林，恬淡兮潤波。樂茲潭兮安
> 流，緩爾棹兮詠歌。（無名氏《武陵人歌》）

黃閔眼中的沅水，完全是一副世外桃源的景色，「懸蘿百里許」的綠蘿山，「碧潭鏡澈，百尺見底」的明月池，實在是幽美至極，人間罕有，難怪酈道元也稱，沅水「又東帶綠蘿山，頹巖臨水，懸蘿釣渚，魚詠幽谷，浮響若鐘」（《水經注・沅水》）。武陵土人歌聲中的沅水，雖然也是山遠水急，巖險浪高，但呈現出的卻是一幅幅美麗的圖畫，日映層崖，浪激成鳴，綠林吐芳，潭影幽深。

溆浦位於雪峰山北麓，沅水中游，行人常常於此徘徊、留連，有的去國懷鄉，則流露出羈旅愁緒，如屈原描述：「入溆浦余僝佪兮，迷不知吾所如。深林杳以冥冥兮，猿狖之所居。山峻高以蔽日兮，下幽晦以多雨。霰雪紛其無垠兮，雲霏霏而承宇」（《九章・涉江》）沈約《去故鄉賦》感歎：「出汀洲而解冠，入溆浦而捐袂。」陸倕《思田賦》也稱：「出郭門而東鶩，入溆浦而南回。」而有的則吟詠山水，不忍離去，如蕭綱《入溆浦詩》：「泛水入回塘，空枝度日光。竹垂懸掃浪，梟疑遠避檣。」

沅水宛如一條風景優美的自然畫廊，吸引著南朝文人流連忘返、歎絕不止。

南朝文人筆下的湖湘山水，融奇絕的自然風景、浪漫的神話傳說於一體，這一方面與湖湘地區獨特的自然風貌關係密切，一方面也與洞庭湖、沅、湘流域神鬼思想的彌漫和宗教迷信的盛行有關，班固《漢書・地理志下》稱其地「信巫鬼，重淫祀」〔註37〕，王逸云：「沅湘之間，其俗信鬼而好祠。」（《九歌序》）在這種巫術盛行、迷信成習的風俗中，自然會孕育著各種各樣的神話和傳說，且往往與山水結合，令山高水深、雲煙變幻的湖湘山水，不僅神奇，而且神秘。

吞吐日月、煙波浩渺的洞庭湖光，層巒疊嶂、雲蒸霞蔚的衡山、九疑，風光旖旎、山高水急的沅、湘綠水，虞舜、湘妃浪漫淒迷的美麗傳說，久藏於雲煙深處神奇的仙道故事，共同構成了南朝山水文學的湖湘意象，令其美麗而多姿、浪漫而神秘。

第四節　匡廬山水

江西省簡稱「贛」，位於長江中游和下游交接處的南岸，是江南丘陵的重

〔註37〕　（漢）班固《漢書》，北京：中華書局標點本1962年版，第1666頁。

要組成部分，東西南部三面環山，中部丘陵起伏，成爲一個整體向鄱陽湖傾斜而往北開口的巨大盆地，宛若一個巨大的「簸箕」。南朝文人筆下的贛地山水，與江南、荊楚、湖湘相比，呈現出匡廬一山獨秀之勢——人們以巨大的熱情吟詠廬山奇絕的自然風光、神異的仙道傳說。在南朝，就吟詠的頻率與密度而言，其它任何一處自然景觀都無法與廬山相比。

司馬遷是最早以「廬山」之名入史冊的人，《史記·河渠書》載：「余南登廬山，觀禹疏九江。」東晉、南朝時期，廬山的地位逐漸突出，乃至被尊稱爲「嶽」、「廬嶽」，如孫放《廬山賦序》：「尋陽郡南有廬山，九江之鎮也。臨彭蠡之澤，接平敞之原。」王彪之《廬山賦序》：「廬山，彭澤之山也。雖非五嶽之數，穹隆嵯峨，實峻極之名山也。」伏滔《遊廬山序》：「廬山者，江陽之名嶽。其大形也，背岷流，面彭蠡，蟠根所據，互數百里。重嶺桀嶂，仰插雲日，俯瞰川湖之流焉。」湛方生《帆入南湖詩》：「彭蠡紀三江，廬嶽主眾阜。」蕭綱《應令詩》：「樹廬嶽兮高且峻，瞻泒水兮去泱泱。」蕭繹《廬山碑序》：「廬山者，亦南國之德鎮。」這裏面其實已經有一些對廬山自然山水的描寫，特別是伏滔《遊廬山序》。

一、描寫廬山的自然山水

最早對廬山風景作詳細而具體描寫的，是東晉末著名高僧慧遠，且看其《廬山記》中的幾段文字：

> 山在江州潯陽南，南濱宮亭，北對九江。九江之南爲小江，山去小江三十里餘，左挾彭蠡，右傍通州，引三江之流而據其會。

> 其山大嶺，凡有七重，圓基周回，垂五百里。風雨之所攄，江山之所帶，高巖反宇，峭壁萬尋，幽岫穿崖，人獸兩絕。天將雨，則有白氣先摶，而縈絡於山嶺下。及至觸石吐雲，則倏忽而集，或大風振巖，逸響動谷，群籟競奏，其聲駭人，此其化不可測者矣。眾嶺中，第三嶺極高峻，人之所罕經也。太史公東遊，登其峰而遐觀，南眺五湖，北望九江，東西肆目，若登天庭焉。其嶺下半里許有重巖，上有懸崖，古仙之所居也。

> 其北嶺兩巖之間，常懸流遙沾，激勢相趣，百餘仞中，雲氣映天，望之若山，有雲霧焉。

又所止多奇，觸象有異，北背重阜，前帶雙流，所背之山，左有龍形，而右塔基焉，下有甘泉湧出，冷暖與寒暑相變，盈減經水旱而不異，尋其源，出自於龍首也。南對高峰，上有奇木，獨絕於林表數十丈，其下似一層浮圖，白鷗之所翔，玄雲之所入也。東南有香罏山，孤峰獨秀起。遊氣籠其上，則氤氳若香煙，白雲英其外，則炳然與眾峰殊別。將雨，則其下水氣湧出如馬車蓋，此龍井之所吐。其左則翠林，青雀白猿之所憩，玄鳥之所蟄。西有石門，其前似雙闕，壁立千餘仞，而瀑布流焉，其中鳥獸草木之美，靈藥萬物之奇，略舉其異而已耳。

這幾段文字，不僅有對廬山整體自然風貌的描寫，更有對山巒、丘壑、林瀑、泉石、鳥獸的具體描繪，乃至不同季節、氣候下的山水也有特別刻畫。慧遠（334～416），俗姓賈，自小資質聰穎，勤思敏學，十三歲時便隨舅父遊學許昌、洛陽等地，精通儒學，旁通老莊。公元 381 年居廬山，建龍泉寺，領眾清修，弘法濟生。386 年，又於廬山東面建東林寺，作為集眾行道的場所。慧遠居廬山三十餘年，當時的隱士劉遺民、周續之、雷次宗、宗炳等不期而至，他們結蓮社，在無量壽佛像前建齋立誓，成為中國淨土宗的發源地。尤為難得的是，慧遠還雅好山水，帶著眾僧侶，「再踐石門，四遊南嶺，東望香爐峰，北眺九江」（慧遠《廬山記》），並以文字紀行述聞，令匡廬山水得以廣播，除了上面所引《廬山記》外，他還寫有《廬山東林雜詩》：

> 崇巖吐清氣，幽岫棲神跡。希聲奏群籟，響出山溜滴。
> 有客獨冥遊，徑然忘所適。揮手撫雲門，靈關安足闢？
> 流心叩玄扃，感至理弗隔。孰是騰九霄，不奮衝天翮？
> 妙同趣自均，一悟超三益。

儘管帶有較為濃烈的玄意，但「崇巖吐清氣，幽岫棲神蹟。希聲奏群籟，響出山溜滴」的山水描寫和「有客獨冥遊，徑然忘所適」的遊人形象，還是能給讀者以一定的遐思。

隆安四年（400），慧遠又與「交徒同趣三十餘人」，「因詠山水，遂杖錫而遊」（廬山諸道人《遊石門詩序》），尤為規模空前，影響深遠。此次遊賞，當是仿王羲之諸人的蘭亭之遊，故大家暢敘幽情，詠詩結集。儘管這些詩今已不存，但署名廬山諸道人的《遊石門詩序》得以保留：

石門在精舍南十餘里，一名障山。基連大嶺，體絕眾阜。闢三泉之會，並立而開流；傾巖元映其上，蒙形表於自然，故因以為名。此雖廬山之一隅，實斯地之奇觀，皆傳之于舊俗，而未觀者眾。將由懸瀨險峻，人獸跡絕，逕迴曲阜，路阻行難，故罕經焉。

釋法師以隆安四年仲春之月，因詠山水，遂杖錫而遊，于時交徒同趣，三十餘人，咸拂衣晨征，悵然增興。雖林壑幽邃，而開塗競進；雖乘危履石，並以所悅為安。既至，則援木尋葛，歷險窮崖，猿臂相引，僅乃造極，于是擁勝倚巖，詳觀其下，始知七嶺之美，蘊奇於此。雙闕對峙其前，重巖映帶其後，巒阜周迴以為障，崇巖四營而開宇。其中則有石臺石池宮館之象，觸類之形，致可樂也。清泉分流而合注，漾淵鏡淨于天池。文石發彩，煥若披面，檉松芳草，蔚然充目，其為神麗，亦已備矣。斯日也，眾情奔悅，矚覽無厭。遊觀未久，而天氣屢變，霄霧塵集，則萬象隱形；流光迴照，則眾山倒影，開闔之際，狀有靈焉，而不可測也。乃其將登，則翔禽拂翮，鳴猿屬響，歸雲迴駕，想羽人之來儀，哀聲相和，若玄音之有寄。雖彷彿猶聞，而神以之暢；雖樂不期歡，而欣以永日。當其沖豫自得，信有味焉，而未易言也。退而尋之，夫崖谷之間，會物無主，應不以情，而開興引人，致深若此，豈不以虛明朗其照，閒邃篤其情邪？並三復斯談，猶昧然未盡。

俄而太陽告夕，所存已往，悟幽人之玄覽，達恆物之大情，其為神趣，豈山水而已哉！於是徘徊崇嶺，流目四矚，九江如帶，丘阜成垤，因此而推，形有鉅細，智亦宜然，乃喟然歎宇宙雖遐，古今一契。靈鷲邈矣，荒途日隔。不有哲人，風跡誰存？應深悟遠，慨焉長懷。各欣一遇之同歡，感良辰之難再，情發于中，遂其詠之云爾。

這篇詩序，以生花妙筆集中描寫廬山之一隅——石門的奇異風光，不啻一篇精美的山水遊記。全文融敘事、描寫、抒情、說理於一體，層層寫來，步步推進，既張弛有度，又有條不紊。「因詠山水，遂杖錫而遊」，可見此行以詠山水為主要目的；「懸瀨險峻，人獸跡絕，逕迴曲阜，路阻行難，故罕經焉」，則此行有尋奇探險意味；「雙闕對峙其前，重巖映帶其後，巒阜周迴以為障，崇巖四營而開宇」、「清泉分流而合注，漾淵鏡淨於天池。文石發彩，煥若披

面，檉松芳草」、「九江如帶，丘阜成垤」，描繪了石門景色之奇；「眾情奔悅，矚覽無厭」、「徘徊崇嶺，流目四矚」，寫出了眾人遊賞的情態。

而晉、宋地記作家筆下的石門呈現的卻是另外一番景致：

> 盧山之北，有石門水，水出嶺端，有雙石高聳，其狀若門，因有石門之目焉。水導雙石之中，懸流飛瀑，近三百許步，下散漫千數步，上望之連天，若曳飛練於霄中矣。[註38]

（酈道元《水經注·贛水》）

> 石門山在康皇東北八十餘里，是一山之大谷，有澗水，亦名石門澗。吐源濬遠，為眾泉之宗，每夏霖秋潦，轉石發樹，聲動數十里。（《藝文類聚》卷八·山部下·石門山注引周景式《盧山記》）

這兩段文字，集中描寫石門之水，雖著墨不多，但寥寥數語即將石門的懸流飛瀑作了形象刻畫，「下散漫千數步，上望之連天，若曳飛練於霄中矣」，「每夏霖秋潦，轉石發樹，聲動數十里」二語，分別從視覺、聽覺方面下筆，給人印象尤深。

盧山有奇峰峻嶺 90 餘座，崗嶺、壑谷、巖洞、怪石散佈在群峰之間，水流、溪澗、瀑布、湖潭點綴其中，有「匡廬奇秀甲天下」的美譽。除了石門，盧山的許多山水，如五老峰、香爐峰，乃至其白雲、飛瀑也被地記作家描之於筆下：

> 盧山頂上有一池水，池中有三石雁，霜落則飛。山北有五老峰，於盧山最為峻極，橫隱蒼穹，積石巖嶤，迴壓彭蠡，其形勢如河中虞鄉縣前五老之形，故名之。

（《太平御覽》卷四一·地部六·盧山引《尋陽記》）

> 登盧山，望九江，以觀禹之跡。其茲峰乎？東南隱諸嶺，不得駢矚。自盧山人跡所暨，迴望處無復出此者，又甚高峻，每雨，其下成潦，而上猶皎日，峰頭有大磐石，可坐數百人。

（《藝文類聚》卷七·山部上·盧山引周景式《盧山記》）

> 盧山，天將雨，則有白雲，或冠峰巖，或互中嶺，俗謂之山帶，不出三日必雨。

（《太平御覽》卷四一·地部六·盧山引張野《盧山記》）

[註38] 酈道元為北周人，不曾到過南方，故其對南方許多江水的描寫，當出自南朝作家所寫的地記。

又有二泉，常懸注若白雲帶山。《廬山記》曰：白水在黃龍南，即瀑布也。水出山復，掛流三四百丈，飛湍林表，望若懸素，注處悉巨井，其深不測，其水下入江淵。（酈道元《水經注・贛水》）

「如河中虞鄉縣前五老之形」、「其下成潦，而上猶皎日」、「或冠峰巖，或互中嶺，俗謂之山帶」、「飛湍林表，望若懸素」，這些意象，將一個「雄、奇、險、秀」的廬山形象推到了人們面前。

南朝詩人筆下的匡廬山水，雖不似地記作家這般形象生動、歷歷在目，但也產生了一些堪稱經典的意象。

宋文帝元嘉八年（431）春，大詩人謝靈運赴臨川（今江西撫州西）內史任，乘船自長江入彭蠡湖口時，遊彭蠡，登廬山，寫下了這樣兩首詩：

客遊倦水宿，風潮難具論。洲島驟回合，圻岸屢崩奔。

乘月聽哀狁，浥露馥芳蓀。春晚綠野秀，巖高白雲屯。

千念集日夜，萬感盈朝昏。攀崖照石鏡，牽葉入松門。

三江事多往，九派理空存。靈物吝珍怪，異人秘精魂。

金膏滅明光，水碧輟流溫。徒作千里曲，弦絕念彌敦。

（《入彭蠡湖口》）

積峽忽復啓，平途俄已閉。巒壟有合沓，往來無蹤轍。

晝夜蔽日月，冬夏共霜雪。〔註39〕（《登廬山絕頂望諸嶠》）

這兩首詩都力求對廬山的風貌作總體上的把握，而不拘泥於某一個具體景點，故概括性強，生動性、深刻性略顯欠缺。但卻不乏經典意象，如「春晚綠野秀，巖高白雲屯」一聯，寫出了廬山之秀，「屯」字尤爲形象，與張野《廬山記》之「或冠峰巖，或互中嶺，俗謂之山帶」數語有異曲同工之妙，卻更加精鍊；再如「晝夜蔽日月，冬夏共霜雪」一聯，不直說山之高峻，而山之高峻已盡在眼前。

宋文帝元嘉十六年（439），臨川王劉義慶出鎮江州（今江西九江），大詩人鮑照被擢爲國侍郎。是歲秋，他自建康離家赴任，溯江而上，途經大雷岸（今安徽望江境內）時，寫下了著名的《登大雷岸與妹書》，描寫沿途所見風景，其中描寫廬山一段尤爲精彩：

西南望廬山，又特驚異。基壓江潮，峰與辰漢相接，上常積雲

〔註39〕 此詩唯有對廬山山水的描寫，從謝靈運寫作山水詩「三段式」的慣常手法看，當爲殘篇。

霞，雕錦縟，若華夕曜，巖澤氣通，傳明散彩，赫似絳天。左右青
靄，表裏紫霄。從嶺而上，氣盡金光；半山以下，純爲黛色。信可
以神居帝郊，鎮控湘、漢者也。

描寫遠望廬山時所見景色，開篇即以「驚異」二字示人，後面的描寫實在此
基調下的依次展開，「基壓江潮」言其勢，「與辰漢相接」狀其高，「上常積雲
霞，雕錦縟」則寫其神。雖是遠望，但鮑照以其如椽巨筆道出了廬山之神奇。

在江州任職期間，鮑照得以上廬山，登香爐峰，望石門，寫下了《登廬
山》、《登廬山望石門》、《從登香爐峰》、《望孤石》等詩。這些詩基本延續了
鮑照描寫山水時重在刻畫其雄奇、險峻的風格，並不能給人留下較深印象，
但其中也不乏一些較好的寫景佳句，如「千巖盛阻積，萬壑勢回縈」（《登廬
山》），「高岑隔半天，長崖斷千里」、「雞鳴清澗中，猿嘯白雲裏」、「回互非一
形，參差悉相似」（《登廬山望石門》），「含嘯對霧岑，延蘿倚峰壁」（《從登香
爐峰》），豐富了廬山的形象。

此外，梁代蕭繹也有吟詠廬山風景的文字《廬山碑序》、《玄覽賦》，其中
對廬山山水的描寫堪稱精彩：「廬山者，亦南國之德鎮。雖林石異勢，而雲霞
共色。長風夜作，則萬流俱響；晨鼯曉吟，則百嶺齊應」（《廬山碑序》），「何
蠡川之浩浩，而匡岫之蒼蒼。其匡岫也，盤紆峪崒，急嶙鬱律；峻極於天，
千霄秀出。岑嶻崎嶬，烏兔蔽虧；蛤𡶉豁聞，背原面野。墳飛流於天末，鼓
雷霆於巖下，聳高館於去中，聯叢祠於星祉。雕甍綺閣，籲可畏其欲落；雲
霧杳冥，縈萬嶺而俱青。照曜山莊，岩嶢石梁；雁門餘帳，隆安故床。鏡臨
江而分影，爐銜花而共香」（《玄覽賦》），對山水的描繪可謂精彩。

梁江淹有《從冠軍建平王登廬山香爐峰》一詩：

廣成愛神鼎，淮南好丹經。此山具鸞鶴，往來盡仙靈。
瑤草正翕赩，玉樹信蔥青。絳氣下縈薄，白雲上杳冥。
不尋遐怪極，則知耳目驚。日落長沙渚，曾陰萬里生。
藉蘭素多意，臨風默含情。方學松柏隱，羞逐市井名。
幸承光誦末，伏思託後旌。

這首詩對廬山自然山水的描寫不多，只有「絳氣下縈薄，白雲上杳冥。中坐
瞰蜿虹，俯伏視流星」、「日落長沙渚，曾陰萬里生」數語，卻道出了廬山風
景之異。而詩人的主要目的，卻是要寫出廬山之神奇，即所謂「此山具鸞鶴，
往來盡仙靈」，因此，他使用了一系列仙道意象，如廣成、淮南的典故，「鸞

鶴」、「仙靈」、「瑤草」、「玉樹」、「絳氣」、「白雲」的意象等，言其實代表了南朝文人吟詠廬山時的另外一個主題：敘述廬山神異的仙道傳說。

二、敘述廬山的仙道傳說

廬山的神奇，正如支曇諦《廬山賦》所詠：「包靈奇以藏器，蘊絕峰乎青雲」、「嶺奇故神明鱗萃，路絕故人跡自分」，其峰巒高峙、溝壑回覆、山險路阻，加之雲蒸霞蔚、煙籠霧繞，給人以無盡的遐思和奇妙的想像。

湛方生泛舟鄱陽湖時，面湖望山，喟然歎道：「此水何時流？此山何時有？」（《帆入南湖詩》）以對天發問的方式探尋廬山的來歷，晉、宋地記中的記載也是撲朔迷離，充滿著神奇色彩：

> 廬俗，字君孝，本姓匡，父東野王，共鄱陽令吳芮，佐漢定天下而亡，漢封俗於鄡陽，曰越廬君，俗兄弟七人，皆好道術，遂寓精於洞庭之山，故世謂之廬山。」（《水經注・贛水》引《豫章舊志》）

> 周景式曰：「廬山匡俗，字子孝，本東里子出，周武王時，生而神靈，屢逃徵聘，廬於此山，時人敬事之。俗後仙化，空廬猶存，弟子睹室悲哀，哭之旦暮，同鳥號，世稱廬君，故山取號焉。」
> （《水經注・贛水》）

> 匡俗出於周威王時，生而神靈，隱淪潛景，廬於此山，俗稱廬君，故山取號焉。
> （《初學記》卷第八・江南道第十・廬山引《廬山記》）

> 匡俗，周武王時人，屢逃徵聘，結廬此山，後登仙，空廬尚在，弟子等呼為廬山，又名匡山，蓋稱其姓。又接豫章匡俗，字君孝，父共鄱陽令吳芮佐漢定天下，封俗鄱陽。廬君兄弟七人皆好道術，遂寓精爽於洞庭之山，故世謂廬山。漢武帝南巡親見神靈，封俗為文明公。一云俗漢人，一云周武時人，未知誰是。
> （《太平御覽》卷四一・地部六・廬山引張僧鑒《尋陽記》）

《豫章舊志》、周景式《廬山記》、無名氏《廬山記》對廬山來歷的記載已不同，張僧鑒《尋陽記》綜合三家之言，卻不能明辨。而慧遠《廬山記》中又稱：「有匡續先生者，出自殷周之際，遁世隱時，潛居其下。或云，續受道於僊人，而適遊其巖，遂託室巖岫，即巖成館，故時人感其所止為神仙之廬而

名焉。」但不論哪一家的記載，廬山來歷之奇卻是一致的，廬山自始即抹上了神異的仙道色彩。

廬山的仙道傳說遠不止這些，《神仙傳》等又記載了僊人董奉、吳猛的故事：

> 董奉，字君異，候官人，少有道術，居此山，多救人疾苦。種杏於此山，十數年，杏有十數萬株，結實，奉乃多倉廩，宣言人買杏多少，不須來報，但一器穀一器杏，多者則爲猛獸所害。人懼，無敢欺者。得穀悉賑貧乏。

（《太平御覽》卷四一·地部六·廬山引《神仙傳》）

> 漢董奉覆館於巖下，常爲人治病，法多神驗，病癒者令栽杏五株，數年之間，蔚然成林。計奉在人間近三百年，容狀常如三十時，俄而升仙絕跡於杏林。（慧遠《廬山記》）

> 廬山上有三石梁，長數十丈，廣不盈尺，俯眎杳然無底。咸康中，江州刺史庾亮迎吳猛將弟子登山遊觀，因過此梁，見一老公坐桂樹下，以玉杯承甘露與猛，猛遍與弟子。又進至一處，見崇臺廣廈，玉宇金房，琳琅焜燿，輝彩眩目，多珥寶玉器，不可識見，數人與猛共言，若舊相識。

（《太平御覽》卷四一·地部六·廬山引《述異記》）

> 王敦誅術士，吳猛附船日行千里，追者但見龍附其舡。猛令船人閉目，人聞曳撥林木之聲，懼而開目，龍知人見，遂委舟山頂，今艑底在紫霄峰上。（《太平御覽》卷四一·地部六·廬山《尋陽記》）

這些仙道傳說中的僊人，有名有姓，有詳細的事蹟記載，甚至與現實中的人物王敦、庾亮等交往、聯繫，增加了其可信度與說服力，比之前匡俗的傳說又進了一層。而湛方生《廬山神仙詩序》、慧遠《廬山記》則記載了僧人飛升的傳聞：

> 太元十一年，有樵採其陽者，於時鮮霞褰林，傾暉映岫，見一沙門，披法服獨在巖中，俄頃振裳揮錫，凌崖直上，排丹霄而輕舉，起九折而一指。既白雲之可乘，何帝鄉之足遠哉？窮目蒼蒼，翳然滅跡。（湛方生《廬山神仙詩序》）

> 昔野夫見人著沙彌服，凌雲直上，既至，則踞其峰，良久乃與雲氣俱滅。（慧遠《廬山記》）

以上兩則記載，爲增強其說服力，特借樵人、野夫之口，敘述沙彌乘雲飛升的傳聞，令廬山的仙道傳說尤爲神秘莫測。關於廬山，南朝文人還有一些記載，不涉仙道，而是一些歷史人物的掌故、傳聞等，如：

> 上霄峰在山東南，秦皇登之，與霄漢相接，因名之。高處有刻名之字，大如掌背隱起焉，僅百餘言。
>
> （《太平御覽》卷四一‧地部六‧廬山引《尋陽記》）

> 廬山之南，有上霄石，高壁緬然，與霄漢連接。秦始皇三十六年，歎斯嶽遠，遂記爲上霄焉。上霄之南，大禹刻石，志其丈尺里數，今猶得刻石之號焉。（《水經注‧贛水》）

> 陶潛栗里今有平石如砥，縱廣丈餘，相傳靖節先生醉臥其上，在廬山南。（《太平御覽》卷四一‧地部六‧廬山引《尋陽記》）

> 溢浦水，有人此處洗銅盆，忽水暴漲，乃失盆，遂投水取之，即見一龍銜盆，遂奮而出，故曰盆水也。
>
> （《太平御覽》卷六五‧地部三〇‧溢浦水引《郡國志》）

> 桓沖爲江州刺史，乃遣人周行廬山，冀睹靈異。既陟崇巘，有一湖，匝生桑樹，有大群白鵝，湖中有敗鱎赤鱗魚。
>
> （《藝文類聚》卷八‧水部下‧湖引《述異記》）

這些掌故、傳聞，眞眞假假、虛虛實實，它們與前面的眾多仙道傳說一起，令原本神秘的廬山變得更加撲朔迷離。豐富的仙道傳說與人物掌故，縱橫交織、相互輝映，令廬山成爲一座名副其實的靈異之山。

南朝人在吟詠廬山時，往往在同一篇中將美麗的自然風光和神奇的仙道傳說並詠。如慧遠的《廬山記》既贊「鳥獸草木之美」，又歎「靈藥萬物之奇」；王喬之的《奉和慧遠遊廬山》既寫「眾阜平寥廓，一岫獨凌空」，又詠「有標造神極，有客越其峰」；湛方生的《廬山神仙詩序》既寫廬山「崇標峻極，辰光隔輝，幽澗澄深，積清百仞」的奇妙景致，又敘沙門「振裳揮錫，凌崖直上，排丹霄而輕舉」的神異傳說；謝靈運的《入彭蠡湖口》既寫「春晚綠野秀，巖高白雲屯」，又歎「三江事多往，九派理空存。靈物吝珍怪，異人秘精魂」；鮑照的《從登香爐峰》也是既寫「青冥搖煙樹，穹跨負天石」，又詠「谷館駕鴻人，巖棲咀丹客。殊物藏珍怪，奇心隱仙籍」。可以說，在南朝人的意識裏，廬山的奇絕山水已與其神異的仙道傳說融爲了一體。

三、吟詠廬山周邊的山水

　　除了直接吟詠廬山的自然風景外，南朝文人還對廬山周邊的一些山水作了描繪，如廬山腳下的湓城、湓水、鄱陽湖、洪井等地方，這其實也可算作廣義上的匡廬山水。

　　湓城即今九江，位於廬山腳下，陳代張正見有《湓城詩》：

匡山曖遠壑，灌壘屬中流。城花飛照水，江月上明樓。

湓水載於地記作家筆下，寫得較爲簡略：

　　　　《潯陽記》曰：盆水出青盆山，因以爲名，帶山雙流，而右灌
潯陽，東北流入江，已上江州。

　　（《初學記》卷第八·江南道第十·盆水）

吟詠鄱陽湖的有陳代詩人劉刪的《泛宮亭湖》：

回艫乘派水，舉帆逐分風。滉瀁疑無際，飄揚似度空。

檣烏排鳥路，船影沒河宮。孤石滄波裏，匡山苦霧中。

寄言千金子，安知萬里蓬。

據《荊州記》載：「宮亭湖即彭蠡澤也，謂之彭澤湖，一名彙澤。」（《初學記》卷第七·地部下·湖第一引）劉刪的這首詩描寫了泛舟鄱陽湖上所見景色，「滉瀁疑無際，飄揚似度空」一聯想像奇特，「匡山苦霧中」、「寄言千金子，安知萬里蓬」則抒發了濃烈的羈旅之愁。詩中提到「孤石」，其實是鄱陽湖中人們吟詠得較多的一景，如：

江南多暖谷，雜樹茂寒峰。朱華抱白雪，陽條熙朔風。

蚌節流綺藻，輝石亂煙虹。泄雲去無極，馳波往不窮。

嘯歌清漏畢，徘徊朝景終。浮生會當幾，歡酌每盈衷。

　　（鮑照《望孤石》）

侵霞去日近，鎮水激流分。對影疑雙闕，孤生若斷雲。

過風靜華浪，騰煙起薄曛。雖言近七嶺，獨高成不群。

　　（朱超《詠孤石》）

這兩首詩中所吟詠的「孤石」，即大孤山，位於九江市湖口縣以南的鄱陽湖中，它高出水面約 90 米，周長千餘米，三面絕壁，辣立湖中，僅西北角一石穴可以泊舟。大孤山一頭高一頭低，遠望似一隻巨鞋浮於碧波之中，故又稱「鞋山」。酈道元《水經注·贛水》稱：「又有孤石，介立大湖中，周迴一里，聳

立百丈，矗然高峻，特爲環異，上生林木，而飛禽罕集，言其上有玉膏可探，所未詳也。」

此外，距廬山不遠處的洪崖井，也是南朝文人寫得較多的一景：

> 幽願平生積，野好歲月彌。捨簪神區外，整褐靈鄉垂。
> 林遠炎天隔，山深白日虧。遊陰騰鵠嶺，飛清起鳳池。
> 隱曖松霞被，容與澗煙移。將遂丘中性，結駕終在斯。
> （謝莊《遊豫章西觀洪崖井》）

> 西北五六里，有洪井，飛流懸注，其深無底，舊說洪崖先生之井也。北五六里，有風雨池，言山高瀨激，激著樹木，樹木霏散遠灑若雨。（《水經注·贛水》）

> 去洪井六七里，有風雨池，山橋水出，激著樹木，星散遠灑如風雨焉。（《太平御覽》引《豫章記》）

《水經注·贛水》稱：「莊嘗遊豫章，觀井賦詩，言鸞岡四周有水，謂之鸞陂。」則謝莊《遊豫章西觀洪崖井》一詩爲寫實之作。洪崖井，在江西新建縣西四十里之西山，一名伏龍山，左右石壁鬥絕，飛泉奔注，下有煉丹井，相傳爲洪崖先生得道處。從以上數則文字看，南朝文人對洪崖井，也是一方面描寫其自然風光，一方面敘述其美妙傳說。

南朝文人對於廬山周邊山水的吟詠，不論從所寫自然風景的內容上，還是從寫作風格與特色上，都與廬山有著極爲密切的聯繫。

南朝文人在描寫匡廬山水時，將自然山水與仙道傳說共詠的特點，對後世文人產生了較大影響，如李白，他在《廬山謠寄盧侍御虛舟》一詩中稱：「五嶽尋仙不辭遠，一生好入名山遊。」聲稱爲「尋仙」而到廬山，且說「早服還丹無世情，琴心三疊道初成。遙見僊人彩雲裏，手把芙蓉朝玉京。先期汗漫九垓上，願接盧敖遊太清」，但詩中又有大量對廬山自然風景的描寫，「廬山秀出南斗傍，屏風九疊雲錦張，影落明湖青黛光。金闕前開二峰長，銀河倒掛三石梁。香爐瀑布遙相望，回崖沓嶂凌蒼蒼。翠影紅霞映朝日，鳥飛不到吳天長。登高壯觀天地間，大江茫茫去不還。黃雲萬里動風色，白波九道流雪山」，這與南朝文人寫廬山時的特點頗爲類似，從中可以看出其一脈相承的關係。

南朝文人筆下的贛地山水，之所以呈現出匡廬一山獨秀的特點，與其「吳頭楚尾」的地理位置有關。南朝時，吳、越、皖等江南一帶，處京都建康附

近，其重要性不言而喻，而荊、湘地處長江上游，地理位置極爲重要，在抗擊北朝時又可與建康形成犄角、呼應之勢，故荊楚、湖湘一直處於副都地位。在這種情勢下，南朝文人活動於江南、荊楚、湖湘一帶的就較多，而到「吳頭楚尾」的贛地一帶的就較少。但另一方面，廬山位於長江之濱，爲南朝文人沿溯長江時的必經之地，加之其自身奇絕的自然山水、神異的仙道傳說，自然吸引文人登臨、吟詠，「其山川明淨，風澤清曠，氣類節和，土沃民逸。嘉遁之士，繼響窟巖，龍潛鳳採之賢，往者忘歸矣」（《水經注・贛水》），從而在贛地山水中呈現出一山獨秀之勢。

第四章　南朝山水文學的美學特徵

　　南朝是對文學藝術性的認識取得較大突破的時期，謝靈運、沈約、謝朓、蕭綱、蕭繹、蕭子顯等在書信、史書或文學作品中直接表達過他們的文學思想，特別是劉勰和鍾嶸，寫有《文心雕龍》和《詩品》這樣的文學理論專著，對歷代的文學創作、文學作品進行總結品評，提出了諸多文學理論術語，初步建立了文學研究的方法論，對古代文學理論的發展和歷代文學創作都產生了巨大的影響。

　　與劉勰、鍾嶸相比，南朝山水文學作家們儘管並無專門的山水文學理論著作，卻在創作實踐中不斷努力，積極探索，逐漸形成了一些較為明晰的文學意識和創作觀念，並在吟詠山水時自覺使用。他們的一些創作觀念，主要體現在其山水文學作品中。

　　南朝山水文學的美學特徵，主要體現為情景交融、時空意識、虛實相生以及以悟入詩等，此外，南朝文人還創造了一些經典山水意象，為文學發展作出了巨大貢獻。

　　南朝文人吟詠山水時，既「極貌以寫物」（《文心雕龍・明詩》），又注重情感的投入，融自然、羈旅、閒適、隱逸、懷古等各種情感入山水。他們採取情景相合和情景相離兩種方式，都能達到情景交融的效果。其中，情景相合主要是以樂景寫樂，即以自然、閒適、隱逸情趣吟詠山水，也有以哀景寫哀者，即以羈旅情懷吟詠山水，山水描寫本身即體現出羈旅愁緒；情景相離，主要是以樂景寫哀，即在一些羈旅、送別類作品中，作者的情感為憂傷，而山水體現出來的風貌卻是一片美好，這時往往能達到「一倍增其哀樂」[註1]（王夫之《薑齋詩話・卷上》）的效果。

〔註 1〕　丁福保《清詩話》，上海：上海古籍出版社 1978 年版，第 4 頁。

　　南朝文人通過山水遊賞與情感的投入，對時空的認識有了較大提高，時空意識大大增強。他們向著眼前時空和心理時空兩個方向開拓：在山水之間遊歷，移步換景，眼前的時空隨之不斷變化；在行旅途中，以思鄉的情緒入山水，進而將心理空間延伸至千里之外。南朝文人的時空意識，首先體現在許多作品的標題即展示了遊蹤，清晰地標明遊覽的時間、地點以及遊賞的情形，其次體現在其正文中對時間和空間的充分展示上，他們常常通過敘述遊蹤，描寫不同場景下的山水，來展示眼前時空的不斷變化，還體現在作品中大量使用「俯」、「仰」、「上」、「下」、「前」、「後」等標示空間的詞語以及「朝」、「夕」、「春」、「秋」等標示時間的詞語。心理時空並非真實可見的時空，往往與眼前時空有較大的距離。南朝文人吟詠山水時，一些作品在風景描寫裏融入思鄉之情，這時的時空，常常會飛越至千里之外的家鄉。

　　在實境之外，南朝文人通過時空拓展、情感延伸、天真設問、以不說為說等方式，對虛境進行開拓。謝靈運、沈約等在一些作品中省去大量時空，而擇取其中一個場景大肆渲染，以這一點的美好映襯省去的大量時空的美好，達到以實襯虛、以虛帶實、虛實相生的效果。何遜、陰鏗等人善於在詩歌的尾聯上著力，以不經意的一筆突然帶出情感，令全詩意蘊含蓄、綿延不止。湛方生、陰鏗還在詩中天真設問，這些問題往往無法回答，也無需回答，卻能將詩歌內涵無限向外延伸。吳均、陶弘景在一些作品中以極少的描寫，帶出背後無數的虛景，從而達到以少總多、以不說為說的效果。

　　在佛教盛行的文化背景下，南朝文人受謝靈運啟發，普遍以悟入詩，創作了大量具有哲思理趣的寫景佳句，豐富了詩歌意涵；甚至還出現了伏挺《行舟值早霧》這樣整首詩既寫佛教體悟、又詠自然山水的詩歌。南朝文人還開拓了一些對後世產生較大影響的經典文學意象，如「游魚」、「猿啼」、「春草、白雲」等，豐富了古代文學的意象類型。

第一節　情景交融

　　情和景是文學作品最基本的兩個元素，正如王國維所言：「文學中有二元質焉：曰景，曰情。」〔註2〕（《文學小言》）情和景的關係，明謝榛《四溟詩

〔註2〕　（清）王國維《王國維文學美學論著集》，太原：北嶽文藝出版社 1987 年版，第 24 頁。

話・卷三》曰：「作詩本乎情景，孤不自成，兩不相背」，「景乃詩之媒，情乃詩之胚」〔註3〕。清王夫之云：「關情者景，自與情相爲珀芥也。情景雖有在心在物之分，而景生情，情生景，哀樂之觸，榮悴之迎，互藏其宅」〔註4〕，「情景名爲二，而實不可離，神於詩者，妙合無垠。巧者則情中景，景中情」〔註5〕。（《薑齋詩話・卷下》）二人都認爲，在文學作品中，情和景相互依存，不可分割。唯有情景二者交融，才稱得上佳作。

山水文學中的景，即自然山水；情，即投射至景物上的人的感情。南朝文人以生花妙筆描繪了自然山水的形貌，從而突破了東晉人「玄對山水」的局限，將山水大規模引入文學。自一開始，他們便面臨著如何處理情和景的問題。他們採取了情景相合和情景相離兩種方式：所謂情景相合，指自然山水描寫與投射的情感一致，總體而言，以自然情趣、閒適情趣、隱逸情趣吟詠山水的，基本屬於此類，也有少數以羈旅情懷吟詠山水亦屬此類的；所謂情景相離，指自然山水描寫與投射的情感不一致，甚至相反，以羈旅情懷吟詠山水的，大多屬於此類。當然，二者並無高下之分，只要最終達到了情景交融的境界，都會產生好的作品。

一、景的開拓：「極貌以寫物」

南朝文人能在文學領域開拓出山水題材的全新境界，一個重要原因便是發現了自然景物的外在形態之美，且以豐富的筆觸描繪出這種美。與東晉文人「玄對山水」時執著於山水的內美不同，他們以文學之筆將自然界的千姿百態表現了出來，取得了巨大成功，令山水文學終於打破玄言的牢籠登上文學的歷史舞臺。「宋初文詠，體有因革，莊老告退，而山水方滋。儷采百字之偶，爭價一句之奇，情必極貌以寫物，辭必窮力而追新，此近世之所競也」（《文心雕龍・明詩》），在這裏，劉勰道出了山水文學興起的過程以及南朝文人致力於描摹山姿水態的情形。

清王士禎《帶經堂詩話・序論類》曰：「迨元嘉間，謝康樂出，始創爲刻畫山水之詞，務窮幽極渺，抉山谷水泉之情狀。」〔註6〕確實，謝靈運是大力

〔註3〕 （明）謝榛、（清）王夫之《四溟詩話 薑齋詩話》，北京：人民文學出版社1961年版，第69頁。

〔註4〕 丁福保《清詩話》，上海：上海古籍出版社1978年版，第6頁。

〔註5〕 丁福保《清詩話》，上海：上海古籍出版社1978年版，第11頁。

〔註6〕 （清）王士禎《帶經堂詩話》，北京：人民文學出版社1982年版，第115頁。

描寫山水的第一位大詩人，他筆下的山水充分表現了大自然的聲、色，形、貌，如其所云：「巖峭嶺稠疊，洲縈渚連綿」（《過始寧墅》）、「石淺水潺湲，日落山照曜」（《七里瀨》）、「曉霜楓葉丹，夕曛嵐氣陰」（《晚出西射堂》）、「密林含餘清，遠峰隱半規」（《遊南亭》）、「亂流趨正絕，孤嶼媚中川」（《登江中孤嶼》）、「千圻邈不同，萬嶺狀皆異」（《遊嶺門山》）、「白芷競新苕，綠蘋齊初葉」（《登上戍石鼓山》）、「千頃帶遠堤，萬里瀉長汀」（《白石巖下經行田》）、「活活夕流駛，噭噭夜猿啼」（《登石門最高頂》）、「蘋萍泛沉深，菰蒲冒清淺」（《從斤竹澗越嶺溪行》）、「殘紅被徑隧，初綠雜淺深」（《讀書齋》）、「秋泉鳴北澗，哀猿響南巒」（《登臨海嶠初發強中作與從弟惠連見羊何共和之》）、「山桃發紅萼，野蕨漸紫苞」（《酬從弟惠連》）、「野曠沙岸淨，天高秋月明」（《初去郡》）、「洲島驟回合，圻岸屢崩奔」（《入彭蠡湖口》）、「初篁苞綠籜，新蒲含紫茸。海鷗戲春岸，天雞弄和風」（《於南山往北山經湖中瞻眺》）等，這麼多千姿百態、活潑可愛的自然景物，一下子出現在謝靈運的詩裏，令當時的文人驚慕不已，以至於「每有一詩至都邑，貴賤莫不競寫，宿昔之間，士庶皆遍，遠近欽慕，名動京師」（《宋書‧謝靈運傳》），被譽爲「芙蓉出水」（鍾嶸《詩品》）、「初發芙蓉，自然可愛」（《南史‧顏延之傳》）。從此，山水詩也登上文學舞臺，成爲重要的詩歌類型之一。

從「大必籠天海，細不遺草樹」（白居易《讀謝靈運詩》）的謝詩開始，南朝文人掀起了一股描繪自然山水形貌的熱潮，山水描寫廣泛地進入文學的各個領域。如詩歌中的描寫：「隱暧松霞被，容與澗煙移」（謝莊《遊豫章西觀洪崖井》）、「山光浮水至，春色犯寒來」（沈約《泛永康江》）、「群峰此峻極，參差百重嶂」（任昉《嚴陵瀨》）、「舊嶼石苦構，新洲花如織」（蕭衍《登北顧樓》）、「空蒙如薄霧，散漫似輕埃」（謝朓《觀朝雨》）、「魚游若擁劍，猿掛似懸瓜」（何遜《渡連圻詩二首》其二）、「新禽爭弄響，落蕊亂從風」（蕭子顯《春日》）、「對影疑雙闕，孤生若斷雲」（朱超《詠孤石》）、「小橋飛斷岸，高花出迴樓」（庾信《詠畫屛詩二十五首》其六）、「潮落猶如蓋，雲昏不作峰」（陰鏗《晚出新亭》）、「浮雲斷更續，輕花落復香」（陳叔寶《同平南弟元日思歸》）、「殘虹收度雨，缺岸上新流」（張正見《後湖泛舟》）、「浴鳥沉還戲，飄花度不歸」（江總《春日》）、「日影桃蹊色，風吹梅徑香」（顧野王《芳樹》）、「弱柳垂江翠，新蓮夾岸紅」（祖孫登《蓮調》）；賦中的描寫：「水則遠天相逼，浮雲共色」（江淹《哀千里賦》）、「樹臨流而影動，巖薄暮而雲披」（蕭綱

《晚春賦》）；文中的描寫：「竹泫泫以垂露，柳依依而迎蟬，鷗雙雙以赴水，鷺軒軒而歸田」（陶弘景《尋山志》）、「泉水激石，泠泠作響；好鳥相鳴，嚶嚶成韻」（吳均《與朱元思書》）、「月如秋扇，花疑春雪」（蕭繹《鍾山飛流寺碑銘》）、「清瀾微瀣，滴瀝生響，白波跳沫，洶湧成音」（劉峻《東陽金華山樓志》）等。經過南朝歷代文人的開拓，但凡自然界中的日、月、雲、霞、雨、雪、風、霜、山、水、泉、石、花、鳥、草、樹、江、河、湖、沼、巖、壑、崖、嶺等都被描寫於筆下，自然山水以前所未有的面貌出現於詩文辭賦等各體文學作品中。

同時，還出現了專詠一山的山水詩：

　　石險天貌分，林交日容缺。陰澗落春榮，寒巖留夏雪。

　（孔稚珪《遊太平山》）

　　茲山亙百里，合沓與雲齊。隱淪既已託，靈異居然棲。
　　上干蔽白日，下屬帶回溪。交藤荒且蔓，樛枝聳復低。
　　獨鶴方朝唳，饑鼯此夜啼。渫雲已漫漫，夕雨亦淒淒。
　　我行雖紆組，兼得尋幽蹊。緣源殊未極，歸徑宜如迷。
　　要欲追奇趣，即此凌丹梯。皇恩竟已矣，茲理庶無睽。

　（謝朓《遊敬亭山》）

這兩首詩詠山都不是在山的大致輪廓上下功夫，而是選取數點，作細緻刻畫。謝朓《遊敬亭山》詩選取畫面較多，先從總體上勾勒山勢，再從樹、溪、藤、鶴唳、鼯啼、雲、雨等多個細節描摹，敬亭山的特點逐漸映入讀者的腦海。孔稚珪《遊太平山》詩選取畫面尤精，只寫了四個特寫鏡頭：崖石、高林、澗花、巖雪，而太平山的高險已然畫出。南朝人極力描寫山水形貌的努力及取得的成績，由此可見一斑。

謝靈運開創的山水詩進入梁、陳以後，在一些文學修養不高的文人特別是宮體詩人的筆下，變成了「疏慢闡緩，膏肓之病，典正可采，酷不入情」（《南史・文學傳論》）的文字遊戲，有如劉勰《文心雕龍・物色》所稱：

　　　自近代以來，文貴形似，窺情風景之上，鑽貌草木之中。吟詠
　所發，志惟深遠，體物為妙，功在密附。故巧言切狀，如印之印泥，
　不加雕削，而曲寫毫芥。故能瞻言而見貌，即字而知時也。

但這並不是山水文學的主流，代表山水文學發展潮流的，是以謝靈運、謝朓、吳均等人引領的含自然、羈旅、隱逸等情感的文學。王國維云：「昔人論詩詞，

有景語、情語之別。不知一切景語，皆情語也。」〔註7〕（《人間詞話》）美的山水從來都不是純客觀的，它是人們以美的情感審視的結果。南朝文人「極貌以寫物」（《文心雕龍·明詩》），寫出了大量的山水佳篇和寫景佳句，描繪了大自然的千姿百態，正是他們將一片自然熱愛之情融入的結果。

二、情的融入：情景相合，情景相離

　　東晉文人借山水悟玄，其山水詩多含玄理，深刻有餘而情感不足。在這方面，南朝文人有了較大進步，已經充分認識到情感在山水文學中的作用。如蕭子良《行宅詩序》稱：「山原石道，步步新情；回池絕澗，往往舊識。以吟以詠，聊用述心。」鍾嶸《詩品序》道：「若乃春風春鳥，秋月秋蟬，夏雲暑雨，冬月祁寒，斯四候之感諸詩者也。」蕭繹《金樓子·立言篇》云：「吟詠風謠，流連哀思者，謂之文。」特別是劉勰，他不但稱「繁采寡情，味之必厭」（《文心雕龍·情采》），強調文學作品中不能「寡情」，又言「夫綴文者情動而辭發，觀文者披文以入情，沿波討源，雖幽必顯」（《文心雕龍·知音》），認識到情感在溝通讀者和作者中所起的重要作用，更感歎道：

　　　　春秋代序，陰陽慘舒，物色之動，心亦搖焉。
　　（《文心雕龍·物色》）

　　　　情以物遷，辭以情發。（《文心雕龍·物色》）

　　　　登山則情滿於山，觀海則意溢於海，我才之多少，將與風雲而
　　　　並趨矣。（《文心雕龍·神思》）

　　　　夫志在山水，琴表其情，況形之筆端，理將焉匿？
　　（《文心雕龍·知音》）

在以上論述中，劉勰既指出了人們面對自然山水時情感自然生發的現象，更指明了作家要順著情感流露、將情感融入山水的寫作方向，他還以飽含深情的筆調詠道：「山沓水匝，樹雜雲合。目既往還，心亦吐納。春日遲遲，秋風颯颯，情往似贈，興來如答。」（《文心雕龍·物色》）

　　南朝文人踐行了劉勰等人的觀點，在狀貌自然、對眼中的山水進行精心描繪的同時，融入自然、羈旅、閒適、隱逸、懷古等各種情感，創作了一批

〔註7〕　（清）況周頤、王國維《蕙風詞話 人間詞話》，北京：人民文學出版社 1982
　　　　年版，第 225 頁。

優秀的作品。其中，有些情與景相合，主要是一些以自然、閒適、隱逸情趣吟詠山水的作品，也有部分以羈旅情懷吟詠山水的作品；有些情與景相離，主要是一些羈旅、送別類作品。

（一）情景相合

所謂情景相合，就是作者的情感與所詠景物體現出來的感情基調一致。就山水文學而言，如果作者的情感是喜悅之情，而山水體現出來的風貌也是一片美好，或者作者的情感為憂傷，而山水體現出來的風貌也是一片愁緒，則二者便是情景相合。

南朝文人對山水懷有深情，他們普遍將自然情感投射到山水裏，吟詠山水，謝靈運的山水詩和晉、宋地記便是其中的代表。

陳祚明稱：「康樂情深於山水，故山遊之作彌佳。」〔註8〕（《采菽堂古詩選‧卷十七》）謝靈運有不少山水詩以對自然的激賞之情遊山玩水，其筆下的山水也與其回應，呈現出一種令人感動的美好，請看其《石壁精舍還湖中作》一詩：

> 昏旦變氣候，山水含清暉。清暉能娛人，遊子憺忘歸。
>
> 出谷日尚早，入舟陽已微。林壑斂暝色，雲霞收夕霏。
>
> 芰荷迭映蔚，蒲稗相因依。披拂趨南徑，愉悅偃東扉。
>
> 慮澹物自輕，意愜理無違。寄言攝生客，試用此道推。

詩人記錄的是一天的行程，但他將白天的行程給「虛」掉了，而只是集中筆墨「實」寫傍晚時的情形：「林壑斂暝色，雲霞收夕霏。芰荷迭映蔚，蒲稗相因依」，在詩人眼中，林壑、雲霞、芰荷、蒲稗，充滿了生機和活力，自然是一片大和諧。單看這四句，這是「無我之境」，但聯繫前後「出谷」、「入舟」、「趨南徑」、「偃東扉」的「我」，又是「有我之境」了。其實，這是物我合一，人與自然亦是一片大和諧。

再看晉宋之際文人地記中的山水描寫：

> 會稽境特多名山水，峰崿隆峻，吐納雲霧。松栝楓柏，擢壑鏡徹，清流瀉注。（《世說新語‧言語》注引無名氏《會稽郡記》）
>
> 江北多連山，登之望江南諸山，數十百里，莫識其名。高者千

〔註8〕 （清）陳祚明《采菽堂古詩選》，上海：上海古籍出版社 2008 年版，第 519 頁。

仞，多奇形異勢。自非回溪雨霽，不辨見此遠山矣。余嘗往返十許

過，正可再見遠峰耳。(《水經注・江水》引袁山松文)

稠木旁生，凌雲交合，危樓傾崖，恒有落勢。風泉傳響於青林

之下，巖猿流聲於白雲之上。遊者常若目不周玩，情不給賞。是以

林徒棲託，雲客宅心，泉側多結道士精廬焉。

(《水經注・沮水》引盛弘之文)

先看作者的態度：「會稽境特多名山水」，一個「特」字，不經意透露了作者

陶醉、欣賞會稽名山勝水的情感；「余嘗往返十許過，正可再見遠峰耳」，爲

欣賞到江對岸的奇山遠峰，竟然往返十多次，可想見其對山水之美的執著；「遊

者常若目不周玩，情不給賞」，敘述的是他人遊賞山水的情形，又何嘗不是作

者自己在遊賞呢？而從三段文字給我們的印象來說，無論其對山水的大筆勾

勒，還是對一花一草、一泉一石的細緻描畫，都呈現出一種美的感受。

爲人稱道的，還有吳均、陶弘景等以隱逸情趣所寫的精美的山水小品文，

如：

風煙俱淨，天山共色，從流飄蕩，任意東西。自富陽至桐廬，

一百許里，奇山異水，天下獨絕。水皆漂碧，千丈見底，游魚細石，

直視無礙。急湍甚箭，猛浪若奔，夾岸高山，皆生寒樹。負勢競上，

互相軒邈，爭高直指，千百成峰。泉水激石，泠泠作響；好鳥相鳴，

嚶嚶成韻。蟬則千轉不窮，猿則百叫無絕。鳶飛戾天者望峰息心，

經綸世務者窺谷忘反。橫柯上蔽，在晝猶昏；疏條交映，有時見日。

(吳均《與朱元思書》)

山川之美，古來共談。高峰入雲，清流見底。兩岸石壁，五色

交輝；青林翠竹，四時俱備。曉霧將歇，猿鳥亂鳴；夕日欲頹，沉

鱗競躍。實是欲界之仙都，自康樂以來，未復有能與其奇者。

(陶弘景《答謝中書書》)

二文皆爲駢文，讀來朗朗上口，滿口生香。作者對青山、碧水、流泉、細石、

綠草、寒樹、游魚、啼鳥、鳴蟬等的描繪，展現了一片和諧景象，山水自然

是美的，而透過山水，我們又分明能看到作者的一片澄澈之心。

此外，蕭綱等人以閒適情趣也創作了數量頗多的以宮苑山水爲吟詠對象

的詩、賦、文，且略舉幾首小詩：

託性本禽魚，棲情閒物外。蘿徑轉連綿，松軒方杳藹。

丘壑每淹留，風雲多賞會。（蕭子良《遊後園》）

星芒侵嶺樹，月暈隱城樓。暗花舒不覺，明波動見流。

（蕭綱《夜遊北園》）

望園光景暮，林觀歇氛埃。荷疏不礙楫，石淺好縈苔。

風花逐榜轉，山路向橋開。樹交樓影沒，岸暗水光來。

（鮑至《山池》）

晚日落餘暉，宵園翠蓋飛。荷影侵池浪，雲色入山扉。

螢光息復起，暗鳥去翻歸。樂極未言醉，杯深猶恨稀。

（陳叔寶《晚宴文思殿》）

這些詩透露的感情是閒適、安閒，正與宮苑詩人對待山水的玩賞態度一致，情與景是相合的。

　　王夫之曾將景分為「樂景」和「哀景」，按其理論，則上面所列舉作品可謂以樂景寫樂。在南朝文人筆下，還有一種情景相合的情形，即以哀景寫哀，且看下面的例子：

　　　　憂與憂分竟無際，客之行分歲已嚴。……於是霧隱行雁，霜眇虛林，迢迢落景，萬里生陰。（謝朓《臨楚江賦》）

大江流日夜，客心悲未央。……秋河曙耿耿，寒渚夜蒼蒼。

（謝朓《暫使下都夜發新林至京邑贈西府同僚》）

寒鳥樹間響，落星川際浮。繁霜白曉岸，苦霧黑晨流。……

誰能百里地，縈繞千端愁？（何遜《下方山》）

落日懸秋浦，歸鳥飛相次。感物傷我情，惆悵懷親懿。

（劉顯《發新林浦》）

依然臨江渚，長望倚河津。……泊處空餘鳥，離亭已散人。

林寒正下葉，釣晚欲收綸。（陰鏗《江津送劉光祿不及》）

前面兩首，秋雁、霜林、落日、陰雲，共同構成了一幅清冷的圖畫，「秋河曙耿耿，寒渚夜蒼蒼」，描寫寒冷夜色中的江渚，正與謝朓的羈旅愁緒一致。第三、四首詩中「寒鳥」、「落星」、「繁霜」、「苦霧」的意象，「落日」、「歸鳥」的描寫，也與作者的愁思相同。最後一首詩後面兩聯的景物描寫呈現的是一片空寂景象，正與詩人送別不及的惆悵、落寞情緒相合。

以哀景寫哀，最出色的還是謝朓，且看其《之宣城郡出新林浦向板橋》一詩：

> 江路西南永，歸流東北騖。天際識歸舟，雲中辨江樹。
>
> 旅思倦搖搖，孤遊昔已屢。既歡懷祿情，復協滄州趣。
>
> 囂塵自茲隔，賞心於此遇。雖無玄豹姿，終隱南山霧。

這是詩人赴宣城太守任離開建康途中所作。隨著家鄉的漸行漸遠，詩人的愁緒越積越重，以至於「天際識歸舟，雲中辨江樹」，似乎在搜尋最後一點故鄉的信息，「水雲萬里，一副煙江送別圖」〔註9〕（明鍾惺、譚元春《詩歸·卷十三》），「隱然一含情凝眺之人，呼之欲出」〔註10〕（清王夫之《古詩評選·卷五》），後人道出了這一聯的妙處。

（二）情景相離

情景相合，或許是山水文學描寫中的常態；然而，也有情景相離的。所謂情景相離，就是作者的情感與所詠景物體現出來的感情基調不一致，甚至相反。就山水文學而言，如果作者的情感是喜悅之情，而山水體現出來的風貌卻是一片愁緒，或者作者的情感為憂傷，而山水體現出來的風貌卻是一片美好，則二者便是情景相離。

南朝文人筆下情景相離手法，主要是以樂景寫哀，卻往往能達到「一倍增其哀樂」〔註11〕（王夫之《薑齋詩話·卷上》）的效果：

> 孤客傷逝湍，徒旅苦奔峭。石淺水潺湲，日落山照曜。
>
> （謝靈運《七里瀨》）
>
> 客心愁日暮，徒倚空望歸。山煙涵樹色，江水映霞暉。
>
> （何遜《日夕出富陽浦口和朗公》）
>
> 首夏實清和，餘春滿郊甸。花樹雜為錦，月池皎如練。
>
> 如何當此時，別離言與宴。（謝朓《別王僧孺》）

前兩首寫羈旅之苦，後一首寫別離愁緒，但「石淺水潺湲，日落山照曜」、「山煙涵樹色，江水映霞暉」、「首夏實清和，餘春滿郊甸。花樹雜為錦，月池皎如練」幾句景物描寫呈現出來的印象卻是一片溫暖，給人以美的感受。這與

〔註9〕 （明）鍾惺、譚元春《詩歸》，武漢：湖北人民出版社1985年版，第247頁。
〔註10〕 （清）王夫之《古詩評選》，上海：上海古籍出版社2011年版，第230頁。
〔註11〕 丁福保《清詩話》，上海：上海古籍出版社1978年版，第4頁。

詩中的悲苦、愁緒情感不一致。而眼前的景色愈是美好，心中的愁苦愈是濃烈，因為這些美景是在異地他鄉，因為再不能與朋友一道共賞這良辰美景了！

以樂景寫哀最經典的句子莫過於下面兩句：

> 春草碧色，春水淥波，送君南浦，傷如之何！（江淹《別賦》）

> 暮春三月，江南草長，雜花生樹，群鶯亂飛。見故國之旗鼓，
> 感平生於疇日，撫弦登陴，豈不愴恨！（丘遲《與陳伯之書》）

在一片碧草淥波的春色裏，彼此卻要別離；草長鶯飛的江南三月，而自己（擬陳伯之）卻只能望故鄉江南而惆悵。此情此景，情何以堪！

以樂景寫哀最著名的詩歌是下面兩首：

> 灞涘望長安，河陽視京縣。白日麗飛甍，參差皆可見。
> 餘霞散成綺，澄江靜如練。喧鳥覆春洲，雜英滿芳甸。
> 去矣方滯淫，懷哉罷歡宴。佳期悵何許，淚下如流霰。
> 有情知望鄉，誰能鬒不變？（謝朓《晚登三山還望京邑》）

> 耶溪何泛泛，空水共悠悠。陰霞生遠岫，陽景逐回流。
> 蟬噪林愈靜，鳥鳴山更幽。此地動歸念，長年悲倦遊。
>
> （王籍《入若耶溪》）

前一首詩是謝朓離開建康時的最後一次回望。建康是詩人的故鄉，其童年、少年即在此度過，對這裏的一山一水、一草一木，他是多麼地熟悉啊，而當此刻不得不離開之際，他是多麼地依依不捨啊！「白日麗飛甍，參差皆可見。餘霞散成綺，澄江靜如練。喧鳥覆春洲，雜英滿芳甸」，他把家鄉寫得如此美麗，恰似一幅溫暖的圖畫，但一切都是那麼地短暫，因為詩人馬上就要離開了。詩人是含著真情的淚水來描繪家鄉的美麗的，情愈悲，愈見景之美；景愈美，愈見情之悲。王籍《入若耶溪》也同樣達到了這樣的效果，他將若耶溪描寫得如此美麗，他對若耶溪山水之美體會得如此深刻，但一切都只是暫時的，因為他還要長年行役奔波。

而何遜《慈姥磯》一詩以樂景寫哀，更達到了一唱三歎的效果：

> 暮煙起遙岸，斜日照安流。一同心賞夕，暫解去鄉憂。
> 野岸平沙合，連山近霧浮。客悲不自已，江上望歸舟。

這首詩的特點是情感低回纏綿、一唱三歎，「情詞宛轉，淺語俱深」〔註12〕（沈

〔註12〕 （清）沈德潛《古詩源》，北京：中華書局1963年版，第314頁。

德潛《古詩源》），在短短的四聯詩裏，詩人的情緒時起時落，或喜或悲，真實地寫出了人物情感的瞬息變化。詩人的情緒有三次起伏，先是「鄉憂」纏繞於心，於是便「一同心賞夕」，「暮煙起遙岸，斜日照安流」的暮江夕照圖，令詩人的情感暫時平息了，而隨著天色漸暗，「野岸平沙合，連山近霧浮」忽然又勾起了詩人的鄉思，「客悲不自已，江上望歸舟」，鄉愁不僅沒有得到排解，反而比先前更加濃烈了。

正所謂「感時花濺淚，恨別鳥驚心」（杜甫《春望》），這種情景相離的「錯位」，正反映出文人面對山水時所寄託的情感之深摯！

由以上分析可知，南朝人已經充分認識到了情景交融之妙，在作品中融寫景、抒情於一體，達到了較高境界。不論情景相合，還是情景相離，只要能夠融情入景、以景寫情，都能達到情景交融的境界。南朝文人在對情景關係的探索和追求中，取得了較大的成績，產生了一批情景交融的經典作品，這對後世山水文學創作有重要意義。明陸時雍在《詩鏡·總論》中言：「善道景者，絕去形容」，「善言情者，吞吐深淺，欲露還藏」〔註13〕。對景和情分別提出了更高的要求，而這正是南朝以後的山水作家們繼續努力的方向。

第二節　時空意識

山水文學的描寫對象多為自然山水，走進一片山水就意味著走進了一個特定的時空，因而作家總是在一定的時空背景下描寫山水的。

在東晉文人的筆下，山水文學的時空意識是很淡薄的，他們多為靜觀山水，幾乎不涉遊蹤，沒有空間上的展開，亦沒有季節、時間的提示，春天幾成其山水詩唯一的季節，像庾闡「朝濟清溪岸，夕憩五龍泉」（《觀石鼓詩》）、李顒「旋經義興境，弭棹石蘭渚」（《涉湖》）這樣的句子極少。

在東晉山水文學的基礎上，南朝文人通過山水遊賞與情感的投入，對時空的認識有了較大提高，時空意識大大增強。他們向著眼前時空和心理時空兩個方向開拓：在山水之間遊歷，移步換景，眼前的時空隨之不斷變化；在行旅途中，以思鄉的情緒入山水，進而將心理空間延伸至千里之外。

〔註13〕丁福保《歷代詩話續編》，北京：中華書局 1983 年版，第 1416 頁。

一、「遊」：對眼前時空的拓展

　　所謂眼前時空，就是作者當前所面對的時間和空間，是眞實可見的時空。南朝文人吟詠山水時，不再似東晉文人那樣「坐」看山水，而是深入山水之間，作長時間、遠距離、大範圍的遊歷。

　　「遊」，在很大程度上改變了南朝文人的時空觀念，使其對時空有了全新的認識。因爲隨著遊賞路線的不斷變化，眼前的時空也自然會發生改變。而南朝文人的山水作品以描寫眼前山水爲主，他們只要眞實記錄場景的變化，作品中的時空便隨之變化。南朝文人筆下的山水不僅描寫山水的形貌，還記敘遊蹤，敘述人在山水之間遊賞的情態，其體現出來的時空變得豐富起來。

　　南朝文人的時空意識，首先體現在作品的標題中。他們的許多作品在標題中即展示了遊蹤，較多地出現「遊」、「登」、「入」、「望」、「於……往……」、「從……至……」、「自……還（入）……」、「登……望……」等字眼，清晰地標明遊覽的地點以及遊賞的情形，謝靈運是最早在山水詩中大量使用這種標題的人，且看其部分山水詩的標題：

永初三年七月十六日之郡初發都

遊赤石，進帆海

於南山往北山，經湖中瞻眺

石壁精舍還湖中作

石門新營所住，四面高山，回溪石瀨，茂林修竹

登石門最高頂

石門巖上宿

從斤竹澗越嶺溪行

田南樹園，激流植援

入彭蠡湖口

這些題目，可謂一張張旅遊路線圖，將作者的遊蹤作了較爲直觀的概括，第一個標題還準確地標明了時間。讀到這些標題，對其所要描寫的景也有了大致的把握。謝靈運是山水詩的開創者，其不同於以往的標題方式對南朝文人有著極大的影響，成爲一時之風，如顏延之《始安郡還都與張湘州登巴陵城作》，謝惠連《泛南湖至石帆》，鮑照《行京口至竹里》、《還都至三山望石頭城》，謝莊《遊豫章西觀洪崖井》，沈約《新安江至清淺深見底貽京邑遊好》，江淹《渡西塞望江上諸山》、《渡泉嶠出諸山之頂》，劉繪《入琵琶峽望積布磯

呈玄暉》，劉峻《自江州還入石頭》，謝朓《將發石頭上烽火樓》、《京路夜發》、《之宣城郡出新林浦向板橋》、《將遊湘水尋句溪》、《新亭渚別范零陵雲》，虞騫《登鍾山下峰望》、《尋沈剡夕至嵊亭》，何遜《入東經諸暨縣下浙江作》，吳均《至湘洲望南嶽》，劉孝威《登覆舟山望湖北》，蕭繹《登堤望水》、《登江州百花亭懷荊楚》、《自江州還入石頭》，張正見《還彭澤山中早發》等標題，都標明了遊賞的地點、路線等。

此外，還有較多的標題既標出了遊賞的地點、路線，還點明了季節、時間，如沈約《早發定山》，孔稚珪《旦發青林》，謝朓《暫使下都夜發新林至京邑贈西府同僚》、《晚登三山還望京邑》、《昧旦出新亭渚》，丘遲《旦發漁浦潭》，徐勉《昧旦出新亭渚》，蕭鈞《晚景遊泛懷友》，何遜《日夕出富陽浦口和朗公》，劉孝綽《夕逗繁昌浦》，蕭子雲《落日郡西齋望海山》，伏挺《行舟值早霧》，朱超《夜泊巴陵》、《舟中望月》，陰鏗《晚泊五洲》、《五洲夜發》、《晚出新亭》，江總《秋日登廣州城南樓》等，或標明早晚時間，或點明秋冬節候。

這些交待時間和季節、路線和地點的標題，顯然是有意爲之。作者是要藉此向讀者透露詩歌正文的一些信息，或者提示詩中不曾交待、不便交待的信息。從其對時間和空間的敘述來看，他們已經有了較爲自覺的時空意識。

南朝文人的時空意識，還體現在其正文中對時間和空間的充分展示上。南朝文人不少作品通過對遊蹤的展示，來帶動眼前時空不斷變化，敘述遊蹤，描寫不同場景下的山水，如謝靈運《富春渚》、《登永嘉綠嶂山》、《初去郡》、《石壁精舍還湖中作》等詩皆屬此類，即所謂的遊山詩。試看其《從斤竹澗越嶺溪行》一詩：

> 猿鳴誠知曙，谷幽光未顯。巖下雲方合，花上露猶泫。
> 逶迤傍隈隩，迢遞陟陘峴。過澗既厲急，登棧亦陵緬。
> 川渚屢徑復，乘流玩回轉。蘋萍泛沉深，菰蒲冒清淺。
> 企石挹飛泉，攀林摘葉卷。想見山阿人，薜蘿若在眼。
> 握蘭勤徒結，折麻心莫展。情用賞爲美，事昧竟誰辨。
> 觀此遺物慮，一悟得所遣。

作者天沒亮就上路了，故而行走在山上時還「猿鳴誠知曙，谷幽光未顯」呢。隨著一路前行，「逶迤傍隈隩，迢遞陟陘峴。過澗既厲急，登棧亦陵緬」，沿途確實有些驚險。接著，詩人又看到「川渚屢徑復，乘流玩回轉。蘋萍泛沉

深，菰蒲冒清淺」等景色，禁不住「企石挹飛泉，攀林摘葉卷」。詩人一路走一路欣賞沿途風景，隨著時空的不斷變化，景致也不斷發生著改變。

再比如這樣兩首詩：

昧旦乘輕風，江湖忽來往。或與歸波送，乍逐翻流上。

近岸無暇目，遠峰更興想。綠樹懸宿根，丹崖頽久壞。

（任昉《濟浙江》）

魚潭霧已開，赤亭風未颺。棹歌發中流，鳴鞞響沓嶂。

村童忽相聚，野老時一望。詭怪石異象，危絕峰殊狀。

森森荒樹齊，淅淅寒沙漲。藤垂島異陟，崖傾嶼難傍。

（丘遲《旦發漁浦潭》）

與謝靈運遊山詩不同，這兩首詩描寫的是舟行江上所見景色。都是首聯對遊蹤略作敘述，後面依次描寫沿途所見風景：一為近岸、遠峰、綠樹、丹崖，一為村童、野老、怪石、危峰、荒樹、寒沙、垂藤、傾崖，依次寫來，井然有序。

這種在遊蹤中描寫風景的方式，極大地延伸了作者的視野，使其觀賞風景的方式不再執著於一點，而是移步換景，一路寫景，時空變得豐富而多樣，且具有了流動感。就寫山水來說，這對作者同樣是一種解放，因為作者可以在長距離的遊歷中精選幾組畫面，附在遊蹤之後加以描繪即可完成一篇山水佳作。此外，由於加入了作者的遊蹤，還增強了山水描寫的現場感和真實感。

南朝文人的時空意識，還體現在時空詞語的大量使用上。

為了準確地表達遊歷地點和觀賞角度的變化，南朝文人大量使用「俯」、「仰」、「上」、「下」、「前」、「後」、「遠」、「近」、「東」、「西」、「南」、「北」等標示空間的詞語。如「俯」、「仰」的運用：

仰升數百仞，俯覽眇千里。（宗炳《登白鳥山》）

俯濯石下潭，仰看條上猿。

（謝靈運《石門新營所住四面高山回溪石瀨茂林修竹》）

臨風長想，憑高俯窺。（蕭綱《秋興賦》）

登而眺之，則千里無極。俯而臨之，則萬仞難測。（張正見《山賦》）

一俯一仰，反映出觀賞視角的變化，而空間也隨之向上、向下展開。此外，還有謝靈運《於南山往北山經湖中瞻眺》：「俛視喬木杪，仰聆大壑灂。」《山居賦》：「仰眺曾峰，俯鏡濬壑。」鮑照《登大雷岸與妹書》：「仰視大火，俯

聽波聲。」《瓜步山揭文》:「仰望穹垂,俯視地域。」《淩煙樓銘》:「俯窺淮海,俯眺荊吳。」沈約《新安江至清淺深見底貽京邑遊好》:「豈若乘斯去,俯映石磷磷。」《從冠軍建平王登廬山香爐峰》:「中坐瞰蜿虹,俯伏視流星。」《遷陽亭》:「下視雄虹照,俯看彩霞明。」劉峻《東陽金華山棲志》:「俯窺木杪,焦原石邑。」謝朓《郡內高齋閒望答呂法曹》:「窗中列遠岫,庭際俯喬林。」《和伏武昌登孫權故城》:「江海既無波,俯仰流英盼。」劉緩《和晚日登樓》:「俯巢窺暝宿,臨樹摘高花。」

再如「上」、「下」的使用:

> 輕蘋上靡靡,雜石下離離。(謝朓《將遊湘水尋句溪》)

> 叢枝上點點,崩溜下填填。(丘遲《夜發密巖口》)

> 灘聲下濺石,猿鳴上逐風。(蕭繹《巫山高》)

> 天邊生岸影,水上結雲陰。(王臺卿《臨滄波》)

上、下除了反映視角的變化外,也體現著方位的不同。除了上面列舉,還有鮑照《登廬山》:「松磴上迷密,雲竇下縱橫。」《登大雷岸與妹書》:「從嶺而上,氣盡金光;半山以下,純為黛色」、「上窮荻浦,下至狶洲;南薄燕瓜,北極雷澱,削長埤短,可數百里。」江淹《從冠軍建平王登廬山香爐峰》:「絳氣下縈薄,白雲上杳冥。中坐瞰蜿虹,俯伏視流星。」陶弘景《尋山志》:「高松上兮甌停雲,低蘿下兮屢迷鳥。」劉繪《入琵琶峽望積布磯呈玄暉》:「翠微上虧景,青莎下拂津。」劉峻《登郁洲山望海》:「下盤鹽海底,上轉靈鳥翼。」《東陽金華山棲志》:「靡迤坡陀,下屬深渚,巉岏隱嶙,上虧日月。」謝朓《和徐都曹出新亭渚》:「日華川上動,風光草際浮。」《遊敬亭山》:「上干蔽白日,下屬帶回溪。」《還塗臨渚》:「白水田外明,孤嶺松上出。」《送江兵曹檀主簿朱孝廉還上國》:「香風蕊上發,好鳥葉間鳴。」何遜《渡連圻詩二首》其一:「磁礏上爭險,岝崿下相崩。」《入西塞示南府同僚》:「薄雲巖際出,初月波中上。」吳均《遙贈周承》:「練練波中月,亭亭雲上枝。」《同柳吳興何山集送劉餘杭》:「透迤川上草,參差澗裏薇」、「簹端水禽息,窗上野螢飛」。《贈鮑春陵別》:「水中千丈月,山上萬重雲。」劉孝綽《春日從駕新亭應制》:「春色江中滿,日華巖上留。」《侍宴餞張惠紹應詔》:「麗景花上鮮,油雲葉裏潤。」庾肩吾《賦得山》:「行曦上杳杳,結霧下溶溶。」蕭綱《開霽》:「水紋城上動,城樓水中出。」《侍遊新亭應令》:「沙文浪中積,春陰江上來。」《當置酒》:「日色花上綺,風光水中亂。」張正見《玄圃觀春雪》:

「拂鶴伊川上，飄花桂苑中。」《泛舟橫大江》：「波中畫鷁湧，帆上錦花飛。」

還有「前」、「後」的使用：

絕溜飛庭前，高林映窗裏。（謝靈運《石壁立招提精舍》）

前則平野蕭條，目極通望，東西帶二澗，四時飛流泉。

（劉峻《東陽金華山棲志》）

澗水才窗外，山花即眼前。（庾信《詠畫屏詩二十五首》其八）

鷁泛青鳬後，雞鳴白鷺前。（張正見《別韋諒賦得江湖泛別舟》）

前、後反映的是地理空間的變化，其實也是作者觀景視角的一種體現。此外，還有劉繪《入琵琶峽望積布磯呈玄暉》：「卻瞻了非向，前觀已復新。」劉峻《始居山營室》：「激水簷前溜，修竹堂陰植。」《自江州還入石頭》：「前望蒼龍門，斜瞻白鶴館。」劉孝綽《春日從駕新亭應制》：「前驅掩蘭徑，後乘歷芳洲。」庾肩吾《奉賀便省餘秋》：「前對金精阪，傍臨圓水池。」《應令詩》：「前山黃葉起，對岸白沙驚。」蕭譽《遊七山寺賦》：「嘉卉生其前後，善草植其西東。」劉孝威《出新林》：「近樓俄已失，前州忽復回。」蕭綱《薄晚逐涼北樓迥望》：「戲鳧乘洑下，漁舟冒浪前。」徐陵《隴頭水》：「枝交隴底暗，石礙波前響。」江總《山庭春日》：「古楂橫近澗，危石聳前洲。」《歲暮還宅》：「玩竹春前筍，驚花雪後梅。」

此外，南朝文人對「遠」、「近」、「東」、「西」、「南」、「北」等運用也較多，如「抗北頂以葺館，殷南峰以啓軒。羅曾崖於戶裏，列鏡瀾於窗前。」（謝靈運《山居賦》），「近岸無暇目，遠峰更興想」（任昉《濟浙江》），「遙天如接岸，遠帆似凌空」（庾肩吾《和晉安王薄晚逐涼北樓回望應教》），「日沒風光靜，遠山清無雲」（江洪《江行》），「遠村雲裏出，遙船天際歸」（蕭繹《出江陵縣還詩二首》其一）等，不再一一例舉。

而「朝」、「夕」的大量使用，則反映了南朝文人的時間意識。

朝旦發陽崖，景落憩陰峰。（謝靈運《於南山往北山經湖中瞻眺》）

夕雲生於窗牖，朝日照於簷梁。（蕭譽《遊七山寺賦》）

霜朝唳鶴，秋夜鳴猿。（王褒《明月山銘》）

再如「朝發白帝，暮至江陵」（盛弘之《荊州記》），「朝霞開宿霧，眾鳥相與飛」（陶淵明《詠貧士七首》其一），「朝搴苑中蘭，畏彼霜下歇；暝還雲際宿，弄此石上月」（謝靈運《石門巖上宿》），「解纜及朝風，落帆依暝浦」（何遜《宿

南洲浦》),「朝興候崖晚,暮坐極林曛」(朱異《潭東田宅贈朋離》),「朝出屠羊縣,夕返仲宣樓」(蕭綱《出江陵縣還詩二首》其二),「漸柳朝綠,江暉暝紅」(蕭繹《郢州晉安寺碑》),「掛猿朝落,饑鼯夜吟」(江總《修心賦》),「風巖朝蕊落,霧嶺晚猿吟」(陳叔寶《巫山高》)等。

南朝文人還將標示時間、空間的詞語結合起來使用,如:

> 俯濯石下潭,仰看條上猿。早聞夕飇急,晚見朝日暾。
>
> (謝靈運《石門新營所住四面高山回溪石瀨茂林修竹》)

> 暮煙生遠渚,夕鳥赴前洲。(劉義隆《登景陽樓》)

> 回潮旦夕上,寒渠左右通。(謝朓《和沈祭酒行園》)

> 上蔚蔚兮陰景,下田田兮被穀,左蕙畹兮彌望,右芝原兮寫目,
> 山霞起而削成,水積明以經復。(謝朓《遊後園賦》)

> 潺潺夕澗急,嘈嘈晨鵰鳴。石林上參錯,流沫下縱橫。
>
> (江淹《渡西塞望江上諸山》)

> 山際見來煙,竹中窺落日。鳥向簷上飛,雲從窗裏出。
>
> (吳均《山中雜詩三首》其一)

> 階上曉露潔,林下夕風清。(劉孝綽《夕逗繁昌浦》)

> 還瞻已迷向,直去復疑前。夕波照孤月,山枝斂夜煙。
>
> (蕭綱《經琵琶峽》)

> 海上春雲雜,天際晚帆孤。(陰鏗《廣陵岸送北使》)

有時前一句言空間,後一句言時間;有時在同一句中既言時間,又有空間,體現出時空交錯而複雜的特點。通過對豐富而多變的時空詞語的靈活運用,南朝人對時空在山水文學中的作用有了較深入的認識。

南朝人有時在一段文字中極為集中地使用時空詞語,如謝靈運《嶺表賦》:

> 若乃長山款跨,外內乖隔,下無伏流,上無夷跡。兔望岡而旋
> 歸,鴻雁睹峰而反翮。既陟麓而踐阪,遂陞降於山畔。顧後路之傾
> 巘,眺前礎之絕岸。看朝雲之抱岫,聽夕流之注澗。

在不長的篇幅裏,集中使用了「外」、「內」、「下」、「上」、「後」、「前」六個表空間的詞和「朝」、「夕」兩個表時間的詞,充分展示了作者在嶺南山水之間遊歷的情態以及嶺南山水的特點。

南朝文人在吟詠山水時大量使用表時空的詞語,一方面是他們自覺追求

的結果，一方面也與其長時間、遠距離地在山水之間遊歷的行爲方式有關，他們要表現這麼長時間、遠距離的山水風貌，必須要有一些時空詞語才能準確地敘述其行程，描繪出各類自然景物之間的關係。

二、「鄉愁」：心理時空的延伸

所謂心理時空，是指作者因某種感情觸動而感知到的時間和空間。心理時空並非眞實可見的時空，往往與眼前時空有較大的距離。南朝文人吟詠山水時，一些作品在風景描寫裏融入思鄉之情，這時的時空，常常會飛越至千里之外的家鄉。

首先看謝朓《之宣城郡出新林浦向板橋》一詩前兩聯：

　　江路西南永，歸流東北騖。天際識歸舟，雲中辨江樹。

寫這首詩時，作者已經離建康有一段路了，隨著舟行漸遠，這種離別的愁緒一刻也不曾減去。作者望天際歸舟、雲中江樹，雖爲眼前景色，但透過其「識」和「辨」的神態，分明是在望另一個地方——家鄉。在一「識」一「辨」裏，眼前、家鄉兩個時空同時浮現於詩人眼前。

再看何遜《下方山》一詩：

　　寒鳥樹間響，落星川際浮。繁霜白曉岸，苦霧黑晨流。

　　鱗鱗逆去水，彌彌急還舟。望鄉行復立，瞻途近更修。

　　誰能百里地，縈繞千端愁？

這首詩是歸途中所寫，前面三聯描寫沿途景色，是眼前時空，「望鄉行復立，瞻途近更修」一聯，將人的思緒一下子帶到家鄉，時空也隨之延伸至百里之外的家鄉，而「誰能百里地，縈繞千端愁」，則又將時空收回。全詩就是在這種時空的交錯裏展開，情感不斷昇華。

還有劉孝綽《中川長望》：

　　長川杳難即，四望四無極。安流寧可值，奔風方未息。

　　岸際樹難辨，雲中鳥易識。故鄉相思者，當春愛顏色。

　　獨瀉千行淚，誰同萬里憶？

這首詩的特點是前面四聯描寫眼前景色，但這些景色都在極力突破眼前時空，向比「岸際」、「雲中」更遠的地方延伸，尾聯則以此刻的「千行淚」引出一直在突破的時空——萬里之遙的家鄉。

相對而言，下面兩首詩表現心理時空的技巧更勝一籌：

　　客心愁日暮，徒倚空望歸。山煙涵樹色，江水映霞暉。

　　獨鶴凌空逝，雙梟出浪飛。故鄉千餘里，茲夕寒無衣。

　　（何遜《日夕出富陽浦口和朗公》）

　　夜江霧裏闊，新月迥中明。溜船惟識火，驚梟但聽聲。

　　勞者時歌榜，愁人數問更。（陰鏗《五洲夜發》）

二詩的妙處都在尾聯，作者輕描淡寫地展示著眼前的時空，將一片濃烈的思
鄉之情不直說，甚至也不道破，而在不經意間，那種情感卻如排山倒海般向
人湧來，千里之外的家鄉頓時被推到眼前，令人欲罷不能。

　　家鄉總是在行程之外，在更遠的地方等著漂泊的遊子。多愁善感的人們
總是向著家鄉的方向，盡可能地望得更遠，希望能探到家鄉哪怕一丁點的信
息。儘管家鄉總是望不到的，卻可以借那天邊的風景，勾連起兩地時空，暫
時排解一下憂愁。在行旅途中眺望家鄉，是南朝文人較爲普遍的一種集體行
爲，且看：

　　故鄉路遙遠，川陸不可涉。（謝靈運《登上戍石鼓山》）

　　極眺入雲表，窮目盡帝州。（鮑照《代陽春登荊山行》）

　　一傷千里極，獨望淮海風。遠心何所類，雲邊有征鴻。

　　（江淹《赤亭渚》）

　　蒼翠望寒山，崢嶸瞰平陸。已惕慕歸心，復傷千里目。

　　（謝朓《冬日晚郡事隙》）

　　日夕聊望遠，山川空信美。歸飛天際沒，雲霧江邊起。

　　（何遜《入東經諸暨縣下浙江作》）

　　回首望歸途，山川邈離異。落日懸秋浦，歸鳥飛相次。

　　（劉顯《發新林浦》）

　　暮煙生遠渚，夕鳥赴前洲。（劉孝綽《夕逗繁昌浦》）

　　故鄉已可識，遊子必勞情。霧罷前林見，風息湧川平。

　　坐觀暮潮落，漸見夕煙生。（劉孝威《出新林》）

　　去家未千里，斷絕怨離群。（江洪《江行》）

相比於其他南朝文人，謝朓、何遜尤爲多愁善感，他們比別人更多地在詩中
表達著對家鄉的思念，如謝朓：「故鄉邈已夐，山川修且廣」（《京路夜發》）、
「望山白雲裏，望水平原外」（《後齋迴望》）、「寒城一以眺，平楚正蒼然」（《宣

城郡內登望》）、「漠漠輕雲晚，颯颯高樹秋。鄉山不可望，蘭卮且獻酬」（《侍宴西堂落日望鄉》）、「霧隱行雁，霜眇虛林，迢迢落景，萬里生陰」（《臨楚江賦》）；何遜：「暮潮還入浦，夕鳥飛向家。寓目皆鄉思，何時見狹斜」（《渡連圻詩二首》其二）、「遠天去浮雲，長墟斜落景」（《望廨前水竹答崔錄事》）、「長墟上寒靄，曉樹沒歸霞」（《贈王左丞》）、「初宿長淮上，破鏡出雲明。今夕千餘里，雙蛾映水生」（《望新月示同羈詩》）等。

　　在一瞻一眺之間，一徙一倚之際，南朝文人將時空向著情感的層面作了深度拓展。這種時空在眼睛之外，看不見，摸不到，它存在於人的內心深處，卻又與眼前時空有著緊密聯繫，眼前時空是心理時空的始發地和觸發地。挖掘心理時空，難度要遠大於眼前時空。因為眼前時空畢竟是實境，可看可擬，而心理時空則是虛境，需要心靈的體驗、情感的投入。南朝文人在心理時空上的延伸，極大地增強了山水文學的藝術感染力。

第三節　虛實相生

　　虛與實是中國美學上的一對範疇。實，指眼底景象；虛，指意中景物。「虛實相生」是指虛與實二者之間互相聯繫、互相滲透與互相轉化，以達到虛中有實、實中有虛的境界，從而大大豐富詩中的意象，開拓詩中的意境，為讀者提供廣闊的審美空間，充實人們的審美趣味。

　　清方士庶云：「山川草木，造化自然，此實境也；畫家因心造境，以手運心，此虛境也。虛而為實，在筆墨有無間。」〔註14〕（《天慵庵隨筆》）清重光也表示：「虛實相生，無畫處皆成妙境。」〔註15〕（《畫筌》）論的雖是畫境，卻對文學創作頗有啓迪。清唐彪稱：「文章非實不足以闡發義理，非虛不足以搖曳神情，故虛實常宜相濟也。」（《讀書作文譜》）道出了虛實對於文學的意義。

　　其實，劉勰已觸及到以實顯虛、以虛帶實、虛實相生的虛實論根本特性，其《文心雕龍・隱秀》稱：「隱也者，文外之重旨也；秀也者，篇中之獨拔者也。隱以復意為工，秀以卓絕為巧。」強調作家在藝術形象的有限描繪中，要顯露出文外豐富多彩的生活意蘊。南朝文人雖無較為明晰的虛實理論，但

〔註14〕轉引自朱立元《美學大辭典》，上海：上海辭書出版社 2010 年版，第 272 頁。
〔註15〕轉引自朱立元《美學大辭典》，上海：上海辭書出版社 2010 年版，第 272 頁。

在山水詩創作實踐中，通過時空拓展、情感延伸、天真設問，以不說爲說等方式，對實境之外的虛境進行開拓，將詩境由詩內引向詩外。

一、時空拓展

　　謝靈運、沈約等已經開始有意識地在一些作品中省去大量時空，而擇取其中一個場景大肆渲染，以這一點的美好映襯省去的大量時空的美好，於實境之外開拓虛境，達到以實襯虛、以虛帶實、虛實相生的效果。

　　首先看謝靈運《於南山往北山經湖中瞻眺》一詩：

　　　　朝旦發陽崖，景落憩陰峰。捨舟眺迥渚，停策倚茂松。

　　　　側徑既窈窕，環洲亦玲瓏。俛視喬木杪，仰聆大壑灇。

　　　　石橫水分流，林密蹊絕蹤。解作竟何感，升長皆豐容。

　　　　初篁苞綠籜，新蒲含紫茸。海鷗戲春岸，天雞弄和風。

　　　　撫化心無厭，覽物眷彌重。不惜去人遠，但恨莫與同。

　　　　孤遊非情歎，賞廢理誰通？

這首詩著力刻畫的是傍晚時分詩人在始寧墅下湖邊瞻眺到的美好精緻：小路窈窕蜿蜒，小洲玲瓏可愛，溪水潺潺，樹木茂盛，特別是初篁、新蒲、海鷗、天雞，它們「升長皆豐容」，大自然呈現出一派欣欣向榮的春日景象。這是實寫，因其將此刻的景象描寫成一片化機而爲人稱道。但「朝旦發陽崖，景落憩陰峰」一語不可忽視，其妙處在於時間的提示：作者一大早便已出發，到太陽落山時方踏上歸程，正是在返回的途中，他發現了詩中所描寫的這一片景致。也就是說，作者將一天的行程輕輕地省去了，這一天都遊歷了哪些山水、欣賞到多少風景呢？他不說，但通過後面的實景描寫，讀者自可找到答案：這精心描繪的一處景致，只是其欣賞到的眾多景致中的一個而已！但這還不是「朝旦發陽崖，景落憩陰峰」一語的全部妙處，我們可以想像，謝靈運對實景描寫如此美好，則其一天之中所見虛景定會更美。而這，正是以實顯虛、以虛帶實、虛實相生的手法！

　　謝靈運不是僅僅在一首詩中使用這種虛實相生之法，且看下面三首：

　　　　晨策尋絕壁，夕息在山棲。疏峰抗高館，對嶺臨迴溪。

　　　　長林羅戶穴，積石擁階基。連巖覺路塞，密竹使徑迷。

　　　　來人忘新術，去子惑故蹊。活活夕流駛，噭噭夜猿啼。

　　　　沉冥豈別理，守道自不攜。心契九秋幹，目玩三春荑。

居常以待終，處順故安排。惜無同懷客，共登青雲梯。

（《登石門最高頂》）

昏旦變氣候，山水含清暉。清暉能娛人，遊子憺忘歸。
出谷日尚早，入舟陽已微。林壑斂暝色，雲霞收夕霏。
芰荷迭映蔚，蒲稗相因依。披拂趨南徑，愉悅偃東扉。
慮澹物自輕，意愜理無違。寄言攝生客，試用此道推。

（《石壁精舍還湖中作》）

江南倦歷覽，江北曠周旋。懷新道轉迥，尋異景不延。
亂流趨正絕，孤嶼媚中川。雲日相輝映，空水共澄鮮。
表靈物莫賞，蘊眞誰爲傳。想像崑山姿，緬邈區中緣。
始信安期術，得盡養生年。

（《登江中孤嶼》）

這三首詩在虛實手法的運用上與《於南山往北山經湖中瞻眺》一詩如出一轍，分別是借了「晨策尋絕壁，夕息在山樓」、「出谷日尚早，入舟陽已微」、「江南倦歷覽，江北曠周旋」三聯，以眼前的景致（實）顯出一天（或一段時間）的景致（虛），達到虛實相生的效果。

　　此後，沈約進一步實踐了謝靈運的這種虛實相生之法，且看其詩：

夙齡愛遠壑，晚莅見奇山。標峰彩虹外，置嶺白雲間。
傾壁忽斜豎，絕頂復孤圓。歸流海漫漫，出浦水濺濺。
野棠開未落，山櫻發欲然。忘歸屬蘭杜，懷祿寄芳荃。
眷言採三秀，徘徊望九仙。（《早發定山》）

沈約處理虛實之法與謝靈運別無二致，他也是借了「夙齡愛遠壑，晚莅見奇山」一語，以眼前的景致爲實景，帶出虛景，不同的是，沈約所暗含的虛景時間跨度要長得多，從早年到晚年，幾乎就是一生了。以定山的景致之美帶出詩人一生所欣賞的許多美好景致，沈約在謝靈運的基礎上又進了一步。

二、情感延伸

　　南朝文人還善於在詩歌的尾聯上著力，以不經意的一筆突然帶出情感，令全詩意蘊含蓄、綿延不止。這方面最特出的作品當是下面這首詩：

客心愁日暮，徒倚空望歸。山煙涵樹色，江水映霞暉。

　　獨鶴淩空逝，雙鳧出浪飛。故鄉千餘里，茲夕寒無衣。

　　（何遜《日夕出富陽浦口和朗公》）

這首詩描繪了一幅感人至深的遊子思歸圖。開篇點題，中間兩聯是對此刻景色的描寫。此詩最爲人稱道的是尾聯，「故鄉千餘里，茲夕寒無衣」一語由眼前景（實）一下子延伸至千里之外的家鄉（虛），以寒衣爲媒介，一空望，一空想，遂成爲經典。詩雖然止了，讀者卻依然沉浸在詩人製造的情緒裏，涵詠不盡，餘韻未歇，眞有一種「含不盡之意，見於言外」〔註16〕（宋歐陽修《六一詩話》引梅堯臣語）的效果。

　　何遜此詩，眼前景是實，由眼前景顯出的另一片時空（家鄉）是虛，這是以實顯虛，但對這一片實景的描寫始終爲虛景所控引，這是以虛帶實，在這種虛與實的相互依存中達到了虛實相生的效果。

　　可與何遜《日夕出富陽浦口和朗公》一比的，是下面這首詩：

　　夜江霧裏闊，新月迥中明。溜船惟識火，驚鳧但聽聲。

　　勞者時歌榜，愁人數問更。（陰鏗《五洲夜發》）

這首小詩前面兩聯寫景，爲夜行江上景致，詩的妙處同樣在尾聯「勞者時歌榜，愁人數問更」，其妙處在於將情感拓開去，不直說，不道破，雖未寫不眠而不眠盡在其中，不曾寫愁緒而愁緒自是揮之不去，給人以回味無窮的意蘊，「『愁人數問更』一出，則情緒瀰篇」〔註17〕。張繼《楓橋夜泊》「月落烏啼霜滿天，江楓漁火對愁眠」一聯似從此詩來。

　　這首詩所用虛實相生手法與何遜詩一致，也是以眼前實景，顯出一片思鄉之情（虛），在虛實結合中達到詩盡而意不盡的效果。

　　何遜是較多地使用此種虛實結合之法的詩人，他下面兩首詩也是通過後面一聯或兩聯的精心布置，令全詩在意蘊上達到迴旋反覆的效果，例舉如次：

　　寒鳥樹間響，落星川際浮。繁霜白曉岸，苦霧黑晨流。

　　鱗鱗逆去水，彌彌急還舟。望鄉行復立，瞻途近更修。

　　誰能百里地，縈繞千端愁？（何遜《下方山》）

　　暮煙起遙岸，斜日照安流。一同心賞夕，暫解去鄉憂。

　　野岸平沙合，連山近霧浮。客悲不自已，江上望歸舟。

　　（何遜《慈姥磯》）

〔註16〕　（清）何文煥《歷代詩話》，北京：中華書局1981年版，第267頁。

〔註17〕　王國瓔《中國山水詩研究》，臺北：聯經出版事業公司1986年版，第198頁。

南朝人已經較爲普遍地使用這種以詩中景（實）顯出詩外情（虛），進而達到虛實相生效果的手法。他們普遍在尾聯上下功夫，連通虛實，且看另外幾位詩人的詩作：

> 洞庭張樂地，瀟湘帝子遊。雲去蒼梧野，水還江漢流。
> 停驂我悵望，輟棹子夷猶。廣平聽方籍，茂陵當見求。
> 心事俱已矣，江上徒離憂。（謝朓《新亭渚別范零陵雲》）
> 江干遠樹浮，天末孤煙起。江天自如合，煙樹還相似。
> 滄流未可源，高帆去何已？（范雲《之零陵郡次新亭》）
> 紫蘭葉初滿，黃鶯弄不稀。石蹲還似獸，蘿長更如衣。
> 水曲文魚聚，林瞑鵶鳥飛。渚蒲變新節，巖桐長舊圍。
> 風花落未已，山齋開夜扉。（蕭統《晚春》）

這三首詩與前面所引何遜、陰鏗採用的虛實之法大體一致，也是在尾聯上下功夫，令全詩達到詩盡意不盡的效果。所不同者在於情感。謝朓詩蘊含的情感是對朋友的一片依依不捨之情，范雲詩體現的情感是前路茫茫的惆悵情緒，而蕭統詩反映的情感則是一種淡淡的隱逸之情。

三、天眞設問

南朝文人還在詩中天眞設問，這些問題往往無法回答，也無需回答，卻能將詩歌內涵無限向外延伸，達到虛實相生的效果。且看這樣兩首詩：

> 彭蠡紀三江，廬嶽主眾阜。白沙淨川路，青松蔚巖首。
> 此水何時流？此山何時有？人運互推遷，茲器獨長久。
> 悠悠宇宙中，古今迭先後。（湛方生《帆入南湖》）
> 鶖嶺春光遍，王城野望通。登臨情不極，蕭散趣無窮。
> 鶯隨入戶樹，花逐下山風。棟裏歸雲白，窗外落暉紅。
> 古石何年臥？枯樹幾春空？淹留惜未及，幽桂在芳叢。
> （陰鏗《開善寺》）

這兩首詩最妙的地方就在於對天發問。「此水何時流？此山何時有？」簡直無法尋到答案，而詩人的目的也並非眞的是要找到那個答案，但這兩句突然而起的對天發問卻引導著讀者進入遠古時空，生發出對長江、鄱陽湖和廬山歷史的深深思索，這樣一番追尋，自然是無解的，卻會在意識裏生出些許惆悵，

而詩也隨之由實入虛，有了綿綿不絕之意蘊。「古石何年臥？枯樹幾春空？」雖不及前兩問意蘊豐富，卻頗合《開善寺》一詩的實境，在這不答之問裏，寺廟歷史之久遠隨著石之古、樹之枯而自然得到了展示，開善寺也就增加了許多神秘感，這種神秘感與寺廟的實景描寫之間，正是一種虛與實的關係。

湛方生、陰鏗以設問開拓詩境的手法，上承屈原《天問》，下啟張若虛「江畔何人初見月？江月何年初照人」（《春江花月夜》）、李白「青天有月來幾時？我今停杯一問之」（《把酒問月》）、蘇軾「明月幾時有？把酒問青天」（《水調歌頭》）。

四、以不說為說

此外，還有一些作品景物描寫極少，但在這極少的描寫背後，卻蘊含著許多豐富的內容。由眼前的實景可帶出背後更多的虛景，從而達到以少總多、以不說為說的效果。且看吳均《山中雜詩三首》其一：

> 山際見來煙，竹中窺落日。鳥向簷上飛，雲從窗裏出。

四句寫景，是四個精妙的特寫鏡頭，而在這四組鏡頭的背後，卻隱含著詩人的足跡和身影，詩人或俯或仰、時望時窺，在山水之間作無拘無束的暢遊，最後也許是從萬千鏡頭中才拾取了這四個經典畫面，凝成了一首小詩。

再看陶弘景《詔問山中何所有賦詩以答》一詩：

> 山中何所有，嶺上多白雲。只可自怡悅，不堪持贈君。

這首詩比吳均《山中》一詩更精省，只有「嶺上多白雲」一句及景，卻是以不說為說，「狀難寫之景，如在目前；含不盡之意，見於言外」〔註18〕（宋歐陽修《六一詩話》引梅堯臣語），讀時彷彿有許多景致紛至沓來，令人應接不暇。

在實境之外，南朝文人通過時空拓展、情感延伸、天真設問、以不說為說等方式，對虛境進行了不懈的追求和有效的開拓，不少作品都達到了虛實結合、虛實相生的效果，使其內涵豐富、外延無邊，趣味、詩韻俱存。南宋嚴羽稱：「盛唐諸人，惟在興趣；羚羊掛角，無跡可求。故其妙處，透徹玲瓏，不可湊泊。如空中之音，相中之色，水中之月，鏡中之像，言有盡而意無窮。」〔註19〕（《滄浪詩話·詩辯》）正是在南朝文人虛實相生經驗的啟迪之下才取得的。

〔註18〕 （清）何文煥《歷代詩話》，北京：中華書局 1981 年版，第 267 頁。
〔註19〕 （清）何文煥《歷代詩話》，北京：中華書局 1981 年版，第 267 頁。

第四節 以悟入詩和經典意象

謝靈運是最早以悟入山水的詩人，其不少寫景佳句充滿了哲思理趣，給人以新新不息、自然親切的印象。在佛教盛行的文化背景下，南朝文人受謝靈運啓發，普遍以悟入詩，創作了大量極富哲思理趣的寫景佳句，豐富了詩歌意涵；甚至還出現了伏挺《行舟值早霧》這樣終篇既寫佛教體悟、又詠山水的詩歌，其山水與體悟的結合已達到了極高境界。

南朝文人還開拓了一些對後世產生巨大影響的經典文學意象，如「游魚」、「猿啼」、「春草」、「白雲」等，豐富了古代文學的意象類型。

一、以悟入詩

隨著東晉時期佛教與玄學的合流，佛教在南朝極爲盛行，上自帝王，下至普通百姓，人們普遍信佛、崇佛。劉宋初，著名僧人竺道生在佛教義理上提出「頓悟成佛」新說，對謝靈運產生了較大影響，其《辯宗論》、《答王衛軍問辯宗論書》折衷儒釋以論證「頓悟成佛說」，又在《答僧維問》中稱「至夫一悟，萬滯同盡」，顯然已經接受了「頓悟」理論。

佛教的「頓悟」與詩歌創作中的靈感極爲相似，二者都是通過主體對外物的靜心觀照獲得物我雙忘的審美愉悅，達到心靈的淨化。南宋嚴羽即表示：「大抵禪道惟在妙悟，詩道亦在妙悟。」〔註20〕（《滄浪詩話・詩辯》）清黃子雲也稱：「詩有禪理，不可道破。個中消息，學者當自領悟。」〔註21〕（《野鴻詩的》）以禪喻詩，認爲作詩、品詩與參禪，詩境與禪境在悟入上是相通的。

謝靈運顯然已經感覺到「悟」在山水詩創作中的妙處，他在詩中有直接的表述，如「將窮山海跡，永絕賞心悟」（《永初三年七月十六日之郡初發都》）、「觀此遺物慮，一悟得所遺」（《從斤竹澗越嶺溪行》）等。他的許多寫景佳句顯然是「悟」的結果，且看：

> 日沒澗增波，雲生嶺逾疊。（《登上戍石鼓山》）
>
> 澗委水屢迷，林迴巖逾密。（《登永嘉綠嶂山》）
>
> 崖傾光難留，林深響易奔。
>
> （《石門新營所住四面高山迴溪石瀨茂林修竹》）

〔註20〕 （清）何文煥《歷代詩話》，北京：中華書局1981年版，第686頁。
〔註21〕 丁福保《清詩話》，上海：上海古籍出版社1978年版，第857頁。

連巖覺路塞，密竹使徑迷。(《登石門最高頂》)
迪過對大自然各種物象的認眞觀察與細緻體悟，作者領會到了「日沒」與「澗增波」、「雲生」與「嶺逾疊」，「澗委」與「水屢迷」、「林迴」與「巖逾密」、「崖傾」與「光難留」、「林深」與「響易奔」，「連巖」與「路塞」、「密竹」與「徑迷」之間的依存關係，並以充滿哲思理趣的詩句將其表達出來，創造了一種涵深、玄遠、清幽的意境。這些詩句，確實如嚴羽所稱，達到了「透徹之悟」〔註22〕(《滄浪詩話·詩辯》)的境界。

此外，謝靈運還有「石淺水潺湲，日落山照耀」(《七里瀨》)、「羈雌戀舊侶，迷鳥懷故林」(《晚出西射堂》)、「懷新道轉迴，尋異景不延」(《登江中孤嶼》)、「溟漲無端倪，虛舟有超越」(《遊赤石，進帆海》)、「石橫水分流，林密蹊絕蹤」(《於南山往北山經湖中瞻眺》)、「近澗涓密石，遠山映疏木。空翠難強名，漁釣易爲曲」(《過白岸亭》)等寫景佳句，都是其道與玄契、神與物遊，在一片空靈澄澈中捕捉到的大自然最爲細微的天籟影音。

而謝靈運的山水詩總體上能給人以自然清新、透澈玲瓏之感，也與他以悟入詩、以悟體物有關。故唐皎然稱：「康樂公早歲能文，性穎神澈。及通內典，心地更精，故所作詩，發皆造極。得非空王之道助邪？」〔註23〕(《詩式》)清吳淇認爲：「詩中康樂，尤是慧業文人，故其留心山水更癖，而所悟最深也。」(《選詩定論》)郁沅、張明高兩位先生在談到謝靈運時也指出：「佛家思想浸潤著他的山水詩作」，「其山水詩境頗多清謐空靈之趣。」〔註24〕

謝靈運是山水詩的開創者，對南朝文人的影響極大。後來的山水詩人們，大多學會了他這種「以悟入詩」之法，且看：

煙竟山郊遠，霧罷江天分。(謝莊《侍宴蒜山》)

葉低知露密，崖斷識雲重。(謝朓《移病還園示親屬》)

暗花舒不覺，明波動見流。(蕭綱《夜遊北園詩》)

泉鳴知水急，雲來覺山近。(蕭愨《春庭晚望》)

霧罷前林見，風息湧川平。坐觀暮潮落，漸見夕煙生。

(劉孝威《出新林》)

〔註22〕 (清)何文煥《歷代詩話》，北京：中華書局1981年版，第686頁。
〔註23〕 何文煥《歷代詩話》，北京：中華書局1981年版，第29～30頁。
〔註24〕 郁沅、張明高《魏晉南北朝文論選》，北京：人民文學出版社1999年版，第253頁。

澄潭寫度鳥，空嶺應鳴猿。（虞騫《尋沈剡夕至嶺亭》）

舟如空裏泛，人似鏡中行。（釋惠標）

這些詩句，或以寫出了自然萬象陳陳相因的細小關聯而擅，或以句中蘊含的空靈澄澈之境觸動人心，顯然是詩人靜坐冥思之下體悟而得到的。

南朝文人這類充滿哲思理趣的詩句極多，如謝莊《遊豫章西觀洪崖井》：「林遠炎天隔，山深白日虧。」沈約《登玄暢樓》：「雲生嶺乍黑，日下溪半陰。」蕭衍《首夏泛天池》：「葉軟風易出，草密路難披。」謝朓《郡內高齋閒望答呂法曹》：「日出眾鳥散，山暝孤猿吟。」《遊敬亭山》：「緣源殊未極，歸徑窅如迷。」《臨溪送別》：「荒城迥易陰，秋溪廣難渡。」吳均《酬聞人侍郎別詩三首》其二：「林疏風至少，山高雲度急。」劉孝綽《夕逗繁昌浦》：「岸回知舳轉，解纜覺船浮。」《陪徐僕射勉宴》：「景移林改色，風去水餘波。」《侍宴詩》：「欄高景難蔽，岫隱雲易垂。」《侍宴餞張惠紹應詔詩》：「風度餘芳滿，鳥集新條振。」王僧孺《中州長望》：「岸際樹難辨，雲中鳥易識。」蕭子顯《侍宴餞陸倕應令》：「雨罷葉增綠，日斜樹影長。」庾肩吾《遊甌山》：「路高村反出，林長鳥更稀。」劉孝威《帆渡吉陽洲》：「聯村倏忽盡，循汀俄頃回。疑是傍洲退，似覺前山來。」劉孝儀《帆渡吉陽洲》：「近樹儵而遐，遙山俄已逼。」蕭綱《經琵琶峽》：「橫峰時礙水，斷岸或通川。還瞻已迷向，直去復疑前。」《晚景納涼詩》：「鳥棲星欲見，河淨月應來。」《大同十一月庚戌詩》：「浪起川難渡，林深人至稀。」徐陵《山池應令》：「猿啼知谷晚，蟬咽覺山秋。」《奉和簡文帝山齋詩》：「竹密山齋冷，荷開水殿香。」《山齋》：「山寒微有雪，石路本無塵。」蕭繹《早發龍巢》：「初言前浦合，定覺近洲開。不疑行舫動，唯看遠樹來。」《晚景遊後園》：「波橫山渡影，雨罷葉生光。日移花色異，風散水紋長。」《遊後園》：「日照池光淺，雲歸山望濃。入林迷曲徑，渡渚隔危峰。」劉孝先《草堂寺尋無名法師》：「葉動花中露，湍鳴闇裏泉。」徐防《賦得觀濤》：「漸看遙樹沒，稍見遠天浮。漁人迷舊浦，海鳥失前洲。」江洪《江行》：「日沒風光靜，遠山清無雲。潮落晚洲出，浪打沙成紋。」陰鏗《五洲夜發》：「夜江霧裏闊，新月迥中明。」《渡青草湖》：「帶天澄迥碧，映日動浮光。」庾信《山池應令》：「猿啼知谷晚，蟬噎覺山秋。」《詠山》：「霧卷蓮峰出，巖開石鏡明。」……這些從山水、草木、花鳥等自然萬物所獲得的超悟，極大地提升了山水詩的藝術境界。

值得一提的是伏挺《行舟值早霧》一詩，全詩其實是以山水喻佛理：

> 水霧雜山煙，冥冥不見天。聽猿方忖岫，聞瀨始知川。
> 漁人惑澳浦，行舟迷溯沿。日中氛靄盡，空水共澄鮮。

既是敘述一次江上行旅中日驅霧散、撥雲見日的情形，又暗喻佛教走出重重霧障、突然覺悟的過程。以體悟寫詩，以詩歌喻佛，可謂巧妙，已經直啓「詩佛」王維。

二、經典意象

南朝文人以極大的熱情走進山水之間，以美的心靈審視山水。通過對自然萬物的認眞體驗、細心觀察，他們體悟到諸多美的細節，進而創造了一些經典山水意象，如「游魚」、「猿啼」、「春草、「白雲」等，對後世文學產生了深遠的影響。

（一）「游魚」意象

南朝以前，「游魚」的意象已經在文學作品中有了較多的展示，如漢樂府《江南》一詩：

> 江南可採蓮，蓮葉何田田，魚戲蓮葉間：魚戲蓮葉東，
> 魚戲蓮葉西，魚戲蓮葉南，魚戲蓮葉北。

將魚在蓮葉間自由自在游動的神態刻畫得極爲傳神。此後，歷代描寫游魚形象的又有曹丕《臨渦賦》：「魚頡頏兮鳥逶迤。」《登城賦》：「魚裔裔而東馳。」曹植《公讌詩》：「潛魚躍清波。」嵇康《贈秀才入軍》十三：「魚龍瀺灂。」潘岳《河陽縣作詩二首》其二：「游魚動圓波。」張協《洛禊賦》：「游魚瀺灂於澡波。」意象更加具體、生動，魚以極爲可愛的形象出現於文學作品中。

游魚意象在東晉袁山松《宜都山川記》裏被描寫成了經典：

> 大江清濁分流，其水十丈見底，視魚游如乘空，淺處多五色石。

這段文字以魚之清晰可見襯水的清澈見底，而「魚游如乘空」的比喻更是形象，可謂妙極。後來，謝朓《將遊湘水尋句溪》中有「寒草分花映，戲鮪乘空移」一聯，加入了「戲」和「移」表現魚的形態和動作，對袁山松有所發揮。柳宗元《至小丘西小石潭記》中對魚的描寫，也受其影響並作了更多的發揮：「潭中魚可百許頭，皆若空游無所依。日光下澈，影布石上，怡然不動，俶爾遠逝，往來翕忽，似與遊者相樂。」柳宗元將魚的形象描繪更具體，更生動，也更傳神。

在袁山松的基礎上，南朝文人對游魚的意象多有描寫，如：

　　唼藻戲浪，泛苻流淵，或鼓鰓而湍躍，或掉尾而波旋。

　　（謝靈運《山居賦》）

　　魚戲新荷動。（謝朓《遊東田》）

　　見游魚之戲藻。（蕭綱《晚春賦》）

　　橋影聚行魚。（庾信《奉和山池》）

　　愛靜魚爭樂。（庾信《詠畫屏詩二十五首》其二十）

這些文字對魚的神態的刻畫都非常生動，庾信的兩句詩觀察尤細，體會尤深，將人的情感投射到了魚的身上，較有新意。

　　除了以上列舉，關於魚的描寫還有劉駿《濟曲阿後湖》：「驚瀾翻魚藻。」何遜《渡連圻詩二首》其二：「魚游若擁劍。」《贈王左丞》：「游魚亂水葉。」吳均《送柳吳興竹亭集詩》：「夕魚汀下戲。」《與朱元思書》：「水皆漂碧，千丈見底，游魚細石，直視無礙。」陸罩《採菱曲》：「游魚菱下出。」蕭統《晚春》：「水曲文魚聚。」蕭綱《山池詩》：「魚游向暗集。」《秋興賦》：「察游魚之息澗。」蕭繹《出江陵縣還詩二首》其一：「游魚迎浪上」、「蓮搖魚暫飛。」張正見《石賦》：「魚躍湘鄉之水。」祖孫登《蓮調》：「乘魚入浪中。」南朝文人對「游魚」投入了極大的熱情和較深的感情。

（二）「猿鳴」意象

　　南朝以前，文學作品中關於猿的描寫不是很多，「猿鳴」的描寫就更少，只有屈原《九歌·山鬼》：「猿啾啾兮又夜鳴。」張載《敘行賦》：「聽玄猿之夜吟。」張協《雜詩》其九：「寒猿擁條吟。」廬山諸道人《廬山諸道人遊石門詩序》：「鳴猿厲響。」陶淵明《丙辰歲八月中於下潠田舍獲》：「猿聲閒且哀。」產生了一定影響的是東晉袁山松《宜都山川記》中的描寫：

　　　　峽中猿鳴至清，諸山谷傳其響，泠泠不絕。行者歌之曰：「巴東

　　　三峽巫峽長，猿鳴三聲淚沾裳。」

對長江三峽的猿鳴做了較爲生動的描繪，「猿鳴至清」、「泠泠不絕」尤其形象。此外，還引用了民歌。但這還沒有到達經典的境界。

　　「猿鳴」經典意象，最終在南朝宋地記作家盛弘之的手上形成：

　　　　每晴初霜旦，林寒澗肅，常有高猿長嘯，屬引淒異，空岫傳響，

　　哀轉久絕。故漁者歌曰：「巴東三峽巫峽長，猿鳴三聲淚沾裳。」
（《荊州記》）

盛弘之在繼承袁山松「猿鳴」描寫的基礎上，將「猿鳴」置於「晴初霜旦，
林寒澗肅」的場景下刻畫，又對其淒厲之聲反覆渲染，給人以身臨其境的感
覺。盛弘之這段文字後被酈道元引入《水經注》，影響深遠。

　　盛弘之《荊州記》中的「猿鳴」極爲淒異，但他還有「風泉傳響於青林
之下，巖猿流聲於白雲之上」（《水經注・沮水》引）的句子，猿聲在他的筆
下另有可愛的一面。南朝文人對「猿鳴」意象的開拓，便是沿著淒異和可愛
兩個方向展開：

　　猿哀鳴，鳴聲可玩。（謝靈運《山居賦自注》）

　　晨猿相和鳴。（何承天《巫山高篇》）

　　猿嘯白雲裏。（鮑照《登廬山》）

　　笛聲下復高，猿啼斷還續。（蕭綱《蜀道難二首》其二）

　　寒夜猿聲徹，遊子淚霑裳。（蕭繹《折楊柳》）

　　猿哀夜月明。（劉孝勝《武溪深行》）

這幾則文字對「猿鳴」的刻畫各具特色，在盛弘之《荊州記》的基礎上有所
發展。前面三條文字中的「猿鳴」較爲可愛，而後面三條則較爲淒厲。

　　南朝文人對猿鳴的描寫和刻畫也較爲集中，如范汪《荊州記》：「多猿鳴，
至清遠。」謝靈運《登石門最高頂》：「嗷嗷夜猿啼。」《從斤竹澗越嶺溪行》：
「猿鳴誠知曙。」《登臨海嶠初發強中作與從弟惠連見羊何共和之》：「哀猿響
南巒。」鮑照《擬古八首》其八：「朝朝見雲歸，夜夜聞猿鳴。」《登廬山》：
「叫嘯夜猿清。」江淹《遊黃藥山》：「猿嘯青崖間。」《愛遠山》：「群猿分貼
山。」陶弘景《答謝中書書》：「曉霧將歇，猿鳥亂鳴。」謝朓《郡內高齋閒
望答呂法曹》：「日出眾鳥散，山暝孤猿吟。」虞騫《尋沈剡夕至嵊亭》：「澄
潭寫度鳥，空嶺應鳴猿。」吳均《贈王桂陽別詩三首》其三：「猿聲繞岫急。」
《與顧章書》：「水響猿啼。」王泰《賦得巫山高》：「峽近猿聲悲。」蕭詧《遊
七山寺賦》：「狐猿叫嘯以騰聲。」伏挺《行舟值早霧》：「聽猿方忖岫。」蕭
綱《山齋》：「南柯吟夜猿。」徐陵《山池應令》：「猿啼知谷晚。」蕭繹《巫
山高》：「猿鳴上逐風。」《遺武陵王》：「三聲悲夜猿。」《玄覽賦》：「矜猿鳴
之抱木。」《南嶽衡山九貞館碑》：「清風遠至，響猿鳴於巫峽。」庾信《詠畫

屏詩二十五首》其十：「絕愛猿聲近，唯憐花徑深。」王褒《明月山銘》：「霜朝喉鶴，秋夜鳴猿。」江總《別南海賓化侯詩》：「哀猿數處愁。」陳叔寶《巫山高》：「霧嶺晚猿吟。」極大地豐富了文學史上的「猿鳴」意象。

值得一提的是沈約《石塘瀨聽猿》一詩：

　　嗷嗷夜猿鳴，溶溶晨霧合。不知聲遠近，惟見山重沓。

　　既歡束嶺唱，復佇西巖答。

這首詩集中描寫石塘瀨聽猿的場景，既看又聽，表達了詩人的喜悅心情，畫面含蘊了靈氣，特別是一個「佇」字，尤爲傳神，人、猿之間，人與山水之間，達到了一種心靈的契合。

（三）「春草」意象

「春草」意象最早成爲經典，是因爲西漢淮南小山仿屈原楚辭所作《招隱士》中的兩句：「王孫遊兮不歸，春草生兮萋萋。」以後，「萋萋春草」便逐漸成了山中隱士的象徵。這是比興意義上的「春草」意象。

南朝以前，文人筆下的春草向其自然屬性的一面發展，如張衡《歸田賦》：「原隰鬱茂，百草滋榮。」曹操《觀滄海》：「百草豐茂。」張華《雜詩三首》其二：「朱草茂丹華。」潘岳《內顧詩二首》其一：「春草鬱青青。」石崇《思歸歎》：「草零落兮覆畦壟。」張協《雜詩》其二：「秋草含綠滋。」陶淵明《擬古九首》其三：「草木從橫舒。」《桃花源記》：「芳草鮮美。」儘管吟詠較多，但未成爲經典意象。

南朝文人一方面以比興之義附於「春草」，以「萋萋春草」意象寄託隱逸情懷，如謝靈運《石門新營所住四面高山回溪石瀨茂林修竹》：「嫋嫋秋風過，萋萋春草繁。」《悲哉行》：「萋萋春草生，王孫遊有情。」謝朓《登山曲》：「王孫尚遊衍，蕙草正萋萋。」《酬王晉安》：「其草秋更綠，公子未西歸。」王筠《春月》：「山川隔道里，芳草徒萋萋。」庾肩吾《遊甌山》：「未必遊春草，王孫自不歸。」另一方面，他們又賦予「春草」新的含義，並在謝靈運筆下成爲經典意象：

　　池塘生春草，園柳變鳴禽。（《登池上樓》）

這是春草直接顯現出來的意象，自然、新鮮，生機、活力，恰似那新新不已的春天。此後，人們詠到春草，在山中隱士的隱喻之外，多了一個新的意象，即對自然新生事物的詠歎。除了這一句，謝靈運還這樣吟詠春草：「首夏猶清

和，芳草亦未歇」(《遊赤石，進帆海》,「草迎冬而結萋」(《山居賦》)。

「春草」的意象被南朝文人廣泛吟詠，較有新意的有：

> 草自然而千華，樹無情而百色。(《江上之山賦》)

> 草雜今古色。(孔稚珪《旦發青林》)

> 逶迤川上草，參差澗裏薇。(吳均《同柳吳興何山集送劉餘杭詩》)

此外，尚有劉義恭《感春賦》：「草承澤而擢秀。」陶弘景《尋山志》：「草薿薿以拂露。」紀功曹晏《閒坐》：「葳蕤蕙草密。」丘遲《與陳伯之書》：「暮春三月，江南草長。」何遜《春夕早泊和劉諮議落日望水詩》：「草光天際合。」王泰《賦得巫山高》：「草合影開遲。」蕭子雲《落日郡西齋望海山》：「蕙草無芳菲。」蕭綱《臨高臺》：「草樹無參差，山河同一色。」《臨秋賦》：「草色雜而香同。」在謝靈運的基礎上又有所發展。

而吟詠春草較多且好的是謝朓，如其《江上曲》：「易陽春草出。」《和徐都曹出新亭渚》：「風光草際浮。」《將遊湘水尋句溪》：「寒草分花映。」《送江水曹還遠館》：「塘邊草雜紅。」《和伏武昌登孫權故城》：「芳池秋草遍。」《王孫遊》：「綠草蔓如絲。」謝朓筆下的「春草」意象，清新、可愛，充滿了生命的活力，與謝靈運「池塘生春草」較爲接近。

(四)「白雲」意象

「白雲」是一個美好的意象，南朝以前，文人對其吟詠較少，只有左思《招隱詩》其一：「白雲停陰岡，丹葩曜陽林。」湛方生《廬山神仙詩序》：「既白雲之可乘，何帝鄉之足遠哉？」慧遠《廬山記》：「白雲英其外，則炳然與眾峰殊別。」分別出現於招隱詩、遊仙詩和僧人創作的遊記中，「白雲」逐漸有了隱逸意味。

大力開拓「白雲」意象的是南朝文人，他們大量地吟詠白雲入文學，白雲成爲山水中最美好的自然物象之一，且看：

> 白雲屯曾阿。(謝混《遊西池》)

> 白雲抱幽石，綠篠媚清漣。(謝靈運《過始寧墅》)

> 標峰彩虹外，置嶺白雲間。(沈約《早發定山》)

> 望山白雲裏，望水平原外。(謝朓《後齋迴望》)

> 無由得共賞，山川間白雲。(吳均《發湘州贈親故別詩三首》其三)

　　　　白雲凝絕嶺，滄波間斷洲。(張正見《遊龍首城》)

這些文字裏的白雲，與「曾阿」、「幽石」、「山川」、「絕嶺」等相親相近、相倚相依，呈現出一片和諧。自然、美好、和諧，成爲「白雲」意象的內涵之一。除了以上列舉，還有謝靈運《入彭蠡湖口》：「春晚綠野秀，巖高白雲屯。」無名氏《山記》：「輕霄蓋於上，白雲帶其前。」盛弘之：「巖猿流聲於白雲之上。」(《水經注·沮水》引)謝惠連《泛南湖至石帆詩》：「蕭疏野趣生，逶迤白雲起。」鮑照《登廬山》：「猿嘯白雲裏。」江淹《從冠軍建平王登廬山香爐峰》：「白雲上杳冥。」《悅曲池》：「白雲起兮弔石。」謝朓《送遠曲》：「白雲丘陵遠，山川時未因。」《奉和隨王殿下十六首》其四：「四面寒颻舉，千里白雲來。」《祀敬亭山春雨》：「白雲帝鄉下，行雨巫山來。」吳均《贈王桂陽別詩三首》其二：「白雲方渺渺。」蕭統《示雲麾弟》：「白雲飛兮江上阻。」蕭綱《應令詩》：「白雲重兮出帝鄉。」蕭繹《玄覽賦》：「白雲生而陣合。」張正見《賦得白雲臨酒》：「白雲蓋濡水。」《陪衡陽王遊耆闍寺》：「鷲嶺白雲深。」《從永陽王遊虎丘山》：「白雲多共影。」

　　南朝文人還賦予白雲另一個意涵：與白雲一道自由來去的山中隱士，以及他們自由自在的生活。正如王僧達《答丘珍孫書》中言：「褚先生從白雲遊舊矣。」南朝文人是可以跟隨白雲一道在山水之間來來去去的，陶弘景《詔問山中何所有賦詩以答》一詩道盡了這種愜意：

　　　　山中何所有，嶺上多白雲。只可自怡悅，不堪持贈君。

這首詩雖只有一句言及白雲，實際上句句都圍繞著白雲在寫，「白雲」意象借助這首詩最終成爲了經典意象。美好、自由、山中隱士，是「白雲」背後的信息。

　　除了陶弘景的詩，還有一些詩句中的白雲意象達到了這種境界，如蕭綱《往虎窟山寺》：「縱意白雲邊。」吳均《山中雜詩三首》：「鳥向簷上飛，雲從窗裏出。」《送柳吳興竹亭集詩》：「白雲時去來，青峰復負側。」張正見《遊匡山簡寂館》：「惟當遠人望，知在白雲中。」釋惠標《詠山》：「定知丘壑裏，並佇白雲情。」

　　南朝文人開創的這一「白雲」意象，在後世影響極爲深遠，「只在此山中，雲深不知處」(賈島《尋隱者不遇》)、「白雲深處有人家」(杜牧《山行》)都源於此。

第五章　南朝山水文學的影響

　　南朝是山水文學獨立並興起的初始階段，對後世文學特別是山水文學的影響極其深遠。山水文學作爲一種重要的文學類型從此深入人心，「大小謝」成爲山水詩的標誌，但凡大的詩人，極少不涉足山水的。同時，南朝文人的山水文學創作手法爲歷代文人所借鑒，其創造的經典山水意象也屢屢爲後世文人所採用，甚至南朝的一些山水作家也成爲後來詩人吟詠的對象。朱光潛先生稱：「如果把六朝詩和唐詩擺在一條歷史線上去縱看，唐人卻是六朝人的承繼者，六朝人創業，唐人只是守成。」〔註1〕此論雖是針對律詩的發展而言，但就山水文學的發展看，亦不失爲平允之論。

　　但歷代文人對南朝文學批判者居多。唐陳子昂云「漢魏風骨，晉宋莫傳」，「齊梁間詩，采麗競繁，而興寄都絕」（《與東方左史虯修竹篇序》）。李白道：「自從建安來，綺麗不足珍。」（《古風》）蘇軾稱韓愈「文起八代之衰」（《韓文公廟碑》）。元初賦評家劉壎在「風骨蒼勁、義理深長」〔註2〕古賦選錄標準下，貶損六朝諸賦，言其「綺靡相勝」〔註3〕（《隱居通議・總評》），又評江淹《別賦》曰：「惜其通篇止是齊、梁光景，殊欠古氣。」〔註4〕（《隱居通議》卷五）對南朝詩、賦、文都提出了批評。

〔註1〕　朱光潛《詩論》，北京：三聯書店 1984 年版，第 199 頁。

〔註2〕　何新文、胡武生《論劉壎〈隱居通議〉古賦選評的賦學意義》，《南京大學學報・哲社版》2012 年第 5 期。

〔註3〕　轉引自何新文、蘇瑞隆、彭安湘《中國賦論史》，北京：人民出版社 2012 年版，第 217 頁。

〔註4〕　轉引自何新文、蘇瑞隆、彭安湘《中國賦論史》，北京：人民出版社 2012 年版，第 218 頁。

　　那麼，山水文學的情況又如何呢？本章將從四個方面展開論述，以期對南朝山水文學的歷史地位作出較為客觀的評價：南朝山水文學對北朝山水文學的影響，南朝山水詩對盛唐山水田園詩派的影響，謝靈運、謝朓山水詩對李白的影響，何遜、陰鏗山水詩對杜甫的影響。

　　從總體上說，北朝文學受南朝文學影響明顯，山水文學尤其如此，表現在：一批由南入北文人的山水詩創作，自然構成了北朝山水文學的一部分；北朝部分文人，受南朝山水詩風的影響，也創作了一批山水詩；尤其是酈道元的《水經注》，多處直接或間接引用東晉、南朝地志的山水描寫，從而使北朝在山水文方面的成就超出了南朝。

　　盛唐山水田園詩派的出現，與南朝山水詩人向田園題材的開拓分不開，在南朝詩人的筆下，田園內容已悄悄入山水，隱逸情趣和田園逸趣也得到了培植和發展，都對盛唐山水田園詩人產生了較大的影響。盛唐山水田園詩人的以禪入詩，也受到南朝山水詩人的啓發。

　　在南朝詩人中，李白獨對「大小謝」無比推崇，但對二人的推崇又略有不同：對謝靈運，既因其孤傲的性格而引為知己，又推許其「如初發芙蓉」的山水詩；而對謝朓，則是極力推崇其詩，屢屢吟詠其詩，至無以復加的地步。

　　與李白不同，杜甫對南朝詩人採取了取長補短、普遍學習的態度，因而他能發現聲名、地位都不甚高的何遜、陰鏗，對其作出客觀的評價。陰、何二人對杜甫的影響是多方面的，既有詩歌藝術上的，如裁剪其詩句入己詩，也有創作方法上的，特別是鍊字琢句之法。

第一節　對北朝山水文學的影響

　　永嘉之後，中原衣冠南渡，從此南北分治，長達 198 年之久。北方經歷十六國、北魏、東魏、西魏、北齊、北周的演變，南方經歷東晉、宋、齊、梁、陳的政權更替，各自呈現出較為獨立的發展態勢。雖然北方在軍事上占優，但南方卻一直在政治、經濟、文化等方面領先。

　　政治上的分裂，不曾阻斷文化上的交流，南北文化通過商業貿易、使節往來、人員流動等方式，相互作用，共同發展。當然，就影響而言，主要還是文化上占主導地位的南朝對北朝產生較大影響。儘管北朝一些文人如溫子

升、魏收等在南朝有一定的影響〔註5〕，但更主要的，還是南朝文化長期而連續地影響著北朝文化，且看《隋書‧卷四十九‧牛弘傳》的記載：

> 永嘉之後，寇竊競興。因河據洛，跨秦帶趙。論其建國立家，雖傳名號，憲章禮樂，寂滅無聞。劉裕平姚，收其圖籍，五經子史，才四千卷，皆赤軸青紙，文字古拙。僭偽之盛，莫過二秦，以此而論，足可明矣。故知衣冠軌物，圖畫記注，播遷之餘，皆歸江左。晉、宋之際，學藝為多；齊、梁之間，經史彌盛。

可見，就文化典籍的佔有和保存而言，南朝要遠遠優於北朝。加上永嘉之亂中士族文人的集體南遷，終至「晉、宋之際，學藝為多；齊、梁之間，經史彌盛」的局面。北方士族在北魏初年，大抵都嚮往南朝文化，到了北魏孝文帝遷洛前後，隨著其逐步實行漢化政策，學習漢族的先進文化，朝野人士更是將南朝文化當作學習的楷模，如當時北朝士人對南齊王融的《曲水詩序》極為欣賞，以致房景高、宋弁出使南朝時，還為此對王融大加推崇；西魏時，尚書蘇綽曾說：「近代已來，文章華靡，逮於江左，彌復輕薄。洛陽後進，祖述未已。」〔註6〕（《北史‧柳慶傳》）指出了「洛陽後進」祖述江表文人的狀況。

在這樣的文化背景下，北朝文學受南朝文學的影響極為明顯，且看這樣幾則文字：

> 邢子才、魏收俱有重名，時俗準的，以為師匠。邢賞服沈約而輕任昉，魏愛慕任昉而毀沈約，每於談宴，辭色以之。鄴下紛紜，各有朋黨。（《顏氏家訓‧文章》）

> 收每議陋邢邵文。邵又云：「江南任昉，文體本疏，魏收非直模擬，亦大偷竊。」收聞乃曰：「伊常於《沈約集》中作賊，何意道我偷任昉？」〔註7〕（《北齊書‧魏收傳》）

> 沈隱侯曰：「文章當從三易，易見事，一也；易識字，二也；易讀誦，三也。」邢子才常曰：「沈侯文章，用事不使人覺，若胸臆語

〔註5〕　如《魏書‧卷七十三‧溫子升》載：「蕭衍使張臬寫子升文筆，傳於江外。衍稱之曰：『曹植、陸機復生於北土。恨我辭人，數窮百六。』」《北齊書‧魏收傳》亦載：「收兼通直散騎常侍，副王昕使梁，昕風流文辯，收辭藻富逸，梁主及其群臣咸加敬異。」

〔註6〕　（唐）李延壽《北史》，北京：中華書局標點本1974年版，第2283頁。

〔註7〕　（唐）李百藥《北齊書》，北京：中華書局標點本1972年版，第492頁。

也。」深以此服之。祖孝徵亦嘗謂吾曰:「沈詩云:『傾崖護石髓』。
此豈似用事邪?」(《顏氏家訓‧文章》)

邢邵、魏收在北齊被稱作「師匠」,又與北魏後期的溫子升一道被譽爲「北地三才」,但二人卻因「賞服沈約」、「愛慕任昉」而至「模擬」、「偷竊」,足見沈約、任昉對其影響之深。沈約提出「三易說」,邢邵深爲歎服,祖孝徵還舉出沈約詩中的句子來證明,可見北朝文人對沈約詩風的研習已極深入。

而任昉、沈約之後,徐陵的作品傳入北方,致「京師紙貴,天下家藏」(李昶《答徐陵書》),庾信入北朝,致「才子詞人,莫不師教;王公名貴,盡爲虛襟」(滕王逌《庾信集》序),其對北朝文人的影響絲毫不弱於沈約、任昉之時。

山水是南朝文學最爲重要的題材之一,南朝文人大多吟詠過山水。隨著南朝文學對北朝影響的逐漸深入,山水文學自然也影響到了北朝文人:

> 有人將《何遜集》初入洛,諸賢皆讚賞之。河間邢邵試命文遙,
> 誦之幾遍可得?文遙一覽便誦,時年十餘歲。〔註8〕
> (《北齊書‧元文遙傳》)

> 王籍《入若耶溪》詩云:「蟬噪林逾靜,鳥鳴山更幽。」江南以爲文外獨絕,物無異議。……范陽盧詢祖,鄴下才俊,乃言:「此不成語,何事於能?」魏收亦然其論。(《顏氏家訓‧文章》)

> 蘭陵蕭愨,梁室上黃侯之子,工於篇什。嘗有《秋詩》云:「芙蓉露下落,楊柳月中疏。」時人未之賞也。吾愛其蕭散,宛然在目。潁川荀仲舉、琅邪諸葛漢,亦以爲爾。而盧思道之徒,雅所不愜。
> (《顏氏家訓‧文章》)

何遜是南朝重要的山水詩人,其詩以山水題材爲主。從第一則記載看,其作品剛剛傳入北方,「諸賢皆讚賞之」,即受到北朝文人的普遍讚譽。邢邵甚至以何遜的作品測試「敏慧夙成」的元文遙,而十餘歲的元文遙「一覽便誦」,則何遜的山水詩對邢邵諸人的影響顯而易見。後面兩則記載,是北朝文人對梁代文人兩聯寫景佳句的評價,一爲王籍《入若耶溪》:「蟬噪林逾靜,鳥鳴山更幽。」一爲蕭愨《秋詩》:「芙蓉露下落,楊柳月中疏。」這兩聯確爲寫景佳句,不論其褒貶如何,對北朝文人產生一定影響是必然的。

〔註8〕 (唐)李百藥《北齊書》,北京:中華書局標點本 1972 年版,第 503 頁。

　　由上面三則記載，大致可見南朝山水文學對北朝文人的影響了。那麼，南朝山水文學是如何具體影響到北朝山水文學的呢？本節擬從三個方面具體論述：一、由南入北文人的山水詩創作；二、北朝文人自身的山水詩創作；三、酈道元《水經注》對南朝地記的繼承與吸收。

一、由南入北文人的山水詩

　　南北朝時期，或因戰事而羈留南朝使者、擄掠人才，或因政治傾軋而逃亡北地，導致大量文人由南入北，其中不乏有詩才者，如奔至後秦的韓延之，至北魏的劉昶、王肅、蕭琮，至東魏的蕭祗，至北齊的蕭愨、荀仲舉，至北周的王褒、庾信、顏之推、宗懍等。

　　這些由南入北的文人，許多在南朝時即有詩名，甚至創作有山水詩，入北後，即將南朝山水詩風帶入北朝，且看這樣兩首詩：

　　　葉疏知樹落，香盡覺荷衰。山藪良多思，田園聊復歸。

　　（蕭愨《和司徒鎧曹陽闕疆秋晚》）

　　　長洲春水滿，臨泛廣川中。石壁如明鏡，飛橋類飲虹。

　　　垂楊夾浦綠，新桃緣徑紅。漁舟釣欲滿，蓮房採半空。

　　　於茲臨北闕，非復坐牆東。（王褒《玄圃濬池臨泛奉和詩》）

這三首詩都是詩人入北以後所作，吟詠的是北方山水，而從詩中採用的手法看，無論對秋天落葉、枯荷的描寫，還是對春日垂楊、新桃的刻畫，都極為細膩、精緻，完全是齊、梁筆法。而從詩中蘊含的感情看，都為恬淡、閒適情趣，與齊、梁詩歌別無二致。

　　此外，他們還有一些山水小詩，如王褒《過藏矜道館》：「松古無年月，鵠去復來歸。石壁藤為路，山窗雲作扉。」《雲居寺高頂詩》：「中峰雲已合，絕頂日猶晴。邑居隨望近，風煙對眼生。」和一些寫景佳句，如「岸柳夾堤油，鐘聲颺別島」、「滔滔細波動，裔裔輕舩浮」、「望知雲氣合，聽識水聲秋」（蕭愨《奉和濟黃河應教》），「野禽喧曙色，山樹動秋聲」、「泉高下溜急，松古上枝平」（蕭愨《和崔侍中從駕經山寺》），「平湖開曙日，細柳發新春」（王褒《別陸子雲》），「峽路沙如月，山峰石似眉。村桃拂紅粉，岸柳被青絲」（王褒《奉和趙王途中五韻詩》），「石紋如碎錦，藤苗似亂絲」（庾信《奉和趙王遊仙詩》），「石作芙蓉影，池如明鏡光」（庾信《登州中新閣》），與南朝詩風一脈相承。

　　當然，這些人由南入北，隨著身份的變化、心境的不同、自然風物的變遷，甚至北方文學風尚的影響，其詩歌自然不會只是順著南朝的路數一直走下去，而會在之前風格的基礎上略作改變。他們大多數能夠創造性地運用南朝詩歌形式來處理新的生活題材，抒寫北地風物及個人實感，使作品表現出南北文化融合的特點，甚至達到南北詩歌交融的境界：

　　　　白雲滿郭來，黃塵暗天起。關山四面絕，故鄉幾千里。

　　（劉昶《斷句》）

　　　　送人亭上別，被馬櫪中嘶。漠漠村煙起，離離嶺樹齊。

　　　　落星侵曉沒，殘月半山低。（王褒《始發宿亭》）

這兩首小詩，因融入了強烈的羈旅之情而迥異於蕭綱、蕭繹諸人的閒逸山水詩，又因其風景不同於江南秀逸的自然山水而區別於謝朓的羈旅山水詩。詩中的山水是一種區別於江南的雄闊山水，融入的感情既悲且壯，因而更為強烈、更具震撼力，真正達到了雄渾、蒼勁的境界。

　　他們另有一些吟詠北地山水的寫景佳句亦達到了這種效果，如王肅《悲平城》：「陰山常晦雪，荒松無罷風。」王褒《關山篇》：「關山恒掩藹，高峰白雲外。遙望秦川水，千里長如帶。」《從軍行二首》其一：「平雲如陣色，半月類城形」、「對岸流沙白，緣河柳色青」。《從軍行二首》其二：「荒戍唯看柳，邊城不識春。」《飲馬長城窟》：「昏昏壟坻月，耿耿霧中河。」《關山月》：「關山夜月明，秋色照孤城。」《贈周處士》：「雲生隴坻黑，桑疏薊北寒。鳥道無蹊徑，清漢有波瀾。」《渡河北》：「秋風吹木葉，還似洞庭波。」雖然也有對自然山水的精心刻畫，但已加入了濃烈的北國情調。

　　值得一提的是庾信。庾信（513～581）字子山，祖籍南陽新野（今屬河南），早年與徐陵等陪同太子蕭綱寫作一些綺豔的詩歌，被稱為「徐庾體」。梁元帝承聖三年（554），他奉命出使西魏，不久，西魏攻克江陵，殺蕭繹。他因此被留在長安，歷仕西魏、北周，官至驃騎大將軍開府儀同三司，故又稱「庾開府」。

　　庾信入北後雖仍保留南朝寫景細膩的特點，如一些小詩《山齋》：「石影橫臨水，山雲半繞峰。遙想山中店，懸知春酒濃。」《野步》：「值泉仍飲馬，逢花即舉杯。稍看城闕遠，轉見風雲來。」《山中》：「澗暗泉偏冷，巖深桂絕香。住中能不去，非獨淮南王。」但已無宮體詩的輕豔、流蕩。而他在詩、賦中大量抒發的，卻是借異地風景的描寫，表達故國之思、身世之歎，風格

也轉爲蒼勁、悲涼，如一些寫景佳句「風雲俱慘慘，原野共茫茫」、「寒關日欲暮，披雪渡河梁」（《郊行值雪》），「可憐數行雁，點點遠空排」（《晚秋》），「南登廣陵岸，回首落星城。不言臨舊浦，烽火照江明」（《和劉儀同臻詩》）等，特別是下面幾首小詩：

> 陽關萬里道，不見一人歸。唯有河邊雁，秋來南向飛。
>
> 河橋兩岸絕，橫歧數路分。山川遙不見，懷袖遠相聞。
>
> （《重別周尚書詩二首》）
>
> 樹似新亭岸，沙如龍尾灣。猶言吟暝浦，應有落帆還。（《望渭水》）

感時傷變，魂牽故國，以鄉關之思發爲哀怨之辭，這些作品充滿著深切的情感，蘊含著豐富的思想內容，筆調蒼勁悲涼，眞正達到了「蒼茫渾厚與綺麗辭采的統一」〔註9〕的境界。

此外，庾信也在賦裏用同樣手法表達相同的感情，如《小園賦》：「風騷騷而樹急，天慘慘而雲低。聚空倉而崔嗦，驚懶婦而蟬嘶」，「關山則風月悽愴，隴水則肝腸寸斷」。《哀江南賦》：「釣臺移柳，非玉關之可望；華亭鶴唳，豈河橋之可聞？」歎恨羈旅，憂嗟身世，感人至深，故杜甫稱：「庾信文章老更成，凌雲健筆意縱橫。」（《戲爲六絕句》）

這些由南入北的文人到了北朝後大多受到禮遇，如劉昶、王肅〔註10〕，特別是庾信、王褒，不僅被尊爲北方文壇的宗匠，還身居顯貴，受皇帝禮遇，乃至與諸王結布衣之交〔註11〕。一方面，他們入北後所寫山水詩自然成爲北朝山水文學的一部分，爲北朝山水文學注入了清新之風；另一方面，他們入北後既爲北朝文人所推崇、敬仰，則其詩風自然會極大地影響北朝文人，對其詩歌風尚產生尤爲直接的作用。

二、北地文人的山水詩

就文學成就言，北朝顯然無法與南朝抗衡，特別是北朝本土作家的文學成就。

〔註 9〕 羅宗強《魏晉南北朝文學思想史》，北京：中華書局 1996 年版，第 450 頁。
〔註10〕 如劉昶入北魏後，先後尚武邑公主、建興長公主、平陽長公主，除使持節、都督吳越楚彭城諸軍事、大將軍、開府；王肅入北魏後，孝文帝「虛衿待之」，後又尚陳留長公主，進位開府儀同三司，封昌國縣侯。
〔註11〕 庾信在西魏官至車騎大將軍、開府儀同三司，北周代魏後，更遷爲驃騎大將軍、開府儀同三司，封侯；王褒仕西魏、北周，亦官至太子少保、少司空。

　　北朝文學有一個逐漸發展的過程，這個過程與學習、模仿南朝相始終，
正如曹道衡先生所說：「北朝詩歌的興起，在開始時都以模仿南朝入手，逐步
形成自己的特色。」〔註12〕直至北魏末、北齊時期出現了號稱「北地三才」
的溫子升、邢邵、魏收，北朝文學才逐漸轉興。北齊後期又有一批文人如陽
休之、李德林、盧思道、薛道衡等陸續被召入文林館撰集，成為一時盛事，
其中有的人還由齊入周，但依然無法與南朝相抗衡。

　　北朝本土文人的山水詩創作尤其如此。從北朝山水詩成就看，用「規範
齊梁，亦步亦趨」〔註13〕來形容並不為過。北朝並未出現以山水見稱的詩人，
也沒有出現影響較大的山水詩，數量也極少，完整的山水詩只有 15 首左右。

　　北朝山水詩模仿的痕跡是較為明顯的，且看這樣兩首詩：

　　　山遊悅遙賞，觀滄眺白沙。雲路沉先駕，靈章飛玉車。
　　　金軒接日彩，紫蓋通月華。勝龍葛星水，翻鳳暎煙家。
　　　往來風雲道，出入朱明霞。霧眼芳宵起，蓬臺植漢邪。
　　　流精麗旻部，低翠曜天范。此曠寧獨好，斯見理如麻。
　　　秦皇非徒駕，漢武豈空嗟。（鄭道昭《登雲峰山觀海島》）

　　　茲城實佳麗，飛甍自相並。膠葛擁行風，岩嶢閱流景。
　　　御溝屬清洛，馳道通丹屏。湛淡水成文，參差樹交影。
　　　長門久已閉，離宮一何靜。細草緣玉階，高枝蔭桐井。
　　　微微夕渚暗，肅肅暮風冷。神行揚翠旂，天臨肅清警。
　　　伊臣從下列，逢恩信多幸。康衢雖已泰，弱力將安騁？

　　（溫子升《從駕幸金墉城》）

前一首詩模仿謝靈運山水詩的結構，先敘述遊蹤，再描寫山水，後說理抒情，
但其中的山水描寫卻不甚精彩，未得大謝詩之精髓。後一首詩則學習謝脁山
水詩的風格，從結構看，絕類小謝《遊敬亭山》一詩，從遣詞造句看，「佳麗」、
「飛甍」、「岩嶢」、「御溝」、「馳道」等都出自小謝詩，但詩歌的藝術性實在
無法與《遊敬亭山》一詩相比。可見，即便是「北地三才」之一的溫子升，
在山水詩創作上也沒有擺脫「規範齊梁，亦步亦趨」的境況。

〔註12〕 曹道衡《南朝文學與北朝文學研究》，南京：江蘇古籍出版社 1999 年版，第
　　　　206 頁。
〔註13〕 陶文鵬、韋鳳娟《靈境詩心──中國古代山水詩史》，南京：鳳凰出版社 2004
　　　　年版，第 145 頁。

　　而北朝文人模仿得最多的，還是帶有梁、陳格調的宮苑類山水詩，如：

　　光風動春樹，丹霞起暮陰。嵯峨映連壁，飄颻下散金。

　　徒自臨濠渚，空復撫鳴琴。莫知流水曲，誰辯游魚心。

　　（溫子升《春日臨池》）

　　百雉何寥廓，四面風雲上。紈素久爲塵，池臺尚可仰。

　　啾啾雀噪城，鬱鬱無歡賞。日暮縈心曲，橫琴聊自獎。

　　（高孝緯《空城雀》）

　　天遊響仙蹕，春望動神衷。澗水含初溜，山花發早叢。

　　玉輿明淑景，珠旗轉瑞風。平原與上路，佳氣遠蔥蔥。

　　（袁奭《從駕遊山》）

　　駐車憑險岸，飛蓋歷平湖。菊寒花稍發，蓮秋葉漸枯。

　　向浦低行雁，排空轉噪鳥。若將君共賞，何處減城隅。

　　（劉逖《秋朝野望》）

這些詩的主要特點是情感的閒適、寫景的精細，全無北朝詩歌粗獷、雄壯的特色，這顯然是有意模仿、學習蕭綱諸人宮苑山水詩的結果。其中的景物描寫，不見北國特徵，倒似江南風味。這樣的刻意模仿，棄自身文學特色於不顧，是很難寫出優秀作品的。此外還有一些小詩，如盧元明《晦日泛舟應詔詩》：「輕灰吹上管，落蓂飄下蔕。遲遲春色華，晼晼年光麗。」魏收《棹歌行》：「雪溜添春浦，花水足新流。桃發武陵岸，柳拂武昌樓。」陽休之《正月七日登高侍宴詩》：「廣殿麗年輝，上林起春色。風生拂雕輦，雲回浮綺翼。」也是著力學習梁、陳文人的山水小詩，模仿痕跡較爲明顯。

　　但其中有一些寫景佳句，倒是惟妙惟肖，並不遜色於蕭綱等人，如溫子升《搗衣詩》：「七夕長河爛，中秋明月光。」魏收《五日詩》：「麥涼殊未畢，蜩鳴早欲聞。暄林尚黃鳥，浮天已白雲。」劉逖《浴溫湯泉》：「紫苔生石岸，黃沫擁金沙。」陽休之《秋詩》：「日照前窗竹，露濕後園薇。」宇文毓《過舊宮》：「秋潭漬晚菊，寒井落疏桐。」《貽韋居士》：「嶺松千仞直，巖泉百丈飛。」李昶《陪駕幸終南山》：「煙生山欲盡，潭淨水恒空。交松上連霧，修竹下來風。」《奉和重適陽關》：「紫庭生綠草，丹墀染碧苔。」孟康《詠日應趙王教詩》：「洛浦全開鏡，衡山半隱規。」

　　而北朝文人一些融入了送別、羈旅情感的山水之詠則較爲特別，如：

> 舊宅青山遠，歸路白雲深。遲暮難爲別，搖落更傷心。
>
> 空城落日影，迴地浮雲陰。送君自有淚，不假聽猿吟。
>
> （鄭公超《送庾羽騎抱》）
>
> 登高臨巨壑，不知千萬里。雲島相接連，風潮無極已。
>
> 時看遠鴻度，乍見驚鷗起。無待送將歸，自然傷客子。
>
> （祖珽《望海》）

這兩首詩，一詠送別，一歎羈旅，景物描寫自然融入了濃濃的情思，景中含情，情隨景生，達到了較高的藝術境界。尤其是兩詩的尾聯「送君自有淚，不假聽猿吟」、「無待送將歸，自然傷客子」，尤爲精警，有餘韻徐歇之效。

祖珽另有一首《從北征詩》，吟詠北地風光，眞正形成了自身特色：

> 翠旗臨塞道，靈鼓出桑乾。祁山斂霧霧，瀚海息波瀾。
>
> 戍亭秋雨急，關門朔氣寒。方繫單于頸，歌舞入長安。

中間四聯，對西域邊境自然風光的描寫，帶著一股深深的寒氣，卻極爲眞切、感人，給人以身臨其境的感受。而景物描寫之悲，又與詩中壯闊、豪邁的感情相統一，令人頓生悲壯之歎。北人另有一些寫景的句子，如「邊笳城上響，寒月浦中明」（李諧《江浦賦詩》），「斜去臨天牛，橫來對始平」（宇文逌《至渭源》），構成了一種「眞摯樸野的詩風」〔註 14〕，眞正形成了北朝山水詩自身的特色，而這，正是盛唐邊塞詩之先導。

北朝山水詩中最爲別開生面、完全突破南朝山水詩樊籠的，卻是一首鮮卑族民歌《敕勒歌》：

> 敕勒川，陰山下。天似穹廬，籠蓋四野。天蒼蒼，野茫茫，風吹草低見牛羊。

描寫北方草原景色，眞率、質樸、渾然，全然無雕琢、凝塞痕跡，這是眞正能代表北朝山水詩水平的巔峰之作。因爲這首詩，北朝山水詩終於可以毫不愧疚地面對南朝了！

三、《水經注》對南朝地記的繼承

北朝山水詩、賦的成就難與南朝比肩，但因酈道元《水經注》一書，北朝在山水文方面的成就一下子超出了南朝。

〔註14〕 羅宗強《魏晉南北朝文學思想史》，北京：中華書局 1996 年版，第 440 頁。

　　酈道元（466？～527）字善長，范陽涿鹿（今河北涿縣）人，仕北魏，襲父爵爲永寧伯，歷任地方官員，又做過御史中尉，後爲關右大使，被叛軍所殺。酈道元熱愛山水，見識廣博，著述頗豐，《魏書‧酈道元傳》稱：「道元好學，歷覽奇書。撰注《水經》四十卷、《本志》十三篇，又爲《七聘》及諸文。」〔註15〕

　　酈道元的主要文學成就是《水經注》一書，而《水經注》最爲人稱道的便是那些描寫山水的文字。後人對酈道元的山水文學成就，給予了極高評價，如明代張岱稱：「古人記山水手，太上酈道元，其次柳子厚，近時則袁中郎。」（《跋寓山注》），清代劉獻廷稱《水經注》「鋪寫景物，片言隻字，妙絕古今，誠宇宙未有之奇書也」〔註16〕（《廣陽雜記‧卷四》）。

　　但酈道元《水經注》之所以取得極高的文學成就，卻是站在巨人肩上的結果，它對南朝地記的山水描寫進行了廣泛吸收。

　　據陳橋驛先生統計，《水經注》所引文獻達 477 種，其中地理類有 109 種，特別是包括了大量晉宋以來的地方志〔註17〕，如東晉庾仲雍《江水記》、《漢水記》，袁山松《宜都記》，羅君章《湘中記》，裴淵《廣州記》，習鑿齒《襄陽記》，慧遠《廬山記》，南朝宋盛弘之《荊州記》，郭仲產《秦州記》、《襄陽記》，段國《沙州記》，劉道眞《錢唐記》，孔令符《會稽記》，謝靈運《山居記》，鄭緝之《東陽記》，鄧德明《南康記》，雷次宗《豫章記》，王歆之《始興記》，沈懷遠《南越志》，齊劉澄之《永初記》，陸道瞻《吳地記》等，《水經注》眞可謂集六朝地志之大成，特別是其中的山水描寫，對這些地志多有引用、借鑒與繼承。

　　《水經注》描寫自然山水的篇章，一部分是酈道元根據親身見聞寫的，是他親自調查訪問的記錄，但更多的則是提煉或抄綴他人著作而成，特別是他因政權分立，一生不曾履足江南，其關於長江、湘江、浙江、贛水等部分顯然是由南朝人的地記而來。

　　酈道元借鑒南朝人地記的方式，大致有兩種：一是直接引用；一是經提煉或加工後，間接使用。

〔註15〕　（北齊）魏收《魏書》，北京：中華書局標點本 1974 年版，第 1926 頁。
〔註16〕　（清）劉獻廷《廣陽雜記》，北京：中華書局 1957 年版，第 197 頁。
〔註17〕　陳橋驛《水經注研究二集》，太原：山西人民出版社 1987 年版，第 400～402頁。

　　這些直接引用的內容，許多即是精美的山水文字，它們散見於《水經注》中，成為其重要的組成部分。酈道元以其「山水手」的眼光，善於摘錄晉宋地記中最為精彩的片段，如：

　　　高山嵯峨，巖石磊落，傾側縈回，下臨峭壑，行者扳緣，牽援繩索，三蜀之人及南中諸郡，以為至險。

　　　（《水經注・青衣水》引袁休明《巴蜀志》）

　　　湘水之出於陽朔，則觴為之舟，至洞庭，日月若出入於其中也。」
　　　（《水經注・湘水》引羅君章《湘中記》）

　　　平鄉江東經峨眉山，在南安縣界，去成都南千里，然秋日清澄，望見兩山相崎如峨眉焉。（《水經注・青衣水》引《益州記》）

　　　盛弘之云：稠木傍生，凌空交合，危樓傾嶽，恒有落勢，風泉傳響於青林之下，巖猿流聲於白雲之上，遊者常若目不周玩，情不給賞，是以林徒棲託，雲客宅心，泉側多結道士精廬焉。

　　　（《水經注・沮水》）

　　　袁松言：江北多連山，登之望江南諸山，數十百里，莫識其名。高者千仞，多奇形異勢。自非煙塞雨霽，不辨見此遠山矣。余嘗往返十許過，正可見其遠峰耳。（《水經注・江水》）

這幾段文字描寫的是巴蜀、湘中、沮水、三峽等地的山水，或以描寫的簡練精粹取勝，如「高山嵯峨，巖石磊落，傾側縈回，下臨峭壑」、「稠木傍生，凌空交合，危樓傾嶽，恒有落勢，風泉傳響於青林之下，巖猿流聲於白雲之上」、「自非煙塞雨霽，不辨見此遠山矣」，或因比喻的生動形象見長，如「日月若出入於其中也」、「秋日清澄，望見兩山相崎如峨眉焉」，往往能寥寥數語即將不同山水的特點勾勒出來，給人留下較深的印象。

　　在摘錄的眾多山水文字中，酈道元萃取的關於長江三峽的一段描寫，尤能見出其眼光和卓識：

　　　自三峽七百里中，兩岸連山，略無闕處，重巖疊嶂，隱天蔽日，自非停午夜分，不見曦月。至於夏水襄陵，沿溯阻絕，王命急宣，有時雲朝發白帝，暮到江陵，其間千二百里，雖乘奔御風，不為疾也。春冬之時，則素湍綠潭，迴清倒影。絕巘多生怪柏，懸泉瀑布，飛漱其間。清容峻茂，良多趣味。每至晴初霜旦，林寒澗肅，常有

> 高猿長嘯，屬引淒異，空谷傳響，哀轉久絕。故漁者歌曰：巴東三
>
> 峽巫峽長，猿鳴三聲淚沾裳。

這段文字，人們多由《水經注》讀得，又因酈道元不曾注明作者和出處，故今人多以爲出自酈道元之手。其實，這段關於三峽的精彩描寫，出自南朝宋盛弘之之手，據《太平御覽》卷五三「地部」「峽」門載：

> 盛弘之《荊州記》曰：舊云，自二峽取蜀，數千里中，恒是一
>
> 山，此蓋好大之言也。唯三峽七百里中，兩岸連山，略無闕處，重
>
> 巖疊嶂，自非停午夜分，不見日月。至於夏水襄陵，沿溯阻絕，或
>
> 王命急宣，有時云朝發白帝，暮至江陵，其間一千二百里，雖乘奔
>
> 御風，不爲疾也。春冬之時，則素湍綠潭，回清到影。絕巘多生怪
>
> 柏，懸泉瀑布飛其間。清容峻茂，良多雅趣。每晴初霜旦，林寒潤
>
> 肅，常有高猿長嘯，屬引淒異，空岫傳響，哀轉久絕。故漁者歌曰：
>
> 巴東三峽巫峽長，猿鳴三聲淚沾裳。

除了個別字詞不同，絕大部分是不加修飾地全盤引用。在《水經注》裏，酈道元引用他人文字不注出處的情形是有的，不過那有個前提，他已經做了較大規模的汰選、修飾，甚至補充，因而化爲了己出，像引用如此長篇大段文字而不注出處的，在《水經注》中極爲少見。也許是酈道元有意爲之，欲據爲己有；也許是他參閱的底本原本沒有盛弘之的名字，也許是他不小心疏忽、遺漏了……但不管怎樣，酈道元畢竟從眾多典籍中發現了這段文字、採錄了這段文字，而且是較爲完整的引用，其眼光足以令人欽佩。

酈道元尤足稱道的，是他善於提煉並加工前人的山水佳句，爲我所用，經改造、潤色後如同己出。

他有時綜合數家的記載，經調整後條理更爲清晰，描述更加詳細，試比較這樣三段文字：

> 自峽口溯江百許里，至黃牛灘，南岸有重山，山頂有石壁，上
>
> 有人負刀牽黃牛，人跡所絕，莫得究焉。

（《藝文類聚》卷九「獸部」「牛」條引袁山松《宜都山川記》）

> 南崖有重嶺迭起，最大高崖間有石，色如人負刀牽牛，人黑牛
>
> 黃，成就分明。此崖既大，加以江湍縈紆，回途經宿，猶望見之。
>
> 行者歌曰：朝發黃牛，暮宿黃牛，三日三夜，黃牛如故。

（《太平御覽》卷五三「地部」「峽」門引盛弘之《荊州記》）

　　　　江水又東，經黃牛山，下有灘，名黃牛灘。南岸重嶺迭起，最
　　　　外高崖間有石，色如人負刀牽牛，人黑牛黃，成就分明；既人跡所
　　　　絕，莫得究焉。此巖既高，加以江湍紆回，雖途徑信宿，猶望見此
　　　　物。故行者謠曰：「朝發黃牛，暮宿黃牛；三朝三暮，黃牛如故。」
　　　　言水路紆深，回望如一矣。（酈道元《水經注・江水》）

這三段文字，都是關於長江三峽黃牛灘的描寫，第一段據《藝文類聚》出自
袁山松《宜都山川記》，第二段據《太平御覽》出自盛弘之《荊州記》，第三
段出自酈道元《水經注》，略作比較，很容易看出酈道元是綜合了袁、盛二家
文字：「江水又東，經黃牛山，下有灘，名黃牛灘」，出自《宜都山川記》；「南
岸重嶺迭起，最外高崖間有石，色如人負刀牽牛，人黑牛黃，成就分明」，主
要出自《荊州記》；「既人跡所絕，莫得究焉」，復出自《宜都山川記》；「此巖
既高，加以江湍紆回，雖途徑信宿，猶望見此物。故行者謠曰：『朝發黃牛，
暮宿黃牛；三朝三暮，黃牛如故』」，復出自《荊州記》；「言水路紆深，回望
如一矣」，則是酈道元手筆。經酈道元綜合、潤色後，成了一篇較為完整的山
水小品文。

　　再看這樣三段文字：

　　　　九疑山，在營道縣，九山相似，行者疑惑，故名九疑。
　　（《藝文類聚》卷七「山部上」「九疑山條」引《湘中記》）

　　　　九疑山盤基數郡之界，連峰接岫，競遠爭高，含霞卷霧，分天
　　　　隔日。（《太平御覽》卷四一「地部」「九疑山」條引盛弘之《荊州記》）

　　　　營水出營陽、泠道縣南流山，西流經九疑山下，蟠基蒼梧之野，
　　　　峰秀數郡之間。羅巖九舉，各導一谿，岫壑負阻，異嶺同勢，遊者
　　　　疑焉，故曰九疑山。（酈道元《水經注・湘水》）

第一段據《太平御覽》出自《湘中記》，第二段據《藝文類聚》出自盛弘之《荊
州記》，第三段出自酈道元《水經注》。酈道元這一段關於九疑山的描寫，同
樣是綜合了《湘中記》和《荊州記》的結果。

　　酈道元在描寫一處山水時，不僅善於合成諸家文字，還善於發揮，展開
闊理想像，甚至融入感情：

　　　　大江清濁分流，其水十丈見底，視魚游如乘空，淺處多五色石。
　　　　（《太平御覽》卷六○「地部」二十五「江條」引袁山松《宜都山川
　　　　記》）

　　夷水又經宜都北，東入大江，有涇渭之比，亦謂之佷山北溪水，
所經皆石山，略無土岸，其水虛映，俯視游魚，如乘空也。淺處多
五色石，冬夏激素飛清，傍多茂木空岫，靜夜聽之，恒有清響，百
鳥翔禽，哀鳴相和，巡頹浪者，不覺疲而忘歸矣。

（酈道元《水經注・夷水》）

袁山松的描寫儘管簡略，但「視魚游如乘空」一語堪稱經典。酈道元顯然
也發現了此語之妙，故將其引入，稍加調整，改作「俯視游魚，如乘空也」，
由一句改爲兩句，但語氣已不似袁山松那般平靜，而是融入了一種不可言
說的喜悅之情。酈道元還在袁文基礎上加入「冬夏激素飛清，傍多茂木空
岫，靜夜聽之，恒有清響，百鳥翔禽，哀鳴相和」數語，有了人的活動，
將敘述和描寫相結合，當是作者推測、想像之辭，卻增加了山水的真切感、
現場感，讀者宛若置身於山水之中，最後一句「巡頹浪者，不覺疲而忘歸
矣」，直接抒情，既是感情的強化，也是主題的進一步昇華。經過酈道元的
潤色、修飾，內容相同的山水文字，文學性和藝術性大大增強。再比較下
面兩段文字：

　　有綠蘿山，側巖垂水，懸蘿百里許。得明月池，碧潭鏡澈，百
尺見底，素巖若雪，松如插翠，流風叩阿，有絲桐之韻。

（無名氏《武陵人歌》引黃閔《武陵記》）

　　沅水又東歷臨沅縣西，爲明月池，白璧灣灣，狀半月，清潭鏡
澈，上則風籟空傳，下則泉響不斷，行者莫不擁檝嬉遊，徘徊愛玩。
沅水又東歷三石澗，鼎足均峙，秀若削成，其側茂竹便娟，致可玩
也。又東帶綠蘿山，頹巖臨水，懸蘿釣渚，魚詠幽谷，浮響若鐘。

（酈道元《水經注・沅水》）

酈道元顯然也是在黃閔《武陵記》的基礎上，結合了自己的經驗與合理想像，
對綠蘿山作了更爲具體、細膩的描寫，特別是以「白璧灣灣，狀半月」喻明
月池，尤見其「山水手」的功力：黃閔《武陵記》不一定在作爲山水文學作
品在寫，而酈道元已經在有意識地用文學手段吟詠山水了。「行者莫不擁檝嬉
遊，徘徊愛玩」、「其側茂竹便娟，致可玩也」兩句，再一次加入人的活動，
同樣達到了可親、可感的效果。

　　從以上分析可知，《水經注》的山水文字是從眾多地記作家那裏吸收了營
養的，「《水經注》的山水散文，在某種意義上也是兩晉南北朝時期許多作家

共同勞動的結晶」〔註 18〕。酈道元有著強烈的山水意識，因而他能從浩如煙海的地記裏發現最爲精彩的部分：山水描寫。他能將這些散落於典籍中的文字集中、聚攏，從而令它們熠熠發光，產生一種強大的向心力，引起人們的重視。更爲可貴的是，酈道元有著強烈的山水文學意識，他極善於提煉、加工地記作家的山水文字，在相對平靜、客觀的描寫之外，融入強烈的山水熱愛之情，加入比喻、對偶、排比等藝術手法，還自然地插入「人」的意象，令這些山水可感、可觀、可遊、可賞，表現作者和遊人的眞情實感，抒發不同自然環境中審美者不同的心情和體驗，使審美客體和主體在一定程度上得到交融，從而眞正提升到藝術的高度。

羅宗強先生稱：「酈道元偏愛於一種清新雋永的格調，而字裏行間，又透露出他對於山水的美的敏銳感受。」〔註 19〕酈道元對山水有著強烈的摯愛之情，且看其一段回憶文字：

> 先公以太和中作鎮海岱，余總角之年，持節東州。至若炎夏火流，閒居倦思，提琴命友，嬉娛永日，桂棹尋波，輕林委浪，琴歌既恰，歡情亦暢。是爲棲寄，實可憑衿。（《水經注·巨洋水》）

敍述少年時期和朋友一道在山水之間遊玩的情景，流露出其對山水的熱愛之情。多年以後，作者回憶起來，依然是那麼地興奮，飽含著喜悅之情。正因爲如此，他才會不時地在描寫山水時融入感情，才會引用袁山松這樣一大段話：

> 常聞峽中水疾，書記及口傳，悉以臨懼相戒，曾無稱有山水之美也。及余來踐躋此境，既至欣然，始信之耳聞不如親見矣。其疊崿秀峰，奇構異形，固難以辭敍，林木蕭森，離離蔚蔚，乃在霞氣之表。仰矚俯映，彌習彌佳，流連信宿，不覺忘返，目所履歷，未嘗有也。既自欣得此奇觀，山水有靈，亦當驚知己於千古矣。
>
> （《水經注·江水》）

袁山松視山水爲知己，酈道元又何嘗不是如此呢？以山水爲媒介，酈道元又何嘗不是一直視袁山松爲知己呢？正是從這個意義上說，酈道元之特立於北朝文人，對山水情有獨鍾，固然有其天性的因素，但也少不了袁山松、盛弘之乃至王羲之、謝靈運諸人的薰陶和影響。

〔註 18〕 曹道衡、沈玉成《南北朝文學史》，北京：人民文學出版社 1991 年版，第 393 頁。

〔註 19〕 羅宗強《魏晉南北朝文學思想史》，北京：中華書局 1996 年版，第 442 頁。

　　總之，酈道元《水經注》不僅在文字上直接或間接地吸收晉、宋以來地記作家的山水描寫，成爲其重要的組成部分，尤爲關鍵的是，這些地記中的山水描寫形成了一股濃烈的風尚，深深地感染著酈道元，其山水意識、山水文學意識的最終形成，正是這種風尚驅使的結果。這樣來認識南朝地記作家對酈道元的影響，才會更加深刻。

第二節　對盛唐山水田園詩派的影響

　　山水田園詩派的出現，有一個山水詩、田園詩由分到合的過程。

　　田園詩和山水詩分別在陶淵明、謝靈運的手上開創。儘管二者在許多方面有相通之處：田園詩中往往有山水描寫，山水詩中也會描寫田園風光；田園詩和山水詩中都蘊含著隱逸情趣，二者在審美意蘊、情感基調上是一致的。但在東晉、南朝、初唐相當長的時間裏，二者卻處於並行狀態，沿著各自的方向發展，直到盛唐孟浩然、王維等人出現，才將二者眞正地融合，形成中國詩歌史上影響深遠的山水田園詩派。

　　當然，田園詩和山水詩在並行發展的過程中，也偶有交合。

　　陶淵明的田園詩以吟詠田園生活爲主，其中多有對田園風光的描述，如「鳥哢歡新節，泠風送餘善」（《癸卯歲始春懷古田舍二首》其一）、「平疇交遠風，良苗亦懷新」（《癸卯歲始春懷古田舍二首》其二）、「微雨從東來，好風與之俱」（《讀〈山海經〉十三首》其一）、「山滌餘靄，宇曖微霄。有風自南，翼彼新苗」（《時運》）、「土地平曠，屋舍儼然，有良田美池桑竹之屬。阡陌交通，雞犬相聞」（《桃花源詩序》）等，將一片田園逸趣溶入景物描寫中，清新如洗。但陶詩中也有山水，且不說他屢屢感慨「久去山澤遊，浪莽林野娛」（《歸園田居》其四）、「春秋多佳日，登高賦新詩」（《移居二首》其二）、「命室攜童弱，良日登遠遊」（《酬劉柴桑》）、「今日天氣佳，清歌與鳴彈」（《諸人共遊周家墓柏下》），以遠遊爲樂，其詩中的山水描寫佳句也不少，如「悵恨獨策還，崎嶇歷榛曲。山澗清且淺，遇以濯吾足」（《歸園田居》其五）、「弱湍馳文魴，閒谷矯鳴鷗」（《遊斜川》）、「臨長流，望曾城，魴鯉躍鱗於將夕，水鷗乘和以翻飛」（《遊斜川序》）、「寒氣冒山澤，游雲倏無依。洲渚四緬邈，風水互乖違」（《於王撫軍座送客》）、「露凝無游氛，天高肅景澈。陵岑聳逸峰，遙瞻皆奇絕」（《和郭主簿二首》其二）、「晨夕看山川，事事悉如昔。微雨洗

高林，清飆矯雲翮」（《乙巳歲三月爲建威參軍使都經錢溪》）等，與其田園風
光的描寫有著異曲同工之妙。這正說明了一個事實，田園詩和山水詩在本質
上是相通的，即便陶淵明這樣心中裝滿田園的人，也會情不自禁地描寫山水。

南朝山水詩人筆下的田園內容，與陶淵明筆下的山水類似，大多也是在
不自覺的狀態下寫的。

本節論述南朝山水文學對盛唐山水田園詩派的影響，主要是談南朝山水
詩的田園內容，分析山水詩在早期階段是如何加入田園內容，進而爲山水田
園詩派的形成和發展開闢道路的。其中包括三個不同層次：南朝詩歌的田園
內容，南朝詩歌的隱逸情趣，南朝詩歌的田園逸趣。另外，隨著佛教的盛行，
南朝文人逐漸從感悟佛理中領略到寫詩的妙處，學會了以「悟」的方式體味
山水，對盛唐山水田園詩人也產生了較大的影響。

一、南朝詩歌的田園內容

相對於田園，山水是南朝文人普遍接受的題材，他們會有意識地欣賞山
水，自覺地以山水入詩。而他們對田園，則尚未形成自覺意識。且看謝朓《遊
東田》一詩：

> 戚戚苦無悰，攜手共行樂。尋雲陟累榭，隨山望菌閣。
>
> 遠樹曖阡阡，生煙紛漠漠。魚戲新荷動，鳥散餘花落。
>
> 不對芳春酒，還望青山郭。

東田，是南朝士人在建康城東興建的一處別墅群，那裏既是山水佳處，又是
一派田園風光。但在謝朓的這首詩裏，我們只能看見山水描寫，而不見一絲
田園氣息。南朝文人對田園的態度，大抵如此。

當然，他們也會在行旅中，或在欣賞山水時，觸及到農村風光，進而形
成對於田園風光的描寫。如「千頃帶遠堤，萬里瀉長汀。洲流涓澮合，連統
塍圻並」（謝靈運《白石巖下徑行田》）、「白水田外明，孤嶺松上出」（謝朓《還
塗臨渚》）、「千畝土膏紫，萬頃陂色縹」（蕭衍《籍田》）、「平皋草色嫩，通林
鳥聲嬌。已集故池鷖，行蒔新田苗」（范雲《治西湖》）、「噪蛙常獨沸，游魚
或自跳。荒徑橫臨浦，空舟斜插橈。愁鴟集古樹，白鷺隱青苗」（劉孝威《奉
和六月壬午應令詩》）、「分渠通沃野，激水入公田」（張正見《從籍田應衡陽
王教作》），這是詩人在從事行田、籍田、治理水利等公事之際所寫；「曖曖江
村見，離離海樹出」（謝朓《高齋視事》）、「桑柘起寒煙，悵望心已極」（謝朓

《宣城郡內登望》)、「遠天去浮雲，長墟斜落景」(何遜《望廨前水竹答崔錄事》)，這是詩人在官署、衙門中觀賞眼前山水時所寫；「寒園星散居，搖落小村墟」(庾信《寒園即目》)、「綠野含膏潤，青山帶濯枝。嘉禾方含穎，秀麥已分歧」(陰鏗《閒居對雨》)，這是詩人閒居時望眼前景色而寫；「野燎村田黑，江秋岸荻黃」(徐陵《新亭送別應令》)、「寒田穫裏靜，野日燒中昏」(陰鏗《和侯司空登樓望鄉》)、「池寒稍下雁，木落久無蟬。露浸山扉月，霜開石路煙」(江總《贈洗馬袁朗別》)，這是詩人與朋友離別之際所寫；「村童忽相聚，野老時一望」(丘遲《旦發漁浦潭》)、「戍樓因嶮險，村路入江窮」(陰鏗《晚泊五洲》)、「迴墳由路毀，荒隧受田侵。霏霏野霧合，昏昏隴日沈」(陰鏗《行經古墓》)，這是行旅中所寫；「長林帶朝夕，孤嶺枕江村。疏鬆含白水，密篠滿平原」(虞騫《遊潮山悲古冢》)、「路高村反出，林長鳥更稀」(庾肩吾《遊甗山》)、「山階步皎月，澗戶聽涼蟬」(江總《明慶寺》)、「荷衣步林泉，麥氣涼昏曉」(江總《遊攝山棲霞寺》)、「遂至一巖裏，灌木上參天。忽見茅茨屋，曖曖有人煙」(周弘讓《留贈山中隱士》)，這是詩人遊賞山水時所寫；而「日暗牛羊下，野雀滿空園。孟冬寒風起，東壁正中昏」(王微《雜詩二首》其二)、「雲輕暮色轉，草綠晨芳歸。山墟罷寒晦，園澤潤朝暉」(柳惲《雜詩》)、「嫋嫋陌上桑，蔭陌復垂塘。長條映白日，細葉隱鸝黃」(吳均《擬古四首‧陌上桑》)、「君不見，西陵田，縱橫十字成阡陌」(吳均《行路難五首》其三)，僅是詩人為抒情而想像的景色。這些關於農村景色的描寫，多寥寥數語，極為簡單。當然，也有描寫較為複雜一點的，如謝朓《賦貧民田》:「察壤見泉脈，覘星視農正。黍稷緣高殖，稻稌即卑盛。舊塍新塍分，青苗泉水映。遙樹匝清陰，連山周遠淨。」但在全詩中所佔比例不大。

這些有關農村風景的描寫，不論虛實，都是詩人在寫作的過程中因為見到了，或想到了，故偶爾提及，其中自然不含田園逸趣，甚至連隱逸情趣也沒有，它們尚停留在田園描寫的表面，是無法與陶淵明以及後來孟浩然、王維等人詩中的田園風光描寫相提並論的。

值得一提的是，在南朝文人筆下，較有象徵意義的樵夫意象逐漸豐富，如謝靈運《石室山》:「鄉村絕聞見，樵蘇限風霄。」《遊嶺門山》:「漁舟豈安流，樵拾謝西芘。」《田南樹園激流植援》:「樵隱俱在山，由來事不同。」鮑照《登大雷岸與妹書》:「樵蘇一歎，舟子再泣。」朱異《還東田宅贈朋離詩》:「蒼蒼松樹合，耿耿樵路分。」沈約《宿東園》:「陳王鬥雞道，安仁採樵路。」

《郊居賦》：「寧知螻蟻之與狐兔，無論樵豎之與牧豎。」虞羲《春郊》：「樵歌喧隴暮，漁梯亂江晨。」虞騫《登鍾山下峰望》：「遙看野樹短，遠望樵人細。」江總《入攝山棲霞寺》：「樵隱各有得。」張正見《浦狹村煙度》：「山人不炊桂，樵華幸共然。」這些樵夫或歌或歎，或登山或採薪，或具體或抽象，甚至僅僅是遠望中的一道影子，踩出的一條小徑，但都能給人以較為鮮明的田園氣息。樵夫是田園詩的一個重要意象，盛唐山水田園詩人在南朝文人的基礎上，繼續開拓，樵夫的意象更為豐富，如王維筆下的「世事問樵客」（《藍田山石門精舍》），「樵客初傳漢姓名」、「薄暮漁樵乘水入」（《桃源行》），「漁樵稍欲稀」（《歸輞川作》），「欲投人處宿，隔水問樵夫」（《終南山》），「支頤問樵客」（《贈東嶽焦煉師》），「樵人不可知」（《斤竹嶺》）等，孟浩然筆下的「樵人歸欲盡」〔註20〕（《宿業師山房，期丁大不至》）、「談空對樵叟」（《遊明禪師西山蘭若》）、「採樵過北谷」（《山中逢道士雲公》）、「勞歌採樵路」（《田園作》）、「採樵入深山」（《採樵作》）、「樵唱入南軒」（《澗南即事，貽皎上人》）、「樵子暗相失」（《遊精思觀回，王白雲在後》）、「林壑罷樵漁」（《尋白鶴巖張子容隱居》）、「掛席樵風便」（《尋張五回夜園作》）、「樵牧南山近」（《南山下與老圃期種瓜》）、「帆得樵風送」（《與崔二十一遊鏡湖，寄包、賀二公》）、「溪深樵語聞」（《同王九題就師山房》）、「樵子不見識」（《齒坐呈山南諸隱》）等，不僅有「樵夫」、「樵客」、「樵子」、「樵唱」，還出現了「樵語」、「樵風」。

南朝文人筆下的田園內容，儘管極為簡略、單薄，遠不能與其筆下的山水描寫相比，甚至還不如陶淵明一個人筆下的田園描寫，但它們畢竟已經星星點點地散落於南朝文人的詩中了。隨著這些田園內容逐漸引起人們的關注，特別是將隱逸情趣投射到其上，形成似陶淵明一樣的田園逸趣以後，這些關於田園風光的描寫將發生本質的改變。

二、南朝詩歌的隱逸情趣

在南朝，隱逸情趣是士人的一種較為普遍的心態。不論是底層文人，還是上流士族，甚至帝王，存隱逸之念者都不在少數。梁武帝身居高位，卻在《答陶弘景解官詔》中嘉許其「遣累卻粒，尚想清虛。山中閒靜，得性所樂，當善逐嘉志也」，又在《淨業賦序》中稱自己「少愛山水，有懷丘壑。身羈俗

〔註20〕 注：本書所引孟浩然詩，均據（唐）孟浩然撰、佟培基箋注《孟浩然集箋注》
上海古籍出版社 2000 年版。

羅，不獲遂志」，頗以隱逸爲念，他還特地寫有《贈逸民》一詩，其中一章爲：
「風光綠野，日照青丘。孺鳥初飛，新泉始流。乘輿攜手，連步同遊。探芳
中阿，折華道周。任情止息，隨意去留。」對逸民的隱逸生活作了較爲形象
的描述。

　　南朝詩歌中的隱逸情趣，有的遠隔塵世，離田園較遠，如陶弘景《詔問
山中何所有賦詩以答》：「山中何所有，嶺上多白雲。只可自怡悅，不堪持寄
君。」吳均《山中雜詩三首》其一：「山際見來煙，竹中窺落日。鳥向簷上飛，
雲從窗裏出。」其中山水的意識較濃，田園的痕跡幾乎尋不見。

　　部分詩人身在魏闕卻心存江湖，詩中頗能描寫一些農村景致，雖在情感
上隔了一層，但離田園卻是近了一些。如蕭子雲《落日郡西齋望海山》：

　　　漁舟暮出浦，漢女採蓮歸。夕雲向山合，水鳥望田飛。

　　　蟬鳴早秋至，蕙草無芳菲。故隱天山北，夢想日依依。

這裏的田園風景，因爲是詩人以官員的身份「望」的結果，自然是有距離的，
但由於詩人帶有「故隱天山北，夢想日依依」的隱逸情趣，故其對於田園風
景的描寫較前面一節不含情感的客觀描寫已經有了區別。

　　此外，部分詩人身處鄉村，用詩歌吟詠隱逸生活，如鮑照《園中秋散》：
「氣交蓬門疏，風數園草殘。荒壚半晚色，幽庭憐夕寒。」何遜《贈王左丞》：
「櫩外鶯啼罷，園裏日光斜。游魚亂水葉，輕燕逐風花。長壚上寒靄，曉樹
沒歸霞。九華暮已隱，抱鬱徒交加。」朱異《田飲引》：「田宇兮京之陽，面
清洛兮背修邙。屬風林之蕭瑟，值寒野之蒼茫。鵬紛紛而聚散，鴻冥冥而遠
翔。酒沈兮俱發，雲沸兮波揚。豈味薄於東魯，鄙密甜於南湘。於是客有不
速，朋自遠方。臨清池而滌器，闢山牖而飛觴。促膝兮道故，久要兮不忘。
間談希夷之理，或賦連翩之章。」其中對於農村生活和田園風景的描寫較少
或近乎沒有，都只能算作隱逸詩，而非田園詩。山水詩人吳均也有一首這樣
的詩歌：

　　　平原不可望，波瀾千里直。夕魚汀下戲，暮雨簷中息。

　　　白雲時去來，青峰復負側。躑躅牛羊下，晦昧崦嵫色。

　　　王孫猶未歸，且聽西光匿。（吳均《送柳吳興竹亭集詩》）

這首詩也是對其隱逸生活的描寫，儘管其中有「躑躅牛羊下」這樣典型的田
園風景描寫，但從本質上說，詩人的著力點還是在山水上，與其《山中雜詩》
並無多大區別，是一首含隱逸情趣的山水詩。

　　南朝上層士人中含隱逸情趣的大有人在，他們亦官亦隱，既居朝中高位，又於京郊大建別墅，這些別墅，往往成爲其修身養性、體驗隱逸生活的地方。如：

> 桃源驚往客，鶴嶠斷來賓。復有風雲處，蕭條無俗人。
> 山寒微有雪，石路本無塵。竹徑蒙籠巧，茅齋結構新。
> 燒香披道記，懸鏡厭山神。砌水何年溜，簷桐幾度春。
> 雲霞一巳絕，寧辨漢將秦。（徐陵《山齋》）

> 開門枕芳野，井上發紅桃。林中藤蔦秀，木末風雲高。
> 屋室何寥廓，至士隱蓬蒿。故知人外賞，文酒易陶陶。
> 友朋足諧晤，又此盛詩騷。朗月同攜手，良景共含毫。
> 欒巴有妙術，言是神仙曹。百年肆偃仰，一理詎相勞。
> （沈炯《離合詩贈江藻》）

徐陵、沈炯在陳代時歷居高位，這兩首詩都是圍繞自己山中的居室，吟詠自己的隱逸生活，全無農村景色和農民形象，這都只能算作隱逸詩，而非田園詩。

　　以這種方式寫詩的代表人物是陳代大詩人江總，他至少有四首這樣的詩：

> 洗沐惟五日，棲遲在一丘。古楂橫近澗，危石聳前洲。
> 岸綠開河柳，池紅照海榴。野花寧待晤，山蟲詎識秋。
> 人生復能幾，夜燭非長遊。（《山庭春日》）

> 春夜芳時晚，幽庭野氣深。山疑刻削意，樹接縱橫陰。
> 戶對忘憂草，池驚旅浴禽。樽中良得性，物外知余心。
> （《春夜山庭》）

> 獨於幽棲地，山庭暗女蘿。澗漬長低筱，池開半卷荷。
> 野花朝暝落，盤根歲月多。停樽無賞慰，狎鳥自經過。
> （《夏日還山庭》）

> 悒然想泉石，驅駕出城臺。玩竹春前筍，驚花雪後梅。
> 青山殊可對，黃卷復時開。長繩豈繫日，濁酒傾一杯。
> （《歲暮還宅》）

從這些詩中可以看出，江總的別墅位於山水絕佳處，其中鑿有小池，周圍植有梅、竹及一些花草，他經常在休沐時回到別墅中。從別墅的布置看，作者

極力營造的，是一個遠離鄉村的幽居環境；從詩中所詠來看，作者津津樂道的，也僅僅是隱逸情趣，全然不及田園。

從田園詩的發展而言，這種隱逸情趣較之單純的農村風景描寫是一種進步，這是一種心理上對自然的親近，而田園正是自然的一部分。這就是爲什麼有的詩人既有隱逸詩，又同時會有田園詩的原因。朱異的《田飲引》吟詠隱逸卻不涉田園，但他的《還東田宅贈朋離》卻可算得一首田園詩了：

　　應生背芒說，石子河陽文。雖有遨遊美，終非沮溺群。
　　曰余今卜築，兼以隔囂紛。池入東陂水，窗引北巖雲。
　　槿籬集田鷺，茅簷帶野芬。原隰何邐迤，山澤共氛氳。
　　蒼蒼松樹合，耿耿樵路分。朝興候崖晚，暮坐極林曛。
　　憑高眺虹霓，臨下瞰耕耘。豈直娛衰暮，兼得慰殷勤。
　　懷勞猶未弭，獨有望夫君。

詩中以耦耕的長沮、桀溺自比，且多涉農村景色，如「槿籬」、「茅簷」、「樵路」、「耕耘」，在情感上已貼近田園，這與陶淵明的田園詩已相當接近。

三、南朝詩歌的田園逸趣

成爲田園詩的關鍵，是詩中不僅要有農村風景、農民生活的描寫，更要蘊含著田園逸趣。這種田園逸趣，是一種從心靈深處熱愛農村、親近農民的情感，當詩人以這種情感欣賞農村時，平淡的農村才會化作美麗的田園。

且看這樣一首詩：

　　黝黝桑柘繁，芃芃麻麥盛。交柯溪易陰，反景澄餘映。
　　吾生雖有待，樂天庶知命。不學梁甫吟，唯識滄浪詠。
　　田荒我有役，秩滿余謝病。（任昉《落日泛舟東溪》）

這首詩顯得較爲特別，就在於南朝人已經習慣於在泛舟時吟詠山水了，田園是不會入他們的眼的。在這首詩裏，一向被南朝人忽視的農村具有了山水的美，「黝黝桑柘繁，芃芃麻麥盛。交柯溪易陰，反景澄餘映」，桑、柘、麻、麥，一下子具有了泉石花樹的美，這全是因爲詩人此刻以「田荒我有役，秩滿余謝病」的田園逸趣觀察、欣賞的結果。從任昉的人生經歷來看，他一生身居高位，並不曾真的歸隱過田園，這首詩也只是其偶爾的感興。

在南朝，有這種感興的人不在少數，如孔欣《相逢狹路間》：「攜手歸田廬，躬耕東山畔。」顏延之《和謝靈運詩》：「去國還故里，幽門樹蓬藜。採

茨葺昔宇，翦棘開舊畦。」其中甚至有「躬耕」、「採茨」、「翦棘」打算了，
而謝靈運更是在《田南樹園激流植援》一詩中敘述自己勞動的情形：

> 樵隱俱在山，由來事不同。不同非一事，養痾亦園中。
> 中園屏氛雜，清曠招遠風。卜室倚北阜，啓扉面南江。
> 激澗代汲井，插槿當列墉。群木既羅戶，眾山亦對窗。
> 靡迤趨下田，迢遞瞰高峯。寡欲不期勞，即事罕人功。
> 唯開蔣生徑，永懷求羊蹤。賞心不可忘，妙善冀能同。

以謝靈運的身份、地位和他的豪奢性格，特別是他在詩中明確表示「樵隱俱
在山，由來事不同」，以隱士自居而不與樵夫爲伍，人們自然不會相信其「激
澗」、「插槿」之舉了，但這也似乎透露出一個信息，對於隱逸和勞動，南朝
文人雖不能至卻心嚮往之，或者說，在他們的意識裏，隱逸而勞動，是一種
高逸的行爲。這對於南朝文人親近田園和田園詩的發展，都是極爲有利的。

當然，他們的這些說辭更多地帶有空想、空泛的意味，倒不如眞正身在
農村、目睹農民生活的鮑照來得實在，且看他的詩歌：「陌巷無人徑，茅屋摧
山岡。不睹車馬跡，但見麋鹿場。長松何落落，丘隴無復行。邊地無高木，
蕭蕭多白楊」（《代邊居行》），「春畦及耘藝，秋場早芟築。澤閱既繁高，山營
又登熟。抱鍤壟上餐，結茅野中宿」（《觀圃人藝植》），「刈蘭爭芬芳，採菊競
葳蕤」（《夢歸鄉詩》），或描寫農村景象，或敘述圃人藝植，或夢想自己回鄉
勞動的情形，讀來卻更爲眞切、實在。特別是其《秋夜詩二首》其二：

> 遁跡避紛喧，貨農棲寂寞。荒徑馳野鼠，空庭聚山雀。
> 既遠人世歡，還賴泉卉樂。折柳樊場圃，負綆汲潭壑。
> 霽旦見雲峰，風夜聞海鶴。江介早寒來，白露先秋落。
> 麻壟方結葉，瓜田已掃撰。傾暉忽西下，回景思華幕。
> 攀蘿席中軒，臨觴不能酌。終古自多恨，幽悲共淪鑠。

敘述自己勞動的情景，描寫鄉村景象，有樂有悲，有歌有歎，飽含深情。這
在歷代文人的田園詩中也不多見。

鮑照之外，何遜的一首《南還道中送贈劉諮議別》也寫得極爲眞實，頗
具田園風味：

> 一官從府役，五稔去京華。遽逐春流返，歸帆得望家。
> 天末靜波浪，日際斂煙霞。岸薺生寒葉，村梅落早花。
> 游魚上急水，獨鳥赴行楂。目想平陵柏，心憶青門瓜。

曲陌背通垣，長墟抵狹斜。善鄰談穀稼，故老述桑麻。

寢興從閒逸，視聽絕喧嘩。夫君日高興，為樂坐驕奢。

室墮傾城佩，門交接憶車。入寒長雲雨，出國暫泥沙。

握手分歧路，臨川何怨嗟。

這首詩從自己辭官寫起，描述歸家途中景致，全無他羈旅山水詩中常有的愁苦之情，接著敘述回家後的情形，「善鄰談穀稼，故老述桑麻」一聯，尤得陶淵明田園詩之精髓。「寢興從閒逸，視聽絕喧嘩」一聯，抒發田園逸趣，也絕似淵明，卻不覺其空。

與何遜《南還道中送贈劉諮議別》詩情感類似的還有劉峻《始居山營室》、周舍《還田舍》二詩：

自昔厭諠囂，執志好棲息。嘯歌棄城市，歸來事耕織。

鑿戶窺嶕嶢，開軒望嶄崱。激水簷前溜，修竹堂陰植。

香風鳴紫鸑，高梧巢綠翼。泉脈洞杳杳，流波下不極。

彷彿玉山隈，想像瑤池側。夜誦神仙記，旦吸雲霞色。

將馭六友輿，行從三鳥食。誰與金門士，撫心論胸臆。

（劉峻《始居山營室》）

薄遊久已倦，歸來多暇日。未鑿武陵巖，先開仲長室。

松篁日月長，蓬麻歲時密。心存野人趣，貴使容吾膝。

況茲薄暮情，高秋正蕭瑟。（周舍《還田舍》）

其中寫到「事耕織」、「鑿戶」、「激水」、「修竹」等勞動的情形，給人以清新之感，而對於農村景觀和情感的展示，如「蓬麻」、「野人趣」，也充滿了田園逸趣。

此外，沈約《宿東園》一詩雖是吟詠隱逸，卻有著極濃的田園風味：

陳王鬥雞道，安仁採樵路。東郊豈異昔，聊可閒余步。

野徑既盤紆，荒阡亦交互。槿籬疏復密，荊扉新且故。

樹頂鳴風飆，草根積霜露。驚麏去不息，征鳥時相顧。

茅棟嘯愁鴟，平岡走寒兔。夕陰帶層阜，長煙引輕素。

飛光忽我遒，豈止歲云暮。若蒙西山藥，頹齡儻能度。

（沈約《宿東園》）

這首詩敘述的是詩人留宿東郊別墅的情景，詩人的高明處在於不僅寫出了隱逸情趣，更添進了田園逸趣。這得益於詩人將遠郊別墅描繪成了鄉村茅舍，

且看這樣一些意象:「採樵路」、「野徑」、「荒阡」、「樺籬」、「荊扉」、「茅棟」。
而他和謝朓的兩首唱和之作也與此詩有著異曲同工之妙:

> 寒瓜方臥壟,秋菰亦滿陂。紫茄紛爛熳,綠芋鬱參差。
>
> 初菘向堪把,時韭日離離。高梨有繁實,何減萬年枝。
>
> 荒渠集野雁,安用昆明池。(沈約《行園》)
>
> 清淮左長薄,荒徑隱高蓬。回潮旦夕上,寒渠左右通。
>
> 霜畦紛綺錯,秋町鬱蒙茸。環梨懸已紫,珠榴折且紅。
>
> 君有棲心地,伊我歡既同。何用甘泉側,玉樹望青蔥。
>
> (謝朓《和沈祭酒行園》)

這兩首詩展示的田園景物更加具體,更具村居風味,「寒瓜」、「秋菰」、「紫茄」、
「綠芋」、「初菘」、「時韭」、「高梨」、「珠榴」等農作物,「壟」、「渠」、「畦」、
「町」等鄉村地名,更為生動地展示了詩人的田園逸趣。

當然,從沈約、謝朓二人的人生經歷來看,很難說這是其真實田園生活
的展示。與其說是展示,倒不如說是對田園生活的嚮往和想像。這正如江淹
仿陶淵明作《陶徵君潛田居詩》一樣:

> 種苗在東臯,苗生滿阡陌。雖有荷鋤倦,濁酒聊自適。
>
> 日暮巾柴車,路闇光已夕。歸人望煙火,稚子候簷隙。
>
> 問君亦何為,百年會有役。但願桑麻成,蠶月得紡績。
>
> 素心正如此,開徑望三益。

這首詩仿陶詩寫其田園生活,可謂惟妙惟肖。但既為擬作,則自然不是自
身真實生活的描寫了。南朝文人對於田園生活的態度,總體來說,是隔了
一層,多半是站在田園之外略作窺視,而絕少陶淵明般實實在在的體驗,
故讀來不甚真切。再如徐陵《內園逐涼》:「昔有北山北,今余東海東。納
涼高樹下,直坐落花中。狹徑長無迹,茅齋本自空。提琴就竹篠,酌酒勸
梧桐。」張正見《浦狹村煙度》:「茅蘭夾兩岸,野燎燭中川。村長合夜影,
水狹度浮煙。收光暗鳥弋,分火照漁船。山人不炊桂,樵華幸共然。」《秋
晚還彭澤》:「遊人及丘壑,秋氣滿平皋。路積康成帶,門疎仲蔚蒿。山明
雲氣畫,天靜鳥飛高。自有東籬菊,還持泛濁醪。」儘管也有田園意象,
如「茅齋」、「村」、「漁船」、「山人」、「炊」、「樵」、「東籬」等,田園的氣
息依然很淡。

但不管怎樣,南朝文人已經開始有意識地使用田園意象了。在沒有或極

少田園生活體驗的情況下，他們一邊醉心於山水和隱逸，一邊又盡力地將田園逸趣投射到詩中，這已經在為盛唐山水田園詩派開闢著道路了。

四、南朝文人以悟入詩的創作方式

在「南朝山水文學的美學特徵」一章中，我們對南朝文人以悟入詩的現象進行了具體分析。可以說，南朝文人以悟的方式吟詠山水，已經較為普遍。

禪悟是孟浩然、王維等盛唐山水田園詩人進行詩歌創作的一種重要方式，這一方面當然是受當時禪宗的啟發，一方面也是受了南朝山水詩人的影響。從兩個時代文人詩句的對比中，大致也可以見出這種影響，且看這樣幾組詩：

　　鳥鳴識夜棲，木落知風發。（謝靈運《石門巖上宿》）

　　春眠不覺曉，處處聞啼鳥。夜來風雨聲，花落知多少。

　　（孟浩然《春曉》）

　　蟬噪林逾靜，鳥鳴山更幽。（王籍《入若耶溪》）

　　人閒桂花落，夜靜春山空。月出驚山鳥，時鳴春澗中。

　　（王維《鳥鳴澗》）

　　反景入池林，餘光映泉石。（劉孝綽《侍宴集賢堂應令詩》）

　　返景入深林，復照青苔上。（王維《鹿柴》）

　　魚戲新荷動，鳥散餘花落。（謝朓《遊東田》）

　　潭清疑水淺，荷動知魚散。（儲光羲《釣魚灣》）

仔細體悟各組前、後句，會發現它們不僅在句意上相同或相近，其對同一種自然物象的感受也極為類似，這絕不是一種巧合，而是後者受前者啟發並借鑒的結果。南朝詩人以體悟寫詩，對盛唐山水田園詩人以禪入詩的影響，於此可見一斑。

南朝文人對盛唐山水田園詩派的影響是多方面的，不僅僅是題材上田園向山水的融入，隱逸情趣、田園逸趣入詩，以悟為詩等。南朝文人的許多經典詩歌意象都為盛唐山水田園詩人借鑒並採用，如謝靈運「白雲抱幽石」（《過始寧墅》）的「抱」，被王維《韋侍郎山居》一詩採用：「歸雲時抱峰。」謝靈運「巖高白雲屯」（《入彭蠡湖口》）中的「屯」，被王維《瓜園詩》採用：「若值白雲屯。」沈約「山櫻幾欲然」（《早發定山》）、蕭繹「林間花欲然」（《宮

殿名詩》中的「然」，被王維《輞川別業》一詩採用：「水上桃花紅欲然。」可以說，盛唐山水田園詩人對南朝山水詩人的借鑒是多方面的。

第三節　謝靈運、謝朓的山水詩對李白的影響

　　一方面，李白對南朝詩歌頗不以爲然，稱「自從建安來，綺麗不足珍」(《古風》)，但另一方面，他的詩歌又極多地從南朝文人那裏吸收營養，屢屢引南朝文人的成句入詩，如其「停杯投箸不能食，拔劍四顧心茫然」(《行路難》其一) 出自鮑照《擬行路難》其六：「對案不能食，拔劍擊柱長歎息。」「人生在世不稱意」(《宣州謝朓樓餞別校書叔雲》) 出自鮑照《擬行路難十八首》其八：「人生不得恒稱悲。」「山花開欲然」(《寄韋南陵冰》) 出自沈約《早發定山》：「山櫻發欲然。」「所願歸東山，寸心於此足」(《春滯沅湘有懷山中》) 出自沈約《遊鍾山》其四：「所願從之遊，寸心於此足。」「欻如飛電來，隱若白虹起」(《望廬山瀑布》其一) 出自沈約《被褐守山東》：「掣曳泄流電，奔飛似白虹。」「團團下庭綠」(《古風》其二十三) 出自王融《巫山高》：「秋風下庭綠。」「千里相思明月樓」(《對雪醉後贈王歷陽》) 出自吳均《酬聞八侍郎別詩》：「相思自有處，春風明月樓。」「相思無終極，腸斷朗江猿」(《博平太守見訪贈別》) 出自蕭統《長相思》：「相思無終極，長夜起歎息。」「郎今欲渡緣何事，如此風波不可行」(《橫江詞》其五) 出自蕭綱《烏棲曲》其一：「採桑渡頭礙黃河，郎今欲渡畏風波。」「風動荷花水殿香」(《口號吳王美人半醉》) 出自徐陵《奉和簡文帝山齋詩》：「荷花水殿香。」「虛傳一片雨，喚作陽臺神」(《送友人入蜀》)，出自庾信《詠畫屏風詩》其三：「何勞一片雨，喚作陽臺神。」「山從人面起，雲傍馬頭生」(《送友人入蜀》) 出自庾信《詠畫屏風詩》其二十：「路高山裏樹，雲低馬上人。」「古人昔新今尚古，還見新人有故時」(《怨情》) 出自江總《閨怨篇》其二：「故人雖故昔經新，新人雖新復應故。」所以杜甫稱「李侯有佳句，往往似陰鏗」(《與李十二白同尋範十隱居》)，謂其詩「清新庾開府，俊逸鮑參軍」(《春日憶李白》)，朱熹也發現了李白詩歌與南朝文人的關係，說「李太白始終學《選》詩，所以好」﹝註21﹞(《朱子語類・論文下》)。

　　其實，李白所反對的，只是南朝過於綺靡、華麗的孱弱詩風，而對於南

﹝註21﹞　(宋) 黎靖德《朱子語類》，北京：中華書局 1986 年版，第 3326 頁。

朝文人清新、曉暢的一面是極爲推崇的，他對代表這兩類詩歌風格的「大小謝」、鮑照可謂推崇備至，鮑照對李白樂府詩產生了巨大影響，而二謝則對李白山水詩產生了巨大影響。裴斐先生在《李白與魏晉南北朝詩人》中說：「李白所具有的清新明麗的風格，從文學的繼承關係上說，正是他融會六朝各家特色而加以貫通的結果。」〔註22〕可謂準確。

　　李白在《酬殷明佐見贈五雲裘歌》一詩中同時表達了對大小謝的態度：

　　　　我吟謝朓詩上語，朔風颯颯吹飛雨。謝朓已沒青山空，後來繼
　　之有殷公。粉圖珍裘五雲色，暐如晴天散彩虹。文章彪炳光陸離，
　　應是素娥玉女之所爲。輕如松花落金粉，濃似苔錦含碧滋。遠山積
　　翠橫海島，殘霞飛丹映江草。凝毫採掇花露容，幾年功成奪天造。
　　故人贈我我不違，著令山水含清暉。頓驚謝康樂，詩興生我衣。襟
　　前林壑斂暝色，袖上雲霞收夕霏。群仙長歎驚此物，千崖萬嶺相縈
　　鬱。身騎白鹿行飄颻，手翳紫芝笑披拂。相如不足誇鸞鸑，王恭鶴
　　氅安可方。瑤臺雪花數千點，片片吹落春風香。爲君持此凌蒼蒼，
　　上朝三十六玉皇。下窺夫子不可及，矯首相思空斷腸。

詩中同時提到了謝靈運、謝朓，並自如地引用了二人的詩句：「朔風吹飛雨，蕭條江上來」（謝朓《觀朝雨》），「昏旦變氣候，山水含清暉」、「林壑斂暝色，雲霞收夕霏」（謝靈運《石壁精舍還湖中作》），其對二謝的推崇由此可見一斑。

　　但李白對二謝的推崇又略有不同，對大謝既欣賞其詩，又仰慕其孤傲的性格，對小謝則主要是傾心於其清新的山水詩。

一、「頓驚謝康樂，詩興生我衣」

　　謝靈運的性格，可謂孤傲。因家族原因，加之自身才華出眾，他仰慕祖上謝玄立蓋世奇功而「高揖七州外，拂衣五湖裏」（《述祖德詩二首》其二）的舉止，「自謂才能宜參權要」（《宋書・謝靈運傳》），但在晉宋之際，正是劉裕、劉義隆等開始打壓豪門士族的時候，他自然屢遭打擊，在此情勢下，他孤傲的性格立時凸顯：「出守既不得志，遂肆意遊遨，遍歷諸縣，動逾旬朔，民間聽訟，不復關懷」、「與隱士王弘之、孔淳之等縱放爲娛，有終焉之志」、「靈運意不平，多稱疾不朝直。穿池植援，種竹樹菫，驅課公役，無復期度。

〔註22〕　裴斐《李白與魏晉南北朝時期詩人》，《文學遺產》1986年第1期。

出郭遊行或一日百六七十里，經旬不歸，既無表聞，又不請急」、「靈運以疾
東歸，而遊娛宴集，以夜續晝」、「在郡遊放，不異永嘉，爲有司所糾」（《宋
書‧謝靈運傳》）。可以說，謝靈運一生中的不同階段，都表現出了對當權者
不合作的方式和藐視態度；而在這種藐視態度的背後，正是其孤傲性格的體
現。

李白又何嘗不是如此。他的一生也是志向遠大，「少有逸才，志氣宏放」
〔註23〕（《舊唐書‧李白傳》），且「環奇宏廓，拔俗無類」、「慷慨自負，不拘
常調」（范傳正《李公新墓碑》），以管仲、晏嬰、范蠡、魯仲連、謝安等人自
居，稱「大丈夫必有四方之志」（《上安州裴長史書》），「苟無濟代心，獨善亦
何益」（《贈韋秘書子春二首》其一），「余亦草間人，頗懷拯物情」（《讀諸葛
武侯傳，書懷贈長安崔少府叔封昆季》），欲「申管、晏之談，謀帝王之術，
奮其智慧，願爲輔弼，使寰區大定，海縣清一，事君之道成，榮親之義畢，
然後與陶朱、留侯，浮五湖，戲滄州」（《代壽山答孟少府移文書》），「功成拂
衣去，歸入武陵源」（《登金陵冶城西北謝安墩》），「終與安社稷，功成去五湖」
（《贈韋秘書子春二首》其二），因此，當唐玄宗招其出山時，他不禁唱道：「仰
天大笑出門去，我輩豈是蓬蒿人。」（李白《南陵別兒童入京》）李白有遠大
的政治抱負，但絕不向權貴尊卑屈膝，因此他可以毫無顧忌地讓高力士替他
脫靴，正如他自己所說：「我本楚狂人，鳳歌笑孔丘」、「安能摧眉折腰事權貴，
使我不得開心顏」（《夢遊天姥吟留別》），任華也稱李白「平生傲岸，其志不
可測。數十年爲客，未嘗一日低顏色」〔註24〕（《雜言寄李白》）。

謝靈運在政治上屢遭打擊後，決心寄情山水：「將窮山海跡，永絕賞心
悟！」（謝靈運《永初三年七月十六日之郡初發都》）他在永嘉「肆意遊遨，
遍歷諸縣，動逾旬朔」，退居會稽後，「修營別業，傍山帶江，盡幽居之美，
與隱士王弘之、孔淳之等縱放爲娛」，被宋文帝重新啓用時，「出郭遊行或一
日百六七十里，經旬不歸」（《宋書‧謝靈運傳》）。

這種寄情山水的態度，肆意遊賞的方式，顯然對李白產生了巨大影響。
李白也稱：「人生在世不稱意，明朝散髮弄扁舟。」（《宣州謝朓樓餞別校書叔
雲》）從謝靈運身上找到了異代知音，稱「且從康樂尋山水，何必東遊入會稽」
（《與謝良輔遊涇川陵巖寺》），「我乘素舸同康樂，朗詠清川飛夜霜」（《勞勞

〔註23〕 （後晉）劉昫等《舊唐書》，北京：中華書局標點本 1975 年版，第 5053 頁。
〔註24〕 （唐）李白《李太白全集》，北京：中華書局 1977 年版，第 1492 頁。

亭歌》),「聞道稽山去,偏宜謝客才。千巖泉灑落,萬壑樹縈回」(《送友人尋越中山水》),「路創李北海,巖開謝康樂」(《送王屋山人魏萬還王屋》),對謝靈運遊歷過的地方詠歎不已:「閒窺石鏡清我心,謝公行處蒼苔沒」(《廬山謠寄盧侍御虛舟》),「謝公宿處今尚在,淥水蕩漾清猿啼。腳著謝公屐,身登青雲梯」(《夢遊天姥吟留別》),「康樂上官去,永嘉遊石門。江亭有孤嶼,千載跡猶存」(《與周剛清溪玉鏡潭宴別》),「謝公池塘上,春草颯已生」(《遊謝氏山亭》),「嚴光桐廬溪,謝客臨海嶠」(《翰林讀書言懷,呈集賢諸學士》),特別是《過彭蠡湖》一詩:

> 謝公入彭蠡,因此遊松門。余方窺石鏡,兼得窮江源。
> 前賞跡可見,後來道空存。而欲繼風雅,豈惟清心魂。
> 雲海方助興,波濤何足論?青嶂憶遙月,綠蘿鳴愁猿。
> 水碧或可採,金膏秘莫言。余將振衣去,羽化出囂煩。

試將此詩與謝靈運《入彭蠡湖口》作比較:

> 客遊倦水宿,風潮難具論。洲島驟回合,圻岸屢崩奔。
> 乘月聽哀狖,浥露馥芳蓀。春晚綠野秀,巖高白雲屯。
> 千念集日夜,萬感盈朝昏。攀崖照石鏡,牽葉入松門。
> 三江事多往,九派理空存。靈物各珍怪,異人秘精魂。
> 金膏滅明光,水碧輟流溫。徒作千里曲,弦絕念彌敦。

「石鏡」、「松門」,遊歷的景點相同;「波濤何足論」與「風潮難具論」,「水碧或可採,金膏秘莫言」與「金膏滅明光,水碧輟流溫」,結構、意義相似的句子,都可見出李白對謝靈運的推崇和仰慕。

李白對待山水態度,正如他自己所說:「五嶽尋仙不辭遠,一生好入名山遊」(《廬山謠寄盧侍御虛舟》),或「偶乘扁舟,一日千里,或遇勝境,終年不移。長江遠山,一泉一石,無往而不自得也」〔註25〕(范傳正《李公新墓碑》),與謝靈運一樣有著「山水癖」,顯然是受到了大謝的影響。

不但謝靈運的孤傲性格和對待山水的態度極大地影響了李白,他的詩歌也對李白產生了較大影響。

試將二人這樣兩首詩作比較:

> 可憐誰家婦,緣流洗素足。明月在雲間,迢迢不可得。

〔註25〕 (唐)李白《李太白全集》,北京:中華書局 1977 年版,第 1465 頁。

可憐誰家郎，緣流乘素舸。但問情若爲，月就雲中墮。

（謝靈運《東陽溪中贈答二首》）

東陽素足女，會稽素舸郎。相看月未墮，白地斷肝腸。

（李白《越女詞五首》其四）

顯然，李白是將謝詩合二爲一了。但謝詩對李白影響最大的，還是其山水詩。李白提出「清水出芙蓉，天然去雕飾」（李白《經亂離後天恩流夜郎憶舊遊書懷贈江夏韋太守良宰》）的文學主張，而謝靈運也有「芙蓉始發池」（《遊南亭》）的詩句，時人對謝詩的評價也是「如芙蓉出水」（鍾嶸《詩品》），「如初發芙蓉，自然可愛」（《南史·顏延之傳》），李白顯然是由謝詩而受到了啓發。

謝靈運對「池塘生春草」一語極爲自負，以爲「此語有神功，非吾語也」（《南史·謝惠連傳》），此語的來歷頗爲神奇，《南史·謝惠連傳》稱，謝靈運「嘗於永嘉西堂思詩，竟日不就，忽夢見惠連，即得『池塘生春草』，大以爲工」。而李白也是極爲稱賞，一方面以其意入詩：「謝公池塘上，春草颯已生」（《遊謝氏山亭》），一方面更屢屢以其典入詩：「昨夢見惠連，朝吟謝公詩。東風引碧草，不覺生華池」（《書情寄從弟邠州長史昭》），「夢得春草句，將非惠連誰」（《感時留別從兄徐王延年、從弟延陵》），「夢得池塘生春草，使我長價登樓詩」（《贈從弟南平太守之遙二首》其一）。其實，李白「清水出芙蓉，天然去雕飾」的佳句又何嘗不是從謝靈運「池塘生春草」裏受到啓發的呢？

李白的許多詩裏直接化用了謝靈運的詩句，如「抱子弄白雲」（《鄴中贈王大》）出自謝靈運《過始寧墅》：「白雲抱幽石。」「晞髮弄潺湲」（《安州應城玉女湯作》）出自謝靈運《入華子崗是麻源第三谷》：「乘月弄潺湲。」「結桂空佇立，折麻恨莫從」（《夕霽杜陵登樓，寄韋繇》）出自謝靈運《從斤竹澗越嶺溪行》：「握蘭勤徒結，折麻心莫展。」「溟漲沸渭，巖巒紛披」（《大鵬賦》）、「孤舟無端倪」（《夜泛洞庭，尋裴侍御清酌》）、「大海乘虛舟，隨波任安流」（《贈僧行融》）出自謝靈運《遊赤石，進帆海》：「溟漲無端倪，虛舟有超越。」「對此石上月」（《春日獨酌二首》）出自謝靈運《石門巖上宿》：「弄此石上月。」「際海俱澄鮮」（《秋登巴陵望洞庭》）出自謝靈運《登江中孤嶼》：「空水共澄鮮。」「橫天聳翠壁，噴壑鳴紅泉」（《春陪商州裴使君遊石娥溪》）出自謝靈運《入華子崗是麻源第三谷》：「銅陵映碧潤，石磴瀉紅泉。」「此情難具論」（《送裴十八圖南歸嵩山二首》其一）出自謝靈運《入彭蠡湖口》：「風潮難具論。」「清輝能留客」（《涇溪南藍山下有落星潭可以卜築余泊舟石上寄何判官

昌浩》其一）出自謝靈運《石壁精舍還湖中作》：「清暉能娛人。」「松蘭相因
依」（《於五松山贈南陵常贊府》）出自謝靈運《石壁精舍還湖中作》：「蒲稗相
因依。」「煙濤恣崩奔」（《書情題蔡舍人雄》）出自謝靈運《入彭蠡湖口》：「圻
岸屢崩奔。」「翳翳昏墊苦」（《玉眞公主別館苦雨，贈衛尉張卿二首》其一）
出自謝靈運《遊南亭》：「久痗昏墊苦。」「橫石蹙水波潺湲」（《當塗趙炎少府
粉圖山水歌》）出自謝靈運《七里瀨》：「石淺水潺湲。」「中有綠髮翁，披雲
臥松雪」（《古風五十九首》其五）出自謝靈運《石門新營所住四面高山回溪
石瀨茂林修竹》：「披雲臥石門。」李白大量地使用謝靈運的詩句入詩，足見
謝詩對他的影響之大。

　　不僅如此，李白還在句式上模仿謝靈運，試看下面三組詩句：

　　朝搴苑中蘭，畏彼霜下歇；暝還雲際宿，弄此石上月。

　　（謝靈運《石門巖上宿》）

　　朝飲王母池，暝投天門關。（李白《遊泰山六首》其六）

　　想像崑山姿，緬邈區中緣。（謝靈運《登江中孤嶼》）

　　想像東山姿，緬懷右軍言。（李白《登金陵冶城西北謝安墩》）

　　晨策尋絕壁，夕息在山棲。（謝靈運《登石門最高頂》）

　　淹留未盡興，日落群峰西。（李白《春日遊羅敷潭》）

在第一組詩句裏，二者都採用「朝……暝……」的結構，第二組詩句裏，二
者都採用「想像……姿，緬……」的結構，第三組詩句裏，二者都採用「……，
夕（日落）……」的結構，李白顯然是在有意識地學習和模仿謝靈運。

　　值得一提的是，李白對謝靈運「揚帆採石華，掛席拾海月」（《遊赤石進
泛海》）中的「揚帆」、「掛席」意象情有獨鍾，17 次引入詩中，其中《掛席江
上待月有懷》是在詩題中使用，另外 16 次為：「掛席歷海嶠，回瞻赤城霞」（《送
王屋山人魏萬還王屋》），「掛席拾海月，乘風下長川」（《敘舊贈江陽宰陸調》），
「登艫美清夜，掛席移輕舟」（《月夜江行，寄崔員外宗之》），「長風破浪會有
時，直掛雲帆濟滄海」（《行路難三》其一），「我浮黃雲去京闕，掛席欲進波
連山」（《梁園吟》），「長風掛席勢難回，海動山傾古月摧」（《永王東巡歌十一
首》其八），「謂言掛席度滄海，卻來應是無長風」（《東魯見狄博通》），「懷沙
去瀟湘，掛席泛溟渤」（《同友人舟行遊臺越作》），「掛席凌蓬丘，觀濤憩樟樓」
（《與從侄杭州刺史良遊天竺寺》），「以此難掛席，佳期益相思」（《新林浦阻

風寄友人》),「明晨掛帆席,離恨滿滄波」(《金陵江上遇蓬池隱者》),「明朝掛帆席,楓葉落紛紛」(《夜泊牛渚懷古》),「雲峰出遠海,帆影掛清川」(《送二季之江東》),「掛帆秋江上,不為雲羅制」(《答高山人兼呈權、顧二侯》),「將欲辭君掛帆去,離魂不散煙郊樹」(《下途歸石門舊居》),「霜落荊門江樹空,布帆無恙掛秋風」(《秋下荊門》),謝靈運首創「揚帆」、「掛席」意象時,表達了進入山水間的一種自由興致,卻被李白無限度地拓展了其內涵:瀟灑、飄逸、豪氣、浪漫,自由自在、無拘無束。兩個氣質相同的人,在此做了一次深切的交流。

李白還在一個詩歌意象——「弄」字上,與謝靈運做了一次會心的溝通。據筆者統計,謝靈運之前在詩中用「弄」字的人極少,曹植、劉楨、嵇康、傅玄、郭璞、陶淵明各使用了 1 次,陸機 2 次,左思 3 次,其意多為「弄音」〔註26〕、「弄聲」〔註27〕、「弄書琴」〔註28〕等,唯有曹植《五遊詠》「徙倚弄華芳」中的「弄」是撫弄山水自然物。「弄」字的妙處卻被謝靈運發現,謝靈運使用「弄」字達 8 次之多,尤為關鍵的是,其「弄」的對象已經向山水自然物大量拓展:或弄水,如「弄波不輟手」(《初入南城》),「乘月弄潺湲」(《入華子崗是麻源第三谷》);或弄石,如「玩水弄石」(《山居賦》);或弄月,如「弄此石上月」(《石門巖上宿》),「滅華燭兮弄曉月」(《怨曉月賦》),「弄琴明月」(《逸民賦》);或弄風,如「天雞弄和風」(《於南山往北山經湖中瞻眺》);或弄枝條,如「摘芳弄寒條」(《石室山》)。「弄」可稱得上是動作的特寫鏡頭,卻有著如此豐富的意涵,將詩人走進山水之間時那種與自然相親相近的神態,刻畫得淋漓盡致。

同樣熱愛山水的李白,顯然是從謝詩中發現了「弄」字的妙處。李白在詩中共使用「弄」字 72 次,其中作動詞用的 71 次,頻率上與謝靈運差不多,但數量上卻是謝的 9 倍!

李白詩中「弄」的使用顯然繼承了謝靈運的傳統,如弄水,李白「晞髮弄潺湲」(《安州應城玉女湯作》)出自謝靈運「乘月弄潺湲」(《入華子崗是麻源第三谷》)),「弄波夕月圓」(《答長安崔少府叔封遊終南翠微寺太宗皇帝金沙

〔註26〕 嵇康《贈秀才入軍詩十八首》其十二:「顧倚弄音。」陸機《董桃行》:「倉鶊嘈嘈弄音。」郭璞《答王門子詩六首》:「寓音雅弄。」

〔註27〕 陸機《壯哉行》:「飛飛燕弄聲。」

〔註28〕 陶淵明《和郭主簿二首》其一:「臥起弄書琴。」

泉見寄》）出自謝靈運「弄波不輟手」（《初入南城》），但李白又有了較大發展，「弄」的情形各異：「舉手弄清淺」（《遊泰山六首》其六），「浮舟弄水簫鼓鳴」（《憶舊遊，寄譙郡元參軍》），「弄水尋回溪」（《春日遊羅敷潭》），「弄水窮清幽」（《與從侄杭州刺史良遊天竺寺》）；所「弄」的水也不同：如「浣紗弄碧水」（《西施》），「涉江弄秋水」（《擬古十二首》），「朝弄紫沂海」（《古風》），「吾曾弄海水」（《贈王漢陽》），「濯足弄滄海」（《酬崔五郎中》），甚至連花兒也可「弄」水：「桃花弄水色」（《代別情人》）。

再如弄月，李白也是大大地發展了謝靈運，在各種情形下「弄」月、「弄」各式各樣的「月」：「手弄素月清潭間」（《鳴皋歌奉餞從翁清歸五崖山居》），「飲弄水中月」（《秋浦歌十七首》），「歸時還弄峨眉月」（《峨眉山月歌，送蜀僧晏入中京》），「抱琴時弄月」（《贈崔秋浦三首》其二），「夫君弄明月」（《寄弄月溪吳山人》），「白水弄素月」（《憶崔郎中宗之遊南陽遺吾孔子琴，撫之潸然感舊》），「橫笛弄秋月」（《夜別張五》），「醉罷弄歸月」（《遊謝氏山亭》），「乘舟弄月宿涇溪」（《別山僧》），「或弄宛溪月」（《贈宣城宇文太守兼呈崔侍御》），「水影弄月色」（《金陵江上遇蓬池隱者》），「清琴弄雲月」（《陳情贈友人》），「安得弄雲月」（《自梁園至敬亭山見會公談陵陽山水兼期同遊因有此贈》），甚至雲也能「弄月」：「雲弄竹溪月」（《送韓準、裴政、孔巢父還山》）。李白不僅「弄」月，還弄「日」，如：「佳人當窗弄白日」（《春日行》），「白日可撫弄」（《草創大還，贈柳官迪》）。

此外，李白也「弄」石，如「撫頂弄盤古」（《上雲樂》），「弄」風，如「吟弄惠風吹」（《賦得鶴，送史司馬赴崔相公幕》），但他更「弄」雲霞：「抱子弄白雲」（《鄴中贈王大》），「攜手弄雲煙」（《送楊山人歸天台》），「浩蕩弄雲海」（《送王屋山人魏萬還王屋》），「山深雲更好，賞弄終日夕」（《日夕山中忽然有懷》），「纖手弄雲和」（《寄遠十一首》），「相邀弄紫霞」（《送內尋廬山女道士李騰空二首》其一），「乘閒弄晚暉」（《觀獵》）。

李白也「弄」花草樹木，如「雌弄秦草芳」（《白頭吟》），「繞床弄青梅」（《長干行二首》其一），「攀花弄秀色」、「攀荷弄其珠」（《擬古十二首》），李白甚至「弄」春色：「翩翩弄春色」（《書情寄從弟邠州長史昭》）。

李白還「弄」舟：「明朝散髮弄扁舟」（《宣州謝朓樓餞別校書叔雲》），「水客弄歸棹」（《送崔氏昆季之金陵》）。

更妙的是，李白還「弄」影：「與君弄倒景」（《贈盧徵君昆弟》），「鸂首

弄倒景」（《春日陪楊江寧及諸官宴北湖感古作》），「願言弄倒景」（《同友人舟行遊臺越作》），「猶堪弄影舞瑤池」（《天馬歌》），「弄景奔日馭」（《避地司空原言懷》），「弄影憩霞閣」（《題嵩山逸人元丹丘山居》），「弄景偶騎羊」（《留別曹南群官之江南》）。

一個「弄」字，被李白運用得出神入化、妙處橫生，這與李白卓絕的才華、對山水的無比熱愛有關，但也離不開謝靈運最初對「弄」用意的開拓。

謝靈運對李白的影響，前人亦有所論述，如元陳繹曾《詩譜》稱謝靈運「以險為主，以自然為工。李、杜取深處多取此」〔註29〕，主要是立足於詩句層面，而由前面分析可知，謝靈運不僅以其山水詩的清新受到了李白的偏愛，其孤傲的性格、放懷於山水之間的態度，也對李白產生了較大的影響。

二、「白紵青山魂魄在，一生低首謝宣城」

如果說，李白仰慕謝靈運有一半是因為性格相合、興趣相投的話，那麼，他對謝朓的仰慕就完全是因為其詩。

李白「清水出芙蓉，天然去雕飾」的詩歌理論，雖出自大謝「池塘生春草」之典，但李白並沒有對謝靈運的詩歌風格作出論定，而對小謝，李白獨獨拈出一個「清」字，給予了極高評價：「蓬萊文章建安骨，中間小謝又清發」（《宣州謝朓樓餞別校書叔雲》）、「諾為楚人重，詩傳謝朓清」（《送儲邕之武昌》），或與建安風骨共舉，或與一諾千金的季布並提，其評價之高可以想見。

李白在很多地方直接表露了對謝朓的偏好，在詩中 19 次提到他，有時直呼其名，如「我吟謝朓詩上語，朔風颯颯吹飛雨。謝朓已沒青山空，後來繼之有殷公」（《酬殷明佐見贈五雲裘歌》），「明發新林浦，空吟謝朓詩」（《新林浦阻風寄友人》），「三山懷謝朓」（《三山望金陵寄殷淑》），「過客難登謝朓樓」（《寄崔侍御》），「詩傳謝朓清」（《送儲邕之武昌》），「還同謝朓望長安」（《答杜秀才五松見贈》），「宅近青山同謝朓」（《題東谿公幽居》），「玄暉難再得」（《秋夜板橋浦泛月獨酌懷謝朓》），「解道澄江淨如練，令人長憶謝玄暉」（《金陵城西樓月下吟》），有時稱謝公，如：「謝公離別處」（《謝公亭》），「輒繼謝公作」（《遊敬亭寄崔侍御》），「寂寞謝公宅」（《姑孰十詠·謝公宅》），「臨風懷謝公」（《秋登宣城謝朓北樓》），有時稱「小謝」，如：「中間小謝又清發」（《宣州謝

〔註29〕 丁福保《歷代詩話續編》，北京：中華書局 1983 年版，第 630 頁。

脁樓餞別校書叔雲》），甚至「下撫謝脁肩」（《贈宣城宇文太守兼呈崔侍御》），
有時將其視作同輩，有時又稱作長輩，有時又成了晚輩，對這位只活了 36 歲
的天才詩人，李白簡直不知道該如何稱呼的好。謝脁令目無千古、傲岸一生
的「詩仙」如此地割捨不下、情不能堪，難怪後人驚呼李白「一生低首謝宣
城」〔註30〕（王士禎《戲仿元遺山論詩絕句》）！

　　李白如此地推崇謝脁，主要是因爲其詩。李白在自己的詩裏大量地吟詠
謝脁的詩句，頻率之高實屬罕見，如「我吟謝脁詩上語，朔風颯颯吹飛雨」（《酬
殷明佐見贈五雲裘歌》），所吟爲謝脁《觀朝雨》詩，其中有「朔風吹飛雨，
蕭條江上來」句；「明發新林浦，空吟謝脁詩」（《新林浦阻風寄友人》），所詠
爲小謝名篇《之宣城郡出新林浦向板橋》；「解道澄江淨如練，令人長憶謝玄
暉」（《金陵城西樓月下吟》）所詠也是謝脁名篇《晚登三山還望京邑》，其中
有名句「餘霞散成綺，澄江靜如練」。故唐馮贄《雲仙雜記·卷一》有這樣的
記載：

　　　　李白登華山落雁峰，曰：「此山最高，呼吸之氣，想通天帝座矣，
　　恨不攜謝脁驚人詩來，搔首問青天耳。」〔註31〕

《雲仙雜記》所錄多爲小說，並不可信。但足可證明，李白再三再四吟詠謝
脁詩歌，是眾所週知的事了。

　　謝脁對李白的影響，首先表現在李白對謝詩的模擬上。且看這樣兩首詩：

　　夕殿下珠簾，流螢飛復息。長夜縫羅衣，思君此何極。
　　（謝脁《玉階怨》）

　　玉階生白露，夜久侵羅襪。卻下水晶簾，玲瓏望秋月。
　　（李白《玉階怨》）

在郭茂倩《樂府詩集》裏，同題詩共三首，另一首爲梁代虞炎所作：「紫藤拂
花樹，黃鳥度青枝。思君一歎息，苦淚應言垂。」據鍾嶸《詩品》記載，也
是模擬謝的。不論從詩歌風格、語言特點上，與謝詩絕不相同，藝術上更沒
法與謝、李詩比。所以清代王琦在李白《玉階怨》注下稱：「題始自謝脁，太
白蓋擬之。」〔註32〕似乎還只是推測。其實，比較謝、李二首小詩，仔細分
析，倒有不少相同或相似的意象呢，如「夕殿」與「玉階」、「下珠簾」與「下

〔註30〕　（清）王士禎《王士禎詩選》，北京：人民文學出版社 2009 年版，第 106 頁。
〔註31〕　（唐）馮贄《雲仙雜記》，北京：中華書局 1985 年版，第 5 頁。
〔註32〕　（唐）李白《李太白全集》，北京：中華書局 1977 年版，第 293 頁。

水晶簾」、「長夜」與「夜久」、「羅衣」與「羅襪」，李白的高明之處在於模擬卻不露痕跡，令人渾然不覺。李白的模擬達到了神似的境界，遠遠超越了那模擬痕跡太過明顯的《登金陵鳳凰臺》。從情感表達來說，二詩都是表達怨情，但怨而不傷，是一種「綿密的憂愁」（徐志摩《雲遊》），全詩顯得清新脫俗，正符合二人詩風中「清」的特點。但謝朓「思君此何極」語，表達感情的方式較爲直露，而李白「玲瓏望秋月」語，較爲含蓄，令詩歌更具韻味，在這點上，李白要略勝一籌，這也是盛唐詩與南朝詩的一個重要區別。

其實，李白裁剪的許多謝詩，都能達到爲己所用而渾然不覺的效果，如「平林漠漠煙如織」（《菩薩蠻》）出自謝朓《遊東田》：「生煙紛漠漠。」「共解丹霞裳」（《安州般若寺水閣納涼，喜遇薛員外乂》）出自謝朓《七夕賦》：「霏丹霞而爲裳。」「羅衣能再拂，不畏素塵蕪」（《魯東門觀刈蒲》）出自謝朓《同詠坐上所見一物·席》：「但願羅衣拂，無使素塵彌。」都用得極爲活泛。特別是「孤帆遠影碧空盡，惟見長江天際流」（《送孟浩然之廣陵》）句，出自謝朓「天際識歸舟，雲中辨江樹」（《之宣城郡出新林浦向板橋》），若非反覆涵詠極難發現，堪稱絕妙。

李白有時在一首詩中頻繁而集中地使用謝朓一、兩首詩中的意象，如：

蒼蒼金陵月，空懸帝王州。天文列宿在，霸業大江流。
綠水絕馳道，青松摧古丘。臺傾鳩鵲觀，宮沒鳳凰樓。
別殿悲清暑，芳園罷樂遊。一聞歌玉樹，蕭瑟後庭秋。
（李白《月夜金陵懷古》）

江南佳麗地，金陵帝王州。逶迤帶淥水，迢遞起朱樓。
飛甍夾馳道，垂楊蔭御溝。凝笳翼高蓋，疊鼓送華輈。
獻納雲臺表，功名良可收。（謝朓《入朝曲》）

大江流日夜，客心悲未央。徒念關山近，終知返路長。
秋河曙耿耿，寒渚夜蒼蒼。引領見京室，宮雉正相望。
金波麗鳷鵲，玉繩低建章。……
（謝朓《暫使下都夜發新林至京邑贈西府同僚》）

李白《月夜金陵懷古》直接使用了謝詩意象的達 7 個之多，其中「金陵」、「帝王州」、「綠水」、「馳道」出自謝朓《入朝曲》，「蒼蒼」、「大江流」、「鳷鵲」出自謝朓《暫使下都夜發新林至京邑贈西府同僚》，如此頻繁而集中地使用他人同一首或兩首詩歌的意象，幾乎算得「組裝詩歌」了，前詩對後詩的影響

實在是太大。而這點，是李白學習小謝詩的方式之一，也是其推崇謝詩的具體表現。

　　李白直接裁剪謝句入詩的還有許多，如「良辰竟何許，大運有淪忽」（《古風五十九首》其三十二）出自謝朓《在郡臥病呈沈尙書》：「良辰竟何許，夙昔夢佳期。」「羞入原憲室，荒徑隱蓬蒿」（《白馬篇》）出自謝朓《和沈祭酒行園詩》：「清淮左長薄，荒徑隱高蓬。」「徒令白日暮，高駕空踟躕」（《陌上桑》）出自謝朓《贈王主簿二首》：「餘曲詎幾許，高駕且踟躕。」「遨遊盛宛洛」（《南都行》）出自謝朓《和徐都曹出新亭渚詩》：「宛洛佳遨遊。」「租稅遼東田」（《留別廣陵諸公》）出自謝朓《宣城郡內登望》：「言稅遼東田。」「何由稅歸鞅」（《酬裴侍御對雨感時見贈》）出自謝朓《京路夜發》：「無由稅歸鞅。」「酌醴奉瓊筵」（《金門答蘇秀才》）出自謝朓《始出尙書省》：「復酌瓊筵醴。」「脩脩北窗竹」（《尋陽紫極宮感秋作》）出自謝朓《冬日晚郡事隙》：「脩脩蔭窗竹。」「倚劍登高臺，悠悠送春目」（《古風五十九首》其五十四）出自謝朓《和王著作融八公山詩》：「出沒眺樓雉，遠近送春目。」

　　李白還有一些詩句顯然是參照了謝詩，如「鳴飛滄江流」（《古風五十九首》其四十二）出自謝朓《和徐都曹出新亭渚》：「回瞰蒼江流。」「沿芳戲春洲」（《古風五十九首》其四十二）出自謝朓《晚登三山還望京邑》：「喧鳥覆春洲。」「寡鶴清唳，饑鼯嚬呻」（《鳴皋歌送岑徵君》）出自謝朓《遊敬亭山》：「獨鶴方朝唳，饑鼯此夜啼。」「東崖合沓蔽輕霧」（《當塗趙炎少府粉圖山水歌》）出自謝朓《遊敬亭山》：「合沓與雲齊。」「齊歌空復情」（《沙丘城下寄杜甫》）出自謝朓《同謝諮議詠銅爵臺》：「嬋娟空復情。」「寄爾江南管」（《流夜郎至西塞驛，寄裴隱》）出自謝朓《夜聽妓詩二首》其一：「共命江南管。」「巖居陵丹梯」（《夜泛洞庭，尋裴侍御清酌》）出自謝朓《登山曲》：「遊駕凌丹梯。」「夾道起朱樓」（《金陵三首》其二）出自謝朓《入朝曲》：「迢遞起朱樓。」「舊賞人雖隔，新知樂未疏」（《秋日與張少府、楚城韋公藏書高齋作》）出自謝朓《和劉中書繪入琵琶峽望積布磯詩》：「山川隔舊賞，朋僚多雨散。」「晴天散餘霞」（《落日憶山中》）和「一條江練橫」（《雨後望月》）出自謝朓《晚登三山還望京邑》：「餘霞散成綺，澄江靜如練。」「謬題金閨籍」（《效古二首》其一）出自謝朓《始出尙書省》：「既通金閨籍。」「漢水舊如練，霜江夜清澄」（《秋夜板橋浦泛月獨酌懷謝朓》）出自謝朓《晚登三山還望京邑》：「澄江靜如練。」

　　關於李白對謝朓的推崇，古人多有論述，南宋樓炤曰：「李太白詠『澄江』之句而思其人。」〔註33〕（《樓序》）明梅鼎祚云：「彼太白目無往古，乃獨中好玄暉，不啻其口出。」〔註34〕（《梅序》）張溥道：「李青蓮論詩，目無往古，惟於謝玄暉三四稱服，泛月登樓，篇詠數見，至欲攜之上華山，問青天。余讀青蓮五言詩，情文駿發，亦有似玄暉者，知其興歡難再，誠心儀之，非臨風空憶也。」〔註35〕（《張題辭》）王世貞言：「青蓮目無往古，獨三四稱服，形之詞詠。」〔註36〕（《藝苑卮言‧卷三》）胡應麟稱：「（李）供奉之癖宣城也，以明豔合也。」〔註37〕（《詩藪》外編卷二）

　　李白對謝朓是如此地推崇，以至於道出「宅近青山同謝朓」（《題東谿公幽居》）的心願，希望與謝朓爲鄰，此願終得實現。唐元和十二年（817），在李白去世55年後，宣歙觀察使范傳正應李白孫女之請，據李白「悅謝家青山，有終焉之志」〔註38〕（范傳正《大唐翰林李公新墓碑》）的遺願，同當塗縣令諸葛縱合力將李白墓遷葬於青山之陽。范傳正親自爲新墓撰文，感歎道：「謝家山兮李公墓，異代詩流同此路。」〔註39〕

　　李白和謝朓，這一對文壇巨匠，堪稱異代知己，其詩、其事、其人，已成爲後人嚮往的佳話，故清王士禎《戲仿元遺山論詩絕句》稱：「青蓮才筆九州橫，六代淫哇總廢聲。白紵青山魂魄在，一生低首謝宣城。」〔註40〕青蓮不因低首而減價，宣城卻因青蓮而生輝。

第四節　何遜、陰鏗的山水詩對杜甫的影響

　　相比於李白，「讀書破萬卷，下筆如有神」（《奉贈韋左丞丈》）的杜甫對南朝詩人採取了更爲通脫的辦法：一方面，他表示「恐與齊梁作後塵」（《戲爲六絕句》），對齊、梁詩風綺靡的一面持否定態度；一方面，他又稱「不薄今人愛古人，清詞麗句必爲鄰」、「別裁僞體親風雅，轉益多師是汝師」（《戲

〔註33〕　曹融南《謝宣城集校注》，上海：上海古籍出版社1991年版，第426頁。
〔註34〕　曹融南《謝宣城集校注》，上海：上海古籍出版社1991年版，第428頁。
〔註35〕　曹融南《謝宣城集校注》，上海：上海古籍出版社1991年版，第429頁。
〔註36〕　丁福保《歷代詩話續編》，北京：中華書局1983年版，第996頁。
〔註37〕　（明）胡應麟《詩藪》，北京：中華書局1962年版，第151頁。
〔註38〕　（唐）李白《李太白全集》，北京：中華書局1977年版，第1465頁。
〔註39〕　（唐）李白《李太白全集》，北京：中華書局1977年版，第1468頁。
〔註40〕　（清）王士禎《王士禎詩選》，北京：人民文學出版社2009年版，第106頁。

爲六絕句》），學人所長，取其精華，因此，他能對南朝詩人作出較爲客觀的評價，充分認識到其好的一面，如他稱：「陶謝不枝梧，風騷共推激」（《夜聽許十損誦詩愛而有作》），「熟知二謝將能事，頗學陰何苦用心」（《解悶十二首》其七），「清新庾開府，俊逸鮑參軍」（《春日憶李白》），「庾信文章老更成，凌雲健筆意縱橫」（《戲爲六絕句》），「陰何尚清省」（《秋日夔州詠懷奉寄鄭監李賓客一百韻》），評論陶淵明、大小謝、鮑照、庾信、何遜、陰鏗等人的詩歌特點可謂精準，正如劉熙載云：「少陵於鮑、庾、陰、何，樂推不厭。」〔註41〕（《藝概・詩概》）朱熹稱：「杜子美詩，好者亦多是傚《選》詩。」〔註42〕（《朱子語類・論文下》）馮鍾芸先生在《論杜詩的用字》中也認爲：「杜詩的成功，大半來自學力。」〔註43〕確實，就學習前人、「別裁僞體」、「轉益多師」而言，無人能及杜甫。

　　杜甫有這樣的眼光，因而他能發現聲名、地位都不甚高的何遜、陰鏗，對其作出較高的評價。杜甫指出了何遜、陰鏗詩歌的特點及相似之處，並將二人並稱：「陰、何尚清省。」（《秋日夔州詠懷奉寄鄭監李賓客一百韻》）又在詩中多次提到二人，如「愛酒晉山簡，能詩何水曹」（《北鄰》）、「未如何遜無佳句」（《省中作》）、「東閣官梅動詩興，還如何遜在揚州」（《和裴迪登蜀州東亭送客逢早梅相憶見寄》）、「記室得何遜，韜鈐延子荊」（《八哀詩・贈左僕射鄭國公嚴公武》）、「范雲堪結友」〔註44〕（《別張十三建封》）、「李侯有佳句，往往似陰鏗」（《與李十二白同尋范十隱居》），或論其詩，或談其人，或用其典。在南朝，何遜、陰鏗二人的成就遠不及「大小謝」，杜甫能夠做到「頗學陰何苦用心」（《解悶十二首》其七），著實不易。

一、「頗學陰何苦用心」

　　杜甫與何遜、陰鏗二人有著較爲近似的人生經歷。何、陰二人才華出眾而官職卑微，一生沉淪下流，奔波於江湖之間，因此，二人多行旅之作，在山水描寫中常流露出離別之思和羈旅之情，如何遜稱「我本倦遊客，心念似

〔註41〕　王氣中《藝概箋注》，貴陽：貴州人民出版社1986年版，第188頁。
〔註42〕　（宋）黎靖德《朱子語類》，北京：中華書局1986年版，第3326頁。
〔註43〕　《杜甫研究論文集》（一輯），北京：中華書局1962年版，第216頁。
〔註44〕　此句取范雲與何遜結爲忘年交的典故，據《梁書・何遜傳》：「南鄉范雲見其對策，大相稱賞，因結忘年交好。自是一文一詠，雲輒嗟賞，謂所親曰：『頃觀文人，質則過儒，麗則傷俗；其能含清濁，中今古，見之何生矣。』」

懸旌。聞離常屑涕，是別盡淒清」（《與崔錄西別兼敘攜手》），陰鏗也慨歎「湘水舊言深，征客理難尋。獨愁無處道，長悲不自禁」（《南征閨怨》），這就使得二人的詩歌少虛浮、淺薄之態，而多幽深之致與不平之音，形成情詞宛轉、纏綿多思的特色，正如明陸時雍所言：「何遜詩以本色見佳」，「其探景每入幽微，語氣悠柔，讀之殊不盡纏綿之致。」〔註45〕（《詩鏡・總論》）清張澍亦稱：「陰鏗之體用兼優，神采新澈，辭精意切。」〔註46〕（《竹林詩話》）這對有相似人生經歷的杜甫顯然會產生一定的影響。杜甫一生中的絕大部分時間也是顛沛流離，飽受奔波之苦，他寫詩純爲情感的眞實流露，正如他自己所言：「詩是吾家事，人傳世上情」（《宗武生日》）、「情在強詩篇」（《哭韋大夫之晉》）、「有情且賦詩」（《四松》）、「篋中有舊筆，情至時復援」（《客居》），其詩絕不裝腔作勢，無病呻吟，一字一句都使人倍感親切，即便寫景，也常常融入較常人尤爲深切的情感，「工部的寫景詩，多半是把景做表情的工具」，「每有所作，一定於所詠的景物觀察入微，便把那景物做象徵，從裏頭印出情緒」〔註47〕（梁啓超《情聖杜甫》）。如他的《登高》：「風急天高猿嘯哀，渚清沙白鳥飛回。無邊落木蕭蕭下，不盡長江滾滾來」，「雖然只是寫景，卻有一位老病獨客秋天登高的人在裏頭。便不讀下文『萬里悲秋常作客，百年多病獨登臺』兩句，已經如見其人了」〔註48〕（《情聖杜甫》）。兩相比較，頗可見出其承續和影響。

何遜、陰鏗寫詩的一個重要特點是鍊字琢句，這對杜甫產生了直接的影響。何遜的眾多名句，皆可見其鍊字琢句之工，如「游魚亂水葉，輕燕逐風花」（《贈王左丞》）、「黃鸝隱葉飛，蛺蝶縈空戲」（《石頭答庾郎丹》）、「山煙涵樹色，江水映霞輝」（《日夕出富陽浦口和朗公》）等，故何融謂：「宋齊以還，詞人墨客莫不刻意物色，爭長五字，然求如『池塘生春草』、『澄江靜如練』之句，終不多得。水部於此體會尤深，採得亦獨立。」〔註49〕葉矯然稱：「何仲言體物寫景，造微入妙，佳句開唐人三昧。」〔註50〕（《龍性堂詩話初

〔註45〕 丁福保《歷代詩話續編》，北京：中華書局1983年版，第1409頁。

〔註46〕 （梁）何遜、（陳）陰鏗《何遜集注 陰鏗集注》，天津：天津古籍出版社1988年版，第253頁。

〔註47〕 《杜甫研究論文集》（一輯），北京：中華書局1962年版，第12頁。

〔註48〕 《杜甫研究論文集》（一輯），北京：中華書局1962年版，第12頁。

〔註49〕 轉引自劉暢、劉國珺《何遜集注 陰鏗集注》，天津：天津古籍出版社1988年版，第5頁。

〔註50〕 郭紹虞《清詩話續編》，上海：上海古籍出版社1983年版，第960頁。

集》）陰鏗也是如此，且看其寫景佳句：「行舟逗遠樹，度鳥息危檣」（《渡青草湖》）、「鶯隨入戶樹，花逐下山風」（《開善寺》）、「海上春雲雜，天際晚帆孤」（《廣陵岸送北使》）等，不僅圓美流轉、對仗工整，而且神采新澈，辭精意切。杜甫結合二人的人生經歷和生活情感，深深體悟到了其寫詩之眞味，以「苦」字概之，可謂獨高一籌，他又稱自己「頗學陰何苦用心」（《解悶十二首》其七），學習以苦爲詩之法。他是這樣說的，也是這樣做的：「爲人性僻耽佳句，語不驚人死不休」（《江上值水如海勢，聊短述》）、「賦詩新句穩，不覺自長吟」（《長吟》）、「陶冶性靈存底物，新詩改罷自長吟」（《解悶》），「曰『語不驚人死不休』，可見其力求警策，脫棄凡近。曰『新句穩』，曰『自長吟』，曰『苦用心』，可見其用力之勤，語語皆由自己反覆體察中完成」〔註51〕（李廣田《杜甫的創作態度》），杜甫稱何遜、陰鏗作詩「苦用心」，他又何嘗不是如此呢。至於他詩中經苦心錘鍊而吟詠出的寫景佳句，更是數不勝數，如「細雨魚兒出，微風燕子斜」（《水檻遣興》）、「江碧鳥逾白，山青花欲燃」（《絕句二首》）、「清江一曲抱江流，長夏江村事事幽」（《江村》）、「星垂平野闊，月湧大江流」（《旅夜抒懷》）、「錦江春色來天地，玉壘浮雲變古今」（《登樓》）、「穿花蛺蝶深深見，點水蜻蜓款款飛」（《曲江》）、「兩個黃鸝鳴翠柳，一行白鷺上青天。窗含西嶺千秋雪，門泊東吳萬里船」（《絕句》）……眞可謂「青出於藍而勝於藍」。杜甫的創作態度顯然與何遜、陰鏗是一致的。

二、何遜山水詩對杜甫的影響

何遜今存山水詩只有 16 首，但寫景佳句較多。杜甫採用何遜寫景佳句入詩，前人多有論述。宋黃伯思云：「集中若『團團月隱洲』，『輕燕逐風花』，『遠峰平沙合，連山遠霧浮』，『岸花臨水發，江燕繞檣飛』，『游魚上急瀨』，『薄雲巖際宿』等語，子美皆採爲己句，但小異耳。故曰『能詩何水曹』，信非虛賞。」〔註52〕（《東觀餘論・卷下》）明張溥道：「少陵佳句，多從仲言脫出。」〔註53〕（《漢魏六朝百三家集題辭》）杜甫是如何裁剪何遜的佳句入詩的呢？試比較下面幾組詩聯：

〔註51〕　《杜甫研究論文集》（一輯），北京：中華書局 1962 年版，第 189 頁。
〔註52〕　（宋）黃伯思《東觀餘論》，北京：人民美術出版社 2010 年版，第 126 頁。
〔註53〕　（明）張溥《漢魏六朝百三家集題辭注》，北京：人民文學出版社 1981 年版，第 254 頁。

> 薄雲巖際出，初月波中上。（何遜《入西塞示南府同僚》）
> 薄雲巖際宿，孤月浪中翻。（杜甫《宿江邊閣》）
> 野岸平沙合，連山近霧浮。（何遜《慈姥磯》）
> 遠岸秋沙白，連山晚照紅。（杜甫《秋野五首》其四）
> 岸花臨水發，江燕遶檣飛。（何遜《贈諸遊舊》）
> 岸花飛送客，檣燕語留人。（杜甫《發潭州》）

從詩句的結構和意象上，都可明顯地看出杜甫是化用了何詩，不過杜甫不是一字不換地完全照搬，而是稍作裁剪，化爲了己出。類似的句子還有一些，如其「獨鶴歸何晚，昏鴉已滿林」（《野望》）、「獨鶴不知何事舞，饑烏似欲向人啼」（《野望》）兩聯出自何遜《日夕出富陽浦口和朗公》：「獨鶴凌空逝，雙鳧出浪飛。」「遠鷗浮水靜，輕燕受風斜」（《春歸》）出自何遜《贈王左丞》：「游魚亂水葉，輕燕逐風花。」「淅淅風生砌，團團日隱牆」（《薄遊》）出自何遜《日夕望江山贈魚司馬》：「的的帆向浦，團團月映洲。」「漁舟上急水」（《初冬》）、「猶聞上急水」（《寄韋有夏郎中》）出自何遜《南還道中送贈劉諮議別》：「游魚上急水，獨鳥赴行楂。」「蛺蝶飛來黃鸝語」（《白絲行》）出自何遜《石頭答庾郎丹》：「黃鸝隱葉飛，蛺蝶縈空戲。」「白馬嚼齧黃金勒」（《哀江頭》）出自何遜《擬輕薄篇》：「白馬黃金飾。」「寒輕市上山煙碧，日滿樓前江霧黃」（《十二月一日三首》其二）出自何遜《日夕出富陽浦口和朗公》：「山煙涵樹色，江水映霞暉。」「飲馬寒塘流」（《發秦州》）出自何遜《與胡興安夜別》：「露濕寒塘草，月映清淮流。」「還家少歡趣」（《哀江頭》）出自何遜《擬輕薄篇》：「幽居乏歡趣。」「惡風白浪何嗟及」（《溓陂行》）出自何遜《宿南洲浦》：「浪白風初起。」「隔葉黃鸝空好音」（《蜀相》）、「紫燕時翻翼，黃鸝不露身」（《柳邊》）出自何遜《石頭答庾郎丹》：「黃鸝隱葉飛，蛺蝶縈空戲。」「相親相近水中鷗」（《江村》）出自何遜《詠白鷗兼嘲別者》：「可憐雙白鷗，朝夕水上游。」「江船火獨明」（《春夜喜雨》）出自何遜《敬酬王明府》：「澄江照遠火，夕霞隱連檣。」「捲簾殘月影」（《客夜》）出自何遜《送韋司馬別詩》：「簾中看月影。」「朝光入甕牖」（《晦日尋崔戢、李封》）出自何遜《嘲劉郎》：「窗戶映朝光。」「驛樓衰柳側，縣郭輕煙畔」（《通泉驛南去通泉縣十五里山水作》）出自何遜《落日前墟望贈范廣州雲》：「輕煙澹柳色。」

　　而據宋黃伯思《跋〈何水曹集〉後》稱：「少陵所引『昏鴉接翅歸』、『金

『粟裏搔頭』等語而此集無有，猶當有軼者。」〔註54〕證明至宋代時，杜甫所引部分何詩已經從何集中佚失，則杜甫引何遜句入詩的情形還有更多。

杜甫化用何詩，有時並非擬其句，而是取其意，往往能達到使人不覺的地步，如：

> 山鶯空曙響，隴月自秋暉。（何遜《行經孫氏陵》）

> 映階碧草自春色，隔葉黃鸝空好音。（杜甫《蜀相》）

乍一見，二聯似乎並無聯繫，但仔細分析其意，何詩抒發懷古幽思，縈繞襟懷，令人頓生物換星移、盛衰無常之歎，杜詩則表現了江山依舊、人事已非的悵惘及對英雄的敬仰，兩詩形不似而神似，「空」和「自」二字成為其連接的關鍵。類似的情形，還有一些，如杜甫「五陵花滿眼，傳語故鄉春」（《贈別何邕》）、「眼見客愁愁不醒，無賴春色到江亭」（《登樓》）、「絕知春意好，最奈客愁何」（《江梅》）與何遜「春芳空悅目，遊客反傷情。鄉園不可見，江水獨自清」（《春暮喜晴酬袁戶曹苦雨》），杜甫「浮客轉危坐，歸舟應獨行」（《玩月呈漢中王》）與何遜「客心愁日暮，徙倚空望歸」（《日夕出富陽浦口和朗公》），杜甫「故人入我夢，明我長相憶」、「三夜頻夢君，情親見君意」（《夢李白二首》）與何遜「客心驚夜魂，言與故人同」（《夜夢故人》）。

清葉燮《原詩》曰：「杜甫之詩，包源流，綜正變，自甫以前，如漢、魏之渾樸古雅，六朝之藻麗穠纖，澹遠韶秀，甫詩無一不備。然出於甫，皆甫之詩，無一字句為前人之詩也。」〔註55〕指出杜甫裁剪他人之詩如同己出，其中一個重要的表現便是不用他人詩句，而只是採用其詩中的字詞意象，作為自身詩的材料。他對何遜詩歌也是如此，如：「沄流何處入」（《崔駙馬山亭宴集》）中的「沄流」出自何遜《渡連圻詩二首》其一：「沄流自洄紆。」「礌硉共充塞」（《三川觀水漲二十韻》）中的「礌硉」出自何遜《和劉諮議守風》：「硉礌沖波白。」「西嶽峻嶒竦處尊」（《望嶽》）中的「峻嶒」出自何遜《渡連圻詩二首》其一：「絕壁駕峻嶒。」「戍鼓斷人行」（《月夜憶舍弟》）、「柴門密掩斷人行」（《三絕句》其三）中的「斷人行」出自何遜《閨怨詩二首》：「閨閣行人斷。」

杜甫是如此自如地大量化用何遜詩句，足見何遜詩對其影響之大了。

〔註54〕 李伯齊《何遜集校注》，濟南：齊魯書社1988年版，第356頁。
〔註55〕 丁福保《清詩話》，上海：上海古籍出版社1978年版，第569～570頁。

三、陰鏗山水詩對杜甫的影響

杜甫稱「李侯有佳句，往往似陰鏗」（《與李十二白同尋范十隱居》），人們多不以爲然。其實，陰鏗的詩裏多有壯闊之氣，頗有啓太白之先聲的意味，如：「新宮實壯哉，雲裏望樓臺」（《新成安樂宮》），「江陵一柱觀，潯陽千里潮」（《和登百花亭懷荊楚》），「高岷長有雪，陰棧屢經燒」（《蜀道難》），「大江靜猶浪，扁舟獨且征」（《和傅郎歲暮還湘洲》），「跨波連斷岸，接路上危樓」（《渡岸橋》），「紫臺高不極，清溪千仞餘」（《遊始興道館》），「八川奔巨壑，萬頃溢澄陂」（《閒居對雨》），「大江一浩蕩，離悲足幾重」（《晚出新亭》），「遙憐一柱觀，欲輕千里風」（《晚泊五洲》），「洞庭春溜滿，平湖錦帆張」（《渡青草湖》），李白甚至直接引用陰詩，如其《宮中行樂詞八首》其二：「柳色黃金嫩，梨花白雪香。」實爲陰鏗的佚詩。就這點而言，陰鏗與以寫景之細膩、精緻的南朝諸人頗爲不同。杜甫正是看出了陰詩的這個特點，才對其作出極高評價的。

陰鏗的山水詩對杜甫的影響，首先表現在杜甫對其詩句的直接引用上，且看下面三組詩句：

> 薄雲巖際出，初月浪中生。（陰鏗《入西塞示南府同僚》）
> 薄雲巖際宿，孤月浪中翻。（杜甫《宿江邊閣》）

> 秦川風物異，不與故園同。（陰鏗《佚詩》）
> 年年小搖落，不與故園同。（杜甫《大曆二年九月三十日》）

> 大江靜猶浪。（陰鏗《和傅郎歲暮還湘洲》）
> 江流靜猶湧。（杜甫《晚登瀼上堂》）

每一組之間，除了個別字不同外，全句基本一致，被引用的痕跡非常明顯。

杜甫用陰詩的情形極爲多樣，有時將其句意略加調整，化作己句，如陰鏗《渡青草湖》：「平湖錦帆張。」杜甫用作：「主人錦帆相爲開。」（《美陂行》）陰鏗《渡青草湖》：「映日動浮光。」杜甫用作：「皛皛行雲浮日光。」（《即事》）陰鏗《廣陵岸送北使》：「檣轉向風鳥。」杜甫用作：「燕子逐檣鳥。」（《大曆三年春白帝城放船出瞿塘峽久居夔府將適江陵漂泊有詩凡四十韻》）陰鏗《開善寺》：「花逐下山風。」杜甫用作：「雲逐渡溪風。」（《秦州雜詩二十首》其二）有時將兩句合爲一句用，如陰鏗《侯司空宅詠妓》：「鶯啼歌扇後，花落舞衫前。」杜甫用作：「燕蹴飛花落舞筵。」（《城西陂泛舟》）或兩聯合爲一聯，如陰鏗《渡青草湖》：「洞庭春溜滿，平湖錦帆張。沅水桃花色，湘流杜

若香。」杜甫用作:「春岸桃花水,雲帆楓樹林。」(《南征》)有時又將一句用作兩句,如陰鏗《佚詩》:「猿掛入櫩枝。」杜甫用作:「嫋嫋啼虛壁,蕭蕭掛冷枝。」(《猿》)

而杜甫化用陰詩最爲精彩的,還是其「明朝有封事,數問夜如何」(《春宿左省》),用的是陰鏗「勞者時歌榜,愁人數問更」(《五洲夜發》)語意,一刻畫朝中將受封者,一刻畫舟中客子,其企盼和焦急等待的神情都被描述得活靈活現。

另外,杜甫對陰詩中個別意象的使用,也可見出陰鏗對他的影響。這集中表現在一個「逗」字上。在詩中,陰鏗不是第一個使用「逗」字的人,但將「逗」字用活、用得最爲精彩的卻是他,且看其名句:「行舟逗遠樹。」(《渡青草湖》)將舟似止而猶行、雖動而若靜的情形,刻畫得極爲形象,而洞庭湖之浩淼、行旅之艱難也盡含其中。除杜甫外,盛唐諸人似乎並未意識到此語之妙,李白、王維、高適、岑參詩中都不曾使用「逗」字,孟浩然使用了一次:「海行信風帆,夕宿逗雲島。」(《宿天台桐柏觀》)但語意較一般。而杜甫卻使用了三次,除「逗留熱爾腸」(《送重表姪王砅評事使南海》)較爲一般外,另外兩句「遠逗錦江波」(《懷錦水居止二首》其一)、「殘生逗江漢」(《將別巫峽,贈南卿兄瀼西果園四十畝》)與陰詩意境完全一致。

陰鏗對杜甫的影響,前人亦多有論述,如清李調元稱:「陳則以陰鏗爲第一,琢句之工,開杜子美一派。」〔註56〕(《雨村詩話·卷下》)清黃子雲道:「子堅承齊、梁頹靡之習,而能獨運匠心,扶持正始,浣花近體以及詠物都從此脫化。」〔註57〕(《野鴻詩的》)認爲陰鏗在鍊字琢句、詩歌風格乃至格律等方面,對杜甫都產生了較大的影響。

〔註56〕 郭紹虞《清詩話續編》,上海:上海古籍出版社 1983 年版,第 1524 頁。
〔註57〕 丁福保《清詩話》,上海:上海古籍出版社 1978 年版,第 862 頁。

餘　論

　　本書通過對南朝山水文學的發生背景、發展新變、所描寫山水的地域性、山水文學作品的美學特徵、南朝山水文學對北朝以及盛唐文學的影響等部分的論述，對南朝山水文學作了較爲系統的研究。但因篇幅所限，有些章節未能全面展開，故在此略作補充。

　　第一章論南朝山水文學發生的背景，前人論述頗多，東晉偏安的政局，文人苟安的心態，談玄、隱逸、採藥的風尙，佛教，上巳節踏青習俗，江南山水的薰陶，公讌詩、遊仙詩、招隱詩、玄言詩、抒情小賦等，都或多或少地影響到山水文學的產生。若全部加以論述，難度較大，也無必要。因此，筆者只擇取了其中較爲直接而重要的三點加以論述：山水文學自身的發展背景；中國隱逸文化背景；東晉文人的談玄之風。對每一點，則盡可能全面展開，力求對其作較爲深入的論述，當然，論述過程中也提及東晉偏安的政局、文人苟安的心態、江南山水、抒情小賦等，但並未較多地展開。

　　第二章論南朝山水文學的新變，展示了南朝山水文學變化和發展的趨勢，並對各個階段山水文學總的特點作了詳細分析。需要說明的是，四個階段之間並非完全按時間的先後而依次變化，此消彼長，「謝靈運等人以自然情趣入山水」、「謝朓等人以羈旅情懷入山水」、「蕭綱等人以閒情入山水」這三節的時間脈絡較爲清晰，而「吳均等人以隱逸情趣入山水」則在時間上與「蕭綱等人以閒情入山水」大致平行。此外，每一類風格的山水文學在主潮期到來之前，都有一個漸進的過程，而不會突然興起；而每一類風格的山水文學在主潮期過後，也不會立即消止，而總會有餘波，如羈旅類山水文學，在齊代謝朓等永明文人筆下，呈一時之興，但在梁、陳，依然有較大影響，出現

了著名詩人何遜和陰鏗。就同一個作家而言，他會以一種風格的山水文學為主，但並不排除同時有其它類型的作品，甚至是經典作品，如謝朓是羈旅類山水文學的引領者，但他也創作了頗有大謝風格的經典詩歌《遊敬亭山》。

第三章論南朝山水文學的地域性特徵，提煉了「江南山水」、「荊山楚水」、「湖湘山水」、「匡廬山水」這四大山水意象。其實，在南朝文人筆下，當時嶺南、劍南山水也有反映，如謝靈運《嶺表賦》、江總《秋日登廣州城南樓》吟詠的便是嶺南山水，但作品不多、意象不鮮明，無法與那四大山水意象相比。而這四大山水意象，儘管有著各自的特點，如江南明秀，荊楚奇絕，湖湘多神仙傳說，匡廬一山獨秀，但它們在總體上有一些共同特點——「靈」和「秀」，呈現出較為明顯的南國風味，這是因為四地有著較為接近的氣候、地理等自然環境，以及荊楚、吳越文化同屬南方文化，大同而小異。

第四章論南朝山水文學的美學特徵，主要對情景交融、時空意識、虛實相生、以悟入詩、經典意象等進行了分析。它們有一些交合的部分，如景和情，景是實，而很多時候情即是虛；再如時空，山水文學中有一些時空往往被省略，這被省略的部分即是虛境，需要讀者的想像和聯想。南朝文人筆下的經典意象，其實還有一些，如「蟬噪」、「鳥鳴」、「歸舟」、「遠樹」、「棹歌」等，限於篇幅，未能一一展示。當然，南朝文人對這些藝術手法的運用普及型不一，總體而言，情景交融、時空意識、以悟入詩運用得較為普遍，而對虛實的使用則往往限於少數作家。

第五章論南朝山水文學的影響，只具體分析了四個有一定代表性的點：南朝文學對北朝的影響，對盛唐山水田園詩派的影響，謝靈運、謝朓山水詩對李白的影響，何遜、陰鏗山水詩對杜甫的影響。而要將南朝山水文學對歷代的影響作全面論述，簡直就是一項浩大的工程，絕非一個章節所能完成。南朝山水作家對後世文人影響的例子，其實很多，陶淵明的田園詩對蘇東坡的影響，謝靈運、謝朓的山水詩對唐大曆詩人的影響，蕭綱、蕭繹對明袁宏道的影響等，都是值得論述的。如大曆詩人推重「二謝」，學習其描寫自然山水時清麗秀美、精巧典雅的特點，且在詩中有明確表示，如「芙蓉洗清露，願比謝公詩」（錢起《奉和王相公秋日戲贈元校書》）、「願同詞賦客，得興謝家深」（盧綸《題李沆林園》）、「君到新林江口泊，吟詩應賞謝玄暉」（韓翃《送客還江東》）、「若出敬亭山下作，何人敢和謝玄暉」（耿湋《賀李觀察禱河神降雨》）等。

　　值得一提的是，筆者從《藝文類聚》、《初學記》、《太平御覽》等唐宋人
類書中輯錄出較多資料，它們有著較高的藝術性和研究價值，儘管本書已在
第二章第一節、第五章第一節中作了一些論述，但限於篇幅，並未充分展開。
這些數量較多、有著較高藝術性的地記山水描寫，頗值得單獨研究。

主要徵引及參考文獻

一、古籍類

1、經部

1. 李學勤主編《十三經注疏》（標點本），北京：北京大學出版社 1999 年版。
2. 黃壽祺、張善文譯注《周易譯注》，上海：上海古籍出版社 1989 年版。
3. （宋）朱熹注《詩經集傳》，上海：上海古籍出版社 1987 年版。
4. （漢）韓嬰撰、許維遹校釋《韓詩外傳集釋》，北京：中華書局 1980 年版。
5. 陳澔注《禮記》，上海：上海古籍出版社 1987 年版。
6. 楊伯峻譯注《論語》，北京：中華書局 1980 年版。
7. 金良年譯注《孟子譯注》，上海：上海古籍出版社 2004 年版。

2、史部

1. （漢）司馬遷撰《史記》，北京：中華書局標點本 1982 年版。
2. （漢）班固《漢書》，北京：中華書局標點本 1962 年版。
3. （南朝宋）范曄撰《後漢書》，北京：中華書局標點本 1965 年版。
4. （晉）陳壽撰、（南朝宋）裴松之注、盧守助校點《三國志》，上海：上海古籍出版社 2002 年版。
5. （唐）房玄齡等撰《晉書》，北京：中華書局標點本 1974 年版。
6. （梁）沈約撰《宋書》，北京：中華書局標點本 1974 年版。
7. （梁）蕭子顯撰《南齊書》，北京：中華書局標點本 1972 年版。
8. （唐）姚思廉撰《梁書》，北京：中華書局標點本 1973 年版。

9. （唐）姚思廉撰《陳書》，北京：中華書局標點本 1972 年版。

10. （北齊）魏收撰《魏書》，北京：中華書局標點本 1974 年版。

11. （唐）李百藥撰《北齊書》，北京：中華書局標點本 1972 年版。

12. （唐）令狐德棻等撰《周書》，北京：中華書局標點本 1971 年版。

13. （唐）李延壽撰《南史》，北京：中華書局標點本 1975 年版。

14. （唐）李延壽撰《北史》，北京：中華書局標點本 1974 年版。

15. （唐）魏徵撰《隋書》，北京：中華書局標點本 1973 年版。

16. （後晉）劉昫等撰《舊唐書》，北京：中華書局標點本 1975 年版。

17. （宋）司馬光撰《資治通鑒》，北京：中國文史出版社 2005 年版。

18. 袁珂校注《山海經校注》，上海：上海古籍出版社 1980 年版。

19. （北魏）酈道元撰、（清）王國維校《水經注校》，上海：上海人民出版社 1984 年版。

20. （唐）馮贄撰《雲仙雜記》，北京：中華書局 1985 年版。

21. （明）蔣鐄撰《九疑山志兩種·炎陵志》，長沙：嶽麓書社 2008 年版。

22. （清）顧祖禹撰，賀次君、施和金點校《讀史方輿紀要》，北京：中華書局 2005 年版。

23. （清）劉獻廷撰，汪北平、夏志和標點《廣陽雜記》，北京：中華書局 1957 年版。

3、子部

1. （戰國）莊子撰、（清）郭慶藩集釋《莊子集釋》，北京：中華書局 2004 年版。

2. （漢）劉向撰、向宗魯校正《說苑校證》，北京：中華書局 1987 年版。

3. （南朝宋）劉義慶撰、（梁）劉孝標注、余嘉錫箋疏《世說新語箋疏》，北京：中華書局 1983 年版。

4. （北魏）顏之推撰、王利器集解《顏氏家訓集解》，上海：上海古籍出版社 1980 年版。

5. （唐）歐陽詢撰《藝文類聚》，北京：中華書局 1982 年版。

6. （唐）徐堅撰《初學記》，北京：中華書局 1962 年版。

7. （宋）李昉撰《太平御覽》，北京：中華書局 1960 年版。

8. （宋）黃伯思撰、李萍點校《東觀餘論》，北京：人民美術出版社 2010 年版。

9. （宋）胡仔纂集、廖德明校點《苕溪漁隱叢話》，北京：人民文學出版社 1962 年版。

10.（宋）洪邁撰《容齋隨筆五集》，商務印書館 1959 年版。

11.（宋）黎靖德《朱子語類》，北京：中華書局 1986 年版。

12.（清）方東樹撰、汪紹楹校點《昭昧詹言》，北京：人民文學出版社 1961 年版。

4、集部

1. 董楚平《楚辭譯注》，上海：上海古籍出版社 1986 年版。

2.（南朝宋）謝靈運撰、葉笑雪選注《謝靈運詩選》，上海：古典文學出版社 1957 年版。

3.（南朝宋）謝靈運撰、顧紹伯校注《謝靈運集校注》，鄭州：中州古籍出版社 1987 年版。

4.（南齊）謝朓撰、曹融南校注《謝宣城集校注》，上海：上海古籍出版社 1991 年版。

5.（梁）蕭統編、（唐）李善注《文選》，上海：上海古籍出版社 1986 年版。

6.（梁）何遜撰、李伯齊校注《何遜集校注》，北京：中華書局 2010 年版。

7.（梁）何遜、（陳）陰鏗撰，劉暢、劉國珺注《何遜集注 陰鏗集注》，天津：天津古籍出版社 1988 年版。

8.（北周）庾信撰、（清）倪璠注《庾子山集注》，北京：中華書局 1980 年版。

9.（明）鍾惺、譚元春《詩歸》，武漢：湖北人民出版社 1985 年版。

10.（明）張溥撰、殷孟倫注《漢魏六朝百三家集題辭注》，北京：人民文學出版社 1981 年版。

11.（清）王夫之撰，李中華、李利民校點《古詩評選》，上海：上海古籍出版社 2011 年版。

12.（清）王士禎選、（清）聞人倓箋《古詩箋》，上海：上海古籍出版社 1980 年版。

13.（清）陳祚明評選、李金松點校《采菽堂古詩選》，上海：上海古籍出版社 2008 年版。

14.（清）沈德潛評選《古詩源》，北京：中華書局 1963 年版。

15.（清）嚴可均輯《全上古三代秦漢三國六朝文》，北京：中華書局 1958 年版。

16. 逯欽立輯《先秦漢魏晉南北朝詩》，北京：中華書局 1983 年版。

17.（唐）孟浩然撰、佟培基箋注《孟浩然集箋注》，上海：上海古籍出版社 2000 年版。

18.（唐）王維撰、陳鐵民校注《王維集校注》，北京：中華書局 1997 年版。

19.（唐）李白撰、（清）王琦注《李太白全集》，北京：中華書局 1977 年版。

20.（唐）杜甫撰、（清）仇兆鰲注《杜詩詳注》，北京：中華書局 1979 年版。

21.（唐）白居易撰、顧學頡校點《白居易集》，北京：中華書局 1979 年版。

22.（宋）郭茂倩編《樂府詩集》，上海：上海古籍出版社 1998 年版。

23.（清）王士禎撰、趙伯陶選注《王士禎詩選》，北京：人民文學出版社 2009 年版。

24.（梁）劉勰撰、范文瀾注《文心雕龍注》，北京：人民文學出版社 1958 年版。

25.（梁）鍾嶸撰、曹旭箋注《詩品箋注》，上海：上海古籍出版社 2009 年版。

26.（宋）歐陽修等撰，《六一詩話 白石詩說 滹南詩話》，北京：人民文學出版社 1962 年版。

27.（宋）嚴羽撰、郭紹虞校釋《滄浪詩話》，北京：人民文學出版社 1983 年版。

28.（明）都穆撰《南濠詩話》，北京：中華書局 1985 年版。

29.（明）謝榛、（清）王夫之撰，宛平、舒蕪校點《四溟詩話 薑齋詩話》，北京：人民文學出版社 1961 年版。

30.（明）胡應麟撰《詩藪》，北京：中華書局 1962 年版。

31.（明）許學夷撰、杜維沫校點《詩源辯體》，北京：人民文學出版社 1987 年版。

32.（清）何文煥輯《歷代詩話》，北京：中華書局 1981 年版。

33.（清）丁福保輯《歷代詩話續編》，北京：中華書局 1983 年版。

34.（清）丁福保輯《清詩話》，上海：上海古籍出版社 1978 年版。

35.（清）葉燮撰，孫之梅、周芳批註《原詩》，南京：鳳凰出版社 2010 年版。

36.（清）王士禎撰、張宗柟纂集、戴鴻森校點《帶經堂詩話》，北京：人民文學出版社 1982 年版。

37.（清）洪亮吉撰、陳邇冬校點《北江詩話》，北京：人民文學出版社 1983 年版。

38.（清）劉熙載撰、王氣中箋注《藝概箋注》，貴陽：貴州人民出版社 1986 年版。

39.（清）況周頤、王國維撰，王幼安校訂《蕙風詞話 人間詞話》，北京：人民文學出版社 1982 年版。

40.（清）王國維、周錫山編校《王國維文學美學論著集》，太原：北嶽文藝出版社 1987 年版。

41. 郭紹虞編選、富壽蓀校點《清詩話續編》，上海：上海古籍出版社 1983 年版。

二、近、今人論著

1. 鄭振鐸撰《插圖本中國文學史》，北京：人民文學出版社 1957 年版。
2. 《杜甫研究論文集》（一輯），北京：中華書局 1962 年版。
3. 北京大學中國文學史教研室《魏晉南北朝文學史參考資料》，中華書局 1962 年版。
4. 錢鍾書著《管錐編》，北京：中華書局 1979 年版。
5. 朱光潛著《朱光潛美學文集》，上海文藝出版社 1982 年版。
6. 王瑤著《中古文學史論集》，上海：上海古籍出版社 1982 年版。
7. （日）小尾郊一著《中國文學中所表現的自然與自然觀》，上海：上海古籍出版社 1982 年版。
8. 朱光潛著《詩論》，北京：三聯書店 1984 年版。
9. 王國瓔著《中國山水詩研究》，臺北：聯經出版事業公司 1986 年版。
10. 馬積高著《賦史》，上海：上海古籍出版社 1987 年版。
11. 陳橋驛著《水經注研究二集》，太原：山西人民出版社 1987 年版。
12. 葦鳳娟、陶文鵬、石昌渝著《新編中國文學史》，北京：人民教育出版社 1989 年版。
13. 丁成泉著《中國山水詩史》，武漢：華中師範大學出版社 1990 年版。
14. 李文初著《中國山水詩史》，廣州：廣東高等教育出版社 1991 年版。
15. 鄭賓于著《中國文學新變史》，鄭州：中州古籍出版社 1991 年版。
16. 何新文著《中國賦論史稿》，北京：開明出版社 1993 年版。
17. 茆家培、李子龍主編《謝朓與李白研究》，北京：人民文學出版社 1995 年版。
18. 曾大興著《中國歷代文學家之地理分佈》，武漢：湖北教育出版社 1995 年版。
19. 聞一多著《唐詩雜論 詩與批評》，北京：中華書局 1996 年版。
20. 羅宗強著《魏晉南北朝文學思想史》，北京：中華書局 1996 年版。
21. 曹道衡、沈玉成著《中國文學家辭典·先秦漢魏晉南北朝卷》，北京：中華書局 1996 年版。
22. 曹道衡著《南朝文學與北朝文學研究》，南京：江蘇古籍出版社 1998 年版。
23. 曹道衡、沈玉成著《南北朝文學史》，北京：人民文學出版社 1998 年版。
24. 袁行霈主編《中國文學史》，北京：高等教育出版社 1999 年版。
25. 閻鳳梧、康金聲主編《全遼金詩》，太原：山西古籍出版社 1999 年版。

26. 戴建業著《澄明之境——陶淵明新論》，武漢：華中師範大學出版社 1999 年版。

27. 郁沅、張明高編《魏晉南北朝文論選》，北京：人民文學出版社 1999 年版。

28. 於浴賢著《六朝賦述論》，保定：河北大學出版社 1999 年版。

29. 王兆鵬主編《中國古代文學作品選》，武漢：武漢出版社 2003 年版。

30. 陳順智著《東晉玄言詩派研究》，武漢：武漢大學出版社 2003 年版。

31. 丁成泉著《中國山水田園詩集成》，武漢：華中師範大學出版社 2003 年版。

32. 劉士林著《江南文化的詩性闡釋》，上海：上海音樂學院出版社 2003 年版。

33. 曹虹、程章燦編《程千帆推薦古代辭賦》，揚州：廣陵書社 2004 年版。

34. 胡國瑞著《魏晉南北朝文學史》，上海：上海文藝出版社 2004 年版。

35. 陶文鵬、韋鳳娟著《靈境詩心——中國古代山水詩史》，南京：鳳凰出版社 2004 年版。

36. 章培恒、駱玉明主編《中國文學史》，上海：復旦大學出版社 2004 年版。

37. 詹福瑞著《南朝詩歌思潮》，保定：河北大學出版社 2005 年版。

38. 胡曉明著《萬川之月——中國山水詩的心靈境界》，北京：北京大學出版社 2005 年版。

39. 余恕誠、周嘯天、丁放著《詩情畫意的安徽》，合肥：安徽大學出版社 2005 年版。

40. 劉大杰著《中國文學發展史》，上海：復旦大學出版社 2006 年版。

41. 王凱著《自然的神韻——道家精神與山水田園詩》，北京：人民出版社 2006 年版。

42. 林庚著《中國文學簡史》，北京：北京大學出版社 2007 年版。

43. 王立群著《中國古代山水遊記研究》，北京：中國社會科學出版社 2008 年版。

44. 薛富興著《山水精神——中國美學史文集》，天津：南開大學出版社 2009 年版。

45. 宗白華著《美議》，北京：北京大學出版社 2010 年版。

46. 趙逵夫、湯斌評注《歷代賦評注·南北朝卷》，成都：巴蜀書社 2010 年版。

47. 朱立元主編《美學大辭典》，上海：上海辭書出版社 2010 年版。

48. 何新文、蘇瑞隆、彭安湘著《中國賦論史》，北京：人民出版社 2012 年版。

49. 曾大興著《文學地理學研究》，北京：商務印書館 2012 年版。

50. 楊義《文學地理學會通》，北京：中國社會科學出版社 2013 年版。

51. 梅新林《中國文學地理形態與演變》，上海：上海人民出版社 2014 年版。

三、論文

1、期刊論文

1. 朱光潛《山水詩與自然美》，《文學評論》1960 年第 6 期。

2. 曹道衡《也談山水詩的形成與發展》，《文學評論》1961 年第 2 期。

3. 林庚《山水詩是怎樣產生的》，《文學評論》1961 年第 3 期。

4. 朱金城、朱易安《〈昭明文選〉與唐代文學》，《文學評論》1985 年第 6 期。

5. 何新文《賦家之心 苞括宇宙——論漢賦以「大」爲美》，《文學遺產》1986 年第 1 期。

6. 裴斐《李白與魏晉南北朝時期詩人》，《文學遺產》1986 年第 1 期。

7. 曹旭《論宮體詩的審美意識新變》，《文學遺產》1988 年第 6 期。

8. 周勳初《論謝靈運山水文學的創作經驗》，《文學遺產》1989 年第 5 期。

9. 吳承學《江山之助——中國古代文學地域風格論初探》，《文學評論》1990 年第 2 期。

10. 王立群《晉宋地記與山水散文》，《文學遺產》1991 年第 1 期。

11. 陳貽焮《評葛曉音的〈山水田園詩派研究〉》，《文學評論》1993 年第 4 期。

12. 吳功正《六朝隱逸情調與美學風貌》，《江漢論壇》1994 年第 8 期。

13. 高小康《永嘉東渡與中國文藝傳統的蛻變》，《文學評論》1996 年第 4 期。

14. 王力堅《性靈、佛教、山水——南朝文學的新考察》，《海南師範學院學報·哲社版》2000 年第 1 期。

15. 佘大平《謝靈運山水詩的旅遊美學意境》，《東南大學學報·哲社版》2001 年第 2 期。

16. 魏耕原《謝朓山水詩審美時空的拓展》，《文學遺產》2001 年第 4 期。

17. 張伯良《魏晉南北朝山水詩的醞釀、形成和發展》，《江南大學學報·人文社科版》2002 年第 4 期。

18. 徐少舟《宋玉：獨絕千古的悲秋之祖》，《江漢論壇》2003 年第 11 期。

19. 楊義《重繪中國文學地圖與中國文學的民族學、地理學問題》，《文學評論》2005 年第 3 期。

20. 劉強《曲水緣何能賦詩——兼及山水詩的形成》,《古典文學知識》2006 年第 4 期。

21. 劉躍進《江南的開發及其文學的發軔》,《文學遺產》2007 年第 3 期。

22. 王偉萍《藥與魏晉南北朝山水詩之關係》,《上海師範大學學報‧哲社版》2007 年第 1 期。

23. 王娟俠、楊遇春《略論南北朝地志的山水化和文學化》,《樂山師範學院學報》2007 年第 6 期。

24. 程淑彩《謝靈運山水詩語言形態分析》,《河北師範大學學報‧哲社版》2008 年第 1 期。

25. 李豔敏《「重道」與「重情」——從謝靈運到謝朓看南朝文學批評意識的嬗變》,《南京理工大學學報‧社科版》2008 年第 3 期。

26. 姜劍雲、王嚴峻《「巧似」抑或「自然」——謝靈運山水詩藝術特徵辨說》,《山西大學學報‧哲社版》2009 年第 2 期。

27. 郭福平《「人的覺醒」語境下的謝靈運山水詩創作》,《貴州大學學報‧社科版》2009 年第 3 期。

28. 趙沛霖《南朝山水詩的美學特徵及其貢獻》,《文學遺產》2009 年第 5 期。

29. 渠曉雲《謝康樂體論析——以謝詩中對「水」的描畫爲例》,《江西社會科學》2009 年第 6 期。

30. 崔向榮、魏中林《元嘉詩歌新變背景下山水詩的賦法意識與實踐》,《暨南學報‧哲社版》2010 年第 2 期。

31. 時國強《玄學在謝靈運山水詩中的作用》,《船山學刊》2010 年第 3 期。

32. 劉育霞、孫力平《論謝靈運山水詩用典的特色及意義》,《南昌大學學報‧人文社科版》2010 年第 4 期。

33. 納秀豔《論南朝山水詩的形態特徵》,《青海師範大學學報‧哲社版》2010 年第 4 期。

34. 羅時進《揮毫當得江山助——古代山水詩的演進及其體格再議》,《古典文學知識》2011 年第 5 期。

35. 趙嬋媛《劉宋一代滋生山水情節的佛教淵源》,《文藝評論》2011 年第 8 期。

2、碩士學位論文

1. 蘭宇冬《中古詩歌的時空表達》,山東大學 2003 年碩士論文,指導教師:鄭訓佐。

2. 劉長雪《隱逸與南朝山水詩》,華東師範大學 2005 年碩士論文,指導教師:龔斌。

3. 陶春林《略論謝朓詩歌的「清麗」風格》，廣西師範大學 2005 年碩士論文，指導教師：張明非。

4. 於洪旗《東晉南朝江南文化研究》，陝西師範大學 2007 年碩士論文，指導教師：程世和。